Die Geliebte des Königs

SUSAN CARROLL

Die Geliebte des Königs

Deutsch von Angela Schumitz

Weltbild

Originaltitel: *The Courtesan*
Originalverlag: Ballantine Books, New York

Besuchen Sie uns im Internet:
www.weltbild.de

Die Autorin

Susan Carroll hat Englisch und Geschichte studiert und schreibt historische Liebesromane. Mit ihrer Feuerfrau-Trilogie, in der sie sich erstmals auf fantastische Elemente einließ, eroberte sie auch hierzulande eine große Fangemeinde. Für ihre Bücher ist sie bereits mehrfach ausgezeichnet worden. Susan Carroll lebt und arbeitet in Rock Island, Illinois. Im Weltbild Buchverlag erschien bereits *Die dunkle Königin,* der erste Band einer Reihe um die berühmt-berüchtigte Katharina von Medici.

Weltbild Taschenbuch

Dieses Buch ist für meine Helden im richtigen Leben – meinen großen Bruder Tony und meine »Gesetzlosen« Jerry, Tom und Pete. Euch Jungs liebe ich für immer.

Prolog

Dunst stieg über der Seine auf, ein geisterhafter Schleier zog über die Ufer von Paris und verdunkelte Straßen, die im schwindenden Licht bereits einem Labyrinth glichen. Aber der Dame, die sich durch den Nebel stahl, schien weder die feuchte Kühle des Herbstabends etwas auszumachen noch die Gefahr, sich zu verlaufen.

Sie war in einen grauen, knöchellangen Umhang mit einer Kapuze gehüllt, ihr Gesicht verborgen hinter einer schwarzen Samtmaske, wie sie die Schönen bei Hofe trugen, um ihren Teint zu schützen. In derselben Weise schützte die Maske auch die Identität der Frau und ließ nur ihre blitzenden Augen und einige blonde Haarsträhnen erkennen. Hölzerne Pantinen bewahrten ihre Brokatschuhe vor dem Unrat auf den Straßen, die sie mit sicherem Schritt entlanglief, ohne den Mann zu bemerken, der sie verfolgte.

Hauptmann Nicolas Remy ließ sich so weit zurückfallen, wie er es wagen konnte, ohne die Dame an diesem nebligen Abend aus den Augen zu verlieren. Er trug ein dunkles Wams und schwarze Hosen, die mit der aufziehenden Nacht verschmolzen. Seine abgenutzten Kleider und die staubigen Stiefel hatten wie er selbst schon bessere Tage gesehen. Wirres dunkelblondes Haar hing über seine braunen Augen, die hageren Züge beschattete ein ungepflegter Bart. Mit Schwert und Dolch am Gürtel, sah er selbst für Pariser Verhältnisse gefährlich aus.

Passanten machten einen Bogen um ihn, was es ihm erschwerte, der Dame in Grau unauffällig zu folgen. Die Straßen leerten sich rasch. Handwerker und Straßenverkäufer hasteten nach Hause. Die Läden der Geschäfte wurden zugeschlagen, und das ganze respektable Paris zog sich hinter geschlossene Türen zurück.

Bald würde Hauptmann Remy allein auf weiter Flur sein, wie ein einsamer Überlebender auf dem Schlachtfeld, aber einen größeren Abstand zwischen sich und der Frau konnte er nicht riskieren. Sie hatte den entschiedenen Vorteil, dass sie wusste, wohin sie ging.

Er hatte sein Bestes getan, alles Wissen, das er je über diese verfluchte Stadt besessen hatte, zu vergessen. Remy waren nicht nur die Straßen unbekannt, er war sich nicht einmal sicher, ob er der richtigen Frau folgte. Er warf einen Blick auf seinen Begleiter, einen sehnigen Achtzehnjährigen mit dem Spitznamen Martin Le Loup.

Ein passender Name, dachte Remy. Mit seiner rabenschwarzen Mähne, den scharfen Gesichtszügen und den grünen Augen hatte der Bursche viel von einem Wolf. Obwohl Martin sich selbst als Abenteurer oder Glücksritter betrachtete, sah er bedauerlicherweise mehr nach dem aus, was er tatsächlich war: ein Lump und Beutelschneider. Aber Remy vertraute dem Jungen blind, so manches Mal hatte er ihm sogar sein Leben anvertraut.

Dennoch fragte er sich diesmal, ob sein schlauer Wolf nicht doch einen schweren Fehler begangen hatte. Während die Frau sie immer tiefer in immer schmalere Gassen führte, wuchs Remys Befürchtung, er könnte in eine Falle gelockt werden, wie sie schöne Frauen für so manchen unvorsichtigen Reisenden in Paris auslegten, nur um ihn dann auszurauben.

Remys Hand fuhr zum Heft seines Schwertes, und er murrte seinen jugendlichen Führer an: »Bist du sicher, dass das die Dame ist, die du für mich finden solltest? Denn wenn du einen Fehler gemacht hast …«

»Keinen Fehler, Herr Hauptmann!«, protestierte Wolf, beleidigt, weil Remy an ihm zweifelte. »Ich schwöre beim Grab meines Vaters, oder zumindest würde ich das, wenn ich wüsste, wer er war: Das ist wirklich die Dame, die ich für Euch suchen sollte, Eure Mademoiselle Gabrielle Cheney.«

Remy gestattete sich einen Moment des Bedauerns. Nein, sie war niemals seine Gabrielle gewesen, noch würde sie es je sein.

»Man sagt, sie sei die schillerndste Frau in ganz Paris«, sagte Wolf und küsste dabei anzüglich seine Fingerspitzen. »Erkennt Ihr sie denn gar nicht?«

Remy kniff die Augen zusammen, um die ferne Gestalt im Umhang zu betrachten. Er versuchte, eine vertraute Geste oder Bewegung der bezaubernden jungen Frau wahrzunehmen, die er einst gekannt hatte. Aber es war über drei Jahre her, seit er Gabrielle zum letzten Mal gesehen hatte, damals in dem lang vergangenen Sommer an einem geheimnisvollen Ort namens Faire Isle.

Er hatte gehört, dass Gabrielle sich verändert, sich von dem freundlichen, leidenschaftlichen Mädchen in eine verführerische und gefährliche Frau verwandelt hatte. Man sagte, sie sei ihrem kalten Ehrgeiz erlegen, und man sagte auch, sie sei mittlerweile besser in der Kunst der Intrige bewandert als selbst die dunkle Königin, Katharina von Medici. Man sagte …

Remys Mund presste sich zu einem dünnen Strich zusammen. Er wollte einfach nicht all das glauben, was über Gabrielle gesagt wurde. Das war viel zu schmerzhaft. Aber um eine Tatsache kam er nicht herum: Leute, die um diese Uhrzeit unterwegs waren, gingen entweder bemerkenswert leichtsinnig mit ihrem Leben um oder verfolgten eine Absicht, mit der sie das Tageslicht scheuten.

Was traf wohl auf Gabrielle zu? Er brauchte sie nur zu überholen und sie zu fragen. Aber das widerstrebte ihm. Nach so langer Zeit wollte er nicht, dass ihr Wiedersehen auf der Straße stattfand. Sie glaubte, er sei tot, und vielleicht wäre es besser, wenn es dabei bliebe.

»Lass sie einfach gehen«, drängte etwas in ihm. *»Verwickle sie*

nicht in dieses verzweifelte Unterfangen, um das dein ganzes Leben kreist.«

Diese Stimme war ein schwaches Echo des ehrenwerten und ritterlichen Mannes, der er einst gewesen war. Aber alles Edle in ihm war in jenem heißen August vor drei Jahren hier in Paris in einer Nacht voller Blut, Verrat und Wahnsinn zerstört worden. Der bloße Gedanke an die Bartholomäusnacht genügte, um seinen Magen umzudrehen und ihm den kalten Schweiß auf die Stirn zu treiben.

Remy schob die albtraumhaften Erinnerungen beiseite und folgte Gabrielle weiter. Trotz aller Gefahren brauchte er die Hilfe von Gabrielle Cheney bei dem waghalsigen Unternehmen, das ihn zurück in die Stadt gebracht hatte. Aber zunächst musste er sich vergewissern, dass es auch wirklich Gabrielle war, der er folgte.

Die junge Frau stolzierte weiter, während um sie herum die Häuser immer baufälliger und die Straßen immer schmutziger wurden. So wenig Remy auch von Paris kannte, so bemerkte er doch, dass sie in eines der übleren Viertel der Stadt eintauchten.

Neben ihm brummte Wolf mit tiefer Stimme: »Die Rue de Morte? Seid vorsichtig, Monsieur. Sogar die schlimmsten Galgenstricke scheuen sich, nachts hierherzukommen. Eure Dame muss ziemlich verrückt sein, sich allein in diese Gegend zu wagen, nicht einmal von ihrer Zofe begleitet. War sie immer so waghalsig?«

»Immer«, murmelte Remy mit grimmigem Lächeln. Zumindest in diesem Punkt hatte Gabrielle sich nicht verändert. »Einmal hat sie mein Schwert gestohlen und bereitete sich auf den Kampf gegen eine ganze Mannschaft …«

»Was für eine Mannschaft?«, fragte Wolf höchst interessiert.

Schon bereute Remy seine impulsiven Worte. Die Geschehnisse auf Faire Isle in jenem Sommer waren seltsam genug für ihn gewesen. Falls er einige dieser Geschichten erzählen würde, wäre selbst der unbekümmerte Wolf alarmiert.

Remy konnte die Antwort schuldig bleiben, als sie Gabrielle im Nebel aus den Augen verloren. Beide, er und Wolf, blieben sofort stehen, um zu lauschen. Nichts war mehr vom alltäglichen Verkehrsgeklapper der Wagen, Pferde und Maultiere zu hören. Weit entfernt vernahm Remy das hohle Echo von Gabrielles Schritten.

»Da!« Wolf zeigte auf die andere Straßenseite.

Der aufgehende Mond durchdrang die Nebelschwaden so weit, dass Remy Gabrielles Schatten ausmachen konnte. Sie näherte sich den eisernen Toren eines großen Herrenhauses im gotischen Stil, das hinter hohen Steinmauern lag. Das Torhaus war von Türmchen flankiert. Im dunstigen Mondschein wirkte das weitläufige Anwesen mit seinen zahlreichen vernagelten Fenstern und der bröckelnden, an manchen Stellen gänzlich eingefallenen Gartenmauer ausgesprochen unheimlich.

Die benachbarten Grundstücke lagen trotz des Bauwahns, der Paris derzeit ergriffen hatte, brach. Das Haus stand alleine da, als ob der Rest der Stadt vor zu viel Nähe zurückschreckte.

»Nom de Dieu!«, hörte Remy Wolf nach Luft schnappen.

»Was ist los?«, fragte er.

»Das – das Maison d'Esprit«, flüsterte Wolf und zeigte mit zitterndem Finger auf das eindrucksvolle Haus.

»Was! Du kennst diesen Ort?«

Wolf nickte ruckartig, die Augen in dem schmalen Oval seines Gesichts weit aufgerissen. »Dieser Ort … er – er hat einen grauenvollen Ruf, Monsieur. Das Haus gehörte einst einem mächtigen Bischof, der von einer Hexe verflucht wurde. Sie verzauberte ihn, sodass er sich rettungslos in sie verliebte und seine heiligen Eide vergaß. Er machte sie zu seiner Mätresse und hielt sie in diesem Haus über viele Jahre hinweg versteckt. Sie hat ihm sogar Kinder geboren, Töchter, die wie sie selbst böse Hexen wurden.«

Wolf schauderte. »Schließlich brachte einer der Diener des Bischofs den Mut auf, die Behörden zu unterrichten.

Hexenjäger überfielen das Anwesen, ergriffen die Zauberin und ihre Töchter und zerrten sie fort zur Hinrichtung. Jedermann dachte, das würde den Bann über den Bischof brechen, aber der arme Mann hat sich auf dem Dachboden erhängt, in den Wahnsinn getrieben durch die Hexe.«

Wolf rollte die Augen Richtung Himmel und bekreuzigte sich. Der Junge hatte eine melodramatische Ader und genoss es, sich bei jeder Geschichte zu gruseln, die er zu hören bekommen konnte – je grausamer, desto besser.

Falls Gabrielle diese Geschichte kannte, war sie davon jedenfalls nicht eingeschüchtert. Remy konnte ihre Gestalt geradewegs auf die Tore zueilen sehen. Nach kurzem Zögern wagte er sich etwas näher. Verstohlen überquerte er die Straße und stellte sich hinter eine alte Eiche auf einem der leeren Nachbargrundstücke. Wolf eilte ihm geräuschvoll nach. Remy warf ihm einen finsteren Blick zu. Das düstere Haus stand abwartend da, wie ein stiller Schatten, ohne ein Zeichen von Leben. Was mochte Gabrielle an diesem elenden Ort suchen?

»Wer wohnt jetzt hier?«, fragte Remy seinen Begleiter leise.

»Niemand«, flüsterte Wolf heiser. »Dieser Ort ist ein Spukhaus, er ist mit einem Fluch belegt. Bevor sie starb, hat die Hexe jeden verflucht, der je diesen Boden betritt. Er soll genauso verrückt werden wie einst ihr Liebhaber.«

Remy glaubte nicht an Flüche, aber das verlassene Anwesen hatte etwas Beunruhigendes an sich, bei dem sich seine Nackenhaare aufstellten. Er spürte ein merkwürdiges Gefühl der Erleichterung, als Gabrielle an den eisernen Toren vorbeiging.

Aber Remy hätte wissen müssen, dass verschlossene Tore Gabrielle Cheney nicht aufhalten konnten. Sie ging die Steinmauer entlang, bis sie eine größere Bresche fand. Mit einem verstohlenen Blick über die Schulter raffte sie ihre Röcke und kletterte hindurch. Remy schickte sich an, ihr zu folgen, als sie aus seinem Blickfeld verschwand.

Wolf packte verzweifelt seinen Arm. »Nein, Herr Hauptmann! Ihr dürft ihr nicht da hinein folgen. Dieser Ort ist verflucht, ich beschwöre Euch!«

»Sei nicht albern, Junge.« Remy versuchte, ihn abzuschütteln, denn er befürchtete, Gabrielle zu verlieren, und zwar nicht an einen Fluch, sondern an Nebel und Dunkelheit.

»Oh, bitte, Herr Hauptmann! Seht Ihr denn nicht, dass es zu spät ist? Eure Dame muss bereits vom Wahnsinn ergriffen sein. Warum sollte sie sonst in diesen schrecklichen Ort eindringen?«

Warum nur? Remy hatte keine Ahnung, was Gabrielle zu diesem vernachlässigten Wrack eines Hauses gezogen hatte, aber er hatte vor, es herauszufinden. Jedenfalls war klar, dass er allein gehen musste. Im Augenblick gab sich Wolf nicht seinem üblichen Hang zum Melodrama hin, der Schrecken des Burschen war echt. Seine Finger zitterten, sein Gesicht war aschfahl. Selbst Händel mit den grimmigsten Banditen hätten Wolf nicht geschreckt, aber alles, was auf Übernatürliches hinwies, ängstigte ihn zu Tode.

Remy löste die Finger des Jungen und befahl ihm, draußen auf ihn zu warten. Sein Gewissen zwickte ihn, denn er wusste, dass er mit dem Burschen nicht ganz aufrichtig gewesen war. Als er Wolf losgeschickt hatte, um Gabrielle Cheney zu finden, hatte er versäumt, ihm etwas Wesentliches mitzuteilen: Die Dame war selbst eine Art Hexe.

1

Gabrielle Cheney spähte durch die Schlitze ihrer Maske und setzte vorsichtig ihren Weg auf dem von Unkraut überwucherten Pfad fort. Der Hof des Maison d'Esprit war ruhig wie ein Friedhof, aber doppelt so schaurig. Der Mond goss sein blasses Licht über moosgeschwärzte Brunnen und geborstene Statuen. Ein kopfloser Heiliger ragte aus den verblühten Resten eines Rosengartens hervor. Die Blüten waren längst vergangen, nicht aber die Dornen, ein Zweig verfing sich im Saum von Gabrielles Umhang.

Als sie sich bückte, um ihn zu lösen, befiel sie abermals das beunruhigende Gefühl, das sie den ganzen Abend nicht loslassen wollte: das Gefühl, verfolgt zu werden. Sie legte die Finger um das Heft des Schwertes, das durch den Umhang verborgen war, und wirbelte herum. Das eiserne Tor und die Steinmauer waren nicht viel mehr als undeutliche Linien in der nebligen Nacht. Aber eine andere Figur nahm langsam Gestalt an, die eines großen stolzen Kriegers.

Das Schwert entglitt ihrer Hand, und ihr entfuhr ein erstickter Schrei. Nicht aus Angst, sondern mehr aus Verzweiflung, denn die Silhouette dieses Mannes hatte sie zu oft in ihren Träumen gesehen. Sie machte einen Schritt vorwärts, blieb dann aber wieder stehen, denn sie wusste, dass es nichts nützte: Es würde kein grüßendes Lächeln geben, keine starken Arme, die sie willkommen hießen, weil dieses Phantom nicht existierte. Stille und Leere wären alles, was sie finden würde.

Aber Geister hinterlassen keine Spuren, und Erinnerungen werfen keine Schatten, außer vielleicht auf das menschliche Herz. Sie sah zu, wie sich das Bild des Mannes wie jedes Mal im Nebel auflöste. Gabrielle hatte nie sein Gesicht gesehen, wusste aber ganz genau, wer er war.

Nicolas Remy, Hauptmann von Navarra. Ob es nun tatsächlich sein Geist war, den sie immer wieder zu sehen glaubte, oder nur eine Ausgeburt ihrer gequälten Fantasie, die Wirkung war stets die gleiche. Gabrielles Herz schnürte sich vor lauter Schuld und Leid zusammen.

»Ach, Remy«, murmelte sie. »Ich habe doch tausend Mal um Eure Vergebung gefleht. Was wollt Ihr noch von mir? Warum könnt Ihr mich nicht in Frieden lassen?«

Sie wusste, dass sie auf diese Frage niemals eine Antwort erhalten würde, jedenfalls nicht in diesem feuchten, nebligen Hof. Mit einem letzten Blick nach hinten drehte sich Gabrielle um und hastete auf das Haus zu.

Das steinerne Anwesen ragte vor ihr auf. Wo die Haustür sein sollte, gähnte ein von gesplittertem Holz umgebenes Loch, aufgerissen wie das Maul einer wütenden Bestie, bereit, sie zu verschlingen. Aber Gabrielle fürchtete die Geister ihrer Erinnerung weitaus mehr als die düsteren Seiten dieses Hauses. Außerdem kannte sie die Wahrheit hinter den Gerüchten um das Maison d'Esprit weitaus besser als die abergläubischen Pariser, die sich jedes Mal bekreuzigten, wenn sie an den verrosteten Toren vorübermussten.

Mit Leichtigkeit überwand sie die Überreste der eingeschlagenen Tür und wurde beim Eintreten in das Haus von der Dunkelheit verschluckt. Die vernagelten Fenster ließen nichts von dem blassen Mondlicht herein. Gabrielle nahm ihre Maske ab und griff unter ihrem Umhang nach der großen Gürteltasche. Sie kramte, bis sie die Kerze in einem kleinen Messingleuchter und die Zunderbüchse fand, die sie mitgebracht hatte. Nach einigem Hantieren mit Feuerstein und Docht gelang es ihr, die Kerze zu entzünden.

Das kleine Flämmchen flackerte und konnte nur einen bescheidenen Umkreis erhellen. Gabrielle bewegte sich auf knirschendem Sand weiter in den Raum hinein, der sich vor ihr öffnete. Sie hielt die Kerze hoch und blickte auf die traurigen Reste der einst so prächtigen großen Halle. Der Bischof hatte mit seiner Mätresse sehr ansehnlich gelebt, bis die Hexenjäger kamen.

Ein wunderschön geschnitzter Eichentisch war von dem Podest gezerrt und umgestürzt worden, die zerbrochenen Überreste der Stühle und Schemel lagen zerstreut daneben. Die Bespannungen waren von den Wänden gerissen und zerfetzt worden, ein modriger Geruch nach verrottender Wolle lag in der Luft. Sogar der eiserne Kronleuchter war von der Decke gerissen und lag unter seiner Kette auf dem Boden. Alles war mit dicken Spinnweben überzogen, als ob die Zeit ein Leichentuch für dieses Haus weben wollte.

Die Hexenjäger hatten ganze Arbeit geleistet. Gabrielle erschauderte in einer Mischung aus Entsetzen und Mitleid, denn sie erinnerte sich an die Nacht, in der diese Teufel in ihr eigenes Haus auf Faire Isle eingedrungen waren. Sie und ihre Schwestern, Ariane und Miri, waren nur durch das Eingreifen des Comte de Renard, Arianes späterem Gatten, gerettet worden.

Aber eine solche Rettung war für die arme Giselle Lascelles und ihre Töchter nicht zur Stelle gewesen. Wie verängstigt mussten diese Frauen gewesen sein, als sie schreiend aus ihrem Heim gezerrt wurden, um der schlimmsten Art von Folter und Tod zu begegnen, die über eine Tochter der Erde hereinbrechen kann. Alle hatten sie ihr Leben lassen müssen, außer einer …

Die Wirkung der großen Halle war beabsichtigt, um jeden zufälligen Eindringling davon zu überzeugen, dass außer Geistern niemand in diesem Haus wohnte. Gabrielle war eine der wenigen, die es besser wussten. Mit gerafften Röcken ging sie zur Treppe, die ins Obergeschoss führte. Der schwache Schein ihrer Kerze reichte nicht bis zum oberen Treppenabsatz, um zu erkennen, wer oder was dort lauerte.

»Hallo?«, rief sie zögerlich.

Das Echo ihrer Stimme wurde von der gewaltigen Stille des Hauses geschluckt. »Cassandra Lascelles?«, rief sie etwas lauter.

Wieder antwortete nichts als Stille, dann meinte sie, eine Diele knarren zu hören. Gabrielle befeuchtete die Lippen und versuchte es abermals. »Cass? Bist du da? Ich bin's, Gabrielle Cheney. Ich muss mit dir …«

Ein tiefes Knurren ließ sie sofort verstummen. Sie starrte auf den Treppenabsatz und bemerkte den Schatten einer Bewegung. Das Herz schlug ihr bis zum Hals, als sie von zwei unheilvollen gelben Augen angestarrt wurde und das Knurren zu einem Angst einflößenden Grollen anwuchs. Das Wesen sprang vor, es war eine große braunschwarze Dogge mit einem schweren, muskulösen Körper.

»Merde!«, schrie Gabrielle.

Sie stolperte zurück, als der Hund die Treppe herunterstürmte, und ließ beinahe die Kerze fallen. Heißes Wachs spritzte von dem Messingleuchter und verbrannte ihre Hand. Sie zuckte vor Schmerz zusammen, konnte aber die Kerze festhalten.

Als sie durch die Halle zurückwich, prallte sie gegen einen Sakristeischrank, und seine hölzernen Borde bohrten sich in ihren Rücken. Ihr Verfolger kam ein paar Schritte vor ihr rutschend zum Stehen und hielt sie vor dem Schrank in Schach. Er knurrte und bleckte seine grauenhaften Reißzähne.

»C-Cerberus. G-guter Hund.« Gabrielle zitterte. »Erinnerst du dich nicht an mich?«

Offenbar tat er es nicht, denn er bellte laut. Ihre jüngere Schwester hätte ihn sofort beruhigen können, indem sie ihm einige Worte vorsummte. Aber Gabrielle hatte nie Miris starke Bindung zu vierbeinigen Geschöpfen besessen.

Zum Glück kannte sie die Schwäche dieser Bestie. Mit einem wachsamen Auge auf den Hund bewegte sie sich ein kleines Stück zur Seite, um die Kerze auf das Schrankbord zu stellen. Sie tastete nach ihrem Beutel unter dem Umhang.

Entweder war sie zu nervös oder ihre Finger zu ungeschickt, die verfluchten Bänder ließen sich kaum lösen. Endlich gelang es ihr, die Tasche zu öffnen und leicht zerquetschte rote Weintrauben hervorzuziehen.

Sie unterdrückte ihre Angst und krächzte: »Braver Cerberus, süßes Tierchen. Schau mal, was ich für dich habe.«

Vorsichtig streckte sie die Hand mit den schimmernden roten Trauben aus. Der Hund bellte scharf. Gabrielle zuckte zusammen und warf die Trauben weit von sich. Sie schlugen dumpf auf dem Boden auf, der Hund wich zurück.

Doch gleich schlich er wieder nach vorne, um Gabrielles Angebot zu beschnüffeln. Er ließ ein entzücktes Winseln hören und begann, die Früchte gierig hinunterzuschlingen. Gabrielle wagte sich einige Schritte von der Wand weg. Solange die Weintrauben reichten, würde Cerberus nichts dagegen haben, wenn sie sich bewegte.

»Was habt Ihr mit meinem Hund gemacht?«, ertönte plötzlich eine herrische Stimme.

Gabrielle wandte sich dem Klang zu und seufzte vor Erleichterung, dass die Besitzerin der Dogge endlich in Erscheinung getreten war. Cassandra Lascelles stand gebieterisch oben an der Treppe, eine hochgewachsene, schlanke Silhouette. Gabrielle hatte keine Ahnung, wie lange sie schon da war. Sie schien aus dem Nichts gekommen zu sein.

»Ich habe deinem kostbaren Cerberus gar nichts getan«, erwiderte Gabrielle. »Lediglich mit ein paar Träubchen bestochen, damit er mich nicht verspeist.«

»Gabrielle? Bist du das?«

»Ja.«

Das Treppengeländer fest umklammernd, begann Cass mit äußerster Vorsicht die Treppe herabzusteigen. Sie war fast vom Augenblick ihrer Geburt an blind, eine junge Frau, nicht viel älter als die einundzwanzigjährige Gabrielle. Dennoch ließ etwas Hartes, Sprödes Cass oftmals weitaus älter wirken.

Ein ramponiertes rotes Gewand schlotterte um ihre dünne Gestalt und war von einer Schulter gerutscht. Für den schlanken Hals schien die Masse des tiefdunklen Haares zu schwer. Weil es nur selten Sonnenlicht sah, war das exotische Gesicht mit den schrägen hohen Wangenknochen von schneeweißer Farbe. Die blicklosen Augen waren starr und ausdruckslos, während alle Ausdruckskraft sich um den Mund sammelte, der im Moment zu einem verärgerten dünnen Strich zusammengepresst war.

Für jemanden, der seiner Sehkraft beraubt war, bewegte sie sich unauffällig und mit bemerkenswerter Anmut. Nur als sie von der letzten Stufe trat und das Geländer losließ, streckte sie vorsichtig die Hand in den weiten leeren Raum aus.

»Cerberus! Komm her!«, befahl sie.

Der Hund spitzte die Ohren, zögerte aber, da er nach mehr Weintrauben suchte.

»Cerberus! Hierher!«

Das beeindruckende Tier winselte und schlich mit gesenktem Kopf zu seiner Herrin. Cassandra tastete nach dem ledernen Halsband des Hundes.

»Böser Hund! Bei Fuß!«

Cerberus duckte sich weiter nach unten. »Verdammter Narr. Wie jedes männliche Wesen vom Magen beherrscht«, murrte Cass, als der Hund sich neben ihr niederließ.

Sie milderte ihre Rüge, indem sie ihn hinter den Ohren kraulte. In dem gefährlich aussehenden Biest ging eine plötzliche Verwandlung vor: Die Augen klärten sich, schwanzwedelnd bebte der massige Körper vor Hingabe.

Nun schien die Herrin die Eindrucksvollere der beiden zu sein. Mit einer Hand auf dem Hundeschädel straffte sich Cass und funkelte Gabrielle zornig an.

»Verdammt, Gabrielle Cheney. Ich habe dich davor gewarnt, hierherzukommen, ohne zuvor eine Nachricht an meine Dienerin zu senden. Ich schätze es nicht, überrascht zu werden. Bestechung hin oder her, du hattest Glück, dass Cerberus dir nicht die Kehle zerrissen hat.«

»Es tut mir leid«, sagte Gabrielle und trat vorsichtig näher. »Aber ich musste dich dringend sehen und hatte keine Zeit, dich durch Finette zu benachrichtigen. Außerdem dachte ich, Cerberus erkennt mich, nachdem ich schon so oft hier war.«

»Er ist darauf abgerichtet, niemanden zu erkennen. Sonst wäre er kein guter Beschützer.«

»Aber sicherlich brauchst du einen solchen Schutz nicht vor einer anderen Tochter der Erde.«

»Man kann nicht allen Töchtern der Erde trauen. Das solltest ausgerechnet du am besten wissen.« Cass schnaubte verächtlich. »Außerdem hasse ich solche beschönigenden Begriffe wie ›Weise Frauen‹ oder ›Töchter der Erde‹. Lass uns einfach Hexen sagen und dabei bleiben.«

»Ja, aber lass es uns nicht zu laut sagen«, antwortete Gabrielle trocken.

Cass' harte Gesichtszüge schmolzen zu einem zögernden Lächeln. Sie beugte sich hinunter und gab dem Hund einige leise Kommandos. Mit sicherem Schritt, der Gabrielle immer wieder erstaunte, ging sie voran, die Hand an Cerberus' Halsband gelegt.

Gabrielle hatte gesehen, wie ihrer Schwester Miri erstaunliche Kunststücke mit Tieren gelangen, aber die Übereinstimmung zwischen Cassandra und ihrem Hund grenzte an Zauberei. Sie hatte ihm tatsächlich beigebracht, ihr die Augen zu ersetzen.

Cerberus führte Cass geradewegs hinüber zu Gabrielle. Ein weiterer leiser Befehl, und der Hund setzte sich neben sie, den Blick fest auf seine Herrin geheftet, als ob er auf den nächsten Befehl wartete. Cass streckte den Arm tastend aus, bis sie Gabrielle berührte. Sie zog sie zu sich und umarmte sie kurz.

»Ich wollte nicht, dass du dich unwillkommen fühlst, liebe

Freundin«, murmelte sie. »Aber das nächste Mal lass mich wissen, wann du kommst.«

»Das mache ich«, versprach Gabrielle. Als sie Cass umarmte, erkannte sie wieder einmal besorgt, wie dürr die Gestalt unter dem zerschlissenen Gewand war. Sie wünschte, sie könnte Cass überreden, das klösterliche Leben in diesen verlassenen, tristen Gemäuern aufzugeben oder ihr wenigstens zu gestatten, sie mit einigen Annehmlichkeiten wie gutem Essen oder schönerer Garderobe zu versorgen. Aber Gabrielle wusste zu genau um den grimmigen Stolz und den Drang nach Unabhängigkeit, die ihre Freundin beherrschten.

Cass ließ sie los und trat mit einem leicht ironischen Lächeln zurück. »Nun, womit habe ich die Ehre dieses unerwarteten Besuchs verdient? Du hast doch bestimmt noch nicht die ganze Flasche Parfüm aufgebraucht, die ich dir gebraut habe. Ich habe dir genug gegeben, um jeden Mann bei Hofe auf die Knie sinken zu lassen.«

Cassandra Lascelles konnte einige der stärksten verführerischen Düfte und Lotionen herstellen, die Gabrielle je gesehen hatte. Gabrielle wollte den Kopf schütteln, bremste sich aber. Es war oft schwierig, sich an Cassandras Blindheit zu erinnern.

»Nein, ich brauche kein Parfüm.«

»Dann eine Creme für deinen Teint? Oder vielleicht eine andere Lotion?«

»N-nein …«, sagte Gabrielle, erleichtert, dass Cassandra ihr Gesicht nicht sehen konnte. Sie gab sich gern kühl und kontrolliert, aber an diesem Tag hatte die schiere Verzweiflung ihr den Weg zu Cassandras Tür gewiesen.

Nun, da sie da war, musste sie entdecken, dass es viel schwieriger war, mit der Wahrheit herauszurücken, als sie gedacht hatte. Gabrielle fiel es schwer, jemandem ihre Verletzbarkeit zu offenbaren. Doch wenn es ihr nicht gelang, ihren Stolz zu überwinden, hätte sie das Wagnis herzukommen gar nicht erst eingehen müssen.

Als ob sie Gabrielles Widerstreben spürte, sagte Cass mit sanftem Ton: »Heraus damit, liebe Freundin. Was willst du von mir?«

Unter Räuspern bekannte Gabrielle stockend: »Ich brauche deine Hilfe, Cass. Um – um jemanden zu finden, den ich verloren habe.«

Remy, flüsterte ihr Herz mit dem vertrauten dumpfen Schmerz.

Cassandras schmale Augenbrauen wölbten sich erstaunt. »Ich wäre entzückt, dir in jeder erdenklichen Hinsicht zu helfen, meine Liebe«, sagte sie trocken. »Aber wie du beobachtet haben wirst, ist mein Augenlicht nicht allzu gut. Hättest du nicht besser einen Spurenleser oder Glücksritter beauftragt, der sich mit solchen Dingen auskennt?«

»D-das geht nicht. Die Person, die ich suche, weilt … nicht länger in dieser Welt. Ich habe gehört – das heißt, Finette hat mir gesagt, dass du bemerkenswerte Fähigkeiten in der Kunst der Geisterbeschwörung besitzt.«

Cassandras Gesicht verdunkelte sich verärgert. »Elende Finette! Die kleine dürre Hexe redet zu viel.«

»Also stimmt es?«

Cass antwortete nicht, und etwas in ihrem Gesicht verschloss sich. Es gab einen alten Zauber, den die meisten weisen Frauen schon in ihrer Kindheit lernten, die Kunst, in den Augen, den Spiegeln der Seele, zu lesen. Diejenigen, die darin sehr bewandert waren, konnten alle Gedanken ihres Gegenübers erkennen, aber leider beherrschte Gabrielle diese Fähigkeit nicht.

Doch mit dieser Kunst wäre sie bei Cass ohnehin nicht weitergekommen, denn ihre Augen waren wie ausgebrannte Laternen, sie gaben keinen Gedanken preis.

»Geisterbeschwörung …«, wiederholte sie langsam. »Die Toten rufen … Vielleicht besitze ich tatsächlich einige Fähigkeiten auf diesem Gebiet. Aber du bist genauso eine Hexe wie ich, warum machst du es nicht selbst? Ich bin lediglich der Bastard einer wilden Zigeunerin und eines närrischen heiligen Mannes, der seine Gelübde vergaß. Dein Stammbaum, Gabrielle Cheney, ist auf jeden Fall beeindruckender als meiner. Dein Vater war ein berühmter Ritter, und deine Mutter, die unvergleichliche Evangeline, bekannt als Herrin von Faire Isle, war eine Königin unter den Hexen. Du bist der noble Spross einer langen Linie von starken und klugen Hexen.«

»Bedauerlicherweise scheine ich nicht genügend von den Gaben meiner Familie geerbt zu haben.« Gabrielle bemühte sich um einen beiläufigen Ton, doch ihre Kehle schnürte sich zu.

»Welchen Zauber ich auch immer besaß, ich habe ihn vor langer Zeit verloren.«

»Dann bitte deine Schwester Ariane um Hilfe«, schlug Cassandra vor. »Sie ist nun die Herrin von Faire Isle, und man sagt ihr nach, dass sie schon jetzt ebenso weise und klug ist wie eure verstorbene Mutter.«

»Du weißt genau, dass ich das nicht kann. Ariane und ich hatten in den vergangenen zwei Jahren keinen Kontakt.« Beim Gedanken an ihre ältere Schwester verspürte Gabrielle wie üblich Schmerz und Bedauern. »Sie billigte meine Entscheidung nicht, nach Paris zu gehen.«

»Weil du eine Kurtisane geworden bist? Nur wenige ehrbare Frauen würden das billigen.«

»Ja nun, Ariane tut sich leicht, über mich zu urteilen«, sagte Gabrielle. »Sie ist glücklich mit ihrem Comte de Renard verheiratet. Für sie ist das Leben klar und vollkommen, und deshalb kann sie nicht verstehen, dass andere Frauen es etwas … komplizierter finden.«

Gabrielle versuchte, gleichgültig zu klingen, als ob Arianes Missbilligung ihr nichts ausmachte. Aber der Verlust der schwesterlichen Liebe belastete sie sehr.

»Wie dem auch sei«, fuhr sie lebhaft fort. »Ariane hätte mir ohnehin nicht geholfen. Sie beschränkt sich ganz und gar auf die Heilung von Kranken, in den dunkleren Künsten würde sie sich niemals versuchen.«

»Wie weise von ihr, und wie bedauerlich für dich«, sagte Cass. »Weil auch ich mich darin nicht leichtfertig versuche. Mein besonderes Talent für die Geisterbeschwörung teile ich mit keinem, noch nicht einmal mit dir, meine Liebe. Warum vergisst du nicht den ganzen Unsinn und trinkst einen Becher Wein mit mir.«

Sie gab Cerberus einen leichten Klaps, und der Hund sprang auf. Frau und Hund drehten sich gleichzeitig um und schritten zur Treppe zurück.

Gabrielle stutzte einen Augenblick, bestürzt über Cassandras Zurückweisung. Aber wenn sie sich etwas in den Kopf gesetzt hatte, ließ sie sich nicht so leicht entmutigen. Und es gab nur wenig, was ihr je mehr bedeutet hatte als dies: die Hoffnung, Nicolas Remy zu sehen, ein letztes Mal mit ihm zu sprechen.

Sie eilte zu Cassandra und hielt sie am Ellbogen fest.

»Cass, warte, bitte …«

Cerberus knurrte warnend, und sein Fell sträubte sich. Hastig zog Gabrielle die Hand weg.

»Cass, du musst mir helfen, sonst – ich weiß nicht mehr, was ich machen soll. Es gibt jemanden auf der anderen Seite, mit dem ich unbedingt in Verbindung treten muss. Es ist wichtiger für mich, als du dir wahrscheinlich vorstellen kannst. Ich – ich werde dir jeden Betrag zahlen, den du wünschst.«

»Geld interessiert mich nicht. Und wenn, hätte ich Mittel, es selbst zu beschaffen.«

»Was ist mit Juwelen? Gewändern der besten Schneider von Paris?«

Cass errötete und zog das ausgeleierte Oberteil ihres verschlissenen Mieders etwas verlegen über die Schulter. Sie schob stur das Kinn vor. »Ich mache mir auch nichts aus solchem Firlefanz.«

»Dann nenne mir deinen Preis«, bat Gabrielle. »Ich will dir alles geben, was du willst.«

Cass lachte lauthals. »Alles? Du bist sehr unbesonnen, Gabrielle Cheney. Hat deine Maman dir nie die alten Märchen erzählt und was für schreckliche Dinge jungen Damen zustoßen, die solche Versprechungen machen?«

»Nun ja, was könntest du denn fordern? Mein erstgeborenes Kind?«

»Nein, ich verabscheue Kinder«, erwiderte Cass gedehnt. »Ich bezweifle sogar, dass sie gut in der Suppe schmecken.« Für einen Moment verstummte sie, dann sagte sie verschlagen: »Es gibt nur eine Möglichkeit, damit ich deine Bitte in Betracht ziehe. Lass mich deine Hand lesen.«

Gabrielle erstarrte. Es war nicht das erste Mal, dass Cass sie darum bat, aber Gabrielle war stets zu vorsichtig gewesen, um es ihr zu gestatten.

Nervös versteckte sie die Hände hinter dem Rücken. »Warum? Warum musst du das?«

»Weil ich die einzige Überlebende einer Familie von Frauen bin, die man wegen Hexerei gefoltert und verbrannt hat. Ich habe gelernt, verdammt aufzupassen, wem ich traue. Wenn ich erwägen soll, deiner Bitte nachzukommen, muss ich die Tiefen deines Herzens prüfen. Andere weise Frauen sind im Augenlesen kundig. Offensichtlich bleibt mir diese Kunst versagt, doch ich bin gut im Handlesen. Lass mich also deine Hände untersuchen.«

Cassandra streckte die Hand fordernd aus. Gabrielle zögerte immer noch. Die Tiefen ihres Herzens prüfen? Das war etwas, was Gabrielle noch keinem gestattet hatte, nicht einmal ihren eigenen Schwestern, und Cass kannte sie erst seit drei Monaten.

Sie war beunruhigt bei dem Gedanken, dass ihre Freundin womöglich in der Lage war, ihr die Geheimnisse ihrer Seele zu entlocken, indem sie ihre Handfläche berührte. War so etwas überhaupt möglich? Gabrielle behagte diese Vorstellung nicht, aber wenn sie Cass' Hilfe wollte, blieb ihr nur die Wahl, mit ihr zusammenzuarbeiten.

»N-na gut.« Gabrielle streckte zögernd die Hand aus. Cerberus, durch die Bewegung misstrauisch geworden, bellte scharf.

»Platz!«, befahl Cassandra. Als der Hund sich zu ihren Füßen niederlegte, legte Gabrielle beklommen ihre Hand in die von Cassandra.

Die Frau drehte Gabrielles Handfläche nach oben und begann, deren Oberfläche abzutasten. Gabrielle schauderte, sie empfand Cass' Berührung als kalt und beunruhigend. Es war, als ob sie von einer Eisnadel untersucht würde.

»Eine wohlgeformte Hand«, murmelte Cassandra. »Elegant, mit seidenweicher Haut. Aber das war nicht immer so. Früher war da Hornhaut ...« Sie betastete Gabrielles Handballen. »Und da auch.« Sie berührte Gabrielles Fingerspitzen.

»Hornhaut von der Arbeit mit Marmor und Meißel? Und diese gepflegten Nägel waren einst eingerissen und von Farbe befleckt.«

Gabrielle zuckte bei dieser Beobachtung ein wenig zusammen, erwiderte jedoch nur geringschätzig: »Ich habe mich ein wenig in Bildhauerei und solchen Dingen versucht. Irgendwie muss sich ein Mädchen ja amüsieren. Ich fand es unterhaltsamer als Nähen und Sticken.«

»Das war mehr als bloße Unterhaltung. Diese Hand konnte einst großen Zauber ausüben: Leben in Stein hauchen, eine leere Leinwand mit Licht und Farbe füllen, Bilder daraufzaubern, die das Auge fesseln und das Herz berühren. Das ist die Hand einer außergewöhnlichen Künstlerin.«

»Vielleicht hatte ich ja solche Fähigkeiten, aber ich sagte dir bereits, jeden Zauber, den ich einst besaß, verlor ich vor langer Zeit«, antwortete Gabrielle bitter.

»Und wie verliert eine weise Frau ihren Zauber?«, fragte Cass sanft.

»Woher soll ich das wissen?«, fauchte Gabrielle, obwohl sie

ganz genau wusste, wann und wie sie ihre Zauberkraft verloren hatte. Sie wollte nur nicht darüber reden.

»Doch es ist mir egal«, fuhr sie fort. »Keine Frau wird es als Künstlerin je zu Ruhm und Wohlstand bringen. Es war ein Traum, und ein närrischer dazu.«

»Aber aus Ruhm und Wohlstand hast du dir nie viel gemacht. Jedenfalls damals nicht.«

Gabrielle zuckte wieder zusammen und versuchte, ihre Hand zu schließen, aber Cass bog die Finger wieder auf.

»Ja, eine sehr hübsche Hand, doch eine leere«, murmelte sie.

»Ich sagte dir bereits, dass ich sie ganz leicht mit Juwelen und Münzen für dich füllen könnte.«

»Über diese Art von Leere spreche ich nicht, sondern über die Art, die den meisten überhaupt nicht auffallen würde. Du bist eine wunderschöne Frau, sehr begehrt und gefragt. Aber gleichzeitig ist dein Leben leer. Du hast alles hinter dir gelassen, was du je kanntest, deine beiden Schwestern, deine Heimat und deine Freunde auf Faire Isle. Und jetzt bist du völlig allein.«

»Unsinn. Ich habe ein Haus voller Dienstboten und ich bin häufig bei Hofe. Ich gehe dort zu Banketten, Maskeraden und Bällen. Immer sind Leute um mich, die um meine Gunst buhlen.«

»Du traust den Frauen nicht, und Männer verachtest du. Narren, die nichts als die von dir präsentierte glitzernde Fassade sehen und nie so nah kommen, dass sie die wahre Gabrielle berühren könnten. Diese Hand berichtet mir von Dunkelheit und einer tiefen Einsamkeit.«

Dann erzählt die Hand Cassandra viel zu viel, dachte Gabrielle. »Und was soll das Ganze?«, fragte sie und versuchte, die Hand zurückzuziehen. »Ich kam nicht hierher, um aus meiner Hand lesen zu lassen.«

Cass festigte ihren Griff, und ihre langen dünnen Finger fuhren mit der Erforschung fort. »Aha!«

»Wieso aha?«, fragte Gabrielle beklommen.

Cass fuhr über die Linien auf Gabrielles Handfläche. »Hier fühle ich eine pulsierende Vene, die von großem Ehrgeiz kündet … starke Begierde nach Macht, Ruhm … Unverletzbarkeit. Aber direkt daneben verläuft die Herzlinie mit dem Hunger nach Leidenschaft, Romanzen, dem glühenden Wunsch zu lieben und geliebt zu werden.«

»Diese Linie muss sehr kurz sein«, sagte Gabrielle ironisch und verzog das Gesicht.

»Nein, die Linien sind gleich lang und gehen ineinander über. Sie erreichen einen Punkt, an dem eine Wahl zu treffen ist: Liebe oder Ehrgeiz.«

»Die habe ich bereits getroffen.«

Cass lächelte kopfschüttelnd. »Nein, hast du nicht. Aber deine Wahl wird schwierig sein, denn eine alte Narbe steht ihr im Weg.«

Gabrielle straffte sich hochmütig. »Ich habe keine Narben. Meine Hand ist makellos.«

»Die Narbe ist auf deinem Herzen, Gabrielle Cheney. Eine alte Wunde, die nie ordentlich verheilt ist, verursacht von einem unwürdigen Mann.«

»Ich glaube, ich habe jetzt genug gehört.«

»Du hast diesem Mann dein Herz geschenkt, und er hat dich betrogen«, fuhr Cass sanft, aber unerbittlich fort. »Mit der größten, unsäglichsten Verletzung, die ein Mann einer Frau zufügen kann. An einem strahlenden Sommernachmittag auf dem Heuboden einer Scheune.«

»Mein Gott, du bist eine verdammte Hexe!«, schrie Gabrielle und zog ihre Hand heftig weg. Sie stolperte zurück und presste die Handflächen zusammen. Sie fühlte sich, als ob Cass sie aufgeschlitzt und blutend liegen gelassen hätte. Bittere alte Erinnerungen schienen aus der Wunde hervorzuquellen, Erinnerungen an diesen Juni mit Etienne Danton und an den grauenvollen Nachmittag, den zu vergessen sie sich so bemüht hatte.

Nein, sie hatte ihn tatsächlich vergessen.

Gabrielle entfuhr ein zitternder Seufzer, und sie tastete nach ihrer Maske. »Das – das ist alles blanker Unsinn. Ich habe keine Zeit mehr für solchen Aberwitz. Wenn du mir nicht helfen willst, gut. Offenbar war es ein Fehler, herzukommen. Ich wünsche dir einen guten Abend.«

Cerberus ließ ein kurzes Bellen vernehmen, als Gabrielle davonschritt. Sie hatte noch nicht die Tür erreicht, da rief Cassandra: »Gabrielle, warte.«

Gabrielle blieb stehen und drehte sich um. Cass stand reglos im Lichtkegel der Kerze, die Gabrielle in ihrer Eile vergessen hatte.

Nach einer Weile sagte Cassandra: »Ich werde deiner Bitte nachkommen. Aber ich warne dich: Es gibt einen Grund, warum Geisterbeschwörung als schwarze Magie gilt und verboten ist. Eine Séance ist schwierig und kann leicht schiefgehen. Manchmal möchte die Seele, mit der man in Verbindung zu treten wünscht, nicht gestört werden, während es andere und auch bösere Geister gibt, die eine Pforte in unsere Welt begrüßen.«

Gabrielle runzelte die Stirn und überlegte, ob Cassandra sie bloß erschrecken wollte.

»Willst du damit etwa sagen, du könntest, falls du nicht richtig zauberst … Was könntest du? Einen Geist oder Dämon freisetzen?«

»Alles ist möglich, wenn man das Schicksal herausfordert und mit den dunklen Künsten spielt.«

»Wenn es so gefährlich ist, warum tust *du* es dann?«, fragte Gabrielle.

»Weil ich meine Tage in Finsternis verbringe«, antwortete Cass leise. »Doch wenn ich die Toten heraufbeschwöre, kann ich tatsächlich sehen. Das ist meine einzige Möglichkeit, in ein anderes Gesicht zu blicken, und das lohnt jede Gefahr. Die Frage ist nur, lohnt es sich auch für dich?«

Tat es das? Gabrielle musste zugeben, dass Cassandras Worte sie eingeschüchtert hatten. Aber dann dachte sie an

Remy, an ihren Abschied an dem Tag, als er fortritt, um seinen Tod zu finden, an all das Ungesagte zwischen ihnen.

»Ja«, Gabrielle straffte den Rücken. »Es lohnt das Risiko.«

»Dann werde ich dir helfen.«

Behutsam trat Gabrielle an Cass' Seite. Allerdings wurde ihre Freude über das plötzliche Einlenken durch einen gewissen Argwohn gebremst. »Wirklich? Was hat deinen Sinneswandel bewirkt?«

Cass zuckte mit den Schultern: »Vielleicht ist es eines Tages nützlich für mich, dich in meiner Schuld zu wissen. Ich werde eine Séance abhalten, eine Beschwörung der Toten, und du schuldest mir dafür einen Gefallen.«

»Und was könnte das sein?«

»Wie soll ich das jetzt schon entscheiden?«, erwiderte Cassandra. »Aber du wirst mir einmal einen Dienst erweisen – keine Fragen, keinen Widerspruch. Ist das ein Angebot?«

»Verlangst du einen Bluteid?«, fragte Gabrielle spröde.

»Nein, ein einfacher Handschlag und dein Versprechen genügen mir.« Cassandra reichte Gabrielle die Hand.

Gabrielle zögerte. Sie hatte lange genug in Paris gelebt, um auf der Hut zu sein. Es konnte sicherlich nichts unbesonnener sein, als eine Verpflichtung einzugehen, ohne zu wissen, um was es sich handelte.

»Nun komm schon, Gabrielle«, drängte Cass. »Ich bin keine dieser hinterhältigen Intrigantinnen, die du bei Hof kennst. Zugegeben, unsere Bekanntschaft währt noch nicht lange, aber du kannst mir vertrauen: Ich würde nie mehr verlangen, als du zu geben vermagst.«

Einigermaßen beruhigt schüttelte Gabrielle Cassandras Hand.

»Also gut. Ich bin einverstanden: Wenn du dies für mich tust, stehe ich in deiner Schuld. Du hast das Wort von Gabrielle Cheney.«

Ein merkwürdiges Lächeln umspielte Cassandras Mundwinkel, als sie ihr Geschäft besiegelten. Gabrielle schauderte, doch der beunruhigende Ausdruck verschwand so rasch, dass sie dachte, sie habe sich wohl getäuscht.

Cass wandte sich zum Schrank um und tastete sich am unteren Bord entlang. Ihre Hand stieß an die brennende Kerze, die Gabrielle dort stehen gelassen hatte. Sie fluchte, als die Kerze fast umkippte und das heiße Wachs auf ihre Hand spritzte.

»Stell dieses Ding weg und tritt dann zurück«, sagte sie.

Obwohl von dem knappen Befehl verblüfft, tat Gabrielle wie geheißen. Sie trat von dem Schrank weg und hielt die Kerze hoch.

Mit äußerst konzentriertem Gesichtsausdruck tastete sich Cassandra weiter am Schrankbord entlang.

Gabrielle konnte nicht sehen, was Cassandra tat, aber plötzlich vibrierte und knackte der ganze Sakristeischrank. Cass stolperte zurück, und Gabrielle schnappte verblüfft nach Luft, als der Schrank nach außen schwang und ein gähnendes Loch im Fußboden bloßlegte. Sie schlich näher. Das Licht ihrer Kerze flackerte über steinerne Stufen, die spiralförmig nach unten in eine kalte, abweisende Dunkelheit führten.

Ein verborgener Keller. Das erklärte, wie Cass vor vielen Jahren den Hexenjägern entkommen war. Gabrielle fragte sich, warum sich die anderen Lascelles-Frauen nicht auch hatten retten können, aber Cass wollte nie über den tragischen Verlust ihrer Familie sprechen. Gabrielle, die ihre eigenen wunden Punkte sehr gut verbarg, verstand und respektierte Cass' Zurückhaltung.

»Du hast mir erlaubt, aus deiner Hand zu lesen. Jetzt vertraue ich dir das Geheimnis meines privatesten Gemachs an. Willkommen in meinem eigentlichen Zuhause«, sagte Cassandra mit einer spöttischen Handbewegung. Als Cerberus sich an ihr vorbeidrängte, um sie nach unten zu führen, packte Cassandra ihn am Halsband.

»Nein!«

Sie beugte sich hinunter und murmelte einige Kommandos, die sich für Gabrielle wie: »Geh. Bewach das Haus!« anhörten.

Mit erhobenem Kopf trottete der Hund wie ein Soldat davon, der auf seinen Posten beordert wurde. Cassandra stieg vorsichtig die Treppe hinab. Sie hielt inne und rief Gabrielle zu: »Halte die Kerze gut fest, und folge mir.«

»Der Weg nach unten ist stets sehr dunkel und tückisch«, fügte sie mit einem seltsamen ironischen Lächeln hinzu, das Gabrielle das unbehagliche Gefühl vermittelte, dass Cass über weitaus mehr als nur die Treppe sprach.

Gabrielle schluckte, aber sie war schon viel zu weit gegangen, um nun umzukehren. Mit der Kerze in der Hand, tauchte sie hinter Cass in die Dunkelheit ein.

2

Gabrielle wünschte, ihr Treffen mit Cass hätte wie gewöhnlich in der kleinen Brennerei hinter dem Haus stattgefunden. Aber offenbar war für eine Geisterbeschwörung eine geheimnisvollere und dunklere Umgebung erforderlich als für das Destillieren von Parfüm.

Sie hatte unterirdische Räume noch nie leiden können, sie verabscheute die Kälte, die Feuchtigkeit und die Aussicht auf Ratten oder, noch schlimmer, Spinnen. Auch zu Hause in Belle Haven hatten sie einen Keller wie diesen gehabt. Die verborgene Werkstatt war mit Zaubertränken, Kräuteraufgüssen und alten Schriften verbotenen Wissens angefüllt – mit allem, was die weisen Frauen von Faire Isle umsichtig für Generationen bewahrt hatten. Gewöhnlich hatte sich Gabrielle aus diesem Vorrat geholt, was immer sie brauchte, und war hastig zurück ans Tageslicht geeilt.

Der Kellerraum im Maison d'Esprit hatte weniger von einer Werkstatt, sondern mehr von einem Wohnraum. Jemand, wahrscheinlich das Dienstmädchen Finette, hatte sich sehr angestrengt, ihn für Cassandra so behaglich wie möglich zu machen. Ein Bett, bestehend aus einer dicken Matratze, auf die zahlreiche Federkissen und Wolldecken gehäuft waren, nahm eine Seite des schmalen Raums ein. Die groben Steine des Fußbodens bedeckte ein Flickenteppich. Ein knallroter Schal und einige Kleider, die von vergangener Pracht zeugten, ähnlich dem, das Cassandra trug, hingen an Haken und verliehen den grauen Steinwänden einen Hauch von Farbe.

Sonst standen hier nur noch eine kleinere Version des Sakristeischranks, ein niedriger Tisch und zwei Stühle vor einer Feuerstelle, die mit einem der Schornsteine oben verbunden sein musste. Augenscheinlich wurde sie selten benutzt. Rauch, der von den Dächern des Maison d'Esprit wehte, hätte rasch den Glauben erschüttern können, dass nur Geister in diesem Anwesen hausten.

Cass gestattete Gabrielle, einige der Fackeln zu entzünden, die an den Wänden befestigt waren. Dankbar für das zusätzliche Licht fand sie den kleinen Raum mit der niedrigen Decke dennoch zu beengt und düster. Die Aussicht auf die Séance war einschüchternd genug, auch ohne dass sie in einem Raum mit dem Flair einer elenden Gruft abgehalten wurde. Gabrielle konnte es kaum erwarten, das Ganze hinter sich zu bringen und zu gehen.

»Eine Erfrischung gefällig?«, fragte Cass und ging unsicher zum Schrank.

»Nein, vielen Dank«, erwiderte Gabrielle. Es lag ihr auf der Zunge, hinzuzufügen: »Und ich wünschte, du würdest dich auch zurückhalten.«

Sie war noch nicht lange mit Cass bekannt gewesen, als sie erkannt hatte, dass ihre Freundin eine Schwäche für starke Getränke hatte. Doch schon der kleinste Hinweis, dass es klüger wäre, sich zu beherrschen, reichte, um Cass' Zorn zu erregen.

Gabrielle konnte nur bekümmert zuschauen, wie Cass Flüssigkeit aus einer bernsteinfarbenen Flasche in ein Glas goss. Ihre Finger legten sich um den Rand des Kelches, um die Füllhöhe zu messen und ein Überfließen zu vermeiden.

Gabrielle roch sehr starken Alkohol, offenbar einen billigen Weinbrand. Verärgert presste sie die Lippen zusammen, als Cass das große Glas hinunterstürzte, als wäre es Wasser.

»Ah«, hauchte Cass und wischte sich mit dem Handrücken über den Mund. »Das habe ich jetzt gebraucht. Nun gut, ich schlage vor, wir beginnen, indem du mir alles von dem Mann erzählst, den du von den Toten erwecken willst.«

Gabrielle zuckte zusammen. »Von dem Mann? Woher willst du wissen, dass es ein Mann ist? Das habe ich nie gesagt.«

Cass lachte kehlig. Mit Glas und Flasche in der Hand, fand

sie zu dem Tisch und machte es sich auf einem Stuhl bequem. »Du bist eine schöne, kluge Frau am Rand der Verzweiflung. Natürlich ist da ein Mann im Spiel. Also, wer war er, ein verflossener Geliebter?«

»Nein!« Gabrielle zuckte zusammen, denn sie fürchtete, ihr Widerspruch war allzu rasch gekommen. Aber nie war etwas dieser Art zwischen ihr und Remy vorgefallen; zumindest nicht von ihrer Seite, denn sie hatte ihm nicht einmal einen Kuss gewährt.

Sie durchmaß die enge Kammer und versuchte, ihre verwirrenden Gefühle für Remy zu ordnen und sich über das Wesen ihrer Beziehung klar zu werden.

»Er war ein Freund«, sagte sie schließlich. »Nur ein Freund.«

Cass' Augenbrauen wölbten sich zweifelnd, aber sie füllte ohne Kommentar ihr Glas aufs Neue. »Und wie lautete der Name dieses Freundes?«

Gabrielle musste die Lippen benetzen, bevor sie imstande war, den Namen auszusprechen, den sie sich in den letzten drei Jahren kaum je zu äußern gestattet hatte.

»Remy. Hauptmann Nicolas Remy.«

Cass stockte, während sie die Schnapsflasche auf den Tisch zurückstellte. »Nicolas Remy? Der große hugenottische Held? Der, den sie die Geißel nennen?«

»Ja, aber was weißt du von ihm?«

»Ich bin nicht vollständig abgeschieden von der Welt. Ich habe Finette, die mir Neuigkeiten zuträgt.« Cass nahm einen Schluck. Beim zweiten Glas ließ sie sich mehr Zeit, um den Weinbrand zu genießen.

»Du machst mich neugierig«, sagte sie. »Auch dein Vater, der Chevalier Cheney, wurde als großer Held bejubelt. Was will die Tochter eines gefeierten katholischen Ritters mit einem protestantischen Soldaten?«

»Auf Faire Isle pflegten wir religiöse Kriege zu ignorieren. Eines Sommers kam Remy auf die Insel, ein schwer verwundeter Flüchtling. Ariane brachte ihn nach Hause und pflegte ihn gesund. Wir sorgten für seine Sicherheit und versteckten ihn vor …«

Der dunklen Königin.

Gabrielle hielt inne, es war ihr zuwider, davon zu sprechen, wie und warum sich Nicolas Remy solch eine machtvolle Feindin geschaffen hatte, Katharina von Medici, die Königinwitwe Frankreichs, deren andere Namen weit geläufiger waren: die Italienerin, die Zauberin, die dunkle Königin. Selbst eine Tochter der Erde, war Katharina in schwarzer Magie so bewandert wie keine andere in ganz Frankreich, vielleicht der ganzen Welt.

Die meisten weisen Frauen hüteten sich, Katharinas Macht herauszufordern, und mieden jede Hexe, die närrisch genug war, es dennoch zu tun. Gabrielle wollte Cass nicht verschrecken, indem sie die Feindschaft zwischen den Cheney-Frauen und der dunklen Königin offenlegte. Es war eine grauenvolle Geschichte, die lange, bevor sie Remy aus Katharinas Klauen entrissen hatten, begonnen hatte.

Gabrielle zögerte so lange, bis Cassandra ungeduldig fragte: »Vor wem habt ihr Remy versteckt?«

Gabrielle streifte ihren Umhang ab und hängte ihn an einen Haken neben der leeren Feuerstelle, was ihr Zeit zum Nachdenken verschaffte. »Vor – vor den katholischen Soldaten, die ihn verfolgten.«

Cass schwieg so lange, dass Gabrielle nicht wusste, ob sie sich von ihrer ausweichenden Antwort hatte täuschen lassen. Zu ihrer Erleichterung drängte Cass nicht weiter auf Einzelheiten über Remys verzweifelte Flucht nach Faire Isle.

Cass nahm noch einen Schluck und murmelte: »Also dieser Remy kam an eure Schwelle, ein verwundeter und gemarterter Held. Ich kann mir kaum etwas Romantischeres vorstellen. Und trotzdem leugnest du, dass er dein Herz gewonnen hat?«

»Ja, das tue ich«, antwortete Gabrielle knapp. Warum bestand Cass darauf, dass sie in den Mann verliebt gewesen war?

»Wenn ich ein Herz hätte – was nicht der Fall ist«, fuhr sie fort, »würde ich es nie an Nicolas Remy verschenken. Der Hauptmann war viel zu düster und ernst für meinen Geschmack, er war einer dieser edlen Narren, die nichts als Ehre und Pflicht im Kopf haben. Jeder Zoll ein Soldat, keine höflichen Umgangsformen und – und sehr wenig Erfahrung mit Damen.«

»Dann muss er von dir vollkommen bezaubert gewesen sein.«

»Vielleicht war er ein wenig hingerissen. Ich wollte das aber nicht.«

Gabrielles Kehle schnürte sich bei der Erinnerung schmerzhaft zusammen. »Ich war noch nicht einmal besonders freundlich zu ihm.«

Nicht besonders freundlich – eine starke Untertreibung. Ihr Herz schmerzte bei der Erinnerung, wie sie Remy sein Schwert zurückgegeben hatte, das sie gestohlen hatte, um die Hexenjäger zu vertreiben.

»An dem Morgen, an dem er Belle Haven verließ, habe ich – ich habe mich nicht einmal von ihm verabschiedet.« Gabrielle stockte. »Ich – ich habe ihn nie mehr gesehen. Er war hier in Paris zur Bartholomäusnacht im Sommer 1572.«

Cass senkte ihr Glas, und ihr schmales Gesicht verdüsterte sich bei Gabrielles Worten. »Die Nacht, in der die Katholiken ein Massaker unter den Protestanten anrichteten? Nicht gerade der beste Ort für einen hugenottischen Soldaten.«

»Nein, das war er nicht«, stimmte Gabrielle mit feuchten Augen zu. Sie rieb sich heftig die Lider. »Remy wurde getötet, aber als ich – das heißt wir, meine Schwestern und ich – von seinem Tod erfuhren, konnten wir ihm kein würdiges Begräbnis mehr ausrichten. Er war bereits in eines der Massengräber geworfen worden.«

Gabrielle lief mit eng um den Körper geschlungenen Armen auf und ab, ihre Trauer und ihr Zorn waren immer noch zu heftig. Remy war ein tapferer Soldat gewesen, der ehrenhafteste Mann, den sie je gekannt hatte. Er hatte ein weitaus angemesseneres Ende verdient, aufgebahrt wie ein Ritter in schimmernder Rüstung mit dem Schwert in der Hand. Nicht wie Abfall in eine Grube geworfen, ohne sanfte Hände, die das Blut von seinem Gesicht wuschen, ohne jemanden, der ein Gebet flüsterte.

Zur Hölle mit der dunklen Königin, die so hartherzig seine Vernichtung herbeigeführt hatte. Zur Hölle mit den Schakalen, die Remy ermordet und seinen Leichnam entehrt hatten. Sie hasste dieses ganze Pack.

Doch am meisten hasste Gabrielle sich selbst, weil sie Remy nie so hatte lieben können, wie er es verdient hatte.

Sie drehte sich zu Cass um und sah, wie diese sich erneut ein Glas einschenkte. Sie hatte keine Ahnung, welche Menge Branntwein sich Cass in der kurzen Zeit einverleibt hatte, jedenfalls so viel, dass eine normale Frau schon längst unter dem Tisch liegen würde.

Cassandras Hände wirkten immer noch erstaunlich ruhig, aber ihre Nase und Wangen waren gerötet. Sie rekelte sich auf ihrem Stuhl und sagte: »Sicherlich ist das, was dem galanten Hauptmann widerfuhr, sehr traurig, aber es ist drei Jahre her. Du sagst, du hast Remy nicht geliebt. Warum vergisst du den Mann nicht einfach und lässt ihn in Frieden ruhen?«

»Weil er mir keinen gibt! Es ist vollkommen absurd.« Gabrielle versuchte zu lachen, aber es klang angespannt und hohl. »Ich kann mir Remy nicht aus dem Kopf schlagen, ich kann nicht aufhören, an ihn zu denken. Ich träume sogar von ihm. Er verfolgt mich, und neuerdings wird es immer schlimmer.«

Sie fuhr sich durch die Haare. »Einmal bildete ich mir ein, ihn in einer Menschenmenge zu sehen, und machte mich zum Narren, als ich einem Fremden nachlief. Und heute glaubte ich, er stünde draußen im Hof an deinem Tor.«

»Also wozu willst du nun seinen Geist beschwören?«, fragte Cass. »Willst du ihn bitten, dich in Ruhe zu lassen?«

»Ich weiß es nicht«, antwortete Gabrielle kläglich. »Wahrscheinlich will ich ihm sagen, dass ich versucht habe, ihn zu finden und angemessen zu bestatten. Und ihn um Verzeihung bitten. Ich hätte ihn retten können, Cass. Ich wusste, wie – wie stark er für mich empfand. Ich hätte ihn zum Bleiben auf Faire Isle bewegen können. In meinen Armen wäre er sicher gewesen. Aber ich tat es nicht«, fügte sie gebrochen hinzu. »Ich ließ ihn einfach gehen.«

Cass schüttelte den Kopf. »Das funktioniert nie, Gabrielle.«

»Was?«

»Die Toten um Vergebung bitten.« Cass klang so trostlos, dass Gabrielle sich fragte, ob sie aus bitterer Erfahrung sprach. »Geister bettet man nicht so einfach zur Ruhe.«

»Aber ich muss es versuchen. Ich muss meinen Frieden mit Remy machen. Es wird mich mein Leben lang quälen, wenn ich das nicht tue.«

»Also gut. Es ist aber schwer für mich, den Geist einer Person zu beschwören, die ich nie kennengelernt habe. Du wirst mir Nicolas Remy beschreiben müssen, sodass ich mir ein Bild von ihm machen kann.«

Die Bitte, so einfach sie war, entmutigte Gabrielle. Einst hatte sie es hervorragend verstanden, mit dem Zauber ihrer Hände das Wesen einer Person, eines Ortes oder Gegenstands einzufangen. Ihre erfahrenen Finger hatten mit einem Pinsel alles, was sie sah, auf Leinwand oder Papier bannen können. Doch mit Worten zu malen war nie ihre Stärke gewesen.

»Remy ist – er war …«, verbesserte sich Gabrielle gequält, »er war ein Mann von – von durchschnittlicher Größe, aber er hatte einen sehr kräftigen Körper mit einem breiten Brustkorb. Er war äußerst muskulös, besonders sein Schwertarm, und – und er hatte eine Narbe, wo er von einem Armbrustpfeil getroffen worden war. Und seine Schenkel, seine Schenkel waren wie aus Eisen.«

»Welch exzellente Beschreibung«, bemerkte Cass sarkastisch. »Aber sage mir, hast du zufällig auch sein Gesicht wahrgenommen?«

»Natürlich habe ich das. Er … er …«, stammelte Gabrielle, vielleicht weil es leichter war, sich auf Remys Körper zu besinnen, und weniger schmerzhaft, als auf sein Gesicht einzugehen.

Ihre Erinnerung an sein Antlitz war erschreckend ungenau. Der Eindruck, den sie bewahrt hatte, war der eines von unendlicher Geduld und Freundlichkeit, von grenzenloser Sanftheit geprägten Gesichts – doch das alles schienen seltsame Züge für einen hochdekorierten Soldaten.

Stockend fuhr sie fort: »Er – er hatte dunkelblondes Haar und einen kurz geschorenen Bart.«

»So könntest du Millionen von Männern beschreiben. Wie waren seine Augen?«

»Sie waren dunkelbraun.«

»Ich spreche nicht von der Farbe«, wandte Cass ungeduldig ein. »Wie war ihr Ausdruck, wie spiegelten sie seine Gedanken?«

»Ich – ich weiß nicht.« In einer hilflosen Geste faltete Gabrielle die Hände. »Ich konnte nie gut in den Augen lesen. Aber meine kleine Schwester Miri sagte, Remys Augen wären zu alt für sein Gesicht.«

»Die Augen eines erschöpften Ritters, der mit dem Bösen der Welt kämpft«, murmelte Cass in ihr Schnapsglas. »Der nie aufgibt, auch wenn die Lage hoffnungslos ist, nie das Schwert vor dem bitteren Ende niederlegt.«

Cassandras Stimme klang spöttisch, aber Gabrielle hatte das Gefühl, dass Remy damit ziemlich gut beschrieben war.

Cass leerte erneut ihr Glas. »Das reicht mir noch nicht. Hast du zufällig etwas von ihm dabei?«

»Ja.«

Gabrielle griff zu dem Schwert an ihrer Seite und zog es langsam aus der Scheide. Es war die Waffe eines Soldaten, das Heft schlicht und unverziert, die Klinge aus gutem, harten

Stahl. Genauso einfach, stark und wahrhaftig wie der Mann, dem es einst gehört hatte.

Sie trug die Waffe zum Tisch und führte Cassandras Hand, bis deren lange, schmale Finger sich um das Heft schlossen.

Cass öffnete erstaunt den Mund, als sie den Griff spürte und erkannte, um was es sich handelte. »Hauptmann Remys Schwert? Wie in aller Welt bist du daran gekommen?«

»Das ist eine lange Geschichte«, seufzte Gabrielle. »Mein Schwager Renard war mit Remy in Paris, als er getötet wurde. Renard selbst konnte nur mit knapper Not dem Mob entkommen und sein Leben retten, aber es gelang ihm, Remys Schwert mitzubringen. Remy wollte, dass ich es erhalte.«

Cass lächelte wissend. »Und du hast es die ganze Zeit in Ehren gehalten.«

»Warum nicht?«, begehrte Gabrielle auf. »Ich sagte es dir doch – Remy war mein Freund, der einzige Freund, den ich außer meinen Schwestern je hatte.«

Cass befühlte das Heft, prüfte vorsichtig die Schärfe der Klinge und strich über Knauf und Fingerschutz. Mit einem Zischen sog sie die Luft ein. »Diese Waffe erzählt mir von – von einer dunkleren Seite deines edlen Ritters. Ein Mann, der sich in mörderischer Wut in einen unbarmherzigen Feind verwandeln kann. Grimmig, gewalttätig, geradezu wild.«

»Offenbar kannst du besser in Händen als in Schwertern lesen«, wehrte Gabrielle ab. »Remy war nichts von alldem.«

»Sie nannten ihn die Geißel, Gabrielle. Ich bezweifle, dass sich ein Mann solch einen Titel durch sein freundliches und gutmütiges Wesen verdient.«

»Remy hasste diesen Spitznamen!«, entgegnete Gabrielle scharf. »Er war Soldat und erfüllte seine Pflicht, nicht mehr.«

»Schon gut, schon gut.« Beschwichtigend hob Cass die Hand. Ihre hageren Züge wurden durch einen Ausdruck gemildert, den Gabrielle nicht recht deuten konnte. Cass fuhr fort, das Schwert aufreizend langsam zu streicheln, auf eine Art, dass Gabrielle ihr fast eifersüchtig die Waffe entrissen hätte.

Sie fühlte sich eigenartig erleichtert, als Cass schließlich das Schwert zu ihr hinüberschob. »Hier. Steck es weg.«

Gabrielle nahm die Waffe an sich. Ihre Finger umschlossen besitzergreifend das Heft, als sie das Schwert in seine Scheide zurücksteckte. Beunruhigt sah sie, wie Cass sich sofort wieder der Flasche zuwandte. Sie befürchtete, dass ihre Freundin sich um Sinn und Verstand trinken würde.

Als Cass sich erneut das Glas füllen wollte, fiel Gabrielle ihr in den Arm.

»Glaubst du nicht, dass du genug hattest?«, fragte sie sanft.

Cass blickte finster und versuchte, Gabrielles Hand wegzuschieben, doch deren Hände schlossen sich noch fester um die Flasche.

»Bitte, Cass! Du hast selbst gesagt, wie gefährlich das Beschwören der Toten ist. Wäre es nicht besser, mit klaren Sinnen weiterzumachen?«

»Ich könnte den Teufel heraufbeschwören, nüchtern oder betrunken.«

»Genau deswegen bin ich besorgt.«

Cass presste trotzig die Lippen zusammen. Sie rang mit Gabrielle um die Kontrolle über die Flasche, bis sie ärgerlich losließ.

»Ich glaube, du hast recht«, murrte sie. »Nimm das verdammte Zeug und stell es weg. Einstweilen.«

Gabrielle war erleichtert, auch wenn es nur ein schwacher Sieg war, denn die Flasche war nahezu leer. Sie behielt Cass besorgt im Auge, während sie Glas und Flasche in den Schrank zurückstellte.

Die Frau rieb sich mit den Händen übers Gesicht, als versuche sie, ihre Sinne zu klären. Beunruhigt fragte sich Gabrielle, ob Cass nüchtern genug war, um fortzufahren. Cass bemühte sich, gerade zu sitzen, und schüttelte ihre wilde schwarze Mähne zurück. Doch als sie begann, barsche Befehle zu erteilen, hörte sich ihre Stimme erstaunlich fest an.

»Geh zum Schrank und such eine große Kupferschüssel und

eine schwarze Kerze. Fülle die Schüssel mit Wasser. Zünde die Kerze an und stelle beides auf den Tisch. Lösche die Fackeln und nimm mir gegenüber Platz.«

Gabrielle führte eilig alle Anordnungen aus. Sie bebte vor Aufregung. Bald waren alle Fackeln gelöscht, und die Gegenstände, um die Cass gebeten hatte, waren vor ihr aufgebaut. Die schwarze Wachskerze stand genau in der Mitte des Tisches und brannte mit geradezu unnatürlicher Intensität. Die kleine, aber strahlende Flamme glitzerte über dem Wasser in der Kupferschüssel und überzog Cassandra Lascelles' blasse Züge mit einem fremden weißen Glühen.

Gabrielle saß angespannt auf der Stuhlkante und wurde sich der Grabesstille bewusst, die in dem Raum herrschte. Sie hörte nichts bis auf ihr Herzklopfen und ihren beschleunigten Atem. Kaum vorstellbar, dass sich direkt hinter den Mauern dieses Hauses eine riesige Stadt befand. Paris, vor Lärm und Geschäftigkeit strotzend, schien sehr weit entfernt, als Gabrielle sich darauf gefasst machte, Cass in eine andere Welt, in das Land der Schatten zu folgen.

»Gib mir deine Hand!«, befahl Cass.

Gabrielle zögerte, nachdem Cass so leicht ihre innersten Geheimnisse entdeckt hatte. Aber als Cass ungeduldig die Hand ausstreckte, ergriff sie sie vorsichtig. Sie konnte ein kleines Schaudern nicht unterdrücken, denn Cassandras Finger fühlten sich für eine junge Frau ausgesprochen kalt und trocken an.

»Und jetzt?«, flüsterte Gabrielle.

»Nichts. Sitz still und sei ruhig. Und was auch immer geschieht, unterbrich während der Beschwörung nicht den Kontakt unserer Hände.«

Gabrielle blickte zweifelnd auf die Kupferschüssel mit Wasser und die brennende Kerze. Es schienen einfache Dinge zu sein, die ein so großes Kunststück ermöglichten, wie die Toten heraufzubeschwören.

»Ist nichts weiter erforderlich außer dieser Schüssel und der

Kerze?«, fragte sie. »Brauchen wir keinen Zaubertrank oder – oder sonst etwas?«

»Zaubertrank.« Cassandras Lippen kräuselten sich verächtlich. »Möglicherweise brauchen andere Hexen solche armseligen Hilfen. Ich für meinen Teil besitze eine natürliche Nähe zur Welt der Toten.«

Bei diesen Worten überlief es Gabrielle eiskalt. Unwillkürlich musste sie an eines der Gerüchte denken, die über Cassandra Lascelles kursierten, ein ziemlich beunruhigendes: Angeblich hatte ihre Mutter, eine Zigeunerin, ein höllisches Geschäft abgeschlossen, als Cass ein kleines Mädchen war. Es hieß, sie habe dem Teufel Cassandras Augenlicht versprochen, um ihrer Tochter große übernatürliche Fähigkeiten zu verschaffen.

Ein offensichtlich albernes Gerücht, beruhigte sich Gabrielle. Wahrscheinlich war Cass durch Scharlach oder eine andere Kinderkrankheit erblindet. Es war nichts Unheimliches oder Allmächtiges an der Frau ihr gegenüber, die in ihrem zu großen Kleid fast kindlich wirkte, die Hand so dünn, dass es schien, als ob ein starker Händedruck Cassandras Knochen zu Staub zermahlen könnte.

Und dennoch warnte eine innere Stimme Gabrielle: *»Lass dich nicht durch Äußerlichkeiten täuschen. Maman hat uns immer geraten, uns vor denen zu hüten, die die dunkle Magie betreiben. Du kannst immer noch aufhören, Gabrielle. Jetzt, bevor es zu spät ist.«*

Die Stimme klang wie die ihrer älteren Schwester. Ariane, deren Hände immer bereit waren, Schutz zu spenden, auch wenn er gar nicht gewünscht war; die besänftigten und trösteten, auch wenn man zu wund war, um berührt zu werden.

Das Bild ihrer Schwester drängte sich in Gabrielles Bewusstsein, Arianes klare, graue Augen, ihr weiches braunes Haar, das ernste Lächeln, dem ihrer verstorbenen Mutter so ähnlich. Es war lange her, seit sie Ariane gesehen hatte. Viel zu lange, dachte sie bekümmert.

Resolut vertrieb sie ihre Schwester aus ihren Gedanken und konzentrierte sich auf Remy. Falls Cassandras dunkler Zauber tatsächlich funktionierte, würde es Remys Gesicht sein, das Gabrielle in wenigen Momenten vor Augen hätte.

Sie hielt den Atem an, als Cass den Kopf mit geschlossenen Augen nach hinten warf, und wartete darauf, dass Cass magische Formeln murmelte, die ihr Remy zurückbringen würden.

Unbeschreiblich lang dehnte sich die Zeit, während die Frau einfach nur dasaß, reglos und stumm. Geduld war niemals Gabrielles Stärke gewesen. Mit wachsender Unruhe beobachtete sie, wie das Wachs an den Seiten der schwarzen Kerze hinablief.

»Zur Hölle!«

Gabrielle erschrak, als Cass fluchte und ihre Hand fester umklammerte. Cass blinzelte unruhig und zischte mit dünnen Lippen: »Würdest du bitte aufhören herumzuzappeln? Ich komme nirgendwo hin.«

»Entschuldigung.« Gabrielle bemühte sich, still zu sitzen, aber Cass klagte weiter: »Das wird so nichts. Du musst mir mehr geben, womit ich arbeiten kann.«

»Aber ich habe sonst nichts von Remy.«

»Dann gib mir eine Erinnerung.«

»Wie soll ich das denn machen?«, protestierte Gabrielle. »Ich weiß nicht, was du meinst.«

»Schließ deine Augen und konzentriere dich«, befahl Cass barsch. »Denke an eine Zeit, die du mit Remy verbracht hast. Keine, in der große Gefahr oder Aufregung herrschte. Einfach ein ruhiger Moment.«

Gabrielle brach beinahe in hysterisches Gelächter aus. Ein ruhiger Moment in jenem Sommer, der mit nichts als der Bedrohung durch Tod und Schrecken angefüllt gewesen war? In jenem Sommer war Remy auf der Flucht vor der dunklen Königin gewesen. Katharina hatte ihre Soldaten geschickt, um Faire Isle auf der Suche nach ihm notfalls dem Erdboden gleichzumachen. Als dieses Unternehmen scheiterte, hatte Katharina zu noch schlimmeren Maßnahmen gegriffen: Sie hatte Hexenjäger auf sie gehetzt, angeführt von dem grausamen, halb verrückten Fanatiker Vachel Le Vis.

Der Schuft hatte Gabrielles kleine Schwester Miri festgenommen und gedroht, das Kind zu foltern, sollte Remy nicht ausgeliefert werden. Diese Bedrohung konnte nur durch den Comte de Renard abgewendet werden, der die Hexenjäger aufs Festland zurückdrängte. Aber allzu bald waren Le Vis und seine Handlanger im Schutz der Dunkelheit zurückgekehrt. Dieses Mal hatten sie Belle Haven direkt angegriffen und das Haus fast über ihren Köpfen abgebrannt.

Gabrielle öffnete den Mund, um Cassandra zu erklären, dass sie nie auch nur einen ruhigen Moment mit Nicolas Remy auf Faire Isle verbracht hatte, als der sich dort versteckt hielt. Aber plötzlich stellte sich eine andere Erinnerung ein, die ihr zeigte, dass ihr erster Eindruck getrogen hatte.

In jenem Sommer war Gabrielle außerordentlich unruhig und gelangweilt gewesen. Sie hatte weder die schmerzhafte Vergangenheit bewältigt, noch hatte sie konkrete Schritte für eine Zukunft jenseits von Faire Isle unternehmen können. Sie schien in einer Gegenwart endloser Streitereien mit ihrer Schwester Ariane gefangen. Ein gewisses Maß an Frieden hatte sie gefunden, indem sie nach Remy schaute und seine Pflege unterstützte. Sie erinnerte sich an Tage, an denen sie sich vollkommen selbstvergessen bemühte, Remy von seinen Schmerzen abzulenken; an denen sie alles tat, um ihn zu unterhalten; sie packte sogar die Andenken an ihre Mädchenzeit aus, Gedichtbände oder Romane, die sie bereits weggelegt hatte.

Remys große, schwielige Hände eigneten sich besser dazu, ein Schwert zu führen. Wenn er ungelenk die Seiten ihrer Bücher umblätterte, schien ihm stets ziemlich unbehaglich zumute zu sein; mehr Spaß hatte er, wenn sie ihm vorlas. Doch Gabrielle fragte sich, ob er überhaupt einen Sinn in den Worten fand. Wenn sie von den Seiten aufsah, ruhte sein Blick stets voll unerschütterlicher Bewunderung auf ihr. Sie hatte sich dabei fast wieder jung, unschuldig und unberührt gefühlt – fast.

Gabrielle richtete sich auf und schreckte vor der Erinnerung zurück. Ihr wurde bewusst, dass Cass ihre Hand sanft streichelte und drängte: »Weiter so, Gabrielle. Erinnere dich.«

Gegen ihren Willen trieben ihre Gedanken zu einem besonderen Nachmittag. Remy war es bereits so gut gegangen, dass er sein Krankenlager verlassen konnte. Gabrielle hatte ihn dazu überredet, sich von der Sicherheit des Hauses in die Wälder hinter Belle Haven wegzustehlen.

Das Gras fühlte sich unter Gabrielles nackten Füßen frisch und kühl an, die Sonne schien warm auf ihr Gesicht, doch die Hand Remys, die sie hielt, war wärmer. Gabrielles Atem stockte; das Bild von Remy, das sich nun einstellte, war so klar wie schon lange nicht mehr. Seelenvolle, tiefbraune Augen, umrahmt von dichten dunklen Wimpern lächelten sie an, die Weichheit seines Mundes stand im Widerspruch zu den zerfurchten Linien, die Zeit und Mühsal in sein Gesicht gegraben hatten.

Für einen Mann hatte Remy ein ungewöhnlich freundliches Lächeln gehabt, ein wenig ernst, ein wenig schüchtern, umso liebenswerter durch die Tatsache, dass …

Nein. Gabrielle schlug hastig die Augen auf, und der vertraute Schmerz schnürte ihr die Kehle zu.

»Ich kann das nicht tun«, sagte sie mit rauer Stimme.

»Doch, du kannst«, beruhigte Cass sie und fuhr fort, ihre Hand rhythmisch zu streicheln. »Du musst, wenn du Remy je wiedersehen willst. Hör mir zu, ich werde dich sicher durch den Schmerz geleiten.«

Gabrielle seufzte. Unwillig kehrte sie zu dem Augusttag zurück, dem letzten, den sie mit Remy verbracht hatte, bevor er von Faire Isle in seinen Tod geritten war. Doch unter dem Bann von Cassandras hypnotischer Stimme schloss sie die Augen und versuchte, sich an den Nachmittag am Flussufer zu erinnern.

Sie hatte Remy wieder geneckt, obwohl Ariane sie bereits häufiger deswegen gescholten hatte. Den Mann quälen, wie ihre ältere Schwester es nannte. Doch Nicolas Remy hatte es nötig wie kein anderer, gelegentlich um seine Ernsthaftigkeit gebracht zu werden. Er brauchte jemanden, der seinen ernsten Blick milderte, ihn zum Lachen brachte und für eine Weile vergessen ließ, welch schwere Bürde er auch immer zu tragen hatte.

Gabrielle hatte ihn überredet, seine ernste Würde abzulegen und sie bei einer Kindheitsfantasie zu begleiten, der sie am liebsten nachgegangen war, dem Ritter-und-Drachen-Spiel.

Wenn sie sich stark genug konzentrierte, konnte sie immer noch den rauen Klang seiner Stimme hören.

»Gibt es in diesem Spiel auch einen Teil, wo die schöne Jungfer ihren kühnen Ritter mit einem Kuss belohnt?«

Remy hatte versucht, die Frage wie einen Scherz klingen zu lassen, doch seine dunkelbraunen Augen wirkten viel zu ernst für Gabrielles Geschmack.

Sie wich vor ihm zurück und schwang mit einer weit ausholenden Geste die Röcke. »Ein Kuss? Pfui, Sir Nicolas, Ihr versteht offenbar überhaupt nichts von schönen Burgfräulein. Wir sind kühl und grausam, unsere Helden dürfen uns stets nur aus der Ferne verehren. Das Höchste, was wir unserem Ritter erlauben, ist es, zu unseren Füßen zu knien und uns ewige Treue und Dienstbarkeit zu schwören.«

Sie hatte sich bemüht, spielerisch zu klingen, nie hätte sie damit gerechnet, dass Remy ihrer Aufforderung tatsächlich nachkommen würde. Doch zu ihrer Bestürzung trat er vor sie und ging langsam in die Knie.

»Oh, Remy! Das war doch nur ein Scherz …«, begann sie, aber Remy ließ sich nicht aufhalten. Offenbar bereitete ihm diese Anstrengung Schmerzen an seiner frisch verheilten Wunde, denn er zuckte heftig zusammen.

»Remy, hört auf!«, sagte sie. »Das Spiel ist vorbei. Steht auf!«

Aber er blieb, wo er war, obgleich er ein wenig blass geworden war. »Nein, Mademoiselle. Es war Eure Idee, und die spielen wir jetzt auch zu Ende.«

»Seid kein Narr! Erhebt Euch, bevor Ihr Euch noch wehtut.« Sie zog an seinem Ärmel und versuchte, ihn zum Aufstehen zu bewegen. Doch er packte ihre Hand und hielt sie fest.

Gabrielle versuchte, sich ihm zu entziehen, doch als Remy den Kopf hob und sie ansah, verharrte sie gebannt. Die Sonne hatte sein Haar in poliertes Gold verwandelt und betonte jede Linie seiner von Schmerz und Mühen gezeichneten Züge. Aber in seinen Augen leuchtete ein Licht, das nicht von der Sonne stammte.

»Mademoiselle, mein Schwert steht Euch allzeit zu Diensten«, erklärte er und presste ihre Hand auf sein Herz. »Ich schwöre beim Blut meines Lebens, Euch ewig zu dienen und zu beschützen.«

Gabrielle konnte nichts erwidern. Es war, als wäre zu ihren Füßen der Traum eines jeden jungen Mädchens wahr geworden: der von vielen Strapazen gezeichnete Ritter, der sich zur Dame seines Herzens durchgekämpft hat und sie gleich im Schutz seiner starken Arme auf seinem Schlachtross entführen wird.

Ein durch und durch aufrichtiger, redlicher, mutiger Mann – Eigenschaften, die sie leider fälschlicherweise dem Chevalier Etienne Danton zugeschrieben hatte. Aber Danton hatte nur den Titel getragen, er war genauso wenig ein Ritter gewesen, wie Gabrielle jetzt noch Jungfrau war.

Bei Nicolas Remy war es anders – er war treu und aufrichtig. Nur leider war er viel zu spät auf ihre Insel gekommen.

»Remy ...« Eine heisere Stimme hauchte den Namen mit einem Kummer, als käme sie geradewegs aus Gabrielles

Herzen. Aber die Stimme war die von Cass. Gabrielle öffnete die Augen und starrte beklommen auf ihre Freundin.

»Remy«, murmelte Cass wieder. Ihr Kopf war zurückgeworfen, eine Folge starker Gefühle jagte über ihre blassen Züge. Von einem Augenblick zum anderen waren die Lippen in träumerischer Sinnlichkeit geöffnet, dann wieder verzweifelt zusammengepresst.

Es war, als ob … als ob Cass Gabrielles Erinnerungen an Remy stahl, indem sie sie durch ihre Fingerspitzen sog. Instinktiv versuchte Gabrielle, die Hand wegzuziehen, doch Cassandras Finger schlossen sich wie eine Eisenfessel um ihr Handgelenk. Cassandras Kopf sank nach vorne, und Gabrielle ließ, unfähig, sich zu rühren, von ihren Bemühungen ab, während sich Cass vor ihren Augen verwandelte.

Jede Ähnlichkeit mit einer Betrunkenen oder einer blassen Einsiedlerin war verschwunden. Cass straffte die Schultern und beugte den Nacken, sie schien größer und stärker zu werden, bis sie aussah wie eine Hexe aus den alten Legenden, eine Circe oder Morgan Le Fay aus der Artussage.

Ihre Haut war durchscheinend und glühte in dem gleißenden Licht der Kerze, ein starker Kontrast zu ihrem blutroten Gewand und dem Gewirr ihrer ebenholzschwarzen Haare. In ihren dunklen Augen reflektierte die Kerzenflamme Lichtpunkte, scharf und kalt wie weit entfernte Sterne.

»Nicolas Remy«, krächzte Cass. »Ich rufe dich aus dem Totenreich herbei. Folge dem Klang meiner Stimme und komm zu uns. Gabrielle wartet.«

Mit ihrer freien Hand tastete sie nach der Schüssel und strich mit den Fingern darüber. Das Wasser begann sich zu trüben, Dunst stieg von der Oberfläche auf, bis das ganze Gefäß voll davon war. Cass beugte sich mit geöffneten Lippen eifrig nach vorn. Je wolkiger das Wasser wurde, desto klarer wurden ihre Augen, desto schärfer ihr Blick. Während Cassandra in das Wasser starrte, begriff Gabrielle schockiert, dass die blinde Frau tatsächlich sehen konnte.

»Nicolas Remy!«, rief Cass abermals. »Gabrielle hat einen weiten Weg zurückgelegt, um dich zu finden. Sie ist erschöpft, und ihr Herz ist wund. Enttäusche sie nicht. Durchtrenne den Schleier des Todes, und lass sie dein Gesicht sehen, lass sie ein letztes Mal deine Stimme hören.«

Bei Cassandras Worten begann der Dunst zu wirbeln, und langsam trat eine Gestalt hervor, ein kaum wahrnehmbarer Umriss, wie das Gesicht eines Mannes, der sich im Nebel verirrt hat.

»Zeigt Euch, Herr Hauptmann«, forderte Cass. »Lasst uns nicht warten.«

Die Schwaden teilten sich, und Gabrielles Atem stockte, als sie die Konturen eines bärtigen Antlitzes erahnte, das jedoch sogleich wieder im Dunst verschwand. Sie beugte sich über die Schüssel, ihr Herz klopfte in einer Mischung aus Angst und Hoffnung.

Cass' Anrufungen wurden heftiger, aber der Mann blieb ein Phantom, verborgen in Wasser und Nebel.

»Für mich wird er nicht kommen«, murrte sie Gabrielle an. »Ruf du ihn.«

Gabrielle spähte auf die geisterhafte Gestalt im Wasser. Sie hörte das Blut in ihren Ohren rauschen. »R-Remy?«, stammelte sie.

»Ruf ihn so, als ob du es ernst meinst. Leg dein ganzes Herz hinein, Mädchen!«

Gabrielle befeuchtete die spröden Lippen und versuchte es erneut. »Remy, bitte, komm zu mir zurück – nur noch ein Mal. Ich … ich brauche dich.«

Der Dampf wirbelte und teilte sich, sodass das unter der Oberfläche verborgene Gesicht immer deutlicher wurde. Seufzend entwich Gabrielles Atem, das Wasser schimmerte und ließ die Umrisse eines schlanken Männergesichts erahnen, das unter wildem Bartwuchs versteckt war.

Aber es war nicht Nicolas Remy.

3

Gabrielle wich erschrocken vor der Erscheinung zurück. Der Bart des alten Mannes war lang und dicht, seine eingefallenen Wangen bildeten tiefe Höhlen unter seinen würdevollen Augen, die sich anklagend auf Gabrielle richteten.

»Närrische Hexe! Warum hast du meinen Frieden gestört?« Die Stimme des Geistes war tief, wie das Grollen eines entfernten Donners.

»Ha-hab ich nicht.« Gabrielle sank in ihren Stuhl zurück. Sie bemühte sich heftig, den Kontakt der Hände zu unterbrechen. »Cass, wir müssen das jetzt beenden.«

Aber Cass ließ sie nicht los. »Nein, hab keine Angst. Alles ist in Ordnung, Gabrielle.«

Zu Gabrielles Erstaunen beugte sich Cass dichter über die Kupferschüssel und senkte ihre Stimme. Ehrerbietig und gedämpft sagte sie: »Guten Abend, Meister.«

Das Wasser in der Schüssel kräuselte sich, mit leisem Zischen stieg der Dampf höher. Gabrielles Herz zog sich vor Angst zusammen. Dabei erschien der im Dunst schwebende alte Mann gar nicht so erschreckend, sondern eher gramvoll gebeugt durch mannigfache Reue. Als seine alten Augen auf Cass ruhten, dachte Gabrielle, dass sie ihn tatsächlich schaudern sah.

»Cassandra Lascelles. Du übst diese vermaledeite schwarze Magie aus, trotz meiner zahlreichen Bitten, es zu unterlassen. Warum hast du mich wieder herbeigerufen?«

»Dieses Mal habe ich Euch nicht gerufen, Meister«, antwortete Cass. »Ihr kamt von allein.«

»Weil ich nicht anders konnte. Der bloße Klang deiner Stimme, die in das Totenreich dringt, ist mir eine Qual. Und dann dieser Name … Gabrielle.«

Als diese Grabesstimme ihren Namen aussprach, fuhr Gabrielle erneut erschrocken zusammen.

Aber Cass ließ nicht locker. »Ihr wisst etwas über Gabrielle? Ihr Name sagt Euch etwas, Meister?«

»Bitte, Cass«, unterbrach Gabrielle. »Was passiert denn nun? Wer ist dieser seltsame Mann?«

»Nostradamus«, zischte Cass ihr zu.

»Nostradamus?« Vor lauter Erstaunen klappte ihr die Kinnlade herunter.

»Ja, der berühmte Arzt aus der Provence und frühere Hofastrologe. Ein Mann, der bekannt dafür war, in die Zukunft blicken zu können. Sicherlich hast du von ihm gehört.«

»Ja, welche weise Frau hätte das nicht?«, flüsterte Gabrielle. »Aber ich verstehe nicht, was er hier macht, wenn wir doch Remy gesucht haben.«

»Wenn du still wärst, hätte ich vielleicht die Gelegenheit, es herauszufinden«, murrte Cass. Lauter und mit respektvollem Ton wandte sie sich an das alte Gesicht, das vor ihnen schwebte. »Meister, Ihr sagtet etwas über Gabrielle. Habt Ihr sie in einer Eurer Visionen gesehen? Kennt Ihr ihre Zukunft? Berichtet uns.«

»Ich bin nicht hierhergekommen, um in meine Zukunft schauen zu lassen«, fiel ihr Gabrielle abermals schroff ins Wort.

Cass achtete nicht auf sie. In ihrem Stuhl aufgerichtet, forderte sie höchst gebieterisch: »Berichtet uns jetzt, Meister, und ich werde die Séance beenden und Euch in Frieden entschwinden lassen.«

»Nein, das wirst du nicht«, protestierte Gabrielle. »Was ist mit Remy?«

Cass drückte schmerzhaft Gabrielles Hand, um sie zum Schweigen zu bringen. Der alte Mann schloss die Augen und sah aus, als versuche er mit aller Gewalt, in die Nebel seiner Welt zurückzukehren. Doch offenbar erkannte er die Sinnlosigkeit seines Kampfes, denn seine Mundwinkel sanken resigniert herab.

Nostradamus öffnete die Augen und begann erschöpft zu sprechen:

»Gabrielle steht ein verheißungsvolles Schicksal bevor. Sie wird eine Frau mit großem Einfluss, Reichtum und Macht werden, jenseits ihrer kühnsten Vorstellungen.«

»Ich will das nicht hören«, sagte Gabrielle. »Berichtet von Nicolas Remy.«

»Gabrielle wird Macht über das Herz eines Königs erringen.«

»König? Welcher König?«, fragte Cass eifrig.

»Der König von Frankreich. Gabrielle wird das Land durch Heinrich regieren. Zuerst wird sie seine Mätresse werden …«

»Heinrich Valois?«, wiederholte Gabrielle angeekelt. »Der Sohn Katharinas von Medici? Dieser parfümierte Stutzer? Er ist der grausamste und perverseste Mann, den ich je erlebt habe.«

»Ich spreche nicht von Heinrich Valois«, antwortete Nostradamus. *»Sondern von Heinrich, dem derzeitigen König von Navarra. Du wirst seine Bewunderung erringen, und er wird eines Tages den französischen Thron besteigen.«*

»Das ist unmöglich«, entgegnete Gabrielle ungeduldig. »Valois ist ein junger Mann und hat auch noch einen jüngeren Bruder. Ihre Mutter, Katharina von Medici, wird ihr Thronrecht grimmig verteidigen. Nun aber zu Nicolas Remy. Er war ein hugenottischer Soldat. Ihn wollte ich …«

»Das Haus Valois wird stürzen, die Herrschaft der Italienerin wird zu Ende gehen.«

»Halt!« Zu Gabrielles Erstaunen wich Cass zurück, und ihre Stimme war scharf vor Beunruhigung. »Ihr werdet nicht mehr von der dunklen Königin sprechen.«

Nostradamus schenkte Cassandras Versuch, ihn zu unterbrechen, genauso wenig Beachtung, wie er es bei Gabrielle getan hatte.

»Hüte dich vor der dunklen Königin. Sie wird um ihren Besitz kämpfen und alles, was ihre Macht bedroht, zerstören. Aber dabei wird sie mit den beiden ihr verbliebenen Söhnen vergehen. Ihre

Linie wird enden. Der König von Navarra wird König von Frankreich werden, und Gabrielle wird ...«

»Nichts mehr davon«, kreischte Cass. »Seid still.«

Cassandra versuchte, den Kontakt zu Gabrielle zu unterbrechen, doch diesmal war es Gabrielle, die nicht losließ.

»Gabrielle wird was?«, fragte Gabrielle den Alten, trotz allem fasziniert.

»Die Herrschaft der dunklen Königin wird enden, und Gabrielle wird ...«

»Nein!« Cassandra sprang auf und entriss Gabrielle ihre Hand. Bevor Gabrielle sie aufhalten konnte, schlug Cass mit dem freien Arm um sich und fegte das Kupferbecken und die schwarze Kerze vom Tisch. Mit schrecklichem Gepolter fiel beides auf den Steinboden.

Gabrielle sprang ebenfalls auf, in der Hoffnung, etwas retten zu können, aber es war zu spät. Das Wasser war verschüttet, die Kerze verlöscht. Der Dunst, das gespenstische Antlitz, die Vorhersagen des Nostradamus, alles war fort. Und damit auch ihre Hoffnung, Nicolas Remy wiederzusehen.

Eine tiefe Stille senkte sich über den Raum. Gabrielle stolperte durch die Finsternis und hantierte mit Feuerstein und Zunder, bis es ihr gelang, eine der Fackeln zu entzünden. Die Schüssel lag inmitten einer dunklen Wasserlache auf dem Boden neben der schwarzen Kerze. Der Docht war zu schwarzer Asche verkohlt. Die Kerze, die vor wenigen Momenten noch mit solcher Kraft geleuchtet hatte, wirkte nun lächerlich harmlos.

»Warum, Cass?«, fragte Gabrielle ärgerlich. Ihre Stimme bebte vor Enttäuschung und Bestürztheit. »Warum hast du das getan?«

»Warum?«, wiederholte Cass schrill. »Zum Teufel noch mal, Gabrielle.«

Sie schlang die Arme fest um sich. »Nostradamus erwähnte immer wieder die dunkle Königin, er erzählte von ihrem Tod und dem Niedergang ihrer Linie. Weißt du, was sie uns antut, falls sie herausfindet, dass wir solche Vorhersagen heraufbeschworen haben?«

»Ach, sei nicht albern, Cass«, schnappte Gabrielle. »Wir verstecken uns in einem verlassenen Haus und halten eine Séance in einem grabähnlichen Raum ab. Wie zum Teufel soll Katharina das je herausfinden?«

»Weil sie ein Teufel *ist.* Sie besitzt mehr böse Kräfte, als du dir vorstellen kannst. Falls die dunkle Königin auch nur vermutet, dass du hoffst, sie und ihre Bälger durch Heinrich von Navarra zu ersetzen, wird sie dich vernichten und ihn auch. Und dann wird sie mir nachstellen, weil ich ihren toten Hofastrologen beschworen habe, um dein Köpfchen mit solchen Absichten zu füllen.«

»Ich brauche keinen Nostradamus für den Ehrgeiz, die Macht der dunklen Königin zu brechen. Ich brenne vor Verlangen, Katharina ganz unten zu sehen, seit …« Aber Gabrielle zügelte ihren Zorn, als sie merkte, wie schlecht es Cass ging.

Sogar für ihre Verhältnisse war sie leichenblass geworden und wankte, als ob sie kurz vor einer Ohnmacht stünde. Gabrielles Wut verflog, und sie eilte an ihre Seite.

»Geht es dir gut? Du siehst schrecklich aus.« Sie legte einen Arm um Cassandras magere Schultern. »Komm schon, ich glaube, du musst dich hinlegen.«

»Ich brauche nur einen Schluck Branntwein«, murmelte Cass, gestattete Gabrielle aber, sie zu dem schmalen Bett zu führen. Sie weigerte sich zwar, sich hinzulegen, aber sie sank immerhin auf die Kante und legte den Kopf zwischen die Knie, bis wieder etwas Farbe in ihre Wangen zurückgekehrt war.

Mit einem schwachen Seufzer richtete sie sich auf und versuchte, ihre losen Haarsträhnen zurückzustreichen. Cassandra Lascelles sank in sich zusammen, alle Züge der eindrucksvollen Zauberin verschwanden gemeinsam mit dem Dunst. Am deutlichsten zeigte es sich in ihren Augen, ihr Licht war erloschen wie der Kerzendocht. Cass war wieder in ihre Dunkelheit zurückgekehrt.

Sie befeuchtete die Lippen und strich mit einer zitternden Hand über ihre Brauen. »Oh Gott, es – es kostet mich immer viel Kraft, wenn ich eine Beschwörung so abrupt beenden muss. Ich – es tut mir leid, dass ich es tun musste, Gabrielle. Ich weiß, dass du mich jetzt für eine Närrin hältst, aber als der Meister immer wieder von der dunklen Königin anfing …«

Sie schauderte. »Ich habe nicht vor vielen Dingen in dieser Welt Angst. Aber ich hüte mich, Katharina zu verärgern. Zumindest jetzt, wo sie die stärkste Hexe Frankreichs ist.«

Gabrielle kniete sich vor Cass und rieb ihr sanft die Handgelenke. »Du brauchst keine Angst zu haben. Viel zu viele von uns schreiben Katharina allen dunklen Zauber der Hölle zu. Aber ich hatte schon mehrmals mit dieser Frau zu tun, ich versichere dir, sie ist auch nur eine Tochter der Erde, und wie wir alle hat auch sie ihre Schwächen.«

»Aber – aber sie ist so mächtig.«

»Das bist du auch«, sagte Gabrielle, während sie versuchte, Cassandras Hände zu wärmen. »Ich kenne keine Hexe, die in der Beschwörung der Toten so begabt ist wie du.«

Cass brachte ein schwaches Lächeln zustande. »So begabt wohl auch wieder nicht. Denn ich habe dir nicht geben können, was du wolltest – deinen Hauptmann Remy.«

»Nun, das ist nicht weiter schlimm«, schwindelte Gabrielle und schluckte ihre Enttäuschung hinunter. »Es war interessant, den großen Nostradamus zu treffen. Mein Vater brachte gewöhnlich die Jahrbücher seiner Vorhersagen aus Paris mit, obwohl Maman dies nie billigte. Sie hatte kaum Vertrauen in die Kunst der Astrologie. Sie sagte immer, dass die Vorhersagen des Nostradamus nichts als närrische, ärgerlich ungenaue Poesie seien.«

»Das mag auf einige seiner Vorhersagen zutreffen, andere aber sind erstaunlich genau. Ich kann dir nur sagen, ich habe Nostradamus seit seinem Tod viele Male beschworen, um ihn nach der Zukunft zu befragen. Seine Fertigkeiten haben sich durch den Tod stark verbessert.«

»Du denkst also, alle diese Dinge, die er über mich gesagt hat, sind wahr?«

»Oh ja. Zweifellos hast du eine große Zukunft vor dir. Ich bedauere nur, dass ich nicht den Mut hatte, weiterzumachen, dann hätte er dir mehr sagen können.«

»Das macht nichts.« Gabrielle seufzte. Eigentlich hatte sie jetzt nur noch eine Frage, doch sie zögerte aus Furcht vor der Antwort.

»Cass – warum kam heute Abend Nostradamus anstelle von Remy zu mir?«

Cass zuckte mit den Schultern. »Der Meister und ich sind auf ewig miteinander verbunden, ob er will oder nicht. Als ich ein kleines Mädchen war, brachte mein Vater, der Bischof, mich zu Dr. Nostradamus in der Hoffnung, er könne meine Blindheit heilen …«

»Das meine ich nicht«, fiel ihr Gabrielle ins Wort. »Ich verstehe, wie es dir möglich war, Nostradamus heraufzubeschwören. Was ich nicht verstehe, ist, dass Remy nicht kam, als ich ihn rief.«

Cass hatte ihr Gesicht hinter einem Vorhang von Haaren verborgen und ließ sich Zeit mit der Antwort. »Ich bin mir nicht sicher«, sagte sie schließlich. »Wahrscheinlich wollte der Hauptmann es nicht. Ich habe versucht, dich zu warnen. Die Toten können sehr nachtragend sein.«

»Also denkst du, weil ich ihn im Leben zurückgewiesen habe, weist er mich im Tod zurück?«

»So scheint es.« Cass hob mitfühlend den Kopf. »Es tut mir leid, Gabrielle.«

»Schon gut. Ich habe so etwas fast erwartet«, sagte Gabrielle. Aber warum schmerzte Cass' Bestätigung dann so?

»Wenn du willst, kann ich es noch einmal versuchen, wenn es mir besser geht«, schlug Cass vor.

»Nein, wozu?«, antwortete Gabrielle düster. »Vermutlich wäre das Ergebnis das gleiche. Es zu versuchen war von Anfang an lächerlich.«

Cass drückte tröstend ihre Hand. »Du solltest Remy vergessen. Er war nur ein Soldat, der kurz dein Leben streifte und nichts mit deinem Schicksal zu tun hat. Wenn Nostradamus recht hat, wirst du mit einem König verbunden sein und die Herrin von ganz Frankreich werden.«

»Ja, Frankreich«, murmelte Gabrielle und wunderte sich, warum sie so wenig begeistert war. Aber im Moment hätte sie für ein einziges Lächeln von Nicolas Remy ein ganzes Königreich, all ihren Ehrgeiz und die blendenden Aussichten gegeben.

Ein dummer Gedanke, schalt sie sich. Sie war müde, das war alles. Es war ein ereignisreicher und erschöpfender Abend gewesen. Langsam richtete sie sich auf und ließ Cassandras Hand los.

»Es ist spät geworden, ich sollte gehen. Und du brauchst etwas Ruhe.«

Cass gähnte herzhaft hinter vorgehaltener Hand. »Ich bin tatsächlich außerordentlich erschöpft. Diese Sitzungen sind immer sehr anstrengend für mich.«

Gabrielle holte ihren Umhang. Während sie ihn umlegte, war Cass bereits unter die Bettdecke gekrochen.

Es lag etwas seltsam Kindliches in der Art, wie sie ihr Kopfkissen umarmte. Gabrielle verspürte einen Stich, als sie Cass betrachtete. Es erschien ihr hartherzig, einfach zu gehen und Cass in dieser trübsinnigen Umgebung zurückzulassen, allein in diesem Grab von Haus, das mit solch schrecklichen Erinnerungen gefüllt sein musste.

»Cass, ich – es fällt mir schwer, dich hier zurückzulassen. Ich wünschte, du ließest mich …«

Aber Cass schnitt ihr wie immer das Wort ab.

»Mach dir um mich keine Sorgen, Gabrielle«, sagte sie mit einem schläfrigen Lächeln. »Ich kümmere mich schon seit Längerem um mich selbst. Denk nur daran, dass du mir einen Gefallen versprochen hast, wann immer ich dich darum bitte.«

»Natürlich«, murmelte Gabrielle.

Damit hatte Cass wohl alles gesagt. Sie schloss die Augen. Gabrielle zündete die mitgebrachte Kerze an, um ihren Weg die Treppe hinauf zu finden. Als sie die Tür des verborgenen Raums öffnete, stolperte sie fast über Cerberus, der ausgestreckt auf der Schwelle lag. Der Hund hatte seinen Kopf sorgenvoll auf die Pfoten gelegt. Er sprang sofort auf und stürzte, ohne einen Blick an Gabrielle zu verschwenden, in die verborgene Kammer hinunter zu seiner Herrin.

Als Gabrielle noch einmal zurückschaute, sah sie, wie die blinde Einsiedlerin des Maison d'Esprit ihren Hund streichelte.

Cass schmiegte sich unter die Decken und lauschte intensiv. Ihr Gehör war fast so fein wie das ihres Hundes. Sobald sie Gabrielles letzte Schritte über sich und das entfernte Schließen einer Tür hörte, schlug sie die Decken zurück und machte sich auf die Suche nach ihrer Flasche.

Sie hörte Cerberus' Krallen auf dem Steinboden, als der Hund ihr ängstlich folgte, doch sie ignorierte ihn und tastete sich die Schrankborde entlang. Gabrielle hatte den Branntwein als Letzte weggestellt, sodass er nicht an seinem üblichen Platz war. Leise fluchend bezwang Cass ihre Ungeduld. Besorgt und mit höchster Umsicht, um nicht aus Versehen die Flasche umzustoßen und die kostbaren letzten Tropfen zu verschütten, suchte sie weiter. Ihre Anspannung wuchs, bis ihre Finger sich um die vertraute Form der Flasche schlossen.

Sie schaffte es zurück an den Tisch und sank auf ihren Stuhl, die Flasche an sich gepresst wie ein Geizhals seine letzte Münze. Sie entkorkte die Flasche und setzte sie direkt an die Lippen, ohne sich um Feinheiten wie ein Glas zu kümmern.

Die feurige Flüssigkeit rann über ihre Zunge und ihre Kehle hinunter. Erst als der Weinbrand Wärme durch ihre Adern pumpte, ließ ihre Not nach.

Mit einem langen Seufzer stellte Cass die Flasche wieder ab, beschämt über ihre zügellose Hast. Cerberus kam und legte seinen Kopf in ihren Schoß. Leise winselnd stupste er seine kalte Nase gegen ihre Hand.

Das arme Tier hatte sie bereits zu oft an der Flasche gesehen, dachte Cass reuevoll. Er war Zeuge ihrer Kontrollverluste, Wutanfälle und ungezähmten Impulse geworden, die sie gefährlich für andere, aber noch gefährlicher für sich selbst machten.

Sie tätschelte den Hund und kraulte ihn hinter den Ohren. »Keine Sorge, alter Freund«, murmelte sie. »Es ist nicht mehr genug da, um mich heute Abend zu betrinken. Und ich bekomme nichts mehr, bevor diese dämliche Finette wieder auftaucht.«

Ohne die Finger von der Flasche zu lösen, überlegte sie, dass sie das Mädchen noch scharf zurechtweisen musste, weil sie Gabrielle Cheney verraten hatte, dass sie die Toten beschwören konnte.

Cass vertraute Gabrielle fast wie einer Freundin, wenn sie überhaupt jemandem traute. Aber trotzdem hatte Finette eine Rüge verdient. Cass hob die Flasche und nahm einen weiteren tiefen Schluck, obwohl sie sich dafür verachtete.

Das Trinken war eine Schwäche, das wusste sie, und noch dazu eine, die sie sich nicht leisten konnte. Aber manchmal schien es der einzige Zauber zu sein, der die Geister von ihr fernhalten konnte. Mehr als einmal waren ihre Schwestern ungebeten aus der Kupferschüssel aufgestiegen und hatten Cass mit harten, anklagenden Augen angestarrt.

Die Toten vergaben nichts. Das wusste Cass aus leidvoller Erfahrung. Zu oft hatte sie wach gelegen, geplagt von den Erinnerungen an die Hexenjäger, die das Haus zerstört hatten, und an die angsterfüllten Schreie ihrer Schwestern, als sie hin zu Folter und Tod gezerrt wurden.

Aber nicht heute Nacht, sann Cass, als die Wärme des Weinbrands sie umfing. Heute Nacht würden sie angenehmere Erinnerungen unterhalten, gestohlene Erinnerungen an einen kriegsmüden Soldaten mit dunkelblondem Haar und warmen braunen Augen. Mit einem schlanken, vom Kampf gestählten Körper und starken Händen. Mit langen Fingern, die die zarten Spitzen eines Mieders genauso gut lösen konnten, wie sie dazu in der Lage waren, gnadenlos zu töten und das Schwert bis zum Griff in das Herz eines Feindes zu stoßen. Remys Schwert hatte mit solch dunkler, unbarmherziger Macht pulsiert, dass schon die Erinnerung einen warmen Schauder durch Cass sandte.

Widerwillig bewunderte sie Gabrielle. Ihre neue Freundin war klug und weltgewandt. Andererseits war sie auch naiv, denn es gab so vieles, was Gabrielle nicht von Nicolas Remy wusste, darunter das Erstaunlichste: Die große Geißel war immer noch am Leben.

Cass lachte leise, als sie den Rest der Flasche leerte.

»Ich kenne keine Hexe, die in der Beschwörung der Toten so begabt ist wie du«, hatte Gabrielle gesagt.

Begabt? Das war sie tatsächlich, dachte Cass. So begabt, dass ihr bislang jeder Geist geantwortet hatte, freiwillig oder nicht. Es konnte nur einen Grund geben, warum sich Remy geweigert hatte, aus der Unterwelt aufzutauchen: Der wackere Hauptmann von Navarra war gar nicht dort. Dieser Mann, der sich für Cass noch als sehr wertvoll erweisen könnte, weilte immer noch im Reich der Lebenden.

Möglicherweise war er der Eine, obwohl sich Cass darüber noch nicht im Klaren war. Und sie wusste auch noch nicht, wie sie es anstellen sollte, Remy zu finden. Aber Cass wusste, dass sie es tun würde, sobald sie beschlossen hatte, dass die Geißel wirklich der Mann war, den sie suchte. Sie leckte sich den letzten Tropfen Schnaps von den Lippen und lächelte.

Ihre liebe Freundin Gabrielle würde staunen, wenn sie herausfand, dass auch die arme blinde Cass Lascelles Träume und Ziele hatte.

4

Der Nebel, der die harten Konturen der Stadt weicher gemacht hatte, war verschwunden, und die Straßen, die Gabrielle zuvor durchquert hatte, erschienen nun viel kälter, dunkler und gefährlicher.

Als sie sich den Toren ihres Anwesens näherte, unterdrückte sie den Drang, in die Sicherheit ihres Hauses zu fliehen. Die Entschlossenheit, die sie dazu gebracht hatte, auf ihrem heimlichen Gang zu Cassandra Lascelles durch ganz Paris zu marschieren, war verflogen.

Jetzt konnte sich Gabrielle nur über ihre Torheit wundern, dies ohne Begleitung gewagt zu haben. Sie kannte die Stadt gut genug, um zu wissen, wie gefährlich so etwas für eine Frau tagsüber sein konnte, geschweige denn bei Nacht. Wie hatte sie sich so unverletzbar fühlen können?

Unglücklicherweise kannte sie die Antwort. Ihre Hand wanderte zum Griff der Waffe an ihrer Seite. Remys Schwert – wenn sie es trug, hatte sie sich immer sicher und unangreifbar gefühlt, als ob die Klinge ein Talisman wäre, durchdrungen von der Stärke und dem Mut ihres Vorbesitzers.

Als sie jetzt ihre Finger um das Heft legte, fühlte es sich nur wie kalter, trostloser Stahl an. Es war, als hätte sich aller Zauber in dem Augenblick verflüchtigt, als die Séance scheiterte und sie gezwungen war zu akzeptieren, dass Remy für sie tatsächlich tot war. Nie mehr würde sie mit ihm sprechen, ihn um Vergebung bitten oder ein letztes Mal sein Lächeln sehen können. Er würde nie mehr zu ihr kommen, nicht durch Beschwörungen und vielleicht nicht einmal mehr in ihren Träumen.

Eigentlich sollte sie erleichtert sein. Stattdessen fühlte sie sich seltsam angsterfüllt und allein in einem Augenblick, in dem sie Schutz dringend benötigt hätte.

Sie wurde verfolgt.

Gabrielle war sich dessen bewusst, seit sie das Maison d'Esprit verlassen hatte. Sie wurde verfolgt, und dieses Mal weder von einem Phantom noch von ihrer Einbildung. Der unheimliche Kerl, der ihren Schritten folgte, war kein Geist. Jedes Mal, wenn sie einen verstohlenen Blick nach hinten warf, ertappte sie den bedrohlichen Fremden, wie er sich in eine Gasse duckte, in einem betrunkenen Haufen verschwand, der aus einer Taverne quoll, oder sich in einen Eingang drückte. Aber er war nie schnell genug. Es gab keinen Nebel mehr, der ihren unerbittlichen Verfolger verdeckt hätte.

Gabrielle spürte, wie er hinter ihr in der dunklen Straße lauerte, sie beobachtete und wartete. Worauf wartete er? Ein gewöhnlicher Straßenräuber oder Dieb hätte sie längst angegriffen. Er hätte Dutzende von Gelegenheiten gehabt, so unachtsam, wie sie in dieser Nacht gewesen war. Was, wenn er sie nicht verfolgte, sondern ausspionierte? Sie hatte vergessen, ihre Maske anzulegen, als sie Cassandras Haus verließ. Gabrielle spürte das Bedürfnis, es nachzuholen, als ob sie das irgendwie beschützen könnte.

Wenn er ein Spion war, drohte ihr keine unmittelbare Gefahr. Dennoch, die Bedrohung blieb, nur war sie weit raffinierter und heimtückischer und ärgerte sie mehr, als dass sie ihr Angst machte. Gabrielle hielt in der Nähe des Tors inne und bückte sich, wie um ein Steinchen aus ihrem Schuh zu schütteln, während sie fieberhaft überlegte.

Wen kannte sie, der es wagen würde, einen Spion auf sie anzusetzen? Feinde hatte sie genug am französischen Hof, nicht zuletzt die dunkle Königin. Katharina beobachtete Gabrielle stets aufmerksam, wenn sie den Louvre besuchte. Hatte die dunkle Königin begonnen, sie auch außerhalb der Palastmauern überwachen zu lassen?

Gabrielle hatte Cass verspottet, weil sie wegen der dunklen

Königin so unruhig war, aber vielleicht hatte Cass recht. Sie runzelte die Stirn, als sie sich an den Mann erinnerte, den sie vorhin im Nebel gesehen und als Ausgeburt ihrer Fantasie abgetan hatte. Was wäre, wenn derselbe Mann, der sie jetzt verfolgte, ihr auch zum Maison d'Esprit gefolgt war?

Nein, sicherlich hätte Cerberus jeden Eindringling verjagt. Niemand konnte wissen, was sie und Cass in dem verborgenen Keller getan hatten. Aber ein Bericht über Gabrielles Besuch des verlassenen Hauses könnte ausreichen, um Katharinas Neugierde zu wecken und sie zu veranlassen, das Maison d'Esprit gründlicher zu untersuchen. Vielleicht hatte Gabrielle die Gefahr, die Cassandra so fürchtete, direkt zu ihr geführt.

Natürlich konnte sie ihrer Fantasie weiter freien Lauf lassen, aber es gab nur einen Weg, um Gewissheit zu erlangen. Als sie sich langsam aufrichtete, widerstand sie der Versuchung, sich umzuschauen. Sie drückte die Klinke und stieß das Tor auf. Ihren Weisungen gemäß war es unverschlossen geblieben. Gabrielle hatte vermeiden wollen, dass neugierige Blicke ihr Kommen und Gehen an diesem Abend verfolgten, nicht einmal ihre Dienerschaft sollte etwas davon mitbekommen. Jetzt war sie doppelt erleichtert, dass sie keine Wache postiert hatte, denn so konnte sie ihrem Verfolger eine Falle stellen.

Sie betrat scheinbar völlig gelassen den Hof. Erst als sie sicher war, dass sie von der Straße aus nicht mehr gesehen werden konnte, änderte sich ihr Verhalten. Sie stürzte in den Schatten und presste sich nur wenige Meter vom Tor entfernt gegen die Steinmauer, die ihr Anwesen umgab. Als sie Remys Schwert sachte aus der Scheide zog, zuckte sie zusammen, denn das Knirschen der Klinge hörte sich in ihren Ohren wie Kanonendonner an. Ihr Herz schlug heftig, während sie eine schiere Ewigkeit auf der Lauer lag.

Vielleicht würde ihr Verfolger nicht so unbesonnen sein, ihr auf ihr eigenes Grundstück zu folgen. Oder er würde, nachdem er sie nach Hause zurückkehren hatte sehen, folgern, dass es heute Nacht nichts mehr zu erfahren gab, und sich aus dem Staub machen.

Fast wollte sie schon aus ihrem Versteck hervortreten, als sie etwas hörte: das Geräusch der Klinke und das Knarren des Tors, das langsam geöffnet wurde. Rasch duckte sie sich wieder in den Schatten. Sie hielt den Atem an, als sich die schmale Silhouette eines Mannes durch das offene Tor stahl.

Das Mondlicht beschien sein Gesicht, sodass Gabrielle sehen konnte, dass es ein ziemlich hässlicher Bursche mit langem, wirrem Haar und einem dichten Bart war. Sein schwarzes Wams und die Hosen waren abgetragen und zerschlissen. Er hielt inne und blickte auf den verlassenen Weg bis zu den entfernten Umrissen des Hauses. Wahrscheinlich fragte er sich, wo sie so plötzlich abgeblieben war. Am besten wäre es wohl, ihn anzugreifen, bevor er es herausfand. Ihr Herz schlug heftig gegen ihren Brustkorb, doch eher vor Aufregung als vor Angst. Ja, sie war richtig wütend auf diesen Eindringling.

Gabrielle glitt aus ihrem Versteck und schlich sich langsam von hinten an ihn heran. Sie huschte über den Rasen, hob das Schwert und richtete die Spitze auf die Mitte seines Rückens.

»Keine Bewegung!«, knurrte sie. »Oder ich durchbohre dich auf der Stelle.«

Gabrielle sah, wie er sich anspannte und die Schultern zusammenzog. Sie sah aber auch, dass er größer und kräftiger war, als sie angenommen hatte, und erschrak. Viel zu spät fiel ihr die Waffe an seiner Seite auf.

Sie hatte einige Erfahrung mit dem Schwert, jedoch keine Ahnung, wie sie sich im Dunkeln gegen einen fremden Galgenstrick behaupten sollte. Ihr ging auf, dass ihr Versuch, den Spion allein zu fangen, vielleicht ein wenig zu voreilig gewesen war. Aber nun hatte sie ihn, sie musste etwas mit ihm machen.

»Hände hoch!«, befahl sie streng. »Löse dein Schwert, und lass es fallen!«

»Beides auf einmal kann ich kaum tun, Gabrielle«, murmelte er. Etwas Vertrautes in seiner Stimme ließ ihr Herz einen Schlag aussetzen. Er beschloss, ihrem ersten Befehl Folge zu leisten, und hob die Hände.

Gabrielle erholte sich von dem Schreck, den der so selbstverständliche Gebrauch ihres Namens verursacht hatte. Sie wappnete ihre Stimme mit Hochmut. »Ihr wisst also, wer ich bin, mein Herr? Zu gerne wüsste ich, wer zum Teufel Ihr seid und warum Ihr die Unverschämtheit besitzt, mir nachzuspionieren. Dreht Euch um, aber langsam. Ein Griff zu Eurem Schwert, und ich schwöre, ich schlage Euch die Hand ab.«

»Davon bin ich überzeugt, Mademoiselle.« Diesmal konnte sie seine Stimme besser hören, sie war tief, ein bisschen heiser, wie eine Stimme, die durch das laute Kommandieren über den Rauch der Schlachtfelder hinweg immer rauer geworden war … die Stimme von Nicolas Remy.

Gabrielles Herz stolperte und schien stehen zu bleiben, als sich ihr Gefangener umdrehte und sie ansah. Das Mondlicht umriss ein hageres Gesicht, das völlig unter einem wilden Gestrüpp aus Bart und Haaren verborgen war. Das einzig Weiche in diesem harten Antlitz waren die warmen, tiefbraunen Augen. Remys Augen blickten sie an. Was für ein Irrsinn war das? Als er die Arme senkte, war Gabrielle viel zu verblüfft, um ihn davon abzuhalten.

»Wenn Ihr darauf aus wart, einen Einbrecher zu fangen, warum habt Ihr dann nicht Eure Diener herbeigerufen? Habt Ihr eine Vorstellung davon, wie leicht ich Euch hätte entwaffnen können? Nur Ihr, Gabrielle Cheney, seid so unbesonnen.« Obwohl er sie schalt, blitzten seine Zähne in einem Lächeln von unerwarteter Freundlichkeit auf. Remys Lächeln.

Um Himmels willen, sie verlor ganz offenkundig ihren Verstand! Gabrielles Hände zitterten, ihr Schwert schwankte. Als er versuchte, näher zu kommen, sprang sie mit einem erschrockenen Schrei zurück und streckte die Waffe wieder aus.

Er verharrte in der Bewegung. Als seine Stimme sich wieder

erhob, war sie beruhigend und sanft. »Bitte Gabrielle. Habt keine Angst. Erkennt Ihr mich nicht? Ich bin's, Remy.«

»N-nein«, keuchte sie. »Ihr lügt. Ihr könnt nicht Nicolas Remy sein. Er – er ist …«

»Tot? Ich schwöre Euch, ich bin nicht tot. Bitte seht mich nicht an, als ob ich ein Geist wäre.«

Gabrielle wich zitternd zurück. Ein Geist, das war genau das, worauf sie blickte. Ein Phantom mit Remys Stimme, Remys Augen, Remys Lächeln. Aber er konnte nicht Remy sein, dieser wild aussehende Mann mit den wirren, ungekämmten Haaren und dem verhärmten Gesicht. Es sei denn, er wäre durch die Finsternis der Hölle oder aus den Tiefen der Unterwelt zu ihr zurückmarschiert. Der verrückte Gedanke überkam sie, dass Cassandras Séance doch noch erfolgreich gewesen war und Remys gequälte Seele aus dem Schutz seines Grabes herausgezerrt hatte.

Gabrielle zitterte so stark, dass sie das Schwert nicht mehr halten konnte. Die Waffe entglitt ihr und fiel mit einem dumpfen Knall auf die Erde. Der Fremde mit Remys Augen machte einen zögernden Schritt in ihre Richtung.

»Es tut mir leid, dass ich Euch so erschreckt habe. Ich hatte nie vor, mich Euch auf diese Weise zu zeigen, aber Ihr habt mich dazu gezwungen. Ich hatte auf eine bessere Gelegenheit gehofft.«

»Eine bessere Gelegenheit?« Gabrielle starrte Remy an. Sie wollte ihren Augen und sonstigen Sinnen noch immer nicht trauen. »Deswegen seid Ihr nicht gekommen, als ich vorhin nach Euch gerufen habe?«

»Ihr habt nach mir gerufen? Ich habe Euch nicht gehört.«

Gabrielle biss sich fest auf die Unterlippe, um das Zittern zu unterdrücken. »Ich habe in den Dunstschwaden nach Euch gerufen, aber Ihr seid nicht gekommen. Ich dachte, Ihr hättet mich abgewiesen und Euch wieder dem Reich der Toten zugewandt.«

Remy lächelte sie verwirrt an. »Gabrielle, ich würde mich

niemals von Euch abwenden, auch wenn ich nicht mehr als ein Geist wäre. Aber ich schwöre, ich bin keiner. Wenn ich einer wäre, wäre Euer Schwert mitten durch mich hindurchgegangen. Bitte lasst mich zu Euch treten, damit Ihr mich anfassen und sehen könnt, dass ich am Leben bin.«

Gabrielle wollte ihn bitten, Abstand zu wahren, aber ihre Stimme versagte. Sie wollte ihn nicht anfassen. Sie hatte unerklärliche Angst, dass er sich dann wie Nostradamus auflösen und mit einem zischenden Laut verschwinden würde.

Remy kam immer näher. Als sich seine Finger um ihr Handgelenk schlossen, konnte Gabrielle den Willen nicht aufbringen, ihn abzuwehren. Er hob ihre Hand und legte sie auf sein Herz. Er war keine schemenhafte Nebelgestalt, sondern fest wie ein Fels. Seine breite Brust bestand aus harten Muskeln, und unter seinem abgetragenen Wams konnte sie seinen regelmäßigen Herzschlag spüren.

Die Hand, mit der er nach ihr gegriffen hatte, war stark, schwielig und warm. Genau wie die, mit der Remy ihre Wange streichelte. Gabrielle nahm sie und presste sie an ihr Gesicht.

Mit geschlossenen Augen genoss sie Remys raue Hand auf ihrer Haut. Fast konnte sie spüren, wie das Blut durch seine Adern floss. Die Wahrheit traf Gabrielle mit aller Macht, es war, als bebte die Erde unter ihren Füßen.

Nicolas Remy lebte!

Mit flatternden Lidern öffnete sie die Augen. Remy blickte sie an.

»So, seht Ihr?«

Gabrielle nickte mit einem Seufzer. Immer noch wagte sie es kaum zu glauben, sie strich noch mehrmals intensiv über seine Brust, die kraftvollen Arme, die breiten Schultern. Ihre Finger wanderten nach oben und streichelten fiebrig seine Haare und den Bart, seine Brauen und Wangen.

Sie hörte Remys Atem schneller werden und genoss jedes Heben und Senken seiner Brust. Als sie mit zitternden Fingern die Linien seines Mundes nachfuhr und seinen warmen Atem spürte, entfuhr ihr ein Lachen, das nahezu hysterisch klang.

»Ihr seid wirklich nicht tot«, flüsterte sie.

»Nein«, antwortete er heiser. Er packte ihre Hand und presste heftig seine Lippen auf die Innenseite. »Und zum ersten Mal seit drei Jahren bin ich wirklich froh darüber.«

Sie hob das Gesicht und schaute in Remys tiefdunkle Augen. Ihr kamen die Tränen. Auf wundersame Weise hatte ihr das Schicksal Remy zurückgebracht, und zwar nicht als Geist, sondern wunderbar lebendig.

Mit einem erleichterten Jauchzen schlang sie die Arme um seinen Hals und tat etwas, was sie schon Jahre zuvor hätte tun sollen: Sie vergrub ihre Finger in Remys Haaren, und ihr Mund suchte begierig den seinen.

Sie merkte, dass Remy kurz erstarrte. Dann küsste er sie so hungrig und leidenschaftlich, dass ihr fast die Sinne schwanden. Gabrielle klammerte sich an seine Schultern und erwiderte seinen Kuss ebenso gierig, suchte seinen Mund wieder und wieder, ohne genug von ihm bekommen zu können.

»Remy – mein liebster Remy«, keuchte sie und öffnete die Lippen voller Hingabe. Sie stöhnte kehlig, als sie die Hitze seiner Zunge spürte und die Kraft, die durch ihn floss. Ihr Herzschlag schien bis in ihre Ohren donnernd die wundersame Nachricht zu verkünden: *Remy lebt … er lebt.*

Gabrielles Herz füllte sich mit solch großer Freude, dass es schmerzte. Als ihre Lippen sich lösten, rang sie nach Luft, ebenso wie Remy. Er lächelte sie unsicher an wie ein Mann, der sein Glück kaum fassen kann.

Gabrielle wollte sein Lächeln erwidern, aber jetzt überwältigte sie der Schock über Remys Rückkehr von den Toten endgültig. Seine Züge verschwammen vor ihren Augen, ihre Knie zitterten und wurden weich.

Dann tat Gabrielle Cheney etwas, was sie noch nie getan hatte: Ihr Kopf kippte nach hinten, ihre Sinne schwanden, und sie fiel in den Armen eines Mannes in eine tiefe Ohnmacht.

Seit dem Massaker der Bartholomäusnacht wurde Nicolas Remy immer wieder von schrecklichen Albträumen heimgesucht, doch heute Nacht fühlte er sich, als sei er in einen wunderschönen Traum geraten. Seine groben Stiefel versanken im luxuriösen türkischen Teppich des Schlafzimmers, das einer Prinzessin würdig gewesen wäre mit seiner hohen, gewölbten Decke, den großen Sprossenfenstern und den wunderbaren Gemälden, die die Wände schmückten.

Beherrscht wurde der Raum von einem stattlichen Bett aus Mahagoni, das mit cremefarbenen, rosenbestickten Seidengardinen verhängt war. Gabrielle schien ganz verloren in dem ausladenden Bett, ihre blonden Haare ergossen sich über ein üppiges Federkissen. Die langen, seidigen Wimpern ruhten auf ihren Wangen, die so bleich und unbewegt waren, dass sich Remys Herz mit einer Angst zusammenkrampfte, die er auf dem Schlachtfeld nie verspürt hatte.

»Großer Gott, ich – ich habe sie umgebracht«, stotterte er heiser.

»Nichts dergleichen«, antwortete Gabrielles Zofe forsch. Bette war eine tüchtige, dralle junge Frau mit einem ruhigen Gesicht unter der spitzenbesetzten Haube. Sie schubste Remy mit dem Ellbogen beiseite und beugte sich vor, um Gabrielles Handgelenke zu reiben.

Darauf hätte er auch selbst kommen können, überlegte Remy, aber Kopf und Glieder schienen wie betäubt. Die schnellen Reflexe, die es ihm sonst ermöglicht hatten, vielen seiner verwundeten Kameraden zu Hilfe zu eilen, schienen ihn verlassen zu haben. Er war vollkommen hilflos angesichts einer auf dem Bett ausgestreckten Frau.

Seine Erstarrung löste sich erst, als Bette ihn bat, etwas Wasser zu holen. Als er den Krug vom Waschtisch nahm, verschüttete er in seiner Hast die Hälfte auf dem Teppich.

Bette befeuchtete ein Tuch und legte es auf Gabrielles Stirn. Als sie begann, das Mieder aufzuschnüren, sagte sie: »Ihr müsst jetzt gehen, Hauptmann Remy. Wartet draußen in der Halle.«

»Nein!«, protestierte Remy. »Ich kann nicht …«

»Ihr könnt sehr wohl, und Ihr werdet es auch tun«, sagte Bette. »Sobald meine Herrin zu sich kommt, wird sie mir kaum dafür danken, wenn ich vor Euch ihren Busen entblößt habe.«

Remy errötete bei den unverblümten Worten der Zofe. »Bei Gott, Madame, ich würde nie einen Blick …«

»Raus!« Bette schob Remy entschlossen zur Tür. Er gestattete ihr das nur, weil es vor allem Bettes Wohlwollen zuzuschreiben war, dass er so lange bei Gabrielle hatte bleiben dürfen.

Mit seiner plötzlichen Ankunft hatte er den gesamten Haushalt in Aufruhr versetzt, und das konnte Remy ihnen kaum verdenken, so wie er ausgesehen haben musste – ein Vagabund mit ihrer ohnmächtigen Herrin auf den Armen, der um Hilfe rief.

Es war ein Wunder, dass man ihm Gabrielle nicht entrissen und ihn der Obrigkeit übergeben hatte. Er hatte es Bette zu verdanken, dass er in diesem Moment nicht hinter Schloss und Riegel saß.

Sie war eine der Hausmägde in Belle Haven gewesen, doch mittlerweile war sie erwachsen und entsprach dem Bild von der Zofe einer eleganten Dame so vollkommen, dass Remy sie kaum erkannt hatte. Zum Glück konnte sich Bette an ihn weit besser erinnern, und sie war von seiner Rückkehr von den Toten nicht so überwältigt gewesen wie Gabrielle.

Remy erhaschte einen letzten Blick auf Gabrielle, bevor ihm Bette die Tür vor der Nase zuschlug.

Gabrielle hatte sich immer noch nicht gerührt, und Remy versuchte, nicht an solch düstere Dinge wie Herz- oder Hirnschlag zu denken. Gabrielle war jung und gesund. Obwohl sie in jüngeren Jahren der landläufigen Vorstellung von der hübschen, doch oft recht hilflosen blonden Maid entsprochen hatte, hatte Remy schon damals Stärke und Ausdauer an ihr entdeckt.

Sie würde bald wieder auf die Beine kommen. Ihm blieb jetzt nichts anderes übrig, als zu warten – kein Leichtes für einen Mann der Tat. Er zwang sich dazu, mit verschränkten Armen gegen die Wand gelehnt stehen zu bleiben, obwohl er am liebsten ruhelos den Flur auf- und abgelaufen wäre. Aber er wollte nicht noch mehr Aufmerksamkeit auf sich lenken. Er war sich bewusst, dass er vom unteren Treppenabsatz aus beobachtet wurde, dass die Diener ihn so wachsam betrachteten, als wolle er das Silbergeschirr stehlen. Ihre herablassenden Blicke machten Remy seinen verwahrlostes Aussehen nur noch bewusster.

Wahrscheinlich wäre ein Vagabund wie er unter normalen Umständen nicht einmal zur Küchentür eines solch noblen Anwesens hereingelassen worden. Um diese Zeit war es im Großteil des Hauses zwar dunkel, aber als er Gabrielle in ihr Schlafzimmer hinaufgetragen hatte, hatte Remy genug gesehen, um es als ein Stadthaus von beträchtlicher Größe zu erkennen.

Er fragte sich, wie Gabrielle dazu gekommen war, hier allein in Paris zu leben, so weit entfernt von ihren Schwestern und Faire Isle. Als ihr Vater, der Chevalier Louis Cheney, auf See vermisst worden war, hieß es, mit ihm sei der Großteil des Familienbesitzes untergegangen. Wie also konnte Gabrielle es sich leisten, ein so teures Haus zu unterhalten?

Remy wusste, was in den Straßen über sie geflüstert wurde – Lügen, die ihn selbst jetzt die Zähne fletschen ließen und das Verlangen schürten, solch einem Klatschmaul die Zunge herauszureißen. *Die verführerischste Kurtisane, die seit Langem in Paris aufgetaucht ist,* hatte eine Alte in einer Weinhandlung über Gabrielle gegackert.

Kurtisane … ein besseres Wort für Hure. Wenn das alte Weib ein Mann gewesen wäre, hätte Remy sie erdolcht. Zum

Teufel, er hatte Paris immer gehasst, und dies war nur einer der vielen Gründe. Es war ein vergifteter Ort, voller Lug und Trug, vom Palast bis zu den Hinterhöfen nur Klatsch und Tratsch. Kein Wunder, dass eine so schöne Frau wie Gabrielle das Ziel solch zynischer und neidischer Kleingeister wurde.

Wenn sie Gabrielle wie er in jenem Sommer gekannt hätten, würden sie es nicht wagen, ihre Ehre so zu verleumden. Eine Kindfrau, sehr um Gewandtheit bemüht und dennoch rührend unschuldig. Ihre Launen, abwechselnd warm und kalt, freundlich oder grausam, kamen und gingen wie der Wind. Die blauen Augen konnten vor Lachen sprühen oder von Melancholie verhangen sein, aber nur, wenn sie sich unbeobachtet fühlte. Er hatte öfter bemerkt, wie eine Traurigkeit ihr Gesicht verdüsterte; ein Ausdruck, der ihm sehr zu Herzen gegangen war, umso mehr, als er nie vermocht hatte, die Ursache ihres Kummers zu entdecken.

Er hoffte nur, dass Gabrielle jetzt glücklich war. Sie hatte immer von Reisen in große Städte geträumt, vom Leben in einem schönen Haus, vom Vergnügen bei großen Festen und Bällen. Das Einzige, wovon sie nie geträumt hatte, dessen war sich Remy ganz sicher, war er.

Als er in jenem Sommer auf Faire Isle den unseligen Fehler begangen hatte, Gabrielle das Wesen seiner Gefühle anzudeuten, hatte sie ihm deutlich zu verstehen gegeben, dass sie nichts dergleichen von ihm wollte und dass er besser möglichst bald abreisen sollte. Nicht in seinen kühnsten Träumen hatte er sich vorgestellt, dass Gabrielle seine Rückkehr mit solch offenen Armen und solch feurigen Lippen begrüßen würde. Ihre Umarmung hatte ein Verlangen in ihm geweckt, Fantasien von ihr, denen nachzugeben er stets zu klug gewesen war. Aber jetzt konnte er sich nicht mehr zurückhalten, seine Gefühle waren in Aufruhr.

Konnte eine Frau einen Mann küssen, wie Gabrielle es getan hatte, und nichts dabei empfinden? Konnte sie bei seiner Rückkehr vor Freude ohnmächtig werden, wenn sie ihm gegenüber so gleichgültig war, wie sie einst behauptet hatte? War es möglich, dass sie ihn im Grunde doch gern hatte, ja, vielleicht sogar liebte?

Und was, wenn es so wäre?, fragte eine grimmige innere Stimme. Du hast ihr nicht mehr zu bieten als vor drei Jahren, eher weniger. Dieser Gedanke war wie ein eiskalter Wasserguss und bereitete seinen kühnen Hoffnungen ein jähes Ende.

»Hauptmann Remy?«

Remy war derart in Gedanken versunken gewesen, dass er das Geräusch der Tür überhört hatte, als Bette heraustrat. Sofort löste er sich von der Wand und starrte steif und ängstlich auf die Zofe.

»Gabrielle? Wie geht es ihr? Ist sie erwacht? Ich meine … hat sie …«

»Der Herrin geht es gut«, unterbrach Bette besänftigend seine Fragen. »So gut, dass sie nach Euch fragt.«

»Gott sei Dank.« Remy seufzte erleichtert, und seine Schultern entspannten sich. Er drückte Bettes Hand. »Und genauso danke ich Euch, Mademoiselle.«

»Es ist meine Pflicht und mein Privileg, mich um meine Herrin Gabrielle zu kümmern, Monsieur«, antwortete Bette mit einem würdevollen Schnauben.

»Das weiß ich. Ich meinte aber danke, dass Ihr vorhin für mich eingetreten seid, sodass ich nicht verhaftet wurde.«

»Der Lakai sollte mir danken. Bei der Aussicht, von meiner Herrin getrennt zu werden, habt Ihr ziemlich wild gewirkt, und ich erinnere mich noch gut an Euer Geschick mit dem Schwert in der Nacht, als die Hexenjäger Belle Haven angriffen. Und damals wart Ihr noch nicht einmal von Eurer Wunde genesen.«

Ein schüchternes Lächeln zauberte Grübchen in Bettes Gesicht, als ihr Blick bewundernd über ihn glitt. »Darf ich Euch sagen, Herr Hauptmann: Abgesehen davon, dass Ihr einen Haarschnitt und eine Rasur gebrauchen könntet, seht Ihr bemerkenswert gut aus für einen toten Mann.«

Remys Mund kräuselte sich ironisch. »Ihr scheint überhaupt nicht erstaunt zu sein, dass ich noch am Leben bin, Mademoiselle.«

Sie zuckte mit den Schultern. »Wenn man so lange in einer Familie von weisen Frauen gedient hat wie ich, wundert einen nur wenig. Ihr solltet nun besser hineingehen. Meine Herrin wartet.«

Remy öffnete die Schlafzimmertür. Er rechnete damit, dass ihm Bette als Anstandsdame folgen würde, doch zu seiner Verwunderung ging sie und ließ ihn den Raum alleine betreten. Zögernd machte Remy einen Schritt hinein und schloss leise die Tür.

Der Kerzenleuchter stand so, dass alles Licht auf das Bett fiel. Die Bettvorhänge waren zugezogen und erlaubten ihm nur einen flüchtigen Blick auf die Gestalt unter der kostbaren Brokatdecke. Remy ging mit klopfendem Herzen weiter. Er fühlte sich unsicher wie ein Bauernbursche, der in das Gemach einer Prinzessin eindringt.

»Gabrielle!«, rief er leise. Er zog den Vorhang ein wenig zurück.

Gabrielle lag von Kissen gestützt da, und ihm stockte bei ihrem Anblick der Atem. Ihr Haar floss über ihre Schultern wie ein goldener Wasserfall und umrahmte ein blasses Gesicht, das nur auf den Wangenknochen einen Hauch von Farbe zeigte. Remy war immer von Gabrielles Schönheit bezaubert gewesen, umso mehr, als sie von einem intensiven, inneren Licht zu kommen schien, das seinen Ausdruck in der Glut ihrer saphirblauen Augen fand.

Sie war bis auf ihr Hemd unbekleidet, hielt jedoch die Decke mit beiden Händen über der Brust umklammert. Diese prüde wie kindliche Geste berührte Remy seltsam, er verspürte den Drang, vor ihr auf die Knie zu fallen wie an jenem Tag auf Faire Isle und sein Versprechen zu erneuern.

»Ich schwöre beim Blut meines Lebens, Euch ewig zu dienen und zu beschützen.«

Stattdessen stand er nur da und starrte sie an, bis Gabrielle die Hand ausstreckte. Ihre weichen schlanken Finger umfassten seine und zogen ihn herunter an ihre Seite. Er sank auf die Bettkante. »Geht es Euch gut? Habt Ihr Euch von Eurem Schock erholt?«

»Erholt? Ich weiß nicht recht …« Sie lachte merkwürdig erstickt und fuhr fort, ihn mit den Augen zu verschlingen. »Also habe ich es nicht geträumt. Ihr seid wirklich da?«

Wenn jemand zu träumen glaubte, dachte Remy, dann er.

»Ja, Lieb…«, antwortete er, und dabei rutschte ihm fast das Wort heraus, das er niemals zu äußern gewagt hätte, noch nicht einmal sich selbst gegenüber.

Gabrielle schien es nicht gehört zu haben. Sie drehte den Kopf zur Seite, und eine kleine Furche erschien auf ihrer Stirn. »Und Ihr wart die ganze Zeit am Leben.«

»Wenn Ihr es so nennen wollt.« Remy umfasste ihre Hand, aber Gabrielle entzog sie ihm und richtete sich etwas auf.

»Ich dachte, Ihr wärt tot.«

»Tja, also, ich …«, begann Remy.

Aber Gabrielle unterbrach ihn mit scharfer Stimme. »Ihr ließt uns alle in dem Glauben, dass Ihr tot seid.«

Ihr Gesicht war verschlossen wie das eines kleinen Mädchens, das sich bemüht, nicht zu weinen. Sie zog sich hinter einen schimmernden Haarvorhang zurück. Remy betrachtete sie vollkommen bestürzt. Er hatte die stolze Gabrielle nie weinen sehen, noch nicht einmal, als die Hexenjäger ihre Schwester entführt hatten und sie panisch um Miris Leben fürchtete.

»Es tut mir leid, Gabrielle. Bitte … bitte weint nicht«, murmelte er und versuchte, ihr Haar zurückzustreichen.

Gabrielles Kopf schnellte zurück. Ihre Augen blitzten, aber nicht voller Tränen, sondern erfüllt mit einer solch großen Wut, dass er am liebsten im Boden versunken wäre.

»Ich werde nicht weinen. Ich werde Euch umbringen!«

Gabrielle ballte die Faust und schmetterte sie auf Remys

Kiefer. Der Schlag traf ihn völlig unerwartet und ließ ihn rücklings vom Bett fallen. Er lag ausgestreckt auf dem Rücken und blinzelte, nicht nur vor Erstaunen, sondern auch, weil der Schlag ausgesprochen gut gesessen hatte. Gabrielle kämpfte wütend mit den Bettdecken und warf sie ab. Sie sprang auf und stand über ihm aufgerichtet wie eine Zornesgöttin.

»Mistkerl! Du verdammter Mistkerl!«, schrie sie. Sie stürmte mit wehendem Hemd und nackten Füßen an ihm vorbei.

Remy fuhr sich mit der Zunge über die Zähne und schmeckte erstaunt Blut von einer aufgeplatzten Lippe. Als er sich aufrappelte, rannte Gabrielle hin und her, rieb sich die geprellten Fingerknöchel und fluchte mit Ausdrücken, von denen Remy schockiert war, dass sie sie überhaupt kannte.

Aller Anstand war in ihrer Rage verflogen, und sie schien nicht zu bemerken, dass das Kerzenlicht ihr dünnes Hemd ganz und gar durchsichtig machte und ihm dabei die sanfte Wölbung ihrer Brüste, ja, alle weiblichen Kurven ihres Körpers enthüllte. Sie hätte genauso gut nackt sein können.

Dieser Anblick zeigte weit stärkere Auswirkungen auf seine Sinne, als es ihr Schlag getan hatte. Verzweifelt suchte er nach etwas, das er über sie werfen konnte. Schließlich riss er die Bettdecke von den Laken.

Er trat hinter sie und legte ihr die Decke um die Schultern. »Gabrielle, beruhigt Euch, und lasst mich sehen, wie stark Ihr Eure Hand verletzt habt. Gebt mir Gelegenheit für eine Erklärung.«

Gabrielle schleuderte die Bettdecke auf den Boden und schlug seine Hände weg. »Was gibt es da zu erklären? Ihr habt Euch drei Jahre lang tot gestellt. Drei gottverdammte Jahre!«

Sie war so entrüstet, dass ihre wogenden Brüste in Gefahr gerieten, aus ihrem tief ausgeschnittenen Hemd zu rutschen. Galant bemühte sich Remy, den Blick abzuwenden, ein Kampf, den er fast verlor.

»Wo zum Teufel wart Ihr?«, schrie sie. »Was habt Ihr all diese Zeit über getan?«

Remy wäre die Antwort auf diese Frage auch dann schwergefallen, wenn keine halb nackte Gabrielle vor ihm gestanden hätte, die aussah, als wolle sie ihm am liebsten an die Gurgel gehen. Seit der Bartholomäusnacht war sein Leben ein einziger Kampf gewesen, ständig hatte er darum kämpfen müssen, die Schrecken in seinem Kopf im Schach zu halten und vor allem, nichts zu fühlen, nichts zu hoffen. Innerhalb weniger Minuten hatte Gabrielle Cheney es geschafft, ihn völlig aus der Fassung zu bringen.

»Ich … ich war außer Landes«, sagte er schließlich. »In Irland und dann meistens in England.«

»Ach ja? Und dort drüben herrscht eine Pergament- und Tintenknappheit?«

»Ich war wieder auf der Flucht, Gabrielle, ich war nur am Leben, weil meine Feinde dachten, ich sei tot. Es wäre kaum ratsam gewesen, Briefe zu versenden.«

»Und es gab keinen vertrauenswürdigen Boten, der mir eine Nachricht hätte bringen können?« Eiskalt vor Wut fuhr sie fort: »Oder wart Ihr mit Stummheit geschlagen? Vielleicht war etwas mit Eurer Zunge geschehen? Sie schien allerdings ausreichend gut zu funktionieren, als Ihr sie mir vorhin in den Mund gestopft habt.«

»Gabrielle!«, tadelte Remy. Er fand es fast grausam von ihr, so geschmacklos von dem Kuss zu sprechen. »Es tut mir leid, dass die Nachricht von meinem Tod Euch unglücklich gemacht hat, aber erlaubt mir, eines klarzustellen, Mademoiselle: Die Art und Weise unserer Trennung gab mir wenig Anlass zu glauben, dass Ihr euch Sorgen um mich macht.«

Obwohl sie bei seinen Worten zurückzuckte, fuhr sie streng fort: »Na gut, das mag schon sein. Aber was ist mit meinen Schwestern? Ihr müsst gewusst haben, dass Ariane Euch sehr zugetan war. Und … und Miri. Für sie wart Ihr der Bruder, den wir nie hatten. Wisst Ihr, wie viele Nächte ich sie tröstete, während sie weinte und trauerte? Wie viele Nächte ich …«

Unvermittelt brach Gabrielle ab und entfernte sich von ihm. Obwohl sie sich in den Schatten bei den Fenstern zurückzog, konnte er sehen, was sie mit aller Macht zu verbergen versuchte: dass ihr Ärger nichts als eine Maske für den erlittenen Schmerz war. Sie *hatte* die ganze Zeit um ihn getrauert. Er bedeutete ihr tatsächlich etwas. Aber das Hochgefühl, das Remy empfand, wurde rasch durch die Erkenntnis erstickt, welch großes Leid er ihr zugefügt hatte.

Tränen strömten ihr über die Wangen. Sie weinte so herzzerreißend, dass Remy bezweifelte, die stolze, sture Gabrielle habe je zuvor zugelassen, dass jemand sie so weinen sah. Und diese Tränen waren ein schlimmerer Vorwurf als alle harten Worte, die sie ihm entgegengeschleudert hatte. Er näherte sich ihr so vorsichtig, als wäre sie ein verletztes Waldtier, das auszuschlagen oder zu fliehen drohte.

»Gabrielle, es tut mir leid, wenn ich Euren Schwestern oder Euch Leid zugefügt habe. Ich würde meinen rechten Arm abhacken, bevor ich je …«

Sie wandte sich ab und zeigte ihm die harte Linie ihres Rückens. Das tückische Hemd verrutschte und entblößte eine weiße weiche Schulter. Remy zog den Stoff wieder hoch, dabei glitten seine Finger über ihre glatte, warme Haut. Mannhaft kämpfte er darum, die Wirkung auf seinen Körper zu ignorieren.

»Ihr müsst etwas verstehen, was mich betrifft, meine Liebe«, meinte er und legte die Hände auf ihre Oberarme. Sie erstarrte, als er sie mit sanftem Druck umdrehte und zwang, ihn anzuschauen. »Ich führe ein raues Leben …«

Gabrielle ließ die feuchten Wimpern gesenkt und weigerte sich, ihn anzusehen.

»Ich hatte nie eine Mutter oder eine Schwester, die sich um mich gesorgt oder um mich geweint hätten. Auch mein Vater ist längst von mir gegangen, und ich habe keine lebenden Verwandten mehr. Alle Freunde, die ich je besaß, waren Soldaten wie ich selbst und verstanden sehr wohl, dass der Tod in unserem Beruf immer neben uns marschiert. Meine Gedankenlosigkeit tut mir leid, aber, um ehrlich zu sein: Ich bin es einfach nicht gewohnt, dass mein Leben für jemanden von Bedeutung ist.«

»W-weil Ihr ein sehr dummer Mann seid.« Gabrielle schniefte, aber sie war nachgiebig genug geworden, um die Stirn an seinen Brustkorb zu lehnen.

Remy hauchte einen sanften Kuss auf ihr goldenes Haar. »Verzeiht Ihr mir?«

Sie antwortete nicht, aber sie sank ihm auf eine Art entgegen, die mehr sagte als jedes Wort, und vergrub ihr Gesicht an seiner Schulter. Remy schlang die Arme um sie und zog sie näher. Er hielt Gabrielle so, wie er es sich immer erträumt hatte.

Ihm war, als könne er sie den Rest seines Lebens so halten, aber Gabrielle machte sich los und wischte mit dem Handrücken die letzten Tränen ab. Sie schien nicht mehr verärgert, aber sie klang immer noch gekränkt, als sie fragte: »Und wann genau hattet Ihr vor, Eure Gegenwart zu verkünden? Warum seid Ihr mir den ganzen Abend nachgeschlichen?«

»Ich bin nicht geschlichen«, protestierte Remy, lachte aber dann. »Na gut, vielleicht doch. Ich habe auf einen geeigneten Moment gewartet, mich Euch zu nähern. Als ich sah, wie Ihr Euch auf diesen waghalsigen Weg machtet, schien mir keine andere Wahl zu bleiben, als Euch zu folgen.«

»Um zu sehen, was ich vorhabe?«

Gabrielle schaute finster.

»Ja«, antwortete Remy, ohne sich von ihrem Stirnrunzeln einschüchtern zu lassen. »Es war sehr unklug von Euch, nachts in dieser verdammten Stadt alleine umherzuwandern und ein heruntergekommenes, verlassenes Haus zu besuchen. Was in aller Welt habt Ihr dort getan?«

Auf Gabrielles Gesicht trat ein rebellischer Zug, und er glaubte, sie würde ihm die Antwort verwehren. Dann zuckte sie mit den Schultern. »Wenn Ihr es unbedingt wissen müsst,

Nicolas Remy: Ich habe versucht, Euch von den Toten zurückzuholen.«

»Wie bitte?«

»Es gibt eine Hexe, die sich in dem alten Haus versteckt. Sie ist besonders bewandert in der Beschwörung der Toten. Wir hielten eine Séance ab, um mit Eurem werten Geist in Verbindung zu treten.«

Remy starrte sie mit offenem Mund an. An und für sich war er ein einfacher und praktischer Mann mit einer gewissen Skepsis gegenüber allem, was nach Zauberei und Aberglaube roch. Aber seine Erfahrungen mit der dunklen Königin und den Cheney-Schwestern hatte seine schlichte Sicht der Welt für immer verändert. Vor allem in jenem Sommer auf Faire Isle hatte er genug von Ariane gesehen und gelernt, um auf Gabrielles ruhige Aussage mit Schrecken zu reagieren.

»Eine Geisterbeschwörung!«, rief er scharf aus. »Das ist schwarze Magie der schlimmsten Sorte. Was habt Ihr Euch dabei gedacht?«

»Ich war verzweifelt. Ich musste Euch ein letztes Mal sehen, ein letztes Mal sprechen.« Ihre Lippen bebten, und sie biss darauf, um sie zur Ruhe zu bringen. »Um Eure Vergebung zu erbitten.«

»Gabrielle, was habt Ihr je getan, was ich Euch vergeben müsste?«

»Ich dachte, ich trüge die Schuld an Eurem Tod.«

»Die Schuld an meinem Tod?«, wiederholte Remy verdutzt. »Das Massaker der Bartholomäusnacht hatte nichts mit Euch zu tun. Selbst wenn ich gestorben wäre, wie hätte das Eure Schuld sein können?«

»Weil ich Euch Euer Schwert zurückgab und Euch wegschickte nach Paris, um … um zu sterben.«

»Ihr habt mich nicht geschickt. Ich musste gehen, mein König war in Gefahr.«

Gabrielle schüttelte den Kopf. »Ich hätte Euch trotzdem davon abhalten müssen. Ich wusste, wie sehr Ihr Euch zu mir hingezogen fühltet. Ich hätte freundlicher zu Euch sein sollen. Ich hätte dafür sorgen sollen, dass Ihr auf Faire Isle in Sicherheit bleibt, selbst wenn es als Gefangener gewesen wäre; selbst wenn – selbst wenn ich Euch dafür hätte verführen müssen.«

»Meine Güte, Gabrielle!« Remy nahm ihr Gesicht in beide Hände und schalt sie: »Glaubt Ihr denn, ich hätte Euch je erlaubt, das zu tun? Haltet Ihr mich für einen Mann, der seine Ehre so leicht aufs Spiel setzt, und, noch schlimmer, Eure Tugend so missbraucht? Nein, meine Liebe, und darüber hinaus hättet Ihr Euch auch nie so benommen. Euer Ehrgefühl hätte Euch das nie gestattet.«

»Meine Ehre«, wiederholte Gabrielle leise.

»Ja. Ihr wart doch nur ein unschuldiges Mädchen, allerdings das schönste, das ich je gesehen hatte.« Remy streichelte ihre Wangen mit den Daumenkuppen. »Ich gebe zu, ich war verzaubert von Euch. Aber meine Pflicht gegenüber Navarra ging vor. Nichts hätte anders kommen können, egal wie stark ich für Euch empfand.«

Gabrielle war unter seiner Berührung erstarrt. Jetzt legte sie die Finger um seine Handgelenke und schob seine Hände langsam weg. »Ja, Ihr habt recht«, sagte sie matt. »Nichts hätte anders kommen können. Vielen Dank, dass Ihr mich daran erinnert habt.«

Sie wandte sich schroff ab und ließ Remy mit dem unbehaglichen Gefühl stehen, dass er soeben etwas furchtbar Falsches gesagt hatte. Er war immer unbeholfen im Umgang mit Frauen gewesen, und ganz besonders bei Gabrielle. Anstatt von seiner Pflicht zu schwatzen, hätte er ihr sagen sollen, wie sehr er sie vergötterte und dass es das Schwerste war, was er je getan hatte, als er Faire Isle in dem Glauben verließ, er sähe sie nie wieder.

Aber der Ausdruck auf Gabrielles Gesicht war alles andere als ermutigend. Etwas in ihren Augen war erloschen, als sie zu ihrem Schrank ging und durch ihre Kleider und Unterröcke wühlte. Es hätte ihn erleichtern sollen, dass sie sich zu bedecken versuchte, aber ihm war, als sähe er ihr zu, wie sie sich gegen ihn wappnete. Sie wählte ein Kleid aus Goldbrokat, das kostbarer aussah als alles, was er je für einen Jahressold hätte erstehen können.

»Und was führt Euch nach all dieser Zeit zu mir zurück?«, fragte sie.

»Ich brauche Eure Hilfe«, gab er zögernd zu.

»Ach ja?«

»Und … und ich wollte Euch wiedersehen«, fügte er rasch hinzu. Doch das war nicht die ganze Wahrheit. In den vergangenen Jahren war sie seinen Gedanken oder seinem Herzen niemals fern gewesen. Aber es schien nutzlos, ihr das jetzt zu sagen. Nicht, wenn das Lächeln, das sie ihm schenkte, kalt und glitzernd war wie ein ferner Stern.

»Na gut. Warum nehmt Ihr nicht Platz, während ich mich ein wenig zurechtmache? Dabei könnt Ihr mich mit Euren Abenteuern aus diesen drei Jahren unterhalten und mir sagen, womit ich Euch dienen kann, Hauptmann Remy.«

Hauptmann Remy? Was zum Teufel sollte das? Remy runzelte die Stirn und fragte sich, was er gesagt oder getan hatte, das einen solchen Stimmungsumschwung bei einer Frau bewirkt hatte, die noch vor wenigen Augenblicken in seinen Armen dahinzuschmelzen schien. Aber bevor er sie fragen konnte, war Gabrielle hinter einem hölzernen Paravent auf der anderen Seite des Raums verschwunden. Er hatte kein Recht zu hoffen, dass seine Gefühle für Gabrielle zu irgendetwas führen würden; dieses Recht hatte er nie gehabt. Aber er wusste, dass er in dieser Nacht ein Stück vom Himmel in Händen gehalten hatte und es ihm irgendwie durch die Finger geschlüpft war.

5

Gabrielle streifte sich das Kleid über die Schultern. Der mit kostbaren Schnitzereien verzierte Paravent verbarg sie vor Remys Blicken, doch sie hatte sich nicht aus Sittsamkeit dahinter zurückgezogen.

Dafür war es zu spät, nachdem sie in dem dünnen Hemd umhergestürmt war. Aber sie hatte etwas weitaus Schlimmeres getan, als die Geheimnisse ihres Körpers zu entblößen: Sie hatte ihm ihr Herz offenbart, all jene Gefühle, die sie sich lange nicht einmal selbst eingestanden hatte.

Sie empfand tatsächlich etwas für Nicolas Remy, und zwar weitaus mehr, als sie je gewollt hatte. Natürlich war sie nicht in den Mann verliebt, dazu war sie nicht fähig. Aber wenn sie daran dachte, wie sie all die Jahre um ihn getrauert hatte, hätte sie am liebsten wütend mit den Fäusten gegen seine Brust getrommelt.

Warum? Warum zum Teufel konntest du mich nicht wissen lassen, dass du noch am Leben bist? Wenn ich nicht geglaubt hätte, du wärst tot, hätte ich … hätte ich …

Was getan?, spottete eine innere Stimme. Nicht den Weg einer Kurtisane beschritten? Sich für ihn aufgehoben? Das hatte nie zur Wahl gestanden. Dank Etienne Danton war es dafür bereits zu spät gewesen, als sie Remy das erste Mal getroffen hatte. Ihre Freude darüber, Remy am Leben zu wissen, hatte sie einen Augenblick lang vergessen lassen, wer sie war und was zu werden ihr bestimmt war – und das war keines Mannes zart errötende Braut.

Während sie mit den elfenbeinernen Knöpfen ihres Kleides kämpfte, klang Remys Stimme traurig in ihr nach. *Nichts hätte anders kommen können.* Seine Worte hatten sie mit einem schmerzhaften Schlag zurück in die Realität gestoßen. Aber sie war Remy dankbar, dass er sie daran erinnert hatte, bevor sie sich vollends zur Närrin machte. Was hatte sie sich nur dabei gedacht, ihn zu küssen, in seinen Armen ohnmächtig zu werden, beinahe all ihre Ziele zu vergessen, die es ihr in den letzten drei Jahren ermöglicht hatten, zu überleben?

Gabrielle sah hoch, ihr Blick fiel auf den Spiegel an der Wand, der ihre goldene Haarpracht, den zarten Teint und die feinen Züge zeigte, um die sie so viele Damen beneideten. Doch sie sah bloß eine Frau, gequält von dem Wissen, dass ihre Schönheit nur oberflächlich war, ein dünner Deckmantel für die dunklen Flecken auf ihrer Seele. Einen Mann um den Verstand zu bringen, ihn hörig zu machen – ja, dazu war sie imstande. Aber echte, aufrichtige Liebe zu wecken? Diesen Zauber besaß sie nicht.

Remy hielt sie für schön. Wahrscheinlich glaubte er sogar, sie zu lieben. Aber wie konnte er sie lieben, wenn er sie nicht einmal richtig kannte? Denn dann würde er sie niemals mit Begriffen wie *Ehre* und *Unschuld* in Verbindung bringen.

Aber welche Rolle spielte es schon, was Remy für sie empfand? Vor langer Zeit hatte sie begriffen, dass es besser war, die Geliebte eines reichen Herrn zu sein als die Frau eines armen Soldaten. Verführung … darin lag die wirkliche Macht einer Frau. Und Macht bedeutete die Möglichkeit, ihre Familie und sich selbst vor den Machenschaften der dunklen Königin zu schützen. Stark zu sein, unverwundbar für Schmerzen, wie sie einem ein räuberischer Mann wie Danton zufügen konnte. Oder auch unbeabsichtigt ein galanter Mann wie Remy.

Nostradamus zufolge stand ihre Zukunft bereits fest: Ihr war bestimmt, die mächtigste Frau Frankreichs zu werden, die Geliebte von Remys König, Heinrich von Navarra. Sie fragte sich, wie Remy darauf reagieren würde. Würde er erstaunt sein? Verletzt? Wütend? Würde er sich angewidert von ihr abwenden oder sie bestürmen, ihre Pläne aufzugeben und Paris zu verlassen?

Das würde sie niemals tun; sie gehörte nach Paris. Wenn jemand gehen sollte, dann Remy. Diese Stadt war für ihn jetzt genauso gefährlich wie vor drei Jahren. Gabrielle lächelte bitter über diese Ironie. Sie hatte gehofft, gebetet, ja sogar gewagt, ins Reich der Toten einzudringen, um Remy ein letztes Mal zu sehen. Und nun, wo sie ihn zurückhatte, würde sie alles versuchen müssen, um ihn zu verjagen.

In plötzlicher Verzweiflung schloss sie die Augen, sammelte sich jedoch gleich wieder. Sie knöpfte ihr Kleid bis zum hohen Stehkragen zu, der ihren schlanken Hals wie eine Krause umrahmte. Durch lange Übung flink in ihren Bewegungen, wand sie ihr Haar nach oben und bändigte es mit einem perlenbestickten Netz. Der Spiegel zeigte ihr das Bild einer stolzen und unnahbaren Frau.

Mit einem letzten Blick auf ihr eisiges Gesicht trat sie hinter dem Wandschirm hervor. Sie hatte lange gebraucht und rechnete damit, dass Remy unruhig durch den Raum wanderte. Doch er wartete an dem beeindruckenden Kamin und schien sich unbehaglich zu fühlen wie jeder Mann, der sich in so einem rein weiblichen Umfeld selbst überlassen blieb.

Der Kamin war für den Sommer gefegt, die Gerätschaften aus Messing waren poliert und glänzten. Die Einfassung aus Marmor war mit gemeißelten Delfinen und Seejungfrauen verziert, zu beiden Seiten des Simses standen kostbare silberne Armleuchter. Dazwischen lagen einige von Gabrielles Fächern, ein ledergebundener Gedichtband, ein Stundenglas und ein paar Haarschleifen.

Ein Objekt hatte es Remy besonders angetan. Die Spannung in seinem Gesicht ließ ein wenig nach, als er eine Miniatur vom Kaminsims nahm. Es war das Porträt ihrer kleinen Schwester Miri, eines der wenigen Dinge, die Gabrielle von zu Hause mitgebracht hatte.

Während Remy das Porträt betrachtete, lockerte sich die harte Linie seines Mundes zu einem Lächeln. Weil er so vertieft war, konnte Gabrielle etwas tun, was ihr vorher unmöglich gewesen war – ihn ausgiebig betrachten. Sie war beunruhigt durch das, was sie sah.

Remy hatte sich verändert, und das ging weit über sein verwahrlostes Äußeres hinaus. Er schien hagerer und härter als in ihrer Erinnerung; er sah aus wie ein Mann, der über das Lebensnotwendige hinaus kaum einen Gedanken an Nahrung und Schlaf verschwendete.

Gabrielle hätte ihn gerne zum Ausruhen genötigt, zu einer anständigen Mahlzeit und einem heißen Bad, in dem er seine müden Knochen erholen konnte; sie hätte ihm gern die verschmutzte Kleidung abgenommen, seinen Bart geschnitten und sein Haar gekämmt; mit ihm geschimpft und einen Wirbel um ihn herum gemacht und ihn zum Lachen gebracht, so wie früher; ihn in ihr Bett verfrachtet und die Sorgenfalten auf seiner Stirn geglättet, während er in einen offenbar sehr notwendigen Schlaf gesunken wäre. Und dann …

Sie atmete scharf ein und zügelte ihre abwegige Fantasie. Wie töricht, solche Gedanken an einen Mann zu verschwenden, den loszuwerden sie soeben beschlossen hatte. Vor allem den Gedanken, der Remy auch nur in die Nähe ihres Bettes brachte …

Mit größter Mühe wahrte Gabrielle ihre Distanz, während sie zu ihm trat. Remy blickte beim Rascheln ihrer Röcke auf. Aber das Lächeln, das er dem Porträt ihrer kleinen Schwester geschenkt hatte, verschwand bei Gabrielles Anblick. Seine Mundwinkel sanken nach unten, zugleich verwirrt und enttäuscht über ihre Veränderung, die er offenbar nicht schätzte.

Gabrielle wappnete sich mit einem strahlenden Lächeln. »Es tut mir leid, dass ich so lange gebraucht habe, um mich herzurichten. Was müsst Ihr von meinen Manieren denken, Hauptmann Remy. Ich hoffe, ich habe Euch nicht warten lassen?«

»Nein«, murmelte er. Seine Augen wanderten zurück zu dem Bild in seiner Hand. »Ich habe Miris Porträt bewundert.

Es hat eine bemerkenswerte Ähnlichkeit, genauso erinnere ich mich an sie.«

»Ach? Findet Ihr?« Gabrielles kühles Gebaren geriet ein wenig ins Wanken, als sie Remy das Bild aus der Hand nahm. Er hatte recht, Miri war ausgesprochen gut getroffen. Gabrielle erinnerte sich an den lang vergangenen Frühlingstag im Garten, als sie das Bild gemalt hatte. Die süßen Düfte von Arianes Kräutern in der Luft, das Summen der Bienen zwischen den Blumen … ein Tag, an dem ihr Zauber sehr stark gewesen war.

Über das kleine Elfenbeinoval gebeugt, hatte sie mit den feinsten Pinseln und sanftesten Farben gearbeitet, und es war ihr gelungen, ihre kleine Schwester perfekt einzufangen – keine leichte Aufgabe bei einem so feenhaften Kind. Das Mädchen in diesem Porträt hatte etwas Überirdisches an sich, schwer zu fassen wie das Mondlicht. Miri lehnte sich nach vorn, sodass ihre langen weißblonden Haare über eine Schulter fielen, ungeduldig tanzten ihre quecksilberfarbenen Augen, als ob sie jeden Augenblick entschwinden könnte, um mit den Elfen im Wald herumzutollen oder auf Einhornjagd zu gehen.

Ob Miri noch immer so aussah wie auf diesem Porträt, konnte Gabrielle nicht sagen. Sie hatte das Mädchen vor über zwei Jahren zum letzten Mal gesehen. Allein der Himmel wusste, wann und ob sie sie je wiedersehen würde. Dieser Gedanke erfüllte Gabrielle mit Trauer um ihre kleine Schwester, die nun ebenso verloren für sie war wie ihr früherer Zauber.

Ihr wurde bewusst, dass Remy sie unverwandt anblickte.

»Ist das eines Eurer Werke?«, fragte er.

»Ja, ich malte es, als ich noch Zeit für solchen Unfug hatte.« Sie gab ihm die Miniatur mit scheinbarer Gleichgültigkeit zurück. »Natürlich ist Miri seit damals gehörig gewachsen. Ich bezweifle, dass Ihr sie wiedererkennen würdet.«

»Vermutlich nicht«, stimmte Remy mit traurigem Lächeln zu.

Ich wahrscheinlich auch nicht, dachte Gabrielle und unterdrückte einen jähen Schmerz.

»Und was ist mit Ariane? Wie ist es der Herrin von Faire Isle ergangen?«, fragte Remy, während er das Bildchen an seinen Platz zurückstellte. Er musterte den Kaminsims, als ob er erwartete, dort auch ein Porträt von Ariane zu finden, und verwundert war, keines zu sehen.

Weil Gabrielle es nicht mehr ertragen konnte, auf das Bild ihrer Schwester zu blicken, die sie jetzt verachtete. Weil das Porträt eine zu schmerzhafte Erinnerung an ihre bittere Trennung war.

Dennoch gelang es ihr, unbekümmert zu antworten: »Ach, Ariane hat Renard geheiratet und lebt nun glücklich und zufrieden mit ihrem großen Unhold in seinem Château.«

Obwohl Remy lächelte, tadelte er sie sanft: »Warum müsst Ihr immer so geringschätzig von Renard sprechen? Er ist ein guter Mann, der uns allen in der Nacht, als die Hexenjäger kamen, das Leben gerettet hat.«

»Das weiß ich, und eigentlich mag ich meinen Riesenkerl von Schwager recht gern. Aber der Comte und ich haben ein seltsames Vergnügen daran, uns zu ärgern. Damit haben wir die arme Ariane in den Wahnsinn getrieben. Einmal hat sie sogar gedroht, uns auf unseren Zimmern einzusperren, bis wir uns besser benehmen.« Bei der Erinnerung lächelte Gabrielle reuevoll. »Unsere Streitereien waren niemals ernst, bis …«

»Bis?«, forderte Remy sie auf, als sie verstummte.

Gabrielle nagte an ihrer Unterlippe, verärgert, dass sie das Thema angeschnitten hatte. Widerstrebend fuhr sie fort: »Bis Renard auf die die närrische Idee kam, er müsse mir einen Ehemann suchen. Denn ich könnte niemals glücklich und zufrieden sein, solange ich nicht verheiratet wäre.«

»Ist das denn eine solch närrische Idee, Gabrielle?«, fragte Remy ruhig.

Für sie war es das. Dass Renard den Ehestifter für sie spielte, war lächerlich, ganz unerträglich jedoch war die Vorstellung, dass ein Edelmann, begierig auf die von Renard gebotene Mitgift, gewillt sein könnte, zu übersehen, dass er beschädigte Ware erhielt. Oder noch schlimmer, dass er sich, entzückt von ihrer Schönheit, einbilden würde, er sei in sie verliebt, eine Liebe, die sie niemals erwidern könnte. Und wenn dieser zukünftige Bräutigam die Wahrheit über sie herausfand? Was dann?

Gabrielle wusste, dass es Mittel und Wege gab, die es einer klugen Frau ermöglichten, ihren Gemahl glauben zu machen, er habe eine jungfräuliche Braut erworben. Aber der Gedanke an einen solchen Betrug war ihr zuwider. Nein, besser war es, den Mann zu warnen und ihn wissen zu lassen, was sie war.

Aber warum vermied sie dann immer noch, Remy die Wahrheit zu sagen? Schließlich antwortete sie ihm unter dem ernsten Blick seiner dunklen Augen: »Es war aus vielen Gründen dumm von Renard, einen Ehemann für mich zu suchen, aber in erster Linie hatte ich einfach kein Interesse daran, mit irgendeinem Provinztrottel verheiratet zu werden und mein restliches Leben lang auf dem Land begraben zu sein.«

Um das Thema zu wechseln, rauschte Gabrielle hinüber an ihren Nachttisch, auf dem eine Karaffe mit Wein und ein Kristallglas standen, um ihren Durst zu stillen, sollte sie in der Nacht aufwachen.

»Kann ich Euch ein Glas Wein anbieten, Hauptmann Remy?«, rief sie über die Schulter. »Ich könnte auch meinen Koch aufwecken, um Euch unten in der Halle ein spätes Abendbrot servieren zu lassen.«

»Ihr meint an diesem Tisch im Erdgeschoss, von der Größe eines Schlachtfeldes?« Remy grinste. »Nein, ich fürchte, für solch eine Umgebung bin ich zu schlicht.«

»Weil Ihr Euch offensichtlich nicht genug um Euch kümmert – wie die meisten Männer, wenn sie sich selbst überlassen sind.« Gabrielle schenkte den Wein ein und ging zu ihm hinüber. »Ihr seht so blass aus wie der Geist, für den ich Euch hielt. Vielleicht wird etwas Wein wenigstens ein bisschen Farbe in Euer Gesicht bringen.«

Sie nötigte ihm das Glas auf und sagte streng: »Hier, trinkt das.«

»Jawohl, Mademoiselle«, antwortete Remy, doch seine Fügsamkeit wurde durch den Schimmer eines Lächelns in seinen Augen Lügen gestraft. Beim ersten Schluck zuckte er zusammen, und Gabrielle bemerkte zum ersten Mal den Riss an seiner Lippe.

Die Reue ließ sie ihr kühles Auftreten vergessen. »Um Himmels willen, Remy, habe ich Euch das zu gefügt?« Sanft fuhr sie ihm über die Unterlippe und entdeckte betroffen eine leichte Schwellung. »Oh, das – das tut mir schrecklich leid.«

Bei ihrer Berührung zuckte er erneut zusammen und packte ihre Hand. Trotzdem meinte er: »Nicht weiter schlimm, meine Liebe. Ich habe schon weitaus üblere Schläge einstecken müssen, aber wahrscheinlich hatte ich keinen so sehr verdient. Nach allem, was Ihr und Eure Schwestern für mich getan habt, hätte ich einen Weg finden müssen, Euch wissen zu lassen, dass ich lebe.«

Er drückte einen leichten Kuss auf ihre Finger. »Es ist nur zu verständlich, dass Ihr böse auf mich wart.«

Gabrielles Haut prickelte unter dem Druck seiner Lippen, auch wenn er noch so sanft gewesen war. Sie zog sich hastig zurück.

»Verständlich vielleicht,« gab sie zu, »aber wohl kaum höflich, Herr Hauptmann.«

»Ist es das, was wir jetzt tun, Gabrielle? Höflich zueinander sein?«, fragte Remy spöttisch.

Sie hob ihr Kinn mit einem entschlossenen Lächeln. »Selbstverständlich. Warum sollten wir nicht freundlich sein? Es ist zwar viel Zeit vergangen, aber wir sind doch noch Freunde, oder?«

»Ja, Freunde«, stimmte Remy zu, aber der intensive Blick seiner Augen strafte seine Worte Lügen.

Er hob die Hand und strich eine lose Strähne ihres Haares unter das Netz zurück. Seine Finger verweilten auf ihrer Wange. Gabrielle hatte schon immer gestaunt, wie sanft Remys Hände trotz Härte und Hornhaut sein konnten. Allein seine Berührung war fast eine Verführung.

Ein warmer Schauer durchlief sie. Das war sicher alles nur wegen der hitzigen Umarmung von vorhin. Sie hatte immer gewusst, dass es ein Fehler sein würde, Nicolas Remy zu küssen. Dieser eine aberwitzige Moment hatte die ganze Mauer der Zurückhaltung eingerissen, die sie in all den Jahren um ihr Herz errichtet hatte.

Gabrielle wich vor seiner Berührung zurück und sagte nervös: »Leider habe ich – ich habe nicht mehr so viel Zeit, mich meinen alten Bekanntschaften zu widmen. Ich führe hier in Paris ein ganz anderes Leben als auf Faire Isle.«

»Das habe ich gehört«, sagte Remy. Das weiche Licht verschwand aus seinen Augen. Er nahm mit düster gerunzelten Brauen einen tiefen Schluck Wein. »Was macht Ihr hier in Paris, Gabrielle? So weit weg von Eurer Familie und Eurem Zuhause?«

Vor dieser Frage hatte sie sich gefürchtet. Ihr Herz setzte einen Schlag aus, während sie überlegte, was Remy alles über sie gehört haben mochte. Ihr war zugetragen worden, dass man in manchen Tavernen darauf wettete, wer ihr nächster Liebhaber sein würde.

Aber welchen Klatsch er auch immer aufgeschnappt hatte, Gabrielle merkte, dass Remy ihm keinen Glauben schenken wollte. Sein Blick suchte den ihren, als wolle er sich trotz aller Gegenbeweise vergewissern, dass sie noch das unschuldige Mädchen war, das er stets in ihr gesehen hatte.

Also, warum ihm nicht endlich ein für alle Mal reinen Wein einschenken? Gabrielles Mund öffnete sich, doch sie brachte kein Wort heraus. Sie konnte sich einfach nicht dazu durchringen, die Worte auszusprechen, die Remy ernüchtern und alle Gefühle, die er je für sie gehegt hatte, ersterben lassen würden. Sie entzog sich seinem bohrenden Blick und verfluchte ihre Feigheit. Mit raschelnden Röcken trat sie an einen rechteckigen, kunstvoll verzierten Tisch an der Wand gegenüber ihrem Bett. Die schimmernde Platte war vollgestellt mit Fläschchen, Tiegeln und Flakons der verführerischen Parfüms, die ihr Cass gebraut hatte. Sie öffnete den vergoldeten Deckel einer Dose und nahm etwas Creme, die ihre Hände so weiß und weich wie möglich halten sollte.

»Ihr wusstet, dass ich mich danach sehnte, von Faire Isle wegzugehen, Hauptmann Remy«, antwortete sie schließlich und massierte sich die Creme ein. »Zu reisen, all die Aufregungen und Amüsements der großen Städte zu erleben.«

Remy stellte sich neben den Tisch, die breiten Schultern an die Wand gelehnt, sodass sie seinem Blick nicht ausweichen konnte. »Ja, aber wie konntet Ihr dieses riesige Haus erwerben? Verzeiht, aber ich dachte, Euer Familienvermögen sei verloren, nachdem Euer Vater nicht mehr von seiner Forschungsreise zurückgekehrt ist.«

»Das ist es auch.« Gabrielle cremte sich die Fingerspitzen und hoffte, dass ihr Zittern nicht ihre Anspannung verriet. »Dieses Haus gehört – oder vielmehr gehörte – einer Dame namens Marguerite de Maitland. Der Geliebten meines Vaters«, fügte sie tonlos hinzu.

»Seiner Geliebten?«

»Viele Männer haben eine Geliebte, Hauptmann Remy«, entgegnete Gabrielle schroff.

»Das ist mir bekannt. Aber ich hatte gehört … ich dachte immer …« Remy zögerte und nahm einen weiteren Schluck Wein.

»Ihr habt die Geschichten über die große Romanze zwischen dem galanten Ritter Louis Cheney und Evangeline, der schönen Herrin von Faire Isle, gehört.« Gabrielle hatte geglaubt, sie sei schon lange über den Schmerz hinweg, den die Untreue ihres Vaters verursacht hatte. Aber in ihre Stimme stahl sich wieder die alte Verbitterung. »Unglücklicherweise ist das auch alles, was sie waren – schöne Geschichten. Sogar während er meiner Maman seine Ergebenheit schwor, hielt sich mein Vater diese andere Frau hier in Paris und verwöhnte Mademoiselle de Maitland mit Gewändern, Juwelen und diesem Haus.«

Remy blickte stirnrunzelnd in sein Glas und verdaute ihre Enthüllung in gedankenvoller Stille. »Ich verstehe immer noch nicht, was *Ihr* hier macht, im Haus so einer … einer …«

Remy führte den Satz nicht zu Ende, aber das war auch nicht nötig. Seinem kritischen Ton war unschwer zu entnehmen, was er meinte: so einer Hure, einer Schlampe, einer Dirne. Obwohl sich Gabrielle weiter ungerührt gab, zuckte sie innerlich zusammen und fragte sich, wie Remy sie wohl nennen würde, wenn er erkannte, wie wenig sie sich von Marguerite unterschied.

Sie nahm eine kleine harte Bürste und polierte verbissen ihre Nägel. »Nachdem mein Vater für tot erklärt worden war, bekam Mademoiselle de Maitland wohl ein schlechtes Gewissen. Sie beschloss, Buße zu tun und sich in ein Kloster zurückzuziehen. Zuvor bot sie meinen Schwestern und mir dieses Haus und ihre Juwelen an.«

»Und Ihr habt es angenommen, Gabrielle?«, fragte Remy ungläubig. »Erschien Euch das nicht wie ein Verrat an Eurer Mutter?«

Gabrielle errötete. »Ihr hört Euch genauso wie Ariane an, sentimental und unpraktisch. Schließlich war es das Geld meines Vaters, mit dem all das hier bezahlt wurde. Warum sollte ich das Angebot ablehnen?«

»Na gut, das klingt vernünftig«, gab Remy zu. »Aber …« Gabrielle ahnte, dass er sie noch mehr fragen wollte, doch er zögerte – vielleicht, weil er die Antworten fürchtete.

Gabrielle warf die Bürste auf den Tisch und wandte sich ab. »Genug von mir. Weitaus lieber würde ich hören, was *Ihr* die vergangenen drei Jahre über gemacht habt.«

»Meine Geschichte würdet Ihr nicht besonders interessant

finden, Gabrielle«, sagte er und schwenkte den Wein im Glas.

»Nichtsdestotrotz bestehe ich darauf, sie zu hören.« Sie rauschte zur Fensterecke hinüber und ließ sich auf einem bestickten Kissen nieder. Früher hätte sie auf das Kissen neben sich geklopft und ihn eingeladen, sich freundschaftlich zu ihr zu gesellen. Nun wies sie ihm einen hochlehnigen Stuhl in sicherem Abstand zu.

»Setzt Euch, Hauptmann, und erzählt mir alles.«

Remy blickte kurz auf den Stuhl, machte aber keine Anstalten, sich zu setzen. Er trat an den Kamin und legte die Hände um sein Glas. Ihre Fragen nach seiner Vergangenheit hatten etwas Abweisendes in seinen Blick treten lassen.

»Alles soll ich erzählen? Ich wüsste kaum, wo ich beginnen sollte.«

»Warum beginnt Ihr nicht mit dem, was Euch in der Bartholomäusnacht zugestoßen ist?«

»Das wäre eine schlechte Gutenachtgeschichte.« Remys Finger schlossen sich so fest um den Stiel des Glases, dass sich Gabrielle wunderte, dass es nicht zerbrach. Ohne Zweifel fiel es Remy schwer, sich an diese schreckliche Nacht zu erinnern und darüber zu sprechen; sie wollte ihn ungern weiter quälen.

Aber auch sie selbst hatte sich immer wieder mit den grässlichen Umständen gequält, unter denen er damals, wie sie geglaubt hatte, zu Tode gekommen war. Sie musste unbedingt wissen, was wirklich geschehen war.

»Bitte, Remy«, sagte sie sanfter. »Berichtet mir wenigstens, wie Ihr die Nacht überlebt habt. Renard sagte, Ihr wärt tödlich verwundet worden. Er dachte, Ihr wärt am Ende, sonst hätte er Euch nie zurückgelassen.«

»Das weiß ich. Der Comte ist ein ehrenwerter und mutiger Mann. Ich bin froh, dass er mit dem Leben davongekommen ist.«

»Ja, aber wie habt Ihr es geschafft?«

Remy nahm einen tiefen Schluck. »Ich wurde von einem Wolf gerettet.«

»Wie bitte?«, rief Gabrielle. Wäre es nicht Remy gewesen und hätte er nicht so grimmig geblickt, hätte sie geglaubt, zum Narren gehalten zu werden.

»Ein Wolf? Hier in Paris?«, fragte sie ungläubig.

Remys Schultern entspannten sich ein wenig. Seine Lippen zuckten, als ob er sich gegen seinen Willen über eine Erinnerung amüsierte. »Martin Le Loup, ein junger Langfinger und Dieb. Er sah mich auf der Straße liegen und war auf meine Stiefel aus. Der Bursche hatte vor, sie – mich von ihrer Last zu erleichtern.«

Gabrielle war entsetzt, sie konnte sich nur zu gut vorstellen, wie Remy verwundet und hilflos dalag, während eine Ratte versuchte, ihn auszuplündern, noch bevor er kalt war. Sie wusste nicht, wie Remy über solch ein grausames Tun lächeln konnte. In ihrem Schoß ballte sie die Fäuste. »Wie konnte dieser gemeine Schuft so etwas tun! Er hätte aufgehängt und gevierteilt werden sollen.«

Remy zuckte mit den Schultern. »Wenn ich tot gewesen wäre, hätten mir die Stiefel nichts mehr genützt. Aber als mich Martin berührte, stöhnte ich so laut auf, dass er beinahe einen Herzschlag erlitt. Er hätte mir die Stiefel auch ausziehen und fliehen können. Ich hätte ihn niemals aufhalten können.

Doch stattdessen zerrte er mich an einen sicheren Ort und versteckte mich vor dem randalierenden Mob, während er jemanden suchte, der sich um meine Wunden kümmern konnte. Er fand einen älteren Priester, der sehr erfahren in der Heilkunst war.«

Remy runzelte nachdenklich die Stirn: »Ich habe nie erfahren, wie er hieß und warum er mir geholfen hat. Es war gefährlich. Die Bartholomäusnacht war nicht gerade der ideale Zeitpunkt für einen Katholiken, sich bei dem Versuch, einen protestantischen Soldaten zu retten, erwischen zu lassen.

Auch Martin habe ich nie verstanden. Im Großen und

Ganzen ist er ein praktischer Kerl, der gut allein zurechtkommen kann. Warum er an diesem Tag sein Leben aufs Spiel gesetzt hat, um mich zu retten, weiß ich nicht.«

Vielleicht wusste es Remy nicht, aber Gabrielle wusste es: Ein so selbstloser Mensch wie Nicolas Remy, durch und durch redlich, beherzt und ehrenhaft, förderte das Beste in den anderen zutage; es brachte sie dazu, ihm bereitwillig zu dienen, selbst wenn es gegen ihre Interessen war.

Als Remy schwieg, bohrte sie nach: »Also wurdet Ihr von diesem Wolfskerl und dem alten Priester gerettet. Was geschah dann?«

»Martin ist ein recht einfallsreicher Bursche. Als es mir gut genug ging, schmuggelte er mich aus Paris hinaus. Dann verließen wir Frankreich.«

»Wohin seid Ihr gegangen?«

»Zunächst nach Irland, dann nach England.«

»Und was habt Ihr dort gemacht?«

»Gearbeitet. Gereist. Uns irgendwie durchgeschlagen.«

Gabrielles Blick schweifte über Remys große Gestalt. Ihre Miene spiegelte ihre Enttäuschung. Er war nie ein großer Redner gewesen, aber allmählich hatte sie das Gefühl, dass es leichter wäre, ihm die Zähne auszureißen, als irgendeine Auskunft zu entlocken.

»Ihr habt also drei Jahre damit zugebracht, durch die englische Landschaft zu wandern, und dann? Eines Morgens seid Ihr aufgewacht und habt beschlossen, dass es an der Zeit sei, zurückzukehren?«, fragte sie.

»So ähnlich war es wohl.« Remy spielte nervös mit dem fein ziselierten Stiel des Glases. Er war nicht nur wortkarg wie gewöhnlich, er wich ihren Fragen aus.

»Warum?« Gabrielle ließ nicht locker. »Warum seid Ihr zurückgekommen?«

»Ich fange an, es zu bereuen.«

»Was? Dass Ihr nach Paris zurückgekehrt seid?«

»Nein. Ich hätte niemals zu Euch zurückkehren sollen.«

Remys Worte trafen Gabrielle tief, und sie konnte es nicht verbergen. Als sie zusammenzuckte, fuhr Remy hastig fort: »Ich meine damit nicht, dass ich Euch nicht sehen wollte. Das wollte ich, und zwar viel zu sehr. Ich wollte damit sagen, dass mein Leben eine ziemlich verzweifelte Wendung genommen hat, und jetzt habe ich meine Zweifel, ob ich Euch wirklich darin verwickeln will.«

»Ich war schon einmal in Euer Leben verwickelt«, erinnerte ihn Gabrielle.

»Ja, aber das lag damals nicht in meiner Absicht. Als ich in jenem Sommer nach Faire Isle kam, war ich ein verdammter Narr. Ich war so besessen vom Streben nach Gerechtigkeit, dass ich keinen Gedanken daran verschwendete, welche Gefahren ich mitbrachte.« Remy trank seinen Wein aus und stellte das leere Glas auf den Kaminsims. »Ihr wusstet damals nicht, welch schreckliche Untat ich entdeckt hatte und warum ich zum Flüchtling geworden war.«

»Ach, um Himmels willen!« Gabrielle verdrehte die Augen. Es ärgerte sie noch immer, dass Remy damals seine gefährlichen Geheimnisse Ariane anvertraut und Gabrielle behandelt hatte, als sei sie ein unschuldiges Mädchen, nicht älter als Miri.

Mit großer Befriedigung teilte sie ihm mit: »Ich weiß alles darüber, wie Katharina von Medici Eure Königin, Johanna von Navarra, ermordet hat.«

»Das – das wisst Ihr?«

»Natürlich! Ihr hattet den Verdacht, dass Eure Königin vergiftet worden sei, und Ihr seid auch an den einzigen Beweis dafür gekommen – ein Paar wundervolle weiße Handschuhe. Ihr seid mit den Handschuhen aus Paris geflohen und habt sie zu Ariane gebracht in der Hoffnung, sie könne Euch helfen zu beweisen, dass sie vergiftet waren. Habe ich das so weit richtig verstanden?«

»Ja«, bestätigte Remy, die Stirn noch immer überrascht gerunzelt. »Also hat sich Ariane schließlich entschlossen, Euch alles zu erzählen?«

»Nein, das meiste habe ich selbst herausgefunden. Als ich die Handschuhe fand, die sie in unserer Werkstatt versteckt hatte, habe ich sie anprobiert.«

»Ihr habt *was?*« Remy blickte sie zunächst entsetzt, dann verwirrt an. »Dann lag ich also falsch, und die Handschuhe waren doch nicht vergiftet?«

»Oh doch, das waren sie«, erwiderte Gabrielle trocken. »Ich bin fast gestorben.«

»Gabrielle!« Remy erbleichte dermaßen, dass Gabrielle bereute, es ihm erzählt zu haben. Er setzte sich fassungslos neben sie und nahm ihre Hände.

Die Besorgnis auf seinem Gesicht war so zärtlich, dass sie das Herz jeder Frau erwärmt hätte, und auch Gabrielle konnte nur schwer widerstehen. Unwillkürlich verschränkten sich ihre Finger mit seinen und erwiderten den Druck.

»Mein Gott! Es tut mir so leid«, sagte er heiser. »Ich hätte Euch die Wahrheit über Katharina und die Handschuhe sagen sollen. Wenn Euch etwas zugestoßen wäre, hätte ich es mir nie – nie …«

Er brach so schuldbewusst ab, dass sie ihn am liebsten tröstlich umarmt hätte. Um diesem Impuls nicht nachzugeben, musste sie sich aus seinem Griff lösen und sich von dem Fensterplatz entfernen.

»Ach, macht doch nicht solch ein Aufhebens.« Ihre Stimme klang nicht so fest, wie sie es sich gewünscht hätte. »Offenkundig bin ich nicht tot. Renard hat mich gerettet, er braute ein Gegengift. Es zeigte sich, dass der Comte eine ganze Menge von schwarzer Magie versteht. Wenn wir das vorher gewusst hätten, hättet Ihr die Handschuhe direkt zu ihm bringen können. Unglücklicherweise haben wir sie nicht mehr. Nachdem wir dachten, Ihr wärt tot, waren wir genötigt, mit der dunklen Königin Frieden zu schließen.«

Gabrielles Lippen wurden schmal vor Verbitterung, als sie daran dachte, wie sehr es an ihrer Seele genagt hatte, einen Pakt mit der Frau zu schließen, die ihre Familie bedroht hatte, mit der elenden Hexe, der sie die Schuld an Remys Tod gegeben hatte. Sie hatte geschworen, Katharina eines Tages teuer dafür bezahlen zu lassen.

Aber sie hatte den Schwur nicht halten können, und während sie Remy anblickte, beschlich sie das Gefühl, dass sie ihn im Stich gelassen hatte.

»Es – es tut mir sehr leid, Remy«, sagte sie. »Wir dachten, wir hätten keine andere Wahl. Die dunkle Königin hatte Renard gefangen genommen. Wir mussten ihr die Handschuhe überlassen als Gegenleistung für sein Leben.«

»Ach, diese verdammten Handschuhe. Als ob ich je die Hoffnung gehabt hätte, dieses böse Weib der Gerechtigkeit zuzuführen. Mein Bestreben war ausgesprochen töricht. Alles, was ich erreichte, war, dass Ihr beinahe getötet wurdet.« Remy sackte zusammen und ließ die Hände zwischen die Knie fallen, seine Haltung war die einer bitteren Niederlage.

Gabrielles Finger zuckten in dem Bestreben, seine Sorgenfalten zu glätten und die Schatten zu vertreiben, die ihn verfolgten. Um den Drang zu unterdrücken, musste sie die Hände in den Falten ihres Gewandes vergraben.

»Seid nicht närrisch. Meinen Tod hätte ich eher meiner Neugierde und Unbesonnenheit zu verdanken gehabt als Euch. Ihr werdet bemerkt haben«, fügte sie mit einem verschmitzten Lächeln hinzu, »dass ich zuweilen ein wenig waghalsig bin.«

Doch ihre Worte führten nicht zu dem Lächeln, auf das sie gehofft hatte. Remys Miene war weiterhin von Selbstvorwürfen gezeichnet.

»Euch hätte nie Gefahr gedroht, wenn ich sie nicht an Eure Schwelle getragen hätte. Und jetzt bin ich wieder da, um …« Remy atmete scharf aus. Sein Schnauben tat all seinen Selbsthass kund. »Ich hätte nicht kommen dürfen. Verzeiht mir!«

Er stand auf und marschierte geradewegs zur Tür, als scheue er sich, sie auch nur noch ein Mal anzusehen. Im ersten Augenblick war Gabrielle zu verblüfft, um zu reagieren. Doch als sie begriff, was er vorhatte, eilte sie ihm nach. Remy hatte die Tür schon geöffnet, aber Gabrielle drängte sich an ihm vorbei und stellte sich ihm in den Weg.

»Was habt Ihr vor?«

»Ich gehe.«

»Einfach so? Ohne ein weiteres Wort?«

Remy blieb stumm, doch in seinen Augen stand die Antwort geschrieben. Er wollte sich in die Nacht hinausschleichen und aus ihrem Leben verschwinden, als wäre er gar nicht zurückgekehrt. Und diesmal würde sie ihn wirklich nie wiedersehen.

Wahrscheinlich wäre das auch das Beste. Remys Rückkehr in ihr Leben hatte sie nur verwirrt, sie hatte Verletzlichkeiten und andere Gefühle in ihr geweckt, die sie sich nicht leisten konnte. Aber der Gedanke, ihn erneut zu verlieren, erfüllte sie mit etwas, das fast an Panik grenzte.

»Wie könnt Ihr es wagen!«, schrie sie. »Ihr lasst mich für drei Jahre in dem Glauben, dass Ihr tot seid, und spaziert dann eines Nachts einfach wieder in mein Leben. Ihr habt mich fast zu Tode erschreckt. Ihr deutet einen geheimnisvollen Grund für Eure Rückkehr an, irgendeinen Gefallen, den Ihr von mir erbitten wollt. Und jetzt habt ihr Eure Meinung geändert und wollt einfach wieder verschwinden?«

»Es ist weitaus besser für Euch, wenn ich das tue.«

»Zum Teufel mit Euch, Nicolas Remy.« Gabrielle versuchte, ihn von der Tür wegzuschieben. Aber das war wie der Versuch, eine Wand zu verrücken. Sie funkelte ihn wütend an. »Hört endlich auf, mich wie ein unschuldiges kleines Mädchen zu behandeln, das beschützt werden muss. Ich bin durchaus in der Lage, mich um mich selbst zu kümmern. Sagt mir, was Ihr wollt, und dann beschließe ich, ob der Preis zu hoch ist.«

Remy schüttelte unbeirrt den Kopf. Im nächsten Augenblick würde er sie zur Seite schieben und zur Tür hinausmarschieren. Gabrielle bemühte sich, ihre wachsende Verzweiflung zu verbergen. Sie bohrte weiter: »Sagt mir doch, was Ihr braucht. Ein Versteck? Geld?«

Seine Wangen röteten sich. »Himmel noch mal, Gabrielle, haltet Ihr mich wirklich für jemanden, der Euch um Geld anbetteln würde?«

Er richtete sich auf, und in seinen Augen blitzte Wut auf, was bei ihm nur sehr selten vorkam. Er war so gekränkt, dass er tatsächlich einen Schritt zurücktrat. Gabrielle beeilte sich, die Tür zu schließen.

Sie nahm Remy an der Hand und zog ihn weiter in den Raum. »Ach, hört doch auf, so stur zu sein, und sagt mir, warum Ihr nach Paris zurückgekommen seid. Ihr kennt mich doch gut genug, um zu wissen, dass ich keine Ruhe geben werde, bis ich es weiß.«

»Jawohl, das tue ich.« Er widerstand noch einen Augenblick, dann seufzte er ergeben. »Also gut, ich bin wegen meines Königs hier. Die dunkle Königin hält ihn seit der Bartholomäusnacht wie einen Gefangenen, und es ist meine Pflicht, ihn zu befreien.«

»Ach so.« Gabrielle ließ Remys Hand fallen, als hätte sie sich verbrannt. Sie legte sich wieder eine starre Maske an, um darunter ihre Bestürzung zu verbergen. Ihr Mund war ganz trocken geworden. Sie trat an den kleinen Tisch, um sich mit einem Glas Wein zu stärken.

Also war Remy nach Paris zurückgekehrt, um einen verzweifelten Versuch zur Rettung seines Königs zu wagen. Aus demselben Grund hatte er vor drei Jahren Kopf und Kragen riskiert. Verbittert sinnierte Gabrielle, dass sie sich das gleich hätte denken können. Dieser Narr, dieser unerträglich edle, tollkühne Narr!

»Es stimmt doch, was ich gesagt habe, oder?«, rief Remy ihr nach. »Die dunkle Königin hält ihn noch immer als Gefangenen?«

»Heinrich schmachtet nicht in der Bastille, falls Ihr das glaubt. Schließlich ist er Katharinas Schwiegersohn. Er hat seine eigenen Gemächer im Louvre, obwohl er stets unter Beobachtung steht. Unter sehr eingehender Beobachtung.«

»Dennoch ist es meine Pflicht, ihn zu befreien.«

Gabrielle fluchte halblaut. Zum Teufel mit Nicolas Remy und seinem elenden Pflichtgefühl! Sie setzte das Weinglas an die Lippen, stellte es jedoch gleich wieder ab, ohne getrunken zu haben. Dann wirbelte sie herum und funkelte ihn böse an. »Ich verstehe. Ihr habt es also nicht geschafft, in der Bartholomäusnacht getötet zu werden, und jetzt seid Ihr entschlossen, es noch einmal zu versuchen.«

»Ich denke, dazu wird es nicht kommen – wenn Ihr mir helft.«

»Was, glaubt Ihr denn, kann ich für Euch tun?«

»Ich habe gehört, dass Ihr am Hofe ein- und ausgeht, und da dachte ich, Ihr könntet meinem König eine Botschaft zukommen lassen. Er soll wissen, dass ich noch lebe und hier bin, um ihn zu befreien. Aber ich muss herausbekommen, wo seine Gemächer liegen und wie viele Leute ihn bewachen …« Remy verstummte und fuhr sich durchs Haar. Ihr war bewusst, dass er sie nicht hatte fragen wollen. Aber ihr war auch bewusst, dass er ihre Hilfe dringend brauchte und dass ein Teil von ihm hoffte, sie würde einwilligen.

»Ich soll also bei diesem Fluchtkomplott die Vermittlerin spielen?«, fragte Gabrielle unverblümt.

»Ja«, antwortete Remy und blickte sie unverwandt an. Gabrielle musste sich abwenden, um ihm nicht zu verraten, wie fassungslos sie war.

Sie zog sich an eines der hohen Fenster neben dem Bett zurück. Ach, warum konnte der elende Kerl nicht etwas Einfacheres wollen, Geld oder ein Dach über dem Kopf! Abgesehen von ihren Schwestern, gehörte Nicolas Remy zu den wenigen Menschen, für die sie bereit war, alles zu tun. Na gut, fast alles, verbesserte sie sich.

Es waren bereits mehrere Versuche unternommen worden, Heinrich von Navarra aus Paris zu schaffen. Stets hatte man die Verschwörer gefasst und zum Tode verurteilt. Aber es war nicht allein die Tatsache, dass Gabrielle Remy nicht helfen wollte, sein Leben bei einem solch gefährlichen Vorhaben aufs Spiel zu setzen. Nein, es gab noch ein anderes Problem.

Heinrich von Navarra mochte ja Remys König sein, aber er war auch der Mann, den Gabrielles Schicksal zu ihrem Geliebten bestimmt hatte; zu dem Mann, der sie zur mächtigsten Frau Frankreichs machen sollte. Wie sollte es je dazu kommen, wenn es Remy tatsächlich gelang, Heinrich zur Flucht zu verhelfen und in sein unbedeutendes Königreich an der Grenze zu Spanien zurückzubringen?

Remy trat hinter sie. Er spiegelte sich in der nachtschwarzen Fensterscheibe wie ein Geist aus Gabrielles Vergangenheit, der Geist eines tapferen Soldaten, der einst ihren Ritter gespielt hatte und sie die Dame seines Herzens. Leider war das alles nur ein Spiel gewesen. Und sie war inzwischen viel zu erfahren, um sich von solchen Spielen betören zu lassen.

Ihr Herz fühlte sich bleischwer an, als sie sich zu Remy umdrehte. »Es tut mir leid, Hauptmann Remy, aber ich kann Eure Bitte nicht erfüllen.«

Seine Augen verdüsterten sich enttäuscht, doch es mischte sich auch eine gewisse Erleichterung hinein. »Nein, Gabrielle, ich bin derjenige, dem etwas leidtun sollte. Ich hätte Euch nie bitten dürfen. Die Gefahr ist viel zu groß. Ihr habt guten Grund, Angst zu haben. Wenn man Euch ertappen würde, wie Ihr eine Botschaft …«

»Das macht mir keine Angst. Ich bin sehr gut in solchen Intrigen.«

Zwischen Remys Brauen trat eine tiefe Furche. »Dann verstehe ich Euch nicht. Wenn Ihr nicht denkt, dass es zu gefährlich wäre, warum wollt Ihr es dann nicht tun?«

Gabrielle presste die Lippen zusammen und wünschte sich, sie hätte Remy gehen lassen. So hätte sie diesen Moment vermeiden können und ihm nicht die Wahrheit sagen müssen. Aber sie fürchtete, dass Remy seinen tollkühnen Plan auch ohne ihre Hilfe vorantreiben würde. Es gab nur eines, was ihn davon abbringen konnte: Sie musste ihm von der Prophezeiung erzählen, von Heinrichs Schicksal und dem ihren.

Sie schluckte mühsam, ehe sie sich ein Herz fasste und zu reden begann. »Ich – ich werde euch nicht helfen, weil Heinrich am französischen Hof bleiben muss«, erklärte sie zögernd. »Im Augenblick kann er einfach nicht in sein zerklüftetes Gebirge verschwinden, so weit weg von mir. Weil … weil ich ihn für mich selbst haben will.«

Remy starrte sie lange an, dann verhärteten sich seine Züge. »Was zum Teufel wollt Ihr mir damit sagen, Gabrielle? Wollt Ihr mir etwa erklären, dass Ihr Euch in einen König verliebt habt?«

»Könige unterscheiden sich kaum von anderen Männern, aber in diesem Fall hat es nichts damit zu tun. Ich bewundere und achte Heinrich.« Gabrielle machte eine kleine Pause, dann fügte sie hinzu: »Er ist mein Schicksal.«

»Was für ein Schicksal soll das denn sein?«, fragte Remy ungeduldig. »Heinrich ist schon verheiratet.«

»Vielleicht fragt Ihr da besser die Hexe, die ich heute Abend aufgesucht habe. Unter anderem hat sie für mich einen Blick in meine Zukunft geworfen. Eines Tages wird Heinrich der König von Frankreich sein, und ich … und ich …« Gabrielle fiel es schwer, Remy in die Augen zu sehen, doch sie tat es trotzdem. »Und ich werde seine Geliebte sein.«

Einen Augenblick lang wirkte Remy verblüfft, dann fing er an, erregt im Raum umherzugehen und zu schimpfen. »Zum Teufel noch mal, Gabrielle, Ihr sollt die Finger von schwarzer Magie lassen, das wisst Ihr doch. Und außerdem ist das alles doch der reinste Unsinn. Ihr könnt nie die Geliebte eines Mannes sein. Ihr seid ein Edelfräulein, erzogen in Zucht und Anstand …«

»Das war ich vielleicht einmal …«

»Nein, das seid Ihr noch immer.« Remy blieb stehen und funkelte sie böse an. Doch unter seinem wachsenden

Ärger wirkte er wie jemand, der in die Ecke gedrängt mit allen Mitteln darum kämpft, an seinen Trugbildern festzuhalten. Zweifellos hatte er ebenso entschlossen in den aussichtslosesten Lagen auf dem Schlachtfeld gekämpft. Er verschloss die Augen vor den Tatsachen so trotzig, wie Gabrielle es nie für möglich gehalten hätte. Schließlich trat er vor sie und packte ihre Hände. Als er endlich den Mund aufmachte, zeigte sich deutlich, wie viel Mühe es ihn kostete, die Stimme nicht zu erheben.

»Gabrielle, das Verhalten Eures Vaters hat Euch offenbar tief verwirrt und verletzt. Aber Ihr dürft es nicht zulassen, dass Ihr dadurch zynisch und verbittert werdet. Ihr habt keine Ahnung, wie es ist, wenn eine Frau ihre Tugend verkauft. Ihr könnt ja keine Ahnung haben«, fügte er ungestüm hinzu.

»Ich glaube, Ihr kennt die Antwort bereits«, entgegnete Gabrielle.

»Nein, das kann ich nicht hinnehmen. Nicht, bis ich es aus Eurem Munde erfahren habe.«

Gabrielle musste kurz die Augen schließen, um das gequälte Gesicht des Mannes nicht mehr sehen zu müssen, der unbedingt an sie glauben wollte, so sehr, wie es noch kein anderer getan hatte. Nein, nicht an sie, mahnte sie sich, sondern an einen Traum von ihr, an eine Gabrielle, die es nie gegeben hatte.

Remy packte ihre Hand fester und ließ ihr keinen Ausweg. Er wollte also wirklich all die schmerzhaften Einzelheiten hören? Na gut, sie würde sie ihm unterbreiten.

Gabrielle entwand sich Remys Griff und schritt steif davon. Sie atmete tief durch, dann stellte sie sich hinter einen Stuhl und sah Remy an. Dabei zeigte sie ihm ihre kälteste Fassade, die ihr in den schmerzhaftesten Augenblicken ihres Lebens gute Dienste geleistet hatte.

»Natürlich weiß ich, wie ich mit einem Mann verhandeln muss.« Sie klammerte sich an die Stuhllehne, um Halt zu finden. »Wie, glaubt Ihr wohl, habe ich es geschafft, nach Paris zu kommen und dieses Haus in Besitz zu nehmen? Ariane war strikt dagegen, sodass ich in Renards Château mehr oder weniger gefangen gehalten wurde. Mir blieb nichts anderes übrig, als zu fliehen. Das gelang mir schließlich mithilfe eines Weinhändlers, der Renard regelmäßig belieferte.«

Gabrielle senkte den Blick und starrte auf die goldene Verzierung des Stuhls. »Monsieur Duclous war ein sehr freundlicher, entgegenkommender Mann. Er war gleich bereit, mich nach Paris zu bringen, allerdings nur zum Preis meiner Gunst.«

Sie hörte, wie Remy scharf einatmete, aber sie wagte keinen Blick. »In Paris konnte mir Monsieur Duclous allerdings nicht mehr weiterhelfen. Um mir Zugang zum Hof und zu den höheren Kreisen der Gesellschaft zu verschaffen, brauchte ich die Hilfe des Herzogs von Penthieve.«

»Ich will nichts mehr davon hören«, knurrte Remy und marschierte zum Fenster. Er kehrte ihr den Rücken zu, als könne er damit auch ihre Stimme ausschalten.

»Nein, verflucht noch mal, Ihr habt danach gefragt, und jetzt hört Ihr es Euch auch an – und zwar alles!«, schrie Gabrielle verbittert. Sie biss sich auf die Lippe, um ihr Zittern zu unterdrücken, und fuhr erbarmungslos fort: »Der Herzog war sehr weltgewandt, witzig und charmant. Ich habe viel von ihm gelernt. Leider erlitt er einen erheblichen finanziellen Verlust und musste sich auf sein Landgut zurückziehen. Ich wollte Paris nicht verlassen, also habe ich …«

»Hört auf, Gabrielle!«, fauchte Remy. Er stützte sich mit einem Arm gegen den Fensterrahmen, sein Rücken wirkte so steif, als würde er gleich brechen.

»Ich habe den Marquis de Lanfort aufgetan. Ein netter Junge, aber er hat die Neigung, grässliche Gedichte zu verfassen. Wahrscheinlich liegt hier noch irgendwo eines …«

»Hört auf!«, brüllte Remy so laut, dass Gabrielle zusammenzuckte und tatsächlich verstummte. Remy klammerte sich so fest an den Fensterrahmen, dass sein Arm zu zittern begann.

Als er herumwirbelte, stockte Gabrielle der Atem. Sie fürchtete, dass sie zu weit gegangen war. Noch nie hatte sie Remy so gesehen: Seine Lippen waren so fest zusammengepresst, dass alles Blut aus ihnen gewichen war, die Nasenflügel waren gebläht, sein Atem kam in raschen, harten Stößen, als er auf sie zu trat. Gabrielle stolperte rückwärts und zog sich auf die andere Seite ihres Toilettentisches zurück. Das Herz schlug ihr bis zum Hals.

Remy fegte heftig fluchend mit der Hand über den Tisch. Flaschen und Tiegel fielen zu Boden und zerbrachen. Gabrielle legte die Hände vors Gesicht, um sich vor herumfliegenden Glassplittern zu schützen. Sie stieß einen Schrei aus, in dem sich Protest und Sorge mischten.

Bevor sie einen weiteren Atemzug tun konnte, stand Remy vor ihr. Er packte sie grob an den Schultern und zog sie an sich. Sein Atem schlug ihr heiß entgegen, seine Lippen waren vor Wut zurückgezogen und entblößten seine Zähne. Plötzlich musste sie daran denken, was Cass gesagt hatte, als sie Remys Schwert berührt hatte.

»Diese Waffe erzählt mir von einer dunkleren Seite deines edlen Ritters. Sie nannten ihn die Geißel, Gabrielle. Ich bezweifle, dass sich ein Mann solch einen Titel durch sein freundliches und gutmütiges Wesen verdient.«

»Was ist mit Euch geschehen, Gabrielle?«, ächzte Remy. Seine Augen waren dunkel vor Kummer und Zorn. »Wie konntet Ihr Euch nur so verändern?«

Obgleich ihr Puls raste, reckte Gabrielle das Kinn und begegnete seiner dunklen Wut mit Trotz. »Ich habe mich nicht verändert. Ich war schon immer sehr ehrgeizig.«

»Nein, das wart Ihr nicht!«, fauchte Remy. »Ihr wart nie so kalt und berechnend. Nie wart Ihr bereit, für Geld und Macht alles zu tun. Ihr wart rastlos und leidenschaftlich, das ja, doch immer auch ehrbar und unschuldig.«

»Nein, das war ich nicht. Ich hatte meinen ersten Liebhaber schon, bevor ich Euch traf«, fauchte Gabrielle wütend zurück.

Ihr drehte sich zwar fast der Magen um, als sie Danton so bezeichnete, aber lieber wäre sie gestorben, als zuzugeben, wie sehr sie sich dessen schämte, was an jenem heißen Sommernachmittag passiert war.

Remy stieß einen wüsten Fluch aus. Er packte sie so fest, dass sie keuchte. Sie rechnete damit, dass er sie ungestüm schütteln würde. Doch auf einmal ließ er sie los und stieß sie von sich. Während sie nach hinten taumelte und um ihr Gleichgewicht rang, zog sich Remy auf die gegenüberliegende Zimmerseite zurück.

Ein schreckliches Schweigen folgte. Es wurde nur von Gabrielles zittrigen Atemzügen unterbrochen. Bebend rieb sie sich die gequetschten Schultern und starrte auf die Reste der Lotionen und Parfüms, die Cass so sorgfältig für sie hergestellt hatte.

»Wie Ihr seht«, schloss sie mit leiser Stimme, »habt Ihr mich nie richtig gekannt.«

»Offenkundig nicht.«

Ihr Geständnis über Danton schien Remy den letzten Schlag versetzt zu haben. Seine Wut wich so rasch, wie sie gekommen war. Er rieb sich erschöpft das Gesicht. Gabrielle hatte den Eindruck, als würde in seinen Augen jeder Traum sterben, den er je von ihr gehabt hatte.

Schließlich stemmte er die Hände in die Hüften und starrte zur Decke. Er lachte verbittert und meinte: »Herr im Himmel! Ich bin ja wohl der größte Narr aller Zeiten.«

Nein, dachte Gabrielle traurig, nur ein ehrbarer Mann, der vom Rest der Welt dasselbe erwartet.

Sie schritt vorsichtig über die Glassplitter und Salben auf Remy zu. »Es tut mir leid, wenn ich Euch wehgetan habe«, sagte sie. »Das wollte ich wahrhaftig nicht.«

Sie wollte ihn am Arm berühren, doch er schüttelte sie mit einer derart verächtlichen Miene ab, dass sie zusammenzuckte. Seine Ablehnung schmerzte so sehr, dass sie am liebsten die Arme um sich geschlungen hätte, wie um einem Schlag auszuweichen. Doch eines hatte sie immer schon meisterhaft beherrscht: ihre Wunden so tief zu vergraben, dass keiner sie sehen konnte.

Mit hoch erhobenem Haupt meinte sie: »Zumindest versteht Ihr jetzt, warum ich Euch nicht helfen kann. Es wäre besser, Ihr würdet Heinrich vergessen. Es wurden schon etliche Versuche unternommen, ihm zur Flucht zu verhelfen, doch alle scheiterten. Auch Ihr werdet scheitern und dabei Euer Leben lassen.«

»Eure Sorge um mein Wohlergehen ist rührend«, meinte Remy höhnisch.

Seine Worte schmerzten. Sie machte sich tatsächlich Sorgen um ihn, wenn dieser elende Narr das doch nur einsehen würde! Dennoch wollte sie einen letzten Versuch wagen, ihn zur Einsicht zu bewegen. »Ich werde alles tun, damit Heinrich den ihm rechtmäßig zustehenden Platz in Frankreich erhält. Ihr tut Eurem König einen weitaus größeren Gefallen, wenn Ihr ihn mir überlasst.«

»Lieber würde ich ihn dem Teufel überlassen.«

Gabrielle erstarrte, als Remy näher trat und ihr Kinn umfasste. Diesmal war sein Griff nicht grob, doch er zwang sie, ihm in die Augen zu blicken. Sie waren wie stählerne Nadelspitzen, kalt und hart, und das war fast noch schlimmer als seine Wut.

»Ich beabsichtige, meinen König möglichst weit weg von den Fängen der dunklen Königin und auch den Euren zu schaffen. Ihr seid gewarnt, Gabrielle – stellt Euch mir nicht in den Weg! Auch Ihr habt mich nie so gekannt, wie ich wirklich bin. Bei meinen Feinden kenne ich keine Gnade.«

Das hatte sie bereits erfahren. Angst keimte in ihr auf, aber sie wollte sich weder von Nicolas Remy noch von einem anderen Mann einschüchtern lassen. Deshalb stieß sie seine Hand weg und erwiderte ebenso kalt: »Auch Ihr solltet aufpassen! Ihr habt offenbar vergessen, dass ich eine Hexe bin.«

»Wie konnte ich das nur übersehen?« Remy marschierte zur

Tür und riss sie auf. Ohne einen Blick zurück ging er hinaus und warf die Tür hinter sich zu.

Gabrielle blieb lange reglos stehen. Schließlich stürmten all die Ereignisse dieses turbulenten Abends auf sie ein. Sie begann unkontrolliert zu zittern und sank auf einen Stuhl. Dort schlang sie die Arme fest um sich, um dem Zittern Einhalt zu gebieten.

Remy hasste sie jetzt. Doch was hatte sie erwartet? Dass er sie verstehen und ihr verzeihen würde? Nicht einmal Remy konnte so edelmütig sein. Wie die meisten Männer hatte er ein fürchterlich schlichtes Frauenbild – es gab nur zwei Arten, Huren oder Heilige. Und als was Remy sie nun betrachtete, darüber bestand kein Zweifel.

Aber welche Rolle spielte das schon? Sie und Remy hatten nie eine Zukunft gehabt. Gabrielle widersetzte sich mit aller Macht den Tränen. Eigentlich sollte sie doch erleichtert sein: Nach all der Zeit war sie endlich erlöst von seinem Geist. Endlich konnte sie ihr Leben befreit weiterleben. Sie presste fest die Augenlider zu, um den Tränen keinen Platz zu lassen.

Nicolas Remy würde sie nie mehr heimsuchen.

6

Nur eine einzige Kerze stand auf dem rustikalen Holztisch und beschien das restliche Mobiliar der kleinen Kammer – ein schmales Bett und einen Waschtisch mit einem angeschlagenen Wasserkrug. Die Unterkunft, die Nicolas Remy mit seinem jungen Gefährten teilte, war billig und bot wenig Annehmlichkeiten, doch der düstere Raum schien gut zur Stimmung des Hauptmanns zu passen. Grimmig und stumm machte er sich zum Schlafen bereit. Er legte seinen Umhang ab und den Dolch, der stets in seinem Gürtel steckte.

Während Martin Le Loup seine Schlafmatte auf dem Boden ausbreitete, war von seiner üblichen Großtuerei nichts zu sehen. Er warf immer wieder einen verstohlenen Blick auf den Hauptmann und schämte sich in Grund und Boden: Heute Abend hatte er seinen Hauptmann im Stich gelassen. Wolf seufzte tief. Warum sich nicht gleich in das trübe Wasser der Seine stürzen? Das wäre die passende Strafe für einen Missetäter wie ihn.

Martin hatte sich stets gebrüstet, so kühn und wild zu sein wie die Kreatur, deren Namen er angenommen hatte. Aber heute Abend hatte er sich eher wie ein Schakal verhalten und nicht wie ein Wolf. Als der Hauptmann ihm befohlen hatte, sich vom Maison d'Esprit zu entfernen, hätte Wolf sich weigern und Remy direkt in die Höhle des Löwen folgen sollen. Stattdessen hatte er sich von seiner Angst vor Hexen überwältigen lassen. Er war davongeschlichen wie ein geprügelter Hund und hatte den Mann im Stich gelassen, der ihm inzwischen alles auf der Welt bedeutete.

Trotz all der Mühen der letzten Jahre hatte sich Remy die Zeit genommen, Wolf in der Kunst des Kämpfens zu unterweisen, und zwar nicht mit Knüppeln und Messern wie ein schäbiger Gauner und Taschendieb, sondern mit Degen und Dolch wie ein richtiger Herr. Daneben hatte Remy ihm noch ein viel größeres Geschenk gemacht: Er hatte Wolf das Lesen beigebracht, inzwischen konnte er sogar seinen Namen schreiben.

Und wie hatte Wolf seinem Herrn diese Großzügigkeit vergolten? Er hatte den Hauptmann im Stich gelassen, als dieser ihn am dringendsten gebraucht hatte. Bestimmt war Remy etwas Schreckliches zugestoßen; der Hauptmann, der seiner wunderschönen Dame nachgegangen war, war nicht mehr derselbe, als er in ihre Unterkunft zurückkehrte. Remy hatte stets eine sehr aufrechte, militärische Haltung. Aber als er nun sein Schwert ablegte und es sorglos auf den Boden fallen ließ, wirkte er, als habe er eine böse Niederlage erlitten. Normalerweise ging er ganz anders mit seiner Waffe um; ein guter Soldat achtete stets sorgfältig darauf, und der Hauptmann war ein großartiger Soldat.

Zumindest so lange, bis er der schönen Gabrielle in dieses teuflische Haus gefolgt war, das Maison d'Esprit. Wolf erbebte vor Angst, dass der Hauptmann womöglich einem Fluch dieser Hexe zum Opfer gefallen war, auch wenn Remy versucht hatte, ihm das auszureden.

Während der Hauptmann sein Hemd auszog, starrte Wolf auf Remys breiten Rücken und suchte besorgt nach Spuren der Hexe. Als er den Hals reckte, um Remy über die Schulter zu blicken, verlor er das Gleichgewicht und stolperte gegen den kleinen Tisch. Er konnte die Kerze gerade noch vor dem Umkippen bewahren, doch dabei spritzte ihm heißes Wachs auf die Finger.

»Merde«, knurrte er und verzog schmerzerfüllt das Gesicht.

Die Unruhe riss den Hauptmann aus seinem düsteren Nebel. »Was zum Teufel treibst du da eigentlich?«, fauchte er und warf einen gereizten Blick nach hinten.

»Nichts, M'sieur.« Wolf richtete die Kerze hastig auf, rieb

sich das Wachs von den Händen und befeuchtete die verbrannte Stelle mit Spucke. Im Allgemeinen hatte Remy eine Engelsgeduld, doch seit seiner Rückkehr wirkte er richtig jähzornig.

Ein weiteres Zeichen, dass der Hauptmann nicht mehr er selbst war. Wolf wusste zwar, dass Remy die Nase voll hatte von dem, was er Wolfs *abergläubischen Blödsinn* nannte, doch er war viel zu besorgt, um seine Ängste für sich zu behalten.

»Ähm – Hauptmann, ich – ich will nicht unnötig darauf herumreiten«, warf er ein, »aber die alte Tante Pauline, die dem am nächsten kam, was ich als Mutter hätte bezeichnen können, hat mir immer wieder erklärt, dass ein Mann, der von einer Hexe verflucht oder von einem Sukkubus angefallen worden ist, oft eine zusätzliche Brustwarze entwickelt. Und jetzt fürchte ich, dass …«

»Himmel noch mal!«, knurrte Remy und wirbelte herum. Die muskulöse Brust des Hauptmanns war zwar von unvorstellbar vielen Narben bedeckt, doch nach wie vor hatte er wie jeder normale Mensch nur zwei Brustwarzen. Wolf seufzte erleichtert auf.

»Da hast du's. Bist du jetzt zufrieden?«, fragte Remy und breitete die Arme aus. »Keine zusätzliche Brustwarze. An mir hat kein Teufel gesaugt, und es hat mich auch keine Hexe verflucht. Ich habe das Maison d'Esprit nicht einmal betreten, ich habe nur auf dem Hof gewartet, bis Mademoiselle Cheney herauskam. Und jetzt hör auf mit deinem Unsinn, und leg dich schlafen.«

Wolf straffte verletzt die Schultern. »Ist es unsinnig, sich um seinen Freund zu sorgen? Dann soll mich die Pest holen für meine Torheit. Aber ich würde lieber hundert Tode sterben, mich tausend Mal pfählen lassen, als …«

»Ach, Martin! Bitte erspar mir deine Ausschmückungen«, meinte Remy gereizt. »Ich bin einfach zu müde. Ich habe dir doch gesagt, dass es mir gut geht, also gib dich damit zufrieden.«

»Jawohl, M'sieur!«, murrte Wolf. Aber während er sein Wams auszog, wurden seine Lippen zu einem schmalen, eigensinnigen Strich. Er war alles andere als zufrieden. Vielleicht hatte ja keine Hexe an dem Hauptmann gesaugt, aber gut ging es ihm wahrhaftig nicht.

Während sich Remy auf die Bettkante setzte, um seine Stiefel auszuziehen, wirkten seine Augen so schwarz wie in den Nächten, wenn er abrupt aus einem Albtraum hochschreckte.

Wolf legte seine Decke auf sein Lager und versuchte zu verstehen, was in dem Hauptmann vorging. Plötzlich schoss ihm eine Erklärung durch den Kopf. Er atmete scharf ein.

»Ach, M'sieur. Ihr hättet es mir sagen sollen!«

»Was hätte ich dir sagen sollen?«, knurrte Remy, der noch immer am ersten Stiefel zerrte.

»Das mit Eurer Dame. Der schönen, kühnen Gabrielle. Sie ist in das verfluchte Haus gegangen, und jetzt hat sie etwas Schreckliches befallen, stimmt's?«

Wolfs Verdacht wurde bestätigt, als der Hauptmann bei der Erwähnung von Mademoiselle Cheney erstarrte. Er zerrte ein letztes Mal an seinem Stiefel, dann hatte er es geschafft und warf ihn in eine Ecke.

»Sie ist nicht meine Dame, und du brauchst dir wegen *ihr* keine Gedanken zu machen. Es geht ihr gut. Im Übrigen kann die schöne und kühne Gabrielle eines wirklich gut: sich um sich selbst kümmern.« In Remys Stimme lag ein bitterer Klang, den Martin bislang noch nie vernommen hatte.

»Verzeihung, Hauptmann, aber ich verstehe nicht recht …«

Remy bearbeitete die Ferse des zweiten Stiefels mit dem freien Fuß. »Eigentlich sollte eher ich dich um Verzeihung bitten. Als ich dich losschickte, um die Frau zu finden, hätte ich dich warnen sollen: Mademoiselle Cheney ist selbst eine Hexe.«

Mademoiselle Cheney? Die hübscheste aller Damen eine Hexe? Wolf starrte den Hauptmann mit offenem Mund an.

»Gütige Muttergottes!«, rief er erschrocken. »Aber M'sieur, woher wisst Ihr das?«

»Weil sie mich vor Jahren verhext hat«, erwiderte Remy, und seine Mundwinkel zuckten verbittert. »Aber heute Nacht wurde der Bann gebrochen. Endlich bin ich wieder frei.«

»Gott sei Dank!«, rief Wolf. Der Raum war klein, und neben seiner Schlafmatte war kaum noch Platz. Dennoch machte Wolf ein paar Schritte, um sein Erstaunen und seine Erregung über diese Neuigkeiten loszuwerden.

Entsetzt dachte er daran, wie ahnungslos er diesem betrügerischen Weib gefolgt war und sie aus der Ferne bewundert hatte, ohne zu wissen, welch böses Geschöpf sie war. Und das ohne den Schutz eines Amuletts oder Talismans!

»Ach, Herr Hauptmann«, meinte er bekümmert und stolperte fast über seine Matte. »Gott hätte alle Hexen zu alten, hässlichen Weibern machen sollen. Dann wäre man wenigstens gewarnt. Es ist nicht richtig, dass Mademoiselle Cheney so schön ist.«

»Nein, das ist es nicht«, murmelte der Hauptmann.

»So sagt mir doch, was ist passiert? Ist ihr Zauber schwächer geworden, sodass Ihr hinter der wunderschönen Maske ihr wahres, böses Gesicht entdeckt habt?«

»So ähnlich war es wohl.«

»Dann kann ich nur noch einmal sagen: Gott sei Dank!« Wolf warf theatralisch die Arme hoch. »Ihr seid mit knapper Not entkommen, M'sieur. Zur Feier sollten wir einen Becher Wein trinken.«

»Nun, das sollten wir wohl.«

Doch der Hauptmann sah nicht so aus, als ob ihm nach Feiern zumute wäre. Er wirkte völlig erschöpft. Endlich hatte er sich seines zweiten Stiefels entledigt und ließ ihn fallen. Wolf musterte ihn besorgt. Es war nicht gut, wenn der Hauptmann so erschöpft war, denn dann befielen ihn oft seine Albträume.

Remy sprach nur selten von seinen Siegen, aber Wolf hatte

genügend Geschichten über die Heldentaten der großen Geißel gehört. Fasziniert malte er sich oft aus, wie Remy an der Spitze seines Heeres, das Schwert in der Hand, Angst und Schrecken unter seinen Feinden verbreitete.

Aber aus dem, was Remy im Schlaf murmelte, wusste Wolf, dass der Hauptmann in seinen Träumen von eben diesen Schlachten heimgesucht wurde – von den Schlachten und von der Bartholomäusnacht. Auch Wolf hatte in jener Nacht viele Gräuel gesehen, aber er war mit der Gabe gesegnet, alles Düstere einfach aus seinen Gedanken zu verbannen. Dem Hauptmann ging es leider nicht so, er nahm sich alles zu Herzen. Das passierte solchen stillen Männern oft.

Es war schlimm genug, dass Remy von seinen Erinnerungen heimgesucht wurde. Musste da noch die böse Hexe Gabrielle auftauchen, um den Hauptmann in der Tiefe seiner edlen Seele zu erschüttern? Remy behauptete zwar, er sei von dieser Frau kuriert, aber das nahm ihm Wolf nicht so ganz ab. Er hatte den Verdacht, dass es sich bei der Betörung des Hauptmanns um den schlimmsten Bann handelte, in den eine Frau einen Mann schlagen kann: *die Liebe*.

Remy war ein stolzer, zurückhaltender Mann, und Wolf hatte beizeiten gelernt, ihn nicht mit zu vielen Fragen zu bedrängen. Aber der junge Bursche war auch ein genauer Beobachter und hatte nun Angst, dass der Hauptmann womöglich selbst geglaubt hatte, diese Cheney-Hexe zu lieben. Was war heute Nacht passiert, um den Bann zu brechen? Auch darüber hatte Wolf einige Vermutungen. Sie hatten beide gehört, was man sich in der Stadt von der bezaubernden Gabrielle erzählte, der betörendsten Kurtisane in ganz Paris. Dieses Gerücht hatte den Hauptmann zutiefst erzürnt, und er hatte sich geweigert, es zu glauben. Wolf hingegen hatte die Geschichten mit einem philosophischen Schulterzucken hingenommen. In seinen Augen warf das keinen Schatten auf die Dame.

Er würde der schönen Gabrielle zwar vorwerfen, eine

Hexe zu sein – aber eine Kurtisane? Auch Frauen mussten schauen, wie sie überleben konnten, genau wie Männer. Vielleicht hatten die Frauen es sogar schwerer, denn ihnen waren viele achtbare Wege verwehrt, ihren Lebensunterhalt zu verdienen.

Wolf hielt sich in vieler Hinsicht für weltgewandter als sein Hauptmann. Er war in den Straßen von Paris aufgewachsen, und die Pariser waren weitaus nachsichtiger gegenüber amourösen Verbindungen als die Leute aus der Provinz. Und Remy stammte nicht nur aus dem öden Navarra, er war noch dazu Hugenotte. Der Hauptmann kam Wolf zwar nicht mit Vorhaltungen aus der Bibel, wie viele Protestanten es gerne taten. Aber die Hugenotten hatten eine strenge Haltung der Sünde gegenüber. Der Hauptmann war ein durch und durch ehrbarer Mann.

Die Entdeckung, dass die Dame, die er anbetete, eine Kurtisane war, hatte den Hauptmann bestimmt weitaus mehr erschüttert als die Tatsache, dass sie eine Hexe war. Ach, die Liebe! Wolf schüttelte trübsinnig den Kopf. Zumindest war die Liebe ein Elend, das Wolf in den achtzehn gefahrvollen Jahren seines Lebens erspart geblieben war. Hätte er mit dieser schlimmen Verzauberung mehr Erfahrung gehabt, hätte er vielleicht ein paar weise Worte gefunden, um seinen Freund zu trösten.

Remy saß reglos auf der Bettkante, die Augen verdüstert, als stolpere er noch immer orientierungslos durch den trüben Nebel, den diese Hexe um ihn gezaubert hatte. Wolf schob sich an Remy heran und grummelte: »Es wird bestimmt bald wieder gut, Herr Hauptmann. Ich habe gehört, dass es manchmal eine Weile dauern kann, bis ein Mann die Wirkung eines solchen Zaubers abschüttelt. Aber zumindest habt Ihr Euch endlich von dieser schrecklichen Frau befreit. Darüber solltet Ihr Euch wahrhaftig freuen.«

Remy warf ihm einen kurzen Blick zu und verzog das Gesicht – ein schlechter Ersatz für sein übliches ruhiges

Lächeln. »Ich freue mich morgen, heute Nacht bin ich einfach zu müde.«

Obwohl es ihn einige Mühe zu kosten schien, sammelte er sich und stand langsam auf. »Du nimmst das Bett, Junge.«

»Oh nein, M'sieur«, protestierte Wolf.

»Leg dich hin! Ich schlafe sowieso nie besonders gut, und einer von uns muss ausgeschlafen sein, wenn wir morgen zu unserer Mission aufbrechen.«

Wolf hatte den Mund aufgemacht, um weiter zu widersprechen, doch er schloss ihn prompt wieder. Ihre Mission! Bei all der Aufregung über verwünschte Häuser und betrügerische Zauberinnen hatte Wolf beinahe vergessen, was ihn und Remy zurück nach Paris geführt hatte: Sie wollten den hugenottischen König von Navarra aus seiner Gefangenschaft am katholischen Hofe von Frankreich befreien. Wolf hing keinem bestimmten Glauben an. Wenn es nach ihm ginge, könnte jeder nach seiner Fasson zum Teufel fahren. Aber den König von Navarra zu retten war wichtig für Remy, und damit auch für Wolf.

Plötzlich merkte er, dass der Hauptmann ihn forschend anstarrte.

»Martin, du weißt doch noch, warum ich Mademoiselle Cheney ursprünglich aufsuchen wollte, oder?«

»Um sie dazu zu bewegen, dem König eine Botschaft zu übermitteln?«

»Richtig. Aber sie hat es abgelehnt. Sie will uns nicht helfen.« Remy knirschte mit den Zähnen. »Sie will die Rettung sogar verhindern. Sie hat vor, den König zu verhexen und an sich zu binden.«

»Mon Dieu!«, rief Wolf. Kein Wunder, dass der Hauptmann so grimmig war.

»Glaubt Ihr, dass sie ihre Zauberkünste auch gegen uns einsetzen wird?«

»Sie wird alle ihre Mittel einsetzen. Aber nicht sie wird unsere schlimmste Feindin sein. Wir werden es mit einer weitaus furchterregenderen und mit üblerem Zauber gerüsteten Hexe zu tun bekommen.«

Wolf schauderte. Er wusste nur zu gut, wen Remy meinte: Katharina von Medici, die dunkle Königin. Man konnte nicht lange in Paris leben, ohne schreckliche Geschichten über die Königinmutter von Frankreich zu hören, diese grausame, harte und skrupellose Frau. Na ja, schließlich war sie eine Italienerin, eine Fremde – daraus konnte ja nichts Gutes erwachsen. Es hieß, die Königinwitwe sei besonders bewandert in der dunklen Kunst der Zaubertränke und Gifte.

Remy legte Wolf die Hände auf die Schultern und musterte ihn eingehend. »Falls du Bedenken hegst und mit diesem gefährlichen Unterfangen lieber nichts mehr zu tun haben willst, kann ich das verstehen.«

Wolf begriff, worauf der Hauptmann hinauswollte. Die Röte schoss ihm ins Gesicht. Nach Wolfs kläglicher Vorstellung vor dem Maison d'Esprit zweifelte der Hauptmann an seinem Eifer. Wolf war so erniedrigt, dass er sich am liebsten aus dem Fenster gestürzt und sein nutzloses Hirn auf dem Pflaster verspritzt hätte.

Er betrachtete Remy beschämt und verletzt zugleich. »Oh, M'sieur, es tut mir leid, dass ich Euch im Stich gelassen habe. Aber ich schwöre auf den Gräbern aller Männer, die mein Vater hätten sein können, dass ich so etwas nie mehr tun werde. Ich werde die schlimmsten Verwünschungen über mich ergehen lassen und die übelsten Hexen bekämpfen. Ich werde Euch selbst in die Hölle folgen, wenn …«

»Schon gut, schon gut, mein Junge. Ich glaube dir.« Remy drückte Wolfs Schulter aufmunternd. »Ich bin froh, dass du mir noch immer helfen willst, denn du kennst dich in der Stadt weit besser aus als ich. Ich verlasse mich auf dich, mein schlauer Wolf, dass du mir hilfst, einen Weg in den Palast und zu meinem König zu finden.«

»Das werde ich, Herr Hauptmann, ganz bestimmt. Ich werde vor den Toren herumschleichen und so lange herumschnüffeln, bis ich alles Nötige in Erfahrung gebracht habe. Wenn es sein muss, werde ich wie ein Maulwurf einen Gang unter dem Louvre buddeln oder mit einer Leiter die höchsten Türme erklimmen.«

»Solange du dir dabei nicht dein verdammtes Genick brichst …«, meinte Remy. Zum ersten Mal seit seiner Rückkehr hellte sich seine Miene auf.

Wolf grinste ihn an. Aber als Remy an ihm vorbeiging, um die Kerze auszublasen, musste Wolf den Kopf senken, um nicht zu zeigen, wie gerührt er war. Noch nie hatte jemand Wolf so viel Vertrauen geschenkt. Aber Nicolas Remy, die große Geißel persönlich, hatte gesagt, dass er sich auf ihn verließ. Auf *ihn,* Martin Le Loup, den gemeinen Taschendieb, eine Pariser Straßenratte. Tränen brannten in Martins Augen, und seine Brust schwoll vor Stolz dermaßen an, dass er schon befürchtete, es würde ihm das Herz zerreißen.

Während Remy die Kerze löschte, zog sich Wolf rasch aus und legte sich erleichtert auf das Bett. Er kuschelte sich in das Kissen und schloss die Augen. In seinem Kopf schwirrten Bilder von Ruhm, von heroischen Taten, die er an der Seite des Hauptmanns vollbringen würde, von Geschichten, die man sich über einem Becher Wein in den Tavernen Frankreichs erzählen würde – Geschichten von der großen Geißel … und seinem Wolf.

Nachdem Martin eingeschlummert war, lag der Hauptmann noch lange auf seinem Lager, die Hände unter dem Kopf verschränkt, und starrte auf die Muster, die das Mondlicht auf die rissige Decke malte. Als Martins leises Schnarchen den Raum erfüllte, beneidete Remy den jungen Burschen um seine Fähigkeit, in eine solch gesegnete Bewusstlosigkeit zu versinken. Martin schlief den Schlaf der Gerechten, den Schlaf der Menschen reinen Gewissens. Und warum auch nicht? Martins Fehler und Sünden waren klein, an seinen Händen klebte kein Blut, er hatte keinen Mord zu bereuen – zumindest bislang.

Eines von Martins schlaksigen Beinen lugte unter der Decke hervor, sein dunkles Haar fiel auf das Kissen. In solchen Augenblicken wirkte er gar nicht wie der prahlerische Abenteurer, als der er sich so gerne ausgab, sondern eher wie das, was er tatsächlich war: ein Junge, der es irgendwie geschafft hatte, die raue Kindheit auf den Straßen von Paris zu überleben. Und nicht nur zu überleben, sondern unversehrt und mit einem erstaunlich romantischen und optimistischen Gemüt daraus hervorzugehen.

Martin hatte in seinem kurzen Leben schon genug Not und Gefahren aushalten müssen; die Rettung Heinrichs von Navarra ging ihn im Grunde nichts an, Heinrich war nicht sein König. Eigentlich hätte Remy Martin wegschicken sollen, aber er wusste, dass er es nicht tun würde. Um seinen Mund legte sich ein grimmiger Zug. Ja, er würde Martin benutzen wie zahllose andere junge Burschen vor ihm, die er in den Kanonenhagel geschickt hatte, wo sie zerfetzt worden waren; die er hatte sterben lassen in einem wahnwitzigen Angriff gegen die Reihen seiner Feinde. Und alles nur für einen weiteren teuer erkauften Sieg.

Sobald Remy einschlief, tauchten die Gesichter dieser jungen Männer vor ihm auf – zerschlagen, blutüberströmt. Auf manchen zeigte sich kaum der erste Bartflaum. Oft hatte Remy seine grauenhaften Träume in Schach halten können, indem er an Gabrielle dachte. Aber jetzt …

Remys Lippen wurden schmal, während er darum kämpfte, Gabrielle aus seinen Gedanken zu verbannen. Doch so weich wie das Mondlicht, das sich durch das schmale Fenster stahl, tauchte immer wieder ihr Bild vor ihm auf. So, wie sie damals im Wald gewesen war, das sonnenbeschienene Haar lose herabfallend, mit den anmutigen weißen Füßen sachte über das Gras huschend. Sie hatte ihn mit ihren saphirblauen Augen angesehen, die in einem Moment vor Lachen funkelten, im nächsten dunkel vor Melancholie waren.

Die wunderschöne Dame seines Herzens, die schönste

Erinnerung, die er besaß. Doch jetzt bereitete ihm diese Erinnerung nur große Qual, denn unwillkürlich musste er daran denken, was andere Männer wohl mit Gabrielle getan hatten und wozu er viel zu ehrenhaft gewesen war: ihre vollen reifen Brüste zu liebkosen, ihren nackten Körper aufs Bett zu legen, ihre Beine auseinanderzuschieben …

Hatten Gabrielles Augen feurig geleuchtet? Hatte sie kleine, wonnige Schreie ausgestoßen? Hatte sie ihre Geliebten ebenso erhitzt betrachtet wie Remy, nachdem sie sich an diesem Abend so leidenschaftlich geküsst hatten? Remy presste einen Arm vor die Augen, als könne er damit die qualvollen Bilder von Gabrielle in den Armen eines anderen ausblenden. Doch die Namen schossen ihm unablässig durch den Kopf: Duclous, Penthieve, Lanfort. Wie kühl Gabrielle die Liste ihrer Liebhaber aufgezählt und damit in Remy die schiere Mordlust geweckt hatte, der er bislang nur auf dem Schlachtfeld nachgegeben hatte. Er hätte jeden einzelnen dieser Schufte aufstöbern und sie mit seinem Schwert in Stücke hauen wollen …

Und was Gabrielle anging … Remy hatte eine Frau bislang noch nie grob behandelt, aber fast hätte er sie geschüttelt, bis ihre Zähne klapperten, und sie angebrüllt: *Verflucht, Gabrielle, wie konntest du nur?*

Er verstand ja, dass Armut, Unwissenheit und Verzweiflung eine Frau dazu treiben konnten, ihren Körper für ein paar Münzen zu verkaufen, aber das galt nicht für Gabrielle. Sie stammte aus einer guten Familie, einer Familie, die sie liebte. Das Vermögen ihres Vaters war vielleicht verloren, aber in dem Comte de Renard hatte sie einen großzügigen, wohlhabenden Schwager, der ihr jeden Wunsch erfüllen würde. Aus welchem Grund wollte Gabrielle das Leben einer Kurtisane führen, wenn nicht aus Ehrgeiz und Gier?

Aber das passte einfach nicht zu dem Mädchen, das er in jenem Sommer auf Faire Isle kennengelernt hatte. Wie eine goldene Zauberin war Gabrielle gewesen, eine Märchenkönigin, die viel zu stolz war, um einem Mann ihr Herz oder ihren Körper zu schenken. Und trotzdem hatte sie selbst zugegeben, schon damals einen Liebhaber gehabt zu haben.

Wie war aus dem Mädchen, das ein solch zärtliches Bild von ihrer kleinen Schwester gezeichnet hatte und einem einfachen Soldaten so mitfühlend und freundlich begegnet war, die Frau geworden, die Remy heute Nacht getroffen hatte? Kalt, skrupellos und bestrebt, die Mätresse eines Königs zu werden.

Remy hätte es nie geglaubt, wenn sie es ihm nicht selbst gesagt hätte. Was für ein blinder, sturer Narr er doch war! Er wünschte, er könnte sie verachten, sie einfach vergessen. Aber das war das Schlimmste: Trotz alledem verzehrte er sich nach ihr, es verlangte ihn so stark nach ihr, dass er den Schmerz in seinem Herzen und in seinen Lenden kaum ertragen konnte. Er knirschte mit den Zähnen und wälzte sich rastlos hin und her. Um sich abzulenken, beschloss er schließlich, über die ersten Schritte zur Rettung seines Königs nachzudenken.

Er richtete sich mühsam auf und tastete unter seinen Kleidern nach dem kostbaren Beutel, den er stets in seiner Nähe behielt. Als er ihn gefunden hatte, nahm er ihn in die Hand. Der kleine Lederbeutel fühlte sich schwer und tröstlich an, denn der war bis zum Rand mit Gold gefüllt: Sold, den sich Remy in den letzten Jahren mühsam verdient hatte, im Schweiße seines Angesichts und mit dem Stahl seines Schwertes.

Er knüpfte ihn auf und schüttelte ein paar Münzen auf die Hand. Zufriedenheit stieg in ihm auf. Es war kein Vermögen, aber es würde reichen, um Waffen und Pferde zu kaufen, Söldner einzustellen und Wächter zu bestechen. Mehr als genug, um einen König zu retten.

Oder eine Frau zu kaufen.

Remy stockte der Atem bei diesem abwegigen Gedanken. Nur mühsam unterdrückte er ihn. Aber im Mondlicht schillerten die Münzen ebenso verführerisch wie die goldenen Strähnen von Gabrielle Cheneys Haar. Was mochte derzeit der

Preis einer Pariser Kurtisane sein? Wie viel würde es wohl kosten, Gabrielle zu besitzen und sie auszuhalten?

Remy starrte noch einen Augenblick auf die Münzen in seiner Hand, dann stopfte er sie hastig in den Beutel zurück. Das Blut stieg ihm ins Gesicht, ihm wurde übel. Wie konnte er sich nur über solche Dinge den Kopf zerbrechen? Der Gedanke, Gabrielle zu kaufen, widerte ihn nicht nur an, nein, es war einfach unmöglich. Egal, wie viel Geld Remy auch anhäufen würde, mit einem schlichten Hauptmann würde sich Gabrielle nie zufriedengeben.

Nein, Gabrielle wollte einen König. Genauer gesagt Remys König.

Nun, lieber würde er zur Hölle fahren, bevor er Heinrich dieser Frau überließ. Remy steckte den Beutel mit den Münzen unter sein Wams zurück und legte sich wieder hin. Trotz seines Entschlusses nagten Zweifel an ihm. Er runzelte die Stirn. Falls es Gabrielle tatsächlich gelang, den König von Navarra zu verführen, dann würde Heinrich Paris womöglich gar nicht mehr verlassen wollen, selbst wenn Remy einen Fluchtweg für ihn fand. Und Remy hatte große Angst, dass es Gabrielle gelingen könnte.

Schließlich hatte sie ihn selbst so betört, dass er einen ganzen Sommer lang seine Pflichten vernachlässigt hatte – und sie hatte es nicht einmal darauf angelegt. Aber was Heinrich anging … Remy dachte an den jungen Prinzen. Er hatte sich auf dem Schlachtfeld stets wacker geschlagen, und einiges wies darauf hin, dass er ein kluger Führer des hugenottischen Volkes werden könnte, doch er hatte eine schreckliche Schwäche: Frauen.

Schon im zarten Alter von vierzehn Jahren hatte Heinrich den Reizen der Damen kaum widerstehen können, und diese schienen ihn ebenso unwiderstehlich zu finden. Das schöne Geschlecht faszinierte ihn dermaßen, dass er seine wichtigeren Pflichten, etwa seine Studien oder Staatsangelegenheiten, oft vernachlässigte.

Hatte sich der verantwortungslose junge Prinz verändert, seit er König geworden war? Remy konnte es nur hoffen, denn sonst würde Heinrich Gabrielle niemals standhalten. Sie würde ihn mit einem einzigen betörenden Lächeln zu Fall bringen.

Remy vergrub den Kopf tiefer in das Kissen, während er überlegte, dass er Heinrich so schnell wie möglich fortschaffen musste. Er selbst brauchte jetzt jedenfalls Schlaf, denn morgen musste er hellwach sein. Doch selbst, als sich allmählich die Müdigkeit in ihm breitmachte, spürte Remy eine vertraute Furcht, denn er wusste, sobald er die Augen schloss, würden ihn die Geister seiner Vergangenheit heimsuchen. All die Feinde, die er erschlagen hatte, all die Männer, die er im Kampf verloren hatte, würden zurückkehren und ihn mit bitteren, vorwurfsvollen Blicken anstarren.

Hinter ihnen würden sich die armen Seelen aus der Bartholomäusnacht drängen, ihre gespenstischen Hände nach ihm recken und ihn verzweifelt anflehen. Seine Landsleute, die Männer, Frauen und Kinder, die zu schützen er geschworen und die er im Stich gelassen hatte. Und in besonders schlimmen Nächten würde *er* kommen, der Dämon, das schwere Schlachtschwert blutbesudelt, die Zähne gefletscht in wilder Kampfeslust.

Remy warf sich auf seinem Lager hin und her. Kalter Schweiß trat ihm auf die Stirn. Instinktiv flogen seine Gedanken zu Gabrielle. Aber sie war verschwunden, seine Jungfrau von der Insel, seine Zauberin, sein Schutzengel. Sie war nur ein Traum gewesen, nichts weiter. Und jetzt hatte er sie endgültig verloren. Remy schloss die Augen und fügte sich in das Unausweichliche.

In dieser Nacht würden ihn seine Dämonen wieder quälen.

Auch Gabrielle wälzte sich wimmernd auf ihrem Bett und versuchte, gegen ihren Albtraum anzukämpfen und zu erwachen – vergeblich. Die seidenen Laken unter ihrem Körper wurden zu trockenem Stroh, das sie piekste. Sie war wieder auf dem Heuboden in der Scheune, rang um Atem und wurde fast erdrückt von Etienne Dantons Gewicht.

»N-nein, Etienne«, protestierte sie und wand sich in dem Versuch, seinem gierigen Mund zu entkommen, der sich an ihren Nacken presste. Es schüttelte sie vor Ekel, als seine Zunge gegen ihre Haut schnellte.

»B-bitte hör auf! Ich – ich will nicht …«

»Oh doch, du willst«, keuchte Danton. Sein Atem brannte heiß auf ihrem Gesicht. »Das willst du ganz bestimmt, du heiße kleine Hexe. Warum hättest du sonst so verführerisch sein sollen?«

»Nein. Ich wollte nicht … ich hatte nicht die Absicht …« Gabrielle gab einen erstickten Protestschrei von sich, als Etienne nach ihren Brüsten griff und eine fest mit den Fingern umschloss.

»Hör auf! Du tust mir weh!«

Aber Danton achtete nicht auf sie. Er zerrte an ihrem Mieder, das Geräusch zerreißenden Stoffes schmerzte in ihren Ohren.

»Aufhören, hab ich gesagt!«, kreischte Gabrielle. Sie stieß ihm beide Fäuste heftig ins Gesicht. Ihr Herz hämmerte wie wild in einer Mischung aus Wut und wachsender Angst. Aber Danton packte sie an den Handgelenken und presste ihre Arme grob hinter ihrem Kopf auf den Boden. Dieser Mann, den sie zu lieben geglaubt hatte, ihr Ritter, ihr Held, setzte nun seine brutale Kraft gegen sie ein.

Etienne starrte sie lüstern an, sein hübsches Gesicht zu einer hässlichen Maske der Gier verzerrt. Er wurde vor ihren Augen zu einem Teufel, einem Ungeheuer. Gabrielle spürte, wie ihr Kleid hochgeschoben und ihre Beine auseinandergezwungen wurden.

»Nein!«, schrie sie und bäumte sich auf, um ihm zu entkommen. Mit aller Kraft versuchte sie, sich zu befreien, aber es war zwecklos. Dantons schwerer Körper senkte sich auf sie. Sie keuchte und bekam kaum noch Luft. Sie spürte, wie etwas Hartes gegen das Zentrum ihrer Weiblichkeit stieß. Dann einen heißen, durchdringenden Schmerz.

»Nein!« Aber diesmal klang ihr Schrei viel schwächer, und Tränen sickerten aus ihren Augenwinkeln. Danton drang in sie ein und drückte sie erbarmungslos auf die harten Bretter des Heubodens.

Die Qual schien gar kein Ende zu nehmen. Gabrielle lag zerbrochen unter Danton und betete nur noch darum, dass es bald aufhören möge.

»Herr im Himmel, hilf mir«, flüsterte sie. »So helfe mir doch jemand!«

Plötzlich erblickte sie hinter Dantons Schultern etwas, das sie schier blendete. Sonnenstrahlen spiegelten sich auf einer glänzenden Rüstung. Gabrielle blinzelte. Langsam konnte sie die schemenhafte Gestalt eines Mannes erkennen: ein großer, stolzer Krieger mit dunkelblondem Haar, einem kurzen Bart und Augen, die sie zärtlich wie die Nacht anblickten.

»R-remy!«, hauchte sie, und in ihrem Herzen machte sich verzweifelte Hoffnung breit. »Ach, Remy! Helft mir bitte!«

Doch zu ihrem Entsetzen betrachtete Remy sie nur leidenschaftslos. Dann kräuselten sich seine Lippen voller Verachtung, und sein Blick wurde kalt und hart. Er wandte sich angewidert von ihr ab und verschwand im Sonnenlicht.

»Nein, Remy! Kommt zurück. Bitte, kommt zurück!«

Endlich wurde sie von ihrem erstickten Schluchzen wach. Sie riss die Augen auf und sah sich um, bemüht, die Fassung wiederzuerlangen und sich davon zu überzeugen, dass sie in ihrem Schlafgemach in Paris lag, wo ihr nichts geschehen konnte, und nicht auf dem Heuboden in der grauenhaften Scheune.

Mit pochendem Herzen atmete sie mehrmals tief durch und versuchte, den Albtraum in die Schatten ihrer Erinnerung zurückzudrängen, aus denen er gekommen war. Doch der Traum blieb an ihr haften wie eine sandige Schlammschicht.

Als sie sich aufsetzte, merkte sie, dass ihr Nachthemd und die Laken schweißnass waren. Sie ekelte sich vor ihrer feuchtkalten Haut. Mühsam befreite sie sich von den Laken und kletterte hastig aus dem Bett.

Sie zerrte an ihrem feinen Batistnachthemd und hätte das feuchte, an ihr klebende Gewand fast zerrissen, als sie es sich über den Kopf streifte. Dann stolperte sie an den Waschtisch und kippte Wasser aus dem blau gemusterten Emaillekrug in die Schüssel. Mit einem Stück parfümierter Seife und einem Schwamm rieb sie sich so heftig ab wie damals an dem Tag, als Danton endlich von ihr abgelassen hatte.

Ihre Finger zitterten so stark, dass ihr die Seife entglitt und in die Waschschüssel fiel. Sie konnte kaum den Schwamm festhalten. Schließlich ließ sie auch ihn fallen und stützte sich heftig atmend mit den Händen auf den Waschtisch.

Dieser grauenhafte Traum hatte sie lange nicht mehr heimgesucht; sie hatte schon gehofft, ihn endlich überwunden zu haben. Stets hatte der Albtraum sie gezwungen, jeden einzelnen grässlichen Moment jenes Tages in der Scheune noch einmal zu erleben. Aber was sie jetzt so erschütterte, war nicht das, was Danton ihr angetan hatte. Nein, es war Remys Auftauchen, Remy, der sich geweigert hatte, ihr zu helfen. Remy, der ihr angewidert den Rücken zugewandt hatte.

»Oh mein Gott!«, stöhnte sie und biss sich auf die Lippen, um sie vom Zittern abzuhalten. Heiße Tränen strömten ihre Wangen hinab. Sie schniefte und atmete bebend durch.

»So fass dich doch endlich wieder, Mädchen!«, ermahnte sie sich laut. »Es war nur ein Traum, nur ein verdammter Traum!«

Aber das stimmt nicht, erwiderte ihr Herz. Remy hatte sie tatsächlich angewidert betrachtet. Er verachtete sie nun, und sehr wahrscheinlich würde er nie mehr auch nur einen Finger rühren, um ihr zu helfen. Gabrielle schluckte schwer, um ein jämmerliches Schluchzen zu unterdrücken. All der Schmerz über Remys Ablehnung, den sie unterdrückt hatte, wallte nun in einer quälendenden Woge in ihr auf, sie befürchtete schon, sie würde darunter zerbrechen.

Ihr wurde erbärmlich kalt, und sie zitterte so heftig, dass ihre Zähne klapperten. Sie taumelte im Zimmer herum, bis sie es geschafft hatte, ihren Morgenmantel zu finden. Irgendwie streifte sie ihn sich über und schlang die seidenen Falten eng um ihren nackten Körper. Dennoch hörte sie nicht auf zu zittern.

Plötzlich fiel ihr Blick auf etwas, das auf dem Fenstersitz lag. Das Mondlicht spiegelte sich auf dem Stahl des Schwertes, das Gabrielle vor ein paar Stunden im Hof hatte fallen lassen … Remys Schwert.

Als Bette nach oben gekommen war, um die Scherben der zerschlagenen Flaschen aufzusammeln, hatte sie das Schwert wohl dorthin gelegt, wo Gabrielle es leicht finden würde. Nun nahm sie die Waffe. Ihre Finger umklammerten den Griff, als ob es ihr letzter wertvoller Besitz wäre.

Sie drückte das Schwert verzweifelt an sich in der Hoffnung, noch ein wenig der alten, schützenden Stärke zu spüren, die ihr Remys Schwert stets verliehen hatte. Remy, der sie nun hasste, der sie so verächtlich angesehen hatte. Ach, aber nur, weil er endlich ihre schrecklichen Makel entdeckt hatte, dachte Gabrielle, während ihr wieder die Tränen über die Wangen liefen. All die schändlichen Flecken auf ihrer Seele, die Danton ihr zugefügt hatte, als er sie entehrt hatte.

Aber es war ihre eigene Schuld gewesen. Sie erinnerte sich noch daran, wie sie auf dem rauen Boden gesessen und das zerrissene Mieder über ihren geschundenen Körper gezogen hatte. Sie hatte Danton fassungslos und verletzt gefragt: »Wie hast du mir das antun können, Etienne? Ich dachte, du wärst ein ehrenwerter Mann.«

»Das bin ich auch«, hatte er gemurrt und ihren Blick gemieden, während er sich die Hose hochzog. »Was immer ich getan habe, du hast mich dazu getrieben. Du hast mich so verhext, dass ich keine Kontrolle mehr über mich hatte.«

Da hatte Gabrielle die harte Wahrheit erkannt. Neben dem Geschick ihrer Finger, ihrem Talent mit Farbe und Pinsel, besaß sie noch eine weitaus dunklere Magie: die Fähigkeit, einen Mann vor Begierde um den Verstand zu bringen; ihn dazu zu bringen, unsagbare Dinge zu tun.

In diesem Augenblick hatte Gabrielle auch gespürt, dass der Teil in ihr, der Schönheit in jedem Blatt, in jedem Grashalm sah, der Einhörner lebendig werden lassen oder Feenlichter in die Augen eines kleinen Mädchens zaubern konnte – dass dieser Teil verwelkte und abstarb.

Als sie vor lauter Tränen kaum noch etwas sehen konnte, blinzelte sie heftig und hob den Kopf. Verschwommen erkannte sie ihr Spiegelbild in der Fensterscheibe. Sie sah eine Frau mit wilden Augen, die ein Schwert umklammerte und deren feuchte Haare glanzlos auf ihre Schultern fielen. Um ihren Mund lag ein verbitterter Zug.

Oh Gott, seufzte sie. Sie war wirklich hässlich. Warum nur hatte Remy das nicht schon viel früher bemerkt? Heftig rieb sie sich die Tränen aus den Augen. Ihr Blick fiel auf das Schwert, das sie noch immer umklammert hielt. Was sollte sie damit anfangen?

Sie sollte herausfinden, wo Remy übernachtete, und es zurückbringen lassen. Aber etwas in ihr wehrte sich dagegen. Nein, verdammt noch mal, warum sollte sie das Schwert zurückgeben? Remy hatte sich offenbar unverzüglich ein neues zugelegt, und vielleicht brauchte Gabrielle dieses Schwert ja bald. Wenn sie daran dachte, wie Remy sie bedroht hatte …

Als sie die Waffe hochhob, musste sie bei der Vorstellung lachen, wie sie das Schwert mit der mächtigen Geißel kreuzen würde. Aber ihr Lachen klang schrill und richtete nichts gegen den grässlichen Schmerz in ihrem Herzen aus.

Sie hatte gewusst, dass sie keine Freunde mehr bleiben konnten, aber niemals, nicht in ihren schlimmsten Albträumen, hatte sie sich vorgestellt, dass sie zu erbitterten Feinden werden könnten.

Aber was hätte sonst geschehen sollen, nachdem sie ihm törichterweise ihre Absicht offenbart hatte, den König von Navarra zu verführen und in Paris zu halten? Den König, dessen Rettung Remy als seine Pflicht betrachtete. Und zwischen Nicolas Remy und seine Pflicht konnte sich wahrlich nichts drängen.

Gabrielle senkte das Schwert und stellte es in eine Ecke. Auch zwischen Gabrielle Cheney und ihre Ziele konnte sich nichts drängen, dachte sie und straffte die Schultern. Egal was Remy anstellen würde, um es zu verhindern, Gabrielle würde Heinrich erobern. Hatte nicht der große Nostradamus persönlich es vorhergesagt?

Gabrielle setzte sich auf den Fenstersitz und zog die Beine an. Sie schlang die Arme um ihre Knie und spähte aus dem Fenster. Der Himmel, der noch am Abend so verhangen gewirkt hatte, war nun ganz klar. Die Sterne schienen Gabrielle den Weg in ihre Zukunft zu weisen.

Ach, sie wusste nur zu gut, was ihre Mutter zu solchen Gedanken gesagt hätte. Evangeline Cheney war bei den Vorhersagen des Nostradamus stets skeptisch gewesen, selbst zu Lebzeiten des Sehers. Und an Astrologie hatte Maman erst recht nicht geglaubt.

»Dein Schicksal steht nicht in irgendwelchen fernen Sternen, mein liebes Kind«, hatte Maman ihr einmal gesagt. *»Es hängt ganz allein von deinen Entscheidungen ab.«*

Gabrielle hatte ihre Entscheidung vor langer Zeit getroffen, als sie Remy allein am Flussufer zurückließ; und auch schon davor, sinnierte sie düster, nämlich an dem Tag, als sie sich von Etienne Danton in die Scheune hatte führen lassen.

Sobald sich Gabrielle mit der dunklen Magie in ihr abgefunden hatte, lernte sie, ihren Zauber und ihre Schönheit einzusetzen. Sie hatte aus ihrem Körper eine Waffe gemacht, mit der sie jeden Mann, sogar einen König, verführen konnte. Nie wieder würde sie sich so schwach und hilflos fühlen wie an dem Tag, an dem sie ihre Unschuld verloren hatte.

Sie würde mächtig und stark werden und anderen Respekt einflößen wie die dunkle Königin. Zumindest würde sie es morgen tun. Aber als sie in den weiten, kalten Himmel starrte, kam sich Gabrielle sehr klein und sehr allein vor.

Sie sehnte sich verzweifelt nach starken Armen, die sich sachte um sie legen, sie trösten und festhalten würden. Aber es würden wohl niemals Remys Arme sein. Er würde sie nie wieder berühren wollen.

Stattdessen sehnte sich Gabrielle nun nach Ariane. Ihre ältere Schwester hatte sie zwar oft genug mit ihren Versuchen geärgert, sie zu bemuttern, zu belehren und zu beschützen. Aber jetzt wünschte sich Gabrielle nichts sehnlicher, als zur Faire Isle zurückzukehren, das Gesicht in Arianes Schoß zu vergraben und ihr all ihre Not zu klagen, während Ariane ihr über das Haar streichelte.

Doch ihre große Schwester verachtete sie ebenso wie Remy, dachte Gabrielle niedergeschlagen. Ariane, die Herrin von Faire Isle, im Besitz großer Heilkräfte, weise, sanft und gut, war eine Frau, die in Männern Liebe wachrief, keine Lust. Alle Menschen auf der Insel und weit darüber hinaus achteten sie, alle Töchter der Erde bewunderten sie und der Comte de Renard betete sie an.

Mutlos legte Gabrielle das Kinn auf die Knie. Ihre große Schwester würde sie niemals verstehen. Ariane war vollkommen, genauso wie das Leben, das sie führte.

7

Das Château Tremazan thronte auf einer Hügelkuppe wie ein steinerner Kriegsherr, der das Tal zu seinen Füßen beobachtet. Die Türme und die mit Zinnen versehenen Wehrgänge ließen es wie eine grimmige, unfreundliche Festung erscheinen. Das Schlafgemach dagegen, das sich auf der höchsten Ebene der Burg befand, ähnelte eher einem Raum in einem wohlhabenden Bauernhaus. Die gekalkten Wände waren ebenso schlicht wie der polierte, mit Flickenteppichen bedeckte Holzfußboden.

Auch die Möbel waren schlicht: ein paar robuste Stühle, ein paar Tische, eine schwere Truhe am Fuß des Vierpfostenbettes. Der blaue seidene Bettvorhang – von derselben Farbe wie der wolkenlose Sommerhimmel – flatterte in der Brise, die durch die offenen Fenster wehte und die Gerüche der tief darunterliegenden Welt mitbrachte: frisch gemähtes Gras, eine Spur von Rosen und ein erdiger Duft, der wohl aus dem Hof vor dem Stall stammte.

Sanft und warm strich die Brise über die erhitzten Leiber der beiden Liebenden, die auf den Laken ineinander verschlungen waren. Ariane Deauville, die Comtesse de Renard, lag nackt unter ihrem Gemahl. Ihr kastanienbraunes Haar war auf dem Kissen ausgebreitet, ihre grauen Augen waren fast geschlossen. Ihr Atem kam in raschen Seufzern, als Justice Deauville mit seinem Mund eine heiße Spur von Küssen auf ihrem Nacken hinterließ.

Der Comte war in jeder Hinsicht eine Respekt gebietende Gestalt. Er war über einen Meter achtzig groß und sehr muskulös. Sein Gesicht mit den verhangenen grünen Augen, der kantigen Kinnpartie und der mehrmals gebrochenen Nase hatte schon viele tapfere Männer in Angst und Schrecken versetzt, vor allem, wenn der Comte verärgert war. Aber als sich Renard auf seine Frau legte, achtete er sorgfältig darauf, sie nicht mit seinem Gewicht zu belasten, und Leidenschaft und Zärtlichkeit ließen seine groben Gesichtszüge weicher werden.

»Ma chère«, flüsterte er heiser. Sein hellbraunes Haar fiel ihm in die Stirn, als er sie auf den Mund küsste und sie mit seiner heißen Zunge neckte.

Als er sich zwischen ihren Beinen niederließ, schloss Ariane die Augen, schlang die Arme um seinen Nacken und zog ihn eng an sich. Doch sie spürte ihre Erregung kaum, ihre Gedanken kreisten nur um eines, um einen Wunsch, ein Gebet.

Oh bitte, lieber Gott, lass es diesmal geschehen. Lass Renard mir ein Kind schenken.

Sie spürte, wie Renards hartes Glied sich an die Locken zwischen ihren Beinen drängte und er ihre Vereinigung fast quälend hinauszögerte. Ariane griff nach unten und führte ihn in sich ein. Ungeduldig stieß sie die Hüften hoch und begann mit einem wild entschlossenen Zug um den Mund, einen raschen Rhythmus vorzugeben.

»Chérie!«, keuchte Renard, einerseits liebevoll, andererseits protestierend, als Ariane den Rhythmus weiter steigerte. Er erstarrte und drückte ihr zarte Küsse auf die Stirn.

»Chérie, es gibt keinen Grund zur Eile. Wir haben den ganzen Nachmittag.«

Ariane presste ihn nur noch fester an sich und trieb ihn an, wobei sie selbst zu keuchen begann. Sie erwiderte seine Küsse mit etwas, was an Verzweiflung grenzte, während sie ihn in Gedanken zur Erfüllung drängte.

Renard küsste sie wieder und wieder, heiße Zungen vereinigten sich, er hauchte Worte der Liebe an ihre Lippen. Ariane merkte, dass er sich bemühte, langsamer zu werden und ihre Erregung zu steigern. Doch sie wollte es nicht, sie drängte ihn weiter und hatte nur eines im Kopf.

Ein Kind … eine kleine Tochter. Schenk mir eine Tochter.

Sie schlang die Beine fester um Renard, presste die Fersen auf sein hartes, flaches Hinterteil und setzte sie wie Sporen ein. Sie kannte kein Erbarmen, bis sie Renards Widerstand endlich gebrochen hatte. Er stöhnte auf, dann wurden seine Stöße immer härter, bis er endlich unter seinem Höhepunkt erbebte.

Obwohl er sich größte Mühe gab, nicht auf ihr zusammenzubrechen, schnaufte er schwer wie ein mächtiges Schlachtross nach hartem Kampf.

»Gütiger Gott, Frau!«, ächzte er und legte die Stirn auf ihre Schulter. Auch Arianes Herz schlug heftig. Sie streichelte seine feuchten Haarsträhnen und atmete zitternd aus, hin- und hergerissen zwischen Triumph und Zweifel. Hatte sie es diesmal geschafft? War es zum Wunder der Empfängnis gekommen?

Renard hob den Kopf und hauchte ihr einen flüchtigen Kuss auf den Mund. Dann stemmte er sich hoch, legte sich auf den Rücken und atmete noch einmal heftig aus.

»*Mon Dieu!* Das war aber stürmisch.«

Ariane lächelte nur und brachte sich sorgfältig in die richtige Position – die Beine angezogen, die Hüften ein wenig hochgestemmt. Kein einziger Tropfen von Renards Samen sollte ihr entkommen. Er drehte sich auf die Seite und wollte sie in seine Arme ziehen, eng an sein Herz drücken.

Ariane schob seine Hände weg. »Nein, lass mich noch ein Weilchen so daliegen. Vielleicht hilft es, vielleicht gibt es deinem Samen die Chance, noch tiefer in mich einzudringen.«

Renard ließ sich wieder auf den Rücken fallen. »Verzeihung, *ma chère.* Ich vergaß – wir haben uns soeben nicht zärtlich geliebt, wir haben versucht, ein Kind zu zeugen«, meinte er enttäuscht.

Ariane war etwas bestürzt, als sie die Falten auf Renards Stirn bemerkte. »Aber du weißt doch, dass ich meine monatlichen Rhythmen aufzeichne, und wenn der Zeitpunkt stimmt …«

»Ja, ja«, murrte Renard. »Es ist nur so, dass ich mir allmählich fast wie ein Zuchthengst vorkomme.«

Ariane kicherte und bemühte sich, ihn aufzumuntern. »Und was für ein prächtiger Hengst du bist!« Sie fuhr mit den Fingerknöcheln über die harte Fläche seiner schweißnassen Brust.

»Ich habe dir doch Lust bereitet, oder etwa nicht?«, fragte sie.

Renard packte ihre Hand und zog sie an seine Lippen. »Aber natürlich, *chérie.* Das tust du immer.«

Er ließ ihre Hand los, legte sich auf die Seite und stützte sich auf einen Ellbogen, um sie eingehend zu betrachten. »Die Frage ist doch: Habe ich dir Lust bereitet?«

»Selbstverständlich, warum fragst du?«, schwindelte Ariane und bemühte sich, seinem Blick auszuweichen.

Renard packte sie am Kinn und zwang sie, ihn anzusehen. Seine Falten vertieften sich.

»Nein. Das habe ich mir fast gedacht.« Verärgert und enttäuscht ließ er sich auf das Kissen zurückfallen und legte einen Arm auf die Stirn.

Ariane schimpfte insgeheim auf die alte Hexe, seine Großmutter, die Justice beigebracht hatte, in den Augen zu lesen – etwas, was eigentlich nur die Töchter der Erde können sollten. Renard aber war ausgesprochen gut darin.

»Na gut,« gab sie zu, »dann habe ich eben nicht meinen – meinen üblichen Höhepunkt erreicht. Mir ging es um eine andere Art der Erfüllung. Meine Lust war nicht so wichtig.«

»Nicht so wichtig!«, fauchte Renard und richtete sich auf. »Nicht so wichtig? Vielleicht nicht, wenn du irgendeine bezahlte Dirne wärst, der es nur um die Größe meines Geldbeutels geht. Aber ich würde mir gern vorstellen, dass meine Gemahlin in meinen Armen mehr Befriedigung erfährt.«

»Oh, Justice!«, rief Ariane, aber Renard war schon aufgestanden. Er trat an den Waschtisch und wandte ihr den breiten Rücken und sein festes Hinterteil zu. Nachdem er den

Inhalt des Kruges in die Schüssel geleert hatte, spritzte er sich mit beiden Händen Wasser ins Gesicht.

Ariane seufzte, hin- und hergerissen zwischen ihrem Bedürfnis, ihre Lage beizubehalten, und ihrem Wunsch, zu Renard zu gehen und seinen verletzten männlichen Stolz zu besänftigen. Obwohl er gern behauptete, so dickhäutig wie ein Elefant zu sein, war ihr kraftvoller Gemahl doch verletzlich wie jeder andere, wenn es um seine Fähigkeiten im Schlafgemach ging.

Sie beobachtete ihn, während er sich stumm wusch. Zweifellos würde er sich gleich anziehen und seinen nachmittäglichen Aufgaben zuwenden. Ariane erhob sich vorsichtig, schlich hinter ihn und strich ihm die feuchten Haarsträhnen aus dem Nacken.

Renard erstarrte kurz bei der Berührung, doch er ignorierte sie und fuhr weiter mit dem Schwamm über seine sehnigen Arme. Ariane, selbst ziemlich groß, musste sich strecken, um einen Kuss auf seinen Nackenansatz zu drücken.

»Justice, du weißt doch, dass ich dich liebe«, murmelte sie. »Es macht mir große Freude, wenn du mich berührst. Schon die kleinste Zärtlichkeit stimmt mich froh.«

»Wie Ihr meint, Madame.«

Ariane trat vor ihn und zwängte sich zwischen ihn und das Waschbecken.

»Lass mich das für dich tun«, neckte sie und griff nach dem Schwamm. Renard widerstand ihr kurz, dann überließ er ihn ihr.

Die Beine ein wenig gespreizt, die Hände in die Hüften gestemmt stand er da und starrte auf einen Punkt über ihrem Kopf, während Ariane den Schwamm über seine breite Brust kreisen ließ. Sie arbeitete langsam und liebevoll und strengte sich an, ihren mangelnden Eifer wiedergutzumachen. Ihr Blick schweifte bewundernd über die große männliche Gestalt ihres Gemahls.

Obwohl Ariane ihn fast unerträglich schön fand, betrachtete Renard sich selbst nicht als attraktiven Mann. Er war nicht von klassischer Schönheit, seine Haut war nicht so weiß und weich wie die vieler eleganter Adliger, die aussahen, als hätte ein geschickter Schneider sie aus Seidenstoff genäht.

Renard wirkte mit seinem bäuerlichen Erbteil eher wie ein Mann, der aus der Erde selbst geschaffen war, er schien nur aus Knochen und Muskeln und Sehnen zu bestehen. Als Ariane mit dem Schwamm tiefer wanderte, spürte sie, wie seine Lenden erzitterten. Sein Glied regte sich, und er atmete keuchend ein.

»Nichts mehr dergleichen, Madame«, sagte er und packte ihre Hand, um sie aufzuhalten. »Ich habe meine Pflicht bei Euch getan, jetzt muss ich mich um andere Dinge kümmern.«

Ariane richtete sich auf, ihre Wangen brannten vor Schmerz und Verlegenheit. »Du redest, als wäre ich ein gieriges Weib, das dich bloß benutzen will.«

Renard hob nur vielsagend eine Braue, dann holte er sich ein Leinentuch, um sich abzutrocknen. Geplagt von Gewissensbissen warf Ariane den Schwamm in die Waschschüssel. Himmel noch mal, sie tat es doch nicht, um wilde Gelüste zu befriedigen, sondern um ein Kind zu bekommen – ihrer *beider* Kind, ein Segen für sie *und* ihn.

Sie schlang die Arme um ihren nackten Oberkörper, denn ihr war kalt, und sie fühlte sich entblößt. Sie wollte sich baden und anziehen, nachdem Renard fort war. So nahm sie lediglich ihr Hemd, das sie zusammen mit ihren anderen Kleidungsstücken achtlos auf einen Haufen geworfen hatte, weil sie es so eilig gehabt hatte, Renard ins Bett zu bekommen. Während sie sich das leichte Gewand über den Kopf streifte, kleidete Renard sich auf der anderen Seite der Kammer an. Die Entfernung – ein paar Dielenbretter und Teppiche – schien wie eine Kluft zwischen ihnen.

Renard zog hastig seine Hose an und knöpfte sie zu, als könne er es kaum erwarten, fortzukommen.

»Es tut mir leid, wenn du deine Pflicht so lästig findest«, sagte sie. »Aber ich dachte, du wünschst dir ebenso sehr ein Kind wie ich.«

Renard hielt inne. »Ich wünsche mir alles, was dich glücklich macht, *ma chère*«, murmelte er und suchte in der Truhe nach einem frischen Hemd.

»Das ist eine Ausflucht, die mich ärgert«, fauchte Ariane.

Renard zog ein Hemd heraus und ließ den Truhendeckel fallen. »Nichts würde mich mehr freuen, als mit dir ein Kind zu haben. Aber du bemühst dich zu sehr, Ariane, du wirst uns noch beide bis zur Erschöpfung treiben.«

»Du hast dich bislang noch nie darüber beklagt. Eigentlich hast du doch viel mehr Durchhaltevermögen als ich.«

Renard, der gerade sein Hemd entfaltete, hielt inne und funkelte sie finster an. »Eigentlich schon. Ich könnte den ganzen Tag mit dir im Bett verbringen und dich lieben. Aber das haben wir in letzter Zeit nicht getan. Wir haben nur unsere Körper vereinigt, um ein Kind zu zeugen. Manchmal kommst du mir dabei so fern vor, dass ich mich frage, ob du dich überhaupt daran erinnerst, dass ich da bin, und ob nicht ein anderer Mann deine Zwecke genauso gut erfüllen könnte.«

»Das ist nicht wahr!«, widersprach Ariane heftig. »Wie kannst du nur so etwas Schreckliches sagen!«

Renard biss die Zähne zusammen, dann erwiderte er schroff: »Du hast recht, entschuldige.«

Er wollte das Hemd über den Kopf streifen, doch seine Haut war noch feucht, und der leichte Baumwollstoff blieb an seinen Schultern kleben, wo er ihn nicht greifen konnte, um ihn nach unten zu ziehen.

»Verflixt und zugenäht!«, schimpfte er und hätte das Hemd vor Ungeduld fast zerrissen. Ariane befahl ihm streng stillzuhalten und half ihm, das Hemd zu entwirren und über die Schultern und den Rücken zu streifen.

»*Merci,* Madame«, knurrte er. Doch als er sie ansah, wurden seine groben Züge wieder weich. Seine Augen und seine

Stimme wirkten sanfter und geduldiger, als er ihr die Wange streichelte.

»Es tut mir leid, wenn ich mich wie ein verwundetes Tier aufführe, *ma chère.* Aber wir haben doch noch viel Zeit, um Kinder zu bekommen. Wir sind erst seit drei Jahren verheiratet.«

Seine zärtliche Berührung und sein aufmunterndes Lächeln linderten Arianes Anspannung. Doch sie musste sich anstrengen, um ein Zittern in ihrer Stimme zu unterdrücken, als sie sagte: »Die meisten Frauen in meinem Alter sind bereits mehrfache Mütter. Ich werde im nächsten Herbst fünfundzwanzig.«

»Ein richtiges Kind noch.« Renard drückte ihr einen Kuss auf die Nasenspitze. »Hast du nicht erst letzte Woche die Frau des Müllers entbunden? Und die ist mindestens zweiundvierzig.«

»Aber Hortense hat schon zehn Kinder.« Ariane schnürte es die Kehle zusammen. Sie musste schlucken, bevor sie weiterreden konnte. »Und ich habe schon zweimal versagt.«

Renard nahm ihr Gesicht in seine großen Hände und musterte sie streng. »Rede nicht so, Ariane! Du bist nicht schuld an dem, was passiert ist. Du bist eine weise Frau, du solltest es wirklich besser wissen. Ein Abgang kann jeder Frau passieren, so hat es die Natur nun mal eingerichtet.«

»Ein Abgang«, wiederholte Ariane verbittert und stieß seine Hände weg. »Wie ich das Wort hasse, es klingt so nichtssagend. Beim ersten Mal war ich zwar enttäuscht, aber ich hatte ja noch kaum gemerkt, dass ich schwanger war, bevor es vorbei war. Aber beim zweiten Mal …«

Ariane schloss die Augen und presste die Hände auf den Bauch. »Oh, beim zweiten Mal, Justice … Ich habe schon die ersten Bewegungen unseres Kindes gespürt, es war wie ein winziger Vogel, der seine Flügel ausbreitet. Nein, das war kein Abgang«, fuhr sie mit gepresster Stimme fort. »Ich habe unser Kind verloren.«

»Und ich hätte beinahe dich verloren«, erwiderte Renard grimmig.

»Übertreib doch nicht so, Justice. Ich gebe zu, die Schmerzen waren schlimm, und ich habe etwas Blut verloren …«

»Du bist fast gestorben, Ariane.« Renard packte sie an den Schultern und sah sie streng an, als wolle er sie zwingen, die Wahrheit seiner Worte einzusehen.

Ariane reckte stur das Kinn. »Das stimmt nicht. Und selbst wenn es so gewesen wäre – Kinder zu bekommen ist immer mit gewissen Gefahren verbunden. Aber ein solch kostbarer Preis, unser eigenes Kind, ist das Wagnis doch wert.«

»Nein, für mich nicht!« Um Renards Mund lag ein unversöhnlicher Zug, und in seiner Wange zuckte ein Muskel.

»Aber du bist der Comte de Renard, du willst doch bestimmt einen Erben?«

Renard schnaubte ungeduldig. »Ariane, du weißt ganz genau, dass mir an diesem Erbe nie sehr viel lag.« Er wies schroff mit dem Kopf auf das Fenster, von dem aus man einen Blick auf die weiten Ländereien hatte. »Und noch viel weniger liegt mir daran, wer es bekommt, wenn ich nicht mehr da bin. Nur an dir liegt mir etwas, an sonst nichts.«

In Renards Blick mischten sich Liebe und Enttäuschung. Er rieb Ariane über die verspannten Schultern. »Mein Gott, Frau! Meine Mutter ist bei meiner Geburt gestorben. Willst du das? Willst du mich mit einem Kind zurücklassen, das seiner Mutter nie ins Gesicht gesehen hat?«

»Nein! Beim nächsten Mal läuft es bestimmt besser. Das heißt … das heißt …« Die Angst, die Ariane in letzter Zeit so heftig gequält hatte, ließ ihre Lippen erzittern. »Wenn es ein nächstes Mal gibt«, flüsterte sie gepresst.

»Ach, *chérie*«, stöhnte Renard. Er nahm sie in die Arme und vergrub sein Gesicht in ihren Haaren. »Eines Tages wirst du dein Kind bekommen. Aber du musst Geduld haben und abwarten. Dein Körper braucht noch etwas Zeit, um zu heilen.«

Ariane schmiegte sich an seine Brust. Die warme Stärke seiner Arme und sein steter Herzschlag spendeten ihr Trost. Aber ihre Stimme zitterte noch immer. »Es ist jetzt über ein Jahr her, dass ich unser Kind verloren habe, Justice.«

»Nein, erst neun Monate«, verbesserte Renard sie sanft.

Erst?, dachte Ariane verzweifelt. Ihr kam es vor wie ein ganzes Leben, wenn ihre Blutungen ein paar Tage lang auf sich warten ließen und sie wieder einmal Hoffnung schöpfte, nur, um dann wieder schrecklich enttäuscht zu sein, wenn sie doch wieder einsetzten. Und ihre Verzweiflung wurde noch größer durch die Vermutung, dass sie in ihrem Leid allein war. Jedes Mal, wenn sie es nicht geschafft hatte, schwanger zu werden, hatte sie das Gefühl, dass Renard fast erleichtert war.

Aber ihn damit zu konfrontieren, würde nur Streit auslösen, und sie befürchtete, dass sie in letzter Zeit schon viel zu oft gestritten hatten. Also riss sie sich zusammen, hob den Kopf und schenkte Renard ein kleines Lächeln.

»Egal. Ich bin mir sicher, dass du ganz anders denken wirst, sobald ich dir deinen Sohn oder deine Tochter in die Arme lege. Und das wird vielleicht früher geschehen, als wir glauben.« Ariane warf einen sehnsüchtigen Blick auf das Bett. »Vielleicht hatten wir heute Nachmittag Glück.«

»Vielleicht«, pflichtete Renard ihr bei, aber sein Lächeln wirkte noch gezwungener als ihres. Er drückte ihr einen zarten Kuss auf die Stirn, dann ließ er sie los.

Nachdem er seine Stiefel geholt hatte, setzte er sich auf einen Stuhl am Kamin und zog sich fertig an. Ariane kam sich merkwürdig beraubt vor, als sie seine Arme nicht mehr um ihren Körper spürte. Sie umschlang sich fest und betrachtete betrübt sein abgewandtes Gesicht. Renard sprach nur selten über den Tod seiner Mutter, aber Ariane wusste, dass ihn die Angst verfolgte, seine Ehefrau könnte dasselbe Schicksal ereilen.

Sie verstand Renards Besorgnis, das tat sie wirklich. Aber

warum gab er sich nicht ein wenig mehr Mühe, ihre schier unerträgliche Sehnsucht nach einem Kind zu verstehen? Gewöhnlich war er nicht einmal bereit, über diesen verzweifelten Wunsch zu sprechen, und deshalb fühlte sie sich mit ihren Wünschen, ihrem Leid und ihren Träumen sehr alleingelassen.

Während Renard seine Stiefel anzog, wechselte er unvermittelt das Thema. »Wann willst du nach Faire Isle aufbrechen?«

Ariane seufzte und schickte sich an, die restlichen Kleider vom Boden aufzuheben. Offen gestanden hatte sie bislang kaum an ihre bevorstehende Reise zum Ratstreffen der Töchter der Erde gedacht.

»Morgen früh, wahrscheinlich sehr früh.« Sie hielt inne, als ihr die Bedeutung von Renards Worten aufging, und musterte ihn stirnrunzelnd. »Begleitest du mich denn nicht?«

»Nein, diesmal nicht. Ich habe dringende Angelegenheiten, um die ich mich kümmern muss.« Renard erhob sich und rammte mit einem kräftigen Tritt die Ferse in den zweiten Stiefel.

»Ach so«, sagte Ariane nur und versuchte, ihre Enttäuschung zu verbergen. Sie legte ihr schmutziges Gewand in den geflochtenen Wäschekorb.

»Aber ich werde dir ein paar meiner Leute als Begleitschutz mitgeben«, fügte Renard hinzu.

»Faire Isle ist doch ganz in der Nähe«, protestierte Ariane. »Bis zu meinem Zuhause durchquere ich nur unsere eigenen Ländereien. Da muss mich doch kein Heer begleiten.«

»Sechs meiner besten Leute«, sagte Renard in einem Ton, der keinen Widerspruch duldete. Er trat hinter sie und zog sie am Ellbogen zu sich. Sachte streifte er ihr eine lose Haarsträhne hinter das Ohr.

»Ich würde alles tun, um dich zu beschützen und dich sicher und geborgen zu wissen, Ariane. *Alles.* Das verstehst du doch, oder?«

»Ja, ja, natürlich«, stammelte sie, ein wenig verwundert über seinen Ton und das wilde Glitzern in seinen grünen Augen.

»Gut!« Renard drückte ihr einen stürmischen Kuss auf den Mund, dann wandte er sich ab. Kurz darauf fiel die Tür mit einem lauten Knall hinter ihm zu.

Ariane fuhr sich mit den Fingern über die Lippen, die von der Heftigkeit des letzten Kusses ein wenig geschwollen waren. Sie musste daran denken, dass Renard sie am Anfang ihrer Bekanntschaft oft eingeschüchtert hatte – er war ein Fremder gewesen, der viele Geheimnisse hinter einem kühlen Lächeln verbarg.

Sie war immer stolz auf ihre Fähigkeit gewesen, in den Augen anderer Menschen zu lesen, aber ihre Versuche, zu den Gedanken vorzudringen, die Renard hinter seinen schweren Lidern versteckte, waren oft genug gescheitert. Als sie sich von ganzem Herzen in ihn verliebt hatte, war es ihr endlich gelungen, seine Gedanken ebenso leicht zu lesen wie er die ihren. Aber gelegentlich entzogen sich ihr Renards Gedanken, und das schien sich in letzter Zeit beunruhigend zu häufen.

Ariane fuhr sich durch die Haare und warf einen niedergeschlagenen Blick auf das leere Schlafgemach. Sie sollte baden, sich ankleiden und Vorbereitungen für ihre Reise treffen. Aber Renards plötzliches Verschwinden und ihre anhaltenden Meinungsverschiedenheiten über das Kind verunsicherten und beunruhigten sie.

Lustlos trat sie an eines der offenen Fenster. Von hier aus hatte man einen ausgezeichneten Überblick über das ganze Anwesen, das sich hinter den Schlossmauern erstreckte. Sie sah die geheimnisvollen Schatten des dichten Waldes am Rand der Felder, sie sah das Weizenfeld, das von einer Schar Arbeiter gemächlich gemäht wurde. Zur Linken lag eine Wiese, gesprenkelt mit Gänseblümchen, auf der das Fohlen, das Renards Lieblingsstute geworfen hatte, auf dünnen Beinen herumtollte.

Wie oft hatte sich Ariane ausgemalt, wie sie über diese hübsche Wiese spazieren würde, eine kleine, rundliche Hand haltend. Sie würde sich hinabbeugen, um auf eine Pflanze oder Blume hinzuweisen, und ihrer Tochter all das Wissen beibringen, das ihre Mutter ihr beigebracht hatte. Ihr Kind würde eifrig nicken und das Gesagte aufnehmen, ein kleines Mädchen mit Renards scharfsichtigen grünen Augen und seinen mit hellen Strähnen durchzogenen Haaren. Oder vielleicht würden sie auch eine Nuance goldener sein, so wie es das Haar ihres Vaters gewesen war.

Oder so wie Gabrielles Haar.

Der Gedanke an ihre Schwester machte Ariane nur noch trübsinniger. Gabrielle ging ihr nur selten aus dem Sinn. Die Ängste um ihre starrköpfige Schwester kosteten Ariane viele schlaflose Nächte. Wenn es ihr nicht gelungen wäre, Bette in Gabrielles Haushalt unterzubringen, die ihr regelmäßig Bericht erstattete, wäre Ariane vor Sorge sicher verrückt geworden.

Als Gabrielle weggelaufen war, hatte Renard ihr angeboten, nach Paris zu reisen und ihre Schwester notfalls mit Gewalt zurückzuholen. Ariane war zwar versucht gewesen, auf diesen Vorschlag einzugehen, doch schließlich hatte sie sich dagegen entschieden. Sie konnte ihre Schwester ja schlecht gefangen halten, und sie hatte Angst, bei Gabrielle schon genug falsch gemacht zu haben.

Der helle Tag verdüsterte sich durch die schmerzliche Erinnerung an das letzte Mal, als Ariane ihre Schwester gesehen hatte, und an ihren letzten bitteren Streit.

Ariane hatte gewusst, wie schwer Etienne Danton Gabrielle verletzt hatte und wie sehr ihre Schwester über Nicolas Remys Tod trauerte, obwohl Gabrielle selbst weder das eine noch das andere hatte zugeben wollen.

Als Heilerin war Ariane stets verletzt und enttäuscht darüber gewesen, das Leid ihrer Schwester nicht lindern zu können. An jenem letzten Nachmittag war es um ihre Geduld ausgesprochen schlecht bestellt gewesen. Obwohl sie sich noch keinem anvertraut hatte, vermutete Ariane, dass sie mit ihrem ersten Kind schwanger war und dass etwas nicht stimmte. Am Morgen dieses Tages hatte sie dann einen Blutfleck entdeckt. Als sie dann mit ansehen musste, wie Gabrielle stur ihre Truhe packte, war in Ariane etwas entzweigegangen.

»Du gehst nicht nach Paris, Gabrielle!« Ariane hatte die Kleider und Unterröcke aus der Truhe gezerrt und sie aufs Bett geworfen. »Das ist mein letztes Wort.«

Gabrielle hatte sie wütend angefunkelt. »Nein, das ist es nicht. Dir mag es ja nichts ausmachen, ein wundervolles Haus einfach leer stehen zu lassen, ein Haus, das unser Vater bezahlt hat, aber …«

»Ein Haus für seine Mätresse! Willst du unsere Mutter beleidigen, indem du ein solches Geschenk von dieser niederträchtigen Frau annimmst, die ihr das Herz gebrochen hat?«

Obwohl Gabrielle schlucken musste, erwiderte sie: »Maman ist nicht mehr da, um sich darüber Gedanken zu machen.«

»Und glaubst du, sie würde sich keine Gedanken machen, dass ihre Tochter die Laufbahn einer Hure einschlagen will?«

»Das bin ich bereits«, entgegnete Gabrielle und faltete trotzig ein Kleid neu.

Ariane packte sie am Handgelenk, um sie aufzuhalten. »Nein, das bist du nicht! Was mit Danton passiert ist, war nicht deine Schuld.«

Gabrielle lief tiefrot an, während sie sich von ihrer Schwester losriss. »Du weißt nicht, was passiert ist, und ich will nicht darüber sprechen.«

»Nein, das willst du nie. Und auch nicht über deine Trauer um Remy.«

Bei der Erwähnung dieses Namens presste Gabrielle das Kleid, das sie gerade in Händen hielt, fast beschützend an ihre Brust, und ihr Mund wurde zu dem schmalen Strich. Diese Miene kannte Ariane nur allzu gut – ein Ausdruck unterdrückten Schmerzes und des reinsten Starrsinns.

Enttäuscht über ihre Unfähigkeit, zu ihrer Schwester durchzudringen und sie zur Vernunft zu bringen, lief Ariane im Schlafzimmer auf und ab. »Denkst du, ich weiß nicht, was du vorhast? Du glaubst, wenn du genügend große Männer verführst, wirst du reich und mächtig genug, um einen Platz am Hofe einzunehmen. Und dann willst du einen Weg finden, um dich an der dunklen Königin dafür zu rächen, was sie Remy angetan hat.

Aber das wird dir nicht gelingen, Gabrielle. Du wirst nie an Katharina herankommen. Und selbst wenn du es schaffst, sie zu vernichten, wirst du damit auch dich selbst vernichten. Dein Herz und deine Seele werden ebenso schwarz werden wie Katharinas, und nichts davon wird dir Remy zurückbringen.«

»Ich habe kein Herz«, sagte Gabrielle und stopfte ein weiteres Gewand in die Truhe. »Und mir geht es nicht um Remy, es geht mir um meine eigenen Ziele.«

Sie sprang zurück, als Ariane den Deckel zuklappte, um sie am Weiterpacken zu hindern.

»Deine verfluchten Ziele kannst du vergessen«, sagte Ariane, deren Geduld nun am Ende war. »Du gehst nirgendwohin. Ich verbiete es dir.«

»Du verbietest es mir?«, kreischte Gabrielle. »Wer glaubst du, dass du bist?«

»Deine große Schwester und die Herrin von Faire Isle.«

»Ach ja, die große Heilerin, die glaubt, sie kann alles richten. Nun, mich kannst du nicht richten, Ariane. Wann geht das endlich in deinen Kopf? Ich bin nicht so vollkommen wie du und Maman. Und wenn Maman nicht ganz so heilig gewesen wäre, hätte sie Papa vielleicht nie an diese Schlampe verloren.«

Arianes Hand fuhr hoch und landete, bevor sie sich zurückhalten konnte, unsanft auf Gabrielles Wange. Die beiden Schwestern musterten sich einen Augenblick lang entsetzt. Gabrielle presste die Hand an ihr Gesicht.

Noch nie hatte Ariane eine ihrer Schwestern geschlagen. Sie fühlte sich schrecklich, als sie sah, wie Tränen in Gabrielles Augen stiegen.

»Gabrielle, es tut mir leid, ich …«

Doch Gabrielle hatte nur heftig geblinzelt und sich abgewandt.

Müde lehnte Ariane den Kopf an den Fensterrahmen. Am nächsten Tag war Gabrielle verschwunden, und seitdem hatten sie sich nicht mehr gesprochen. Das war nun schon zwei Jahre her. Und sie war ebenso schuld daran wie Gabrielle; denn in ihrer Verletztheit darüber, dass Gabrielle einfach weggerannt war, in ihrer Wut darüber, dass ihre Schwester nun in dem Haus der verfluchten Frau lebte, und weil sie so sehr mit ihren eigenen Problemen beschäftigt war, hatte Ariane sich nicht bemüht, den Streit beizulegen.

Wenn sie Gabrielle von ihren Fehlgeburten berichtet hätte, wäre diese sofort zu ihr geeilt. Aber dazu war sie zu stolz gewesen.

Ihre Fähigkeiten und ihre Weisheit wurden weit und breit gerühmt. Sie hatte zahllosen Müttern bei schwierigen Schwangerschaften und Geburten geholfen. Doch in ihr wuchs kein Kind, sondern nur die Angst. Angst, dass sie ungeachtet all ihrer Klugheit, all ihres Wissens und Zaubers womöglich unfruchtbar war.

Wenn Renard doch nur verstehen würde, wie leer und verzweifelt sie sich fühlte. Aber vielleicht war kein Mann dazu in der Lage. Vielleicht erwartete sie zu viel von ihrem Gemahl. Ein Kind zu zeugen war doch eigentlich ein freudiges, fast heiliges Ereignis, das einen Mann seiner Frau noch näherbringen sollte, sinnierte Ariane düster. Stattdessen trieb ihre tiefe Sehnsucht sie und Renard immer weiter auseinander.

Leichter Nebel lag über der Weide, das Gras war feucht vom Tau, die Sonne lugte gerade erst über den Horizont. Die Ruhe des frühen Morgens wurde nur vom Zwitschern einiger

Spatzen und vom steten Hämmern Renards unterbrochen, der gerade ein Loch im Weidezaun reparierte.

Er beugte sich vor, einen Nagel zwischen den Lippen, während er einen anderen mit harten, präzisen Schlägen in das Ersatzbrett trieb.

Zäune zu reparieren gehörte zwar kaum zu den passenden Aufgaben eines Comte, doch Renard fürchtete, dass das bäuerliche Blut in seinen Adern schon immer stärker gewesen war als das, was ihm die mächtigen Deauvilles vererbt hatten. Er genoss das Gefühl, eine Axt oder eine Sense in den Händen zu halten, und gute, ehrliche Arbeit war ihm tausend Mal lieber als die Jagd, die Falkenbeize oder mit irgendeinem adligen Gecken, der nach Parfüm duftete wie eine Pariser Hure, ein Glas Wein zu schlürfen.

Viel näher hatte er sich immer seinem Verwandten Toussaint, einem entfernten Cousin seiner Mutter, gefühlt. Der furchteinflößende alte Krieger hatte sich vor zwei Jahren zu seinem Schöpfer aufgemacht. Er war eines friedlichen Todes gestorben, ein langes, erfülltes Leben war würdig zu Ende gegangen. Renard vermisste den Alten sehr, er war wie ein Vater für ihn gewesen, und manchmal auch sein Gewissen. Vor allem jetzt fehlte er ihm, als Ratgeber bei den Schwierigkeiten mit Ariane.

Renard nahm den Nagel aus dem Mund und schlug ihn in das Brett. Beim fernen Klang eines Horns richtete er sich auf, kniff die Augen zusammen und spähte auf die Straße, die vom Schloss wegführte. Er erkannte einen Trupp Reiter – etwa ein halbes Dutzend – in der schwarzgoldenen Livree des Hauses Deauville. In der Mitte seines Gefolges saß seine Ariane im Damensitz auf einem mit einer reich verzierten Schabracke versehenen Zelter. Ein scharlachfarbener Wollmantel lag um ihre Schultern, ihr kastanienbraunes Haar war zu einem langen dicken Zopf geflochten.

Die Herrin von Faire Isle. Renard verzog den Mund zu einem Lächeln, in dem sich Wehmut, aber auch Stolz spiegelten. Sie hatten sich im frühen Morgengrauen mit einem Kuss voneinander verabschiedet, aber ihre Umarmung hatte angestrengt gewirkt.

Die Reiter kamen näher. Als sie die Wiese entlangritten, reckte Ariane den Hals und spähte in Renards Richtung. Sie lächelte und hob die Hand zu einem Abschiedsgruß. Selbst aus der Ferne nahm Renard die Traurigkeit wahr, die sie umgab.

Aber er grinste entschlossen zurück und winkte, bis der Reitertrupp und seine Gemahlin aus seinem Blickfeld entschwunden waren und nur noch eine kleine Staubwolke zu sehen war.

Erst dann senkte Renard die Hand, und sein Lächeln wich tiefer Besorgnis. »Ach, *chérie*«, murmelte er. »Du kommst mir noch viel zu müde und viel zu blass vor.« Obwohl Ariane ihm stets heftig widersprach, fürchtete Renard, dass sie sich noch nicht von ihrer letzten Fehlgeburt erholt hatte.

Auch wenn er sie bereits jetzt vermisste, war er doch froh, dass sie eine Weile fort war. Vielleicht würde ihr der Besuch in ihrer alten Heimat guttun und sie ein wenig von dem einen Gedanken ablenken, der zurzeit ständig an ihr nagte. Und vielleicht würde dann auch er den Kopf freibekommen und überlegen können, was zum Teufel er gegen ihren Kummer unternehmen könnte.

Renard hatte es stets ausgezeichnet verstanden, seine Gefühle zu verbergen, zumindest so lange, bis Ariane in sein Leben getreten war. Jetzt lebte er in der ständigen Furcht, dass Ariane in seinen Augen lesen und sein schreckliches Geheimnis entdecken könnte: wie er sie in den letzten neun Monaten betrogen hatte. Nein, nicht mit einer anderen Frau. Die Frau, die ihn von Adrianes Bett weglocken könnte, gab es nicht. Aber vielleicht hätte Ariane diese Untreue verzeihlicher gefunden als das, was er tat; denn das war in ihren Augen womöglich noch viel schlimmer. Er hielt sie davon ab, ein Kind zu empfangen.

Renard grub nach einem weiteren Nagel in dem Beutel an seinem Gürtel und widmete sich wieder seiner Aufgabe, den Zaun zu reparieren. Doch jeder Schlag seines Hammers schien geladen mit nagenden Schuldgefühlen.

Ariane war die Tochter einer berühmten weisen Frau, der hehren Evangeline, die ihrer Tochter den Ehrentitel Herrin von Faire Isle vermacht hatte. Doch Renards bäuerliche Großmutter … nun ja, dachte Renard und lächelte schief. Es führte kein Weg daran vorbei. Die alte Lucy war eine Hexe gewesen und oft genug eine der schlimmsten Sorte. Die sanfte Kunst des Heilens hatte sie gescheut, doch in der schwarzen Kunst der Gifte und Zaubertränke, auch solcher, die die Entstehung neuen Lebens verhindern sollten, hatte sie es zu wahrer Meisterschaft gebracht.

Einen Großteil ihres Wissens hatte sie an Renard weitergegeben, so auch die Herstellung eines Gebräus, durch das ein Mann zeitweise zeugungsunfähig wurde. Renard hatte diesen Zaubertrank gebraut und nahm ihn nun heimlich schon seit mehreren Monaten.

Er konnte sich denken, was Toussaint dazu gesagt hätte. So sehr der Alte Lucy geliebt hatte, so sehr hatte er die schwarze Magie und alles, was Lucy Renard beigebracht hatte, verabscheut. Aber was blieb ihm anderes übrig?, dachte Renard. Er schlug so heftig auf den Nagel, dass der sich krümmte und wieder herausgezogen werden musste. Renard hätte liebend gern ein Dutzend Kinder mit Ariane gehabt, aber nicht auf Kosten ihrer Gesundheit, vielleicht sogar ihres Lebens. Nach ihrer letzten Fehlgeburt hatte er sogar eine Weile versucht, die körperliche Vereinigung zu vermeiden. Doch trotz ihrer stillen Bescheidenheit konnte seine Gemahlin eine äußerst entschlossene Verführerin sein, und sein Fleisch war bei der Frau, die er liebte, leider sehr schwach, wie er sich seufzend eingestehen musste.

Ariane ließ ihm keine Wahl, er hatte zu dem verfluchten Zaubertrank greifen müssen. Sie hatte sich bei ihrem Bestreben, ein Kind zu bekommen, fast umgebracht. Aber jeden Monat, wenn Ariane wieder ihre Blutung bekam und völlig verzweifelt war, kam er sich niederträchtig vor. Seine Schuldgefühle verstärkten sich noch, wenn sie sich Trost suchend an ihn schmiegte, ohne zu wissen, dass er der Judas war, der für ihre Enttäuschung verantwortlich war.

So konnte es nicht mehr lange weitergehen. Er musste sich etwas anderes einfallen lassen, selbst wenn das bedeutete, auf Methoden zurückgreifen zu müssen, die Ariane nicht billigen würde. Renard richtete sich auf und legte die Arme auf den Zaunpfosten. Er fürchtete, dass letztlich doch zu viel von Lucys Hexenblut in seinen Adern floss.

Aber er hatte sich entschieden. Er war entschlossen, einen Weg zu finden, damit Ariane das Kind haben konnte, nach dem sie sich so sehnte, ohne dadurch in Gefahr zu geraten. Er wollte sie schützen – für immer. Er nahm sich vor, jeden alten Text und jeden Zauberspruch zu prüfen, dessen er habhaft werden konnte. Selbst wenn …

… selbst wenn er zu einem Zauber der schwärzesten Art greifen müsste, sinnierte er mit grimmiger Miene.

8

Der Louvre lag im Mondlicht, in die nasskalte Luft, die von der nahen Seine herüberwehte, mischten sich die Rosendüfte aus den Gärten. Der Palast hob sich wie ein Märchenschloss vom nächtlichen Himmel ab. Musik und Licht strömten aus den Fenstern des großen Salons, in dem heute ein Maskenball stattfand.

Doch die sanfte Schönheit der Sommernacht entging Remy, der reglos in einer dunklen Ecke stand. Er dachte daran, wie er das letzte Mal aus dem Louvre gekommen war, begleitet vom alten Admiral Coligny und zwei seiner Kameraden, auf dem Weg zu ihren Unterkünften. Was er damals gesagt hatte, hallte in seinen Ohren wider.

» … wir können unseren König nicht alleinlassen, umringt von Feinden«, hatte er gedrängt. »Wir müssen ihn aus dem Palast schaffen.«

»Ihn aus dem Palast schaffen?«, rief der junge Tavers. »Seine Majestät hat erst gestern geheiratet. Er hatte bestimmt noch keine Gelegenheit, die Wonnen des Ehebettes zu genießen.«

»Ehebett! Es wird viel wahrscheinlicher sein Totenbett sein – und auch das unsere«, erwiderte Remy aufgebracht.

»Aber, aber, mein Junge!«, beschwichtigte ihn der Admiral. »Bitte tisch uns nicht wieder diesen Unsinn über Königin Katharina auf – dass sie eine Hexe sei, die uns alle ermorden will.«

»Es ist kein Unsinn, Sir. Wenn Ihr gesehen und gehört hättet, was ich in diesem Sommer auf Faire Isle erfahren habe …«

»Du hättest nie dorthin gehen sollen«, meinte Remys Freund, Hauptmann Devereaux, und schüttelte seinen wirren braunen Haarschopf. »Diese Faire Isle soll ein überaus merkwürdiger Ort sein.«

»Wahrscheinlich hat unser guter Remy mit den Feen geschlafen«, mischte sich Tavers ein.

»Oder er ist von einer blauäugigen Circe verhext worden«, meinte der alte Admiral augenzwinkernd.

Zu seinem Verdruss spürte Remy, wie er rot anlief, denn die Worte des Admirals kamen der Wahrheit gefährlich nahe.

»Ich glaube, wir müssen unsere Geißel sesshaft machen. Wir brauchen eine Frau für ihn«, meinte der Admiral.

»Jawohl, eine Gemahlin – das ist es.« Die anderen zwei pflichteten ihm bei, und bald überboten sich alle mit scherzhaften Vorschlägen für eine Braut. Nur Devereaux schien zu merken, wie tief Remys Enttäuschung und Angst reichten. Tröstend meinte er: »Du brauchst bestimmt nur eine Flasche Wein und ein gutes Essen. Komm mit zu mir. Claire hat dich schon seit Ewigkeiten nicht mehr gesehen, und unseren Jüngsten, deinen Namensvetter, kennst du auch noch nicht. Der Bursche hat eine derart starke Lunge, dass er die ganze Straße wach hält. Wir nennen ihn inzwischen die kleine Geißel.«

Remy versuchte zu lächeln, doch ihm war viel zu schwer ums Herz. Er ließ sich von seinen Freunden vom Palast wegziehen, in dem er seinen jungen König zurückgelassen hatte, und versuchte, seine Ängste zu überwinden und zu hoffen, dass der Admiral womöglich doch recht hatte und sich alles zum Guten wenden würde …

»Remy! Herr Hauptmann?«, flüsterte eine leise Stimme in Remys Ohr, und jemand zerrte ungeduldig an seinem Arm.

Remy, noch immer in seine Erinnerungen versunken, drehte sich um. Fast erwartete er, Devereaux neben sich zu sehen. Aber nein, Dev war schon lange tot, genau wie dessen Frau und sein Kind und auch der junge Tavers und der alte Admiral. Wie so viele andere hatten auch sie in der wahnwitzigen, grauenhaften Bartholomäusnacht ihr Leben lassen müssen.

Es war Wolf, der da neben ihm stand und ihn aus der Dunkelheit anstarrte. »Herr Hauptmann? Nun kommt schon, wir müssen uns beeilen, sonst kommen wir zu spät zu unserem Rendezvous.«

Remy nickte. Er schüttelte die Geister der Vergangenheit ab und ging mit Wolf vom Haupteingang des Louvre weg, wo Wächter standen und jeden Neuankömmling genau musterten. Durch diesen Eingang traten nur die geladenen Gäste, und Remy konnte sich schwerlich als solcher ausgeben.

Er hielt sich im Schatten und folgte Wolf zum älteren Teil des Palastes. Mit allerlei List war es Wolf in den letzten Tagen gelungen, etwas über den Aufbau des Palastes und der umliegenden Anlagen in Erfahrung zu bringen. Nun sprang er vom Baum zu Busch, so geschwind und geschickt, dass Remy sich anstrengen musste, ihm zu folgen, zumal ihn seine Kleidung behinderte.

Er trug eine steife Satinhose, die mit Bändern unter den Knien geschnürt war, und ein passendes Wams, dessen Ärmel sich an den Handgelenken verjüngten, sodass sie eng anlagen. Seine Füße steckten in knöchelhohen Lederschuhen, die weitaus unbequemer waren als seine alten, abgetragenen Stiefel.

Eine breite Schneise tat sich vor ihnen auf: ein ausgetrockneter Wassergraben. Während Remy hinter Wolf die Böschung hinabkletterte, wickelte sich sein kurzer, mitternachtsblauer Seidenumhang, den er an einer Schulter befestigt trug, um seinen Arm. Er zerrte ungeduldig daran.

Dabei wäre er beinahe ausgerutscht, und seine steifen Schuhe lösten einen Kieselregen aus, der wie Geschützfeuer durch die Nacht zu hallen schien. Remy und Wolf drückten sich flach an die raue Palastmauer, erstarrten und lauschten. Instinktiv griff Remy nach seinem Schwert, doch statt um die vertraute Waffe schlossen sich seine Finger um den dünnen

Griff eines leichten Galadegens. Wolf war nur mit einem Dolch bewaffnet. Wenn Wächter kämen, um dem Lärm nachzugehen, wäre es um ihn und den Jungen geschehen.

Die Zeit verstrich quälend langsam, doch niemand schlug Alarm. Schließlich ließ Remy seinen Degen los, und Wolf seufzte erleichtert auf.

Er beugte sich näher zu Remy und flüsterte: »Wartet hier, Herr Hauptmann. Ich erkunde die Lage.«

Bevor Remy Einspruch erheben konnte, war der Junge schon losgezogen. Langsam schlich er den tiefen Graben entlang. Remys Lippen bildeten einen schmalen Strich. Es fiel ihm schwer, einem Burschen von knapp achtzehn Jahren die Kontrolle über diese Mission zu überlassen. Doch ihm war nichts anderes übrig geblieben, als sich Wolf und einer geheimnisvollen Zofe anzuvertrauen, die eingewilligt hatte, Remy in den Palast zu schmuggeln. Was sonst hätte er tun können?

Gabrielle hatte ihm keine Wahl gelassen, als sie sich geweigert hatte, ihm zu helfen. Remy legte den Kopf an die Mauer. Zähneknirschend überlegte er, ob sie nun wohl oben im Ballsaal war und mit ihrem sanften Lächeln und ihren blitzenden Augen seinen König verhexte.

Sehr wahrscheinlich war sie da, eigentlich rechnete Remy sogar fest damit. Doch der Maskenball, der es ihm ermöglichen würde, unentdeckt in den Palast zu schlüpfen, warf auch ein Problem auf: Wie sollte er bei all den maskierten Gesichtern seinen König finden, den er nun schon so lange nicht mehr gesehen hatte?

Remy wusste es nicht. Aber maskiert oder nicht – Remy war sich ziemlich sicher, dass er die Frau erkennen würde, die ihm in den letzten drei Jahren immer wieder im Traum erschienen war. Und wo Gabrielle war, würde wohl auch Heinrich sein. Das Gefährlichste an diesem Unterfangen war vielmehr, einen Weg zu finden, um mit Heinrich unter vier Augen zu sprechen, ohne Gabrielles Argwohn zu wecken oder die Aufmerksamkeit der dunklen Königin auf sich zu lenken.

Deshalb hatte er alles getan, um dem vorzubeugen. In seinem Gürtel steckte eine Kappe, unter der er sein Haar verstecken wollte, wenn er die Maske aufsetzte. Das schwarze Leder würde den oberen Teil seines Gesichts verbergen, und sein Kinn …

Remy hob die Hand und strich darüber. Das Gefühl der glatten, nackten Haut beunruhigte ihn. Ewig schon trug er einen Bart. Ohne Bart fühlte er sich seltsam nackt und verletzlich. Gabrielle hatte ihn nie glatt rasiert gesehen. Der fehlende Bart würde sie vielleicht täuschen.

Und falls nicht? Würde sie ihn verraten, falls sie ihn erkannte? Nein, verraten würde sie ihn nie, sagte eine Stimme in ihm. Doch eine andere Stimme erinnerte ihn grausam an all das, was Gabrielle nachgesagt wurde und was er am liebsten geleugnet hätte. Die bittere Wahrheit war, dass er sie nicht richtig kannte und nicht wusste, wozu sie fähig war.

»Monsieur? Herr Hauptmann?«, zischte Wolfs Stimme aus dem Dunkel und riss Remy aus seinen düsteren Gedanken.

Wolf winkte ihn zu sich. Der Junge führte Remy weiter den alten Graben entlang, bis er stehen blieb und auf ein Fenster am Ende des alten Flügels deutete.

»Dort, Herr Hauptmann«, flüsterte er. »Um neun Uhr wird Mademoiselle Lysette mit einer Kerze ein Zeichen geben und ein Seil für Euch herablassen. Sie wird Euch bis zur Haupttreppe geleiten. Von dort aus könntet Ihr dann in den Ballsaal schlüpfen.«

Remy nickte grimmig. Es war zu spät, um über die Waghalsigkeit ihres Unterfangens nachzudenken. Trotzdem fragte er Wolf flüsternd: »Bist du dir sicher, dass man dieser Zofe trauen kann?«

»Auf alle Fälle, Herr Hauptmann. Lysette ist ein gutes, ehrenhaftes Mädchen.«

»So ehrenhaft wohl auch wieder nicht, wenn sie sich bereit

erklärt hat, ihren Herrn zu hintergehen und einem Fremden für eine Handvoll Münzen Zutritt zum Palast zu verschaffen.«

»Ach, sie wollte gar kein Geld. Sie tut es für mich.« Wolfs Zähne blitzten auf, als er breit grinste. »Wenn ich will, komme ich bei den Damen ganz gut an, und Lysette hat eine sehr romantische Ader.«

Er beugte sich näher und gestand: »Ich habe ihr erzählt, dass Ihr ein armer, doch redlicher Ritter seid und eine reiche Erbin liebt, deren grausamer Papa sie unbedingt von Euch fernhalten will. Lysette glaubt, sie hilft Euch bei einem Stelldichein mit der Dame Eures Herzens. Es ist also besser, wenn Ihr nicht erwähnt, warum Ihr wirklich hier seid.«

»Gut, dass du mich warnst. Sonst hätte ich dem Mädchen wahrscheinlich verraten, dass ich dem König von Navarra zur Flucht verhelfen will und nichts dagegen hätte, dabei auch noch ein paar Hälse aufzuschlitzen.« Grollend setzte Remy hinzu: »Ich bin doch nicht völlig verrückt, Junge.«

»Das weiß ich schon, Monsieur. Ihr seid ein tapferer und ehrlicher Mann, aber – aber … Ach, seid mir nicht böse, aber ich fürchte, Intrigen sind nicht gerade Eure Stärke. Nichts für ungut, M'sieur.«

»Schon gut, mein Junge«, versicherte Remy und klopfte ihm freundschaftlich auf die Schulter. »Du hast ja recht – als Soldat bin ich weitaus besser.«

Er legte den Kopf in den Nacken und blickte reumütig auf die nachtschwarzen Wände des Louvre. »Ich würde meine Seele dafür geben, diesen verfluchten Ort mit einem Heer zu überfallen und meinen König mit Waffengewalt zu befreien.«

»Manchmal muss sich selbst der kühnste Soldat einer List bedienen. Wie in der Geschichte, die Ihr mir erzählt habt, von den alten Griechen, die sich nach Troja eingeschmuggelt hatten. Statt eines Holzpferdes habt Ihr eine Maske und einen Umhang.« Wolf richtete Remys Cape, bis die Falten wieder ordentlich über seine rechte Schulter fielen. »Ach, M'sieur, ich weiß, dass Ihr diesen Umhang hasst, aber Ihr müsst daran denken, ihn immer über einer Schulter zu tragen, so wie es die modischen Galane tun. Dann seht ihr noch schneidiger aus.«

»Wie ein richtiger Geck, willst du wohl sagen.«

»Nein, nein, wie ein Herzog, ein großer Herr. Wenn ich ein solch feines Cape hätte, würden mir die Fräuleins von Paris alle zu Füßen liegen.«

»Wenn wir diese verdammte Geschichte hinter uns gebracht haben, schenke ich dir das blöde Ding.«

»Wirklich, M'sieur?«, rief Wolf hocherfreut. Doch bevor der Bursche seine Dankbarkeit zu lautstark ausdrücken konnte, presste ihm Remy die Hand auf den Mund.

In dem Augenblick begannen die fernen Glocken von St. Germaine L'Auxerois die neunte Stunde zu schlagen. Remy überlief es eiskalt. Dieselben Glocken hatten in der Bartholomäusnacht den Anfang des Massakers eingeläutet.

Er ließ die Hand fallen und schluckte. Wann würde es ihm bei etwas so Unschuldigem wie dem Klang von Kirchenglocken nicht mehr den Magen umdrehen? Das flaue Gefühl ließ erst wieder nach, als die Glocken verstummten. In dem Fenster, auf das Wolf gedeutet hatte, tauchte eine brennende Kerze auf, und Remy machte die Silhouette eines jungen Mädchens aus. Ihm sank der Mut. Falls er sich nicht täuschte, war seine Führerin bei dem Rest dieses gefährlichen Abenteuers sogar noch jünger als Wolf.

Sein Begleiter legte die Hand an die Lippen und stieß etwas aus, was wie ein tiefes Bellen klang, gefolgt von einem leisen Winseln. Eine gespenstisch genaue Nachahmung eines Straßenköters. Das Mädchen reckte den Kopf aus dem Fenster, bis sie die beiden Männer in der Dunkelheit entdeckte. Dann zog sie sich zurück, und kurz darauf sah Remy, wie ein dickes Seil langsam die Mauer herabgelassen wurde.

Das war es also, dachte Remy, und sein Mund wurde trocken. In wenigen Augenblicken würde er in dem Palast festsitzen, unter Feinden, die glaubten, er sei tot und verrotte in seinem Grab, und die ihren Irrtum nur zu gern berichtigen würden. Und er würde vor seinen jungen König treten, den er schon einmal im Stich gelassen hatte. Ein zweites Mal konnte er sich das auf keinen Fall leisten.

Und auch in der Nähe der goldhaarigen Frau würde er sein, der Frau, von der er einst geglaubt hatte, sie sei das Beste, was ihm in seinem Leben je widerfahren war, und die jetzt kaum mehr als eine kaltherzige Fremde für ihn war.

Als er die Maske unter seinem Gürtel hervorzog, stellte Remy verdrossen fest, dass seine Hände schweißnass waren. Er wischte sie an der Hose trocken, dann nahm er die Kappe ab, um die Maske aufzuziehen. Das steife Leder, hinter dem er seine Identität verbergen konnte, beeinträchtigte leider auch seine Sicht, sodass es ein Leichtes sein würde, sich unbemerkt an ihn heranzumachen.

Während er an dem Seil zog, um es zu prüfen, konnte er Wolf, der neben ihm stand, kaum noch sehen. Erleichtert stellte er fest, dass die kleine Mademoiselle Lysette offenbar klug genug gewesen war, das Seil irgendwo festzumachen. Es würde sein Gewicht bestimmt tragen.

Doch als er sich zum Klettern anschickte, zerrte Wolf an seinem Arm. »Wartet, Monsieur!«

Remy musste den Kopf wenden, um Wolf durch die Schlitze seiner Maske sehen zu können. Zuvor war der Junge vor Erregung kaum zu bremsen gewesen, doch jetzt wirkte sein schmales, scharfkantiges Gesicht im Mondlicht ganz bleich.

»Hier, M'sieur!«, drängte er flüsternd. »Das müsst Ihr mitnehmen. Zu – zu Eurem Schutz.« Er drückte Remy etwas in die Hand.

Remy hob das Ding hoch, um es genauer zu betrachten. Es war ein kleiner, auf einem Lederband aufgefädelter Baumwollbeutel, der irgendein trockenes Material enthielt. Als Remy den Beutel an die Nase hielt, schnitt er eine Grimasse, denn der Inhalt stank grauenhaft.

»Verflucht noch mal, was zum Teufel ist denn das?«

»Ein machtvoller Zauber, Herr Hauptmann, eine Spezialmischung aus getrocknetem Ziegenmist und Knoblauch. Meine Tante Pauline hat mir die Mischung verraten. Man muss es auf dem Herzen tragen, dann kann einem nichts passieren.«

Remy musste einen ungeduldigen Seufzer unterdrücken. »Herr im Himmel, Junge!«

»Nein! Es hilft wirklich. Es verjagt die Hexen, M'sieur.«

»Und alle anderen auch. Ich darf nicht auffallen, hast du das vergessen?« Remy gab ihm den Beutel zurück. »Danke für deine Fürsorge, Martin, aber ...«

»Oh nein, bitte, M'sieur! Ihr müsst ihn tragen.« Wolf versuchte noch einmal, Remy den Beutel in die Hand zu drücken. »Das wird Euch auch vor ihr schützen.«

»Ich versichere dir, dass ich nicht die Absicht habe, der dunklen Königin über den Weg zu laufen.«

»Nein, die meine ich doch gar nicht. Ich meine die andere, die Zauberin, die Euch so verhext hat. Die schöne Gabrielle.«

Remy erstarrte bei der Erwähnung von Gabrielles Namen, aber Martins Ängste konnte er nicht teilen. Gabrielle Cheney war vielleicht eine Bedrohung für sein Leben, sie konnte ihn verraten und ins Gefängnis bringen, doch eines wusste er genau: Sein Herz würde sie nie mehr verzaubern.

»Nein, Junge, das brauche ich nicht. Ihr Zauber wirkt bei mir nicht mehr.« Remy zwang Wolf, den Beutel zurückzunehmen. »Du hast getan, was du tun konntest. Jetzt mach dich lieber aus dem Staub und warte im Gasthaus auf mich.«

»Aber, M'sieur ...«

»Keine Widerrede, Junge, wir haben das alles doch längst besprochen. Ein guter Soldat gehorcht seinem Hauptmann immer.« Remy drückte Wolfs Schulter aufmunternd, dann gab er ihm einen kleinen Schubs, um ihn auf den Weg zu schicken.

Wolf stolperte einen Schritt zurück und sah beklommen zu, wie Remy das Seil hochkletterte – ein heikles Unterfangen für den Hauptmann in seinen neuen Kleidern. Doch er schaffte es, stark und wendig, wie er war. Nachdem er durchs Fenster eingestiegen war, drehte er sich noch einmal um und winkte Wolf zum letzten Mal weg.

»Geh!«, meinte er rau.

Wolf zog sich weiter in den Schatten zurück und wartete, bis er Remy nicht mehr sehen konnte und das Fenster wieder dunkel wurde. Er befolgte Remys Befehl jedoch nicht sogleich, sondern blieb noch eine Weile stehen und spielte unruhig mit dem kleinen Beutel.

Bislang hatte ihn das Abenteuer gereizt, doch jetzt hatte er nur noch Angst um seinen Freund. Es wäre ihm um vieles wohler gewesen, hätte er Remy überreden können, das Amulett zu tragen. Der Hauptmann hatte zwar erklärt, Gabrielles Zauber würde nicht mehr wirken, aber warum hatte er dann den Namen der Hexe die letzten Nächte ständig im Traum gemurmelt?

Seufzend steckte Wolf den Talisman wieder in seine Gürteltasche. Er wusste, was Remy von ihm erwartete – er sollte ins Gasthaus zurück und dort auf ihn warten. Und falls der Hauptmann bis zum nächsten Morgen nicht aufgetaucht war, sollte er das restliche Geld nehmen und sich in Sicherheit bringen.

»Und lass es dir gut gehen, Junge«, murmelte Wolf zu sich selbst. Das hatte Remy nicht gesagt, aber Martin wusste, dass er es gemeint hatte.

Der Junge war froh, dass Remy weg war und den aufsässigen Ausdruck nicht sehen konnte, der sich in sein Gesicht stahl. Ein guter Soldat mochte seinem Hauptmann ja gehorchen, aber ein Wolf war nicht so fügsam. Er würde nirgendwohin gehen, solange er seinen Hauptmann nicht mit eigenen Augen heil zurückkehren sah.

Der Ballsaal war ein einziger Rausch von Farben. Höflinge in schillernder Seide, in Satin und mit Juwelen behängt tummelten sich in dem großen Raum. Flöten, Lauten und

Tamburine spielten eine lebhafte Melodie. Die Tänzer, deren Gesichter hinter den unterschiedlichsten Masken verborgen waren, wirbelten durch den Raum, lächelten und schäkerten. Es herrschte ungezügelter Frohsinn.

Vielleicht kam das auch daher, dass die dunkle Königin sich noch nicht hatte sehen lassen. Katharina sorgte selbst bei den heitersten Anlässen für Spannungen. Sogar ihr Sohn wirkte in ihrer Abwesenheit entspannter. Der König von Frankreich rekelte sich auf seinem Thron, umringt von parfümierten und maskierten jungen Männern, dem engen Kreis seiner Freunde, die alle um seine Aufmerksamkeit buhlten.

Doch die Blicke der meisten Männer waren auf eine junge Frau gerichtet, die sich im Kreis der Tänzer tummelte. Nie war Gabrielle Cheney strahlender gewesen. Das Haar zu einer goldenen Krone hochgesteckt, wirkten ihre Züge unter der silbernen Maske, die sie zur Hälfte verdeckten, noch schöner und verführerischer.

Ihr reich besticktes, elfenbeinfarbenes Seidengewand erregte den Neid der anderen Damen. Es bauschte sich über einem Reifrock, der Gabrielles schlanke Taille unterstrich, und der gewagt tiefe Ausschnitt bot einen großzügigen Blick auf ihre vollen, festen Brüste. Der schlanke Nacken wurde von einer hohen Halskrause aus Spitze betont, die aussah wie die Flügel einer Fee.

Ihre Bewegungen wirkten graziös und herrschaftlich zugleich. Ihre zarte Hand verschwand völlig im Griff des Königs Heinrich von Navarra, der an ihrer Seite promenierte. Trotz seiner Maske war er an seinem dichten, lockigen schwarzen Haar und seinem Spitzbart leicht zu erkennen.

Während sie anmutig den vorgeschriebenen Tanzschritten folgten, funkelten Heinrichs dunkle Augen Gabrielle durch die Sehschlitze seiner Maske hindurch an. Seine entzückte Bewunderung entging keinem. Gabrielles Triumph hätte sie trunken machen sollen, doch es fiel ihr schwer, ihr heiteres Lächeln zu bewahren, und sie wusste genau, wer daran schuld war: Nicolas Remy, dieser verfluchte Kerl. So sehr sie sich dagegen wehrte, noch immer quälte er sie in jedem wachen Augenblick. Sie bemühte sich nach Kräften, sein Bild aus ihrem Kopf zu verbannen, doch sie war schier krank vor Sorge um ihn und überlegte gerade, wo er sich aufhalten und welch unüberlegte Handlung er wohl planen mochte.

Manchmal glaubte Gabrielle fast, dass es ihr besser gegangen war, als sie ihn tot wähnte. Dieser Schmerz war leichter zu ertragen gewesen als das Wissen, dass er sich irgendwo in Paris herumtrieb, sie verachtete und Pläne schmiedete, die ihn das Leben kosten könnten. Inzwischen waren beinahe zwei Wochen verstrichen, ohne dass sie von ihm gehört hatte. Gabrielle hoffte inständig, dass er sein wahnwitziges Bestreben, den König zu retten, aufgegeben hatte. Doch leider kannte sie Remys eisernes Pflichtgefühl nur zu gut und hatte deshalb die größten Zweifel an seiner Vernunft.

Der plötzliche Druck von Heinrichs Hand holte Gabrielle in die Gegenwart zurück. Erschrocken merkte sie, dass sie aus der Reihe gestolpert war. Doch der feste Arm des Königs führte sie wieder an den rechten Platz.

Heinrich warf ihr einen fragenden Blick zu und murmelte: »Ihr seid sehr grausam, Mademoiselle.«

»Verzeiht mir«, erwiderte Gabrielle verlegen und versuchte, den Rhythmus wiederzufinden. »Ich bin Euch doch nicht etwa auf den Fuß getreten?«

»Nein, sehr wahrscheinlicher würde eher ich auf Eure zarten Zehen treten, *ma mie,* groß und tollpatschig, wie ich bin.«

Gabrielle schenkte ihm ein schiefes Lächeln. Was sein Äußeres anging, war Heinrich manchmal etwas nachlässig, aber er war ein ausgezeichneter Tänzer und führte die vorgeschriebenen Bewegungen mit der Anmut eines geborenen Athleten aus.

Sich an den Händen fassend, gingen sie zwei Schritte vor, stellten sich in vollkommener Harmonie auf die Zehenspitzen und gingen dann wieder zwei Schritte zurück.

»Nein, meine Feenkönigin«, fuhr er fort. »Als ich sagte, Ihr seid grausam, beklagte ich mich darüber, dass Eure Gedanken von mir wegschweifen. Doch nicht etwa zu einem anderen Mann?«

Gabrielle war froh, dass ihre Maske die verräterische Röte verbarg, die ihr in die Wangen stieg. »Natürlich nicht.«

»Das freut mich zu hören. Ich wäre am Boden zerstört, wenn ich erfahren müsste, dass ich einen Rivalen habe.«

»Wer könnte gegen Eure Majestät bestehen?«, erwiderte Gabrielle schlagfertig.

Die komplizierten Vorschriften des Tanzes trennten sie. Gabrielle geriet an den Chevalier D'Alisard, dessen schnabelförmige Maske kaum dazu beitrug, seine plumpen Züge zu verbergen. Seine Nettigkeiten waren ebenso schmierig wie seine Hände, und Gabrielle war erleichtert, als sie wieder zu ihrem ursprünglichen Partner zurückkehrte.

»So habt Ihr also herausgefunden, wer ich bin«, meinte Heinrich, während sie sich kreisförmig umeinander herumbewegten. Der König tat, als sei er ein wenig enttäuscht, aber das gehörte eben zu einem Maskenball.

Gabrielle kamen diese Maskeraden reichlich albern vor. Die meisten Höflinge wussten ganz genau, mit wem sie es zu tun hatten, auch wenn sie sich die größte Mühe gaben, so zu tun, als hätten sie keine Ahnung.

Im Einklang mit dem König tanzte Gabrielle vor und wieder zurück und warf ihm eines ihrer umwerfendsten Lächeln zu. »Aber natürlich, Sire. Wie könnte ich Eure Verkleidung nicht durchschauen? Es gibt nur einen Heinrich.«

»Da täuscht Ihr Euch, Mademoiselle. Es gibt noch einige weitere. Heinrich, den stattlichen Herzog von Guise, und natürlich Heinrich Valois, unseren edlen König von Frankreich.«

Der Tanz führte sie nah zueinander, und Gabrielle murmelte: »Vielleicht hätte ich sagen sollen: nur einen Heinrich von Navarra.«

Heinrichs sinnlicher Mund verzog sich zu einem bitteren Lächeln. »Nur einen Heinrich von Navarra? Ich könnte das als Kompliment auffassen, wenn ich nicht genau wüsste, wie man mich hier am Hofe beschreibt: als Fürsten eines lächerlichen kleinen Landes, dessen Nase größer ist als sein Königreich.«

Gabrielle warf ihm einen schelmischen Blick zu. »Das könnte ich so nicht sagen, Eure Majestät.«

»Weil Ihr meine Nase nicht entsetzlich groß findet?«

»Nein, weil ich Euer Königreich noch nie gesehen habe.«

Ein anderer wäre vielleicht beleidigt gewesen, doch Heinrich war ausgesprochen humorvoll und konnte auch über sich selbst lachen. Er warf den Kopf zurück und lachte schallend. Mehrere Köpfe drehten sich in ihre Richtung. Womit mochte Gabrielle den König wohl so erheitert haben?

»*Ventre saint gris!* Welch schlimmes kleines Luder Ihr doch seid, Euren armen Heinrich so zu verspotten«, beschwerte er sich in gespielter Entrüstung. Wenn der König fluchte und seine höfischen Manieren vergaß, wirkte er immer besonders liebenswürdig. Sein Béarnaiser Akzent schlug durch und erinnerte Gabrielle an Remy. Sie musste den Kopf abwenden, um den Schmerz zu verbergen, der sie durchzuckte.

Der Tanz verlangte es wieder, die Partner zu wechseln. Gabrielle zuckte zusammen, als sie spürte, wie sich D'Alisards schwitzige Hände um ihre Taille legten. Beim nächsten Schritt musste der Mann seine Dame hochheben und im Kreis herumdrehen. Grunzend und ächzend schaffte es D'Alisard mit knapper Not. Beinahe hätte er Gabrielle fallen lassen. Aber immerhin gab ihr dieses tollpatschige Zwischenspiel die Möglichkeit, sich wieder zu fassen, bevor sie zum König zurückkehrte.

Heinrichs Hand schloss sich besitzergreifend um die ihre, während er sie die nächsten Tanzschritte führte. »Ich bezeichnete mich als *Euren* armen Heinrich. Habt Ihr nichts dazu zu sagen, Mademoiselle?«

»Ich würde sagen, dass ich kaum glaube, dass sich ein König als arm bezeichnen kann«, erwiderte Gabrielle munter. »Aber natürlich frage ich mich auch, ob Ihr wahrhaftig mir gehört.«

»Das tue ich, und das würde ich Euch nur zu gerne zeigen, wenn ich je die Gelegenheit bekäme, mit Euch allein zu sein.« Während sie einander wieder umkreisten, zog Heinrich ihre Hand sachte an seine Lippen.

Er beugte sich vor und flüsterte ihr ins Ohr: »Kommt heute Nacht in mein Gemach, Gabrielle, und lasst mich beweisen, wie sehr ich Euch gewogen bin.«

Gabrielle entzog ihm ihre Hand. In ihr wallte ein nur allzu vertrautes Gefühl des Ekels auf, das sie immer befiel, wenn sie daran dachte, mit einem Mann ins Bett zu gehen. Natürlich würde sie dieses Gefühl wie immer unterdrücken, aber sie hätte diese Eroberung lieber noch ein Weilchen hinausgezögert. Sie fühlte sich noch nicht ganz bereit, Heinrich nachzugeben.

Doch der wurde zunehmend ungeduldig, und Gabrielle wusste nicht, wie lange sie sich des Königs noch erwehren konnte. Immerhin blieb ihr erspart, sogleich antworten zu müssen, denn der Tanz trennte sie abermals.

Sie war so in Gedanken versunken, dass sie ihren neuen Partner kaum wahrnahm. Sie hatte sich unbewusst gegen D'Alisards Belästigungen gewappnet, doch zu ihrer Verwunderung spürte sie, dass sich ein starker Arm um ihre Taille legte. Sie wurde hochgehoben und so heftig herumgewirbelt, dass ihr fast schwindelig wurde. Danach setzte ihr Partner sie so unsanft ab, dass sie ins Stolpern geriet.

Als sie sich wieder gefangen hatte, klagte sie: »Meine Güte, Monsieur, Ihr wisst wohl nicht, wie stark Ihr seid. Man soll seine Partnerin nur hochheben und nicht wie einen Speer herumschleudern.«

»Verzeiht, Mademoiselle«, murmelte er.

»Ihr solltet …« Gabrielle verstummte, als sie ihren neuen Tanzpartner genauer betrachtete, einen großen Mann mit einem kurzen Umhang, der ihm lose über eine Schulter fiel, ganz in Blauschwarz gekleidet. Das war eindeutig nicht D'Alisard oder einer der anderen Höflinge, wie Gabrielle unschwer erkennen konnte.

Sie legte den Kopf zurück und musterte die Züge des Fremden – die hagere, entschlossen wirkende Kontur seines Kinns, die etwas verspannten Linien seines Mundes, den seine Ledermaske freiließ. Er musterte sie ebenso eingehend wie sie ihn; seine dunkelbraunen Augen durchbohrten sie durch die Schlitze seiner Maske, sein Blick wirkte gequält und wütend zugleich.

Remy.

Gabrielle erstarrte und vergaß weiterzutanzen. Die Tänzer um sie herum verschwammen vor ihren Augen wie Farben einer Palette, die man im Regen vergessen hatte. Die Musik begann in ihren Ohren laut zu dröhnen. Zum zweiten Mal in ihrem Leben hatte Gabrielle Angst, dass ihr vor Entsetzen die Sinne schwinden könnten. Aber dann trennte der Tanz sie von ihrem Partner, der im Kreis der anderen Tänzer verschwand.

Irgendwie schaffte sie es, sich so weit zu erholen, dass sie ihren Platz an Heinrichs Seite wieder einnehmen konnte. Als die starke Hand des Königs sie bei den nächsten Schritten stützen musste, verzog Heinrich besorgt das Gesicht.

»Geht es Euch gut, Mademoiselle?«

»J-ja, Sire«, schwindelte Gabrielle und rang sich ein mattes Lächeln ab.

»Ihr seht so bleich aus, als hättet Ihr ein Gespenst gesehen.«

Heinrichs Worte erschütterten Gabrielle, doch sie bemühte sich, es zu verbergen. Nein, kein Gespenst, dachte sie, und widerstand dem Drang, ängstlich über die Schulter zu spähen. Nur eine Ausgeburt ihrer Fantasie. Ja, ganz bestimmt, versuchte sie sich einzureden.

Der Mann, mit dem sie soeben getanzt hatte, konnte doch gar nicht Nicolas Remy gewesen sein. Sie hatte sich das gewiss nur eingebildet, weil sie in den letzten Tagen so oft hin- und hergerissen war zwischen der Hoffnung und der Angst, ihn wiederzusehen.

Während sie weiter mit Heinrich tanzte, reckte sie immer wieder den Hals, um noch einmal einen Blick auf den Mann in dem mitternachtsblauen Gewand zu erhaschen, und tatsächlich entdeckte sie ihn gelegentlich, doch die Tanzschritte machten es ihr unmöglich, ihre Zweifel endgültig zu zerstreuen.

Bestimmt war Remy größer als dieser Fremde mit der Ledermaske. Oder vielleicht kleiner? Die mit einem weichen Rand versehene Kappe des Fremden ließ kaum etwas von seinen Haaren sehen. Als Gabrielle glaubte, die Spur einer dunkelblonden Haarsträhne entdeckt zu haben, wurde ihr flau im Magen.

Aber nein, da hatte sie bestimmt nur das Kerzenlicht getäuscht. Sehr wahrscheinlich hatte der Fremde brünettes Haar, und er war glatt rasiert. Remy würde sich nie von seinem Bart trennen. Natürlich war Gabrielle nicht so naiv zu glauben, er wüsste mit einem Rasiermesser nicht umzugehen. Aber ganz abgesehen von der Rasur, gab sie sich zu bedenken, hatte Remy vor zwei Wochen ziemlich abgebrannt gewirkt. Wo um alles in der Welt sollte ein Soldat auf der Flucht das Geld auftreiben, um sich so kostspielig auszustaffieren? Und wie sollte er sich Zugang zum Königshof verschafft haben? Außerdem war bestimmt nicht einmal die große Geißel so tollkühn, sich völlig schutzlos mitten unter seine Feinde zu begeben.

Von Zweifeln geplagt, reagierte Gabrielle kaum noch auf die Worte, die ihr der König ins Ohr flüsterte. Er bedrängte sie weiter, ihn um Mitternacht in seinen Gemächern aufzusuchen. Schließlich gab ihm Gabrielle ein vages Versprechen, während sie mit wachsender Angst und Ungeduld darauf wartete, dass der Tanz sie wieder in die Arme des Fremden führte.

Als sie endlich dem Mann in Mitternachtsblau gegenüberstand, schaffte sie es, ihn etwas ruhiger zu grüßen, obwohl ihr

Herz lauter klopfte als die Tamburine. Sie legte ihre Handfläche an die seine, und sie umkreisten einander langsam, ohne auf den Takt der Musik zu achten.

Es war, als tanzten sie zu einem Takt, den nur sie hören konnten. Seine Haut fühlte sich warm an, seine Handfläche rau und schwielig. Nicht wie die seidenweiche Hand eines Höflings, nein, eher wie die eines Soldaten – wie Remys Hand.

Gabrielle erbebte. Sie hatte Angst, ihm in die Augen zu sehen, doch sie zwang sich dazu. Sein Blick wirkte nicht mehr so hart und wütend wie vorher, doch er starrte sie noch immer so eindringlich an, dass ihr Puls zu rasen begann. Augen mit dunkler, samtener Tiefe, die denen von Remy ungemein ähnelten.

Eine Maske veränderte auch die Augen eines Menschen, sie ließ sie geheimnisvoller und gefährlicher erscheinen. War dieser Mann Nicolas Remy oder nicht? Sie würde es sofort wissen, wenn sie ihn zum Sprechen bringen konnte. Als sie ihn wachsam umkreiste, murmelte sie: »Monsieur ist ein hervorragender Tänzer.«

Er nahm ihr Kompliment mit einem steifen Nicken zur Kenntnis. Gabrielle benetzte die Lippen und versuchte es abermals.

»Monsieur kommt mir sehr bekannt vor. Sind wir uns schon einmal begegnet?«

Er zuckte nur leicht mit den Schultern. Gabrielles Enttäuschung wuchs. Bald würde der Tanz sie wieder trennen, sie konnte die Spannung nicht länger ertragen. Alle Vorsicht vergessend, beugte sie sich vor und flehte ihn an: »Um Himmels willen, Monsieur – wer seid Ihr? Oh bitte, Remy, sagt mir nicht, dass Ihr es seid!«

»Na gut, dann sage ich es eben nicht«, flüsterte er ihr ins Ohr. Es war zweifellos Remys Stimme.

»Oh Gott!« Gabrielle stolperte und packte ihn fest an der Hand. Sie blickte sich panisch um. Hatte jemand etwas von diesem Gespräch mitbekommen oder es auf andere Weise bemerkt, dass die Geißel zurückgekehrt war und sich nun mitten unter ihnen befand?

»Passt auf, Gabrielle«, murmelte Remy. »Ihr wärt mir fast auf den Fuß getreten.«

»Auf den Fuß getreten?«, zischte Gabrielle zurück. »Ich würde gerne – ich würde gerne auf Euren dicken Schädel treten. Seid Ihr vollkommen von Sinnen, hierherzukommen?«

»Zweifellos«, entgegnete er kühl.

Gabrielle funkelte ihn wütend an. Sie wusste nicht, was sie jetzt lieber tun würde: ihm eine heftige Ohrfeige versetzen oder ihn zum nächsten Ausgang und in Sicherheit zerren. Doch bevor sie sich entscheiden konnte, hörte die Musik plötzlich auf. Die beschwingte Melodie der Geigen wich einem Summen von Stimmen.

Gabrielle hielt sich an Remys Hand fest. Sie war zu sehr mit ihren eigenen wirren Gefühlen beschäftig, um zu merken, was um sie herum vorging. Doch schließlich sah sie, dass alle im Saal auf die Knie fielen oder einen tiefen Hofknicks machten, und drehte sich um.

Ihr stockte das Blut in den Adern.

Mit ihrem untrüglichen Instinkt für den richtigen Augenblick war die dunkle Königin hereingekommen.

9

Gabrielle war vor Entsetzen schier gelähmt, als Katharina von Medici den Saal betrat. Wie ein dunkler Schatten brach die Königinmutter über die maskierten Gäste herein, ihr schwarzes Gewand hob sich deutlich von den bunten Seidengewändern und den funkelnden Juwelen der Tänzer ab. Vor vielen Jahren hatte sie beim Tod ihres Gemahls die Farbe der Trauer angelegt und sie nie wieder abgelegt. In ihrem nüchternen Gewand wirkte sie trügerisch matronenhaft. Das silberne Haar steckte unter einer spitzen Haube, den plumpen Hals umgab eine bescheidene weiße Krause. Ihr einziger Schmuck war ein mit Juwelen verziertes Kreuz vor ihrem üppigen Busen.

Sie hatte für das abendliche Fest keine Maske aufgesetzt, aber das brauchte sie auch nicht. Ihr Gesicht wirkte selbst wie eine glatte weiße Maske und zeigte nur höchst selten die Gefühle der dunklen Königin. Ihre dunklen Medici-Augen neigten dazu, die Geheimnisse anderer zu erforschen, nicht, eigene preiszugeben.

Gabrielle war es bislang stets gelungen, ihre Gedanken vor Katharina zu verheimlichen. Nachdem sie Remy tot geglaubt hatte, brodelte der Hass auf die dunkle Königin in Gabrielle wie geschmolzener Stahl, doch noch bevor sie sich zum Königshof vorgearbeitet hatte, hatte Gabrielle gelernt, ihre Wut zu bezähmen und sie wie eine Rüstung einzusetzen.

Leider besaß Remy keine solche Rüstung. Wie bei den anderen hatte sich seine Aufmerksamkeit sofort auf Katharina gerichtet, und seine Kinnpartie war so verspannt, dass Gabrielle schon befürchtete, dass gleich ein Knochen brechen würde. Sein Hass war so spürbar, dass ihn sogar ein Kind hätte wahrnehmen können. Ein Blick in seine Augen würde Katharina genügen, um ihn mit ihrer unheimlichen Hellsicht zu erkennen.

Die Höflinge wichen ehrfürchtig zurück, um der dunklen Königin den Weg zu dem Podest freizumachen, auf dem ihr Sohn ihrer harrte. Der König wirkte verdrossen. Gabrielle packte Remy am Arm und zog ihn hinter eine dicke Säule.

»Remy, Ihr müsst fort. *Auf der Stelle!*«, drängte sie mit leiser Stimme.

Remy riss sich von ihr los. »Es käme Euch bestimmt sehr gelegen, wenn ich jetzt wegrennen würde und Ihr weiter meinen König verführen könntet. Doch leider kann ich Euch diesen Gefallen nicht tun, Mademoiselle. Ich gehe nirgendwohin, bevor ich nicht erreicht habe, weswegen ich hier bin.«

»Und das wäre? Euch umzubringen?«

»Ihr wisst ganz genau, warum ich hier bin – um mit Heinrich von Navarra zu sprechen.«

»Ihr werdet nicht mehr viel zu sagen haben, wenn Ihr tot seid.«

»Soll das eine Drohung sein?« Seine Augen funkelten sie böse an, voller Kälte und Misstrauen – die Augen der Geißel. Gabrielle wusste genau, was in ihm vorging. Er glaubte, sie wolle ihn mit aller Gewalt von Heinrich fernhalten.

Sie trat näher und fauchte: »Nein, betrachtet es als Warnung. Ich versuche, Euch das Leben zu retten!«

Remys Lippen wurden schmal, er glaubte ihr nicht. Gabrielles Blick schweifte besorgt zur dunklen Königin. Jeder Schritt brachte Katharina der Säule näher, hinter der Gabrielle mit Remy stritt.

Verzweifelt riss sich Gabrielle die Maske herunter in der Hoffnung, Remy mit ihrem bloßen Gesicht von ihrer Aufrichtigkeit überzeugen zu können.

»Bitte, Remy …«, fing sie an, dann senkte sie die Stimme, weil sie Angst hatte, jemand könnte sie belauschen. »Ihr müsst verschwinden, bevor Katharina Euch bemerkt. Die Augen ihrer Mitmenschen sind für sie wie ein aufgeschlagenes Buch. In den Augen zu lesen ist eine Fähigkeit, die die meisten Zauberinnen beherrschen, und sie ist teuflisch gut darin. Habt Ihr vergessen, was sie ist?«

»Wie könnte ich diese verfluchte Hexe vergessen? Aber heute Nacht habe ich womöglich die einzige Gelegenheit, mit meinem König zu reden. Die dunkle Königin glaubt, dass ich tot bin, und ich bin maskiert wie all die übrigen Gecken. Es ist gut möglich, dass sie mich nicht entdeckt – es sei denn, *Ihr* beschließt, mich zu verraten.«

Remy bedachte sie mit einem harten, herausfordernden Blick. Glaubte er wirklich, sie wäre dazu fähig? War seine Meinung von ihr inzwischen so tief gesunken? Offenbar ja. Eine Mischung aus Verletztheit und Wut ließ Gabrielle erröten.

»Ich? Wie könnt Ihr nur, sturköpfiger Narr! Ihr verratet Euch selbst mit jedem Wort, mit jeder Geste!«

»Mademoiselle Cheney!«

Gabrielle verstummte, als sie die allzu bekannte eisige Stimme hörte. Sinkenden Mutes merkte sie, dass die Höflinge, die sie vorher umringt hatten, zur Seite gewichen waren. Nun war es zu spät für Remy, sich zu verstecken oder unbemerkt hinauszuschleichen.

Die dunkle Königin stand nur wenige Meter vor ihnen und musterte sie mit ihrem durchdringenden Blick. Gabrielle erstarrte von Panik ergriffen, aber es gelang ihr rasch, sich wieder zu fassen. Nach einem letzten warnenden Blick zu Remy trat sie vor, um Katharina abzufangen.

Sogleich machte sie einen tiefen Hofknicks und breitete ihre Röcke weit aus, als könnte sie damit den Mann in ihrem Rücken abschirmen. Ihr Herz pochte so heftig, dass sie fürchtete, die Königin würde es hören. Verzweifelt versuchte sie, ruhig zu werden. Katharina besaß die Instinkte eines Schakals, wenn es darum ging, Angst zu wittern.

Die dunkle Königin berührte Gabrielle sachte an der Schulter. »Erhebt Euch bitte, Mademoiselle.«

Gabrielle richtete sich auf, starrte jedoch weiter auf den Boden. Doch ihr wurde bewusst, dass das nur Katharinas Argwohn schüren würde. Deshalb hob sie den Kopf und zwang sich, Katharinas Blick mit der ihr eigenen Kühnheit zu begegnen.

Katharina fasste Gabrielle am Kinn und erforschte sie unerbittlich mit ihren dunklen Augen. Gabrielle hielt dem Blick stand. Sie wagte kaum zu atmen und bemühte sich, ihren Geist in eine glatte, undurchdringliche Fläche zu verwandeln.

Endlich ließ Katharina mit einem eisigen Lächeln von ihr ab.

»Aber, aber, meine liebe Gabrielle! Es war noch nicht an der Zeit, die Maske abzunehmen.«

»Sie hat mir die Haut wund gerieben.« Gabrielle lächelte genauso falsch zurück. »Euer Gnaden hat bestimmt ebenso darunter gelitten – auch Ihr tragt keine Maske.«

»Wie Ihr sicher wisst, mein liebes Kind, bin ich zu alt für die leichtherzige Narretei solcher Maskeraden.«

»Zu schade. Eure Majestät wären dafür bestimmt hervorragend geeignet.«

»Nicht mehr als Ihr, meine Liebe«, erwiderte Katharina scharf.

Gabrielle hatte oft eine wilde Freude an Wortgeplänkeln mit der dunklen Königin, doch noch nie musste sie so viel verbergen. Sie hätte sich zu gerne nach Remy umgesehen, aber sie wagte es nicht. Um ihre Nervosität zu vertuschen, entfaltete sie ihren Fächer und bewegte ihn träge vor dem Gesicht.

»So sagt mir doch, mein Kind: Genießt Ihr diesen Abend?«, schnurrte Katharina.

»Oh, durchaus, Euer Gnaden.«

»Tatsächlich? Ich hatte den Eindruck, dass Ihr ein wenig unruhig seid. Und Ihr seht sehr blass aus.«

»Das – das ist bestimmt nur die Hitze.« Gabrielle fächelte heftiger. »Es ist teuflisch warm in diesem Saal.«

»Oh ja, *teuflisch*. Ihr solltet gut auf Euch achten.« Katharinas Augen verengten sich durchtrieben. »Ihr habt ja sehr lebhaft getanzt. Das tut Euch bestimmt nicht gut.«

Gabrielle zuckte unwillkürlich zusammen. Katharina hatte sie also den ganzen Abend beobachtet und bemühte sich nun, sie das wissen zu lassen – zweifellos, um sie aus der Fassung zu bringen. Und das war ihr wahrhaftig gelungen, dachte Gabrielle grimmig. Sie wollte der dunklen Königin noch eine scharfzüngige Antwort geben, doch ihr Mund war völlig ausgetrocknet.

Mit gespielter Besorgnis tätschelte ihr die Königin die Wange. »Ihr habt Euch offenbar übernommen. Aber ich kann die Versuchung verstehen. So viele charmante Männer … mein Schwiegersohn Heinrich von Navarra, der Chevalier d'Alisard und dann noch dieser umwerfende junge Galan mit dem mitternachtsblauen Umhang.«

Gabrielle blieb fast das Herz stehen, als die Königin Remy erwähnte. Ihre Finger zitterten so heftig, dass ihr beinahe der Fächer entglitten wäre.

»Wo ist er denn eigentlich abgeblieben?« Katharina tat so, als suche sie den Ballsaal ab. »Ach, da ist er ja.«

Als Katharinas Blick einen Punkt hinter Gabrielles Schulter fixierte, war Gabrielle, als schnürte ihr das Korsett den Atem ab. Hätte Remy doch nur die Pause, die ihm ihre Unterhaltung mit Katharina verschafft hatte, zur Flucht genutzt. Aber das hatte er natürlich nicht getan.

Katharina runzelte die Stirn und tippte sich ans Kinn. »Wie seltsam. Ich hätte gedacht, ich würde jeden am Hof erkennen, maskiert oder nicht. Aber ich muss gestehen, dieser Herr ist mir ein Rätsel.«

»Nein!«, rief Gabrielle laut.

Als Katharina überrascht die Brauen hochzog, stammelte Gabrielle in einem etwas gemäßigteren Ton: »Ich – ich meine nein, an diesem Mann ist rein gar nichts rätselhaft. Euer Gnaden kennen ihn ganz bestimmt.«

»Nein, das tue ich nicht. Wer ist das?«

Gabrielle spürte, wie ihr der Schweiß über den Nacken lief. Sie wedelte wieder heftig mit ihrem Fächer und stieß ein gequältes Lachen aus. »Aber das ist doch der Marquis de Lanfort, Euer Gnaden.«

Das war das kühnste Spiel, das Gabrielle je gespielt hatte. Sie wusste nicht einmal, ob de Lanfort heute Abend unter den Gästen war. Aus einer gewissen Entfernung konnte Remy ja als der junge Marquis durchgehen, doch wenn Katharina ihn heranwinkte …

Gabrielle hielt den Atem an, als Katharina Remy musterte. Es kam ihr wie eine Ewigkeit vor, bis die dunkle Königin endlich murmelte: »Oh ja, de Lanfort. Natürlich.«

Gabrielle wurde mit einem Nicken entlassen, und die dunkle Königin setzte ihren Weg fort. Gabrielle machte noch einen tiefen Hofknicks, auch wenn ihr die Knie zitterten.

War es ihr gelungen, Katharina zu täuschen? Gabrielle glaubte es, aber bei der dunklen Königin konnte man sich nie sicher sein. Nur eines wusste sie ganz bestimmt: Sie würde nicht zur Ruhe kommen, bis sie Nicolas Remy aus dem Palast geschafft hatte – selbst wenn sie den sturen Narren dafür mit einem Knüppel würde besinnungslos schlagen müssen.

Die Musik hatte wieder eingesetzt, und die Tänzer wirbelten durch den Saal. Der König rekelte sich auf seinem Thron und brach soeben über eine Bemerkung eines seiner geschminkten Günstlinge in schallendes Gelächter aus. Katharina, die in der Nähe stand, unterdrückte ihren Zorn. Sie mochte Heinrich zwar auf ihre Weise mehr als ihre anderen Kinder, aber seine weibische Art und seine Stutzerfreunde waren ihr ausgesprochen lästig. Doch heute Abend gab es Dringlicheres.

Ganz hinten auf der anderen Seite des Saals erspähte sie eine schöne, goldblonde Frau, die mit einem Mann in einem mitternachtsblauen Umhang den Raum verließ.

Katharina stieß einen matten Seufzer aus. Gabrielle Cheney, dieses elende Miststück. Sie führte etwas im Schilde, und diesmal hatte es nichts mit ihrer entschlossenen Werbung um den König von Navarra zu tun.

Wohl zum hundertsten Mal fragte sich Katharina, ob es klug gewesen war, Gabrielles Anwesenheit am Hofe erlaubt zu haben. Die weisen Frauen von Faire Isle waren nie große Verbündete der dunklen Königin gewesen, und seit der Geschichte mit den Handschuhen waren sie es weniger denn je. Katharina hatte zwar mit den Cheney-Schwestern einen Waffenstillstand vereinbart, aber die Sache stand auf wackligen Beinen.

Sie hielt es für das Beste, ihre Feinde immer im Blick zu haben. Doch nicht allein deshalb tolerierte sie Gabrielle. Das Mädchen war ganz anders als ihre verstorbene Mutter, die engelsgleiche Evangeline, oder die momentane Herrin von Faire Isle, die sanfte, ehrenhafte Ariane. Gabrielle war schlau, skrupellos und ehrgeizig, und damit ähnelte sie eher Katharina. Oft wünschte sich die dunkle Königin, ihre Tochter Margot möge Gabrielle ähnlicher sein und nicht solch ein romantisches Geschöpf, leidenschaftlich und impulsiv. Gabrielle Cheney würde niemals wegen eines Mannes den Kopf verlieren. Die junge Frau faszinierte sie. Aber manchmal gingen ihre Intrigen einfach zu weit. Selbst ihr, die Intrigen durchaus genoss.

Die dunkle Königin stieg vom Podest und winkte einen hageren alten Mann mit schütterem Haupthaar und einem zerzausten Bart herbei – den Einzigen, der außer ihr nicht maskiert war. Bartholomäus Verducci hielt sich meist in ihrer nächsten Nähe auf.

Wenn sie gefragt wurde, welche Stellung dieser Mann eigentlich bekleidete, bezeichnete sie ihn vage als ihren Sekretär, auch wenn ihr bewusst war, dass ihr das niemand glaubte.

Die Höflinge bezeichneten Verducci in wesentlich weniger schmeichelhafter Form als Spion, Informant, Sklave. Gabrielle hatte ihn angeblich sogar einmal spöttisch »Windhund der dunklen Königin« genannt.

Diese Beschreibung passt ganz gut, dachte Katharina, als Bartholomäus zu ihr schlich und sich kriecherisch über ihre Hand beugte. Sie kürzte seine unterwürfigen Gesten ab, indem sie ihn an seiner Halskrause zu sich zerrte, damit niemand sie belauschen konnte.

»Ich dachte, ich hätte dich angewiesen, Mademoiselle Cheney heute Abend nicht aus den Augen zu lassen.«

»Aber – aber genau das habe ich auch getan, Euer Gnaden.«

»Und warum hast du sie soeben unbeobachtet aus dem Saal schlüpfen lassen? Warum bist du ihr nicht gefolgt?«

»Nun ja, ich – ich …« Bartholomäus benetzte sich nervös die Lippen. »Ich dachte …«

»Ich habe dich nicht aufgefordert zu denken! Befolge meine Befehle, sonst hast du nichts weiter zu tun. Das habe ich dir wahrhaftig oft genug gesagt.«

Der kleine Mann erblasste. »J-ja, Euer Gnaden«, stammelte er. »Aber Ihr habt mich angewiesen zu beobachten, was sie mit dem König von Navarra macht. Da Mademoiselle Cheney den Raum mit einem anderen verließ, sah ich nichts Schlimmes daran, sie gehen zu lassen. Schließlich hat sie sich nur zu einem kleinen Stelldichein mit ihrem jungen Liebhaber, dem Marquis de Lanfort, davongeschlichen.«

»Ach ja?« Mit einem vernichtenden Blick ließ Katharina Bartholomäus los. »Wie seltsam, dass ich heute Morgen mit eignen Augen sah, wie der Marquis vom Pferd stürzte und sich den Knöchel verrenkte. Der Mann, mit dem Mademoiselle Cheney wegging, ist nicht de Lanfort, es sei denn, der junge Herr ist auf wundersame Weise genesen.«

Signore Verducci sperrte den Mund auf, und es sah aus, als würden ihm gleich die Augen aus dem Kopf fallen.

»Steh nicht herum und starr mich an wie eine frisch geangelte Forelle!«, fauchte Katharina. Sie legte ihm die Hand auf die magere Brust und schubste ihn unsanft weg. »Folge Mademoiselle Cheney, du Narr, und finde heraus, was zum Teufel sie im Schilde führt!«

Die Musik und das Gelächter aus dem Saal wurden immer leiser, je weiter Gabrielle Remy fortzog. Inzwischen waren sie schon im Vorhof angelangt. Gabrielle wagte einen verzweifelten Blick auf die Stufen des Louvre und fürchtete schon, dass Katharina, die alte Hexe, dort stehen und sie mit ihrem dunklen Blick verfolgen würde.

Aber dort war niemand, und der Maskenball ging weiter. An den Fenstern des Ballsaals zeichneten sich die Silhouetten der Tänzer ab. Es gab kein Zeter und Mordio, keine Wächter wurden alarmiert, nichts störte die friedliche Stille der Nacht bis auf ein leises Rascheln in den Bäumen, das Plätschern eines Brunnens und Gabrielles laut hämmerndes Herz.

Die Angst um Remy ließ sie fast über die Wiese rennen, aber dem Hauptmann fiel es mit seinen langen Beinen nicht schwer, Schritt zu halten. Sein Gesicht steckte noch immer hinter der schwarzen Ledermaske, sodass sie nicht sehen konnte, was in ihm vorging. Allerdings war er, wenn man seinen sturen Stolz und seine waghalsige Kühnheit bedachte, viel zu rasch auf ihre Forderung eingegangen, ihr aus dem Ballsaal zu folgen.

Gabrielle hatte seine Hand fest umklammert. Sie rechnete damit, dass er sich jederzeit besinnen und zu seinem König zurückeilen könnte. In der Ferne waren die Tuilerien zu sehen, die sich vom mondhellen Himmel abhoben. Katharinas neuer, nach Florentiner Art entworfener Palast befand sich noch im Bau, bislang waren nur das Labyrinth, die Gärten und die Grotte fertig. Um diese Zeit aber war alles ruhig und verlassen.

Wenn sie Remy nur dorthin schaffen und dazu bringen könnte, weiterzugehen! Von dort aus würde er den Weg in die Stadt alleine finden, und sie würde endlich wieder aufatmen können; denn dann würde sie wissen, dass er in Sicherheit war – zumindest vorläufig. Doch zu ihrem Verdruss wurde sein Griff um ihre Hand fester, und er zwang sie, stehen zu bleiben.

»Nein! Wir müssen weiter!«

Remy legte die Hand auf ihren Mund und erstickte ihren Protest. »Passt auf«, zischte er ihr ins Ohr. »Seht nur, dort!«

Gabrielle drehte sich in die gezeigte Richtung. Ihr Herz setzte kurz aus: Das Mondlicht spiegelte sich auf den Helmen von zwei Palastwachen, die ihre Runden drehten. Remys Kleidung war in der Nacht fast nicht zu sehen, doch sie in ihrem elfenbeinfarbenen Gewand sah aus wie eine Fee, die durch die Gärten flatterte.

Offenkundig waren sie bereits entdeckt worden. Ein Wachtposten gab dem anderen ein Zeichen, dann wichen beide von ihrem Weg ab und marschierten in Gabrielles und Remys Richtung. Gabrielle würden sie sofort erkennen, und wenn sie Remy aufforderten, seine Maske abzunehmen und sich zu zeigen, wäre es um ihn geschehen.

Gabrielle erstarrte. Sollten sie zurück in den Palast fliehen oder sich im Gebüsch verstecken? Doch ehe sie einen Entschluss fassen konnte, zog Remy sie an sich, zerrte sie in den Schutz einer riesigen alten Eiche und presste ihr einen rücksichtslosen Kuss auf den Mund.

Gabrielle riss erstaunt die Augen auf, bis ihr aufging, was Remy vorhatte: Er wollte so tun, als seien sie ein Liebespaar, das sich zu einem kleinen Stelldichein im Mondlicht davongeschlichen hatte.

Zögernd legte sie die Arme um ihn.

So weit sie es inzwischen als Kurtisane gebracht hatte, Küsse waren ihr stets unangenehm. Der enge Kontakt von Lippen, Atem und Zungen war ihr viel zu intim, und sie hatte das Gefühl, dass mehr von ihr gefordert wurde als das leere Vergnügen ihres Körpers.

Remys Kuss forderte auf alle Fälle viel zu viel von ihr. Seine Lippen schonten sie nicht, seine Hitze rührte an ihrem eigenen unterdrückten Verlangen. Gabrielle versuchte, distanziert zu bleiben und daran zu denken, dass dieser Kuss nur ein Schauspiel für die Wächter war, mit dem man sie gleichzeitig im Auge behalten konnte.

Dennoch schloss sie die Augen und ließ sich weiter in Remys Arme gleiten. Seine Zunge neckte ihre verschlossenen Lippen, und mit einem leisen, bebenden Seufzen öffnete sie den Mund und ließ ihn in die empfindliche Höhle ein. Sogleich schnellte seine Zunge mit heißen Stößen vor, bei denen ihr die Knie weich wurden und ihr Blut entflammte.

Dieser Kuss war ganz anders als der Kuss in jener Nacht, als sie erkannt hatte, dass Remy noch am Leben war, und dieses Wissen sie mit wilder Freude erfüllt hatte. Dieser Kuss wurde von Hitze, Leidenschaft und Gefahr gespeist; und die größte Gefahr war womöglich, wie ihr Körper darauf reagierte.

Ein leises Stöhnen entrang sich ihrer Brust. Ohne weiter auf ihr Kleid und ihre Reifröcke zu achten, presste sie sich enger an Remy, verzweifelt darum bemüht, ihm so nah zu kommen wie nur irgend möglich.

Seine Hände wanderten über ihren Rücken, weiter nach vorne, qualvoll nah an die Kurven ihrer Brüste. Die Hitze seiner Hände drang durch ihr Gewand, und ihre Brustwarzen richteten sich sehnsüchtig auf. Sie vergrub die Finger in den seidigen Haaren an seinem Nackenansatz und vergaß die Gefahr. Sie vergaß alles bis auf Remy, wie er sich anfühlte, wie er sie berührte, wie er schmeckte.

Sein Kuss machte sie schwindelig und trunken. Wie war das nur möglich? Wie war es möglich, das Gefühl zu haben, als würde man gleich in Flammen aufgehen, und sich gleichzeitig in den Armen eines Mannes so vollkommen sicher zu fühlen? Als sein Mund sich von ihren Lippen löste, seufzte sie protestierend. Sie zitterte und kämpfte darum, wieder einen klaren Kopf zu bekommen. Vage war ihr bewusst, dass die Wächter weitergingen und ihr Kichern immer schwächer wurde.

Gabrielle fragte sich, ob Remy überhaupt gemerkt hatte, dass sie weg waren. Seine Augen wirkten dunkel, wie geschmolzen hinter seiner Maske. Es gab keinen Grund, warum er sie noch immer so eng an sich presste. Dennoch machte er keine Anstalten, sie loszulassen, und Gabrielle tat nichts, um sich ihm zu entziehen. Es war, als würde ein seltsamer Bann sie aneinanderbinden, ein dunkler Zauber der Nacht und des Mondes. Ihre Herzen schlugen im Einklang.

Gabrielle fasste sich als Erste und rückte ein Stück von ihm ab. Sie hatte den Eindruck, dass Remy sie nur zögernd losließ. Aber sicher war sie sich nicht, denn sein Gesicht steckte noch immer hinter der elenden Maske. Gabrielle bedauerte es, die ihre abgenommen zu haben. Ohne Maske fühlte sie sich viel zu verletzlich, fast nackt unter Remys bohrendem Blick.

Verlegen, weil ihre Wangen so heiß waren, legte sie die Hände darauf, um sie zu kühlen. Meine Güte, sie war doch eine erfahrene Frau und kein albernes Mädchen, das in den Armen eines Mannes errötete und zitterte, nur weil er sie geküsst hatte!

Sie strich sich die Haare zurück, richtete ihre Halskrause und bemühte sich um ihre übliche Beschwingtheit. »Sieh mal einer an!«, sagte sie, sobald sie sich sicher war, dass ihre Stimme fest genug klang. »Das war aber eine starke Vorstellung, Hauptmann Remy. Eure Schauspielkünste haben sich merklich verbessert.«

»Ich lerne jeden Tag dazu«, erwiderte er. Er hatte sich an den Baum gelehnt. Nun verschränkte er die Arme und beobachtete sie in einer Seelenruhe, die sie erzürnte. Als ließe ihn die Gefahr, von der dunklen Königin gefasst zu werden, völlig kalt. Als wäre es ihm egal, dass er nur mit knapper Not den Wächtern entkommen war und eine Frau, die er als Feindin betrachtete, mit einem Kuss fast um den Verstand gebracht hatte.

Plötzlich fiel ihr auf, wie ruhig und verlassen dieser Teil des Parks war, weit entfernt vom Hauptpalast, fast unberührt vom Mondschein. Niemals hätte sich Gabrielle gedacht, dass es sie durcheinanderbringen könnte, mit Remy im Dunkeln allein zu sein.

Sie griff sich mit leicht zitternder Hand an den Hals. »Die Gefahr, entdeckt zu werden, ist offenbar vorbei, aber es ist unklug von Euch, hier zu verweilen. Ihr solltet fortgehen, und ich – ich muss in den Ballsaal zurück, bevor ich vermisst werde.«

Doch als sie die Röcke raffte, um an ihm vorbeizurauschen, trat Remy vor und packte sie am Handgelenk.

»Noch nicht. Ich muss noch mit Euch reden.«

Mit ihr reden? Gabrielle starrte ihn ungläubig an. Der Mann war wahrhaftig verrückt.

»Verzeihung, Herr Hauptmann«, entgegnete sie einigermaßen schroff. »Aber dieser Augenblick ist äußerst unpassend für ein kleines Schwätzchen. Ich glaube, wir haben uns alles gesagt, was gesagt werden musste.«

»Es wird nicht lange dauern.« Remy zog sie näher. Sein Umhang fiel wie ein Schatten zwischen ihre Körper. Die modische Gewohnheit, den Umhang lose um eine Schulter zu tragen, sah bei vielen Höflingen affektiert aus, doch bei Remy wirkte es ganz anders. Man nahm unwillkürlich wahr, wie breit seine Schultern waren, und seine harte, männliche Gestalt verströmte ein Gefühl von Macht. Seine Augen schienen durch die Schlitze seiner Maske gefährlich zu glitzern. Doch dass Gabrielle erbebte, hatte nichts mit Angst zu tun.

»Nur eine Frage, Mademoiselle«, sagte er. »Warum habt Ihr das getan?«

»Was getan?«, fragte sie verwirrt. Was wollte er ihr nun schon wieder vorwerfen?

»Warum habt Ihr die dunkle Königin angelogen und ihr gesagt, dass ich Euer Geliebter sei, dieser de Lanfort?«

»Ehemaliger Geliebter«, verbesserte Gabrielle und zog

arrogant die Brauen hoch, obgleich sie nicht hätte sagen können, warum es ihr so wichtig war, ihn zu korrigieren. »Was hätte ich ihr denn sagen sollen? Ach, das ist nur Nicolas Remy, Euer Gnaden. Ihr erinnert Euch doch noch an ihn – der Mann, den Ihr so liebevoll als Geißel zu bezeichnen pflegtet?«

»Mir wäre es lieber gewesen, Ihr hättet Euch herausgehalten und mich mein Glück versuchen lassen«, fauchte Remy. Zum ersten Mal wurde Gabrielle bewusst, dass Remy für ihr Eingreifen nicht dankbar, sondern vielmehr darüber verärgert war.

»Es war bestimmt nicht besonders vorteilhaft für Euch, dass Ihr Euch eingemischt habt.«

»Das braucht Ihr mir nicht zu sagen.« Gabrielle verzog das Gesicht. Der arme Heinrich war sicher noch im Ballsaal und suchte nach ihr. Wenn der König mitbekommen hatte, dass sie mit einem anderen Mann davongeschlichen war, musste sie sich eine gute Erklärung einfallen lassen.

Remys Kinnpartie verhärtete sich, als hätte er ihre Gedanken gelesen. »Warum zum Teufel habt Ihr es dann getan? Warum habt Ihr mich beschützt?«

»Das spielt doch jetzt keine Rolle mehr.« Sie versuchte, sich ihm zu entwinden, aber Remy packte sie nur noch fester.

»Für mich schon.«

Sie versuchte, seinem Blick auszuweichen, doch er fasste sie am Kinn und zwang sie, ihm in die Augen zu sehen. »Ihr wollt meinen König verführen. Es käme Euch bestimmt weitaus gelegener, wenn ich aus dem Weg wäre. Warum also habt Ihr Euch so viel Mühe gegeben, mich zu retten?«

Gabrielle schaffte es mit einem entschlossenen Ruck, sich zu befreien. Sie wich zurück, rieb sich das schmerzende Handgelenk und funkelte ihn böse an. »Wenn man bedenkt, dass ich die Einzige bin, die weiß, wer Ihr seid, wäre es vorteilhaft für Euch, mich loszuwerden. Vielleicht habt Ihr mich ja in den Park begleitet, um mich zu erwürgen und hinter die Büsche zu zerren?«

»Das ist doch vollkommen lächerlich! Ihr wisst verdammt gut, dass ich Euch nie etwas zuleide tun würde, egal wie sehr Ihr mich erzürnt.«

»Dann solltet Ihr auch wissen, dass ich Euch nie verraten würde!«

Doch offenkundig wusste er es nicht, sonst hätte er ihr nie solche Fragen gestellt.

»Ach, jetzt verstehe ich«, sagte sie erbittert. »Ihr seid der große, ehrenhafte Held, ich hingegen bin nur eine gemeine Hure, die zu allen möglichen Schandtaten fähig ist.«

»Das habe ich nie gesagt.«

»Das müsst Ihr auch gar nicht. Ich spüre Eure Verachtung auch so nur allzu gut.«

Zu ihrem Verdruss schnürte sich ihr die Kehle zu. Da sie ihm auf keinen Fall zeigen wollte, wie sehr er sie verletzt hatte, versuchte sie erneut, an ihm vorbeizuhuschen. Aber Remy war zu schnell.

Er trat ihr in den Weg, seine muskulöse Gestalt eine unüberwindbare Schranke.

»Ich verachte Euch nicht«, sagte er. »Aber ich will noch eine Antwort auf meine Frage.«

Seine Hand legte sich auf ihre Schulter, diesmal nicht grob, aber doch so fest, dass sie nicht fort konnte. Es gab kein Entkommen, es sei denn, sie ließe sich auf einen unwürdigen Kampf ein, der ihr wahrscheinlich rein gar nichts bringen würde.

»Warum habt Ihr mich beschützt, Gabrielle?«, beharrte er. *»Warum?«*

»Weil …«, fing sie an.

Weil sie noch immer viel zu viel für ihn empfand – unpassend für eine Frau, die entschlossen war, nichts zu empfinden als ihren kalten Ehrgeiz. Gabrielle schluckte und starrte ihn hilflos an.

»Zum Teufel mit Euch, Nicolas Remy! Auf Faire Isle habt Ihr mich nie mit solchen Fragen geplagt. Damals habt Ihr

Euch keine Gedanken gemacht, warum ich Euch vor der dunklen Königin schützen wollte.«

»Ich weiß sehr gut, was Ihr in jenem Sommer für mich getan habt. Aber seitdem hat sich vieles verändert. *Ihr* habt Euch verändert.«

»Nein, das stimmt nicht«, murrte Gabrielle. »Offenbar bin ich, was Euch betrifft, noch genauso töricht wie damals.«

Remys Griff wurde sanfter, und auch seine Stimme wurde weicher, als er sagte: »Es tut mir leid, Gabrielle, aber Ihr könnt es mir kaum zum Vorwurf machen, dass ich verwirrt bin. Ich finde Euch so verändert, so ganz anders als das Mädchen, an das ich mich erinnere. Ihr kommt mir vor wie eine Fremde.«

»Das müsst ausgerechnet Ihr sagen«, entgegnete Gabrielle schroff. »Der Nicolas Remy, den ich kannte, wäre nie so grob gewesen, mich wie eine Gefangene festzuhalten, zu verhören und sich hinter einer verfluchten Maske zu verstecken wie ein Henker.«

Remy riss sich sofort die Kappe vom Kopf und machte sich an den Schnüren seiner Maske zu schaffen. Gabrielle war erschrocken, dass sie ihn dazu verleitet hatte. Sie sah sich panisch um, die Schatten der Bäume und die Büsche kamen ihr plötzlich unheimlich vor. Sie wirkten, als ob sie Augen und Ohren aufsperren würden, um der dunklen Königin Bericht zu erstatten.

»Nein, lasst das!«, schrie sie, doch Remy hatte seine Maske schon abgenommen.

Ein Mondstrahl ließ die goldenen Strähnen in seinen dunklen Haaren aufleuchten und fiel auch auf sein Gesicht. Die markanten Wangenknochen traten hervor, der sinnliche Schwung seiner Lippen wurde sichtbar. Seine in harten, kühnen Linien geformte Kieferpartie wirkte ein wenig weicher durch ein kleines Grübchen auf seinem Kinn. Jetzt, da sein Gesicht nicht mehr hinter einem Bart versteckt war, wirkte es stärker und gleichzeitig auch verletzlicher.

Gabrielle vergaß all die Kränkungen, all ihren Groll; fast vergaß sie zu atmen. Sie trat näher. In ihren Fingern kribbelte es, sie spürte den vertrauten Drang, diese unbeschreibliche männliche Schönheit auf eine Leinwand zu bannen, doch gleichzeitig war sie verzweifelt, dass ihr dieser Zauber verloren gegangen war.

Sie streichelte Remy sanft übers Gesicht, ertastete die nahezu vollkommene Knochenstruktur, seine glatte, warme Haut, die ersten Stoppeln eines neuen Bartes.

Remys Augen wurden groß. Er machte keine Anstalten, Gabrielles Erforschung Einhalt zu gebieten, aber er wirkte etwas befangen.

»Mein Gott«, murmelte sie.

»Was ist denn los?«, fragte er besorgt.

»Nichts, Ihr seid nur so wunderschön.«

Gabrielle konnte sich bei diesen Lichtverhältnissen natürlich nicht sicher sein, aber ihr war, als erröte der Hauptmann. Er zog ihre Hand fort, ließ sie jedoch nicht los. Seine Finger verschränkten sich mit den ihren.

Seine Lippen zuckten, dann grinste er zögernd. Remys ganz eigenes, süßes Lächeln, von dem Gabrielle geglaubt hatte, dass er es ihr nie mehr schenken würde. Sie erwiderte es zaghaft. Ihr war bewusst, dass dieser Waffenstillstand zwischen ihnen nicht von langer Dauer sein konnte, und das tat ihr weh. Umso kostbarer war ihr nun sein Lächeln.

Er führte ihre Hand an seine Lippen. »Äh – danke für das Kompliment, Mademoiselle. Aber wunderschön war nicht das, was ich für heute Abend im Sinn hatte.«

»Und was hattet Ihr im Sinn, Ihr Narr?«, neckte Gabrielle, um sich gegen den Ansturm zärtlicher Gefühle, die in ihr aufwallten, zu wappnen.

»Ich wollte als Adliger durchgehen, als einer dieser höfischen Gecken. Aber ich fürchte, in der Schauspielerei war ich nie besonders gut.« Remys Mund zuckte reumütig. »Was hat mich eigentlich verraten?«

Seine Augen, der Klang seiner Stimme, wie sich seine Hand anfühlte …

»Ach, nichts Bestimmtes«, schwindelte sie. »Es ist nur so, dass hier jeder jeden kennt, auch in einer Verkleidung. Ihr konntet nicht umhin, Euch abzuheben. Ein Maskenball am Hof ist nur eine Inszenierung, eine weitere Intrige, ein Spiel.«

»Und Ihr genießt all diese Intrigen? Seid Ihr wirklich glücklich in Eurem neuen Leben?«

Gabrielle zuckte zusammen. Remy hatte sich die Gewohnheit zugelegt, die unbequemsten Dinge zu fragen. War sie glücklich? Bei ihrem Streben nach Macht hatte sie sich nie die Zeit genommen, darüber nachzudenken. Sie *wollte* nicht darüber nachdenken.

»Natürlich bin ich glücklich«, meinte sie schulterzuckend. »Paris, der Hof – das ist jetzt meine Welt.«

Remy schüttelte den Kopf, als glaube er ihr nicht. »Es ist eine Welt voller Tücken, Gabrielle, und voller Gefahren. Als ich Euch mit der dunklen Königin reden sah, überlief es mich eiskalt. Ich wollte Euch von ihr fortreißen.«

»Um mich braucht Ihr Euch keine Sorgen zu machen. Mit Katharina werde ich schon fertig.«

»Aber warum wollt Ihr das überhaupt? Wie könnt Ihr es ertragen, Euch tagaus, tagein in der Nähe dieses bösen Weibes aufzuhalten, gezwungen, vor ihr zu knicksen und ein falsches Lächeln mit ihr auszutauschen?«

Gabrielle hatte sich das oft genug selbst gefragt. Zögernd erwiderte sie: »Vielleicht – vielleicht weil ich sie inzwischen besser verstehe, ob ich will oder nicht.«

»Sie *verstehen?* Wie könnt Ihr sie verstehen? Sie hat Euch Hexenjäger auf den Hals gehetzt, sie hat versucht, Eure ganze Familie zu vernichten.«

»Keine Frau kommt kalt und unbarmherzig zur Welt, nicht einmal Katharina. Bestimmt war sie einst so jung und unschuldig wie alle Mädchen. Vielleicht hat sie sogar an

Märchen geglaubt, bis sie herausgefunden hat, dass es in dieser Welt weitaus mehr Drachen gibt als Ritter. Böse Ungeheuer, die deine Träume zu Staub werden lassen, die dich mit ihrem Verrat versengen, bis du dahinwelkst und stirbst – oder dein Herz zu Stahl wird. Ich kann mir denken, dass auch Katharina weiß, wie es ist, von jemandem, den sie liebte, verletzt und gedemütigt zu werden und sich schwach und machtlos zu fühlen.«

»Auch?«, fragte Remy und musterte sie merkwürdig prüfend.

Gabrielle versteifte sich. Sie wusste nicht, warum sie Katharina verteidigte. Vielleicht, weil sie damit auch sich selbst verteidigte? Sie kam den hässlichen Wunden ihrer Seele, die sie so lange vor allen verborgen hatte, gefährlich nahe.

»Ja, auch – so wie viele Frauen, die töricht genug sind, einem Mann ihr Herz anzuvertrauen.«

»Und Ihr habt so etwas noch nie getan?«, fragte Remy leise.

»Nein! Niemals«, leugnete Gabrielle mit einer Heftigkeit, die sie gleich darauf bereute. Sie entwand sich Remys Griff und zog sich in die Schatten unter dem Baum zurück.

Doch Remy folgte ihr. Er stellte sich direkt vor sie und streichelte sanft ihre Schultern.

»Gabrielle?« Seine Stimme klang so zärtlich, dass Gabrielle befürchtete, er habe in diesen wenigen unbewachten Augenblicken zu viel in ihrem Gesicht gelesen.

Sie erstarrte unter seiner Berührung und meinte mit gespielter Munterkeit: »Wie waghalsig wir beide sind! Es ist nicht besonders klug von Euch, hier länger zu verweilen, und auch ich täte besser daran, es nicht zu tun. Heinrich fragt sich bestimmt schon, was aus mir geworden ist. Ich hatte ihm eigentlich jeden Tanz heute Abend versprochen. Der Gute wird immer besitzergreifender. Aber man muss ihm seinen Willen lassen.«

Remys Hände hielten inne. Flüchtig spürte sie seinen

warmen Atem auf ihren Haaren. Dann nahm er die Hände weg. »Ja, Heinrich«, wiederholte er mit grimmig entschlossener und zugleich bedauernder Stimme.

Die Erwähnung des Königs hatte die Distanz zwischen ihnen wiederhergestellt. Ihr war, als würde ihr etwas weggenommen, als Remy zurücktrat, aber sie fasste sich sogleich und richtete sich munter auf.

»Ich muss jetzt wirklich zurück in den Ballsaal.«

»Ich auch.«

»Wie bitte?«, rief Gabrielle. Sie hoffte inständig, ihn falsch verstanden zu haben, aber er hatte schon die Maske hervorgezogen, die er unter seinen Gürtel gesteckt hatte.

»Ihr habt mich nicht verraten, Ihr habt mir sogar eine Identität geliefert, also muss ich es wagen, zurückzugehen.«

»Remy! Nein!«

Zu ihrem Entsetzen legte er sich schon die Maske an.

»Ihr seid wirklich völlig von Sinnen!« Sie riss ihm die Maske aus der Hand. »Ich habe noch nie einen Mann erlebt, der so versessen war, sich töten zu lassen.«

»Gabrielle«, bat Remy, aber es schwang auch eine gewisse Warnung in seiner Stimme mit. »Gebt mir die Maske wieder!«

»Nein!« Gabrielle versteckte die Maske hinter ihrem Rücken und trat ein paar Schritte zurück. »Welchen Sinn sollte es gehabt haben, Euch zu beschützen, wenn Ihr jetzt direkt in die Höhle der Hexe zurückmarschiert?«

Remy folgte ihr. »Ich bin Euch ja sehr dankbar dafür …«

»Ich will keinen Dank von Euch. Ich will nur, dass Ihr geht.«

Er drängte sie an einen Baum und griff nach der Maske, die Gabrielle noch immer verzweifelt umklammert hielt.

»Oh Remy, bitte! Ihr könnt nicht …«

»Ich muss. Nachdem ich meinen König in diesem verfluchten Palast gesehen habe, bin ich entschlossener denn je, ihn herauszuholen.«

»Es ist doch nicht so, dass er gefoltert wird.«

»Nein, ihm wird etwas viel Schlimmeres angetan: Man raubt ihm seine Seele. Ich habe ihn heute Abend kaum gesehen, aber ich erkannte trotzdem ganz deutlich, dass er verführt wird, von diesem Ort und von …«

Von Euch. Remy sagte es nicht, aber sie las diesen Vorwurf in seinen Augen, während er noch immer danach trachtete, ihr die Maske zu entreißen, und sein sehniger Körper sich hart an sie drängte.

»Heinrich von Navarra verliert jedes Gefühl dafür, wer er ist. Er wird zu einem dieser närrischen Hofgecken, zu einer Marionette, die nach der Pfeife der Königin tanzt. Ich sehe doch, dass ihn alle verspotten.«

»So wird es nicht immer sein«, wandte Gabrielle verzweifelt ein, während Remy unbarmherzig ihren Griff um die Maske löste. »Ich weiß, dass Ihr nicht an Prophezeiungen glaubt, aber eines Tages wird Heinrich von Navarra König von Frankreich sein, das schwöre ich Euch.«

»Mit Euch als seiner Geliebten?« Remys Lippen wurden schmal. »Es tut mir leid, Gabrielle, aber er ist schon König, der König von Navarra. Sein Volk hat genug Verfolgung und Not erduldet, und seit drei Jahren ist es führerlos. Er muss zurück in sein Reich, und ich werde dafür sorgen.«

Mit einem Ruck entriss ihr Remy die Maske und entfernte sich. Gabrielle kannte den sturen Zug um sein Kinn nur allzu gut. Sie stampfte vor Enttäuschung mit dem Fuß auf, und gleichzeitig schnürte ihr die Angst um ihn das Herz ab. Er hatte tatsächlich vor, geradewegs in den Ballsaal zurückzustürmen. Sie konnte ihn nicht aufhalten, es sei denn mit der Drohung, ihn zu enttarnen, oder indem sie ihn bewusstlos schlug.

Nein, es gab noch eine dritte Möglichkeit.

Gabrielle biss sich auf die Unterlippe, während sie darüber nachdachte.

Der Plan barg gewisse Gefahren, sowohl für Remy als auch für Heinrich, von ihr ganz zu schweigen. Aber zum Teufel mit diesem Kerl – er legte sich soeben die Maske an, sie hatte keine andere Wahl.

»Na gut, na gut«, rief sie. »Ich werde Euch helfen.«

»Wie bitte?« Remy hatte die Maske schon aufgesetzt, schob sie jedoch noch einmal hoch und starrte Gabrielle verdutzt an.

»Wenn Ihr so verflucht stur und so versessen darauf seid, diesen waghalsigen Kurs weiter zu verfolgen, wäre es besser, hier zu warten, bis der Ball vorbei ist.« Gabrielle holte tief Luft und seufzte. »Ich werde mit Heinrich reden und dafür sorgen, dass Ihr ihn in seinen Gemächern treffen könnt.«

Remy sah aus wie vom Donner gerührt. Langsam nahm er die Maske wieder ab.

Offenbar dachte er über ihren Vorschlag nach, doch dann schüttelte er den Kopf. »Nein, das wäre viel zu gefährlich, vor allem für Euch.«

»Gefährlich!« Sie bedachte ihn mit einem Blick, in dem die reine Erbitterung lag. »Nein, gefährlich war der kleine Tanz, den wir mit der dunklen Königin im Ballsaal aufgeführt haben. Im Vergleich dazu ist es ein Kinderspiel, Euch in Heinrichs Gemächer zu schmuggeln. Außerdem habt Ihr mich doch selbst gefragt, ob ich ihm eine Nachricht zukommen lassen könnte.«

»Eine Nachricht ist etwas anderes. Aber was Ihr vorschlagt …« Remy raufte sich die Haare. »Wie wollt Ihr das schaffen? Und wichtiger noch, warum wollt Ihr es überhaupt? Es läge wohl kaum in …«

»Ja, ja, ich weiß«, fuhr ihm Gabrielle verbittert ins Wort. »Es läge wohl kaum in meinem Interesse. Sagen wir doch einfach, dass ich es tue, weil Ihr ständig zur ungelegensten Zeit aufkreuzt und ich dabei jedes Mal fast einen Herzschlag bekomme. Außerdem vertraue ich auf Heinrichs Urteil. Ich glaube, er ist viel zu klug, um auf irgendeinen tollkühnen Plan einzugehen, den Ihr ihm vorschlagt. Er wird bestimmt viel lieber in Paris bleiben.«

»Bei Euch?« In Remys Gesicht zeigte sich eine leichte Unruhe. »Seid Ihr Euch sicher, dass Ihr so viel Einfluss auf ihn habt?«

Gabrielle war sich nur einer Sache sicher: Sie hatte Remys Tod schon einmal durchlitten, und sie wusste nicht, ob sie das noch ein weiteres Mal überleben würde.

»Ich lasse es darauf ankommen«, sagte sie. »Aber ich helfe Euch nur unter zwei Bedingungen.«

»Und die wären?«, fragte Remy und zog wachsam eine Braue hoch.

»Ihr unterbreitet Heinrich Euren Vorschlag. Entweder er flieht mit Euch oder er bleibt bei mir in Paris. Aber Ihr fügt Euch seiner Entscheidung. Ihr stellt keine weiteren Versuche an, ihn zu überreden, und auch keine weiteren waghalsigen Bemühungen, ihn zu sehen. Einverstanden?«

Remy dachte stirnrunzelnd darüber nach.

»Einverstanden«, sagte er schließlich. »Und Eure zweite Bedingung?«

»Dass Ihr aufhört, mich ständig mit Euren verflucht irritierenden Fragen zu belästigen.«

Remy lachte trocken auf, doch er nickte und hielt ihr die Hand hin, um den Handel zu besiegeln.

Aber noch während er ihre Hand ergriff, ging etwas Seltsames in ihm vor: Er blickte starr auf einen Punkt hinter ihrer Schulter.

Sein Griff wurde fester. Obwohl seine Züge unbewegt blieben, spürte sie, wie sich sein ganzer Körper anspannte, als er sich vorbeugte.

»Aufgepasst!«, flüstere er ihr ins Ohr. Sein warmer Mund ließ sie erzittern. »Wir werden beobachtet. Jemand versteckt sich in den Büschen hinter Euch.«

Gabrielles Puls geriet aus dem Takt. Es kostete sie die größte Mühe, nicht einen panischen Blick nach hinten zu werfen. Bevor sie nachdenken konnte, was zu tun wäre, schob Remy vorsichtig seinen Umhang beiseite. Seine Finger glitten zu dem mit Juwelen besetzten Griff eines Dolches, der in seinem Gürtel steckte.

In seine Augen schlich sich ein Ausdruck, den Gabrielle noch nie bei ihm gesehen hatte. Kalt und hart, fast noch beängstigender als das Wissen um den Spion dort in den Büschen. Es war die Geißel und nicht Nicolas Remy, der die Waffe ganz langsam aus der Scheide zog und sich darauf vorbereitete, einem Mann kaltherzig die Kehle durchzuschneiden.

Er trat ein paar Schritte zurück und wirkte vollkommen ruhig, als er sich verbeugte und mit lauter, klarer Stimme sagte: »Ich wünsche Euch eine gute Nacht, Mademoiselle.«

Gleich darauf wirbelte er so schnell herum, dass Gabrielle kaum Zeit hatte, Atem zu holen. Er stürzte zu dem Busch und warf sich auf die Person, die dort auf der Lauer lag. Ein schriller Schrei ertönte, als Remy den Dolch hob.

Gabrielle presste die Hände auf den Mund. Sie wollte nicht hinsehen, doch sie konnte den Blick nicht abwenden. Im allerletzten Moment erstarrte Remy. Das Mondlicht spiegelte sich auf dem Dolch. Dann fluchte er leise und steckte die Waffe wieder in die Scheide.

Er beugte sich nach unten, packte den Eindringling am Kragen und zerrte ihn aus den Büschen. Gabrielles Herz hämmerte noch immer vor Furcht. Sie blinzelte überrascht. Die Person, die Remy am Nacken hielt, wirkte nicht wie ein Spion der dunklen Königin.

Es war ein junger Bursche mit wirren dunklen Haaren und markanten Gesichtszügen. Jeder andere hätte den Kopf eingezogen bei dem wütenden Blick, mit dem Remy ihn bedachte. Der Junge wirkte zwar ein wenig beschämt über seine Gefangennahme, doch er besaß die Unverschämtheit, Remy schwach anzugrinsen.

»Guten Abend, *Monsieur le Capitaine!*«

Gabrielle starrte Remy fragend an. »Ihr kennt diesen Burschen?«

»Ja, ich fürchte, ich kenne ihn.« Remy warf einen weiteren erzürnten Blick auf den Jungen, dann schubste er ihn Gabrielles Richtung. »Mademoiselle Cheney, erlaubt mir, Euch meinen Wolf vorzustellen.«

Gabrielle bemerkte amüsiert, dass der Junge vor ihr weitaus mehr Angst zu haben schien als vor Remy. Er schlug mit zitternden Fingern ein Kreuz und suchte hastig nach etwas, was er unter seiner Tunika verborgen hatte; etwas, was einen wahrhaft üblen Geruch verströmte. Angewidert zog Gabrielle die Nase kraus.

Remy versetzte Wolf einen leichten Klaps auf den Kopf und zwang ihn, sich vor Gabrielle zu verbeugen. Dabei bemerkte keiner von ihnen die Gestalt, die sich leise hinter einem Baum hervorstahl. Ein grauer Geist, der zum Palast schlich, um der dunklen Königin Bericht zu erstatten.

10

Remy folgte Gabrielle durch einen Flur im hinteren Teil des Palastes, hinter ihm trottete ein verstimmter Wolf. Remy war den Jungen nicht losgeworden. Egal wie sehr er ihn wegen seines Ungehorsams ausgeschimpft hatte, Wolf hatte sehr zum Erstaunen des Hauptmanns nur zurückgefaucht. Während Gabrielle in den Ballsaal zurückgekehrt war, um das Treffen mit seinem König zu vereinbaren, war Remy im Park herumgelaufen und hatte sich mit seinem jungen Begleiter gestritten.

»Monsieur, Ihr dürft dieser bösen Zauberin nicht vertrauen. Sie wird Euch in eine Falle locken. Ihr hättet mein Amulett nehmen sollen. Ihr geratet wieder in ihren Bann.«

Normalerweise hätte Remy den Jungen für seine Unverschämtheit scharf getadelt, doch er fürchtete, dass Wolf vielleicht recht hatte, zumindest was den Bann anging. Als er sich in den Saal geschlichen und gesehen hatte, wie Gabrielle mit Heinrich schäkerte, hatte ihn ein richtiger Wahn ergriffen. Eifersucht hatte ihn gequält, pure, unvernünftige Eifersucht bei jedem Lächeln, das Gabrielle seinem jungen König schenkte.

Als sich Remy dem Tanz anschloss, hatte er seine Mission vergessen und auch die Gefahr, in der er schwebte. Er hatte versucht, sich einzureden, dass es schließlich der einzige Weg war, um an seinen König heranzukommen; aber in Wahrheit hatte er Gabrielle nahekommen wollen. Insgeheim hatte er gehofft, dass sie ihn erkennen würde. Gott helfe ihm, er war wahrhaftig ein großer Narr.

Remys Blick war starr auf Gabrielle gerichtet, während sie sie durch den Gang führte und ihre Röcke auf dem Steinfußboden raschelten. Das Licht der Wandfackeln beleuchtete ihre anmutige Gestalt. Ihre Spitzenhalskrause stieg aus ihrem Gewand auf wie zwei Flügel. Sie betonte ihren schlanken Nacken und umrahmte ihr Haar, das sich wie ein goldener Schein um ihren Kopf legte.

Einst hatte Remy geglaubt, dass sie durch und durch gut und rein sei. Dann hatte er enttäuscht feststellen müssen, dass sie wohl zu den kältesten und ehrgeizigsten Frauen gehörte, die er je getroffen hatte. Dadurch aber, dass sie ihn heute Nacht beschützte, hatte sie all seine Urteile über den Haufen geworfen. Allmählich beschlichen ihn Zweifel, ob er Gabrielle Cheney je verstehen würde.

Wie gern hätte er das getan! Und genauso gern hätte er sie wieder in seine Arme gezogen. Der hitzige Kuss im Park hatte sein Herz schneller schlagen lassen, seinen Körper hart gemacht, sein Verlangen nach ihr fast unerträglich gesteigert.

Der Gang mündete abrupt in einem schmalen Treppenhaus. Gabrielle blieb stehen, beugte sich zu Remy und flüsterte: »Diese Hintertreppe führt direkt zu Heinrichs Gemächern. Sie wird nur von den Bediensteten und von den – äh – den Gästen des Königs benutzt.«

Wie kam es, dass Gabrielle diese verborgene private Treppe so gut kannte? Das hätte Remy sie gerne gefragt, doch er fürchtete, dass er die Antwort bereits kannte. In seinem Magen bildete sich ein kalter Klumpen.

»Ihr wartet hier, bis ich festgestellt habe, ob die Luft rein ist.« Gabrielle legte einen Finger vor den Mund und warnte: »Rührt Euch nicht, bis ich Euch ein Zeichen gebe.«

Bevor Remy Einspruch erheben konnte, raffte sie schon die Röcke, eilte nach oben und entschwand in der Dunkelheit. Wolf drängte sich an Remy und zupfte an seinem Ärmel.

»Monsieur, noch ist Zeit. Wir könnten …«

»Sei still«, murrte Remy. Er schnitt eine Grimasse, als ihm der ätzende Geruch des Amuletts in die Nase stieg, das Wolf nervös befingerte. »Und wenn du unbedingt mit diesem verfluchten Ding herumwedeln musst, tu es bitte nicht in meiner Nähe.«

Mit einem verdrossenen Seufzer trat Wolf ein paar Schritte zurück. Dabei wirkte er jedoch so wachsam, als ob gleich eine Stahlfalle zuschnappen und ihnen die Köpfe abreißen könnte. Vielleicht war das ja tatsächlich so, aber Remy glaubte es nicht. Gabrielle hatte wahrhaftig genügend Gelegenheiten gehabt, ihn zu verraten, doch stattdessen hatte sie alles getan, um sein Leben zu retten, selbst auf Kosten ihrer eigenen Sicherheit. Allerdings war ihm nicht klar, warum. Sie hatte ihm diese Frage nie richtig beantwortet.

Er wollte zu gerne glauben, dass sie zärtliche Gefühle für ihn hegte. Aber konnte das sein bei einer Frau, deren eingestandener Ehrgeiz es war, die Mätresse eines Königs zu werden?

Über ihm klopfte es leise, dann ging eine Tür auf. Es fand ein halblauter Wortwechsel statt, doch so sehr Remy die Ohren spitzte, er konnte nichts verstehen.

Gabrielle war eine gute Intrigantin. Viel zu gut. Lügen gingen ihr leicht über die Lippen, selbst der dunklen Königin gegenüber. Und sie kannte sich hervorragend in allen Winkeln dieses weitläufigen Palastes aus. Remy wagte sich kaum vorzustellen, wie viel Charme, Bestechung und Schläue es wohl erfordert hatte, ihn unentdeckt hierherzuschmuggeln.

»Das ist meine Welt, ich gehöre hierher«, hatte sie gesagt.

So sehr ihn diese Vorstellung schmerzte, sie hatte wohl recht. Sie sah einfach umwerfend aus mit ihrem teuren Schmuck und ihren kostbaren Gewändern, sie war so verführerisch schön wie Helena aus Troja – und ebenso wie die schöne Helena weckte sie in den Männern den Drang, für sie zu kämpfen und zu sterben. Dennoch hatte es im Park ein paar kurze Momente gegeben, in denen sie nicht die Frau von Welt zu sein schien, als die sie sich so gerne zeigte. Als sie die dunkle Königin verteidigte, hatte sich in ihren Blick eine Traurigkeit eingeschlichen, die Remy von früher vertraut war.

»In dieser Welt gibt es weitaus mehr Drachen als Ritter. Böse Ungeheuer, die deine Träume zu Staub werden lassen, die dich mit ihrem Verrat versengen, bis du dahinwelkst und stirbst – oder dein Herz zu Stahl wird.«

Diese Worte schienen sie eine große Überwindung zu kosten, und sie war gar nicht mehr die kühne Kurtisane und Verführerin gewesen. Sie hatte so jung und verloren gewirkt, dass Remy sie am liebsten in die Arme genommen und gefragt hätte: »Wer oder was hat deine Träume zerstört, Gabrielle? Unter welchem Drachenfeuer ist dein Herz zu Stahl geworden?«

Doch er glaubte nicht, dass er darauf eine Antwort bekommen hätte. Gabrielle war viel zu geschickt darin, ihre Geheimnisse zu verbergen, und jetzt war es zu spät, um Fragen zu stellen. Schließlich hatte er es ihr sogar versprechen müssen – keine weiteren Fragen.

Am oberen Treppenabsatz raschelte es, dann tauchte Gabrielle wieder auf. Sie kam halb herunter, dann blieb sie stehen und winkte. Remy eilte zu ihr.

»Ihr könnt jetzt gefahrlos zu ihm. Heinrich hat einen Vorwand gefunden, um seine Bediensteten zu entlassen. Man kann leider nur wenigen vertrauen, die dunkle Königin hat überall ihre Späher. Also passt bitte auf, und bleibt nicht zu lange. Wenn Ihr fertig seid, wird Euch der König helfen zu entkommen.«

»Ihr bleibt also nicht?«, fragte Remy überrascht.

»Nein. Wir hatten doch vereinbart, dass Ihr Eure Chance bekommt, den König zu überreden, Paris zu verlassen.« Sie bedachte ihn mit einem schiefen Lächeln. »Wenn ich bliebe, wäre das wahrscheinlich eine ziemliche Ablenkung.«

Remy musste zugeben, dass sie recht hatte, auch wenn er nicht wusste, wer mehr abgelenkt sein würde – Heinrich oder er. Als Gabrielle ihren Weg nach unten fortsetzte, stieg ihm der süße Duft ihres Parfüms in die Nase, und sofort spannte sich sein Körper an. In diesem Augenblick erkannte er etwas,

was ihn mutlos stimmte: Wenn er Heinrich überreden konnte, mit ihm zu fliehen, würde auch er Paris bald verlassen. Und selbst wenn es ihm nicht gelang, würde er gehen müssen. Es gab dann keinen Grund mehr für ihn, in dieser verfluchten Stadt zu verweilen. Er würde Gabrielle also höchstwahrscheinlich nicht mehr wiedersehen.

Im letzten Moment packte er ihre Hand.

»Gabrielle, ich – ich wollte nur noch sagen …« Remy kniff die Lippen zusammen. Er wusste nicht genau, was er sagen wollte. In ihm tobten unendlich viele widersprüchliche Gefühle für diese schöne junge Frau, die ihn nun fragend ansah.

Nach einer schieren Ewigkeit brummte er nur: »Danke, dass Ihr das für mich getan habt, obwohl ich noch immer nicht weiß, warum.«

»Oh nein«, mahnte Gabrielle und schüttelte den Kopf. »Wir haben doch vereinbart: keine weiteren Fragen.«

Mit der freien Hand streichelte sie ihm über die Wange. Ihre Finger fühlten sich so weich und warm an, dass er gegen den Drang ankämpfen musste, seine Lippen auf ihre Handfläche zu pressen.

»Ihr seht wirklich viel besser aus ohne diesen Bart«, murmelte sie. »Wenn Ihr Euch je wieder einen wachsen lasst, rücke ich Euch mit einem Rasiermesser zu Leibe.«

»Hättet Ihr es dann auf meinen Bart oder meine Kehle abgesehen?« Remy bemühte sich, scherzhaft zu klingen, obwohl sich sein Herz völlig leer anfühlte.

»Das kann ich nicht sagen. Es hängt davon ab, wie wütend ich auf Euch wäre.« Sie bedachte ihn mit ihrem schelmischen Lächeln, bei dem sie gar nicht mehr wie Mademoiselle Cheney, die berüchtigte Kurtisane, aussah, sondern wie die Gabrielle von früher. Remy umschloss ihre Hand fester, als wolle er damit dieses Mädchen festhalten.

Aber sie löste sich sanft von ihm und setzte ihren Weg fort. Unten angekommen erblickte sie Wolf, der sich flach an die

Wand drückte, als hätte er Angst, schon beim winzigsten Kontakt mit Gabrielle versteinert zu werden.

Seine Angst amüsierte Gabrielle ganz offenkundig. Sie tippte ihm spielerisch auf die Nasenspitze. »Und Ihr seid also Martin Le Loup, der junge Mann, der Hauptmann Remy das Leben gerettet hat?«

»Oui, M-mademoiselle.« Obwohl Wolf versuchte, ihr auszuweichen, schob er sein kantiges Kinn trotzig nach vorne.

Gabrielle musterte ihn lange, dann beugte sie sich vor und drückte ihm einen sanften Kuss auf die Wange.

Danach blickte sie zu Remy hoch und schenkte ihm ein zaghaftes Lächeln, das sich tief in sein Herz grub. Schließlich wandte sie sich ab und eilte davon, ohne sich noch einmal umzusehen.

Sobald sie verschwunden war, richtete sich Wolf zitternd auf, zerrte an seinem Ausschnitt und starrte besorgt auf seine Brust. Remys Lippen verzogen sich unwillkürlich zu einem schwachen Lächeln, obwohl ihm wahrhaftig nicht danach zumute war.

»Was ist los, Junge? Ist dir eine weitere Brustwarze gewachsen?«

»N-nein.« Martin strich sein Hemd wieder glatt. »Auch wenn ich noch immer fürchte, dass diese Dame eine mächtige Hexe ist. Aber das eine muss ich sagen – sie ist eine sehr verstörende Hexe.«

»Das brauchst du mir nicht zu sagen«, erwiderte Remy trocken. Er hatte drei Jahre lang gekämpft, Pläne geschmiedet und eisern gespart, um zu seinem König zurückzukehren. Das lange ersehnte Treffen war vorbereitet, Heinrich wartete auf ihn. Doch statt sich eiligst zu ihm zu begeben, verweilte er hier auf dem Treppenabsatz und starrte Gabrielle nach, die er am liebsten zurückgerufen hätte. Er hätte es doch mit Wolfs Amulett versuchen sollen. Offenbar brauchte er wirklich einen Schutz vor dem Zauber, den Gabrielle um ihn webte. Allerdings fürchtete er, dass es auf der ganzen Welt keine Magie gab, die stark genug wäre, sie aus seinem Herzen zu verbannen.

Gabrielles Schritte hallten durch die düsteren Gänge des Louvre. In dem großen Palast wurde es allmählich ruhig. Der Ball war längst vorbei, der König und die Höflinge hatten sich in ihre Gemächer zurückgezogen, selbst die meisten Bediensteten hatten sich bereits zur Nachtruhe begeben. Hier und da knirschte eine Tür, es wurde geflüstert und gekichert, was auf Intrigen hinwies, die freilich eher amouröser Natur waren und nicht wie jene, die Gabrielle soeben in die Wege geleitet hatte.

Sie gratulierte sich unwillkürlich dazu, wie sie das geheime Treffen zwischen Remy und Heinrich zustande gebracht hatte. Auch wenn ihre Befriedigung eher seltsam war, denn womöglich hatte sie soeben ihre Zukunft aufs Spiel gesetzt.

»Ich muss komplett verrückt gewesen sein, dass ich ihm geholfen habe«, murrte sie reumütig. Aber was hätte sie sonst tun sollen? Sie hätte ihre ehrgeizigen Ziele ein Dutzend Mal gefährdet, wenn sie Remy damit vor Schaden hätte bewahren können. Außerdem glaubte sie nicht recht an den Erfolg von Remys Mission. Zumindest hatte Nostradamus etwas ganz anderes prophezeit.

Allerdings fiel ihr in diesem Augenblick ein, wie wenig ihre Mutter an Prophezeiungen geglaubt hatte. Was wäre, wenn Remy Heinrich doch zur Flucht überreden konnte und sie beide in den Bergen des Nachbarlandes verschwinden würden? Verwirrt musste sie feststellen, dass sie den Verlust des Königs weniger bedauern würde als den von Remy.

»Zum Teufel mit dem Kerl!«, murmelte sie. Jedes Mal, wenn ihr Remy über den Weg lief, verwirrten sich ihre Gefühle hoffnungslos – Sehnsucht mischte sich mit Skepsis, Freude und Verzweiflung. Und Verletzlichkeit – das Letzte, was sie sich leisten konnte an diesem Hof, an dem es vor Schakalen nur so wimmelte, jeder bereit, beim kleinsten Gefühl von Schwäche über den anderen herzufallen.

Leider wartete einer von ihnen neben der Tür, aus der sie in den Park hatte flüchten wollen: Signore Verducci trat aus den Schatten.

»Guten Abend, Signorina Cheney.«

Gabrielle schnappte beim Anblick von Katharinas Lieblingsspion nach Luft. Der Fackelschein beleuchtete seine hageren Züge, die unter einem wirren grauen Bart kaum zu erkennen waren. In diesem Licht sah er wahrhaftig wie ein wandelnder Leichnam aus.

Er deutete eine steife Verbeugung an. »Ihr seid noch sehr spät unterwegs, Mademoiselle. Habt Ihr am Ende eine neue Eroberung gemacht?«

Gabrielle, die sich von ihrem ersten Schrecken erholt hatte, bedachte ihn mit einem eisigen Blick. »Das geht Euch wohl kaum etwas an.«

»Mag sein, aber ich fürchte, es geht die Königin etwas an.«

Gabrielle hatte sich darauf eingestellt, würdevoll an Verducci vorbeizurauschen, doch nun erstarrte sie und ihr Herz stockte. »Die – die Königin?«

»Si.« Der mürrische kleine Kerl lächelte so gut wie nie, doch in seinen Augen blitzte eine gewisse boshafte Befriedigung auf. »Es ist ein wahrer Glücksfall, dass Ihr Euch noch nicht auf Euren Heimweg gemacht habt. Zufällig will Eure Majestät nämlich noch mit Euch reden.«

Stramm wie ein Soldat auf einer Parade, die Hände hinter dem Rücken verschränkt, stand Remy an einem Fenster im Schlafgemach seines König. Er hatte sich in diesem herrschaftlichen Palast nie wohlgefühlt, und in den Gemächern seines Königs ging es ihm nicht anders. So viel Zeit er darauf verwendet hatte, Pläne zu schmieden und daran zu arbeiten, seinen König wieder zu treffen, so wenig hatte er sich überlegt, wie er es anstellen wollte, Heinrich zur Flucht aus Paris zu bewegen. Gabrielle hatte Remy diese großartige Gelegenheit verschafft, und jetzt brachte er seltsamerweise kaum einen Ton heraus.

Selbst als er Heinrich erklärte, wie er das Massaker überlebt hatte, verstummte er plötzlich, und sein Blick schweifte hinaus in die monderleuchtete Nacht, als ob er erwartete, dort ein feenhaftes Geschöpf herrschaftlich über das Gelände schreiten zu sehen. Ob Gabrielle den Palast schon verlassen hatte? Er hoffte sehr, dass sie wieder in die Sicherheit ihres Stadthauses zurückgekehrt war.

Er hätte sie so gern begleitet. Das war freilich ein törichter Wunsch, Gabrielle hätte seine Begleitung weder gewünscht noch gebraucht. Sie konnte ganz offenkundig recht gut auf sich selbst aufpassen. Aber unwillkürlich musste er wieder daran denken, wie klein und zerbrechlich sie gewirkt hatte, als sie in dem dunklen Gang verschwunden war.

»Hauptmann Remy?« Heinrichs Stimme holte Remy wieder in die Gegenwart zurück.

Als Remy sich durchrang, den Blick von den Fenstern zu nehmen, ging eine von Heinrichs dichten Brauen fragend in die Höhe.

»Ihr habt mir gerade erzählt, wie Ihr und dieser bemerkenswerte junge Mann, der Euch gerettet hat, in Irland gelandet seid«, lieferte ihm der König das Stichwort. »Und was ist dann passiert?«

»Nun ja, nichts Besonderes, Sire. Es gibt nicht mehr sehr viel zu erzählen.«

Heinrichs Mundwinkel zuckten »Ihr wart schon immer ein sehr wortkarger Mann.«

Und einer, den der König schon immer langweilig gefunden hatte, wie Remy nur allzu gut wusste. Heinrich hatte die Gesellschaft kühner junger Heißsporne bevorzugt, wie er selbst einer war; Männer, die gern zechten und auf die Jagd gingen, egal ob auf Wildschweine, Hirsche oder Frauen. Remy fürchtete, dass er stets dazu geneigt hatte, Heinrich stumm daran zu erinnern, dass es eigentlich Wichtigeres zu tun gab.

Nun musterte er seinen König im schwachen Schein des Kerzenlichtes auf der Suche nach Hinweisen, dass er vielleicht doch reifer geworden wäre. Schließlich war er mittlerweile – ja, wie alt war er eigentlich? Dreiundzwanzig, fiel Remy ein; und Heinrich hatte schon genügend erschütternde Erfahrungen durchgemacht, Erfahrungen, die jeden Mann altern lassen würden – den Mord an seiner Mutter, das Massaker an seinen Untertanen, die ständige Lebensgefahr, in der er selbst schwebte.

Doch auf den ersten Blick wirkte er wie immer – ein drahtiger, sportlicher junger Mann. Sein dichter dunkler Bart umrahmte ein Gesicht, in dem vor allem die Nase und die vollen, sinnlichen Lippen auffielen. Und er hatte noch immer etwas Sorgloses an sich, an dem seine Mutter oft verzweifelt war, obwohl er natürlich auch herrschaftlicher auftreten konnte, wenn er wollte. Als er seinen Pagen und Wolf befohlen hatte, sich ins Vorzimmer zurückzuziehen, hatte ihm selbst der sonst so unbotmäßige Martin auf der Stelle gehorcht.

Als Heinrich mit Remy allein war, schenkte er Wein ein, durchmaß den Raum und reichte Remy den Kelch mit einem offenen Lächeln. Remy sah ein, dass es allein an ihm lag, wenn zwischen ihnen ein gewisses Unbehagen stand.

Vielleicht waren es seine Schuldgefühle, ein Massaker überlebt zu haben, bei dem so viele andere gute, tapfere Männer gefallen waren? Vielleicht hatte er ein schlechtes Gewissen, dass es ihm in jener grässlichen Nacht nicht gelungen war, seinen König zu beschützen und ihn heil aus Paris zu schaffen? Doch als Remy den angebotenen Kelch nahm, erkannte er, dass es für seine Anspannung einen viel einfacheren Grund gab: Zwischen Remy und seinem König lag der Schatten einer Frau.

Remy fragte sich, ob Gabrielle womöglich in eben diesem Augenblick auf dem massiven Bett in der Mitte dieses Gemachs liegen würde, wäre er nicht aufgetaucht. Die Vorstellung, wie sie nackt in Heinrichs Armen lag, fraß wie Säure an seiner Seele, und Remy musste mit sich ringen, um dieses Bild aus seinem Kopf zu verbannen.

Und das Schlimmste war, dass Heinrich gar nichts von dem Kampf wusste, der in Remy tobte. Völlig ungezwungen grinste er ihn an und meinte: »Hauptmann, Ihr habt keine Ahnung, wie sehr es mich freut, dass meine tapfere Geißel von den Toten auferstanden ist. Ich habe in jener grässlichen Nacht so viele loyale, gute Freunde verloren: meinen Dichter De La Rochefoucauld, meinen guten alten Admiral Coligny …«

Heinrichs Lächeln verblasste, und er nahm einen Schluck Wein. Doch fast sofort hob er den Kopf wieder, und jähe Hoffnung erhellte seine Miene. »Aber wenn Ihr überlebt habt, haben ja vielleicht auch andere überlebt. Wie steht es um die Offiziere, die Euch oft begleitet haben? Tavers und – und …«

Der König schnippte mit den Fingern, um sich zu erinnern. »Wie hieß er gleich noch? Der große, stämmige Bursche, der so gewitzt war und so gerne lachte?«

»Devereaux«, sagte Remy leise. Nach einer schmerzvollen Pause fügte er hinzu: »Nein. Dev… ich meine Hauptmann Devereaux starb bei dem Versuch, seine Familie zu beschützen.«

»Die junge Gemahlin des Hauptmanns und sein Sohn, den er nach Euch benannt hatte – sie wurden ebenfalls ermordet?«

Remy nickte. Seine Zunge war wie gelähmt.

Heinrichs Lippen wurden zu einem schmalen, harten Strich. Plötzlich wirkte er viel älter und matter, als es seine Jahre hätten erwarten lassen. Langsam hob er sein Glas und meinte: »Dann lasst uns auf die Erinnerung an abwesende Freunde trinken.«

»Auf abwesende Freunde«, wiederholte Remy. Es war der bitterste Schluck, den er je getrunken hatte. Bekümmert stellte er sein Glas ab.

Heinrich hingegen leerte den Becher fast bis zur Neige, dann starrte er nachdenklich auf den Bodensatz. Doch der König neigte nicht zur Schwermut. Er sammelte sich rasch und klopfte Remy herzlich auf die Schulter. »So froh ich bin, Euch wiederzusehen, Hauptmann – es ist nicht klug, sich allzu lange bei der Vergangenheit aufzuhalten. Sagt mir lieber, womit ich Euch dienen kann.«

Remy blinzelte überrascht. »Mir dienen?«

Heinrich durchquerte sein Schlafgemach, um sich nachzuschenken. Sein Lächeln wirkte ein wenig zynisch. »Wenn jemand um eine Privataudienz bei seinem König nachsucht, geht es doch meist um etwas, was er gerne haben möchte. Ihr seid der tapferste Soldat, den mein Land je gesehen hat. Ich stehe in Eurer Schuld und wäre sehr erfreut, Euch alles zu geben, was in meiner Macht steht.«

Remy richtete sich stolz auf. »Ich fürchte, Ihr seid zu lange in Paris gewesen, Sire. Ihr verwechselt mich wohl mit einem dieser kriecherischen Höflinge, die um die Stiefel Eurer Hoheit herumschleichen und um seine Gunst betteln.«

Heinrich machte eine beschwichtigende Geste. »Ach, richtet doch nicht gleich Eure Stacheln auf, Hauptmann. So geht es nun einmal zu auf dieser Welt.«

»Nein, das gilt nicht für mich, Sire«, fauchte Remy. »Mir ging es nie um persönliche Ziele, sondern einzig und allein darum, Euch und meinem Land zu dienen.«

Heinrich ließ sich mit seinem Weinkelch auf das Bett fallen und lehnte sich an einen Berg von Federkissen. Seine Lippen kräuselten sich ironisch.

»Vielleicht ist Euch das ja entgangen, Hauptmann, aber ich befehlige kein Heer mehr. Wenn es Euch um einen militärischen Posten geht, solltet Ihr Euch an den Herzog von Montmorency wenden. Er ist inzwischen der Oberbefehlshaber der Hugenotten.«

Remy runzelte die Stirn über diesen jungen Mann, der so gelassen auf seinem Bett ruhte. »Der Herzog von Montmorency ist bestimmt ein sehr fähiger Mann, Sire. Aber die Hugenotten und Euer Königreich verlangen nach Eurer Anwesenheit. Ihr müsst heimkehren, mein Lehnsherr.«

Heinrich senkte den Blick und nippte an seinem Wein. Seine Miene wurde wachsamer. »Schon allein von meiner Rückkehr nach Navarra zu sprechen ist gefährlich, Hauptmann. Meine Schwiegermutter hegt den starken Wunsch, dass ich am französischen Hof verbleibe.«

Remy konnte seine Empörung nicht länger zügeln. »Seit wann fügt sich der König von Navarra den Wünschen einer teuflischen italienischen Hexe?«

»Seit diese Hexe ihre Macht auf eine Weise deutlich gemacht hat, die wohl keiner von uns je vergessen wird.« Heinrich stärkte sich mit einem weiteren Schluck Wein. »Und im Übrigen ist meine Gefangenschaft durchaus erträglich.«

»Durchaus erträglich?«, wiederholte Remy fassungslos.

»Der französische Königshof bietet eine Fülle von Ablenkungen. Die Nacht in den Armen einer schönen Frau kann selbst den Besuch der Morgenmesse leichter machen.« Heinrich fuhr mit dem Finger am Rand seines Weinkelches entlang und mied es, Remy in die Augen zu blicken. »Ich nehme an, Ihr habt erfahren, dass ich inzwischen Katholik bin.«

»Ja«, erwiderte Remy grimmig. Er wusste noch sehr gut, wie empört er gewesen war, als ihm die Nachricht zu Ohren kam, dass sein König von Katharina gezwungen worden war, seinen Glauben aufzugeben, wenn ihm sein Leben lieb wäre.

In Heinrichs Miene schlich sich eine gewisse Scham, aber auch zorniger Trotz. »Offen gestanden habe ich nie recht verstanden, welchen Unterschied es machen soll, ob man Gott verehrt, indem man den Rosenkranz herunterbetet oder indem man im allgemeinen Gebetbuch liest. Jedenfalls ist der Unterschied nicht groß genug, um dafür zu töten oder zu sterben.«

Remy musste ihm bis zu einem gewissen Maß beipflichten. Aber er musste auch an all die Männer und Frauen denken, für die der Unterschied groß genug gewesen war, ihr Leben der

Sache der Hugenotten zu opfern; Menschen, die für das Recht gestorben waren, Gott auf ihre Weise zu verehren. Das Massaker in Paris war für das Volk von Navarra unendlich grausam gewesen. Aber dass sich ihr König nun auch von ihrer Sache abgewandt hatte, hatte vielen den letzten Schlag versetzt.

Remy bemühte sich um Gelassenheit, doch offenbar zeigten sich einige seiner Gefühle, denn Heinrich meinte: »Ihr wisst also, dass Euer König ein Feigling ist, ein verachtenswerter Abtrünniger. Umso mehr überrascht es mich, dass Ihr mir noch immer so eifrig dienen wollt.«

»Euch blieb nichts anderes übrig, Sire.«

»*Ihr* hättet es nicht getan, Ihr hättet Eure Ehre und Eure Prinzipien nie geopfert, um Euren Kopf zu retten.«

Remy trat verlegen von einem Bein aufs andere. »Es spielt keine Rolle, was ich getan hätte. Ich bin kein König.«

Heinrich setzte sich auf die Bettkante und starrte düster in seinen Weinkelch. »Es gibt einige Leute, die glauben, dass ich auch kein rechter König bin. Es gibt viele, selbst in Navarra, die mich jetzt verachten. Sie vergleichen mich mit meinem Vater und behaupten, ich sei genauso willensschwach wie er, anstatt so stark und weise zu sein wie meine Mutter.«

»Dann beweist ihnen das Gegenteil, Sire«, drängte Remy. »Flieht und nehmt wieder Eure rechtmäßige Stellung als Führer der Hugenotten ein.«

»Aber was ist, wenn sie recht haben? Als ich beschloss zu konvertieren, dachte ich nicht daran, dass es meine Pflicht meinen Untertanen gegenüber wäre, am Leben zu bleiben. Ich dachte nur daran, dass ich jung bin und noch lange nicht bereit zu sterben. Ich fand das Leben viel zu süß.«

Heinrichs Miene erhellte sich etwas, als er fortfuhr: »Und das tue ich noch immer, im Augenblick sogar mehr denn je. Ihr müsst wissen, Hauptmann, ich … ich habe mich verliebt.«

Bei dieser Neuigkeit beschlich Remy eine düstere Ahnung. Er musste erst gar nicht fragen, in wen sich sein König verliebt hatte. Nun zwang er sich zu einem steifen Lächeln und versuchte, Heinrichs Geständnis nicht allzu viel Gewicht beizumessen.

»Beim Kreuz, Euer Gnaden, ich kann mich kaum erinnern, wann Ihr einmal nicht verliebt wart.«

»Das mag schon sein«, entgegnete Heinrich und lachte reumütig. Dann stand er auf. »Im Gegensatz zu Euch, der sich nie verliebt hat. Ich schwöre, ich kenne keinen, der den Reizen schöner Frauen gegenüber so unempfänglich ist wie Ihr.«

Allen, bis auf eine, dachte Remy niedergeschlagen.

»Nun denn – ich fürchte, in dieser Hinsicht bin ich wirklich sehr schwach.« Heinrich seufzte gespielt. »Schon mit vierzehn Jahren erkannte ich, dass Frauen die herrlichsten Geschöpfe sind, die Gott je geschaffen hat. Und Mademoiselle Cheney ist zweifellos das schönste.«

Als der König Gabrielle erwähnte, kostete es Remy allergrößte Mühe, die Fassung zu wahren. Heinrich schlenderte an ihm vorbei und spähte in die Nacht hinaus. Verträumte Sinnlichkeit legte sich auf seine Züge.

»Solch goldene Haare stellen selbst die Sonne in den Schatten. Augen, die mich an die klaren blauen Bäche unserer heimatlichen Berge erinnern. Weiche rote Lippen, die einem Mann jedes nur vorstellbare Vergnügen versprechen. Die Haut so weiß wie frische Sahne und weicher als Seide, die Brüste so fest und reif, dass sie geradezu darum betteln, liebkost zu werden.«

Remy atmete scharf ein. Hätte ein anderer so von Gabrielle geschwärmt, hätte er ihn angebrüllt, dass er den Mund halten solle, sonst würde er gewaltsam dafür sorgen. Aber er konnte seinem König ja kaum das Wort verbieten. So blieb ihm nichts anderes übrig, als die Fäuste zu ballen, bis seine Muskeln schmerzten, und grimmig zu schweigen.

Doch offenbar irritierte Heinrich sein Schweigen. Der

König unterbrach seine Aufzählung von Gabrielles Reizen und warf Remy einen ungeduldigen Blick zu. »Ihr habt die Dame ja mit eigenen Augen gesehen, Hauptmann. Bestimmt ist auch Euch nicht entgangen, wie wunderschön sie ist.«

Remy knirschte mit den Zähnen. Ja, das war ihm bei Gott nicht entgangen.

»Sie ist recht hübsch, das muss ich zugeben«, erwiderte er steif. »Aber hier am Hof gibt es doch bestimmt eine ganze Reihe schöner Frauen, und zu Hause in Navarra auch.«

»Stimmt, und lange glaubte ich, dass sich Gabrielle von ihnen nicht weiter abheben würde. Manchmal legt sie eine arrogante Zurückhaltung an den Tag, die einen Mann abschrecken kann. Aber in letzter Zeit hat sie mir gelegentlich erlaubt, hinter die Fassade zu blicken, und ich erhaschte einen Blick auf eine Frau, die herzlich, gleichzeitig aber auch sehr verletzlich ist. Wenn ich ihr in die Augen sehe, entdecke ich die Spur eines geheimen Leides, das mich noch verfolgt, wenn sie längst weg ist.«

Heinrich verstummte und lächelte schief. »Aber Ihr wisst selbstverständlich nicht, wovon ich rede, Hauptmann.«

Das war ja gerade das Schlimme, Remy wusste es nur zu gut.

»Der Mann, dem es gelingt, Gabrielles Herz zu erobern, wird einen Schatz in Händen halten«, murmelte Heinrich. »Die Dame kann einen ganz schön hinhalten, doch unter ihrem kühlen Äußeren brodelt ein Feuer, eine Leidenschaft, die jeder Mann gerne kosten würde. Und ich hätte das heute Nacht getan, wenn Ihr nicht gewesen wärt, Hauptmann.«

Heinrich warf Remy einen neckenden, aber auch leicht enttäuschten Blick zu. »Der Zeitpunkt Eurer unerwarteten Auferstehung kam mir ein wenig ungelegen. Ich dachte, ich hätte sie endlich so weit, mit mir das Bett zu teilen.«

Also hatte sich Gabrielle Heinrich noch nicht hingegeben? Eigentlich hätte Remy das gleichgültig sein sollen, sie hatte ja eine ganze Reihe von Liebhabern. Aber der Gedanke, dass sie sich noch nicht seinem König geschenkt hatte, weckte in ihm eine wilde Freude, die er kaum verhehlen konnte. Er senkte den Kopf.

Heinrich deutete dies falsch, er trat zu ihm und boxte ihm spielerisch auf den Arm.

»Schon gut, mein Freund, die Störung sei Euch verziehen«, scherzte er. »Es wird bestimmt noch viele Nächte geben.«

Ja, ganz bestimmt. Remys Freude verflog. Er knirschte so heftig mit den Zähnen, dass er erstaunt war, dass Heinrich nichts davon mitbekam.

»Egal wie sehr Euch Mademoiselle Cheney fasziniert, Ihr könnt nicht allein deshalb am Hof bleiben, um einer Frau nachzusteigen«, stellte er fest. »Nicht, solange Euer Land nach Eurer Führung verlangt. Ihr müsst bei der ersten Gelegenheit fliehen und heimkehren, das verlangt Euer Ehrgefühl, und es ist auch Eure Pflicht.«

Heinrichs Mund wurde verkniffen. »Und was ist, wenn ein Mann in erster Linie der Frau verpflichtet ist, die er verehrt? Königreiche stürzen, Hauptmann; Kriege geraten in Vergessenheit, edle Anlässe werden zu Staub. Was ist, wenn sich herausstellt, dass die Liebe das Einzige ist, was im Leben eines Mannes wirklich zählt?«

Remy musterte seinen König unbehaglich. Er hatte ihn schon zahllose Male verliebt erlebt, aber nie hatte Heinrich sich so leidenschaftlich geäußert. Gabrielle hatte den König tatsächlich erobert. Kein Wunder, dass sie bereitwillig das Wagnis eingegangen war, Remy zu ihm zu führen. In dem Hauptmann stieg Zorn auf, Zorn, der sich gegen Gabrielle richtete, weil sie den König verhext hatte, und gegen Heinrich, weil er sich so hatte betören lassen. Doch am zornigsten war er auf sich selbst, weil er seine Eifersucht nicht zügeln konnte.

»Ihr habt etwas vergessen, Sire: Ihr seid verheiratet. Was soll aus Eurer Gemahlin werden?« Remy merkte, dass er prüde klang und hoffnungslos naiv. Kein Wunder, dass Heinrich ihn auslachte.

»Margot? Ich versichere Euch, Hauptmann, meiner Königin ist es völlig egal, in wessen Bett ich liege, solange es nicht das ihre ist.«

»Und was ist mit Mademoiselle Cheneys Familie?«

»Was soll mit ihr sein? Hat sie überhaupt eine?«

»Jawohl! Sie ist die Tochter eines französischen Ritters und einer reichen Erbin, die als Herrin von Faire Isle bekannt ist. Ihre ältere Schwester, Ariane, ist die Comtesse de Renard, eine Frau mit einem vortrefflichen Ruf. Sie würde Eure Pläne, Gabrielle zu Eurer Mätresse zu machen, nicht billigen.«

»Es ist wohl ein wenig spät, wenn sie sich jetzt über die Tugend ihrer Schwester Sorgen macht, meint Ihr nicht auch?«, erwiderte Heinrich trocken. »Gabrielle ist schon seit geraumer Zeit eine Kurtisane.«

»Ariane ist bestimmt sehr bekümmert, dass ihre Schwester nach Paris gezogen ist. Ihr wäre es sicher am liebsten, wenn Gabrielle dieses Leben aufgeben und sich auf eine ehrbare Beziehung einlassen würde.«

Heinrich zuckte die Schultern. »Sagt der Dame, dass sie sich darüber nicht den Kopf zerbrechen soll. Für Gabrielles Zukunft ist gesorgt. Ich werde mich um einen Mann für sie kümmern, vielleicht irgendeinen kleinen Adligen. Auf alle Fälle wird es jemand sein, der ihr seinen Namen und Titel geben kann. Ein Mann, dem ich vertrauen kann, und der versteht, worum es mir bei diesem Arrangement geht. Gabrielle soll nur dem Namen nach seine Gemahlin sein, mit mir jedoch das Bett teilen. Es gibt viele Männer, die sich darauf einlassen würden, um sich meine Dankbarkeit und den damit verbundenen Wohlstand zu sichern.«

Heinrichs Augen glitzerten durchtrieben, als er Remy musterte. »Oder vielleicht auch ein Mann, der behauptet, er sei mir bedingungslos ergeben. Auch ein solcher Mann würde mir jeden Dienst erweisen, den ich von ihm verlange.«

Remy wandte sich ab, um seine Verachtung zu verbergen. Die Mutter des Königs, Johanna, hatte immer befürchtet, dass die lose Moral des französischen Hofes ihren Sohn verderben könnte. Remy trauerte um die verstorbene gute Königin, und es bedrückte ihn zutiefst, wie hartherzig und träge ihr Sohn geworden war.

Doch vor allem bedrückte es ihn, an Gabrielles kalte, leere Zukunft zu denken, die Heinrich für sie ihm Sinn hatte. Wie lange würde sie wohl seine Geliebte bleiben? Bis er ihrer überdrüssig oder sie zu alt wurde? Dann würde sie einem Gemahl ohne Prinzipien ausgeliefert sein, der seine Gattin an einen König verschachert hatte, einem Mann ohne Ehre, Stolz und Liebe.

Remy blieb nichts anderes übrig, als seine Wut zu zügeln und daran zu denken, dass das schließlich die Zukunft war, die Gabrielle sich wünschte. Heute Nacht ging es nicht um ihre Rettung, sondern um die des Königs. Deshalb verdrängte er Gabrielle aus seinem Kopf, während er unruhig auf und ab lief und versuchte, Heinrichs Gedanken von der Dame weg auf die Möglichkeit einer Flucht zu lenken.

Obwohl Heinrich die Finger ans Kinn legte und Remy nachdenklich musterte, war sich der nicht sicher, ob sein König ihm überhaupt zuhörte.

»Aus Paris zu fliehen ist wahrscheinlich schwierig, aber der Hof zieht doch häufig im Land umher, oder? Auf einem solchen Ausflug lässt sich bestimmt ein passender Moment finden«, brachte Remy vor. »Ich schwöre Euch, dass ich alles tun werde, um die Gefahr gering zu halten.«

Als Heinrich stumm blieb, fragte Remy noch einmal: »Ihr wollt doch heimkehren, Sire, oder etwa nicht?«

»Meine Güte, natürlich. Manchmal, wenn ich auf das geschäftige Treiben auf den Straßen blicke, packt mich die Sehnsucht nach der frischen Luft meiner Berge, und ich wünsche mir nichts sehnlicher, als nicht mehr jeden Gedanken und jedes Gefühl verbergen zu müssen und wirklich wieder ein König zu sein.«

Heinrich lehnte sich an den Bettpfosten und betrachtete

Remy mit zusammengekniffenen Augen. »Ich würde viel darum geben, wenn ich meine Heimat wiedersehen und dem wachsamen Blick der dunklen Königin entkommen könnte. Ihr habt also meine Erlaubnis, meine Flucht vorzubereiten – vorausgesetzt, Ihr leitet auch noch etwas anderes in die Wege.«

»Und das wäre?«

»Ihr müsst dafür sorgen, dass Gabrielle mit uns kommt.«

Remy verkniff sich einen Fluch. Wenn es um Frauen ging, war Heinrich stets äußerst beharrlich gewesen. Ihn davon abzubringen war kaum möglich.

»Und wie soll ich das bewerkstelligen, Sire?«, fragte er ungeduldig. »Ich kenne Mademoiselle Cheney kaum, aber ich kann mir vorstellen, dass sie Paris nicht verlassen möchte. Was also soll ich tun? Soll ich sie entführen?«

»Nein, meine gute Geißel.« Heinrichs Lippen verzogen sich zu einem bedächtigen Lächeln. *»Ihr sollt sie heiraten.«*

11

Kostbare Wandbehänge schmückten das prachtvolle Vorzimmer der dunklen Königin. In der Umrandung des Kamins fanden sich Szenen von Diana, der Jagdgöttin, mit Faunen, Hirschen und Satyrn, auf dem Sims prangten Initialen: ein H verwoben mit einem C.

Obwohl Katharinas Begrüßung gar nicht herzlicher hätte sein können, kam sich Gabrielle wie eine glücklose Fliege vor, die in das hübsch gewebte, seidige Netz einer Spinne geraten war. Die dunkle Königin entließ ihre Bediensteten und verhinderte Gabrielles Hofknicks, indem sie sie zu einem Stuhl winkte.

»Keine Förmlichkeiten, Kind«, murmelte sie. Sie trug bereits ein dunkles Nachtgewand, und ihr ergrauendes Haar steckte unter einer weißen Nachthaube. Sie hätte gut jemandes jungfräuliche alte Tante sein können, zumindest wenn die Tante eine Hexe mit dunklen, wachsamen Augen gewesen wäre.

In anderen Ländern mochte es eine große Ehre sein, zu einem privaten Treffen mit einer Königin gerufen zu werden, aber die meisten Franzosen betrachteten eine Audienz bei Katharina von Medici mit anderen Augen. Angeblich zitterten sogar ihre Kinder, wenn sie zu ihr gerufen wurden.

Gabrielle hatte bislang zu den wenigen gehört, die der dunklen Königin souverän begegnen konnten – bis heute Nacht. Nun versuchte sie, ruhiger zu werden, indem sie sich einredete, dass Katharina bestimmt wahnsinnig wütend wäre, hätte sie herausgefunden, dass Remy zurück war und sich heimlich mit dem König traf. Sowohl Gabrielle als auch Remy würden längst verhaftet sein – oder etwa nicht?

Aber aus welchem Grund sollte Gabrielle sonst zu diesem mitternächtlichen Stelldichein zitiert worden sein? Welch neues Spiel sollte das werden? Ihr Magen schnürte sich zusammen, als Katharina mit einer Miene zu ihr trat, die ebenso mild wirkte wie der Wein, den sie ihr anbot. Das dunkelrote Getränk funkelte in herrlichem venezianischen Kristall.

»Hier, meine Liebe. Ihr seht aus, als könntet Ihr einen Schluck gebrauchen.«

Nimm niemals etwas zu essen oder zu trinken aus der Hand der dunklen Königin! Das war ein ungeschriebenes Gesetz bei den Töchtern der Erde, aber Gabrielle hatte sich darüber immer lustig gemacht. Wenn Katharina alle Giftmorde auf dem Gewissen hätte, die man ihr anlastete, hätte Frankreich inzwischen die Hälfte der Bevölkerung verloren. Dennoch musterte sie den Kelch wachsam.

Katharinas dunkle Augen blitzten belustigt auf. »Meine liebe Gabrielle, ich versichere Euch, der Wein ist nicht vergiftet. Soll ich den ersten Schluck nehmen?«

»Natürlich nicht. Wenn Ihr beschlossen hättet, mich zu töten, würdet Ihr es sicher nicht hier in Euren Gemächern tun.« Gabrielle führte den Kelch betont sorglos an die Lippen und nippte daran. Dann fügte sie hinzu: »Schließlich wäre es ziemlich umständlich, sich meiner Leiche zu entledigen.«

»Nicht so umständlich, wie Ihr glaubt«, erwiderte Katharina trocken.

Gabrielle, die soeben einen weiteren Schluck zu sich genommen hatte, erstickte fast daran.

Katharina klopfte ihr auf den Rücken. »Ist ja gut, mein Kind. Das war doch nur ein Scherz.«

Gabrielle rang um Fassung und stellte den Kelch ziemlich unsanft ab. Katharina beobachtete sie mit verhüllten Augen. »Wie kommt Ihr nur darauf, dass ich Euch etwas zuleide tun will? Ihr seid die Tochter einer meiner ältesten und liebsten Freundinnen.«

Zornig, dass sie sich von Katharina hatte verunsichern lassen, erwiderte Gabrielle: »Euer Gnaden hegt eine seltsame Vorstellung von Freundschaft. Ihr habt alles getan, um das Glück meiner Mutter zu zerstören.«

Marguerite de Maitland, die Kurtisane, die Louis Cheney verführt hatte, war eines von Katharinas Geschöpfen gewesen. Sie hatte zur fliegenden Schwadron der dunklen Königin gehört, einer Gruppe von Frauen, die dank ihrer Schönheit, ihrer Schläue und ihrer Fähigkeiten im Schlafzimmer ausgewählt wurden. Nur wenige Männer waren stark genug, diesen Sirenen zu widerstehen, auch wenn sie wussten, wer sie auf sie angesetzt hatte. Es war kein Geheimnis, dass Katharina diese jungen Frauen als Spione benutzte, um ihre Feinde unter ihre Kontrolle zu bekommen. Bei Evangeline Cheney hatte Katharina allerdings allein aus Hass und Neid gehandelt.

Die dunkle Königin machte keine Anstalten, Gabrielles Vorwurf abzustreiten. Stattdessen setzte sie eine traurige Miene auf, die vor Hohn troff. »Nun ja, ich habe Marguerite tatsächlich angewiesen, Euren Vater zu unterhalten. Aber selbst wenn ich das nicht getan hätte, wäre er Eurer Mutter irgendwann untreu geworden. Früher oder später werden alle Männer untreu. Eure Mutter hätte gelassener sein und sich nicht das Herz brechen lassen sollen. Aber das ist ja längst vergessen.« Katharina tat das Leid, das sie über die Familie Cheney gebracht hatte, mit einer sorglosen Geste ab. »Ihr habt es jedenfalls ganz offenkundig vergessen, sonst hättet Ihr Marguerites Erbe nie angenommen. Ihr seid mir sehr ähnlich, Gabrielle. Wir sind beide praktisch veranlagt und lassen uns nicht von so etwas Törichtem wie Gefühlen um unseren persönlichen Vorteil bringen.«

»Das mag sein«, pflichtete Gabrielle ihr bei, doch die Vorstellung hatte auch etwas Bitteres. Manchmal wünschte sie sich inständig, ehrbarer und unbefleckter zu sein. Sie wandte sich rasch ab, bevor Katharina diesen Gedanken in ihren

Augen lesen konnte. Wenn man sich vor Katharina eine Blöße gab oder ein Gefühl zeigte, konnte man ihr genauso gut den Hals darbieten – oder schlimmer noch, die Augen. Wenn Gabrielle nicht aufpasste, würde die dunkle Königin ihr alles über Remy und all die anderen Geheimnisse entreißen, die Gabrielle vor ihr zu verstecken trachtete.

Um ihre übliche Nonchalance ringend, ging Gabrielle zu dem Stuhl, den Katharina ihr angeboten hatte, und ließ sich anmutig nieder. »Es schmeichelt mir zwar ungemein, dass Ihr mich hier empfangt, Euer Gnaden, aber ich bin doch sehr neugierig auf den Grund – zumal es schon recht spät ist.«

»Ich habe nicht vor, Euch lange aufzuhalten, Kind.« Katharina setzte sich Gabrielle gegenüber. Auf dem kleinen Tisch zwischen ihnen stand nur ein Leuchter. Katharina rückte ihn näher zu Gabrielle, sodass sein Schein auf ihr Gesicht fiel, Katharina jedoch im Schatten blieb. Gabrielle erstarrte, zeigte sich nach außen hin jedoch völlig ungerührt.

»Ich wollte nur kurz mit Euch plaudern. Ich habe Euch den ganzen Abend lang kaum gesehen, Ihr seid ständig verschwunden«, schnurrte Katharina.

»Es herrschte dichtes Gedränge, Euer Gnaden. Darin kann man leicht untergehen.«

»Eine andere, weniger auffällige Dame vielleicht, aber Ihr doch nicht, meine Liebe. Eure Anwesenheit wird stets bemerkt, genau wie Eure Abwesenheit. Ich hatte ja nicht einmal die Gelegenheit, Euch zu Eurem hübschen Kostüm zu beglückwünschen. Als was hattet Ihr Euch eigentlich verkleidet?«

»Als Feenkönigin.«

»Aha. Nun sagt mir, Gabrielle: Seid Ihr am Ende eine böse Fee?«

»Ach, ich glaube, diese Rolle überlasse ich lieber Eurer Majestät.«

Katharina kicherte heiser und zwickte Gabrielle in die Hand. Die scheinbar spielerische Geste war so schmerzhaft, dass Gabrielle ein Ächzen unterdrücken musste.

Katharinas Lächeln wurde breiter. »Unverschämte Göre. Ich frage mich, warum ich Euch Eure Frechheiten durchgehen lasse. Offenbar mag ich Euch.«

Gabrielle rieb sich die schmerzende Hand. »Ach so? Ich dachte immer, Ihr würdet mich nur aus Angst vor der Macht meiner Schwester dulden.«

Katharinas Lächeln verschwand. »Macht Euch nicht lächerlich! Ich gebe zu, Ariane und ich hatten ein paar Meinungsverschiedenheiten, die mit einigen hässlichen Drohungen verbunden waren, doch wir haben uns wieder versöhnt. Ich hege ihr gegenüber nichts als Bewunderung und Achtung. Sagt mir: Wie geht es der guten Herrin von Faire Isle?« Eine gewisse Boshaftigkeit umspielte Katharinas Lippen, als sie hinzufügte: »Aber das wisst Ihr wohl gar nicht, oder? Weil sich Ariane von Euch losgesagt hat.«

Nur mit größter Mühe konnte Gabrielle verbergen, wie weh Katharinas Stich getan hatte. Das war die Gefahr, wenn man sich darauf einließ, mit der Königin höhnische Bemerkungen auszutauschen – sie wusste nur zu gut, womit sie einen am schlimmsten treffen konnte.

»Ja, Ariane und ich haben uns etwas auseinandergelebt«, sagte Gabrielle leise. »Eure Spione halten Euch doch sicher auf dem Laufenden über uns beide.«

»In der Regel schon. Leider sind die Bewohner von Faire Isle und auf dem Anwesen Eures geschätzten Schwagers ihrer Herrin gegenüber sehr loyal und Fremden gegenüber sehr misstrauisch. Das ist wirklich ärgerlich.« Katharina spielte mit dem Fuß des silbernen Leuchters, dann fügte sie mit sanfterer Stimme hinzu: »Meine Spione hier in Paris leisten mir weitaus bessere Dienste.«

Diese Bemerkung ließ Gabrielle unwillkürlich vor Schreck erstarren.

Katharina musterte sie verschlagen, dann fuhr sie fort: »Zum Beispiel Signore Verducci, ein sehr nützlicher kleiner Kerl, wenn auch zu Zeiten ein wenig dumm. Er brachte mir heute so erstaunliche Geschichten über Euer Treiben, dass ich ihm beinahe die Ohren lang gezogen hätte. Aber wenn er die Wahrheit sagt, dann muss ich Euch beglückwünschen. Ich habe nicht geahnt, dass Eure Macht schon so weit reicht.«

Obwohl ihr Puls mit jedem Wort Katharinas schneller schlug, erwiderte Gabrielle bemüht gelassen: »Ich weiß nicht, wovon Ihr redet.«

»Und dabei habe ich mich immer für eine Meisterin in schwarzer Magie gehalten«, murmelte Katharina. »Aber selbst ich habe es noch nicht geschafft, einen Mann von den Toten auferstehen zu lassen.«

Gabrielle spürte, wie ihr das Blut aus den Wangen wich. Katharinas scharfer Blick richtete sich auf sie wie das Schwert eines Kämpfers, der den tödlichen Stoß vorbereitet.

»Ich frage mich ... Glaubt Ihr, dass die Geißel das kleine Treffen mit seinem König genossen hat?«

Remy! Die dunkle Königin hatte Remy entdeckt!

Gabrielle konnte ihr Entsetzen nicht mehr verbergen. Sie sprang auf und schlug mit den Händen auf den Tisch, dass der Leuchter beinahe umgekippt wäre. »Gütiger Gott! Was zum Teufel habt Ihr mit ihm angestellt?«

Offenbar erstaunt über Gabrielles heftige Reaktion wich Katharina ein wenig zurück.

»Na ja – *noch* nichts.«

»Ich glaube Euch kein Wort. Habt Ihr ihn verhaften lassen, oder ist er – ist er ...« Gabrielle schnürte sich die Kehle zu, sie war unfähig, ihre schlimmste Befürchtung zu äußern.

»So beruhigt Euch doch wieder, Kind. Dem Hauptmann ist kein Haar gekrümmt worden, soviel ich weiß, genießt er noch immer Heinrichs Gastfreundschaft.«

Gabrielle erforschte Katharinas Miene. Die dunkle Königin schien die Wahrheit zu sagen, was wahrhaftig nicht sehr oft vorkam. Gabrielle sank auf ihren Stuhl zurück, erschöpft vor Erleichterung, aber auch erschrocken darüber, dass sie sich soeben verraten hatte. Remys Rückkehr hatte ihr den Vorteil geraubt, den sie bei den Duellen mit Katharina immer gehabt hatte – die Gleichgültigkeit einer Frau, die nichts weiter als ihren eigenen Kopf aufs Spiel setzt.

Katharina schnalzte mit der Zunge. »Nun sieh mal einer an! Und dabei hatte ich schon befürchtet, einen weiteren langweiligen Abend durchstehen zu müssen, einen weiteren absurden Maskenball, wie sie mein Sohn so gern veranstaltet. Wie unterhaltsam alles geworden ist! Nicht nur, dass die Geißel von den Toten aufersteht, nein, obendrein benimmt sich Gabrielle Cheney, die eisige Jungfer, ganz anders als sonst. Welch ein Überschwang an Gefühlen – Ihr zittert ja richtig!«

Gabrielle verschränkte die Hände im Schoß.

Verleite die dunkle Königin bloß nicht zu der Annahme, dass es etwas mit Remy zu tun hat. Gib ihr bloß nicht diese Macht über dich!

Sie benetzte die Lippen. »Na-natürlich zittere ich. Wer würde das nicht, wenn er dabei ertappt wurde, wie er etwas tut, was Euer Gnaden mit Sicherheit missfällt.«

»Tja.« Katharina bedachte sie mit einem scheelen Blick. »Und deshalb frage ich mich, warum Ihr es getan habt. Ihr versteht es doch sonst weitaus besser, Eure Interessen zu wahren.«

Gabrielle zuckte mit den Schultern. »Ich habe genauso viel Angst vor Langeweile wie Euer Gnaden. Es geht doch nichts über eine kleine Intrige, um ein wenig Schwung ins Leben zu bringen. Als der arme Hauptmann daherkam und mich anflehte, ihm ein Treffen mit seinem König zu verschaffen, fand ich das nicht wirklich schlimm.«

»Nicht wirklich schlimm?« Katharina zog herrisch die Brauen hoch. »Ihr findet es also nicht wirklich schlimm, einen meiner erbittertsten Feinde in meinen Palast zu schmuggeln?«

»Nicolas Remy stellt doch keine Bedrohung mehr für Euch dar. Er hat kein Heer und keine mächtigen Verbindungen mehr. Er wollte nur ein letztes Mal seinen König sehen, sich vergewissern, dass Heinrich – dass es ihm gut geht.«

»Entweder Ihr seid eine Närrin, Gabrielle, oder Ihr haltet mich dafür«, entgegnete Katharina verärgert. »Der Hauptmann will das, was sehr viele Hugenotten wollen: ihren König meinen Papistenklauen entreißen. Remy ist nicht irgendein Mann, er ist eine verfluchte Legende; er ist in der Lage, andere ansonsten ganz besonnene Leute zu überreden, törichte Wagnisse einzugehen. Dazu braucht man sich doch bloß anzusehen, was er mit Euch angestellt hat.«

Gabrielle lief rot an, doch sie versuchte es zu überspielen, indem sie ein vorgetäuschtes Gähnen zurückdrängte. »Na ja, zugegeben, der Hauptmann sieht recht gut aus, aber ich versichere Euch, dass ich ihn stets ein wenig öde fand, wie das bei solch ehrbaren, unbestechlichen Männern meist der Fall ist.«

»Dennoch habt Ihr und Eure Schwestern einmal alles getan, um ihn zu beschützen. Und jetzt tut Ihr es wieder. Warum nur?«

»Keine Ahnung«, entgegnete Gabrielle gedehnt. »Macht der Gewohnheit?«

»Eine sehr unkluge Gewohnheit, meine liebe Gabrielle.«

»Das mag wohl sein, aber meine Schwestern und ich stehen in Hauptmann Remys Schuld. Er hat uns geholfen in der Nacht, als Eure Hexenjäger unser Haus in Brand stecken wollten.«

»Hexenjäger, die ich nur ausgeschickt hatte, um Hauptmann Remy aufzustöbern und meine Handschuhe zurückzubringen. Wenn er nicht bei Euch untergekrochen wäre – na, egal.« Katharina hob herrisch die Hand. »Warum über alten Zwist streiten? Es war doch nur ein Missverständnis.«

Ein Missverständnis? Wenn sich Katharina bei einem Missverständnis so verhielt, was würde sie wohl tun, wenn sie jemanden wirklich als Feind betrachtete? Gabrielle kannte die Antwort nur zu gut. Die dunkle Königin verschenkte vergiftete Handschuhe, sie schickte dunkle Heere los, um ihre Feinde zu vernichten. Gabrielle rieb sich den Nacken. Plötzlich war sie dieses Spiel mit Katharina unendlich leid.

»Genug damit, Euer Gnaden«, meinte sie schroff. »Es ist klar, dass Ihr Remys Treffen mit Heinrich leicht hättet unterbinden können. Warum habt Ihr es nicht getan? Warum habt Ihr uns beide nicht längst verhaften lassen?«

Katharina funkelte sie finster an. »Das habe ich mich auch schon gefragt. Vielleicht, weil zwischen meinen katholischen und meinen protestantischen Untertanen momentan ein unsicherer Waffenstillstand herrscht und ich diese Unruhen wahrlich satthabe. Die frommen Hugenotten betrauerten vor Jahren den Verlust ihres großen Helden. Wenn ich Hauptmann Remy nun ein zweites Mal zum Märtyrer mache, könnten neue Kämpfe entbrennen.

Ein Krieg mag bisweilen recht nützlich sein. Wenn Krieg herrscht, sind meine Adligen beschäftigt und stiften keinen Unfrieden am Hof. Aber so ein Krieg ist auch teuer. Ich stecke mein Geld lieber in die Fertigstellung meines schönen neuen Palastes. Und um offen zu sein, Gabrielle: Hauptmann Remy beunruhigt mich wesentlich weniger als Ihr.«

»Ich?«

»Allerdings. Ich habe Eure Karriere am Hof mit größtem Interesse verfolgt. Ihr seid ganz anders als all die anderen törichten Kurtisanen, die sich mit ein wenig Schmuck, ein paar hübschen Kleidern, einem stattlichen Haus und ihrem Vergnügen zufriedengeben. Ihr wollt mehr. Ihr wollt Macht, die Art von Macht, die man erhält, wenn man das Herz eines Königs erobert.«

Als Gabrielle antworten wollte, fuhr Katharina rasch fort: »Spart Euch die Mühe, es abzustreiten. Ihr könnt Eure Gedanken recht gut verbergen, Mademoiselle, aber schon die kleinste Hexennovizin könnte Eure Ziele erkennen. Mir ist schon eine ganze Weile bewusst, welche Hoffnungen Ihr auf meinen lieben Schwiegersohn, Heinrich von Navarra, setzt.«

»Warum habt Ihr mich dann nicht fortgeschickt?«, wollte Gabrielle wissen.

Katharina blieb ihr die Antwort schuldig. Sie erhob sich, stolzierte zum Kamin und winkte Gabrielle gebieterisch zu sich. »Kommt her!«

Gabrielle trat mit langsamen, wachsamen Schritten näher. Schließlich packte Katharina sie am Handgelenk und zerrte sie zu sich. Sie deutete auf das herrliche Relief in dem Marmorsims, die ineinander verschlungenen Buchstaben.

»Sind Euch diese Initialen schon einmal aufgefallen?«

»Sie sind kaum zu übersehen. Schließlich findet man sie fast überall im Palast.«

»Und wisst Ihr auch, wofür sie stehen?«

Gabrielle seufzte ungeduldig und fragte sich, was das nun wieder für ein Spiel sein sollte. »Selbstverständlich. Das H steht für Euren verstorbenen Gemahl, König Heinrich II., und das C steht für Caterina, wie Euer Name im Italienischen geschrieben wird. Eine stete Erinnerung an die Anwesenheit Eurer Majestät.«

»Nicht meine Anwesenheit. Was Ihr für ein C haltet, ist eine Mondsichel – ein Symbol der Göttin Diana. So hieß die Mätresse meines Gemahls.«

Gabrielle machte große Augen. Katharinas Gemahl kannte sie nur aus Erzählungen, sie war wohl kaum älter als acht gewesen, als Heinrich an den Folgen eines Turnierunfalls einen frühen Tod gestorben war. Freilich war Gabrielle auch die leidenschaftliche Affäre des Königs mit Diane de Poitiers zu Ohren gekommen – ein Name, den niemand vor Katharina laut auszusprechen wagte.

Die dunkle Königin ließ Gabrielle los und trat näher an den Kamin. Sie fuhr langsam über die Umrisse des Buchstabens H. Auf ihr Gesicht legte sich eine ungewöhnliche Weichheit.

»Ich war erst vierzehn, als ich nach Frankreich kam, um einen Mann zu heiraten, den ich noch nie gesehen hatte. Ich wurde aus meiner Heimat Italien gerissen, ich hatte Angst vor der Reise in ein fremdes Land, und ich fürchtete, mein Bräutigam könnte ein hässlicher, abstoßender Mann sein.«

Katharina lachte freudlos auf. »Wahrscheinlich wäre es mir besser ergangen, wenn es so gewesen wäre. Doch mein Heinrich war jung, stark und ernst – ähnlich wie Euer Hauptmann Remy. Ich hatte das Pech, mich auf den ersten Blick in ihn zu verlieben.«

»Pech?«, fragte Gabrielle verständnislos.

»Jawohl, denn sein Herz gehörte einer anderen: Diane de Poitiers.« Katharinas Lippen zuckten verbittert. »Heinrich hat mich geheiratet, und ich habe ihm Erben geschenkt. Aber sie machte er zur ungekrönten Königin Frankreichs. Sie war es, auf die er bei all seinen königlichen Geschäften und Sitzungen hörte. Sie bestimmte sogar, wie meine Kinder erzogen werden sollten. Sie wurde vom ganzen Hof umschwärmt und verehrt, während ich verachtet und vergessen wurde.«

In Katharinas Stimme schlich sich der seltene Anflug eines Gefühls, während sie weiter nachdenklich über den Anfangsbuchstaben ihres Gemahls fuhr. »Heinrich tat bei mir einzig und allein seine Pflicht, und selbst das nur widerwillig. Sobald er sie erledigt hatte, stand er auf und schlich unverzüglich in Dianes Bett. Ich ließ ein Loch in die Decke von Dianes Schlafgemach bohren, damit ich die beiden beobachten konnte, wenn sie sich liebten.«

Gabrielle fand es zwar grässlich, wie Katharina ihrem Gemahl nachspioniert hatte, aber ein wenig tat ihr die Frau auch leid.

»Wie konntet Ihr es nur ertragen?«, rief sie. »Ich hätte jedes einzelne dieser Mondsymbole beseitigt, selbst wenn ich dafür den gesamten Louvre hätte abschleifen lassen müssen.«

»Ach ja, hättet Ihr das?« Katharina ließ die Hand sinken. »Die neue Dekoration hätte viel Geld gekostet, und wofür? Als Heinrich starb, spielte es keine Rolle mehr – weil diese Frau keine Rolle mehr spielte. Und das wollte ich Euch damit sagen: Königliche Mätressen kommen und gehen, und sie geraten rasch in Vergessenheit.

Ich muss zugeben, dass Madame Diane viel länger auf der Sonnenseite weilte als die meisten anderen, aber ich glaube nicht, dass Ihr bei Heinrich von Navarra ähnlich erfolgreich wärt. Wie Ihr bestimmt schon bemerkt habt, ist mein lieber Schwiegersohn ein rechter Frauenheld.«

Katharina hatte wieder ihre übliche Maske angelegt. »Nein, meine liebe Gabrielle, macht Euch nie von einem König und auch von keinem anderen Mann abhängig. Es wäre weitaus klüger, wenn Ihr Euch in den Dienst einer Königin begeben würdet, einer, die wie Ihr eine Tochter der Erde ist.«

Gabrielle atmete scharf ein. Ihre Anwandlung von Mitleid verflog. Mitgefühl mit der dunklen Königin aufkommen zu lassen war gefährlicher, als Angst vor ihr zu haben; denn dann vergaß man leicht, wie durchtrieben diese Frau war. Gabrielle wusste, worauf Katharina hinauswollte. Es war nicht das erste Mal, dass die dunkle Königin versuchte, Gabrielle für ihre fliegende Schwadron zu rekrutieren.

Sie wich vor der Königin zurück und fragte verächtlich: »Euer Gnade dienen? Wie? Indem ich in das königliche Bordell eintrete? Schlägt Eure Majestät vor, meine Zuhälterin zu werden?«

»Seid nicht so derb, Kind«, schimpfte Katharina und schürzte die Lippen. »Ich würde Euch weitaus mehr achten als die anderen Damen, die mir dienen. Ich könnte Euch alles bieten, was Euch ein König bieten könnte, und noch weitaus mehr: Wohlstand, Ländereien, Titel … und Macht.«

»Macht?« Gabrielle lachte ungläubig auf. »Ihr bietet mir an, Eure Macht mit mir zu teilen?«

»Nun, meine Liebe, ich werde alt. Euer jugendlicher Scharfsinn und Eure Energie wären mir sehr willkommen. Denkt doch nur, was wir gemeinsam erreichen könnten, Gabrielle – zum Ruhme Frankreichs und vor allem der Frauen dieses Landes. Ihr würdet meine rechte Hand werden, Euch würde mehr Wertschätzung entgegengebracht als meinen Töchtern. Ich würde Euch alles beibringen, was ich weiß, sogar meine mächtigsten und geheimsten Kenntnisse. Alles, was ich dafür von Euch will, ist …«

»Meine Seele?«, fiel ihr Gabrielle zynisch ins Wort.

»Eure Freundschaft, Eure ungeteilte Loyalität und Ergebenheit. Denkt über mein Angebot nach, es könnte Eure Zukunft sichern. Ansonsten sähe ich mich gezwungen, Eure Mitwirkung bei Hauptmann Remys Machenschaften zu überdenken und …« Katharinas Stimme verlor sich.

Trotz ihres blitzenden Lächelns war deutlich, was sie meinte. Diesmal ging es nicht um ein weiteres Angebot, sich in die Schar ihrer Damen einzureihen. Die dunkle Königin hatte ein Ultimatum geäußert, eines, das sie auch Heinrich von Navarra gestellt hatte: *Schließ dich mir an oder stirb.*

Katharinas Wunsch, Gabrielle an sich zu binden, war womöglich Gabrielles einziger Trumpf, um Remys Leben zu retten. Aber sie musste ihr Blatt klug ausspielen. Betont kühl und gleichgültig fragte sie: »Und was ist mit Nicolas Remy? Was soll mit ihm geschehen?«

Katharina runzelte die Stirn und musterte eine Stelle auf einem Fingernagel. »Monsieur Geißel war mir ein Dorn im Auge, und ich habe nicht vor, ihn wieder dazu werden zu lassen. Aber ein öffentlicher Prozess und eine Hinrichtung kämen mir nicht gelegen. Freilich können selbst kräftige Männer wie die Geißel einen Unfall erleiden oder einer geheimnisvollen Krankheit erliegen …«

Vor allem, wenn eine dunkle Königin solche Unfälle arrangierte. Katharina hatte zahllose Möglichkeiten, Remy zu vernichten: Gift, das in einer Taverne in sein Getränk gemischt würde; ein plötzliches Feuer in dem Gasthaus, in dem er übernachtete; ein Meuchelmörder, der Remy in einer dunklen Gasse die Kehle aufschlitzte … In Gabrielles Kopf schwirrten die schlimmsten Befürchtungen.

Um ihre Erregung zu verbergen, wandte sie sich von Katharina ab und dachte fieberhaft nach. Schließlich meinte sie: »Mir ist etwas viel Besseres eingefallen. Warum kümmere ich mich nicht um ihn?«

»Ihr?«

»Ja. Ich könnte ihn verführen. Denkt doch nur, wie sich das auf all die strengen Hugenotten auswirken würde, wenn es sich herumspräche! Wenn bekannt würde, dass Ihr es nicht nur geschafft habt, aus ihrem König einen Katholiken zu machen, sondern auch ihren großen Helden, die Geißel, in den Bann einer Eurer berüchtigtsten Kurtisanen zu ziehen.«

Gabrielle schenkte Katharina ein überaus strahlendes, überzeugendes Lächeln. »Das würde die Legende dieses Mannes doch viel wirksamer zerstören, als ihn einfach nur zu töten.«

Katharina legte die Finger ans Kinn und runzelte nachdenklich die Stirn. Gabrielle hielt den Atem an und überlegte, was sie machen sollte, falls Katharina ihren Vorschlag verwarf. Sollte sie auf die Knie fallen und um Remys Leben betteln oder die Königin erdrosseln, bevor sie dem Hauptmann zu Leibe rücken konnte?

Gabrielle juckte es schon in den Fingern, als ein bedächtiges Lächeln über Katharinas Gesicht huschte.

»Ich habe Euren scharfen Verstand immer bewundert, Gabrielle. Ihr denkt rücksichtslos und verschlagen, ganz ähnlich wie ich. Aber glaubt Ihr wirklich, dass Euer Charme reicht, unsere ehrenhafte Geißel vom Weg seiner Pflicht abzubringen?«

Früher hatte er nicht gereicht, dachte Gabrielle, aber eigentlich hatte sie es auch nie darauf angelegt. Sie biss sich auf die Unterlippe, als ihr Remys Kuss einfiel, der ein längst vergessen geglaubtes Verlangen in ihr geweckt hatte. Aber Remy zu verführen, damit er seine Ehre vergaß, ihn zu verderben, weil es die dunkle Königin so wollte – das wäre der letzte Betrug; damit würde sie alles zerstören, was je gut zwischen ihnen gewesen war. Dieser Gedanke erfüllte sie mit tiefer Verzweiflung. Aber wenn sie es nicht schaffte, käme es Remys Todesurteil gleich.

Gabrielle unterdrückte den Schmerz in ihrem Herzen. Verführerisch glitt sie mit der Hand über ihre üppigen Kurven. »Würde ich es schaffen, die Geißel zu verführen?«, schnurrte sie. »Was glaubt Ihr?«

Katharina kicherte rau und streifte einen kleinen goldenen Siegelring ab. »Ich glaube an Euch, und ich habe einen Entschluss gefasst. Nehmt diesen Ring als Zeichen meines Vertrauens. Und nun versprecht mir Eure Treue.«

Katharina hielt ihr das glitzernde Schmuckstück hin. Gabrielle schreckte davor zurück wie vor einer Giftschlange. Doch dann zwang sie sich zu einem Lächeln, sank anmutig vor Katharina auf die Knie und führte die Hand der Königin an ihre Lippen. In ihr war nichts als Leere. Ihr war, als würde sie den letzten Rest ihrer Ehre verschachern, als würde sie mit diesem Pakt nicht nur Remy verraten, sondern auch ihre Schwester Ariane, die die dunkle Königin so heftig und tapfer bekämpft hatte.

Sei nicht so melodramatisch!, mahnte sie sich. Das war doch alles nur Teil des Spiels, eine weitere kleine Intrige. Pakte wurden geschlossen, um sie zu brechen. Außerdem hatte sie wohl keine andere Wahl.

»Ich verpflichte mich, ausschließlich Eurer Majestät zu dienen«, fing sie an.

»Oh nein, meine Liebe.« Katharina nahm sie am Kinn und zwang sie, den Kopf zurückzulegen. Gabrielles Herz begann zu rasen, als die dunkle Königin in ihr Denken eindringen wollte. Sie musste all ihre Kraft aufbieten, um nicht auszuweichen und ruhig zu bleiben; um den Blick fest zu erwidern, ohne Katharina etwas anderes zu zeigen als das Eis in ihren Adern, die kalten Schatten auf ihrem Herzen. Und vor allem, um nicht an Remy zu denken, und wie schrecklich es sein würde, wenn …

Katharinas Finger schlossen sich immer schmerzhafter um

ihr Kinn, und ihr Blick kämpfte gegen Gabrielles Schranken an. Einen grauenhaften Moment lang geriet Gabrielle ins Wanken, doch sie erholte sich rasch und schlug die Tür zu ihren Gedanken entschlossen zu. War sie schnell genug gewesen? Wie viele ihrer Wunden und Geheimnisse hatte Katharina erkannt?

Beunruhigt forschte Gabrielle im Gesicht der dunklen Königin nach einem Zeichen des Triumphs. Doch zu ihrer unendlichen Erleichterung wirkte Katharina nur bitter enttäuscht. Sie streifte Gabrielle den Ring unsanft über den Finger, und ihre Schultern sackten nach unten, als wäre sie plötzlich maßlos erschöpft.

»Nun gut«, sagte sie. »Ich betrachte unseren Handel als besiegelt und bin nun sehr müde, mein Kind. Ihr könnt gehen.«

Gabrielle war nur zu dankbar dafür. Sie machte noch rasch einen Knicks, den Katharina kaum zur Kenntnis nahm. Doch als sie schon fast zur Tür hinaus geschlüpft war, rief ihr die dunkle Königin noch etwas nach.

»Vergesst nicht, Gabrielle: Wenn Ihr nicht mit Nicolas Remy fertig werdet, dann werde ich mich um ihn kümmern.«

Die Nacht näherte sich den dunkelsten Stunden, ohne dass Katharina in den Schlaf gefunden hätte. In letzter Zeit passierte ihr das öfter. Ihre Feinde hätten es sicher auf ein schlechtes Gewissen zurückgeführt, aber Katharina lachte nur über solch alberne Vorstellungen.

Nein, ihr leichter Schlaf war nur eine weitere Laune des fortschreitenden Alters, eine Last, die sie selbst mit all ihren Zaubermitteln nicht beseitigen konnte. Natürlich hätte sie eine ihrer Hofdamen herbeirufen und sich einen Schlaftrunk bringen lassen können, aber das wäre ein Eingeständnis ihrer Schwäche gewesen, und so etwas erlaubte sie sich nicht.

Sie hatte den Zenit ihrer Macht überschritten. Die dunkle Königin wurde alt.

Katharina bekämpfte die Dämonen ihrer Unruhe lieber, indem sie in ihrem Schlafgemach auf und ab lief. Auf und ab, bis sie endlich erschöpft war. Als sie ein weiteres Mal matt an der Fensterfront entlang lief, rieb sie sich die leere Stelle an ihrem Finger, wo ihr Siegelring gewesen war. Der Ring, der nun Gabrielle Cheneys anmutige Hand zierte. Natürlich war er viel zu groß für sie.

»Genau wie all deine anderen ehrgeizigen Ziele, mein Kind«, murmelte Katharina.

Sie verzog den Mund zu einem verkniffenen Lächeln, als sie daran dachte, dass sie Gabrielle endlich erobert hatte. Doch dieser Sieg stimmte sie nicht so vergnügt, wie sie es erwartet hatte. Eigentlich hatte sie das Kräftemessen mit Gabrielle und die Versuche, in ihren Augen zu lesen, stets genossen, auch wenn die junge Frau sie immer erfolgreich abgewehrt hatte.

Doch diese Wettkämpfe hatten Katharinas Verstand wach gehalten und ihre Kräfte trainiert. Die kluge, kühne, unbarmherzige Gabrielle war ihr immer wie eine wahrhaft würdige Gegnerin erschienen. Zumindest bis heute Nacht – bis sie endlich in ihre Gedanken eingedrungen war und all ihre Geheimnisse und Schwächen entdeckt hatte, einschließlich der pathetischen Erinnerung an ihre Begegnung mit Etienne Danton.

Katharina erinnerte sich noch gut an den jungen Chevalier. Er hatte sich vor einigen Jahren öfter am Hof herumgetrieben. Doch schließlich war er in Ungnade gefallen und fortgeschickt worden, weil er beim Kartenspiel betrogen, die Duellregeln verletzt und dann auch noch eine von Katharinas Hofdamen geschändet hatte.

Die schönen Kurtisanen der dunklen Königin sollten ihre Reize wahrhaftig nicht an einen unbedeutenden Ritter aus der Provinz verschwenden. Und Gabrielle Cheney hatte sich eingebildet, so einen Mann zu lieben? Pah!

Katharina hätte ihr verzeihen können. Schließlich war Gabrielle damals erst sechzehn gewesen. Auch Katharina war in jungen Jahren töricht genug gewesen, ihr Herz an einen Mann zu verlieren, der sie gedemütigt und betrogen hatte, wo er nur konnte. Aber Katharina hatte ihre Lektion gelernt: Liebe schwächte eine Frau. Gabrielle hingegen hatte nichts begriffen, und das fand Katharina unverzeihlich. Gabrielle hatte denselben Fehler noch einmal gemacht, und war sogar zu töricht, es zu merken.

Das Mädchen war hoffnungslos in Nicolas Remy verliebt.

Als Katharina erfahren hatte, dass Gabrielle die Geißel in den Palast geschmuggelt hatte, war sie davon ausgegangen, dass Gabrielle es getan hatte, um ihr einen Streich zu spielen oder um sich bei Heinrich einzuschmeicheln und ihre Bestrebungen, seine Mätresse zu werden, zu fördern. Für ihre Doppelzüngigkeit und ihre Kaltschnäuzigkeit hätte Katharina sie sogar bewundert. Aber dann hatte sie herausgefunden, dass Gabrielle lediglich in den halsstarrigen hugenottischen Soldaten vernarrt war – und das war einfach nur widerlich.

Katharina lief weiter in ihrem Gemach herum und schüttelte angeekelt den Kopf. Sie war enttäuscht von Gabrielle, zutiefst enttäuscht. Jetzt musste sie sich etwas einfallen lassen, um diese junge Frau loszuwerden, von der sie sich wirklich viel versprochen hatte. Aber von einer Frau, die über beide Ohren verliebt war, konnte man keine Loyalität erwarten. So eine Frau war ja nicht einmal klug genug, ihre eigenen Interessen zu wahren. Und sie konnte sich auch nicht auf Gabrielles Einwilligung verlassen, Remy zu verführen und von seiner Mission abzubringen. Nicht, dass dies eine große Rolle gespielt hätte. Katharina bezweifelte, dass selbst eine so schöne Frau wie Gabrielle Cheney die Geißel von seinen Vorstellungen von Ehre und Pflicht abzubringen vermochte. Davon konnte ihn wohl nur der Tod abbringen.

Katharina hatte das schon vor Langem erkannt. Sie hatte mehrmals versucht, sich des ernsten jungen Soldaten zu entledigen, doch all diese Versuche waren gescheitert. Diesmal musste sie gewitzter und umsichtiger vorgehen, vor allem bei

Maßnahmen gegen Gabrielle Cheney. Als sie behauptet hatte, die Macht und den Einfluss der Herrin von Faire Isle nicht zu fürchten, war sie nicht ganz ehrlich gewesen.

Katharina erinnerte sich noch allzu gut an den Tag im Gefolge der Bartholomäusnacht, als sie und Ariane sich in eben diesem Raum gegenübergestanden und erbittert gestritten hatten.

Wie groß und stolz die junge Frau gewesen war, und wie sehr ihre Augen in ihrer sengenden Aufrichtigkeit und Unbezwingbarkeit denen ihrer verstorbenen Mutter geähnelt hatten.

»Ich warne Euch, Katharina«, hatte Ariane erklärt. *»Ich habe vor, den Rat der Töchter der Erde wieder aufleben zu lassen. Er bewahrt uns davor, dass die alten Weisheiten missbraucht werden, wie Ihr es ständig tut. Selbst Ihr könnt nicht alle von uns bekämpfen – ein stummes Heer weiser Frauen.«*

Ein stummes Heer weiser Frauen … Früher hätte eine solche Drohung Katharina nicht aus der Ruhe gebracht. Aber sie fühlte sich nicht mehr unbesiegbar. Sie blieb vor den Fenstern stehen, legte eine Hand auf das Fensterbrett und spähte hinaus in die Finsternis. Der Mond beleuchtete einen Weg durch den Park, der zu den Tuilerien führte, dem Florentiner Palast, den Katharina als ihr Vermächtnis vorgesehen hatte. Ein Palast, der niemals fertiggestellt werden sollte – und daran war nicht nur die Notwendigkeit schuld, Geld vom Bau abzuziehen und in die Kriegsführung zu stecken.

Der wahre Grund war weitaus weniger rational und weitaus demütigender: Sie hatte einen prophetischen Traum gehabt und glaubte seitdem, dass an dem Tag, an dem der letzte Stein an seinen Platz gesetzt würde, auch sie ihren letzten Atemzug tun würde.

Wie hätten ihre Feinde gelacht, wenn sie gewusst hätten, dass Katharina von Medici, die mächtigste Zauberin Frankreichs, die allseits gefürchtete dunkle Königin, Angst vor dem Sterben hatte.

Der Tod – der Gipfel an Hilflosigkeit, der Verlust aller Macht. Sie fuhr sich nervös über den Hals, als ob sie schon die eiskalten Finger spürte, die sich darum legten. Dann holte sie tief Luft und ließ sich von ihrem Atem und ihrem steten, starken Herzschlag trösten. Nein, der Tod stand noch nicht an ihrer Schwelle. Aber sie musste aufpassen. Bevor sie ihre Hand gegen Gabrielle und die Geißel erhob, musste sie herausfinden, wie mächtig die Herrin von Faire Isle geworden war und was auf diesen Ratstreffen auf der Insel passierte.

Zum Glück hatte Katharina endlich einen verlässlichen Spion rekrutieren können. Einen der letzten Menschen, den die Herrin von Faire Isle je verdächtigen würde …

12

Das Feuer loderte hell oben auf dem kahlen Kliff. Die Schatten tanzten im Kreis der Menhire, einem geheimnisvollen Ring riesiger Felsen, die aussahen, als hätten sie hier seit Anbeginn der Zeit gestanden. Sie ragten hoch in den nächtlichen Himmel mit seinen funkelnden Sternen. Hier und da zogen Wolken vor den Mond.

Hinter dem Steinkreis und ein paar verstreuten Bäumen versank das Land in Dunkelheit. Weit unterhalb schlug die Brandung gegen die Klippen auf dieser wilden und kaum besiedelten Seite der Insel. Aber innerhalb des Kreises warf das Feuer ein aufmunterndes Licht, verstärkt von mehreren in der Erde steckenden Fackeln. Ihr Schein fiel auf die Frauen, die sich auf dieser Lichtung versammelt hatten. Manche saßen auf Baumstämmen, die als behelfsmäßige Bänke aufgestellt worden waren, andere hockten direkt auf dem Boden, die Füße züchtig unter den Röcken versteckt.

Sie plauderten miteinander, während sie auf den Anfang des Treffens warteten. Manche warfen verstohlen einen ehrfürchtigen Blick auf den flachen Altarstein, auf dem die Herrin von Faire Isle thronte. Ariane hätte diese Ratstreffen gern in einer weniger melodramatischen Umgebung abgehalten, direkt in Belle Haven etwa, wo man auf richtigen Stühlen hätte sitzen und Glühwein trinken können.

Doch das hätte wohl manche der weisen Frauen enttäuscht, die eine weite Reise hinter sich hatten und die Herrin von Faire Isle zum ersten Mal trafen. Ariane musterte das Meer von Gesichtern. Manche waren ihr vertraut, denn es waren Frauen von der Insel, die sie ihr Leben lang gekannt hatte: die kernige alte Apothekerin, Madame Jehan, mit ihren wirren grauen

Haaren; die würdevolle Äbtissin des Klosters St. Anne, Marie Claire; deren rechte Hand, die stämmige Charbonne mit jungenhaft kurz geschnittenem milchweißen Haar. Andere, wie die spröde Hermoine Pechard und die dralle Louise Lavalle, waren Exilantinnen aus Paris, die der dunklen Königin ins Gehege gekommen waren und deshalb hatten flüchten müssen.

Doch es hatte sich herumgesprochen, dass wieder Ratstreffen stattfanden, und diese Nachricht hatte Töchter der Erde hergeführt, die Ariane völlig fremd waren. Die meisten stammten aus Frankreich, aber einige waren aus entfernten Ländern wie Spanien, Portugal und Italien angereist. Es gab sogar zwei Schwestern aus England, Prudence und Elizabeth Waters, sowie eine junge Irin. Sie trug einen dunklen Umhang, dessen Verschluss keltische Symbole zierten, und klopfte ungeduldig mit dem Fuß auf den Boden. Offenbar konnte sie es kaum erwarten, dass das Treffen seinen Anfang nahm.

Aber zwei Töchter der Erde fielen durch ihre Abwesenheit auf, umso mehr, als sie aus Arianes nächster Verwandtschaft stammten. Ihr Blick schweifte über die Schatten hinter dem Steinkreis, sie hoffte auf eine große junge Frau mit weißblonden Haaren, gefolgt von einem dunklen Kater.

Aber von Miri und ihrem ständigen Begleiter, Nekromant, war weit und breit nichts zu sehen. Offenbar hatte Arianes jüngste Schwester beschlossen, nicht an dem Treffen teilzunehmen. Doch Miri waren die einsamen Waldpfade stets lieber gewesen, sie zog die Gesellschaft von Waldtieren der Welt der Menschen vor. Und zurzeit wirkte sie noch zurückgezogener. Das Mädchen trauerte um all die Menschen, die aus ihrem Leben verschwunden waren – ihre Mutter, ihr Vater und jetzt auch noch Gabrielle.

Doch nicht nur Miris Abwesenheit erfüllte Ariane mit Sorge, sondern auch, dass ihr Bette schon geraume Zeit nichts mehr über Gabrielle mitgeteilt hatte. Aber heute Nacht konnte sie es sich nicht leisten, sich über Gabrielle den Kopf zu zerbrechen und auch nicht über den schwierigen Abschied von Renard und ihre Verzweiflung über ihre Kinderlosigkeit.

Sie musste jetzt all ihre persönlichen Sorgen beiseiteschieben. Die Frauen um sie herum hatten große Mühen auf sich genommen, um nach Faire Isle zu kommen; viele von ihnen hatten es gegen den Willen ihrer Väter oder Ehemänner getan. Und es waren nicht nur die üblichen Gefahren, die jede Reise barg; nein, schon die Teilnahme an einer solchen Zusammenkunft konnte leicht missverstanden werden. Man hätte sie unschwer als Hexenzirkel brandmarken können, diese weisen Frauen, denen es nur darum ging, altes, von einer ignoranten, abergläubischen Welt längst vergessenes oder verbotenes Wissen weiterzugeben. Diese tapferen Frauen verdienten Arianes Achtung und ihre ganze Aufmerksamkeit.

Die Äbtissin von St. Anne trat vor und legte eine Hand auf Arianes Schulter. Marie Claires gestärkte Haube umrahmte ein Gesicht, das ein erboster Erzbischof einmal als viel zu willensstark für eine Nonne beschrieben hatte. Die Äbtissin war die beste Freundin und Vertraute von Arianes Mutter gewesen, und das war sie nun schon seit einigen Jahren auch für Ariane.

Obwohl ihr Gesicht von gut sechzig Jahren gezeichnet war, funkelten Marie Claires Augen noch immer wie die einer jungen Frau, als sie Ariane anlächelte. »Diese Frauen werden sich noch heiser quasseln, bevor das Treffen begonnen hat. Sollen wir anfangen?«

Ariane entschied bedauernd, dass sie nicht länger auf Miri warten konnte. Sie nickte Marie Claire zu. Die Äbtissin gab Charbonne ein Zeichen, dann stellte sie sich rechts neben Ariane und steckte die Hände in die Ärmel ihrer weißen Tracht.

Charbonne, groß und sehnig wie ein Bauernjunge, trug eine lose sitzende Musselinbluse, grobe Hosen und schwere Stiefel. Sie trat in die Mitte des Kreises und klopfte mit einem dicken weißen Birkenast auf den felsigen Boden.

»Alle Zungen mögen schweigen bis auf meine!«, rief sie mit

ihrer lauten Stimme. Als diese Aufforderung nicht unverzüglich von allen befolgt wurde, rief sie noch lauter: »Ruhe!«

Charbonnes eindringlicher Blick schweifte über die Versammlung, bis das letzte Murmeln verstummt war. Dann fuhr sie fort: »Hier auf dem geheiligten Boden dieser hoch aufragenden Klippen und in Anwesenheit unserer Herrin von Faire Isle soll nun das dritte der wieder aufgenommenen Treffen der Töchter der Erde stattfinden.

Diese Zusammenkünfte sollen den Frieden und die Eintracht unter allen weisen Frauen aller Länder fördern; hier sollen wir unser altes Wissen teilen und bewahren, unsere Sorgen kundtun, unsere Schwierigkeiten lösen und unsere gelehrte Herrin um Rat ersuchen.« Charbonne richtete den Birkenast auf die Versammelten. »Wer diesem Rat etwas zu sagen hat, möge vortreten und den Amtsstab übernehmen.«

Die Worte waren kaum ausgesprochen, da sprang Hermoine Pechard auf und riss den Stab an sich. Ariane tauschte einen leicht verärgerten Blick mit Marie Claire. Madame Pechard, eine dürre, stets verdrossene Frau, war vor etlichen Jahren der dunklen Königin ins Gehege gekommen. Sie hatte daraufhin alles verloren – ihr gemütliches Heim und ihren Gemahl, der sich von ihr losgesagt hatte.

Hermoine verpasste keine Gelegenheit, sich über die sinkende Moral und Verderbtheit anderer weiser Frauen zu beklagen. Inzwischen war wieder ein schwaches Gemurmel laut geworden, und sie stieß den Stab heftig auf den Boden, von ihrer eigenen Bedeutung so überzeugt, dass sie zitterte.

»Meine Herrin«, sagte sie und machte einen steifen Knicks vor Ariane. »Geschätzte Mitglieder dieses Rates.« Hermoine ließ ihren Habichtsblick über die Versammelten schweifen. »Ich möchte ein wachsendes Problem ansprechen, das ich bei vielen unserer Schwestern beobachte: den Missbrauch unseres Wissens für liederliches und anstößiges Verhalten.«

Einige der jüngeren Frauen stöhnten laut. Hermoine richtete sich kerzengerade auf. »Wir Töchter der Erde sollten uns der Kunst des Heilens verschreiben und unser Wissen für künftige Generationen bewahren. Stattdessen vergeuden einige von uns ihre Zeit für Frivolitäten. Sie stellen Parfüms und Salben her, um die Sinne der Männer in Versuchung zu führen.«

Diese Worte lösten bei Ariane ein gewisses Unbehagen aus, denn sie musste an Gabrielle denken. Doch Madame Pechard starrte auf Louise Lavalle. Die junge Kurtisane freilich lachte nur. Die feinen Sommersprossen auf ihrer Nase verstärkten Louises schelmischen Gesichtsausdruck.

»Ich würde es nicht als Zeitvergeudung bezeichnen«, erwiderte sie gedehnt. »Und Ihr würdet es auch nicht tun, Hermoine, wenn Ihr die Nacht mit dem strammen jungen Stallburschen verbracht hättet, der im *Bon Voyage* arbeitet.«

Die alte Madame Jehan klatschte auf ihr Knie und gackerte. »Den kenne ich, das ist doch der Bursche mit den prächtigen Beinen, stark wie junge Eichen. Wie war er denn, meine Liebe?«

»Ein toller Hengst, Madame Jehan. Ich bin auf ihm in den Himmel und wieder zurückgeritten.« Louise sprang hoch und ließ zur Veranschaulichung provokativ die Hüften kreisen.

Viele lachten, selbst Marie Claire. Doch da Madame Pechard aussah, als würde sie gleich vor Zorn zerspringen, verkniff sich Ariane ihr Lächeln.

»Meine Damen, ein wenig Anstand und Schicklichkeit, wenn ich bitten darf«, tadelte sie sanft. Dann wandte sie sich an Madame Pechard, bemüht, ihr möglichst höflich zu begegnen.

»Fahrt fort, Hermoine.«

Die Frau lief hochrot an. Sie deutete zornig auf Louise und zischte: »Von dieser Liederlichkeit habe ich gesprochen, Herrin. Männer können gegen den bösen Zauber von Dirnen wie Mademoiselle Lavalle nichts ausrichten.«

»Besser eine Dirne als eine vertrocknete alte Pflaume«, rief Louise.

Hermoines Lippen wurden schmal, doch sie bemühte sich, den Einwurf zu ignorieren. »Mit ihren dunklen Künsten verleiten Dirnen arme, schwache Männer zu sündhaftem und ruchlosem Verhalten. Das ist nicht recht, das seht Ihr doch gewiss genauso, Herrin. Schließlich hat Eure eigene Familie darunter gelitten. Euer Vater ist von der Maitland, diesem Flittchen, dazu verführt worden, Eure arme Mutter zu betrügen.«

Ariane verspannte sich. Die Untreue ihres Vaters hatte wahrhaftig viel Leid über die Familie gebracht, aber sie wollte keinesfalls, dass die Sache in einer öffentlichen Versammlung ausgebreitet würde. Marie Claire legte ihr beruhigend die Hand auf die Schulter. Gerade wollte die Äbtissin Madame Pechard rügen, als sich jemand anderes zu Wort meldete.

Die junge Irin sprang auf. »Beim heiligen Michael, Ihr vergeudet hier unsere kostbare Zeit mit Euren albernen Sorgen«, fauchte sie Hermoine an. »Was soll schon passieren, wenn ein paar unserer Schwestern mit ihrem Zauber Männer verführen? Die Männer müssen eben auf sich aufpassen, und das können sie in der Regel ganz gut.«

Mehrere Frauen pflichteten ihr bei, am lautesten die alte Madame Jehan.

Hermoine funkelte die junge Irin böse an. »Wie – wie könnt Ihr nur …«

»Ach, setzt Euch doch einfach wieder hin, Ihr dürres Weibsbild. Ich habe diesem Rat etwas weitaus Beunruhigenderes zu berichten.« Das Mädchen entriss der Alten den Stab und streifte ihre Kapuze ab. Eine rote Haarmähne, blasse Haut und feurig funkelnde blaue Augen kamen zum Vorschein.

Sie konnte kaum älter als sechzehn sein, und sie war nicht sehr groß; aber sie hatte etwas, was an die kämpferischen jungen Keltinnen aus früheren Zeiten erinnerte. Hermoine protestierte und wollte sich den Stab zurückholen, doch bei dem wilden Blick der jungen Irin besann sie sich eines Besseren.

Stattdessen wandte sie sich an Ariane. »Herrin, ich war noch nicht fertig.«

»Doch, das wart Ihr.« Das Mädchen schob Hermoine einfach beiseite, dann trat sie vor Ariane. »Verzeiht, Herrin, dass ich mich erst jetzt vorstelle. Mein Name ist Catriona O'Hanlon, und ich komme aus Meath. Mein Französisch ist nicht sehr gut, aber Ihr müsst mich unbedingt anhören. Bei dem, was ich Euch zu berichten habe, geht es um Leben oder Tod.«

Die Augen des jungen Mädchens funkelten so eindringlich, dass sich Ariane ein Lächeln über diese dramatische Ankündigung verkneifen musste.

»Ich kann Euch gut verstehen, Mademoiselle O'Hanlon«, erwiderte sie. »Und wenn Ihr eine so wichtige Nachricht habt, müsst Ihr sie uns selbstverständlich unverzüglich mitteilen.«

»Herrin!«, fauchte Hermoine, doch Ariane hob abwehrend die Hand. Sie hatte zwar Gewissensbisse, weil sie der alten Querulantin nur zu eifrig den Mund verbot, doch andererseits hatte sie in Catriona O'Hanlons Augen genug gelesen, um zu wissen, dass es um etwas Ernstes ging. Deshalb besänftigte sie Hermoine mit dem Versprechen, ihr später noch einmal das Wort zu erteilen, und die Frau schlich gekränkt zu ihrer Bank zurück.

»Danke, Herrin«, sagte Catriona, dann wandte sie sich dem Rest der Versammlung zu. Ihr düsterer Gesichtsausdruck ließ die anderen besorgt verstummen.

Der Singsang der irischen Sprache klang auch in ihrem Französisch durch, doch ihre Worte waren klar und kraftvoll.

»Wie ich der Herrin schon sagte, heiße ich Catriona O'Hanlon. Meine Leute nennen mich Cat. Wie ihr alle stamme auch ich von einer langen Linie weiser Frauen ab, die zurückreicht bis in die Zeiten des mächtigen Cú Chulainn. Ich habe viele Freundinnen unter den Töchtern der Erde, und eine von ihnen war Neve O'Donal.«

Catriona umklammerte den Stab fester, nun klang ihre

Stimme belegt. »Neve war eine gute Frau, sie hatte das Herz am rechten Fleck, auch wenn ihre Gedanken in dunkle Richtungen schweiften. Doch wie viele von uns Iren hatte auch sie hatte genügend Gründe für ihren Zorn.«

Catriona hielt inne und presste die Lippen zusammen. »Bestimmt wisst Ihr alle, wie sehr mein Volk unter der Invasion der verfluchten Sassenach gelitten hat.«

Die beiden Engländerinnen zischelten abfällig, und auch Marie Claire runzelte die Stirn.

»Passt auf, was Ihr sagt, Mademoiselle O'Hanlon«, mahnte sie. »Unsere Herrin von Faire Isle hat viele Engländer in ihrer Verwandtschaft, sogar unsere verehrte Evangeline stammte aus England.«

Catriona warf Ariane einen halb verärgerten, halb entschuldigenden Blick zu. »Ich habe es nicht so gemeint, Herrin. Eure Vorfahren gehörten sicher nicht zu dem mordlustigen englischen Abschaum, der über unser Land herfällt, unsere Kinder tötet, die Frauen schändet und unser Erbe zerstört.«

»Bitte, Mademoiselle«, fiel Ariane ihr ins Wort, denn sie hatte gesehen, dass die beiden Engländerinnen ihren Zorn kaum noch bändigen konnten. »Euer Volk hat zweifellos viel durchgemacht, aber vielleicht kommt Ihr doch lieber auf die Geschichte Eurer Freundin zu sprechen.«

»Aye, die arme Neve. Sie hatte mehr Grund als die meisten, die Engländer zu hassen, denn ihr wurde alles Land geraubt, und alle Männer in ihrer Verwandtschaft wurden ermordet. Neve schwor, dass sie die Sassenach aus Irland vertreiben würde, egal wie viele dunkle Mittel sie dazu benutzen müsste.«

Das abfällige Murren der beiden Engländerinnen wurde immer lauter. Prudence, die Ältere, sprang auf, doch Catriona bedeutete ihr verächtlich, sich wieder zu setzen.

»Ach, regt Euch nicht auf. Neves Drohungen waren leer. Zumindest bis … Ich weiß nicht, wie … Ich weiß nicht, wo … Aber …« Cat zögerte, dann sagte sie schroff: »Das *Buch der Schatten* geriet in Neves Hände.«

Cats dramatische Erklärung wurde mit angstvollem Keuchen, Schreck und Erstaunen quittiert, und die alte Madame Jehan stieß einen skeptischen Schrei aus. Viele Töchter der Erde besaßen uralte Schriften, in denen sich Bruchstücke verbotener Künste fanden, doch angeblich gab es ein Meisterwerk: das *Buch der Schatten.* Es sollte alle noch so schwarzen Geheimnisse der Zauberei beinhalten, die die Menschheit je gekannt hatte. Evangeline Cheney hatte an der Existenz eines solchen Buches gezweifelt, und Ariane neigte dazu, die Meinung ihrer Mutter zu teilen.

Die Menge murmelte beunruhigt. Ariane musste in die Hände klatschen und um Ruhe bitten, dann wandte sie sich an die junge Irin. »Mademoiselle O'Hanlon, ich weiß, dass wir alle Gerüchte über dieses *Buch der Schatten* gehört haben. Aber es ist eine Legende, die ebenso wenig wahr ist wie die Geschichten über Teufelsanbetungen und Hexen, die auf einem Besenstiel durch die Lüfte reiten.«

»Das *Buch der Schatten* gibt es wirklich, Herrin«, widersprach Cat heftig und klopfte mit dem Stab auf den Boden, um ihre Worte zu unterstreichen. »Ich habe es mit eigenen Augen gesehen.«

»War es abscheulich? Bestand sein Einband aus der Haut toter Säuglinge?«, fragte Madame Jehan spöttisch.

»Nein, Madame.« Cat wirbelte herum und funkelte sie böse an. »Das Buch war in Leder gebunden, es wirkte harmlos wie die Bibel. Doch beim Inhalt stockte einem das Blut in den Adern, es barg ganz entsetzliche Zaubersprüche.«

Cat trat an den Rand der Menge und starrte die Versammelten so wild an, dass viele in den ersten Reihen zurückwichen. »Zaubersprüche, die Unsterblichkeit versprechen, wenn man das Blut eines anderen lebenden Geschöpfes trinkt; oder dass man sein Leben erhalten könnte, wenn man einem anderen das schlagende Herz aus der Brust reißt. Tränke, die die ewige Jugend verheißen, wenn man die Leber von kleinen Kindern verzehrt.«

»Madre de dios!«, rief eine der Spanierinnen entsetzt und bekreuzigte sich.

Marie Claire beugte sich zu Ariane und flüsterte ihr ins Ohr: »Mademoiselle Cat hat meiner Meinung nach etwas zu viel Vergnügen an ihrem Bericht.«

Ariane fürchtete, dass die Äbtissin recht hatte. Catriona schien es tatsächlich zu genießen, die anderen zu beunruhigen, vor allem die beiden Engländerinnen. Cat trat vor die Schwestern und hob den Stab wie eine Druidenpriesterin, die sich auf ein Opfer vorbereitet.

»Es gab Tränke in dem Buch, mit denen man seine Feinde so verwirren kann, dass sie in ihrem eigenen Blut ertrinken. Oder mit denen man seine Gegner mit Krankheiten verhexen kann, bei denen die Haut schwarz wird von eitrigen Geschwüren.«

»Mademoiselle O'Hanlon, bitte!« Ariane versuchte, die düstere Stimmung mit einem Lächeln zu erhellen. »Ihr schafft es noch, dass wir alle Albträume bekommen.«

Cat senkte zögernd die Arme und trat wieder vor Ariane. »Verzeiht, Herrin, aber dieses Buch ist ein einziger Albtraum. Das Schlimmste habe ich noch gar nicht erwähnt. Im *Buch der Schatten* gibt es Anweisungen für das Führen von Kriegen, wie sie die Welt noch nicht erlebt hat. Zaubertränke, um widerliche Seuchen zu verbreiten, an denen Tausende erkranken und sterben würden; eine Anleitung für eine schreckliche Explosion, mit der man eine ganze Stadt dem Erdboden gleichmachen könnte, selbst Städte so groß wie Paris.«

»Oder London?«, kreischte Prudence Waters. Ihre jüngere Schwester klammerte sich zitternd an sie, doch Prudence riss sich von Elizabeth los und sprang kreidebleich auf. »Herrin, es ist doch glasklar, wohin das alles führen soll. Diese Irin, diese – diese Neve will die Teufelei im *Buch der Schatten* gegen mein Land einsetzen.«

Cat warf einen traurigen, verbitterten Blick auf die Engländerin. »Sie wollte es – nun ruhe ihre Seele in Frieden.

Neve kann nichts mehr wollen, weil sie tot ist. Sie wurde von einem Schuft erschlagen, der auf dieses verfluchte Buch scharf war.«

Diese düstere Neuigkeit ließ alle verstummen, selbst Prudence.

»Und wo befindet sich das Buch jetzt?«, fragte Ariane, in der die schlimmsten Ahnungen aufstiegen.

»Bei Neves mordlustigem Verwandten, Padraig O'Donal, einem widerlichen kleinen Kerl, der sich für einen Zauberer hält. Padraig weiß kaum, wie er sich am Arsch kratzen, geschweige denn einen Zauber bewerkstelligen soll. Er kann kein Wort der alten Runensprache entziffern. Aber er bildet sich ein, dass das *Buch der Schatten* einen Haufen Gold wert ist, wenn es an den Richtigen gerät. Deshalb hat er die arme Neve erschlagen und das Buch an sich genommen, und nun hofft er, ein Vermögen zu machen, wenn er es verhökert.«

»Und wo hält sich dieser Padraig momentan auf?«, fragte Ariane.

»Na ja, in Irland kann er mit diesem Buch schlecht hausieren gehen, Herrin. Dort leben zu viele von Neves Freunden und Verwandten, die jetzt hinter ihm her sind. Aber Padraig ist ein gerissener Teufel. Er hat sich bei Nacht und Nebel auf einem kleinen Fischerboot davongemacht.« Cat raufte sich die wilde Mähne. »Ich habe den Schuft bis an die bretonische Küste verfolgt, aber dann ist er mir entwischt.«

»Na wunderbar«, murrte Marie Claire. »Das hat uns gerade noch gefehlt. Als ob wir nicht schon genug damit zu tun hätten, uns mit der verfluchten dunklen Königin und ihren Giften herumzuschlagen. Jetzt rennt hier auch noch ein verrückter Ire herum und geht mit den Geheimnissen des Teufels hausieren.«

»Das war leider noch nicht alles«, sagte Cat.

»Was denn noch?«, grollte die Äbtissin.

»Marie, bitte!«, rügte Ariane ihre Freundin sanft. »Fahrt fort, Mademoiselle.«

Cat stellte den Birkenast vor sich und legte die Hände darum, wie um zum letzten Schlag auszuholen. »Ich bin nicht die Einzige, die hinter Padraig her ist. Auch ein Hexenjäger ist ihm auf den Fersen.«

Schon die bloße Erwähnung eines Hexenjägers reichte, um in der Versammlung Panik auszulösen. Ariane bemühte sich, Ruhe zu wahren. »Ein Hexenjäger? Wie heißt er denn?«

Cat schüttelte bedauernd den Kopf. »Wie er richtig heißt, weiß ich nicht, Herrin. Er ist im letzten halben Jahr bei der Ausübung seines Höllenhandwerks kreuz und quer durch Irland gezogen. Ein großer, hagerer Mann mit einem brennenden Blick und einem hässlichen, vernarbten Gesicht. Sein Schädel ist so kahl wie der des Teufels.«

»Ich habe mir Satan immer ziemlich haarig vorgestellt«, wandte Madame Jehan ein.

Ihre Bemerkung löste hier und da ein nervöses Kichern aus. Cat runzelte verächtlich die Stirn, dann fuhr sie fort: »Der Hexenjäger könnte gut der Teufel selbst sein. Keiner weiß, woher er kam. Allerdings könnte er auch ein Landsmann von Euch sein, Herrin. Er nennt sich Le Balafre.«

»Der Narbenbedeckte«, murmelte Ariane.

Eine junge Französin neben Madame Jehan erbebte und fing zu weinen an. Madame Jehan umarmte das Mädchen und tröstete sie. »Ist ja schon gut, mein Schätzchen. Wir haben es schon öfter mit solchen Teufeln zu tun gehabt und es überlebt. Denk doch nur an Le Vis. Der schmort jetzt in der Hölle, wir hingegen sind alle noch da.«

Viele der Anwesenden pflichteten ihr lauthals bei, doch Cat meinte nur höhnisch: »Ich habe von eurem Le Vis gehört. Im Vergleich zu diesem Kerl war er nur ein harmloser Spinner. Le Balafre kämpft wie ein heidnischer Krieger gegen uns. Alle, die er für Hexen hält, erschlägt er eigenhändig mit seinem Schwert.

Cats Worte führten wieder zu aufgebrachtem Gejammer, doch Ariane unterband es mit erhobener Hand. Mit ihrem nächsten Einwand versuchte sie nicht nur den Haufen verängstigter Frauen, sondern auch sich selbst zu beruhigen.

»Wenn diesem Le Balafre das *Buch der Schatten* in die Hände fällt, wird er es zerstören«, gab sie zu bedenken. »Dieses eine Mal könnte ein Hexenjäger uns allen einen Gefallen tun.«

»Ich wünschte, es wäre so einfach, Herrin. Aber ich habe etwas noch Schlimmeres zu berichten.«

Marie Claire stöhnte laut auf, und Ariane rutschte nervös auf ihrem unbequemen Sitz hin und her und taxierte Cat ungeduldig.

»Was könnte denn noch schlimmer sein?«, fragte sie scharf.

Cat scharrte mit den Füßen. Zum ersten Mal schien es ihr ausgesprochen schwerzufallen, weiterzureden. »Meine gute Freundin Neve war leider nicht sehr diskret. Sie hatte eine Liste von all den Töchtern der Erde, die sie kannte.«

Als Ariane scharf einatmete, fuhr Cat hastig fort: »Neve dachte dabei an nichts Schlimmes. In friedlicheren Zeiten wollte sie eine Geschichte über die Töchter der Erde verfassen.«

»Und wo befindet sich diese Liste jetzt?«, fragte Ariane streng, obwohl ihr Mut sie fast verlassen hätte, denn sie hatte die Antwort bereits in Cats düsteren Blick gelesen.

»Im Rücken des Ledereinbands des *Buchs der Schatten* befindet sich ein schmaler Schlitz. Die Liste ist unter dem Einband versteckt. Das ist freilich kein besonders gutes Versteck, denn wenn dieses Buch Le Balafre in die Hände fällt …«

Cats Stimme verhallte, doch sie hatte genug gesagt. Von allen Seiten ertönten angstvolle, mutlose Schreie. Prudence Waters sprang wieder auf und schüttelte erbost eine Faust in Cats Richtung.

»Ihr Iren seid doch alle völlig verrückt! Kein Wunder, dass die Engländer in eurem Land für Ordnung sorgen müssen. Ich wünsche den blöden Kelten die Pest an den Hals!«

Cats Wangen nahmen die tiefrote Farbe ihrer Haare an. Sie fluchte erbittert auf Gälisch und stürzte sich mit erhobenem

Stab auf Prudence. Die erwischte jedoch das Ende des Stabs, als er auf sie niedersausen sollte. Kreischend kämpften die zwei Frauen um den Stab.

Ariane sprang auf, um sie zur Ordnung zu mahnen, doch nun versank die ganze Versammlung im Chaos. Charbonne stürmte zu den Kämpfenden, entwand ihnen den Stab und warf ihn weg. Dann stieß sie Prudence und Cat mit den Köpfen zusammen. Leider brachte das die Kämpfenden nur dazu, sich gegen Charbonne zu wenden, und bald kam es zu einem weiteren Handgemenge, in dem gekniffen, gekratzt und gebissen wurde. Hermoine und Louise Lavalle ließen sich davon anstecken und begannen, einander zu schlagen und zu kneifen.

Die anderen Frauen umringten die Kämpfenden, manche ermunterten sie, andere schrien: »Schande über euch!«, und wieder andere brachen hysterisch weinend zusammen.

Ariane eilte von einer Gruppe zur nächsten und versuchte nach Kräften, wieder Ruhe herzustellen. Sie schrie, bis sie heiser wurde, und schließlich taumelte sie völlig frustriert zu Marie Claire zurück.

Diese hatte sich wohlweislich von dem Tumult ferngehalten und verdrehte jetzt nur die Augen. »Tja, so viel zu Verständnis und Eintracht zwischen den Töchtern der Erde. Und dabei hatten jetzt erst zwei die Gelegenheit, ihr Anliegen vorzutragen.«

Viele Stunden später war im Steinkreis wieder Ruhe eingekehrt. Nur das leise Knistern des Feuers und das ferne Tosen der Brandung waren zu hören. Ariane brach erschöpft auf dem flachen Altarstein zusammen und legte den Kopf in die Hände. Die anderen Frauen waren gegangen. Genauer gesagt waren die meisten bedrückt davongeschlichen, um einen Unterschlupf für die Nacht zu suchen, bevor sie sich am nächsten Morgen wieder auf die Heimreise machen wollten.

Nach Catriona O'Hanlons düsteren Nachrichten war die Versammlung zum Glück ohne weitere Zwischenfälle verlaufen. Ariane war es gelungen, die Ordnung wiederherzustellen, aber erst, nachdem sie die Geduld verloren, sich den Stab geschnappt und gedroht hatte, eigenhändig ein paar Köpfe einzuschlagen. Der seltene Anblick einer derart aufgebrachten Herrin von Faire Isle hatte sogar Cat O'Hanlon und Prudence Waters dazu gebracht, sich zu ihren Plätzen zurückzubegeben. Wenn Renard sie so gesehen hätte, wäre er stolz auf seine Gemahlin gewesen, dachte Ariane mit einem müden Lächeln.

Sie spielte mit dem Ring an ihrem Finger, dem merkwürdigen Metallreif mit seiner Runengravur, der dafür sorgte, dass Renard immer nur einen Gedanken von ihr entfernt war. Das verschwundene *Buch der Schatten* belastete sie so sehr, dass sie am liebsten den Zauber des Ringes genutzt hätte, um Renard zu sich zu rufen: *Liebster, komm zu mir, ich brauche dich!*

Und er hätte sein schnellstes Pferd gesattelt und wäre geradewegs durch die Nacht zu ihr galoppiert. Aber Ariane fürchtete, dass sie in letzter Zeit den Seelenfrieden ihres Gemahls mit ihren Anfällen von Schwermut und ihren anhaltenden Forderungen, ihr endlich ein Kind zu schenken, schon genügend gestört hatte. Heute Nacht konnten weder Renard noch sonst jemand etwas tun, um das *Buch der Schatten* aufzustöbern. Er sollte lieber ausruhen, solange er konnte. Bis dieses verfluchte Buch wieder aufgetaucht war, würde in nächster Zeit keiner von ihnen Ruhe finden.

Aber wie sehr hätte sich Ariane in diesem Moment gefreut, Renard starke Arme um sich zu spüren! Sie blickte ein letztes Mal sehnsüchtig auf den Ring, dann seufzte sie und widerstand der Versuchung, indem sie die Hände im Schoß versteckte.

Das leise Rascheln von Röcken verkündete Marie Claires Rückkehr. Die Äbtissin und ihre Dienerin hatten ein letztes

Mal die Lichtung abgesucht, um zu prüfen, ob nichts vergessen worden war und die Fackeln gelöscht waren.

»Charbonne holt die Pferde aus der Scheune des Fischers am Fuß der Klippe. Wenn sie gesattelt sind, gibt sie uns ein Zeichen, damit wir uns an den Abstieg machen«, erklärte Marie Claire.

Ariane nickte matt und rutschte ein Stück zur Seite, um der Äbtissin Platz zu machen. Marie Claire setzte sich neben sie und zog ein kleines Lederfläschchen hervor.

»Hier, meine Liebe«, meinte sie und reichte es Ariane.

Ariane nahm es dankbar entgegen. Ihr Hals war völlig ausgedörrt vom vielen Reden, Schreien und Streiten. Sie hob das Fläschchen an die Lippen. Aber statt des kalten Wassers, das sie erwartet hatte, rann ihr sehr starker Weinbrand durch die Kehle.

Sie beugte sich vor und keuchte: »M-Marie Claire!«

Die Äbtissin lächelte nur und drängte ihr einen weiteren Schluck auf. »Nur zu! Nach dem, was wir heute Nacht durchgemacht haben, haben wir uns einen kräftigen Schluck verdient!«

Ariane krümmte sich, gehorchte jedoch, auch wenn sie diesmal etwas vorsichtiger trank. Als der Weinbrand seine angenehme Wärme in ihrem Körper entfaltete, reichte sie der Äbtissin das Fläschchen zurück.

»Danke«, murmelte sie.

Marie Claire nahm einen ordentlichen Schluck, dann korkte sie das Fläschchen wieder zu und wischte sich den Mund mit dem Handrücken. Sie musterte zufrieden Arianes Gesicht.

»Schon besser. Du hast vorhin sehr erschöpft ausgesehen. Bei Mademoiselle Cats Gruselgeschichten würde freilich jedem das Blut aus dem Gesicht weichen. Aber vielleicht hat deine Blässe ja auch noch einen anderen Grund?«

Ariane legte instinktiv die Hand auf ihren leeren Bauch. »Nein, nicht dass ich wüsste«, erwiderte sie traurig.

Marie Claire tätschelte Arianes Hand tröstlich. Ariane zog den Kopf ein. Selbst bei einer alten Freundin wie Marie Claire fiel es ihr schwer, über ihre Kinderlosigkeit zu reden. Verzweifelt gestand sie: »Allmählich frage ich mich, ob Gott beschlossen hat, mich zu bestrafen, weil … weil ich nicht damit zufrieden war, einfach ein Kind zu bekommen, sondern weil … weil ich unbedingt eine Tochter haben wollte.«

»Sei still, mein Kind. Ich glaube nicht, dass Gott die Menschen wegen ihrer Wünsche bestraft.« Marie Claire drückte Ariane noch einmal sanft, dann schob sie die Hand in den Ärmel ihrer Kutte. »Aber oft erhört er Gebete nach seiner eigenen Art und in seiner eigenen Zeit.«

»Das heißt wohl, dass ich geduldiger sein soll. Das sagt Renard auch immer.«

»Und wie geht es deinem mächtigen, großen Gemahl?«, fragte Marie Claire liebevoll.

»Ganz gut, hoffe ich. Ich war versucht, ihn gleich nach Catrionas schlimmer Nachricht zu rufen. Aber Renard hätte sich schier umgebracht, um möglichst schnell da zu sein, und heute Nacht hätte er wohl kaum etwas ausrichten können.«

»Nein, aber in nächster Zeit könnten der Comte und sein Gefolge sehr nützlich sein, um Padraig O'Donal aufzustöbern.«

»Wie, glaubst du, stehen unsere Chancen, O'Donal zu finden, bevor er das Buch verhökert hat und bevor der Hexenjäger ihn erwischt?«, fragte Ariane verzagt. »Dieser Ire könnte inzwischen überall sein. Es ist wie die Suche nach einer Stecknadel im Heuhaufen.«

»So schwierig bestimmt nicht«, widersprach Marie Claire. »Schließlich gibt es nicht sehr viele Leute, die reich oder verrückt genug sind, dieses *Buch der Schatten* kaufen zu wollen. Die Person, die es am ehesten haben will, ist wohl leider …«

»Katharina«, ergänzte Ariane und erschauderte unwillkürlich. »Ich habe versucht, nicht an die Möglichkeit zu denken, dass dieses Buch der dunklen Königin in die Hände fällt.«

Katharina hatte mit ihren Giften und dem Gifthauch, mit dem sie den Wahn der Bartholomäusnacht geschürt hatte, bereits genügend Schaden angerichtet. Welch weiteres Unheil würde die dunkle Königin mit solch machtvollem Zauber stiften können, wie ihn Cat beschrieben hatte?

»Aber Katharina ist in der schwarzen Magie ohnehin sehr bewandert, vielleicht ... vielleicht interessiert sie das *Buch der Schatten* ja gar nicht«, meinte Ariane, um sich und die Äbtissin zu beruhigen. »Seitdem nach der Bartholomäusnacht ein Waffenstillstand herrscht, scheint sie von den schwarzen Künsten Abstand genommen zu haben.«

»Soviel wir wissen«, gab Marie Claire trocken zu bedenken. »Leider ist unser Netz von Spionen nicht mehr das, was es einmal war, nachdem Louise Lavalle und Madame Pechard entdeckt wurden. Zu schade, dass Gabrielle jetzt, wo sie so oft am Hofe ist, nicht überredet werden konnte, ein Auge auf Katharina zu haben und uns zu benachrichtigen.«

Ariane schüttelte heftig den Kopf. »Selbst wenn Gabrielle dazu bereit gewesen wäre, hätte ich es nie zugelassen. Ich mache mir schon genügend Sorgen, weil meine leichtsinnige Schwester sich nun in nächster Nähe dieser bösen Frau aufhält und wahrscheinlich die verrücktesten Wagnisse eingeht. Es kommt mir wie eine Ewigkeit vor, dass Bette uns eine Nachricht geschickt hat.«

»Ach, ich hatte noch gar keine Gelegenheit, es dir zu sagen: Mein kleiner Falke ist endlich aus Paris zurück.«

Unter ihren Gaben als Tochter der Erde besaß Marie Claire das erstaunliche Geschick, Vögeln beizubringen, Botschaften über weite Distanzen zu tragen. Diese Gabe war Ariane früher schon als ein wahrer Segen erschienen und jetzt umso mehr, da Gabrielle nach Paris davongelaufen war. Ohne Bettes regelmäßige Berichte wäre Ariane wahrscheinlich vor Sorge um ihre Schwester verrückt geworden, auch wenn sie manchmal befürchtete, dass es wohl besser war, nicht allzu genau zu wissen, was Gabrielle dort trieb.

In dem Blick, mit dem sie Marie Claire bedachte, mischten sich Neugier und Angst. »Und was hatte Bette zu sagen? Was macht Gabrielle? Geht es ihr gut?«

»Ziemlich gut. Aber daneben gibt es noch eine ganz außergewöhnliche Neuigkeit.«

»Gütiger Gott! Was ist geschehen? So rede doch, Marie!«

Zu Arianes Verwunderung umspielte ein kleines Lächeln die Lippen der Äbtissin. »Nicolas Remy ist noch am Leben.«

»Wie bitte?«

Als Marie Claire ihr von Remys erstaunlicher Wiederauferstehung und seiner Ankunft in Paris berichtete, konnte Ariane sich nicht mehr beherrschen. Sie sprang auf und schritt erregt auf und ab. Tränen der Freude brannten in ihren Augen, nicht nur, weil sie den ernsten Hauptmann so schätzte, sondern auch weil sie daran dachte, was das für Gabrielle bedeuten könnte. Zum ersten Mal in vielen Jahren sah Ariane einen Hoffnungsschimmer für ihre eigensinnige Schwester.

»Gott sei Dank!«, rief sie und klatschte in die Hände. »Oh, Marie, das sind wundervolle Nachrichten. Ich habe es damals nicht richtig erkannt, aber ich glaube, dass Remy der Einzige ist, der Gabrielle heilen und ihren Zauber wiederherstellen könnte. Als sie von seinem Tod erfuhr, schien auch in ihr etwas zu sterben. Aber jetzt …«

Ariane verstummte, als sie merkte, dass Marie Claire ihre Begeisterung nicht teilte.

Die Äbtissin starrte in die verlöschende Glut des Feuers und wich Arianes Blick aus.

»Es ist doch gut, dass Remy zurück ist, oder etwa nicht?«, fragte Ariane erstaunt. »Das könnte doch Gabrielles Rettung bedeuten.«

Marie Claire seufzte. »Das könnte es, aber Bette hat geschrieben, dass Gabrielle alles zu tun scheint, um ihre Freundschaft zu beenden und ihn zu vertreiben.«

Die Hoffnung, die in Ariane aufgekeimt war, erstarb schmerzhaft rasch. Sie stöhnte. »Oh, natürlich handelt Gabrielle so, das hätte ich mir gleich denken können. Es gibt wohl niemanden, der es so gut versteht wie meine Schwester, jeden wegzustoßen, der sie liebt.«

Die Äbtissin tastete nach dem kleinen hölzernen Kruzifix an ihrem Hals. Ariane las genug in Marie Claires Augen, um zu merken, dass da noch etwas war.

»Was ist los?«, fragte sie. »Was hatte Bette noch über Gabrielle zu sagen? Warum erzählst du es mir nicht?«

»Verzeih mir, meine Liebe. Aber du bist schon so schrecklich belastet.« Marie Claire wedelte hilflos mit der Hand. »Du hast schon genug Sorgen.«

»Das mag sein, aber trotzdem solltest du mir alles erzählen.«

Als Marie Claire stumm blieb, setzte sich Ariane neben sie und drückte ihr die Hand. »Sag es mir, Marie.«

»Vielleicht ist es ja gar nicht so besorgniserregend, aber offenbar hat sich Gabrielle mit einer anderen weisen Frau in Paris angefreundet, einer gewissen Cassandra Lascelles.«

Als Ariane Marie Claire verständnislos ansah, fragte die Äbtissin: »Du hast von dieser Frau noch nichts gehört?«

»Nicht viel.« Ariane runzelte die Stirn und durchforschte ihr Gedächtnis. »Cassandra lebt ziemlich zurückgezogen, nicht wahr? Eine arme, hilflose, blinde Frau, deren ganze Familie vor Jahren von Hexenjägern vernichtet wurde.«

»Cassandra mag blind sein, aber hilflos?« Marie Claire schnitt eine Grimasse. »Wenn die Gerüchte, die ich über Mademoiselle Lascelles gehört habe, zutreffen, dann versucht sich die Frau in vielen schwarzen Künsten. Angeblich ist sie besonders geschickt in der Kunst der Geisterbeschwörung.«

Ariane zuckte zusammen und wich Marie Claires Blicken aus; denn auch sie selbst hatte sich schon mit dieser gefährlichen Kunst befasst und den Geist ihrer Mutter aus dem Totenreich heraufbeschworen. Manchmal sehnte sich Ariane noch immer nach Evangeline Cheneys weisem Rat, aber sie hatte ihrer Mutter feierlich versprechen müssen, die Finger von diesem schwarzen Zauber zu lassen.

»Eine Wolke düsterer Vermutungen hängt über dieser jungen Frau«, fuhr die Äbtissin ernst fort. »Viele Töchter der Erde fragen sich, warum Cassandra den Angriff der Hexenjäger als Einzige überlebt hat. Manche befürchten sogar, dass Cass selbst etwas mit dem Überfall zu tun hatte.«

Marie Claire zuckte mit den Schultern. »Natürlich können all diese Geschichten über Cass nichts weiter sein als Klatsch und böse Unterstellungen. Trotzdem sollte Gabrielle auf der Hut sein.«

»Du weißt doch, dass Gabrielle nie auf mich hört«, seufzte Ariane.

»Du bist nicht Gabrielles einzige Schwester. Auch Miri macht sich große Sorgen um Gabrielle. Und deshalb …« Marie Claire zögerte. Sie holte tief Luft, dann fuhr sie fort: »Und deshalb hat sie beschlossen, nach Paris zu reisen und selbst nach Gabrielle zu sehen.«

Ariane starrte Marie Claire fassungslos an. Wie kam ihre schüchterne kleine Schwester auf eine solche Idee? Doch ihre Überraschung wich sofort größter Besorgnis. »Miri wird so etwas niemals tun! Es ist schon schlimm genug, dass Gabrielle ausgerissen ist. Ich werde es nicht zulassen, dass sich meine beiden Schwestern in Paris aufhalten, in Reichweite der dunklen Königin.«

Ariane sprang hoch und lief wieder erregt auf und ab. Schließlich fragte sie: »Wo bleibt Charbonne mit den Pferden? Ich werde Miri gleich suchen und ihr sagen, dass ich ihr verbiete, sich von Faire Isle zu entfernen.«

Marie Claire erhob sich und nahm Ariane am Arm. »Mein liebes Kind, du kannst Miri nichts verbieten. Das ist die Nachricht, vor der mir am meisten gegraut hat: Es ist zu spät, Miri ist bereits fort.«

13

Gabrielle raffte die Röcke, um sie vor den Pferdeäpfeln, dem Schmutz und Unrat auf der Straße zu schützen. Die Gasse schlängelte sich zwischen eng stehenden Gebäuden hindurch, die meisten davon zwei- bis dreistöckige Holzhäuser und Geschäfte. Manche dieser Bauten waren so alt, dass sie sich an ihre Nachbarn lehnten.

Die weite Krempe ihres Strohhutes schützte Gabrielles Gesicht vor den Strahlen der späten Morgensonne, während sie das Haus Nummer vierzehn in der Rue des Cartelles suchte. Da war es ja – das vorletzte Haus vor der Ecke, ein neueres, steinernes Gebäude mit weiß getünchter Fassade. Es gehörte einem wohlhabenden Eisenwarenhändler. Im Erdgeschoss waren die Fensterläden wie eine Ladentheke ausgestellt, um darauf die Waren feilzubieten. Im ersten Stock lebte der Ladenbesitzer, im zweiten seine Lehrlinge und Dienstboten, und das Dachgeschoss wurde an Durchreisende vermietet.

Gabrielle kniff die Augen zusammen und musterte das schmale Fenster im Obergeschoss, dessen Läden geschlossen waren. Dort also hatte sich Katharinas Spionen zufolge Hauptmann Nicolas Remy einquartiert, und zwar unter dem Namen Jacques Ravelle.

Unterwegs war Gabrielle hauptsächlich Arbeitern, Lehrlingen, Ladenbesitzern, Kunsthandwerkern, Hausfrauen und Bettlern begegnet. So, wie sie heute gekleidet war, in ihrem ältesten Kleid und mit losen Haaren, hätte man Gabrielle gut für die Tochter eines einfachen Händlers halten können.

Von den Ereignissen des Vorabends völlig erschöpft, hatte Gabrielle eine schlaflose Nacht hinter sich. Am Morgen war sie einfach zu müde gewesen, um das Korsett, die Krinoline und Unterröcke anzuziehen, die bei den eleganteren Gewändern unverzichtbar waren. Nie hatte sie der berüchtigten Kurtisane, für die man sie allgemein hielt, weniger ähnlich gesehen – eine Frau, fähig, das Versprechen auszuführen, das sie der dunklen Königin gegeben hatte: Remy zu hintergehen und ihn zu verführen, damit er seine Pflicht vergaß.

Der Ring, den ihr Katharina aufgedrängt hatte, war in einer Schublade weggesperrt. Gabrielle hatte stundenlang gegrübelt, wie sie aus dem teuflischen Handel aussteigen könnte, ohne Remy in Gefahr zu bringen. Aber man brach nicht leichtfertig ein Versprechen, das man der dunklen Königin gegeben hatte. Insgeheim verfluchte Gabrielle den Hauptmann, weil er sie beide in diese Bredouille gebracht hatte.

Dennoch konnte sie es kaum erwarten, Remy wiederzusehen und herauszufinden, wie es ihm mit Heinrich ergangen war. Ungeduldig ließ sie einen von einem kräftigen Muli gezogenen Getreidekarren vorbeirumpeln, dann eilte sie über die Straße zu dem Haus, in dem sie Remy vermutete. Warum nur schlug ihr Herz schneller? Wem versuchte sie etwas vorzumachen?

Sie war schlicht begierig darauf, ihn zu sehen.

Im Innern der Werkstatt hallten laute Schläge, mit denen das heiße Eisen in Form gehämmert wurde. In der Esse loderten die Flammen heiß wie der Atem eines Drachens. Die Hemden der jungen Lehrlinge waren schweißnass. Gabrielle fiel es nicht schwer, einen der schlaksigen Burschen dazu zu bringen, ihr den Weg zu Remys Unterkunft zu zeigen.

Vor der Tür überkam sie eine ungewohnte Erregung. Zuerst klopfte sie zaghafter als beabsichtigt, schließlich versuchte sie es noch einmal fester. Niemand antwortete. Gabrielle verzog das Gesicht. Der Lehrling hatte ihr gesagt, dass Wolf ausgegangen war, Monsieur Ravelle hingegen bestimmt noch im Haus weilte. Gabrielle wollte ein weiteres Mal klopfen, doch dann besann sie sich eines Besseren und versuchte ihr Glück einfach an der Klinke. Zu ihrer Überraschung ließ sie sich mühelos hinunterdrücken, und die Tür ging auf.

War Remy vollends von Sinnen, dass er sich nicht einmal die Mühe machte, seine Tür zu verriegeln? Hier drohten ja nicht nur Gefahren vonseiten der dunklen Königin, das hier war Paris, nicht irgendein kleines Bauerndorf in Navarra. In der Stadt wimmelte es von Räubern, Taschendieben und anderen Halunken.

Gabrielle spähte vorsichtig in den Raum. »Remy?«

Es war so düster, dass Gabrielle eine ganze Weile brauchte, bis sie etwas erkennen konnte. Nicht, dass in der karg möblierten Kammer viel zu sehen gewesen wäre, doch auf dem schmalen Bett lag jemand, zugedeckt mit einer dünnen Decke. Dunkelblondes Haar war auf dem Kissen ausgebreitet.

Remy lag noch im Bett? Zu dieser vorgerückten Stunde? Das schien ihr so seltsam, dass sich ihr Magen angstvoll verkrampfte. Sie trat auf Zehenspitzen zu ihm heran.

»Remy? Geht es Euch …« Sie verstummte, als aus Remys Kehle ein gedämpfter Schrei entwich, ein Schrei, so schrecklich, dass Gabrielle erschrocken zurückwich.

Remy warf sich hin und her. Er streifte die Decke zurück, sodass seine nackte Brust zum Vorschein kam, sie glänzte schweißnass. Mit einem weiteren gedämpften Stöhnen wälzte er sich wie im Fieberwahn.

Angst schnürte Gabrielle die Kehle zu, Angst, dass Katharina ihr Versprechen womöglich bereits gebrochen und Remy eines ihrer tödlichen Gifte verabreicht hatte. Gabrielle sank auf die Knie und suchte hektisch nach Remys Puls. Es gelang ihr nur ganz kurz, sein Handgelenk zu packen, dann entriss er es ihr wieder. Doch immerhin konnte sie sich versichern, dass sein Puls stark war, auch wenn er raste.

Remy stöhnte abermals und murmelte: »Mein Schwert … zum Teufel noch mal … Gebt mir … mein Schwert. Ich muss kämpfen … ich muss Menschen retten …« Er schluchzte so verzweifelt auf, dass es Gabrielle schier das Herz zerriss.

Remy hatte kein Fieber, er war gefangen in einem grässlichen Albtraum.

Die Kirchenglocken läuteten so unablässig, dass es Remy schier in den Wahnsinn trieb. Er hielt sich die Ohren zu, während er durch die verwinkelten Gassen taumelte. Um ihn herum brach die Hölle los, in das Läuten der Glocken mischten sich die Schreie der Frauen, das Wimmern der Kinder, das Keuchen der Männer. Paris war in ein leichenblasses Grau getaucht, die Häuser, die Pflasterstraßen, die Gesichter der Toten und Sterbenden. Die einzige andere Farbe war Rot – Blutrot. Blut, das auf die Wände gespritzt war und auf dem Boden Pfützen um die Leichen bildete.

Sein Schwert … Remy musste sein Schwert zurückholen, bevor es zu spät war. Aber wohin er sich auch wandte, plötzlich erhob sich wieder eine dicke Mauer vor ihm. Er hastete durch eine Gasse nach der anderen. Seine Verzweiflung wuchs. Der Boden war übersät mit Leichen, er konnte sich zwischen ihnen kaum noch einen Weg bahnen. Schließlich geriet er ins Taumeln und sank auf die Knie neben der leblosen Gestalt eines stämmigen Mannes, dessen Bart mit Blut besudelt war.

»Dev!«, keuchte Remy.

Die Augen des Toten gingen weit auf und starrten Remy vorwurfsvoll an. »Warum hast du uns nicht gerettet? Du hättest uns retten sollen. Du bist unsere Geißel.«

»Dev, ich … es tut mir leid. Ich habe mein Schwert verloren. Ich …« Remy nahm die Hand seines Freundes. Doch das Fleisch verdörrte, bis er nur noch knöcherne Finger umklammerte.

Remy zuckte zusammen und rang nach Luft, als er das Trampeln von Füßen hörte, das Geräusch von Stiefeln auf Pflastersteinen. Jetzt wollten sie ihn holen, die Dämonen, die sein Volk ermordet hatten. Und er hatte keine Rüstung, keine Waffe. Er nahm alle Kraft zusammen.

Doch nur ein einziger Mann trat aus den aschfahlen

Schatten am Ende der Straße, ein großer, kräftiger Mann, dessen Gesicht unter dem Halbvisier seines Helms verborgen war. Seine Hände und die Tunika waren voller Blut. Der Dämon starrte auf Remy, ein kaltes Lächeln auf den Lippen. Er fuhr mit einer blutbesudelten Hand an sein Visier, wollte es hochschieben und den Rest seines grauenhaften Antlitzes enthüllen.

»Nein!« Remy versuchte zu entkommen, er wollte nichts sehen. Aber er wurde von weichen warmen Händen festgehalten, und von weit her rief die Stimme eines Engels nach ihm …

»Remy! Remy!«

Gabrielle beugte sich über ihn. Sie wollte die Sache nicht noch schlimmer machen, indem sie ihn brutal wachrüttelte. Deshalb schüttelte sie ihn nur ganz sanft an der Schulter und rief leise seinen Namen. Doch das half nichts, Remy warf sich weiter auf dem Bett hin und her und murmelte unablässig etwas von verlorenen Schwertern und Dämonen. Schließlich umfasste Gabrielle sein Gesicht und zwang ihn stillzuhalten.

»Remy! *Wacht auf!*«

Mit einem lauten Brüllen schlug Remy die Augen auf. Er fuhr hoch und stürzte sich auf Gabrielle. Ihr Strohhut flog davon. Bevor sie wusste, wie ihr geschah, hatte er sie schon aufs Bett gezerrt und sich mit seinem muskulösen Körper auf sie geworfen.

Feuchte Haarsträhnen hingen ihm in die Stirn. Seine Miene war so wild, dass Gabrielle es mit der Angst zu tun bekam. Remy knurrte und ballte die Faust.

»Nein! Remy!«, kreischte sie. »Hört auf! Ich bin's doch nur, Gabrielle.«

Sie versuchte, ihm auszuweichen, und machte sich auf einen Schlag gefasst. Doch kaum eine Handbreit von ihrem Gesicht entfernt erstarrte Remy. Er blinzelte, und sein verstörter Blick schweifte von ihr zur düsteren Umgebung seiner Schlafkammer.

»Gabrielle? Was zum Teufel …«

»Ihr hattet einen Albtraum.« Sie bekam einen Arm frei. Mit zitternden Fingern strich sie ihm das Haar aus der Stirn. »Es war nur ein böser Traum.«

Keuchend sah er auf sie hinab. Sie hatte eigentlich geglaubt, alle Gesichtsausdrücke Remys zu kennen – Stolz, Strenge, Zärtlichkeit, Düsternis. Doch noch nie hatte sie diesen starken, stillen Mann so erschüttert und verletzt gesehen. Gabrielle schlang die Arme um ihn und zog seinen Kopf an ihre Schulter. Er vergrub das Gesicht an ihrem Nacken. Sein Atem ging noch immer stoßweise.

»Es ist alles in Ordnung«, sang sie leise bei dem Versuch, ihn zu trösten wie ihre kleine Schwester Miri, wenn die wieder einmal einen schlimmen Traum gehabt hatte. Sie streichelte seinen Nacken und drückte einen sanften Kuss auf sein Haar.

»Es ist alles vorbei, und ich bin da«, murmelte sie. »Haltet Euch einfach an mir fest.«

Seine Arme schlossen sich so fest um sie, dass Gabrielle schon fürchtete, erdrückt zu werden. Aber sie erwiderte die Umarmung, bis sie spürte, dass sein wilder Herzschlag sich beruhigte. Langsam fuhr sie mit den Fingern über seinen Rücken, über die warme, nackte Haut, und versuchte, die Spannung in seinen Muskeln zu lockern. Als ihre Hand tiefer glitt, stellte sie etwas fest, was ihr bislang entgangen war: Remy war splitterfasernackt.

Er murrte etwas Unverständliches und rollte von ihr herab. Rasch sprang er aus dem Bett und tastete auf dem Boden nach seiner Hose. Gabrielle nahm sich mehr Zeit, sich aufzurichten, bemüht, den Blick abzuwenden, wie es Zucht und Anstand geboten. Sie hatte bislang ohnehin nie das Bedürfnis verspürt, einen ihrer vielen Geliebten näher in Augenschein zu nehmen.

Aber die Körper ihrer Geliebten waren schwach und weich gewesen verglichen mit der muskulösen Gestalt eines Mannes, der sein Leben lang Soldat gewesen war. Remy kehrte ihr den Rücken zu, während er sich die Hose über seine sehnigen Oberschenkel und das stramme Gesäß zog. Gabrielle konnte nicht anders, sie musste ihn einfach anstarren.

Remy warf ihr einen verstohlenen Blick zu. Er band sich die Hose zu, dann trat er an den Waschtisch und spritzte sich so viel Wasser ins Gesicht, als wolle er sich ertränken. Schließlich strich er sein Haar zurück, riss die Fensterläden auf und ließ sich die morgendliche Brise über das Gesicht und die nackte Brust wehen.

Gabrielle musste beim plötzlichen Einfall des Sonnenlichts blinzeln. Sie beschattete mit einer Hand ihre Augen und blickte Remy an. Er lehnte am Fensterrahmen, sein Gesicht halb abgewandt. Dennoch bemerkte sie die dunkelroten Flecken, die an seinem Nacken ihren Anfang nahmen und sich bis zu seinen Wangen zogen.

Eine peinliche Stille trat ein. Gabrielle suchte fieberhaft nach Worten. Eigentlich fiel ihr in jeder Situation eine kluge Bemerkung ein, um Peinlichkeiten zu vertreiben. Doch nun saß sie stumm da und errötete wie eine törichte Jungfrau.

Sie spielte nervös mit einer Haarsträhne. Schließlich meinte sie: »Meine Güte, Remy, es gibt keinen Grund, so verlegen zu sein. Es ist wahrhaftig nicht so, dass ich noch nie einen nackten Mann gesehen hätte.«

Sobald ihr die Worte über die Lippen gekommen waren, zuckte sie zusammen. Ihn daran zu erinnern, war wahrlich nicht besonders klug gewesen.

»Das weiß ich«, erwiderte er. »Es ist auch nicht so, dass ich prüde bin. Mich beunruhigt nicht, dass Ihr mich nackt gesehen habt, sondern eher … das andere.«

»Was denn?«, wollte Gabrielle wissen, doch dann kam sie selbst auf die Antwort: Es beunruhigte ihn, dass sie ihn beim Aufwachen aus seinem Albtraum so verletzlich erlebt hatte. Deswegen schämte sich Nicolas Remy bis in die tiefsten Tiefen seiner stolzen Kriegerseele.

Sie konnte sehr gut verstehen, wie wund man sich fühlte, wenn man einem Fremden zu viel von seinem Innersten offenbarte. Aber sie war doch keine Fremde. Trotz allem, was sie trennte, war sie doch immer noch eine Freundin. Gabrielle trat neben ihn. Er kehrte ihr den Rücken zu, doch sie spürte, wie er sich verspannte.

Sie legte eine Hand auf seine Schulter und meinte so sanft wie möglich: »Remy, jeder hat mal einen schlimmen Traum.«

»Soldaten nicht.« Mit vor Selbsthass triefender Stimme fügte er hinzu: »Zumindest sollten sie nicht zittern und beben wie kleine Jungen, wenn sie mal einen haben.«

»Niemand würde Euch je mit einem kleinen Jungen verwechseln.« Gabrielle zog ihn ein wenig am Arm, damit er sich umdrehte und sie ansah. Als er ihrer Aufforderung zögerlich folgte, verschlug es ihr fast den Atem; denn im Sonnenlicht sah sie etwas, was sie bislang noch nicht bemerkt hatte: Remys Brust war von Narben übersät; manche davon nur blasse Striche, andere gezackte Linien weißen Fleisches, das die glatte Oberfläche seiner Haut verunstaltete. Gabrielle legte die Hand vor den Mund, um den Entsetzensschrei zu unterdrücken, der sich unwillkürlich ihrer Brust entringen wollte.

Remys Lippen wurden schmal, doch er strengte sich an, zu scherzen: »Kein sehr hübscher Anblick, nicht wahr? Wahrscheinlich sehe ich von hinten etwas besser aus. Würdet Ihr mir bitte mein Hemd reichen?«

Gabrielle vernahm seine Bitte kaum. Remy hatte in vielen Schlachten gekämpft, und er hatte auch früher schon Narben gehabt, die das bezeugten. Doch die waren harmlos gewesen im Vergleich zu seinem jetzigen Zustand. Langsam fuhr sie über eine der Narben, die ganz besonders schlimm aussah, ein verhärteter Wulst, der von seiner Schulter gefährlich nahe an sein Herz führte. Mit großer Klarheit sah sie das Schwert, das diese grässliche Spur hinterlassen hatte, wie es durch Haut und Muskeln fuhr. Sie spürte schon fast den kalten, scharfen Stahl in ihre eigene Schulter dringen.

»Oh, Remy«, wisperte sie und legte die Hände auf seine Brust, um sich seines kräftigen Herzschlags zu vergewissern.

»Ihr müsst Euch nicht so aufregen, meine Liebe«, sagte er verdrossen. »Das sind nur die Spuren alter Wunden.«

»Sie stammen aus jener grässlichen Nacht, nicht wahr? Der Bartholomäusnacht. Und davon habt Ihr auch geträumt.«

»Mag sein. Ich erinnere mich nicht an meine Träume.«

Er log. Die Erinnerung an diesen Albtraum zeigte sich noch deutlich in den scharfen Linien um seinen Mund und den düsteren Schatten in seinen Augen.

»Ihr habt etwas von einem Dämon gemurmelt. Einem Mann, dessen Gesicht Ihr nicht sehen konntet und auch nicht sehen wolltet. Wer war das?«

»Keine Ahnung. Es war nur ein Traum, ein törichter Traum.«

»Aber …«

»Vergesst es einfach.«

Gabrielle merkte, dass sie ihn nicht umstimmen konnte. Es war, als würde ihr eine Tür vor der Nase zugeschlagen. So ähnlich hatte sie sich selbst schon oft verhalten, um die Wunden in ihrem Herzen mit aller Kraft zu verbergen. Sie hatte bislang nur noch nie erleben müssen, die Ausgesperrte zu sein.

Mit beiden Händen strich sie ihm zärtlich über die Brust, wie um die Narben wegzuwischen und die schmerzhaften Erinnerungen auszulöschen. Remy begann zu erbeben, als sie nicht damit aufhörte und dabei immer weniger auf die Narben achtete, dafür mehr auf den Mann, die kühnen Linien seiner Brust und seiner Arme, die prachtvoll modellierten Muskeln und die feinen goldenen Härchen, die unter seinem Hosenbund verschwanden.

Remy atmete schneller und Gabrielle erkannte, dass die Hitze, die ihm ins Gesicht stieg, nichts mehr mit Verlegenheit zu tun hatte.

»Ich könnte ihn in mein Bett ziehen, ihn verführen«, hatte sie Katharina erklärt.

Gabrielle erkannte ernüchtert, dass das keine leere Prahlerei gewesen war. Wie leicht es doch wäre, dieses Versprechen in die Tat umzusetzen, und obendrein begehrte Gabrielle diesen Mann wie schon lange keinen mehr; vielleicht wie noch keinen vor ihm. Dieser Gedanke ließ eine allzu vertraute Panik in ihr aufsteigen; sie hatte Angst, ihm in die Augen zu sehen.

Als sie sich endlich dazu durchrang, merkte sie, dass er sie anstarrte. Der Anflug eines Bartes auf seinem Kinn ließ ihn verwegen, ja gefährlich aussehen. Aber es waren eher seine dunklen, nachdenklichen Augen, die sie aus der Fassung brachten. Seine Erregung war offenkundig, doch sie wurde gedämpft durch seine Wachsamkeit.

Er packte Gabrielle an den Handgelenken und zog ihre Hände von seiner Brust weg. Barsch fragte er: »Was habt Ihr hier zu suchen, Gabrielle? Wie seid Ihr überhaupt hereingekommen?«

Das war nicht die Begrüßung, mit der sie gerechnet hatte, nachdem sie Remy letzte Nacht geholfen hatte, seinen König zu treffen. Sie erwartete keine Dankbarkeit, aber sie war davon ausgegangen, dass zwischen ihnen eine Art Waffenstillstand herrschte und Remy ihr inzwischen etwas mehr vertraute – obwohl es dafür wahrhaftig keinen Grund gab, wie sie sich mit Schaudern eingestehen musste, als ihr der Handel mit Katharina einfiel.

Sie riss sich von ihm los und verschränkte die Hände schon fast schuldbewusst hinter dem Rücken. »Ich bin so hereingekommen, wie man es meistens tut – durch die Tür. Die Tür, die Ihr nicht verriegelt hattet.«

»Ich hatte sie verriegelt, aber der verdammte Riegel ist beschädigt. Er greift manchmal nicht.«

»Dann schlage ich vor, dass Ihr ihn reparieren lasst. Die wichtigste Frage aber habt Ihr mir noch gar nicht gestellt.«

»Und die wäre?«

»Woher ich wusste, wo Ihr zu finden seid.«

»Und woher wusstet Ihr das?«

»Katharina hat mir freundlicherweise Euren Aufenthaltsort genannt und sogar den falschen Namen, unter dem Ihr hier logiert. Sie hat Euch verfolgen lassen, als Ihr letzte Nacht aus dem Palast kamt.«

Remy nahm diese Nachricht erstaunlich gelassen auf. Nur ein zuckender Wangenmuskel verriet seine Anspannung. Er holte sein Hemd und streifte es sich über den Kopf.

»Dann weiß die dunkle Königin also …«

»So gut wie alles«, fiel ihm Gabrielle ins Wort. »Sie hat uns beobachten lassen, und sie weiß auch von dem kleinen Treffen, dass ich zwischen Euch und Heinrich arrangiert habe.«

Remy schlüpfte in die Ärmel, dann zuckte er gleichgültig die Schultern. Nach der höllischen Nacht, die sie damit zugebracht hatte, sich um ihn Sorgen zu machen, ja, um sein Leben zu fürchten, war die Ruhe dieses Mannes kaum erträglich.

Erbost fauchte Gabrielle: »Remy! Habt Ihr überhaupt gehört, was ich Euch gesagt habe? Katharina *weiß* alles. Ihr könnt unmöglich auch nur einen Tag länger in Paris bleiben. Es wäre besser, wenn Ihr weit weg von dieser Stadt wärt.«

»Besser für wen?«, fragte Remy sarkastisch. »Wenn die dunkle Königin alles weiß, warum bin ich dann nicht tot? Oder zumindest verhaftet – und nicht nur ich, sondern auch Ihr?«

Weil ich der Frau meine Seele versprochen habe, und deine auch, dachte Gabrielle schaudernd. Doch sie entgegnete nur ausweichend: »Ich – ich bin mir nicht sicher. Ich glaube, es ist mir gelungen, sie zu überzeugen, dass von Euch keine Gefahr mehr ausgeht.«

»Da müsst Ihr aber ausgezeichnete Arbeit geleistet haben.« Remy beäugte sie misstrauisch. »Wie habt Ihr das angestellt?«

»Ich bin eine gute Lügnerin. Und außerdem würde es die Spannungen zwischen den Katholiken und den Hugenotten wohl nur verstärken, wenn sie Euch ein zweites Mal zum Märtyrer machen würde. Katharina meint, dass sie solch ein

Bürgerkrieg ziemlich teuer zu stehen käme. Wahrscheinlich wird sie Euch an den Hof rufen, wo sie ein Auge auf Euch haben kann. Dort werdet Ihr vorerst wohl in Sicherheit sein.«

Solange sie die dunkle Königin davon überzeugen konnte, dass sie Nicolas Remy in ihren Bann geschlagen hatte; dass sie ihn in ihrem Bett unter Kontrolle hatte. Aber Gabrielle konnte sich denken, wie Remy reagieren würde, wenn sie ihm das erklärte.

Stattdessen hielt sie ihm die Hand hin und flehte: »Oh, Remy! Bitte! Selbst Ihr müsst erkennen, dass es zu gefährlich für Euch ist, hierzubleiben. Ihr müsst weg, und zwar auf der Stelle.«

»Danke, dass Ihr so besorgt um mich seid«, erwiderte er knapp. »Aber ich bleibe und sehe weiter zu, was ich tun kann.«

Er ignorierte ihre ausgestreckte Hand, ging an ihr vorbei und knöpfte sich sein Hemd zu. Gabrielle ließ die Hand verlegen sinken.

Beim Abschied von Remy gestern Nacht im Palast hatte sie geglaubt, zwischen ihnen wieder so etwas wie die alte Vertrautheit zu spüren. Aber heute Morgen war Remy ausgesprochen schroff, ja fast feindselig, und Gabrielle vermutete, dass sie den Grund dafür kannte: Es war ihm bestimmt misslungen, Heinrich zur Flucht zu überreden. Das wunderte sie nicht weiter, denn trotz seiner trägen Art war Heinrich klug. Er war ein praktisch denkender Mensch, der nur deshalb so lange überlebt hatte, weil er keine unnötigen Wagnisse einging.

Eigentlich hätte es Gabrielle freuen sollen, dass Heinrich in Frankreich blieb, denn das war ihren Interessen ja nur förderlich. Aber sie stellte fest, dass sich ihre Freude in Grenzen hielt. Vermutlich hätte Remy Heinrich gern als einen zweiten König Arthur gesehen, mutig und idealistisch wie dieser legendäre Herrscher; ein Mann, dem Remy bis in den Tod hätte folgen und dienen können. So wie er Gabrielle früher als vollkommen, makellos und rein betrachtet hatte.

Es wunderte sie, dass ein Soldat wie Remy, der so viel von der Hässlichkeit der Welt und der Brutalität des Krieges gesehen hatte, noch immer an seinen übertriebenen Vorstellungen von Ehre festhielt und das auch von anderen erwartete. Dieser Charakterzug regte sie zwar auf, machte den Hauptmann aber auch liebenswert. Sie sehnte sich danach, ihn in die Arme zu nehmen und vor all den Enttäuschungen zu beschützen, die er unweigerlich erleben würde.

Obwohl sie kaum glaubte, dass ihm ihr Mitgefühl recht war, sagte sie leise: »Eurem grimmigen Verhalten entnehme ich, dass Euer Treffen mit Heinrich nicht wunschgemäß verlaufen ist. Ihr konntet ihn wohl nicht zur Flucht überreden.«

Remy betrachtete sein unrasiertes Kinn in der Spiegelscherbe über dem Waschtisch. »Nein, er hat eingewilligt.«

»Wie bitte?«, fragte Gabrielle verblüfft.

»Heinrich war einverstanden, dass ich seine Flucht vorbereite, aber nur unter bestimmten Bedingungen – die natürlich alle mit Euch zu tun haben.« Er wandte sich vom Spiegel ab und warf ihr einen verbitterten Blick zu. »Mein Kompliment! Ihr habt den Mann völlig verhext. Er will erst nach Béarn zurückkehren, wenn ich eine Möglichkeit gefunden habe, Euch mitzunehmen.«

Gabrielle brauchte eine Weile, um diese Neuigkeit zu verdauen. Schließlich sagte sie eisig: »Dazu wird es nicht kommen. Ich habe Euch doch bereits gesagt, dass meine Zukunft hier in Paris liegt, meine und Heinrichs Zukunft.«

»Offenbar hat Heinrich andere Pläne für Eure Zukunft. Er hat vor, einen Gemahl für Euch zu finden.«

»Einen Gemahl?«

»Ja, er hat die verschrobene Vorstellung, dass Eure Verbindung zu ihm ehrbarer würde, wenn er irgendeinen armen Tropf findet, der Euch heiratet. Einen Herrn und Meister, der ihm hilft, Euch unter Kontrolle zu halten, und der sicherstellt, dass Ihr Euch den Wünschen des Königs fügt. Heinrich glaubt, ein Gemahl könnte Euch befehlen, Paris mit ihm zu verlassen.«

Gabrielle fluchte lauthals und begann, erregt auf und ab zu laufen. Als ob ihr Leben nicht schon kompliziert genug wäre! Sie musste versuchen, Remy davon abzuhalten, ständig Kopf und Kragen zu riskieren, und gleichzeitig ihren eigenen Weg durch die Tücken des Hofes und die Ränke der dunklen Königin finden. Und jetzt war Heinrich auch noch auf diese verrückte Idee verfallen!

Es war zwar nicht ungewöhnlich, dass sich ein Adliger darauf einließ, die Mätresse seines Königs zu ehelichen; schließlich winkten ihm Ländereien, Wohlstand und Titel. Gabrielle aber verspürte keinerlei Neigung, sich mit einem schwächlichen Höfling als Gemahl zu belasten.

»Hervorragend!«, murrte sie. »Hat Heinrich vielleicht auch erwähnt, an welchen armen Tropf er denkt?«

Remy nahm sein Rasiermesser in die Hand. Bei dem Blick, mit dem er es betrachtete, war sich Gabrielle nicht sicher, ob er sich nun damit rasieren oder die Kehle durchschneiden wollte.

»An mich. Der König wünscht, dass ich Euch heirate.«

Gabrielle verschlug es die Sprache, sie war wie vom Donner gerührt. Das konnte doch nicht Remys Ernst sein? Sie musste den verrückten Impuls unterdrücken, angesichts dieser Ironie in hysterisches Gelächter auszubrechen: Etwa zur gleichen Zeit, als Gabrielle der dunklen Königin versprochen hatte, den Hauptmann zu verführen, hatte Heinrich ihm befohlen, sie zu heiraten.

Aber beim Anblick von Remys grimmiger Miene erstarb jeglicher Wunsch zu lachen. Kein Wunder, dass er so angespannt war und aussah, als hätte jemand sein Familienwappen beschmutzt. Natürlich empfand er die Vorstellung, eine verdorbene Frau wie sie zu heiraten, als unerträgliche Beleidigung. Und das schmerzte Gabrielle stärker, als sie zugeben wollte.

Aber sie warf nur stolz den Kopf zurück. »Ihr sollt mich heiraten? Das ist ja vollkommen lächerlich! Zweifellos habt Ihr Euch geweigert – mit der angemessenen moralischen Empörung.«

Remy sagte nichts und wandte den Blick ab.

»Ihr habt es abgelehnt, oder etwa nicht?«

Als er stumm blieb, fragte sie noch einmal nach: »Remy?«

Er warf das Rasiermesser auf den Waschtisch und fauchte: »Nein. Ich habe ihm gesagt, dass ich es tun werde. Ich habe versprochen, Euch zu heiraten.«

Gabrielle fiel die Kinnlade herunter. Einen Moment lang war sie sprachlos, dann kreischte sie: »Seid Ihr vollkommen verrückt? Habt Ihr nicht verstanden, wie das von Heinrich vorgeschlagene Arrangement beschaffen ist?«

»Oh doch, nur zu gut.«

»Und warum um alles in der Welt habt Ihr Euch darauf eingelassen?«

Remy sah sie an. In seinem Blick lag Enttäuschung, aber auch noch ein anderes Gefühl, das sie nicht deuten konnte. »Warum zum Teufel glaubt Ihr wohl?«

»Keine Ahnung.«

»Weil …« Remy wandte sich schroff von ihr ab und betrachtete sich im Spiegel. »Weil mein König es mir befohlen hat«, stieß er zwischen zusammengebissenen Zähnen hervor. »Nur darum.«

Gabrielle schluckte. Vielleicht hatte Remy früher einen anderen Grund gehabt, sie heiraten zu wollen, früher, bevor er die Wahrheit über sie erfahren hatte und wusste, was sie war. Aber jetzt … Was hatte sie denn von ihm erwartet? Trotzdem schmerzte sie der Gedanke, dass er sie nur aufgrund seines elenden Pflichtgefühls heiraten wollte. Es schmerzte sie mehr, als wenn er sie zurückgewiesen hätte. Aber es schmerzte nicht nur, es machte sie auch wütend.

»Welch treuer Untertan Ihr doch seid, Herr Hauptmann!«, meinte sie eisig. »Für Euch spielt es keine Rolle, ob Ihr für

Euren König in den Tod geht oder seine Mätresse heiratet, nicht wahr?«

Bei diesen sarkastischen Worten zuckte Remy zusammen, doch er erwiderte: »Ihr wart es, die darauf bestanden hat, dass ich mich seinen Wünschen beuge, wie auch immer sie lauten mochten.«

»Ich meinte seine Entscheidung über Eure Fluchtpläne und nicht irgendein absurdes Hochzeitsarrangement.«

»Ihr braucht Euch nicht so aufzuregen. Zu einer Hochzeit gehören schließlich immer zwei.«

Gabrielle sah ihn forschend an. Hoffte er, dass sie sich weigern würde und er damit von dieser Pflicht entbunden wäre, die ihm offenkundig höchst zuwider war? Nein, so leicht wollte sie es ihm nicht machen.

»Na ja, warum nicht?«, sagte sie und rang sich ein brüchiges Lächeln ab. »So schlecht ist diese Idee doch gar nicht, oder?«

Sie rechnete mit Entrüstung und Missbilligung, doch Remy blieb unbewegt und resigniert. Er stand so starr da, als hätte er eine Wirbelsäule aus Stahl und nicht aus Knochen. Zweifellos sah er so kurz vor einer Schlacht aus, in dem Augenblick, in dem er in die Rohre der feindlichen Kanonen blickte.

Entschlossen, ihm eine Reaktion zu entlocken, fuhr Gabrielle fort: »Ein wenig Mehr an Sicherheit kann nicht schaden, falls der König genug von mir hat. Freilich werde ich zusehen, dass es nicht dazu kommt.«

Sie zog eine wilde Befriedigung daraus, zu sehen wie Remy die Lippen zusammenpresste. »Und auch für Euch wird die Ehe vorteilhaft sein, denn Heinrich wird Euch bestimmt angemessen entlohnen. Wenn Ihr mich heiratet, sollten schon ein paar Ländereien und ein Titel herausspringen. Würdet Ihr Euch mit der Ritterwürde zufriedengeben oder hofft Ihr auf eine Baronie?«

»Gabrielle ...« Der gefährliche Unterton, der in Remys Stimme mitschwang, hätte sie verstummen lassen sollen, doch er stachelte sie nur noch weiter an.

»Denkt doch nur – all die Jahre habt Ihr Eurem König treu gedient, habt Euer Leben auf dem Schlachtfeld für ihn aufs Spiel gesetzt und seid doch nur ein Hauptmann. Dabei hätte es gereicht, seiner Hure Euren Namen zu geben.«

»Gabrielle, hört auf!«, knurrte Remy. Ihr war bewusst, dass sie seine Mahnung beherzigen sollte, wenn sie noch einen Funken Verstand besaß. Schließlich wusste sie inzwischen, zu welchen Wutausbrüchen die Geißel fähig war.

Aber sie war zu zornig und verletzt. Sie tänzelte näher und fragte: »Wie sollen wir unsere Verlobung denn besiegeln, Herr Hauptmann? Mit einem Handschlag wie zwei Kaufleute? Oder wäre Euch ein Kuss lieber?«

Sie schlang die Arme um seinen Nacken und sah ihn trotzig an. Sein Blick verdüsterte sich, und er begann, halblaut zu fluchen. Sie rechnete damit, dass er sie wegstoßen würde. Doch stattdessen presste sich sein Mund auf ihre Lippen, so ungestüm, dass es ihr den Atem raubte. Im ersten Augenblick erstarrte sie, doch dann erwiderte sie den Kuss ebenso leidenschaftlich, bis es aussah, als würden sie miteinander kämpfen – ein ungestümer Kampf der Lippen, ein hitziges Duell der Zungen.

Remy bot ihr keinen Fluchtweg, sein Körper war hart und unnachgiebig. Er drängte sie zum Bett. Gabrielle wusste kaum, ob er sie auf die zerwühlten Laken warf oder ob sie ihn mit sich nach unten zog. In einem Sturm von Küssen und suchenden Händen fielen sie übereinander her. Remy zerrte die Bänder ihres Gewandes auf und streifte es ihr von den Schultern, bis ihr Oberkörper entblößt war. Er umfasste eine Brust mit seiner schwieligen Hand. Gabrielle revanchierte sich, indem sie die Hände unter sein Hemd schob und die Nägel in seinen Rücken grub.

Mit einem leisen Knurren ließ Remy seine Lippen von ihrem Hals zum Ansatz ihrer Brüste wandern, sein unrasiertes Kinn kratzte über ihre zarte Haut. Sein Mund legte sich um eine Brustwarze, er saugte und knabberte daran, bis Gabrielle ein Stöhnen entfuhr und ihr Zorn in den dunklen Strömen der Begierde aufging – einer Leidenschaft, vor der sie sich lange gefürchtet hatte, einem Verlangen, das so stark und unbezwingbar war, dass es fast schmerzte.

Remy zwängte sich zwischen ihre Oberschenkel. Durch ihr Kleid hindurch spürte sie den harten Beweis seiner Erregung, der sich gegen die weiche Mitte ihres Geschlechtes drängte. Eine nur allzu vertraute Panik überkam sie. Sie erstarrte.

»Remy, bitte. Hört ...« Ihre Worte gingen in der Hitze seines Mundes unter, als er sie wieder küsste, ein Mund, der ihr die Unterwerfung abschmeicheln und gleichzeitig abringen wollte. Er begann, ihr die Röcke hochzustreifen. Gabrielles Panik steigerte sich zu blankem Entsetzen.

Plötzlich sah sie nicht mehr Remys markantes Gesicht über sich, sondern die lüsterne Fratze Dantons.

»Nein!«, kreischte sie und schlug wie wild um sich. »Hört auf!« Sie gab ihm keine Gelegenheit, etwas zu erwidern, sondern schlug weiter um sich und versuchte, sich mit aller Kraft von ihm zu befreien.

Ihr Herz hämmerte wie wild, während sie darauf wartete, dass er ihre Arme erbarmungslos festhielt und sich der stechende Schmerz seiner Eroberung in ihr ausbreitete. Doch der Mann über ihr erstarrte, dann riss er sich von ihr los. Seine verschwommenen Züge klärten sich und nahmen wieder die klaren, harten Linien von Remys Gesicht an, in dem sich enttäuschte Begierde und Verwirrung mischten. Er stand auf und trat vom Bett weg. Seine Brust hob und senkte sich rasch, während er versuchte, seiner Leidenschaft Herr zu werden.

Gabrielle setzte sich langsam auf. Ihre Wangen brannten vor Scham über ihre Hysterie. Remy war nicht Danton. In ihrem Herzen wusste sie, das Remy nie eine Frau mit Gewalt nehmen würde. Doch dieses Wissen machte ihre Reaktion umso unverständlicher.

Mit zitternden Fingern zog sie ihr Kleid wieder über die Schultern. Sie schaffte es nicht, Remy anzuschauen. Wahrscheinlich hielt er sie nun für ein völlig verwerfliches Flittchen – einen Mann bis zum Äußersten zu reizen, um ihn im letzten Augenblick von sich zu stoßen. Wie hatte Danton sie an jenem schrecklichen Tag genannt? Eine verlogene kleine Schlampe.

Remy war bestimmt böse auf sie, und er hatte allen Grund dazu. Doch in seiner Stimme lag eher Verzweiflung als Wut. »Ich verstehe Euch nicht, Gabrielle. Bin ich so abstoßend? Offenbar seid Ihr doch gewillt, jedem Mann in Paris Eure Liebe zu schenken. Warum nicht mir?«

»Meine Liebe schenken? Glaubt Ihr wirklich, dass es das ist, was ich tue?« Gabrielle stieß ein hohles Lachen aus. »Ich überlebe, ich halte aus. Mit einem Mann ins Bett zu gehen kann ich nur ertragen, wenn ich es völlig mechanisch mache und mir dabei einrede, ich sei woanders.«

Doch das war bei Remy nicht möglich. Er war kein Mann, bei dem sie sich einreden konnte, woanders zu sein. Er würde sie dazu bringen, ihn haben zu wollen, sich nach ihm zu verzehren. Doch dann würde sie an ihren brutalen Erinnerungen an Danton zerbrechen.

Remy musterte sie immer fragender, als warte er auf eine Erklärung. Doch Gabrielle fürchtete, dass sie schon zu viel gesagt hatte. Sie fingerte an den Bändern ihres Kleides und verwirrte sie hoffnungslos. Als Remy auf sie zu trat, erstarrte sie.

»Ich wollte Euch nur mit Eurem Kleid helfen«, sagte er und trat einen Schritt zurück.

»Tut es nicht. Wir laufen beide Gefahr zu vergessen, dass unsere Verlobung eine reine Formsache ist. Ich werde Eurem König gehören. Es ist also am besten, wenn Ihr mich nie wieder berührt.«

»Nun gut. Ich – ich verspreche es.«

Statt sie jedoch zu beruhigen, löste dieses Versprechen in Gabrielle den widersinnigen Drang aus, in Tränen auszubrechen. Sie musste fort von hier, je eher, desto besser. Nachdem ihre Bänder einigermaßen ordentlich geschnürt waren, suchte sie nach ihrem Strohhut. Er klemmte zwischen Bett und Wand, neben ein paar Kleidungsstücken, derer sich Remy letzte Nacht entledigt hatte. Sie zog auch den mit roter Seide gefütterten Umhang hervor und glättete die mitternachtsblauen Falten, bevor sie ihn Remy überreichte.

»Ihr solltet besser darauf achtgeben. Satin lässt sich nur schwer reinigen, und dieser Umhang war bestimmt nicht billig. Woher habt Ihr überhaupt ...« Gabrielle verstummte, denn soeben war ihr ein grauenhafter Gedanke gekommen. »Mein Gott, Remy – Ihr und Euer Freund Wolf, der Dieb, Ihr – Ihr habt doch nicht etwa ...«

»In fremde Taschen gelangt und arglose Reisende überfallen? Nein.« Remys Blick lag noch immer nachdenklich auf ihrem Gesicht. Er warf den Umhang aufs Bett, als wäre es ihm völlig egal, wie teuer er war.

Sie ließ nicht locker. »Woher habt Ihr das Geld dann?«

»Ich habe ein paar englischen Baronen mein Schwert geliehen.«

»Ihr wart Söldner? Bei den Engländern?«

Remy hatte immer behauptet, dass er den Krieg hasste und nur kämpfte, um seine Landsleute zu verteidigen. Herauszufinden, dass er seine Ideale verraten hatte, störte Gabrielle mehr als der Verlust ihrer Unschuld.

»Aha. Also bin ich nicht die Einzige, die sich verkauft hat.«

Remy errötete. »So habe ich das nie gesehen. Ich brauchte Geld, um meinem König zu helfen, und leider kann ich nichts anderes, als ein guter Soldat zu sein.«

»So wie ich nichts anderes kann, als Männer zu verführen.«

»Sagt das nicht. Sagt das nie wieder!« Remy wollte sie an den Schultern packen, doch dann erinnerte er sich an sein Versprechen und ließ die Hände sinken. Verbittert ballte er die Fäuste.

»Verflucht noch mal, Gabrielle! Könnt Ihr nicht den ganzen Unsinn mit Heinrich vergessen? Lasst uns Paris verlassen. Jetzt. Sofort. Lasst mich Euch nach Faire Isle zurückbringen.«

Dieses unerwartete Angebot erstaunte sie mehr als alles andere. Sie konnte sich nicht vorstellen, dass das sein Ernst war; aber noch nie hatte er so ernst gewirkt.

»Warum – warum um alles in der Welt sollte ich nach Faire Isle zurückwollen?«, stammelte sie.

»Weil Ihr dorthin gehört. Weil Ihr dort zu Hause seid.«

Zuhause ... Remy hatte keine Ahnung, welche Bilder er mit diesem schlichten Wort heraufbeschwor – das hübsche Herrenhaus, das sich in das Tal schmiegte; Rauch, der in trägen Wölkchen aus dem Kamin aufstieg; die Brise, die an ihrem Schlafzimmerfenster vorbeistrich und den fernen Geruch des Meeres und die süßen Düfte aus Arianes Kräutergarten in sich trug; mit Miri durch die kühlen, geheimnisvollen Wälder streifen; vor dem Kamin sitzen, während Ariane sich geduldig bemühte, ihr zerzaustes Haar auszukämmen.

Diese Bilder waren so lebhaft, so wirklich, dass es Gabrielle schien, als wären sie in ihr Gedächtnis gemalt worden, als ihr Zauber noch stark war. Als hätte sie die Bilder in ihrem Skizzenblock aufbewahrt, den sie schon so lange nicht mehr aufgeschlagen hatte.

»Ich – ich kann nicht nach Hause«, sagte sie mit rauer Stimme. »Ariane – sie – Ariane würde es nicht wollen. Sie wird mir nie verzeihen, dass ich nach Paris gegangen bin, und bestimmt auch nicht das, was ich hier tue.«

»Aber natürlich wird sie Euch verzeihen, sie ist Eure Schwester. Sie wird Euch alles verzeihen.«

»Und Ihr? Könnt Ihr mir verzeihen?« Gabrielle sah ihn forschend an. »Wenn Ihr mich jetzt nach Faire Isle bringt, würdet Ihr bei mir bleiben?«

Remy zögerte, doch Gabrielle brauchte keine Antwort. Das Bedauern in seinen dunklen Augen sagte ihr alles. Sie wandte sich ab und sammelte die Bruchstücke ihres verletzten Stolzes ein.

»Egal. Danke für Euer freundliches Angebot, Herr Hauptmann, aber ich muss es leider ablehnen. Ich bin nicht auf der Suche nach Absolution oder einem Weg zurück nach Hause. Ich bin in Paris ganz glücklich.«

»Gabrielle …«

Sie wartete nicht ab, was er ihr noch sagen wollte, denn sie hatte Angst, ein weiteres Wort würde das stählerne Band zersprengen, das sie um ihre Gefühle gelegt hatte. Entschlossen setzte sie ihren Hut auf und schickte sich an zu gehen.

»Ich muss jetzt los.« Sie schaffte es noch, Remy ein kühles Abschiedslächeln zuzuwerfen. »Und Ihr tätet wirklich gut daran, einen Schlosser zu finden, der Eure Tür repariert.«

Remy lehnte sich weit aus dem Fenster, um noch einen letzten Blick auf Gabrielle zu erhaschen. Selbst mit dem alten Kleid und ihrem Strohhut schritt sie wie eine Herzogin einher. Die Frauen traten instinktiv zur Seite, um sie vorbeizulassen, während die Männer sich den Hals nach ihr verrenkten und sie mit offenkundigem Wohlwollen und lüsternen Blicken bedachten.

So gern Remy ein paar Gaffern die Köpfe eingeschlagen hätte, er konnte es ihnen kaum vorwerfen, wie sie auf Gabrielles sinnliche Schönheit reagierten; nicht, nachdem in seinem Körper noch ein solch heftiges Verlangen wütete, dass er aus Enttäuschung am liebsten die Faust gegen die Wand gedonnert hätte – oder besser noch den Kopf. Warum war er wie ein Trottel herumgestanden und hatte sie gehen lassen?

Warum hatte er ihre Frage nicht rascher beantwortet? Konnte er ihr verzeihen? Hätte er das Anliegen, das ihn nach Paris geführt hatte, vergessen und mit ihr auf Faire Isle bleiben können?

Tja, genau das war es, worüber er gestolpert war und es noch immer tat. Seit der Bartholomäusnacht war seine Mission, Heinrich von Navarra zu retten, das Einzige gewesen, was ihn aufrecht gehalten hatte; was ihm geholfen hatte, nicht den Verstand zu verlieren. Er war sein Leben lang Soldat gewesen, er hatte kein Heim und keine Familie. Seine Pflicht und seine Ehre waren alles, was er besaß, und er fürchtete, dass er die Ehre tatsächlich schon weitgehend über Bord geworfen hatte.

Gabrielles Vorwurf, er habe sich verkauft, hatte wehgetan, war aber berechtigt: Er hatte seine Ehre für englisches Gold verschachert. Und jetzt ging auch noch der letzte Rest verloren, nachdem er auf Heinrichs schändlichen Befehl eingegangen war, Gabrielles Ehemann zu werden, aber kein richtiger; sich Hörner aufsetzen zu lassen, bevor er überhaupt verheiratet war.

Während Gabrielle in der Menge untertauchte, hörte er noch einmal das Echo ihrer erstaunten Frage: »*Warum um alles in der Welt habt Ihr Euch darauf eingelassen?*«

Remy lehnte sich erschöpft ans Fensterbrett. Sein Pflichtgefühl hatte ihn dazu getrieben. Das hatte er Gabrielle erzählt, und das hatte er sich sogar selbst eingeredet – bis er Gabrielle heute Morgen in seiner Kammer gesehen hatte.

Remy knirschte mit den Zähnen. Wenn Gabrielle schon unangemeldet hereinschneien musste, warum hatte sie das nicht in einem ihrer kostbaren Gewänder getan, in denen sie immer so unnahbar und arrogant wirkte? Warum musste sie auf einmal sanft und zugänglich sein, seinen Albtraum verscheuchen und seinen verletzten Stolz heilen? Als sie ohne Scheu seine hässlichen Narben gestreichelt hatte, wirkten ihre blauen Augen so süß und traurig, dass sie ihn an das Mädchen erinnerte, von dem er so lange geträumt hatte; an die Gabrielle aus seiner Zeit auf Faire Isle – die Gabrielle, von der sie behauptete, es gebe sie nicht mehr.

Da hatte er erkannt, dass es nicht sein Pflichtgefühl war, das ihn dazu gebracht hatte, in diese Hochzeit einzuwilligen. Er hatte zugestimmt, weil er Gabrielle begehrte wie keine Frau zuvor. Er hatte befürchtet, der König würde sie einem anderen geben, wenn er sich weigerte. Und er konnte den Gedanken nicht ertragen, dass Gabrielle die Frau eines anderen würde, irgendeines skrupellosen Kerls, der sie nur heiraten würde, weil er sich davon finanzielle Vorteile versprach. Einer, der mit ihr vor den Altar treten und vor Gott versprechen würde, sie zu lieben, zu ehren und ihr die Treue zu halten, ohne es auch nur im Geringsten zu meinen.

Und bei dir wäre es anders?, fragte eine spöttische Stimme in ihm. So, wie du sie gerade zu ehren versucht hast? Remys Blick schweifte zu dem zerwühlten Bett. Er zuckte vor Scham zusammen, als er sich daran erinnerte, wie er Gabrielle darauf geworfen und ihr beinahe das Kleid vom Leibe gerissen hatte. Er war als Liebhaber nie besonders zartfühlend gewesen, er hatte bislang nur mit Soldatenliebchen geschlafen – heiß, hart, schnell, eine rasche Befriedigung beidseitiger Bedürfnisse.

Wahrscheinlich wäre es anders gewesen, wenn er je das Glück gehabt hätte, Gabrielle in sein Bett zu holen. Dann wäre er langsam, zärtlich und geduldig gewesen, um ihre mädchenhafte Sittsamkeit zu besiegen.

Sittsamkeit? Remys Lippen kräuselten sich ironisch, als er daran dachte, wie leidenschaftlich sie ihn geküsst und ihre Nägel in seinen Rücken gegraben hatte. Zumindest am Anfang – bis sich ihr Gesicht plötzlich angstvoll verzerrt hatte; nein, es war das blanke Entsetzen gewesen, als sie gekreischt hatte, dass er aufhören möge, und sogar nach ihm geschlagen hatte, als befürchte sie, dass er nicht von ihr ablassen würde. Als ob sie tatsächlich geglaubt hatte, er würde versuchen, sie zu zwingen.

Remy runzelte die Stirn. Jetzt fiel ihm auch wieder ein, wie ihre Hände gezittert hatten, als sie sich das Kleid über die Schultern zog, und wie ihre Stimme gebebt hatte.

»Meine Liebe schenken? Glaubt Ihr wirklich, das ist es, was ich tue? Mit einem Mann ins Bett zu gehen kann ich nur dann ertragen, wenn ich es völlig mechanisch mache und mir dabei einrede, ich sei woanders.«

In diesem Moment hatte sie wahrhaftig nicht wie eine erfahrene und erfolgreiche Kurtisane gewirkt. Als er an den leeren Blick in ihren Augen dachte, fiel ihm etwas anderes ein: die Verwüstung, die er auf den Gesichtern von Frauen nach einer Schlacht gesehen hatte. Frauen, denen zwar das Leben geblieben, doch die Seele geraubt worden war. Frauen, brutal geschändet von Soldaten im Blutrausch.

War es möglich, dass auch Gabrielle …? Schon der bloße Gedanke löste eine blinde Wut in ihm aus. Falls es tatsächlich so gewesen war, würde er den Kerl in Stücke reißen, bis der Schuft ihn anflehen würde, sterben zu dürfen.

Seine Hände verkrampften sich, als lägen sie schon um den Hals des Schurken. Nur mit Mühe schaffte er es, wieder ruhig zu werden. Schließlich wusste er nichts von einem solchen Mann, Gabrielle war bestimmt nichts dergleichen zugestoßen. Wahrscheinlich war einfach seine Fantasie mit ihm durchgegangen.

Aber eines hatte er sich ganz sicher nicht eingebildet: Gabrielle konnte behaupten, was sie wollte – sie war kreuzunglücklich in ihrem Leben als Kurtisane und in ihrem Bestreben nach einer glorreichen Zukunft als königliche Mätresse. Die Frau musste dringender gerettet werden als sein König.

Aber um Gabrielle zu helfen, würde man erst ein großes Hindernis überwinden müssen: sie selbst. Wie zum Teufel sollte ein Mann den edlen Ritter spielen und eine Frau retten, die Stein und Bein schwor, dass sie nicht gerettet werden wollte?

14

Gabrielle hastete durch die geschäftigen Straßen. Nach dem Treffen mit Remy war sie etwas unsicher auf den Beinen. Der sture Stolz, der sie mit hocherhobenem Kopf aus der Tür hatte schreiten lassen, war längst verflogen. Plötzlich rannte sie geradewegs in eine stämmige Matrone, die ihr einen Einkaufskorb in die Rippen rammte.

»Was ist mit Euch los, junge Frau?«, fauchte das Weib erbost und ging an Gabrielle vorbei. »Seht zu, dass Ihr den Kopf aus den Wolken nehmt und aufpasst, was Ihr tut.«

»Entschuldigung«, murmelte Gabrielle.

Aufpassen, was sie tat? Dafür schien es ein wenig spät. Aus schierem Trotz hatte sie gerade eingewilligt, Nicolas Remy zu heiraten.

Doch dazu würde es nicht kommen. Wenn sie ihn das nächste Mal sah, würde sie ihm sagen, dass sie nicht die Absicht habe, bei dieser Farce mitzuspielen. Er und sein König sollten sich zum Teufel scheren. Auch wenn sie nicht aufhören konnte, sich sehnsüchtig zu fragen, wie es wohl wäre, Remys Braut zu sein, wenn die Dinge anders lägen. Wenn sie Danton nie getroffen hätte und auch nicht Heinrich von Navarra und die dunkle Königin. Wenn sie noch immer das unschuldige junge Mädchen wäre …

Sie hätten auf Faire Isle geheiratet, und sie hätte ein schlichtes Gewand aus weichem blauen Tuch getragen, hergestellt von Weberinnen der Insel. Ariane hätte liebevoll den Blumenkranz auf ihrem Kopf gerichtet, und Miri wäre freudig erregt um sie herumgetanzt. Auch wenn Gabrielle die Tochter eines katholischen Ritters und Remy ein Hugenotte war, auf Faire Isle hätte das keine Rolle gespielt. Sie hätten auf der

Lichtung hinter Belle Haven ihr Ehegelübde abgelegt und es mit einem zärtlichen Kuss besiegelt.

Sie hätte Remy ein Hochzeitsgeschenk überreicht, eine Schwertscheide mit Feuer speienden Drachen, als Erinnerung an den Tag, den sie gemeinsam im Wald verbracht und an dem er ihren edlen Ritter gespielt hatte. Und in der Nacht, in der sie ihm ihre Jungfräulichkeit geschenkt hätte, wäre Remy unendlich geduldig und sanft gewesen. Es wäre herrlich gewesen, sich ganz dem gegenseitigen Verlangen hinzugeben …

Ach, wach auf, Gabrielle, und hör mit diesen törichten Träumereien auf!, mahnte sie sich streng. Zum Teufel mit Nicolas Remy. Bevor er wieder in ihr Leben getreten war, hatte sie immerhin gewusst, was sie wollte und wie sich ihre Zukunft gestalten sollte. Aber er hatte sie völlig verwirrt und dazu gebracht, sich nach Dingen zu sehnen, die für immer verloren waren: ihr Zuhause, ihre Unschuld, ihr Zauber … ihre Liebe.

Ihre Liebe? Remy?

Gabrielle blieb stocksteif mitten auf der Straße stehen. Ein vorbeitrabender Händler stieß eine erboste Warnung aus. Gabrielle sprang zur Seite, um nicht unter die Hufe zu geraten, und drückte sich an eine Hauswand. Ihr Herz pochte wie wild, aber daran war nicht ihr knappes Entkommen schuld, sondern der Gedanke, den sie nicht mehr unterdrücken konnte.

Sie liebte Remy.

Nein. Sie betrachtete ihn als Freund, weiter nichts.

Wie kannst du nur so schrecklich lügen?, fragte eine Stimme in ihr höhnisch. *Du liebst den Mann seit dem Tag, als er zu deinen Füßen kniete und schwor, dich für immer zu beschützen.*

Gabrielle schüttelte den Kopf. Sie wollte es weiter leugnen. Wie konnte sie nur einen Mann lieben, der … der den Traum einer jeden Frau von Heldenmut und Ritterlichkeit verkörperte? Der so sehr auf seine Stärke vertraute, dass er keine Angst hatte, sanft zu sein. Dessen Ehrlichkeit unter all der Korruption am Königshof wie eine polierte Rüstung leuchtete. Ein Mann, der sich stets bemühte, seine Versprechen zu halten, ein Mann, der im Gegensatz zu ihrem Vater immer für seine Frau und seine Kinder da sein würde.

Natürlich nur, solange es nicht im Widerspruch zu Remys Pflichten seinem König gegenüber lag. Gut, dass ihr das noch eingefallen war, sonst wäre sie jetzt kreuzunglücklich über etwas, was nie sein konnte. Sie war keine passende Braut für Remy, sie war nicht die süße, geduldige, freundliche Frau, die er verdiente. Sie war scharfzüngig und aufbrausend, zynisch und verschlagen, und ihre Tugend war hoffnungslos befleckt.

Und dennoch hatte sie sich in Remy verliebt. Gabrielle schloss die Augen, einen Moment lang machte sich eine abgrundtiefe Verzweiflung in ihr breit. Doch dann mahnte sie sich schroff, Vernunft anzunehmen. Es gab nur eines, was sie für Remy tun konnte: dafür sorgen, dass ihm nichts zustieß. Und das hieß, ihn sich möglichst weit vom Leibe zu halten.

Zuvor aber musste sie Katharina überzeugen, dass es ihr gelungen war, Remy zu verführen. Gott behüte, dass die dunkle Königin je erfuhr, wie sehr die Berührungen dieses Mannes Gabrielle, die berüchtigte Kurtisane, erschüttert hatten. Und außerdem musste sie Heinrich von Navarra bearbeiten. Eigentlich war er recht umgänglich, aber manchmal fiel ihm doch ein, dass er ein König war, und dann konnte er verflucht hartnäckig sein.

Gabrielle musste ihm die Idee ausreden, sie mit Remy verheiraten zu wollen; sie musste ihn davon abhalten, bei Remys gefährlichen Fluchtplänen mitzumachen, und ihn überreden, den Hauptmann aus Paris fortzuschicken. Natürlich würde Remy sie dafür abgrundtief hassen.

Oh mein Gott, Ariane, wie konnte aus meinem Leben nur diese verwirrende Katastrophe werden?, dachte sie düster.

Mehr denn je wünschte sie sich, zu Ariane gehen und ihr alles erzählen zu können. Ihre Schwester hatte immer eine ausgesprochen ruhige, klare Sicht der Dinge, eine Weisheit, die Gabrielle bislang nie richtig geschätzt hatte.

Aber es hatte keinen Zweck, sich nach etwas zu sehnen, was

es schlicht nicht geben konnte, ob nun Arianes Liebe und Verzeihung oder die von Remy. Gabrielle seufzte tief. Sie fühlte sich allein wie noch nie in ihrem Leben. Sie musste unbedingt jemandem ihr Herz ausschütten, am liebsten einer anderen weisen Frau. Und in ganz Paris gab es nur eine, die sie auch nur annähernd als Freundin bezeichnen konnte.

Das Maison d'Esprit sah bei Tag ganz anders aus, es wirkte nicht mehr so finster und düster, sondern eher traurig und vernachlässigt. Diesmal war es nicht Cerberus, der Gabrielle begrüßte, sondern Finette.

Die Zofe stürzte sich auf Gabrielle, sobald sie einen Fuß in die verfallende Halle gesetzt hatte. Die Arme vor dem flachen Busen verschränkt, versperrte sie ihr den Weg und funkelte sie böse an.

»Was habt Ihr hier zu suchen? Mademoiselle Cass mag es nicht, wenn man unangemeldet aufkreuzt.«

Gabrielle bemühte sich, Cass' Dienstmagd ihre Abneigung nicht allzu deutlich zu zeigen. Finette hatte ein spitzes Gesicht und einen verschlagenen Blick. Ihr strähniges blondes Haar wirkte, als sei es im letzten Jahr kein einziges Mal gewaschen worden, und ihre Haut sah nicht viel besser aus. In den Falten an den Handgelenken und am Nacken hatte sich eine dunkle Schmutzschicht festgesetzt, und ihr fleckiges braunes Gewand verströmte einen säuerlichen Schweißgeruch.

»Ich weiß, dass Cass Überraschungen nicht schätzt«, erwiderte Gabrielle. »Aber du kannst ihr ja Bescheid geben, dass ich hier bin.«

»Nein. Ich habe schon genug Ärger bekommen, weil ich Euch von der Geisterbeschwörung erzählt habe. Ich will mir keinen neuen einhandeln, und außerdem ist meine Herrin nicht in der Lage, jemanden zu empfangen.«

Aus der Kammer unter dem Haus drang ein Geräusch, eindeutig ein Stöhnen.

»Was ist mit ihr los? Ist sie krank?«, fragte Gabrielle barsch.

Finette zuckte mit den Schultern und kratzte sich am Nacken, aber ihr schiefes Grinsen sagte Gabrielle alles. Cass hatte wieder einmal zu tief ins Glas geschaut.

Oh Cass, dachte Gabrielle, zwischen Mitleid und Verzweiflung schwankend über den selbstzerstörerischen Hang dieser Frau. Ein weiteres Stöhnen erklang, doch diesmal lauter, gefolgt von einem Winseln, das wohl von Cerberus stammte. Gabrielle schubste die knochige Zofe aus dem Weg und trat an den Sakristeischrank, hinter dem sich der Eingang zum Keller verbarg. Finette packte sie am Ellbogen.

»Bleibt stehen! Mademoiselle Cass wird mir das Fell gerben, wenn ich Euch …« Finette heulte auf, als ihr Gabrielle auf die Hand schlug.

Sie tastete nach dem Hebel, mit dem der Mechanismus betätigt wurde. Als der Sakristeischrank zur Seite wich, zögerte sie nicht lange. Sie machte sich auf den Weg nach unten, die schmale Treppe hinab.

Finette folgte ihr laut schimpfend.

In der unterirdischen Kammer brannte eine Fackel, in deren Licht Gabrielle erkennen konnte, dass Cass neben ihrem Bett zusammengebrochen war. Sie hatte die Beine angezogen und den Kopf auf die Matratze gelegt. Ihr Gesicht war unter dem wirren schwarzen Haar verborgen. Cerberus drängte sich an seine Herrin und stupste sie mit der Schnauze.

Als er Gabrielle sah, sprang er auf sie zu und bellte. Aber es klang nicht drohend. Winselnd schlich er zwischen Cass und Gabrielle hin und her. Es war deutlich, dass er um Hilfe für seine Herrin bat. Gabrielle wäre fast über eine leere Flasche gestolpert, als sie zu Cass eilte. Sie kniete sich neben sie.

»Cass?«, fragte sie sanft. Sie schob Cerberus zur Seite und bemühte sich, den Kopf ihrer Freundin hochzuheben. Sachte strich sie ihr das schwere Haar aus der Stirn. Cass roch nach Schnaps. Ihr Gesicht war leichenblass, die blicklosen Augen von schwarzen Schatten umrahmt.

Bevor Gabrielle den Hund daran hindern konnte, stürzte er

sich auf seine Herrin und leckte ihr das Gesicht. Cass fluchte und drehte sich weg.

»Ssitz!« Obwohl sie den Befehl nur gelallt hatte, folgte Cerberus leise winselnd. Auch wenn es sie offenbar viel Mühe kostete, tastete Cass ungeschickt nach Gabrielle und versuchte, ihre Züge zu erkennen. »Hélène? Bist du's?«

Finette hatte sich verdrossen hinter Gabrielle aufgebaut. Bei Cass' Frage kicherte sie schrill. »Oh mein Gott, sie glaubt, Ihr seid eine ihrer toten Schwestern.«

Gabrielle nahm Cass an der Hand. »Nein, Cass. Ich bin's, Gabrielle.«

»Gab-Gabbielle?« Cass legte den Kopf auf Gabrielles Schultern und rührte sich nicht mehr.

Gabrielle bemühte sich, Cass festzuhalten, damit sie nicht kopfüber zu Boden fiel. Sie funkelte Finette böse an. »Wie konntest du zulassen, dass sie sich derart betrinkt?«

Aus Finettes Hohn wurde ein Schmollen. »Niemand mischt sich in Cassandra Lascelles' Angelegenheiten, und wenn Ihr ihre Freundin wärt, wie Ihr behauptet, würdet Ihr das wissen.«

»Hilf mir, sie ins Bett zu bringen«, fauchte Gabrielle.

»Wenn meine Herrin so besoffen ist, ist es ihr egal, wo sie liegt.« Aber ein weiterer böser Blick von Gabrielle genügte, und Finette gehorchte.

Selbst eine so schmächtige Frau wie Cass war schwer, und Cerberus erschwerte die Aufgabe, indem er sich seinerseits bemühte, seine Herrin aufzuwecken. Aber mit Finettes Hilfe schaffte es Gabrielle schließlich, Cass aufs Bett zu hieven. Finette kicherte ein weiteres Mal boshaft.

»Neulich hat sie in einer Taverne einen Burschen aufgegabelt, den sie für ganz großartig hielt. Aber als sie mit ihm ins Bett ging, war sie so blau, dass sie gar nicht gemerkt hat, dass sie es mit einem dürren Küchenjungen trieb, dem die Hälfte seiner Zähne fehlte.«

Gabrielle konnte sich nur zu gut die Einsamkeit vorstellen, die Cass dazu gebracht hatte, ihr Versteck zu verlassen und

Trost im Alkohol und in den Armen eines Mannes zu suchen, nur, um von irgendeinem dahergelaufenen Lüstling schamlos ausgenutzt zu werden. Dass sich Finette aber auch noch darüber lustig machte, ärgerte Gabrielle so, dass sie die Frau am liebsten geohrfeigt hätte. Das schien sogar in Finettes dickem Schädel anzukommen, denn ihr Lachen erstarb.

»Ihr braucht mich gar nicht so anzusehen!«, verteidigte sie sich und richtete sich auf »Selbst Mademoiselle Cass fand es lustig, als sie ihren Fehler erkannte. Wir lachten beide kräftig über ihren Prinzen der Töpfe und Pfannen.«

Gabrielle starrte sie kalt an. »Bring mir eine Schüssel Wasser und ein paar Tücher. Saubere Tücher!«

Finette ärgerte sich zwar über diesen Befehl, schlich aber davon und tat wie geheißen. Cerberus sprang auf das Bett neben Cass. Gabrielle befürchtete schon, der Hund würde seine Herrin beschützen wollen und sie anknurren. Aber er winselte nur leise und rollte sich an Cass' Füßen zusammen. Gabrielle setzte sich vorsichtig auf die Bettkante und begann, ihrer Freundin das Kleid aufzuschnüren.

Cass regte sich ein wenig, und ihre Augenlider flatterten. Als sich Gabrielle über sie beugte, tastete Cass nach ihren Wangen. Aber sie schien Gabrielle noch immer nicht zu erkennen.

»Hélène?«, stammelte sie flüsternd. »Verzeih mir!«

Gabrielle wusste nicht, wie viele Stunden sie in der unterirdischen Kammer zugebracht hatte. Sie nahm an, dass es schon Abend war, bis sich Cass endlich wieder von ihrem Bett erheben konnte. Trotzdem staunte Gabrielle, dass sich Cass überhaupt so schnell erholt hatte. Wenn sie selbst so betrunken gewesen wäre, hätte sie wohl eine Woche lang stöhnend im Bett gelegen.

Cass tastete sich zu ihrem Tisch. Als sie den Stuhl gefunden hatte und ihn zurechtrückte, zuckte sie beim Kratzen der Stuhlbeine auf dem Steinfußboden zusammen. Schon das leiseste Geräusch schien ihr unerträglich. Vielleicht hatte sie deshalb den Hund und die Zofe weggeschickt. Der Hund sollte das Haus bewachen, die Zofe etwas besorgen. Gabrielle hoffte, dass es nicht darum ging, die Schnapsvorräte aufzufüllen.

Cass ließ sich auf dem Stuhl nieder und winkte Gabrielle zu sich. Gabrielle folgte der Aufforderung zögernd, denn eigentlich erschien es ihr ratsamer zu gehen. Cass sah mit ihrem ausgezehrten Gesicht und den verquollen, blutunterlaufenen Augen aus, als gehörte sie ins Bett. Doch sie beharrte darauf, dass Gabrielle noch ein Weilchen bei ihr blieb.

Sie stützte die Ellbogen auf den Tisch und drückte die Kompresse an die Stirn, die ihr Gabrielle gemacht hatte. Offenbar verlegen, dass Gabrielle sie in einem solch erbarmungswürdigen Zustand vorgefunden hatte, grummelte sie: »Danke. Es ist lange her, dass sich jemand so – so freundlich um mich gekümmert hat. Das kam nicht mehr vor, seit …«

»Seit du deine Mutter verloren hast?«, half ihr Gabrielle freundlich nach.

Cass schnitt eine Grimasse. »Nein, meine Mutter war keine besonders hilfsbereite Frau. Ich dachte eher an – an eine meiner Schwestern: Hélène.«

Hélène, eine der weisen Frauen der Familie, die von den Hexenjägern gefoltert und verbrannt worden waren; die Schwester, mit der sie Cass in ihrem betrunkenen Zustand verwechselt und die sie um Verzeihung angefleht hatte. Verzeihung wofür?

Cass schien jedoch keine Lust zu haben, weiter darüber zu sprechen. Sie legte die Kompresse zur Seite, rieb sich die Augen und lehnte sich zurück. »Dein letzter Besuch liegt über zwei Wochen zurück. Ich dachte schon, du hättest deine arme alte Freundin vergessen.«

»Nein, natürlich nicht. Ich war in letzter Zeit nur ziemlich beschäftigt. Es ist nämlich etwas – etwas völlig Unerwartetes passiert. Aber jetzt scheint es mir nicht gerade günstig, dich mit meinen Schwierigkeiten zu belasten.«

»Unsinn«, meinte Cass. »Ich bin wieder völlig nüchtern. Sag mir, was passiert ist.« Sie zuckte zusammen und rieb sich die Schläfen. »Aber leise, wenn's geht.«

Gabrielle zögerte, doch über Cass' hagere Gesichtszüge war eine seltene Freundlichkeit gehuscht. Sie begann langsam, doch schließlich sprudelte die ganze Geschichte aus ihr heraus: Remys Rückkehr, ihr Streit, die Ereignisse auf dem Maskenball, der Teufelspakt, den ihr Katharina aufgezwungen hatte, die Forderung, die Heinrich an Remy gestellt hatte und die unmögliche Lage, in der sich Gabrielle nun befand.

Cass hörte stumm zu. Sie zeigte sich nicht einmal erstaunt, als sie den Grund für das Misslingen ihrer Geisterbeschwörung erfuhr – weil Remy nämlich noch quicklebendig war.

Als Gabrielle endlich verstummte, fragte Cass: »Und?«

»Und – und das ist alles. Ich habe dir alles erzählt.«

Cass tastete nach Gabrielles Hand. Als sie sie gefunden hatte, fuhr sie prüfend über die Innenfläche.

»Es gibt noch etwas«, beharrte sie. »Was beunruhigt dich noch?«

Gabrielle versuchte, ihr die Hand wegzuziehen, doch Cass' Griff wurde fester.

»Sag es mir!«

Gabrielle seufzte, dann gab sie leise zu: »Vielleicht – vielleicht liebe ich Remy. Ich – ich will es nicht, aber ich kann nicht anders.«

Cass entfuhr ein gepresster Laut. Sie ließ Gabrielle los und legte die Hände an den Kopf, als fürchte sie, die Schädeldecke würde ihr zerspringen.

»Oh bitte!«, stöhnte sie. »Was immer du tust, bring mich nicht zum Lachen!«

»Ich habe dir gerade meine innersten Gefühle offenbart, und du findest das lustig?«

»Sehr.« Cass begann zu kichern, doch sie hörte gleich wieder auf und stöhnte. »Herr im Himmel, Gabrielle! Selbst ein Blinder konnte sehen, was du für diesen Mann empfindest.«

»Aber ich will Remy nicht lieben. Es – es geht einfach nicht.« Gabrielle legte die Hände vors Gesicht. »Oh, was für eine Katastrophe.«

»Ist es das? Ich verstehe nicht recht, was so schrecklich daran sein soll. Dir ist vom Schicksal vorherbestimmt, die Mätresse des Königs von Frankreich zu werden, und du kannst den tapferen Hauptmann heiraten, den du innig liebst. Ich würde sagen, dass es Himmel sehr gut mit dir meint, Gabrielle Cheney.«

Gabrielle glaubte, Spuren von Neid und Groll in der Stimme ihrer Freundin zu hören. Doch als sie Cass eingehend musterte, lächelte die sie nur wohlwollend an. Sie hatte sich wohl getäuscht.

»Aber Cass, ich kann doch nicht Remys Frau sein und gleichzeitig das Bett mit dem König teilen«, protestierte sie.

»Warum nicht? Männer tun das ständig, viele haben eine Gemahlin und eine Geliebte. Warum sollte das nicht auch für eine Frau gelten?« Cass runzelte die Brauen, dann zuckte sie zusammen, als würde schon diese kleine Geste ihre Kopfschmerzen verschlimmern. »Du glaubst doch nicht allen Ernstes, dass deine Zuneigung zu Hauptmann Remy etwas ändert? Dir steht eine großartige Zukunft bevor, Nostradamus persönlich hat es dir prophezeit.«

»Kann es nicht sein, dass er sich geirrt hat?«

»Nein, der alte Meister irrt nie, vor allem, seit er nicht mehr unter den Lebenden weilt. Wenn er sagt, dass Heinrich von Navarra König von Frankreich wird und du seine ungekrönte Königin, dann wird es auch geschehen. Seinem Schicksal kann man nicht entgehen. Und warum willst du einer solch glorreichen Zukunft überhaupt entkommen?«

Ja, warum eigentlich? Gabrielle lehnte sich zurück. Doch vor ihrem inneren Auge sah sie keine Paläste, Könige und Macht, sie sah nur einen Soldaten mit sonnengebleichtem Haar und Augen, die zeigten, wie erschöpft seine Seele war. Ein Schicksal, das ihr Herz einst höher hätte schlagen lassen, erfüllte sie jetzt nur mit Verzweiflung. Sie gab Cass keine Antwort, doch die schien ihr Schweigen richtig zu deuten.

»Gabrielle Cheney! Denkst du etwa allen Ernstes daran, deine Zukunft für einen Mann zu opfern, der dich nie so lieben wird wie seine Pflicht? Ein Mann, der seine Ehre nie durch eine Hochzeit mit einer Frau wie dir beflecken würde, wenn es sein König nicht von ihm verlangte?«

Gabrielle zuckte zusammen. Cass' schroffe Worte schmerzten umso mehr, als sie wusste, dass sie stimmten.

»Du weißt doch, wie töricht die Liebe ist«, beharrte Cass. »Liebe ist bestenfalls eine flüchtige Empfindung, sie ist nichts im Vergleich zu Reichtum, Stellung und Macht. Auf solche Dinge kommt es an, nur sie haben Bestand. Wenn du den Hauptmann nicht heiratest, wird dich der König mit irgendeinem anderen verkuppeln. Benutze Remy, wie du jeden anderen Mann benutzt. Bleib stark und hart, Gabrielle, nur so kann eine Frau überleben. Außerdem – sieh es doch mal von dieser Warte: Deine Geißel scheint mir recht tollkühn. Je mächtiger du wirst, desto besser kannst du ihn schützen.«

Cass hätte kaum einen triftigeren Grund nennen können. Inzwischen fürchtete Gabrielle nichts so sehr, als dass Remy etwas zustoßen könnte und sie ihn abermals verlieren würde.

Aber sie sagte: »Wie soll ich Remy denn beschützen, vor allem vor Katharina, wenn ich meine Ziele mit Heinrich weiter verfolge? Es ist doch viel wahrscheinlicher, dass ich Katharina damit nur provoziere. Trotz unserer Vereinbarung traue ich ihr nicht.«

»Das ist auch gut so. Aber ich kann dir vielleicht etwas geben, was dir hilfreich sein könnte.«

»Was denn?«

»Meine Kräfte erschöpfen sich nicht darin, die Toten heraufzubeschwören. Ich habe beträchtlich mehr zu bieten.« Cass grinste schief. Sie stützte die Hände auf den Tisch und richtete sich auf. Offenbar war das zu schnell gegangen, denn sie taumelte und klammerte sich an der Stuhllehne fest. Doch als Gabrielle ihr zur Hilfe eilen wollte, stieß sie sie ungeduldig zurück.

Sie tastete sich zum Schrank und suchte in einem Fach, bis sie eine kleine Schachtel gefunden hatte. Mit dem Rücken zu Gabrielle beugte sie sich fast schützend darüber. Gabrielle hörte es klirren, während der Inhalt hin- und hergeschoben wurde. Schließlich drehte sich Cass um und warf Gabrielle etwas zu.

»Hier, fang!«

Verwundert fing Gabrielle das Ding auf und betrachtete es – ein kleines, fünfeckiges Medaillon an einer angelaufenen Metallkette.

»Cass, was um aller guten Geister willen ...«

»Das ist ein Amulett. Gib es deiner Geißel und sieh zu, dass er es immer trägt. Es wird ihn schützen.«

Gabrielle suchte angestrengt nach einer Ausrede, ohne Cass zu beleidigen oder ihre Gefühle zu verletzen. »Äh – danke. Schön, dass du so fürsorglich bist, aber Maman hat uns beigebracht, Amuletten und ähnlichen Zaubermitteln nicht allzu viel Bedeutung beizumessen.«

»Sie hat dir auch beigebracht, die Finger von der schwarzen Magie zu lassen. Aber du hast ja selbst gemerkt, wie mächtig eine Geisterbeschwörung sein kann. Das ist kein Zigeunertand. Betrachte es näher und sag mir, ob du je so etwas gesehen hast.«

Gabrielle ging mit dem Medaillon zur Fackel und musterte es im flackernden Licht. Sie konnte nicht sagen, aus welchem Metall es gefertigt war, aber es war offenbar weder aus Kupfer noch aus Eisen oder Silber. Auf der trüben Oberfläche waren seltsame Runen eingraviert.

Sie runzelte die Stirn. Sie hatte so etwas Ähnliches tatsächlich schon einmal gesehen. Sowohl in der Beschaffenheit als auch in der Gravur glich es dem seltsamen Ring, den ihr Schwager, Renard, ihrer Schwester gegeben hatte. Dieser Ring verband die Gedanken der beiden, egal wie weit sie voneinander entfernt waren. Wenn sie nicht selbst gesehen hätte, was dieser Ring bewirken konnte, hätte sie es nie für möglich gehalten. Sie ließ das Medaillon vor ihren Augen auf und ab tanzen, doch ihre Zweifel waren noch nicht ganz verflogen. »Und was bewirkt dieser Zauber? Du behauptest, er könne Remy beschützen?«

»Nicht direkt. Aber wenn er es trägt, spürt er, wenn jemand böse Absichten gegen ihn hegt. Er spürt drohende Gefahren. Wenn er frühzeitig gewarnt ist, kann er sich am besten dagegen wappnen.«

»Kaum zu glauben«, murmelte Gabrielle.

»Du kannst daran glauben oder es bleiben lassen, ganz wie du willst. Aber was kann es deinem Hauptmann schaden, wenn er es einfach ausprobiert?«

»Wahrscheinlich nichts. Aber was willst du für so ein Ding haben?«, fragte Gabrielle beklommen, denn ihr war soeben ihr letzter gemeinsamer Handel eingefallen.

Cass tastete sich zu Gabrielle und legte ihr die Hand auf den Arm. »Betrachte es als Geschenk, als Zeichen unserer Freundschaft. Du erinnerst mich an einen Teil von mir, den ich verloren habe. Meine Schwestern …« Gedankenverloren und traurig verstummte sie.

Manchmal war Cass wirklich seltsam, manchmal auch anstrengend, aber Gabrielle fühlte sich in gewisser Weise verwandt mit ihr. Vielleicht kam es daher, weil auch sie wusste, wie es war, eine Schwester zu verlieren. Doch sie hatte immerhin noch die schwache Hoffnung, Ariane und Miri eines Tages wiederzusehen.

Cass fuhr über Gabrielles Arm und ihre Schulter, bis ihre Hand an Gabrielles Wange anlangte. »Vielleicht magst du so etwas wie eine Schwester für mich sein? Wir haben ja bereits einen Pakt geschlossen. Du hast versprochen, mir einen Gefallen zu tun. Das weißt du doch noch, oder?«

Gabrielle nahm Cass' Hand und drückte sie sanft. »Lass mich mein Versprechen jetzt einlösen und dich von diesem öden Ort wegbringen. Kein Wunder, das du immer wieder in Schwermut verfällst, wenn du hier völlig allein lebst, nur mit deinem Hund und deiner erbärmlichen Dienstmagd zur Gesellschaft. Du brauchst dich doch nicht in diesem grässlichen Haus zu verstecken. Die Hexenjäger, die deine Familie angegriffen haben, sind längst vernichtet.«

»Ach, Hexenjäger gibt es immer wieder, meine liebe Gabrielle. Sie tauchen so sicher auf wie der Tod und die Steuern.« Cass entzog ihr die Hand. »Ich bleibe auch nicht aus Angst im Maison d'Esprit, sondern weil ich es so will. Ich warte.«

»Du wartest? Worauf?«

»Darauf, dass mein Schicksal Gestalt annimmt. Wenn meine Zeit gekommen ist, werde ich heraustreten und mich der Welt zeigen«, erklärte Cass. Ihr Mund verzog sich zu einem seltsamen Lächeln, das Gabrielle erschaudern ließ, auch wenn sie nicht wusste, weswegen.

Sie fragte sich, ob der Alkohol und die Abgeschiedenheit Cass allmählich um den Verstand brachten. Aber ihre Beklommenheit schwand, als von oben Lärm zu hören war. Cerberus hatte angefangen, heftig zu bellen.

»Ein Eindringling«, murrte Cass und erstarrte. »Gabrielle, hast du aufgepasst, dass dir niemand gefolgt ist?«

»Natürlich«, erwiderte Gabrielle. Seit dem Vorfall mit Katharinas Spion war sie doppelt wachsam, wo immer sie sich aufhielt. Doch trotzdem drehte sich ihr schier der Magen um, als der Lärm sich noch steigerte. Cerberus bellte immer lauter, und Schritte waren zu hören.

»Egal«, meinte Cass schroff. »Niemand findet den Eingang zu meiner geheimen Kammer, und Cerberus wird schon dafür sorgen, dass der Eindringling es noch bedauert, je …«

Ihre tapferen Worte stockten, als Cerberus still wurde. Auf einmal war kein Bellen, ja nicht einmal ein Knurren zu vernehmen. Die Stille war weitaus beängstigender als der Lärm zuvor.

Cass wurde kreidebleich. »Mein Hund. Meinem Hund ist etwas zugestoßen!«

In ihrer Eile, zur Treppe zu kommen, stieß sie gegen die Tischkante. Gabrielle hielt sie auf. »Nein, bleib hier. Lass mich gehen.« Falls sie doch Gefahr über dieses Haus gebracht hatte, musste sie Cass um jeden Preis schützen. Aber Cass war so besorgt um ihren Hund, dass Gabrielle nicht wusste, wie sie sie überreden konnte, unten zu bleiben.

Sie suchte fieberhaft nach etwas, was sie als Waffe benutzen könnte. Das Amulett lag noch immer in ihrer Hand; Soweit also zu diesem elenden Ding, dachte sie: Sie hatte nicht die geringste Spur der drohenden Gefahr bemerkt.

Sie steckte das Amulett ein und nahm Cass' festen Krückstock. Mit beiden Händen umklammerte sie den knorrigen Stab und schlich die schmale Treppe hoch.

Cass folgte ihr und flüsterte besorgt: »Sei vorsichtig!«

Gabrielle blieb stumm. Sie konzentrierte sich auf den dunklen Weg vor ihr und darauf, den Hebel zu finden, mit dem man die Tür der versteckten Kammer betätigen konnte. Cass' Anweisungen gehorchend, drehte sie den Griff ein paar Grad nach links, der Schrank wurde dadurch nur ganz leicht verschoben.

Das Knarzen, das dabei entstand, kam Gabrielle höllisch laut vor, laut genug jedenfalls, um jeden Eindringling zu warnen. Sie wartete eine Weile, bevor sie behutsam den Kopf zur Öffnung hinausstreckte. Die große Halle war in düsteres Abendlicht getaucht, der Staub auf dem Fußboden wirkte unberührt. Plötzlich erklang ein grässliches Fauchen, bei dem sich Gabrielles Nackenhaare sträubten.

Sie unterdrückte einen überraschten Aufschrei und suchte nach dem Verursacher. Ihr Blick fiel auf eine schwarze Katze mit schneeweisen Pfoten, die sich auf den Esstisch geflüchtet hatte. Sie machte einen Buckel und fauchte wütend. Gabrielle atmete zitternd aus. War es möglich, dass der gefürchtete Eindringling nur diese Katze war? Aber wo steckte Cerberus? Warum bellte er nicht aus Leibeskräften und drohte diesem Katzenvieh, es zum Abendessen zu verspeisen?

Als die Katze abermals fauchte, bemerkte Gabrielle, dass sich deren Zorn nicht gegen sie richtete. Die goldenen Katzenaugen starrten auf etwas außerhalb ihres Blickfeldes. Gabrielle umklammerte den Gehstock fester und trat vorsichtig hinter dem Sakristeischrank hervor, bis sie Cerberus sehen konnte. Der Hund lag auf dem Rücken. Aber es sah nicht so aus, als ob ihm etwas passiert sei.

Cass' Höllenhund hatte sich schamlos zu Füßen einer schlanken jungen Gestalt ausgestreckt, die unter einem langen grauen Umhang versteckt war, die Kapuze tief ins Gesicht gezogen. Gabrielle konnte nur staubige Stiefel und die Beine erkennen, die in einer dunklen Hose steckten. Der Junge beugte sich nach unten und kraulte Cerberus am Bauch. Diese Berührung und ein paar leise gesprochene Worte reichten offenbar, um die furchterregende Bestie zu bändigen. Gabrielle kannte nur einen einzigen Menschen, der auf Tiere eine solche Wirkung hatte. Aber nein, das konnte nicht sein …

Sie trat einen Schritt vor. Die Dielen knarrten unter ihren Füßen. Der Junge blickte hoch, dann stand er ruhig auf, um sie zu begrüßen. Er streifte die Kapuze zurück, und siehe da – zum Vorschein kam gar kein Junge, sondern eine hochgewachsene junge Frau mit glatten, mondgoldenen Haaren und silberblauen Augen.

»Hallo, Gabby«, sagte sie und lächelte schelmisch.

»Miri?«

Immerhin wusste Gabrielle jetzt, warum Cass' Amulett keine Gefahr angezeigt hatte. Nachdem sie sich von ihrer Überraschung erholt hatte, stieß sie einen Freudenschrei aus und schloss ihre Schwester in die Arme.

Gabrielle durchwühlte ihre Garderobe, sie inspizierte ein Kleid nach dem anderen und legte es wieder zur Seite. Der

Stuhl in ihrem Schlafgemach verschwand unter einem Regenbogen seidener Gewänder.

Als ob sie fürchtete, dass Miri plötzlich verschwinden könnte wie das Feenkind, das sie früher gewesen war, schweifte ihr Blick häufig zu der Gestalt, die es sich auf ihrem Bett bequem gemacht hatte.

Vielleicht bildete sie sich ja nur ein, dass ihre kleine Schwester dort lag, auf einen Ellbogen gestützt und den Kater mit einer Schleife neckend? Vielleicht war Miri ja nur ihrer Fantasie entsprungen, weil sie sich so sehr nach ihrem Zuhause und ihrer Familie sehnte? Aber nein, sie war es wirklich, wenn auch nicht die Miri, an die sich Gabrielle erinnerte. Es war ein junges Mädchen, kurz davor, erwachsen zu werden. Die Jungenkleidung verbarg nur dürftig die weichen weiblichen Formen. Die hohen Wangenknochen und die anmutig geschwungenen Brauen verliehen Miri zusammen mit dem mondgoldenen Haar und den ungewöhnlich silberblauen Augen etwas Verträumtes, Ätherisches.

Wann war das passiert? Wann in den letzten zwei Jahren hatte sich ihre burschikose kleine Schwester in diese heitere junge Schönheit verwandelt? Miris Veränderungen ließen eine bittersüße Sehnsucht in Gabrielle aufsteigen und trieben ihr fast die Tränen in die Augen. Als Miri den Kopf hob und sie ernst betrachtete, wandte sie sich rasch ab. Sie blinzelte und suchte weiter in ihrem Schrank. Schließlich zog sie eines ihrer schlichteren Gewänder heraus, das einen züchtigen geraden Ausschnitt und gestufte Ärmel hatte.

»Das könnte dir passen.« Sie hielt das grüne Seidenkleid hoch. »Komm her, versuchen wir unser Glück.«

Der Kater hatte es sich mittlerweile auf Miris Schoß bequem gemacht. Als sie ihn wegschubste, miaute er protestierend.

Miri trat zögernd zu Gabrielle. »Du brauchst dir wegen mir nicht so viele Umstände zu machen, Gabby.«

»Ach nein? Schlimm genug, dass du als Junge verkleidet

quer durchs Land streifst – in Paris kannst du auf keinen Fall so weitermachen. Und jetzt halt still.«

Miri seufzte, doch sie gehorchte. Gabrielle musste sich ein Lächeln verkneifen. Zumindest eines hatte sich nicht verändert: Miri zog weiterhin die Freiheit von Wams und Hosen den weiblichen Spitzen und Rüschen vor. Doch als Gabrielle das Kleid an Miris Schultern hielt, machte sie eine weitere überraschende Entdeckung.

»Mein Gott, du bist ja größer als ich!«

»Das bin ich.« Miri hob stolz das Kinn. »Und ich bin auch ein Stück größer als Ariane.«

Bei der Erwähnung ihrer älteren Schwester versteifte sich Gabrielle. Es war, als würde ein Schatten zwischen sie treten. Miri hatte es wohl auch so empfunden. Sie sagte leise: »Ariane vermisst dich sehr, Gabrielle.«

»Ach ja?« Eine jäh erwachte Hoffnung ließ Gabrielles Herz schneller schlagen. »Bist du deshalb nach Paris gekommen? Hat dich Ariane geschickt, damit du zwischen uns Frieden stiftest?«

»Nein. Sie wusste nicht einmal, dass ich nach Paris wollte.«

»Oh.« Gabrielle versuchte, ihre Enttäuschung nicht zu zeigen, und schimpfte sich insgeheim, dass sie so töricht gewesen war. Sie hätte ihre große Schwester besser kennen müssen. Wenn Ariane Interesse daran gehabt hätte, ihren Streit zu beenden, wäre sie persönlich gekommen.

Gabrielle hob den Deckel der Truhe am Fußende ihres Bettes und suchte nach Unterröcken und Unterhemden für das Kleid.

»Wie bist du dann überhaupt nach Paris gekommen?«, fragte sie.

»Ich habe eines von Renards Pferden – äh – geborgt und am Sattel einen Korb für Nekromant befestigt. Weder Schecke – so heißt das Pferd – noch Nekromant waren darüber begeistert, aber wir haben es trotzdem nach und nach bis nach Paris geschafft.«

Gabrielle starrte ihre Schwester fassungslos an. »Miribelle Cheney! Du bist den ganzen Weg allein gereist?«

»Ich war nicht allein, das habe ich dir doch gerade erklärt. Ich bin mit Schecke und Nekromant gereist.«

»Mit einem Pferd und einem dummen Kater!«

Nekromant saß an der Bettkante und schleckte hochmütig seine schneeweißen Pfoten. Nun hielt er inne, als habe er Gabrielle verstanden, und bedachte sie mit einem bösen Blick.

Gabrielle schlug den Deckel zu und richtete sich auf. »Himmel noch mal, Miri!«, schimpfte sie. »Ich dachte, du wärst inzwischen etwas vernünftiger. Diese Reise hätten die meisten Männer nicht allein unternehmen wollen.«

»Ach, ich bin eben kein Mann, und auch keine gewöhnliche Frau.« Miris heitere Gelassenheit verstärkte nur Gabrielles Empörung.

»Weißt du überhaupt, was dir alles hätte zustoßen können? Wegelagerer hätten dich überfallen, bestehlen, angreifen oder dir noch Schlimmeres antun können.« Gabrielle gefror das Blut in den Adern, als sie sich vorstellte, was ihrer unschuldigen kleinen Schwester hätte widerfahren können – Verletzungen, im Vergleich zu denen der Tod die bessere Wahl gewesen wäre.

Doch Miri erwiderte nur seelenruhig: »Nichts konnte mir zustoßen. Wenn Gefahr gedroht hätte, hätte Nekromant mich gewarnt, und außerdem habe ich einen sechsten Sinn für so etwas. Ich habe ja nicht in öffentlichen Gasthäusern übernachtet. Dank Arianes Ratstreffen weiß ich, wo andere weise Frauen wohnen. Ich bin von einem sicheren Haus zum nächsten geritten.«

»Das ist mir egal!« Gabrielle schäumte vor Wut. »Es war trotzdem tollkühn und verantwortungslos von dir. Ariane ist bestimmt außer sich vor Sorge. Dir ist hoffentlich klar, dass sie mir die Schuld an deinem kleinen Ausflug geben wird. Sie wird mich dafür umso heftiger hassen.«

»Ariane hasst dich nicht. Und sie weiß, dass ich mir von

niemandem dreinreden lasse. Sie weiß eben, dass ich kein Kind mehr bin.«

»Dann hat sie sich sehr verändert. Ich dachte nie, dass sie dich oder mich freiwillig würde erwachsen werden lassen.«

»Ariane hat sich wirklich verändert.« Miris auffällige Augen verdüsterten sich, sie wirkten nun fast grau. »Sie ist nicht mehr dieselbe, seit das Kind ...«

»Ein Kind? Ariane hat ein Kind?« Gabrielles Wut verpuffte bei dieser erstaunlichen Neuigkeit. »Ich – ich bin Tante geworden? Was ist es denn?«, fragte sie eifrig. »Ein Junge oder ein Mädchen?«

»Ariane hat das Kind verloren, bevor man das sagen konnte. Sie hatte noch weitere Abgänge, und jetzt hat sie wohl große Schwierigkeiten, schwanger zu werden. Es betrübt sie sehr. Ich glaube, es zerreißt sie richtig.«

Ariane zerrissen? Das konnte sich Gabrielle kaum vorstellen. Solange sie zurückdenken konnte, war ihre große Schwester immer ausgesprochen stark gewesen. Die Herrin von Faire Isle, die weise Frau, die große Heilerin ... Es beunruhigte Gabrielle zutiefst, dass Ariane von Leid heimgesucht wurde, das auch andere ganz normale Sterbliche plagte. In all der Zeit, in der Gabrielle davon ausgegangen war, dass Arianes Leben vollkommen war, hatte ihre Schwester das Schlimmste erlitten, was einer Frau widerfahren konnte.

»Ich hätte bei ihr sein sollen«, warf sich Gabrielle vor. »Warum hat sie mir nichts gesagt? Sie hätte wissen müssen, dass mich nichts abgehalten hätte, zu ihr zu eilen, wenn ich gewusst hätte, dass es ihr nicht gut geht. Ich weiß zwar nicht, was ich hätte tun können, aber Trost hätte ich ihr bestimmt spenden können.«

»Du weißt doch, wie Ariane ist, Gabby. Sie meint immer, dass sie stark sein muss und keinem ihr Leid aufbürden darf. Sie ist schrecklich unabhängig, ganz ähnlich wie noch jemand, den ich gut kenne.«

Miri drückte Gabrielle einen Kuss auf die Stirn. Gabrielle legte die Arme um ihre kleine Schwester, und so standen sie eine ganze Weile eng umschlungen. Der sonnige Duft von Miris Haaren weckte in Gabrielle Erinnerungen an die süßen Aromen von Arianes Kräutergarten. Er trug sie zurück in die Zeit auf Faire Isle, als sie nur zu dritt in ihrem Heim gelebt hatten – sie, Ariane und Miri, die Cheney-Schwestern. Trotz aller Meinungsverschiedenheiten und Zwistigkeiten waren sie eine Einheit gewesen, die Gabrielle zerstört hatte, als sie nach Paris geflohen war.

Sie fürchtete, dass sie Ariane schon genügend Leid zugefügt hatte. Miri durfte das jetzt nicht auch noch tun. So lieb es ihr gewesen wäre, sie konnte nicht zulassen, dass ihre kleine Schwester in Paris blieb. Nicht bei all der Gefahr und den Intrigen um sie herum, in denen sie jederzeit untergehen konnte; nicht, wenn es so vieles gab, von dem ihre unschuldige Schwester nichts wusste und am besten auch nie etwas erfahren sollte.

Aber vorerst drückte sie Miri ganz fest an sich und zog kostbarste Augenblicke voll Wärme aus ihrer Anwesenheit. Miri lehnte den Kopf an Gabrielles Schulter und seufzte tief. »Ich habe dich vermisst, Gabby. Als du fortgingst, hast du dich nicht einmal von mir verabschiedet.« In ihrer Stimme schwang kein Tadel mit, sondern nur Verletztheit.

Gabrielle wusste ganz genau, warum sie zu feige gewesen war, sich von ihrer Schwester zu verabschieden. Miri hätte geweint und sich an sie geklammert, sie hätte ihr viel zu viele unangenehme Fragen gestellt. Wie hätte Gabrielle ihr erklären sollen, dass sie nach Paris ziehen wollte, um mächtige Männer zu verführen und so ihr Glück zu machen? Dass sie in dem Haus leben würde, das ihr Vater für seine Geliebte gekauft hatte? Von den drei Töchtern war Miri dem Vater am nächsten gestanden. Wenn sie jemals das volle Ausmaß seines Betrugs erfuhr …

Gabrielles Blick schweifte beklommen über die üppige Ausstattung des Schlafgemachs, das einst Louis Cheneys Mätresse gehört hatte. »Es tut mir leid, Miri. Ich wollte dir nicht wehtun. Aber als ich fortging, gab es so vieles, was du nicht verstanden hättest, weil du so jung warst.«

Miri hob den Kopf. »Zum Beispiel deinen Entschluss, Kurtisane zu werden wie die Frau, der dieses Haus gehört hat? Die Frau, die unseren Vater verführt hat.«

Gabrielle starrte sie fassungslos an. »Dann – dann weißt du also alles über Papa …«

»Das weiß ich schon lange. Ich habe dich und Ariane in der Nacht belauscht, als ihr euch gestritten habt, weil du nach Paris und in dieses Haus ziehen wolltest.«

»Oh Miri«, stöhnte Gabrielle. Sie versuchte, ihre Schwester wieder an sich zu ziehen, doch Miri entschlüpfte ihr und stellte sich neben das Bett. Sie rang sich ein Lächeln ab, doch ihre Augen wirkten viel zu traurig und zu müde für ihr Alter. »Ich bin wirklich kein Kind mehr. Ich weiß dass sich im Wald keine Einhörner und Elfen verstecken und dass weder mein Papa noch meine Schwester vollkommen ist.«

Gabrielle erinnerte sich daran, wie oft sie sich über Miris blühende Fantasie aufgeregt hatte und sie am liebsten geschüttelt hätte, damit sie endlich Vernunft annahm. Doch dass Miri all ihre Kindheitsträume verloren hatte, brach Gabrielle fast das Herz. Sie hatte sich bislang nie erlaubt, über den Pfad, den sie eingeschlagen hatte, Scham zu empfinden, doch nun spürte sie, wie ihre Wangen brannten. Sie senkte den Kopf, weil sie Miri nicht in die Augen sehen wollte.

»Ach, Miri, jetzt verachtest du mich bestimmt.«

»Sei nicht töricht, Gabby.« Ihre Schwester umfasste ihr Kinn und zwang sie, sie anzusehen. »Ich bin oft enttäuscht und unglücklich über die Entscheidungen von Menschen, die mir nahestehen. Aber das ändert nichts daran, dass ich sie liebe.«

Gabrielle spürte, wie sich ihr die Kehle zuschnürte. Sie

brachte kein Wort heraus, sie konnte nur Miris Hand nehmen und fest drücken.

»Ich habe sogar Simon verziehen«, fügte Miri hinzu.

Simon Aristide, der junge Hexenjäger, der einst an dem Überfall auf Belle Haven teilgenommen hatte? Miri hatte an der Freundschaft zu ihm festgehalten, bis er ihr Vertrauen aufs Grausamste missbraucht hatte.

Gabrielle musterte ihre Schwester besorgt. »Du denkst also noch immer an den Jungen? Ich hatte gehofft, dass du ihn inzwischen vergessen hättest.«

Miri trat ans Fenster und starrte hinaus. Die Dämmerung war zur Nacht geworden, die sich wie ein schwerer warmer Mantel auf die Stadt legte.

»Ich trauere nicht mehr so sehr um Simon wie früher. Aber gelegentlich denke ich noch an ihn«, gab sie zu. »Ich hoffe, dass er seinen Schmerz und seinen Hass inzwischen überwunden hat und dass sein Geist wieder heil geworden ist.«

Nekromant schlich zum Fenster und spielte mit Miris Rock, als wolle er seine Herrin aufheitern. Sie nahm den Kater hoch und vergrub das Gesicht in seinem Fell. »Egal was Simon getan hat – ich habe ihn geliebt, Gabby.«

»Miri, das war vor drei Jahren. Du warst doch noch ein Kind«, protestierte Gabrielle. »Es war nichts weiter als deine erste Schwärmerei.«

»Nein, ich habe ihn geliebt. Und wenn ich jemanden liebe, dann für immer.«

Gabrielle war erstaunt und beunruhigt, wie sicher Miri klang. Fast beneidete sie ihre Schwester um die Fähigkeit, jemanden so schlicht und überzeugt zu lieben; vor allem, weil ihre Gefühle für Remy so verworren waren. Sie hatte Miri noch gar nichts von Remy erzählt, von seiner wundersamen Rückkehr oder von ihrer seltsamen Verlobung. Sie schreckte davor zurück, denn sie fragte sich, ob Miri das auch so fraglos akzeptieren würde.

Doch darüber wollte sie lieber erst morgen mit ihr sprechen, denn Miris Kopf war ein wenig nach unten gesunken, sie wirkte erschöpft. Gabrielle eilte zu ihr und drückte zärtlich ihre Schultern. »Wir haben noch viel zu bereden und Neuigkeiten auszutauschen. Aber du bist bestimmt völlig erledigt. Ich werde Bette sagen, dass sie dir ein Bad macht und ein leichtes Abendbrot zubereitet. Und dann geht's ab ins Bett, junge Frau. Ich freue mich wahnsinnig darüber, dich zu sehen, aber ich werde wohl oder übel einen Weg finden müssen, dich wieder heimzuschicken, das weißt du ja wohl.«

Miri drückte die Wange an den Kater, doch ihre Lippen formten sich zu dem sturen Strich, den Gabrielle nur zu gut kannte. »Ich habe nicht die Absicht, irgendwohin zu gehen, solange ich mich nicht vergewissert habe, dass du in Sicherheit und glücklich bist.«

»Du willst also den Rest deines Lebens in Paris bleiben?«, fragte Gabrielle mit einem schiefen Lächeln.

»Leider kann ich das nicht lustig finden, Gabby. Ich bin nämlich nicht aus einer Laune heraus den weiten Weg zu dir gekommen. Ich habe wieder schlimme Träume. Und diesmal geht es um dich.«

Gabrielles Lächeln verblasste. Die Träume ihrer Schwester waren tatsächlich alles andere als lustig. Schon von klein auf hatte Miri unter Albträumen gelitten, die in die Zukunft wiesen. Sie hatte vom Tod ihrer Mutter und auch von dem Blutbad in der Bartholomäusnacht geträumt, lange bevor es dazu gekommen war.

»Worum geht es denn diesmal in deinen Träumen?«, fragte sie beunruhigt.

»Du weißt ja, meine Albträume sind nie so klar, dass man rechtzeitig entsprechend handeln kann.« Miri schauderte und drückte den Kater fester an sich. »Ich sehe immer wieder einen großen Palast mit endlosen Gängen und Galerien, und überall flüstert man über dich. Ich höre ständig deinen Namen: Gabrielle, Gabrielle.

Und dann sehe ich eine blonde Frau in einem wunderschönen Kleid durch die Gänge eilen. Ich kann ihr Gesicht nicht sehen, aber ich bin sicher, dass du es bist. Und du gerätst immer näher an die Türen. Irgendwie weiß ich, wohin sie führen: ins Schlafgemach des Königs. Ich rufe nach dir und versuche, dich aufzuhalten und zur Umkehr zu bewegen. Aber du hörst mich nicht. Jedes Mal, wenn ich diesen Traum habe, gerätst du näher an die Türen.«

Gabrielle spürte, wie ihre Wangen zu brennen begannen. Wie sollte sie Miri erklären, dass das, was sie für einen Albtraum hielt, das Ziel war, das Gabrielle seit vielen Monaten verfolgte? Miris Träume bestätigten nur, was Nostradamus vorhergesagt hatte. Gabrielle würde die Mätresse des Königs werden. Das war ihr Schicksal, ihre blendende Zukunft … und sie fühlte sich, als hätte soeben jemand den letzten Nagel in ihren Sarg geschlagen.

Sie rang sich ein brüchiges Lächeln ab. »Gar so schlimm klingt dein Traum nicht. Manche halten es für eine große Ehre, das Bett mit einem König zu teilen, für eine fantastische Chance.«

»Das weiß ich schon. Aber trotzdem spüre ich eine Gefahr, so deutlich, dass ich fast daran ersticke. Es ist dasselbe Gefühl, das ich hatte, als ich dich heute zu dem Haus verfolgte, in dem sich diese seltsame Frau versteckt.«

Miri betrachtete Gabrielle besorgt. »Deine neue Freundin hat etwas Beunruhigendes an sich, Gabby. Etwas Dunkles, Verstörendes.«

»Cass? Ich gebe zu, manchmal wirkt sie etwas befremdlich. Aber ihr Leben ist sehr hart und tragisch. Du hast ja nur ganz kurz mit ihr geredet. Urteilst du nicht ein wenig vorschnell?«

»Es ist nicht mein Urteil, sondern das von Nekromant.« Miri hob das Tier ernst ein wenig höher, als erwarte sie, dass der Kater ihre Worte bestätigte. »Er hält Cassandra für höchst gefährlich.«

Gabrielle musste sich zurückhalten, um nicht die Augen zu

verdrehen. Sie hatte Miris Glauben an die Weisheit der Tiere nie geteilt.

»Äh – findest du nicht, dass Nekromant ein wenig zu schroff ist? Cassandras Hund betet sie an, das sagt doch auch einiges.«

»Nekromant hat auch keine sehr hohe Meinung von Hunden. Er hält sie für recht einfältig.«

»Vielleicht ist er als Kater ein wenig voreingenommen?«

»Vielleicht«, gab Miri zu. »Aber sei trotzdem vorsichtig, wenn du es mit Mademoiselle Lascelles zu tun hast, ja?«

»Ich bin immer vorsichtig, kleine Schwester.« Gabrielle drückte Miri noch einmal fest, dann rief sie nach Bette.

Während das ehemalige Hausmädchen von Belle Haven Miri freudig begrüßte, unterwies Gabrielle eine andere Bedienstete, ein Schlafzimmer für ihre Schwester herzurichten. Dann beschloss sie, Miri doch noch vor dem Zubettgehen zu erzählen, dass Remy von den Toten auferstanden war – freilich möglichst schonend. Schließlich sollte ihre Schwester nicht wie sie vor Überraschung beinahe ohnmächtig werden.

Doch als sie es ihr behutsam beibrachte, verzogen sich die Lippen ihrer Schwester nur zu einem ihrer entrückten kleinen Lächeln.

»Das sind ja wunderbare Neuigkeiten, Gabby, obwohl … als ich damals um Remy trauerte, war es eher, weil ich ihn vermisste. Irgendwie wusste ich immer, dass er nicht tot war.«

Miri ging, den Kater im Arm, hinter Bette her aus dem Zimmer. Gabrielle starrte ihr fassungslos hinterher.

Manchmal konnte Miri einem wirklich auf die Nerven gehen.

15

Das Gerücht verbreitete sich von den Korridoren des Louvre zu den billigsten Spelunken der Stadt. Derart überraschende, ja skandalöse Nachrichten hatte es nicht mehr gegeben, seit die allseits beliebte französische Prinzessin Margot mit diesem protestantischen Tölpel aus Navarra verheiratet worden war.

Während der nächsten Wochen war Nicolas Remys wundersame Rückkehr in aller Munde. Der Mann, bekannt als die Geißel und Feind aller loyalen Franzosen und gläubigen Katholiken, hatte es irgendwie geschafft, das Massaker in der Bartholomäusnacht zu überleben.

Aber so erstaunlich das war, es wurde in den Schatten gestellt von der noch erstaunlicheren Tatsache, dass die Geißel nicht verhaftet worden war. Er sollte am Hof empfangen werden, und zwar mit dem Segen einer solch bedeutenden Persönlichkeit wie der Königin Katharina höchstselbst. Das war das Tagesgespräch in allen Läden, auf allen Straßen und Marktplätzen. Die klügeren Pariser schüttelten den Kopf und murrten, dass die dunkle Königin bestimmt nichts Gutes im Schilde führte. Man war sich einig, dass Monsieur Geißel gut auf sich aufpassen sollte.

Katharina lehnte, wie üblich ganz in Schwarz gekleidet, an einem Fenster des königlichen Empfangssaals. Von hier aus hatte man einen ausgezeichneten Blick auf den betriebsamen Hof. Dort sägten und hämmerten Handwerker ununterbrochen, um rechtzeitig mit der Errichtung der Tribünen für die morgigen Festlichkeiten fertig zu werden. Die im Wind flatternden Wimpel weckten bei Katharina unerwünschte Erinnerungen an ein anderes Turnier, das vor vielen Jahren zur Feier der Hochzeit ihrer Tochter Elisabeth mit

Philipp von Spanien stattgefunden hatte. Drei Tage hatte diese kostspielige Feier gedauert, und am letzten Tag war es zu einem Zweikampf mit tödlichem Ausgang gekommen.

Obwohl bereits ergraut, hatte Katharinas Gemahl in seiner Rüstung eine gute Figur gemacht. Er hatte die Farben seiner Herzdame getragen. Natürlich nicht ihre Farben, dachte Katharina ergrimmt, sondern die seiner geliebten Mätresse Diane. Kräftig und stark wie eh und je hatte Heinrich alle Gegner geschlagen, einen nach dem anderen – bis er auf den jungen Grafen von Montgomery traf.

Wenn Katharina die Augen schloss, sah sie noch immer in aller Deutlichkeit, wie die beiden Pferde aufeinander zu galoppierten, die beiden Gestalten in ihren Rüstungen aufeinanderprallten, die Lanzen an den Schilden zerbrachen und das Holz splitterte. Heinrich begann zu wanken, er brach über dem Sattelknauf zusammen und rutschte vom Pferd. Aus seinem Visier quoll Blut von dort, wo ein Lanzensplitter in seinen Kopf eingedrungen war.

Ein absurder Unfall, keiner trug die Schuld daran; aber der König von Frankreich war tot. Katharina hatte sich die Augen aus dem Kopf geweint. Es war das letzte Mal gewesen, dass sie um jemand geweint hatte, und ihre Tränen waren nicht nur auf ihre Trauer, sondern auch auf ein schlechtes Gewissen zurückzuführen. Nostradamus hatte sie gewarnt, der große Seher hatte Heinrichs Tod lange vor dem Turnier prophezeit. Und auch Katharina hatte an jenem Morgen eine dunkle Ahnung gehabt.

Warum also hatte sie nicht entschlossener versucht, Heinrich von der Teilnahme an dem Turnier abzuhalten? Hatte sie etwa insgeheim in den dunklen Seiten ihrer Seele den Tod ihres Gemahls willkommen geheißen – ihre Chance, endlich die Macht zu ergreifen, die ihr so lange vorenthalten worden war? Katharina konnte es nicht genau sagen, aber jetzt spielte es auch keine Rolle mehr. Heinrich und seine Mätresse waren längst tot.

Katharina war keine Schattenkönigin mehr. Aber das ist das Schlimme an der Macht, dachte sie mit einem müden Seufzen: Wenn man sie erlangt hat, muss man ständig kämpfen, um sie auch zu behalten. Und in letzter Zeit fand Katharina diesen Kampf zunehmend ermüdend.

Ihre Spionin war noch nicht von Faire Isle zurückgekehrt. Sie hatte also keine Ahnung, was auf Ariane Cheneys geheimen Ratstreffen vor sich ging. Und Gabrielle hatte bislang noch keine Anstalten gemacht, ihr Versprechen, Nicolas Remy zu verführen, in die Tat umzusetzen. Soviel Katharina wusste, war Gabrielle dem Mann seit dem Maskenball nicht mehr begegnet. Aber eigentlich hatte Katharina auch gar nicht damit gerechnet. Sie musste wohl oder übel selber mit der Geißel fertig werden, und sie hatte bereits entsprechende Vorkehrungen getroffen.

Auf der anderen Saalseite wurde es unruhig, was Katharinas Aufmerksamkeit auf sich zog. Die Flügeltüren gingen auf, und die Ankunft ihres Sohnes wurde verkündet. Seine Majestät, der König von Frankreich, war im Anmarsch. Obwohl sie den Jungen nach seinem Vater benannt hatte, ähnelte Heinrich ihm kaum, dachte Katharina und kräuselte die Lippen abfällig.

Ihr Sohn hatte einen seiner widerlichen kleinen Köter an sich gepresst und wurde von seinem Tross geschminkter Günstlinge verfolgt. Katharina hatte nichts gegen Hunde, solange sie groß genug für die Jagd waren oder als Wachhunde eingesetzt werden konnten. Aber Heinrichs kleine Windhunde erinnerten sie an halb verhungerte Ratten und trugen nichts dazu bei, ihn männlicher wirken zu lassen.

Dabei hätte ihm das wahrhaftig gutgetan. Heinrichs erbsengrünes, mit einem Lochmuster verziertes Wams brachte zwar seine schlanke Taille zur Geltung, aber er wirkte weibisch darin. Die an seinen großen Ohren baumelnden Perlohrringe und seine Frisur – das lange schwarze Haar war aus der Stirn gekämmt und zurückgebunden – taten ein Übriges. Dennoch empfand Katharina auch einen gewissen Stolz auf ihren Sohn. Sein dunkles, südländisches Äußeres und seine Skrupellosigkeit zeigten die Blutsverwandtschaft zu ihr so deutlich wie bei keinem anderen ihrer Kinder.

Heinrich übergab seinen Hund einem Lakaien und winkte den Rest seiner Begleiter weg. Dann trat er zu Katharina. Sie machte einen tiefen Knicks und drehte den Kopf, damit er sie auf die Wange küssen konnte. Doch Heinrich ignorierte diese Einladung demonstrativ. Er starrte aus dem Fenster und verzog mürrisch das Gesicht, während er den Fortschritt der Arbeiten beobachtete. Katharina trat dicht neben ihn, damit sie mit ihm sprechen konnte, ohne von den Höflingen belauscht zu werden.

»Schmollt Ihr noch immer, Euer Gnaden?«

Heinrich blitzte sie zornig an. »Wenn ja, dann habe ich allen Grund, Madame. Es scheint, dass alle am Hofe bis hin zum niedrigsten Pagen eher von der Rückkehr der Geißel wussten als ich. Und das nur, weil meine Mutter, die es am ehesten wusste, es nicht für nötig hielt, mich zu unterrichten.«

»Ich wollte Euch nicht stören.«

»Mich stören? Ich bin der König, ich hätte wahrhaftig verdient zu erfahren, dass einer meiner größten Feinde wieder durch Paris schleicht. Herr im Himmel, Madame! Ihr mögt ja vielleicht vergessen haben, wie Nicolas Remy und sein zerlumptes hugenottisches Rebellengesindel meine Truppen auf dem Schlachtfeld geschlagen hat. Ich aber habe es nicht vergessen.«

»Gelegentlich muss jeder eine Niederlage einstecken, mein lieber Heinrich. Versucht doch einfach, darüber hinwegzukommen.«

Bei ihrem Sohn begann ein Wangenmuskel zu zucken, ein elender Tick, der sich verstärkte, je erregter Heinrich wurde. Katharina legte die Hand auf seine juwelengeschmückten Finger, die auf dem Fenstersims ruhten.

»Ich wollte Euch erst ein wenig später von Hauptmann

Remys Rückkehr unterrichten, weil ich befürchtete, Ihr könntet etwas Unbesonnenes tun.«

»Zum Beispiel beenden, was wir in der Bartholomäusnacht angefangen haben?«

»Jawohl. Bis auf ein paar kleinere Scharmützel haben wir inzwischen Frieden mit den Hugenotten, und den würde ich gern beibehalten. In jener Nacht sind schon genügend Märtyrer entstanden.«

»Auf Euer Drängen hin, Maman«, knurrte Heinrich. »Manchmal denke ich, dass ich bei diesem Gemetzel überhaupt nicht mitgemacht hätte, wenn ich nicht Euer seltsames Räucherwerk eingeatmet hätte.«

»Täuscht Euch nicht, mein Sohn. Es liegt in der Natur der Männer, gewalttätig zu sein. Kein Mann braucht einen Zauber, um zu töten. Und mein Räucherwerk hatte nichts mit Zauberei zu tun. Man könnte ja fast denken, Ihr schenkt den absurden Gerüchten Glauben, dass Eure Mutter eine Hexe sei.«

Heinrich blieb stumm, er zog nur eine seiner sorgfältig gezupften Brauen hoch und bedachte sie mit einem seltsamen Blick. Dann zog er seine Hand unter der ihren weg und trommelte mit den schlanken, beringten Fingern auf das Fensterbrett. Das Licht der Sonne brach sich in den Juwelen und ließ bunte Muster über die Wände tanzen.

»Na gut«, erwiderte er schließlich. »Ich gebe zu, es könnte politisch unklug sein, die Geißel zu töten. Aber erklärt mir bitte, warum Ihr es für nötig erachtet, diesen elenden Kerl zur Teilnahme an meinem Turnier einzuladen!«

Heinrich sah wie ein störrischer kleiner Junge aus, der sein Spielzeug mit anderen teilen soll. Katharina musste den Drang unterdrücken, ihm eine Ohrfeige zu verpassen. Schließlich war ihr Sohn der König von Frankreich – eine unbequeme Tatsache, aber immerhin eine, die Katharina bedenken musste. Sie zügelte sich und erklärte ihm alles behutsam wie einem zurückgebliebenen Kind.

»Seit dem Tod Eures lieben Vaters geht es auf Turnieren viel zahmer zu. Dennoch stecken sie noch immer voller Überraschungen, Euer Gnaden. Auch heute noch kann es zu einem grässlichen Unfall kommen.«

Heinrich musterte sie mit zusammengekniffenen Augen. »Aha, darauf wollt Ihr also hinaus. Nun gut, den Mistkerl eigenhändig zu köpfen wäre befriedigender, aber der von Euch vorgesehene Unfall wird wohl seinen Zweck erfüllen.«

Heinrich stieß sich vom Fenster ab. Seine dunklen Medici-Augen, die den ihren so ähnlich waren, glitzerten. »Aber etwas möchte ich noch klarstellen, Madame: Ihr hattet drei Söhne, die Könige waren. Mein Bruder Franz war kränklich und schwach, Karl war verrückt. Ich aber bin weder das eine noch das andere. Ich beabsichtige zu herrschen, ohne dass meine Mutter ständig hinter meinem Rücken intrigiert.

Und bei diesem Turnier werde ich möglicherweise mit einer eigenen Überraschung aufwarten.« Mit einem verschlagenen Grinsen und einer spöttischen Verbeugung gesellte sich Heinrich wieder zu seinem Gefolge.

Katharinas Miene verdüsterte sich, während ihr Blick ihm folgte. Bislang war es ihr nie schwergefallen, in den Augen ihrer Kinder zu lesen, doch nun war sie zum ersten Mal daran gehindert worden, wie sie bestürzt feststellen musste.

Eine Überraschung? Bei dem Turnier? Er hatte vor, ohne die Intrigen seiner Mutter zu herrschen? Was hatte das alles zu bedeuten? Hätte Katharina es nicht besser gewusst, sie hätte fast geglaubt, dass ihr Sohn die Frechheit besessen hatte, ihr zu drohen.

16

Die Parks des Louvre sahen aus wie zu Zeiten von Camelot: Bunte Zelte waren errichtet worden, und Wimpel flatterten in der Brise. Statt der Blumen erblühten Ritter, stattliche junge Männer legten ihre Rüstung an und begrüßten und neckten einander, während ihre Knappen eifrig die Waffen polierten.

Die Sonne brannte durch die Zeltleinwand und versprach einen heißen Tag. Remy wischte sich den Schweiß von der Stirn. Er war über seinen König gebeugt und legte Heinrich gerade den Armschutz an. Die Aufgabe war nicht leicht, denn der König hatte keine Lust, still zu sitzen, und auch Remy war aufgeregt.

Die Menschenmassen strömten durch die Palasttore, Reiter mischten sich unter die Schwärme des einfacheren Volkes, das zu Fuß unterwegs war. Kutschen rollten vor, ihnen entstiegen adlige Damen und Herren in teuren Seidengewändern. Wann immer Heinrich eine verschleierte Dame oder einen Rock entdeckte, der sich über einer Krinoline bauschte, reckte er den Hals, nur um gleich darauf wieder enttäuscht zurückzusinken.

Remy erging es kaum besser, und dass er und der König eifrig auf die Ankunft derselben Frau warteten, trug wahrhaftig nicht dazu bei, seine Spannung zu verringern. Er zerrte heftig an den Lederbändern, mit denen der Harnisch zusammengehalten wurde. Heinrich ächzte.

»Verflucht, Hauptmann, was habt Ihr vor? Wollt Ihr mich niederstrecken, bevor ich einen Fuß auf den Turnierplatz gesetzt habe?«

»Verzeihung, Euer Gnaden«, murrte Remy.

»Und warum seid Ihr so verdammt verdrossen?«, wollte der König wissen. »Eure sauertöpfische Miene könnte Milch zum Stocken bringen. Wir sind auf einem Turnier und keiner Beerdigung!«

»Ja, hoffentlich, Sire.« Remy knirschte mit den Zähnen, während er sich darauf konzentrierte, die Schulterplatten zu befestigen. »Ich gestehe, es behagt mir nicht, dass Ihr Euch auf diesem Turnier in Gefahr bringt.«

Heinrich lachte nur kehlig. »Welche Gefahr? *Combat à outrance* ist in Frankreich längst verboten. Mehr als ein paar Rippenprellungen riskiere ich nicht. Die rauen Zeiten, in denen ein Turnier ein richtiger Sport war, sind leider längst passé. Jetzt geht es doch nur noch darum, zu paradieren und die Damen zu beeindrucken.«

Mit seinen dunklen Augen zwinkernd zog er Remy auf: »Hier gibt es sicher eine Reihe von Damen, die in Verzückung geraten würden, wenn sie Euren strammen Körper im Einsatz sehen könnten, Hauptmann. Sollen wir Euch eine Rüstung besorgen, damit auch Ihr an ein oder zwei Wettkämpfen teilnehmen könnt?«

»Nein, danke, Sire.«

Heinrich kicherte. »Ich hatte ganz vergessen, dass Ihr nie ein Freund des Spielens wart. Selbst in meiner Jugend wart Ihr immer todernst, wenn Ihr mit mir trainiert habt.«

»Nur deshalb, weil der Krieg ein tödliches Geschäft ist.« Remy trat um seinen König und befestigte den Schulterpanzer auf der anderen Seite. »Ich könnte ohnehin nicht an diesem Turnier teilnehmen. Ich bin weder adlig noch ein Ritter.«

»Ach, dafür könnte ich rasch sorgen. Kniet Euch vor mich – eine Ritterwürde ist das Mindeste, was ich Euch für Eure Dienste verleihen sollte.«

»Noch habe ich Euch nicht zur Flucht verholfen«, sagte Remy leise.

Heinrich lächelte und erwiderte ebenso leise: »Ich dachte

eher an den Dienst, den Ihr mir bei der Dame meines Herzens erweisen wollt.«

Remys Lippen wurden schmal. Er konzentrierte sich wieder ganz auf den Harnisch, um dem Blick seines Königs auszuweichen. Heinrich war sehr zufrieden gewesen, als Remy ihm mitgeteilt hatte, dass Gabrielle ihm versprochen hatte, ihn zu heiraten. Seine Gnaden wusste noch immer nichts von den Qualen, die seinen loyalen Hauptmann plagten, und dass dieser sich nach Kräften bemühte, Gabrielle vom Bett seines Königs fernzuhalten.

Einige von Heinrichs Kammerherren traten zu ihnen. Sie legten dem König eine Vielzahl von Lanzen und Schwertern vor, aus denen er seine Wahl treffen sollte. Remy freute sich über die Verschnaufpause. Es fiel ihm immer schwerer, seine Rolle in dieser Farce zu spielen und seine Gefühle für Gabrielle für sich zu behalten.

Er verließ das Zelt und flüchtete sich in den angenehmen Schatten einer hohen Eiche. Um ihn herum herrschten Ausgelassenheit und Frohsinn, doch die allgemeine freudige Erregung ließ ihn kalt. Er lehnte sich an den Baumstamm, verschränkte die Arme vor der Brust und beobachtete verächtlich das geschäftige Treiben.

Heinrich hatte recht, die Zeiten, als ein Turnier noch eine nützliche Funktion hatte – als Kampftraining oder als Ventil für die Kräfte der Krieger zwischen den Schlachten – waren längst vorbei. Jetzt war es ein reines Spektakel. Die Tage der Ritter und ihrer kühnen Schlachtrösser waren gezählt. Remy beobachtete zwei junge Pagen, die sich mit einem widerspenstigen Pferd abmühten, einem braunen Wallach mit schimmerndem Fell, der für solcherlei Unsinn offenbar nicht ausgebildet worden war. Er zerrte an seinen Zügeln, legte die Ohren an, schnappte und widersetzte sich nach Kräften den beiden, die ihm eine reich verzierte Samtschabracke überwerfen wollten.

Remy konnte dem armen Tier keinen Vorwurf machen. Er

zog an seiner bescheidenen, gestärkten Halskrause. Dazu trug er auch heute wieder feine neue Kleider, Wams und Hose waren in einem tiefen Waldgrün gehalten. Aber immerhin hatte er diesmal ein richtiges Schwert umgeschnallt, was ihn ein wenig zuversichtlicher machte.

Natürlich musste er angemessen gekleidet sein, wenn er sich in der Nähe seines Königs aufhielt. Aber es tat ihm trotzdem um das viele Geld leid – zumindest bei dem, was er selbst trug. Um das Geld, mit dem er Wolf als Leibdiener ausstaffiert hatte, tat es ihm nicht leid. Trotz seiner Anspannung musste Remy lächeln, als Wolf in seiner nagelneuen Livree auf ihn zu stolzierte. Von dem zerlumpten Straßendieb, der Remy in der Bartholomäusnacht gerettet hatte, war nichts mehr zu sehen.

Wolf biss von einem Apfel ab. Seine dunklen Augen schweiften umher und konnten sich offenbar kaum sattsehen an all den bunt gekleideten Männern, die sich darauf vorbereiteten, Krieg zu spielen. Er straffte die Schultern und trug den Kopf so hoch, als sei er einer dieser edlen Ritter. Doch bei Remy angekommen, zerstörte er diesen Eindruck, indem er sich mit dem Handrücken über den Mund wischte.

»Ah, Monsieur! Ich war drüben und habe mir alles angeschaut. Ihr solltet den Turnierplatz sehen und den goldenen Thron, der für den König errichtet worden ist! Es gibt sogar einen Holzturm, der bemalt wurde, damit er aussieht, als wäre er aus Stein. Und so viele schöne Damen!« Wolf küsste seine Fingerspitzen. »Hier wird viel Reichtum zur Schau gestellt. Hier gibt es viele dicke Beutel, die so sorglos getragen werden, dass ein kleiner Schlitz reichen würde …«

»Martin«, unterbrach Remy den aufgeregten Wortschwall warnend.

»Ich mache doch nur Spaß, Monsieur, auch wenn die Versuchung groß ist. Wie meine Tante Pauline immer sagte: Alte Gewohnheiten legt man nur schwer ab.«

»Du weißt doch, du sollst mein achtbarer Page sein.«

»*Oui,* Monsieur.« Wolf stieß einen tiefen Seufzer aus. »Aber Achtbarkeit kann teuflisch öde sein.«

Remy versetzte dem Jungen einen liebevollen Klaps. »Sieh doch mal zu, ob du den königlichen Pferdeknechten helfen kannst. Das wäre immerhin eine sinnvolle Beschäftigung.«

Wolf stöhnte. »Ach, Monsieur, Ihr wisst doch, dass ich für Pferde kein Händchen habe.«

»Geh schon!«, sagte Remy streng.

Wolf murrte zwar, doch er trollte sich. In dem Augenblick, als er um das Zelt bog, fuhr eine prächtige Kutsche vor, gezogen von einem Gespann glänzender Rappen. Die Vorhänge waren zurückgezogen, sodass Gabrielles hübsches Profil zu erkennen war.

Der Kutscher hielt an. Ein Lakai eilte herbei und riss den Wagenschlag auf. Gabrielle verharrte in der geöffneten Tür. Ihr goldenes Haar lockte sich unter einem herzförmigen Hütchen und umrahmte die ebenmäßige Schönheit ihres porzellanfarbenen Gesichts. Zarte Brokatschuhe lugten unter dem goldgesäumten himmelblauen Gewand hervor, das im Farbton genau zu ihren Augen passte. Der Ausschnitt war etwas züchtiger, als ihn Gabrielle sonst trug, aber die weiche Seide schmiegte sich eng genug an ihre Brüste, um bei jedem Mann Sehnsüchte zu schüren.

Remy trat nach vorn, um ihr aus der Kutsche zu helfen, doch der König kam ihm zuvor. Obwohl er durch seine Rüstung behindert war, schoss er blitzschnell aus dem Zelt. Heinrich umfasste Gabrielles Taille und hob sie herab. Sein dunkler Schopf beugte sich zu ihr, er hatte ihr offenbar etwas Vertrauliches zu sagen – vielleicht ging es ja um ein Stelldichein nach dem Turnier.

Allein schon bei diesem Gedanken fühlte sich Remy, als habe er heiße Kohlen geschluckt. Es kostete ihn die größte Mühe, nicht loszustürmen und Gabrielle von Heinrich wegzuzerren. Zum Kuckuck mit seiner Pflicht seinem König gegenüber!

Remy war so auf Gabrielle und den König konzentriert, dass es eine Weile dauerte, bis er die beiden Frauen bemerkte, die noch aus der Kutsche gestiegen waren. Eine war Bette, die andere eine junge Frau in einem schlichten grünen Gewand, die viele bewundernde Blicke auf sich zog. Im Gegensatz zu Gabrielle, bei deren Schönheit man unwillkürlich an die Sonne dachte, erinnerte die Schönheit des Mädchens eher an den silbernen Mond.

Sie war um einiges gewachsen, und ihre einst knabenhafte Figur zeigte frauliche Rundungen. Doch ihr glattes, weißblondes Haar und ihre ungewöhnlichen, leicht entrückten Augen waren noch genauso, wie Remy sie in Erinnerung hatte.

»Miri?«, rief er ungläubig.

Als sie ihren Namen hörte, wirbelte Miri herum. Gabrielle wollte sie gerade dem König vorstellen, doch Miris Gesicht leuchtete auf, sobald sie Remy entdeckte. Sie überging Heinrichs ausgestreckte Hand, eilte mit einem Freudenschrei zu Remy und stürzte sich so ungestüm in seine Arme, dass er einen Schritt zurücktaumelte. Tief bewegt von der ungezügelten Freude, die in Miris Begrüßung zum Ausdruck kam, erwiderte Remy die Umarmung so fest, als wäre sie seine eigene kleine Schwester.

Heinrich war überhaupt nicht brüskiert, er brach vielmehr in dröhnendes Gelächter aus. »Na, wie es scheint, hat unsere kühne Geißel eine Eroberung gemacht!«

Miri Cheney war als Kind ausgesprochen schüchtern gewesen, und sie zeigte noch immer Spuren davon, als der König von Navarra sie neben dem Zelt in ein Gespräch verwickelte. Doch Heinrich verstand sich im Umgang mit Frauen. Bald fühlte sich Miri in seiner Nähe ganz ungezwungen und lächelte ihn an. Remy blieb in taktvoller Entfernung, ließ seinen König aber nicht aus den Augen. Doch zu seiner Erleichterung benahm sich Heinrich Miri gegenüber eher wie ein Onkel.

Obwohl sich Remy von ganzem Herzen freute, Miri zu sehen, wünschte er sich nichts mehr, als sie wieder sicher auf Faire Isle zu wissen. Nun musste er sich auch noch Sorgen um Miri machen, wo er doch momentan schon genug Schwierigkeiten hatte.

Er vernahm ein leises Rascheln von Seidenröcken, und aus den Augenwinkeln sah er Gabrielle auf sich zukommen. Der vornehmen Dame beliebte es also endlich, auch von ihm Notiz zu nehmen, dachte Remy verbittert.

»Guten Morgen, Hauptmann Remy!«

Gabrielles kühler Gruß stand in einem fast schmerzlichen Gegensatz zu der Herzlichkeit, mit der Miri ihn begrüßt hatte. Gabrielles distanzierte Art brachte ihn dazu, sie barsch anzufahren: »Verflucht noch mal, Gabrielle! Was zum Teufel habt Ihr Euch dabei gedacht, Miri nach Paris kommen zu lassen? Der französische Hof ist wahrhaftig nicht der rechte Ort für ein unschuldiges Kind.«

Obwohl Gabrielle hochmütig den Kopf nach hinten warf, röteten sich ihre Wangen bei dieser Rüge. »Ich habe Miri gar nichts tun lassen, und wie auch Euch nicht entgangen sein dürfte, ist Miri kein Kind mehr. Sie hat sich zu einer ziemlich eigenwilligen jungen Frau entwickelt. Doch keine Sorge – ich rechne damit, dass Ariane bald nach Paris gestürmt kommt und Miri meinem bösen Einfluss entreißt. Befürchtet Ihr etwa, dass ich Miri bei mir behalten und sie ermutigen will, Kurtisane zu werden? Dass ich ihr die Kniffe meines Gewerbes beibringe?«

»Nein«, fauchte Remy. »Ihr wisst genau, dass ich nie an so etwas gedacht habe. Schließlich weiß ich, dass Ihr Eure kleine Schwester immer beschützen wolltet.«

Gabrielle versuchte vergeblich, kühl zu bleiben. Plötzlich sackten ihre Schultern nach unten. »Remy, bitte, lasst uns heute nicht zanken. Ich habe schon genug mit Miri gestritten.«

Unter ihrer wunderschönen Fassade entdeckte Remy Spuren von Anspannung und Augenringen, als ob sie schlecht geschlafen hatte. Zu gerne hätte er ihre Hand genommen, doch er hatte versprochen, sie nie mehr zu berühren – ein Versprechen, dass er von ganzem Herzen bereute. Er ballte die Faust und drückte sie fest an den Oberschenkel. »Worüber habt Ihr denn gestritten?«

»Ach, über alles und jedes. Etwa darüber, dass sie mich heute auf das Turnier begleitet, und darüber, dass sie in Paris bleiben will. Ich habe ihr sogar angedroht, sie fesseln und knebeln und gewaltsam nach Faire Isle zurückbringen zu lassen. Doch darauf entgegnete sie nur, dass sie entkommen und sogleich nach Paris zurückkehren würde. Sie ist wild entschlossen, auf mich aufzupassen. Könnt Ihr Euch das vorstellen? Meine kleine Schwester!« Gabrielle warf Remy einen hoffnungsvollen Blick zu. »Könnt Ihr nicht mit ihr reden und sie zur Vernunft bringen?«

»Ich kann es versuchen«, erwiderte Remy zweifelnd. »Aber keine der Cheney-Frauen war je besonders fügsam.«

Diese Bemerkung entlockte ihr ein zögerndes Lachen. »Das sind wir wahrscheinlich nicht.«

»Lieber Gott, wie froh ich sein werde, wenn ich uns alle aus dieser verfluchten Stadt herausgebracht habe!«

»Ja«, murmelte Gabrielle, doch sie klang nicht sehr überzeugend. Sie war noch immer nicht begeistert von seinem Plan, Heinrich zu befreien und sie alle aus Paris fortzuschaffen. Aber da er den König dazu überredet hatte, blieb ihr nichts anderes übrig, als sich zu fügen.

Eine verlegene Stille trat ein. Remy merkte, dass man sie neugierig musterte und hinter vorgehaltener Hand tuschelte. Er richtete sich zu seiner vollen Größe auf und blickte starr nach vorn. Doch Gabrielle benahm sich wie eine richtige Prinzessin, sie nickte, begrüßte die anderen Damen freundlich und wünschte den Teilnehmern des Turniers viel Glück.

Ein Ritter blieb stehen und verneigte sich tief vor ihr. Er wirkte mit seinem gewellten blonden Haar und zahllosen Sommersprossen noch recht jung, aber gleichzeitig so ernst, als ob es darum ginge, einen Drachen zur Strecke zu bringen.

Als er Gabrielle sah, wurden seine ernsten Züge weicher, und er hob eine gepanzerte Hand zu einem schüchternen Gruß. Doch am meisten ärgerte Remy die Freundlichkeit, mit der Gabrielle ihn anlächelte und zurückwinkte.

»Noch einer Eurer Bewunderer?«, fragte er barsch.

Gabrielle nahm sich Zeit für die Antwort. Schließlich senkte sie die Hand und erklärte: »Das – das war Stephen Villiers, der Marquis de Lanfort.«

De Lanfort … Der Name traf Remy wie ein Schlag ins Gesicht. Er drehte sich um und reckte den Hals, um einen weiteren Blick auf den jungen Mann zu erhaschen, der soeben in der Menge untertauchte. »Das war de Lanfort, Euer ehemaliger Geliebter? Für den Ihr mich auf dem Maskenball ausgegeben habt? Dieser grüne Junge? Verflucht, rasiert er sich überhaupt schon, Gabrielle?«

»Stephen ist älter, als er aussieht. Er kann nichts dafür, dass er so jung wirkt. Die anderen Höflinge, vor allem seine Brüder, ziehen ihn ständig deswegen auf. Deshalb ist er höchst schüchtern und verlegen, vor allem bei den Damen. Er hatte es bitter nötig, dass sich eine erfahrene Frau für ihn interessierte und ihm zu ein wenig Selbstvertrauen verhalf.«

»Dann habt Ihr diesen jungen Mann aus reiner Freundlichkeit zu Eurem Geliebten gemacht?«, fragte Remy ungläubig.

»Nein. Aber nachdem Georges … mein Herzog beschloss, auf seinen Landsitz zurückzukehren, war ich ziemlich einsam. Und Stephen war sehr freundlich und hat sich liebevoll um mich gekümmert.«

Remy verzog das Gesicht. »Habt Ihr mir nicht zu verstehen gegeben, dass Euch nichts an Euren Geliebten lag? Ihr habt mir gesagt, dass Ihr Euch sogar einreden musstet, gar nicht mit ihnen zusammen zu sein.«

»Nur im Bett. Die übrige Zeit …« Gabrielle wich seinem Blick nicht aus. »Ich weiß, dass Ihr mich für eine berechnende

Hure haltet, aber ich habe mich nie einem Mann geschenkt, den ich nicht auch geschätzt habe. Ich hatte jeden meiner Liebhaber gern, auf meine Art.«

»Aber geliebt habt Ihr keinen von ihnen?«, fragte Remy. Er hasste sich, weil in seiner Frage so viel Verzweiflung mitschwang.

»Nein«, antwortete Gabrielle leise.

»Nicht einmal den ersten?«

»Den ersten? Wie – wie meint Ihr das?«

»Ihr habt angedeutet, dass Ihr einen Geliebten hattet, bevor wir uns begegnet sind. Habt Ihr ihn geliebt?«

»Ich – ich – nein, natürlich nicht.« Gabrielle rang sich ein Lachen ab. »Er war völlig unbedeutend. Ich weiß nicht einmal mehr, wie er hieß.«

Rasch wandte sie den Blick ab, doch nicht rasch genug, als dass Remy nicht den gehetzten Ausdruck bemerkt hätte, der sich in ihre Augen geschlichen hatte. Sie erinnerte sich noch allzu gut an seinen Namen. Wer also war der Mistkerl, der ihr die Unschuld geraubt hatte? Remy war überzeugt, dass dieser Mann Gabrielle verletzt hatte, doch wie sehr, wusste er nicht. Jedenfalls genug, um ihren Glauben an die Liebe und an sich selbst zu erschüttern. Genug, um ihre Sinne abzustumpfen und ihr Herz zu entmutigen, sodass Remy, als er in ihr Leben getreten war, nie eine Chance gehabt hatte.

Der Hauptmann stellte fest, dass er einen Menschen hasste, dessen Gesicht er nie gesehen hatte; er brannte darauf, jemanden zu töten, dessen Namen er nicht kannte. Als er die Faust ballte, rutschten die Rüschen seines Ärmels über sein Handgelenk. Er kämpfte schon den ganzen Morgen mit dieser verfluchten Spitze. Halblaut fluchend schob er sie zurück.

»Tut das nicht«, schimpfte Gabrielle.

»Verfluchtes Zeug«, murrte Remy. »Ich sehe darin aus wie ein verdammter Pfau.«

»Es gibt einen Grund, warum Pfaue ein Rad werfen – um

Weibchen anzulocken. Der Kontrast zwischen der Spitze und den kühnen Konturen einer Männerhand hat etwas sehr Verführerisches. Vor allem bei Händen, die so stark sind wie Eure.«

Sie nahm ihn am Arm und strich die Rüschen glatt. Ihre Fingerspitzen streiften seinen Handrücken. So flüchtig diese Berührung auch war, sie ließ das Blut schneller durch Remys Adern strömen. Wie gern hätte er ihre Hand genommen und seine Lippen auf die seidig warme Innenfläche gedrückt. Er musste all seinen Willen aufbieten, dem Drang zu widerstehen.

»Findet *Ihr* es denn verführerisch?«, murmelte er.

Gabrielle hob zögernd den Kopf, und ihre Blicke trafen sich. Remy spürte, wie das Verlangen an ihm zerrte, als wären sie mit einem Band aneinandergefesselt, es zog ihn näher und näher zu ihr. Und er war davon überzeugt, dass es Gabrielle genauso ging.

Nur in einem unterschieden sie sich: Gabrielle wollte dieses Gefühl nicht zulassen, ja, sie schien sogar Angst davor zu haben. Sie zog ihre Hand so rasch zurück, als hätten die Rüschen seines Hemdes plötzlich Feuer gefangen.

»Gabrielle, Ihr braucht keine Angst vor mir zu haben«, sagte er leise. »Ich habe versprochen, Euch nicht mehr zu berühren, und das habe ich auch so gemeint.«

»Ich weiß, Ihr haltet stets, was Ihr versprochen habt.« Warum klang sie nur so traurig?

»Wollt Ihr mir noch etwas versprechen?«, fragte sie.

»Was denn?«

»Dass Ihr Euch nicht überreden lasst, an dem Turnier teilzunehmen. Diese Zweikämpfe sollen ja nur Scheinkämpfe sein, aber auch dabei kann es zu Unfällen kommen.«

»Ihr glaubt, die dunkle Königin hat etwas Derartiges für mich geplant?«

Gabrielle zuckte mit den Schultern. »Wer weiß schon, was in Katharinas Kopf vorgeht?«

Aber das galt auch für Gabrielle. Sie wirkte so bedrückt, dass Remy sich unwillkürlich fragte, ob auf dem mitternächtlichen Treffen zwischen ihr und Katharina nicht doch mehr vorgefallen war, als Gabrielle ihm erzählt hatte. Katharina war eine geschickte Intrigantin, doch Gabrielle stand ihr in nichts nach. Remy hasste es, sich daran erinnern zu müssen. Er wollte Gabrielle zu gern vertrauen. Er wollte offen und ehrlich mit ihr sein.

»Versprecht mir einfach, Euch nicht am Turnier zu beteiligen«, beharrte Gabrielle.

»Aber vielleicht würde es mir Spaß machen, selbst ein paar Köpfe einzuschlagen und es wie einen Unfall aussehen zu lassen.«

»Remy!« Gabrielle funkelte ihn böse an, doch auch Besorgnis verdüsterte ihren Blick. Sie hatte Angst um ihn. Angst war zwar weit von dem Gefühl entfernt, das sich Remy so sehnlich von ihr wünschte, aber es war besser als nichts.

»Macht Euch keine Sorgen, meine Liebe. Ich habe nicht die Absicht, jemandem einen Vorwand zu liefern, mich heute mit einem Schwert zu durchbohren. Ihr wisst doch, was ich von Spielen halte, und dieses Turnier ist ein Spiel, nichts weiter. Es ist alles nur Blendwerk und Narretei.«

»Gefährliches Blendwerk«, murmelte Gabrielle und knetete nervös ihre Finger. »Remy, ich – ich wollte Euch noch etwas geben.«

Zu seiner Verwunderung zog sie ihn am Ärmel hinter eines der Zelte. Nachdem sie sich verstohlen vergewissert hatte, dass sie dort niemand sehen konnte, griff sie in das kleine Samttäschchen an ihrem goldenen Gürtel. Sie zog ein metallenes Ding hervor und drückte es ihm in die Hand.

Stirnrunzelnd betrachtete Remy das an einer angelaufenen Silberkette baumelnde fünfeckige Medaillon, auf das merkwürdige Symbole graviert waren. »Was ist das?«

Sie zog die Schnur um das Täschchen zu. Etwas verlegen erklärte sie: »Es ist ein Amulett, das Euch beschützen soll. Ich weiß nicht genau, wie es wirkt und ob es das überhaupt tut. Angeblich hilft es Euch, zu spüren, wenn jemand in Eurer Nähe böse Absichten hegt; es soll Euch warnen, wenn Euch jemand ein Leid zufügen will.«

»Dafür brauche ich kein Amulett. Der Anblick eines auf mich gerichteten Schwertes reicht im Allgemeinen.«

Doch Gabrielle konnte nicht lächeln; sie sah im Gegenteil so ernst aus, dass Remy seinen scherzhaften Ton aufgab. Er drehte das Amulett um und betrachtete es von allen Seiten. Dank der seltsamen Dinge, die er auf Faire Isle erlebt hatte, wusste Remy, dass es manches gab, dem man magische Kräfte beimaß. Doch meist handelte es sich um den reinen Aberglauben, wie bei vielem, woran sein junger Freund Wolf glaubte.

Dieses Medaillon mit seinen merkwürdigen Symbolen war jedoch anders als die Amulette, die Martin gern herstellte. Als Remy das sonderbare Metall abtastete, beschlich ihn ein seltsames Unbehagen. Von den drei Cheney-Schwestern glaubte Gabrielle am wenigsten an Zauberei. Jedenfalls war das sein Eindruck gewesen, bevor sie nach Paris gekommen war. Er hoffte, dass sie nicht abermals zu dem unheimlichen, verlassenen Haus mit seiner verstörenden Geschichte gegangen war und die Einsiedlerin besucht hatte, die behauptete, die Geister Verstorbener heraufbeschwören zu können.

Remy hielt das Medaillon hoch. »Gabrielle, woher habt Ihr dieses Ding?«

Bildete er es sich nur ein, oder zögerte sie tatsächlich, bevor sie ihm antwortete? »Ariane hat es mir vor langer Zeit gegeben. Lasst mich Euch helfen, es anzulegen.«

Sie streifte ihm die Kette über den Kopf. Als sie das Medaillon unter sein Hemd steckte, kam sie ihm so nahe, dass er ihren Atem auf seinen Wangen und die Wärme ihrer Finger auf seiner Haut spüren konnte. Das Medaillon legte sich wie ein kaltes Gewicht auf sein Herz, aber er achtete nicht weiter darauf. Ihre Hände verweilten auf seinen Schultern, und ihre Augen blitzten ihn an wie zwei funkelnde Juwelen. Plötzlich drückte sie ihm zu seiner Verblüffung einen Kuss auf die Lippen, einen süßen, warmen, sehnsüchtigen Kuss, der jedoch viel zu schnell vorüberging. Er wollte nicht von ihr lassen, doch sie trat rasch einen Schritt zurück.

»Es – es tut mir leid«, stammelte sie. »Das hätte ich nicht ...«

»Warum nicht?«, fragte Remy. Er konnte nur mit Mühe sein Verlangen und seine Enttäuschung zügeln. »Wir sind verlobt, wir sollen heiraten. Zumindest ein Funken von Zuneigung ist ja wohl erforderlich.«

»Nein, das würde uns nur Spott einbringen. Bei einer Eheschließung geht es um Reichtum, Titel oder politische Bündnisse. Nur Narren heiraten aus Liebe, Nicolas Remy.«

Sie lächelte seltsam wehmütig, doch bevor Remy etwas sagen konnte, hatte sie sich schon abgewandt. Während er hinter ihr herging, hallten ihre Worte in ihm nach.

»Nur Narren heiraten aus Liebe.«

Dann war er wohl der größte Narr der Christenheit.

Heinrich von Navarra nahm den Seidenschal, den Gabrielle ihm gegeben hatte, und presste den leicht parfümierten Stoff an die Lippen. »Ich werde ihn um den Arm binden und Euch zu Ehren kämpfen, Mademoiselle. Es ehrt mich über alle Maßen, dass Ihr mir und nicht einem anderen kühnen Recken diese Gunst erweist.«

Sein ironischer Tonfall entging Gabrielle nicht. Sie rang sich ein steifes Lächeln ab. »Wie kommen Euer Gnaden auf den Gedanken, ich könnte einen anderen begünstigen?«

Heinrichs Brauen hoben sich zweifelnd. »Ihr wart in letzter Zeit ausgesprochen schwer zu fassen, Gabrielle. Ich habe mich schon gefragt, ob ich etwas getan habe, was Euch beleidigt hat.«

»Selbstverständlich nicht, Sire.« Eine vielsagende Röte schlich sich auf Gabrielles Wangen. Sie bemühte sich nach

Kräften, ihren Blick nicht ständig zu Remy schweifen zu lassen, doch nur allzu oft verlor sie den Kampf. Zum wiederholten Mal blickte sie zu ihm. Er bewachte ihre Schwester. Wenn ein Mann versuchte, Miri mit zweifelhaften Schmeicheleien zu bedenken, warf ihm Remy einen derart finsteren Blick zu, dass er es sogleich aufgab. Obwohl er keine Rüstung trug, wirkte er doch mehr wie ein Ritter als all die anderen herumstolzierenden Gecken.

Gabrielle war bewusst, dass Remys Anwesenheit unter den Höflingen große Erregung hervorrief. Die Damen musterten ihn wohlwollend, während die meisten Männer ihn eher finster betrachteten. Manche begafften ihn unverhohlen. Remy spielte mit der Kette, an der Gabrielles Medaillon hing. Sie fragte sich, ob das Amulett wirkte und er ahnte, dass er verraten werden sollte.

Und wenn, dann musste er nur in ihre Richtung blicken, dachte Gabrielle bedrückt. Sie hatte ihn über die Herkunft des Medaillons belogen. Aber wenn sie die Wahrheit gesagt hätte, hätte er es wohl nicht angenommen.

Er hätte es nicht gern gesehen, dass sie mit Cassandra Lascelles befreundet war; denn wie Ariane war auch er davon überzeugt, dass man Leuten, die sich mit schwarzer Magie beschäftigten, besser aus dem Weg ging. Nun, auch Gabrielle fand es beunruhigend, dass Cass die Toten heraufbeschwören konnte. Aber konnte eine Frau böse sein, die so schrecklich unter dem Verlust ihrer Schwestern litt und ihren Hund so sehr liebte, dass sie bereit war, ihr Leben für ihn aufs Spiel zu setzen?

Cass war nur ein weiteres trauriges Beispiel für eine Frau, die durch die Tragödie ihres Lebens verroht war und die darum kämpfte, ihre Schwächen zu besiegen und so gut es ging zu überleben. Das konnte Gabrielle nur allzu gut nachempfinden.

Doch die Lüge über die Herkunft des Amuletts gehörte noch zu ihren geringsten Sünden. Ihr anderes Täuschungsmanöver war viel schlimmer: Remy ging davon aus, dass sie sich seinem Plan fügte, Paris zu verlassen; schließlich hatte sie ja eingewilligt, ihn zu heiraten. Doch in Wahrheit wollte sie Heinrich später, wenn ihn der Wein schon etwas sanftmütiger gestimmt hatte, mit all ihren Verführungskünsten davon abbringen, nach Navarra zurückzukehren. Sein Schicksal lag hier, in Frankreich – und ebenso das ihre. Egal wie sehr sie nun an der Zukunft verzweifelte, die sie einst herbeigesehnt hatte – sie konnte ihr nicht mehr entrinnen.

Sie konnte sich nicht mehr retten. Aber sie konnte Remy retten. Sie wollte Heinrich überreden, Remy zu zwingen, Paris zu verlassen. Remy sollte in das kleine, bergige Königreich zurückkehren, weit weg von Katharina und seinen anderen Feinden am Hof.

Natürlich würde Remy sie hassen, wenn er je herausfand, wie sehr sie ihn hintergangen hatte. Aber vielleicht würde dieser Hass ja helfen, ihre eigene Sehnsucht nach etwas zu ersticken, was nie sein konnte. Wenn Remy fort war, konnte sie ihr Herz bestimmt wieder in Eis packen und zu dem gefühllosen Zustand zurückkehren, der es ihr ermöglicht hatte, ihren Schmerz so lange zu ertragen.

»Gabrielle?«

Heinrich riss sie aus ihren Gedanken. Er stand noch immer neben ihr. Nun nahm er sie an der Hand, und seine dunklen Augen musterten sie zärtlich. »Ihr seht so traurig aus, *ma mie.* Sagt mir, was Euch quält.«

Gabrielles Kehle schnürte sich zu, sie brachte kein Wort über die Lippen. Und wie hätte sie seine Frage beantworten sollen? Wie sollte sie Heinrich erklären, dass das Schicksal ihr einen grausamen Streich spielte? Dass es ihr bestimmt war, seine Mätresse zu werden, während ihr Herz ausgerechnet dem Mann gehörte, den der König dazu auserkoren hatte, ihren Gemahl zu spielen?

Zum Glück wurde Heinrich abgelenkt, denn soeben verkündete ein Herold mit einem Fanfarenstoß die Ankunft des

Königs von Frankreich. Sein Tross folgte ihm wie der Schweif eines Kometen. Im Gegensatz zu Heinrich von Navarra hatte Heinrich Valois ganz offenkundig nicht die Absicht zu kämpfen. Er stolzierte in einem Wams aus purpurfarbenem Samt, verbrämt mit Hermelin, daher und führte einen seiner lästigen kleinen Hunde an der Leine. Der Windhund bellte und knurrte sämtliche Leute in seiner Nähe an, worüber sich der König köstlich amüsierte.

Doch als sich Valois dem Zelt Heinrich von Navarras näherte, riss sich der Hund los und sprang direkt auf Miri zu. Miri lachte erfreut und bückte sich, um ihn hochzuheben. Sie flüsterte ihm leise etwas ins Ohr, woraufhin das Tier sie mit hündischer Verzücktheit betrachtete, heftig mit dem Schwanz zu wedeln begann und sie am liebsten im ganzen Gesicht abgeschleckt hätte.

Valois' Lippen wurden schmal vor Wut, und er schritt zornig auf Miri zu. Gabrielle wollte sich schon dazwischenstürzen, doch Remy war schneller. Er lächelte Miri gequält an, nahm ihr den Hund ab und überreichte ihn dem König. Als das Tier zu winseln begann und zurück zu Miri wollte, reichte der König es ungeduldig an einen seiner Leibdiener weiter. Er sprühte vor Zorn.

Miri machte einen tiefen Hofknicks, Remy brachte mit Mühe eine steife Verbeugung zustande. Der König schüttelte seine dunkle Haarmähne aus der Stirn, bedachte die beiden mit einem verdrossenen Nicken und achtete dann nicht weiter auf sie.

Eine andere Stimme hingegen rief laut: »Ah, Hauptmann Remy! Wie schön, dass Ihr aus dem Reich der Toten zurückgekehrt seid. Endlich beehrt Ihr uns mit Eurer Anwesenheit.«

Der Saum von Katharinas schwarzem Gewand schleifte über das Gras, als sie zu ihnen trat. Remy blieb reglos stehen, seine Miene war völlig versteinert.

»Ach, nun kommt schon, mein lieber Hauptmann, lasst uns

die alten Missverständnisse vergessen. Es freut mich sehr, solch einen berühmten Helden auf unserem Fest begrüßen zu dürfen. Ich biete Euch meine Hand als Zeichen meiner Freundschaft. Schenkt mir ein Zeichen Eures Wohlwollens und Eurer Achtung.«

Sie hielt ihm mit einem liebenswürdigen Lächeln die Hand hin. Doch ihr verschlagener Blick zeigte, dass die dunkle Königin sehr wohl wusste, was es Remy abverlangen würde, der Frau, die an der Ermordung seines Volkes schuld war, seine Ehrerbietung zu erweisen. In Remys Wange zuckte ein Muskel, und seine tiefbraunen Augen machten kein Hehl daraus, wie sehr er die dunkle Königin hasste.

Er wird es nie tun, dachte Gabrielle, nicht einmal, wenn es ihn das Leben kostet. Ihr Herz schnürte sich angstvoll zusammen. Wie würde Katharina auf diese Beleidigung reagieren?

Die dunkle Königin streckte die Hand noch herrischer aus. Gespannte Erwartung legte sich auf alle, die in der Nähe des Zeltes standen. Der König von Frankreich grinste wölfisch.

Katharina trat näher und murmelte: »Nun kommt schon, Hauptmann! Wenn Ihr meine Freundschaft schon nicht um Euer selbst willen annehmen wollt, dann tut es wenigstens für Eure teure Freundin, Mademoiselle Cheney.« Lächelnd nickte sie Gabrielle zu. Ihre Stimme klang sanft, ja fast zärtlich, aber die Drohung in ihren Worten war unmissverständlich. Wenn Remy vor Katharina nicht in die Knie ging, könnte es durchaus passieren, dass Gabrielle in Ungnade fiel.

Remy zögerte noch einen Moment, dann kniete er sich langsam vor die dunkle Königin. Gabrielle biss sich auf die Lippe, bis sie fast blutete, um ihn nicht anzuflehen, seinen Stolz nicht zu opfern – zumindest nicht ihretwegen. Remy nahm Katharinas Hand. Mit aschfahlem Gesicht drückte er die Lippen auf die Fingerspitzen der dunklen Königin. Die Beobachter seufzten befriedigt auf. Der König von Frankreich lachte, als die stolze Geißel, die auf dem Schlachtfeld kaum je eine Niederlage hatte einstecken müssen, gezwungen war, sich vor seinen Feinden zu erniedrigen.

Remy ertrug es mannhaft. Nur sein Blick zeigte, wie elend und beschämt er sich fühlte. In Gabrielles Augen traten Tränen der Wut. In diesem Moment hasste sie die dunkle Königin wie nie zuvor. Katharina ließ Remy so lange knien, bis Gabrielle es nicht mehr ertrug.

»Genug!«, rief sie. Sie stieß Katharinas Hand von Remy weg und zog an seiner Schulter, um ihn zum Aufstehen zu bewegen. Katharina hob die Brauen und musterte Gabrielle prüfend. Ihr Ausbruch lenkte viele verwunderte Blicke auf sie, nicht zuletzt den von Heinrich von Navarra. Gabrielle knirschte mit den Zähnen und versuchte, sich hinter einem kühlen Lächeln zu fassen.

»Verzeiht mir, Euer Gnaden, aber der Hauptmann hat mir versprochen, heute mein Begleiter zu sein. Es stört mich, wenn er einer anderen Dame seine Ehrerbietung zollt, selbst wenn es eine Königin ist.« Sie sah Katharina ruhig in die Augen. »Und wer weiß, wozu eine eifersüchtige Frau fähig ist.«

»Oho, das klingt wie eine Herausforderung, Euer Gnaden«, rief der König von Frankreich. »Holt die Damenschwerter, ich setze zehn Sou auf meine Maman.«

Seine spöttischen Worte wurden von den meisten mit einem Kichern begrüßt, und bis auf Remy löste sich bei allen die Spannung. Selbst Katharina musste lächeln. »Mademoiselle Cheney und ich bevorzugen eine subtilere Art des Kampfes. Das grobe Kräftemessen mit den Waffen überlassen wir den Herren, etwa unserem kühnen Hauptmann hier. Der kann es sicher kaum erwarten, auf den Turnierplatz zu kommen.«

Die Königin wandte sich ihrem Schwiegersohn zu. »Mein lieber Heinrich, warum habt Ihr Eure kühne Geißel nicht mit einer Rüstung ausgestattet?«

Heinrich zuckte die Schultern. »Meine kühne Geißel ist ein

ernster Mann, Euer Gnaden. Er findet keinen Gefallen an solchem Sport.«

»Außerdem bin ich kein Ritter«, fügte Remy hinzu.

»Dann werden wir Euch eben dazu machen, zumindest für den heutigen Tag«, säuselte Katharina. »Ihr sollt für mich kämpfen. Ich lasse Euch ein Pferd und eine Rüstung bringen.«

»Nein!«, rief Gabrielle aufgebracht und klammerte sich an Remy. Sie befeuchtete die Lippen und bemühte sich, scherzhaft zu klingen. »Höre ich recht, Euer Gnaden? Wollt Ihr mich etwa meines galanten Begleiters berauben? Ich habe fest damit gerechnet, zusammen mit dem Hauptmann den Kämpfen beizuwohnen.«

»Hängt Ihr etwa an einem Rockzipfel, Monsieur?«, fragte der König höhnisch. Remy lief tiefrot an.

Gabrielle drückte warnend seinen Arm. Sie hatte schreckliche Angst, dass er jede Vorsicht in den Wind schlagen und sich verleiten lassen würde, an dem Turnier teilzunehmen. Der Seitenblick, den Katharina mit ihrem Sohn tauschte, verstärkte nur noch ihre Angst.

Der König von Frankreich meinte gedehnt: »Wie enttäuschend! Wir hatten gehofft, dass uns die Geißel eine kleine Kostprobe seiner berühmten Tapferkeit und Waffenfertigkeit liefern würde.«

»Ich dachte, Euer Gnaden haben bereits genügend davon auf dem Schlachtfeld erhalten«, meinte Gabrielle.

Als Valois errötete und sie zornig anfunkelte, fiel ihr ein, dass es nicht besonders klug war, den König an die Niederlagen zu erinnern, die Remy ihm beigebracht hatte. Es lag wahrhaftig schon genug Spannung in der Luft.

Doch Remy bewahrte die Ruhe. Gabrielle fiel ein Stein vom Herzen. Sie war richtig stolz auf ihn. Er meinte nur ganz gelassen: »So ungern ich hier jemanden enttäusche, so haben mich Scheingefechte nie besonders interessiert. Kriegsspiele liegen mir nicht.«

Der König wirkte verdrossen, doch Katharina ließ nicht locker. »Aber dies eine Mal könnt Ihr uns doch den Gefallen tun. Ganz Frankreich kennt Euren Ruf als Geißel. Viele unserer jungen Adligen brennen darauf, sich an Eurem Geschick zu messen, insbesondere einer.«

Sie legte eine Hand an die Stirn, um die Augen vor der Sonne zu schützen, und blickte sich suchend um. »Wo steckt er bloß? Ah, da ist er ja.«

Bei ihrem Lächeln überlief es Gabrielle eiskalt. Katharina trat aus dem Schatten von Heinrichs Zelt, hob den Arm und winkte einer Gestalt zu, die in der Ferne offenbar auf dieses Zeichen gewartet hatte. Bis auf die gepanzerten Handschuhe und den Helm war der Mann schon gerüstet, doch die Sonne, die sich in seinem Brustharnisch spiegelte, machte es schwer, sein Gesicht zu erkennen.

Gabrielle umklammerte Remys Hand und sah ihn flehend und zugleich warnend an. Doch Remy achtete nicht auf sie. Wie alle anderen blickte er auf den Herannahenden. Zwischen seinen Brauen hatte sich eine steile Falte gebildet.

Wenn dieser Mann der Herzog von Guise oder ein anderer katholischer Adliger war, der an der Blutnacht teilgenommen hatte, würde Remy wohl nichts hindern, die Herausforderung anzunehmen.

Gabrielle schlug das Herz bis zum Hals. Der gerüstete Mann kam näher, doch sein Gesicht war nicht zu erkennen, bis er sich steif vor Katharina verbeugte und dann langsam den Kopf hob. Gabrielle stockte der Atem. Sie wurde kreidebleich, als sie in das schmale, hämische Gesicht von Etienne Danton starrte.

Das war doch nur ein Traum, redete sie sich verzweifelt ein, ein schrecklicher Albtraum. Wenn sie blinzelte oder sich streng zur Ordnung rief, würde sie bestimmt aufwachen, und Dantons verhasstes Antlitz verschwände.

Aber nein, es verschwand nicht. Der Chevalier rief seinen Knappen herbei und überreichte der dunklen Königin eine blutrote Rose. Jede seiner Bewegungen strotzte vor sorgloser Arroganz, er war ein Spottbild des edlen Ritters, für den sie ihn einst gehalten hatte.

Gabrielle taumelte einen Schritt zurück. Sie schwankte, das einzig Feste war Remys Hand. Er nahm sie geschwind am Ellbogen und hielt sie fest.

»Gabrielle? Ist alles in Ordnung?«

Sie sah ihn an. Sein Blick war dunkel vor Sorge. Sie versuchte, ihm zu antworten, doch ihre Lippen waren zu taub, um auch nur ein Wort zu formen. Sie drehte den Kopf, um den Mann in seiner funkelnden Rüstung nicht anschauen zu müssen.

Danton hier in Paris – wie war das möglich? Seit dem schrecklichen Tag in der Scheune hatte sie sich davor gefürchtet, ihm noch einmal zu begegnen, aber hier am französischen Hof hatte sie sich in Sicherheit geglaubt. Ihr war zu Ohren gekommen, dass Danton in Ungnade gefallen und auf seinen Landsitz in der Normandie verbannt worden war.

Warum war ihm erlaubt worden, zurückzukehren? Doch welche Rolle spielte das? Keine. Entscheidend war, dass er jetzt hier war; mit wenigen Schritten würde er nahe genug sein … nahe genug, um sie wieder zu berühren.

»Gabrielle?« Remys Stimme drang zu ihr, doch sie riss sich von ihm los. Sie hatte nur noch einen Gedanken, einen Drang – zu fliehen, zu rennen, so schnell und so weit sie konnte. Wenn es sein musste, den ganzen Weg bis nach Faire Isle.

Sie war schon ein paar Schritte zurückgetaumelt, als ihr Blick auf Katharina fiel. Die Miene der Königin war ausdruckslos wie immer, aber in ihren Augen glitzerten Berechnung und eine Spur von Triumph. Diese Erkenntnis traf Gabrielle wie ein Fausthieb. Wenn sie bei Dantons Anblick nicht blind vor Entsetzen gewesen wäre, hätte sie die Wahrheit sofort erkannt: Katharina hatte für Dantons Rückkehr an den Hof gesorgt, Katharina, die wie immer ein dunkles Netz nach ihrem eigenen Entwurf webte.

Ihr fester Blick verhöhnte Gabrielle, und ihr schwaches Lächeln gab Gabrielle zu verstehen, dass die dunkle Königin alles über ihre Beziehung zu Danton wusste. Es war so gekommen, wie Gabrielle befürchtet hatte, als Katharina sie nach dem Maskenball zu sich gerufen hatte: Die dunkle Königin hatte es endlich geschafft, in ihren Augen zu lesen. Sie kannte nun all ihre wunden Punkte, all ihre Ängste, all ihre Erinnerungen an die schändliche Begegnung mit Danton.

Bei diesem Gedanken drehte sich Gabrielle der Magen um, aber eines war ihr vollkommen bewusst: Wenn sie sich nicht sehr rasch fasste, würde Katharina nicht die Einzige sein, die von ihrem beschämenden Geheimnis wusste. Auch andere würden es erraten, vielleicht sogar Remy. Und das konnte Gabrielle nicht zulassen.

Dantons unverschämter Blick fiel auf sie. Ihr kam die Galle hoch, und sie schluckte mühsam. Obwohl ihr Herz wie wild pochte, nahm Gabrielle allen Mut zusammen und trat vor, um sich ihrem schlimmsten Albtraum zu stellen.

17

Nicolas Remy musterte Gabrielle und den Ritter in der teuren Rüstung mit zusammengekniffenen Augen. Der Neuankömmling hatte sie vom Zelt weggezogen, und nun waren die beiden in ein leises, intensives Gespräch vertieft. Gabrielle schien all die Menschen um sie herum völlig vergessen zu haben, ihre gesamte Aufmerksamkeit galt dem Fremden. Allerdings bezweifelte Remy, dass der Mann für Gabrielle ein Fremder war. Sie war bei seinem Anblick erstarrt, und auf ihr Gesicht war ein Ausdruck getreten, den Remy noch nie bei ihr gesehen hatte, nicht einmal an dem Tag, als Hexenjäger ihr Heim angegriffen hatten.

Es war die nackte Angst gewesen, das blanke Entsetzen. Es hätte Remy nicht gewundert, wenn sie weggerannt wäre, als wäre eine Meute Höllenhunde hinter ihr her. Aber sie hatte sich wieder gefangen und war zu dem Mann gegangen, um ihn zu begrüßen. Sie war zwar blass gewesen, aber auch so gefasst, dass sich Remy fragte, ob er sich ihre Angst nur eingebildet hatte. In seinen Augen hatte der Mann nichts Beängstigendes an sich. Er sah sogar recht gut aus, wie Remy ein wenig neidisch zugeben musste. Dunkles Haar wellte sich um ein Gesicht, das geprägt war von hohen Wangenknochen und einer Adlernase. Aber es lag auch ein Ausdruck darauf, den Remy immer gehasst hatte. Die Welt gehört mir, und ich mache, was ich will, verkündete diese arrogante Miene.

Aber wer zum Teufel war dieser Kerl? Und wichtiger noch, was bedeutete er Gabrielle?

Als habe er diese Frage laut geäußert, erklang plötzlich eine sanfte Stimme: »Mademoiselle Cheney scheint recht erpicht darauf, ihre Bekanntschaft mit Danton zu erneuern.«

Remy warf einen Blick auf die dunkle Königin, die neben ihn getreten war. Ihr Lächeln schien ihn zu verhöhnen, sie schien etwas zu wissen, was er nicht wusste.

»Anfangs war mir gar nicht bewusst, dass unsere liebe Gabrielle ihn kennt. Aber sie scheinen recht gut bekannt zu sein. Glaubt Ihr, er gehört zu ihren Eroberungen?«, fuhr Katharina fort.

Remy wusste nur zu gut, worauf sie hinauswollte – dass Danton einer von Gabrielles Liebhabern war. Remys Blick schweifte kurz zu Gabrielle. Der Bursche flüsterte ihr etwas ins Ohr. Remy spürte einen heftigen Stich der Eifersucht, aber er bemühte sich, sie zu unterdrücken.

Es wäre ziemlich unklug, der dunklen Königin ein ungebührliches Interesse geschweige denn seine wahren Gefühlen für Gabrielle zu zeigen. »Gebt Katharina gegenüber nie eine Schwäche preis! Seht ihr nie in die Augen!«, hatte Gabrielle ihn gewarnt.

Doch jetzt konnte er nicht anders, er starrte völlig gebannt in die Augen der dunklen Königin. Diese verhangenen dunklen Augen versprachen ihm eine Antwort auf all seine Fragen, auch wenn er das Gefühl hatte, dass ihm diese Antworten nicht gefallen würden. Aber er konnte den Blick einfach nicht abwenden.

»Wer zum Teufel ist dieser Danton?«, fragte Remy.

»Der Chevalier Etienne Danton ist der Spross einer der ältesten und nobelsten Familien der Normandie. Einige Jahre lang war er am Hof nicht willkommen, weil er – weil er sich unstatthaft benommen hat.«

»Aber wie sollte er dann zu Gabrielles Eroberungen gehören? Sie weilt erst seit zwei Jahren in Paris.«

»Das ist richtig, und das habe ich mich selbst auch schon gefragt. Offenbar hat sie ihn in ihrer Jugend auf Faire Isle kennengelernt.« Katharina schnalzte leise mit der Zunge. »Ich weiß nicht, was ihre Mutter sich dabei gedacht hat. Aber richtig, ich vergaß – Evangeline war damals bereits tot. Sie hätte einen Mann wie Danton wahrscheinlich nie in die Nähe ihrer unschuldigen Tochter gelassen.«

»Einen Mann wie Danton? Was wollt Ihr damit sagen?«, fragte Remy.

»Der Chevalier steht bei den Damen in einem eher unglücklichen Ruf. Es heißt, dass keine Frau ihm widerstehen kann.« Katharina beugte sich zu Remy und senkte die Stimme verschwörerisch: »Aber das kommt vielleicht auch daher, dass Danton es nicht hinnimmt, wenn eine Frau nein zu ihm sagt. Was ihm nicht freiwillig gegeben wird, das nimmt er sich.«

Remy blinzelte, er fühlte sich höchst seltsam. Ihm war, als würde ihm der Boden unter den Füßen weggezogen, als stürze er direkt in die dunklen Tiefen von Katharinas Augen. Bilder von Gabrielle schossen ihm durch den Kopf: die Röcke hochgeschoben, lag sie gefangen unter einem Mann, der brutal in sie eindrang. Tränen strömten ihr über die Wangen, sie biss sich auf die Lippen, um ihre Schluchzer zu unterdrücken. Verstört presste sie das zerrissene Mieder auf die entblößten Brüste.

Remy atmete scharf ein und schaffte es endlich, sich von Katharinas Blick zu lösen. Er presste sich die Finger auf die Augen, um die grauenhaften Bilder zu vertreiben. In jeder Pore seines Körpers prickelte das Gefühl drohender Gefahr. Vielleicht war es das Amulett, vielleicht auch sein Instinkt, der ihn warnte. Die dunkle Königin hatte ihn verhext. Er kämpfte um einen klaren Kopf, doch seine Gedanken überschlugen sich. Bruchstücke des Gesprächs mit Gabrielle tauchten vor ihm auf.

»Ihr habt nie einen Mann geliebt? Nicht einmal den ersten?«

»Natürlich nicht. Ich weiß nicht einmal mehr, wie er hieß.«

Die Erinnerung an Gabrielles gehetztes Gesicht verschwamm vor Remys Augen, und es war belanglos, was Katharina im Schilde führen mochte, was sie ihm antun wollte. Wichtig war nur noch der Hass, der durch seine Adern schoss, so eisig, dass es brannte.

Sein Schattenfeind hatte jetzt ein Gesicht und einen Namen: Danton.

»Gabrielle, Ihr seid so schön und betörend wie eh und je.«

Obwohl ihr das Herz bis zum Halse schlug, zwang sich Gabrielle, Danton anzusehen. Sein zügelloses Leben hatte die Falten um seinen Mund und die Augen vertieft. Trotzdem wirkte er noch sehr attraktiv. Die aristokratischen Wangenknochen und seine scharf geschnittene Nase unterstrichen seine markanten Gesichtszüge. Naiv, wie sie mit sechzehn gewesen war, hatte sie sich von seinem Charme und seinem guten Aussehen blenden lassen. Doch jetzt war sie nicht mehr so naiv, und sie war auch keine sechzehn mehr, mahnte sich Gabrielle. Dennoch musste sie all ihre Kraft aufbieten, um nicht den Mut zu verlieren, als er näher trat.

»Es ist viel zu lange her, dass ich das Vergnügen Eurer Gesellschaft hatte.«

»Nicht lange genug«, konterte sie scharf.

Er warf den Kopf zurück und lachte. Seine Art, die sie einst charmant gefunden hatte, kam ihr jetzt nur noch affektiert vor. Als er nach ihrer Hand griff, zog sie sie rasch zurück. Sie hatte Angst, sich erbrechen zu müssen, wenn sie mit ihm in Berührung kam.

Danton spielte den Beleidigten. »Gabrielle, habt Ihr mich denn gar nicht vermisst?«

»Nein. Ich habe an Euch nicht mehr den geringsten Gedanken verschwendet.«

Danton grinste. »Ihr lügt. Eine Frau vergisst ihren ersten Liebhaber nie, obwohl …« Sein Blick schweifte dreist über sie. »Wie ich gehört habe, habt Ihr Eure Gunst seit unserem kleinen Stelldichein recht großzügig verteilt.«

Gabrielle ballte die Fäuste, um dem Drang zu widerstehen, ihm sein spöttisches Gesicht zu zerkratzen. Sie und Danton waren von viel zu vielen neugierigen Zuschauern umringt, darunter nicht zuletzt Remy, der finster zu ihnen herüberstarrte. Gabrielle zischte: »Was habt Ihr hier überhaupt zu suchen, Danton? Soviel ich weiß, seid Ihr vom Hof verbannt.«

»Mir wurde verziehen; keine Geringere als die Königinmutter hieß mich willkommen. Also seid nett zu mir, Gabrielle. Unter der Schirmherrschaft der Königin werde ich wahrscheinlich noch große Bedeutung erlangen.«

»Wahrscheinlicher ist es, dass Ihr Euch zum Narren macht, wenn Ihr einem Versprechen Katharinas vertraut. Aber schließlich wart Ihr nie besonders klug.«

Zorn loderte in Dantons Augen auf, doch den verbarg er rasch hinter einem Lächeln. Er packte sie an den Händen und zog sie näher. Gabrielle musste einen Aufschrei unterdrücken. Ohne eine Szene zu machen, konnte sie sich nicht von ihm befreien. Danton lächelte noch immer. Er beugte sich herab und flüsterte ihr ins Ohr: »Ihr ahnt ja gar nicht, welche Pläne die Königin für mich hat – vor allem, wenn ich der Sieger dieses Turniers geworden bin. Sie wird mir alles geben … einschließlich Euch.«

Gabrielle funkelte ihn wütend an, doch allein diese Drohung ließ sie erzittern. Als Danton erst die eine und dann auch noch die andere ihrer Hände an die Lippen führte, überkam sie dieselbe schwindelerregende Hilflosigkeit, die sie damals in der Scheune verspürt hatte. Bei der Berührung seines Mundes kam alles zurück, jede einzelne schmerzhafte Erinnerung an das, was Danton ihr angetan hatte.

»Lasst sie los!«

Die Stimme klang kalt und schneidend wie eine Stahlklinge. Remy hatte sich ihnen so leise genähert, dass Gabrielle wie auch Danton zusammenzuckten. Danton lockerte den Griff um ihre Hände, sodass sie sich endlich von ihm losreißen konnte.

Remy legte den Arm um Gabrielles Taille und zog sie beschützend an sich. Gabrielle widerstand dem überwältigenden Drang, sich einfach an ihn zu schmiegen und seiner Stärke zu vertrauen. Sie konnte sich jetzt keine Schwäche erlauben, dafür lag zu viel Unheil in der Luft.

Remy und Danton funkelten sich feindselig an. Danton hob eine Braue und meinte hochmütig: »Mademoiselle und ich führten gerade ein Gespräch, Monsieur. Wer seid Ihr, dass Ihr es wagt, uns zu stören?«

»Ich bin der Mann, der Euch töten wird«, erklärte Remy ungerührt.

Danton machte große Augen und lachte ungläubig. »So sagt mir doch, Monsieur: Was habe ich getan, um Euch zu beleidigen?«

»Ihr atmet noch.«

Gabrielle starrte Remy bestürzt an. In der kurzen Zeit, seit sie ihn am Zelt zurückgelassen hatte, schien er den Verstand verloren zu haben. Seine dunkelbraunen Augen wirkten so kalt, dass sie es mit der Angst zu tun bekam. Sie zog an seinem Arm. »Remy, bitte, lasst uns zu den anderen zurückgehen.«

Remy schien sie gar nicht zu hören, sein dunkler Blick galt ausschließlich Danton.

»Ah, Hauptmann *Remy.«* Dantons Blick schweifte verächtlich über ihn. »Ihr seid also die berühmte Geißel. Wir haben einiges gemeinsam. Mir scheint, Ihr seid der letzte Liebhaber unserer süßen Gabrielle, während ich das Vergnügen hatte, der erste zu sein.«

In Remys Wange zuckte ein Muskel. Gabrielles Herz begann zu rasen. Sie packte seinen Arm fester. »Remy …«

Er riss sich von ihr los und trat bedrohlich nah vor Danton. »Wie ich von der dunklen Königin erfuhr, habt Ihr die Absicht, mich zum Zweikampf zu fordern.«

»Remy! Nein!«, flehte Gabrielle.

Doch bevor sie ihn daran hindern konnte, zerrte Remy einen seiner Lederhandschuhe aus dem Gürtel und schlug Danton quer übers Gesicht.

»Betrachtet Eure Herausforderung als angenommen«, sagte er barsch.

Danton fuhr mit der Hand über den roten Striemen auf seiner Wange. Mit finsterem Blick griff er nach seinem Schwert. Gabrielle fürchtete schon, dass er Remy an Ort und Stelle angreifen würde. Doch dann schien er sich eines Besseren zu besinnen. Mit einer steifen Verbeugung wandte er sich ab und ging.

Gabrielle atmete zitternd aus. Sie konnte noch immer kaum fassen, wie rasch sie die Kontrolle verloren hatte. Allmählich bemerkte sie auch, welchen Aufruhr die Szene zwischen Remy und Danton verursacht hatte. Aus der Menge, die sich vor Heinrich von Navarras Zelt versammelt hatte, drang Ächzen, Murmeln und Tuscheln. Der König von Frankreich beklagte sich für alle hörbar bei seiner Mutter: »Verfluchter Hugenotte! Bei einem Turnier fordert man seinen Gegner zum Zweikampf, indem man auf seinen Schild schlägt und nicht in sein Gesicht. Offenbar sind Hauptmann Remy die Regeln für Zweikämpfe unbekannt.«

»Es sieht ganz danach aus«, erwiderte Katharina.

Gabrielle musterte die beiden eingehend. Die Empörung des Königs beunruhigte sie nicht halb so sehr wie das schmallippige Lächeln der dunklen Königin.

Gabrielle lief wutschnaubend im Zelt auf und ab. Doch hinter ihrer Wut verbarg sich Angst. Die anderen Damen hatten sich bereits zu den Tribünen aufgemacht, und die meisten Ritter hatten ihre Pferde bestiegen, darunter auch Heinrich von Navarra. Gabrielle hatte den König angefleht, Remy den Zweikampf mit Danton zu verbieten. Doch der König hatte nur die Schultern gezuckt und freundlich gelächelt. Er wusste nicht, warum sich Remy mit Danton gestritten hatte, aber er durfte sich nicht einmischen, das war eine Frage der Ehre.

Ehre, dachte Gabrielle aufgebracht und lief weiter zornig auf und ab. Dieser elende Vorwand, den Männer nutzten, um ihr Leben in Gefahr zu bringen und aufeinander einzuprügeln. Es machte sie so wütend, dass sie am liebsten jeden Mann, der ihr über den Weg lief, kräftig geohrfeigt hätte, angefangen mit dem sturen Kerl, der sich soeben auf den Kampf vorbereitete.

Remy war taub für Argumente oder Bitten. Er schlüpfte in ein Gambeson und strich das gesteppte Untergewand über den Schultern glatt, während Wolf die Rüstung zurechtlegte. Bestürzt betrachtete Gabrielle den Harnisch. Selbst sie erkannte, dass er weder besonders hochwertig noch wie bei Danton auf den Träger zugeschnitten war. Der Helm war grob gehämmert und unpoliert, man sah noch die Dellen des Hammers.

Remy war das alles völlig egal. Er schnippte mit den Fingern und trieb Wolf zur Eile an. »Nun mach schon, bring mir den Kürass.«

Als Wolf ihn nur verständnislos anstarrte, meinte Remy ungeduldig: »Den Brust- und Rückenpanzer. Spute dich.«

»Tu es nicht, Martin«, befahl Gabrielle.

Wolf hatte den Brustpanzer schon in der Hand, doch nun zögerte er.

»Bring ihn mir, und zwar sofort!«, fauchte Remy.

Wolf trat einen Schritt auf den Hauptmann zu, doch dann fauchte Gabrielle: »Nein! Bleib, wo du bist!«

Remy funkelte ihn böse an. »Verflixt und zugenäht, Bursche, wessen Befehlen willst du gehorchen? Meinen oder ihren?«

Wolf blickte beklommen von ihm zu Gabrielle. »Ihren. Denn wenn ich sie verärgere, verwandelt sie mich vielleicht in eine dreiäugige Kröte. Und außerdem bin ich der Meinung der Dame. Ich glaube …«

»Ich gebe keinen Pfifferling auf deine Meinung.« Remy entriss Wolf den Brustpanzer. »Lass es gut sein. Du hast ohnehin keine Ahnung, wie man die Dinger schnürt. Du bist hier nutzlos. Geh und sag einem von Heinrichs Männern, dass er mir helfen soll. Und sieh nach, ob mein Pferd gesattelt wurde.«

Über Wolfs Gesicht huschte ein Ausdruck tiefer Kränkung, doch er richtete sich würdevoll auf und verneigte sich knapp. »Wie M'sieur wünschen.«

Dann ging er hinaus. Seine Schultern sackten allerdings nach unten.

»Na großartig«, schimpfte Gabrielle. »Der Junge verehrt Euch, als wärt Ihr Herkules, der gerade vom Olymp zu ihm herabgestiegen ist. Er ist so stolz darauf, dass er Euch dienen darf. Aber er betrachtet sich als Euer Waffenbruder und nicht als Euer Lakai.«

»Ich entschuldige mich später bei ihm.«

»Vielleicht seid Ihr später nicht mehr dazu fähig.«

Als Remy nicht weiter auf sie achtete, baute sie sich direkt vor ihm auf. »Habt Ihr überhaupt gehört, was ich Euch gesagt habe? Seid Ihr so stur und blind, dass Ihr die Wahrheit nicht erkennen könnt? Katharina hat den Streit zwischen Euch und Danton eingefädelt. Es ist ihr Plan, um Euch loszuwerden.«

»Das spielt keine Rolle.«

»Wie bitte?«

Remy schnürte die Vorderseite seines Gambesons zu. »Ihr scheint wenig Vertrauen in meine Fähigkeit zu haben, Eure Ehre zu verteidigen.«

»Welche Ehre? Ich habe keine Ehre. Ich bin eine Kurtisane.«

Remy runzelte die Stirn, doch er beschäftigte sich weiter stur mit den Riemen. Gabrielle hielt ihn an den Händen fest. »Versteht Ihr denn nicht? Diesen Kampf könnt Ihr nicht gewinnen. In Frankreich sind Zweikämpfe auf Leben oder Tod verboten. Wenn Danton Euch tötet, werden alle so tun, als sei es ein Unfall gewesen. Wenn Ihr ihn tötet, haben sie einen Vorwand, Euch zu verhaften und hinzurichten. Nicht einmal Euer König könnte etwas dagegen tun. Wollt Ihr Euer Leben wegen einer höhnischen Bemerkung Dantons wegwerfen?«

»Nein, aber es geht auch nicht um etwas, was er heute gesagt hat, sondern um das, was er Euch vor Jahren angetan hat.«

»Ich – ich weiß nicht, was Ihr meint.«

»Danton hat Euch geschändet, stimmt's?«, fragte Remy barsch.

Seine direkten Worten und sein stählerner, prüfender Blick

ließen Gabrielle zusammenzucken. Sie wandte sich ab, denn sie konnte seinem Blick nicht mehr standhalten. Remy wusste alles, er kannte das beschämende Geheimnis, das sie so lange allen, sogar sich selbst gegenüber, geleugnet hatte.

Sie drehte sich um und schlang die Arme um den Oberkörper. »Das – das ist doch nur eine lächerliche Geschichte, die Katharina erfunden hat, um Euch …«

»Nein, das ist es nicht. Glaubt Ihr etwa, mir ist nie etwas aufgefallen, zum Beispiel an Eurem Verhalten, als ich versucht habe, mit Euch zu schlafen? Oder bei dem, was Ihr über Danton gesagt habt und wie Ihr ihn angesehen habt? Ich habe Euch noch nie so in Angst vor jemandem erlebt, nicht einmal vor den Hexenjägern.«

Gabrielle krümmte sich. Es war schon schlimm genug, dass sie Danton erlaubt hatte, eine Hure aus ihr zu machen, jetzt hatte er sie auch noch zu einem Feigling gemacht. Sie erstarrte, als Remy ihr die Hände auf die Schultern legte.

»Warum habt Ihr mir das nie erzählt?«, fragte er etwas sanfter.

»Was hätte ich Euch erzählen sollen? Das mit Danton? Was hätte es geändert, wenn ich es Euch erzählt hätte?«

»Ich hätte Euch schon früher rächen können.«

Gabrielle schüttelte den Kopf. Sie erkannte, dass Remy noch immer nicht recht begriffen hatte, was damals in der Scheune vorgefallen war. Ja, Danton hatte sie genötigt, aber sie war daran schuld gewesen, weil sie …

Sie widersetzte sich Remys Versuch, sie umzudrehen und dazu zu bringen, ihn anzuschauen. Sie wusste nicht, ob sie es je wieder schaffen würde, in seine ehrlichen braunen Augen zu blicken. Schließlich schlang er die Arme um ihre Taille und presste sie mit dem Rücken an seine Brust. Er legte die Wange an ihren Kopf. Sie spürte seinen warmen Atem am Ohr.

»Gabrielle, ich habe Euch einmal einen Eid geleistet, wisst Ihr noch? An dem Tag, an dem Ihr mir beigebracht habt, wie man Ritter und Drachen spielt. Ich habe mich vor Euch hingekniet und Euch versprochen …« Remy stockte, dann fuhr er mit belegter Stimme fort: »Mademoiselle, mein Schwert steht Euch allzeit zu Diensten. Ich schwöre beim Blut meines Lebens, Euch ewig zu dienen und zu beschützen.«

»Das war ein Spiel, Remy. Es war doch nur ein Spiel.«

»Nein, nicht für mich. Ich habe Euch einen ernsten Schwur geleistet, doch dann habe ich ihn vergessen. Heute werde ich mein Versprechen einlösen.«

Gabrielle entzog sich seinen Armen und stöhnte. »Mein Gott, Remy, Ihr seid wirklich unglaublich! Nach allem, was Ihr über mich wisst, weigert Ihr Euch noch immer, mich so zu sehen, wie ich bin. Ihr redet davon, dass Ihr meine Ehre rächen wollt, und begreift einfach nichts.«

Endlich drehte sie sich zu ihm um. Heiße Tränen strömten ihr über die Wangen. »Ich bin es nicht wert, ich bin es nie wert gewesen, Remy. Versteht Ihr das denn nicht? Ich bin einfach unwürdig.«

Mit einem erstickten Seufzer wandte sie sich ab und rannte aus dem Zelt. Remy blickte ihr hinterher. Am liebsten wäre er ihr nachgerannt, doch er musste sich endlich rüsten. Gabrielles Tränen schürten nur seinen Hass und seine Entschlossenheit, Danton noch vor Sonnenuntergang das schwarze Herz aus der Brust zu reißen und ins Maul zu stopfen. Er trat vor den bunten Haufen von Waffen, die man für ihn herausgesucht hatte, und fragte sich, wo zum Teufel der Knappe blieb, den Wolf ihm hatte schicken sollen.

Plötzlich erklang eine zaghafte Stimme. »Remy?«

Er wirbelte herum und entdeckte Miris Silhouette am Zelteingang. Er hatte sie völlig vergessen. Das Mädchen hatte etwas schwer Fassbares an sich, sie besaß die Fähigkeit, zu kommen und zu gehen wie Nebel.

Miri musterte Remy mit großen Augen, die ihn an das Kind erinnerten, das er gekannt hatte. Er fluchte halblaut und raufte sich die Haare. Sich mit einer weiteren Cheney-Schwester auseinanderzusetzen war das Letzte, was er momentan brauchte.

Bevor Miri etwas sagen konnte, befahl er: »Begebt Euch auf die Tribünen oder findet Bette und kehrt in Euer Stadthaus zurück. Dieser Ort hier war ohnehin nicht der richtige …«

»Ich habe Gabrielle gesehen«, fiel ihm Miri ins Wort. »Sie weinte.«

»Dann geht und tröstet sie.«

»Nein, Ihr solltet das tun.«

»Ich habe anderes zu tun. Ihr versteht nicht, was hier vorgeht.«

»Oh doch, das verstehe ich sehr wohl. Ich habe Eure Begegnung mit Danton beobachtet.« Miris Wimpern senkten sich und verhüllten ihre bemerkenswerten Augen. »Zuerst habe ich ihn nicht erkannt. Als er damals nach Faire Isle kam, war ich fast noch ein Kind. Wir trauerten um unsere Mutter, und Papa war auf seiner Reise nach Brasilien verschwunden.«

Miri schluckte, dann fuhr sie fort. »Danton … Danton war wie ein Ritter aus den Geschichten, die Papa uns immer erzählte. Es sah so aus, als hätte er sich auf den ersten Blick in Gabrielle verliebt. Und wer hätte das nicht? Sie ist stark, klug und schön. Wir dachten, dass Danton um ihre Hand anhalten würde, aber stattdessen … stattdessen …«

Als sie stockte, fuhr Remy barsch fort: »Stattdessen hat der Schuft sie geschändet. Und das scheint Gabrielle offenbar mit aller Macht leugnen zu wollen.«

»Das hat sie immer getan. Sie wollte nie darüber reden, was damals wirklich passiert ist, nicht einmal mit Ariane. Aber ich wusste, dass meine Schwester sich verändert hatte. Gabrielle war eine völlig andere, nachdem dieser Mann auf unsere Insel gekommen war. Früher sind wir immer gemeinsam durch die Wälder gestreift, wir erlebten wundervolle Dinge, wir haben uns Feen, Einhörner und Drachen vorgestellt. Aber in jenem Sommer schien mich Gabrielle zurückzulassen und an einen düsteren Ort weiterzuziehen; einen Ort, an den ich ihr nicht folgen wollte.«

Miri biss sich auf die Lippe. »Gabrielle besaß einen großartigen Zauber. Ihr habt ja selbst einige der wundervollen Bilder gesehen, die sie gemalt hat. Aber nach Danton rührte sie ihre Palette und den Skizzenblock nicht mehr an. Sie stand immer häufiger vor dem Spiegel, kämmte sich die Haare und legte sich Gesichtsmasken auf. Doch egal, was sie für ihre Schönheit tat, sie war sich nie schön genug. Außerdem hatte sie Albträume. Manchmal schrie sie auf und erwachte laut schluchzend. Wenn ich sie zu trösten versuchte, drehte sie sich immer nur um und fauchte mich an, dass ich sie in Ruhe lassen solle. Es hat mir sehr wehgetan, und wir entfernten uns immer weiter voneinander.«

Miris Stimme bebte. »Ich war damals noch sehr jung. Ich brauchte ziemlich lange, bis ich verstanden hatte, was … was sie belastete.« Tränen traten ihr in die Augen, eine rollte ihr über die Wange. Remy wischte sie sachte mit dem Handrücken weg.

»Danton wird mit seinem Blut für Gabrielles Tränen bezahlen, und auch für Eure.«

»Ich habe Euch das nicht erzählt, um Euren Rachedurst zu steigern, sondern damit Ihr Gabrielle besser versteht.«

Remy spannte die Kiefermuskeln an. »Ich weiß recht gut, was ich zu tun habe.«

»Ihr habt vor, Danton zu töten? Das wird nichts an dem ändern, was Gabrielle passiert ist.«

»Nein. Aber sie wird ihm nie mehr ins Gesicht sehen müssen, es ertragen müssen, dass er …« Remy knirschte mit den Zähnen und ballte die Fäuste. »Allmächtiger, dieser Schweinehund denkt daran, sie noch einmal zu erobern. Das habe ich an der Art erkannt, wie er sie lüstern begafft hat.«

»Dann schafft Gabrielle fort von hier. Wir sollten alle zusammen nach Faire Isle zurückkehren.« Miri legte die Hände an Remys Wangen, wie sie es oft bei Pferden tat, um sie zu beruhigen. Aber die Muskeln in Remys Gesicht blieben hart und unnachgiebig.

»Remy, hört auf mich!«, flehte sie. »Euer Schwert wird Gabrielle nicht helfen. Nur Eure Liebe kann sie heilen.«

Remy schüttelte den Kopf. In seinen dunklen Augen mischten sich Zorn und Sorge. »Sie will meine Liebe nicht, Miri. Außer meinem Schwert habe ich ihr nichts zu bieten.«

Remy nahm die Waffe zur Hand, der Stahl spiegelte sich in seinen Augen. Miri erschauderte beim Anblick des Schwertes und Remys grimmiger Miene. Sie hatte nie verstanden, warum Männer immer zu Gewalt greifen mussten, warum sie den dunklen Drang verspürten, zu töten und Blut zu vergießen, egal wie ehrenwert der Anlass war. Doch sie hatte zu ihrem Leidwesen erfahren, dass sich ein Mann, wenn er entschlossen war, das Schwert zu gürten, durch nichts davon abbringen ließ, nicht einmal, wenn er so anständig war wie Nicolas Remy. Es gab hier nichts mehr für sie zu tun. Sie drückte ihm einen resignierten Kuss auf die Wange.

»Möge Gott Euch beistehen, Nicolas Remy«, murmelte sie. »Und mögen all die Geister der Mutter Erde Euch beschützen.«

Flöten und Trommeln hatten eine kriegerische Weise angestimmt, in die sich der Applaus der Menge mischte. Miri eilte hinter das Zelt und beschirmte die Augen mit der Hand, um den Reiterzug zu mustern, der vor der Tribüne zur Parade aufzog. Die Sonne spiegelte sich in den Rüstungen, die Pferde waren mit seidenen Decken und reich verzierten Schabracken ebenso prachtvoll ausstaffiert wie ihre Herren.

Nur ein Pferd stand noch auf dem offenen Gelände hinter den Zelten und widersetzte sich allen Bemühungen, es zu satteln. Der mit einer goldgesäumten Decke versehene braune Wallach scheute immer wieder vor dem Knappen zurück, der ihm den schweren Sattel mit der hohen Lehne überlegen wollte. Einige junge Pagen, die müßig unter den Bäumen herumstanden, machten sich über die Versuche des Knappen lustig. Ihr raues Gelächter und die höhnischen Rufe machten die Sache keineswegs leichter, sie reizten das Pferd und den Knappen nur noch mehr.

Der junge Mann lief hochrot an. Seine langen, dunklen Haare fielen ihm über die Augen. Lauthals fluchte er: »Du blöder Gaul! Verdammter Teufelsbraten!«

Er zerrte an den Zügeln, als hoffe er, er könne den Wallach zum Stillhalten zwingen, wenn er nur laut genug fluchte und heftig genug zerrte. Doch das Pferd bewies ihm unverzüglich das Gegenteil. Es legte die Ohren an, biss und trat aus und warf den Kopf nach hinten.

Miris Mut sank noch tiefer. Wenn das Remys Pferd und sein Schildknappe waren, steckte der Hauptmann in größeren Nöten, als sie gedacht hatte. Der dumme Bursche versuchte es mit roher Gewalt, doch Miri hegte wenig Zweifel über den Ausgang dieser Auseinandersetzung. Der Wallach stieg und riss den jungen Mann mit sich. Unter lautem Gejohle der Pagen entglitten dem Knappen die Zügel, und er fiel kopfüber in einen Haufen Pferdeäpfel. Laut schnaubend galoppierte der Wallach zum Durchgang zwischen den Zelten.

Damit hatte Miri gerechnet. Sie stellte sich mit ausgebreiteten Armen direkt in die Bahn des flüchtenden Tiers. Die Pagen schrien erschrocken auf, offenbar gingen sie davon aus, dass das junge Mädchen unter die Hufe des störrischen Gauls geraten würde. Doch der Wallach scherte im letzten Moment aus. Miri reagierte prompt und stellte sich abermals vor ihn. Das Pferd wollte ihr wieder ausweichen.

Die Hände demütig ausgebreitet, summte Miri leise, tiefe Töne. Sie ließ ihren Zauber wirken, bis das große Tier mit angstvoll geblähten Nüstern zitternd stehen blieb.

»Ist ja schon gut, mein hübscher Freund«, beruhigte ihn Miri. »Ich bin eine Tochter der Erde. Ich würde dir nie etwas zuleide tun.«

Behutsam griff sie nach den herabhängenden Zügeln, streichelte dem Pferd sanft über die Nüstern und murmelte ein paar weitere tröstende Worte. Als der Wallach den Kopf nach hinten warf und wieder zu scheuen begann, merkte Miri, dass der Knappe auf sie zustürmte.

Von oben bis unten mit Gras, Schmutz und Pferdemist bedeckt, das schwarze Haar wirr ins Gesicht hängend, fauchte er: »Verflixt, Mademoiselle, was habt Ihr Euch dabei gedacht, Euch diesem Mistvieh in den Weg zu stellen? Ihr hättet …«

»Pst!« Miri legte den Finger an die Lippen und bedachte den aufgelösten Knappen mit einem strengen Blick. Immerhin besaß der Bursche genügend Verstand, den Mund zu halten, bevor er den Wallach ein weiteres Mal zu Tode erschreckte.

Miri legte dem Pferd beruhigend die Hände an den Kopf und streichelte ihm den Hals. Mit leiser Stimme sagte sie zu dem Knappen: »Dieses Geschöpf heißt nicht Mistvieh und auch nicht verdammter Teufelsbraten. Es heißt Bayonne.«

»Teufel würde besser passen«, beharrte der Knappe mürrisch. »Mit seiner hinterhältigen Art und seinen gemeinen Finten wird er meinen Hauptmann noch umbringen.«

Das Pferd zuckte mit den Ohren, als hätte es die Beleidigungen verstanden. Durch die Schlitze der Samtmaske, die es auf dem Kopf trug, richteten sich betrübte Pferdeaugen auf Miri. Mit anderen Geschöpfen konnte sie sich zwar nicht ganz so gut verständigen wie mit Nekromant – zu dem Kater hatte sie eine ganz besondere Verbindung –, aber sie verstand das Pferd gut genug, um zu erkennen, was es beunruhigte.

»Dieses Pferd besitzt ein großes Herz, Monsieur. Und es ist auch nicht dumm.« Miri deutete empört auf die Maske und die teure Samtdecke. »Ihr habt mit diesen albernen Dingen seine Würde verletzt.«

»Ach ja? Und woher wollt Ihr das wissen?«

Miri bedachte den Jungen mit einem Blick arroganter Verachtung. »Weil Bayonne es mir gesagt hat.«

Dem Burschen klappte die Kinnlade so weit nach unten, dass Miri schon befürchtete, gleich würde ihm eine Mücke in den Rachen fliegen. Schließlich stammelte er: »Wer … wer seid Ihr überhaupt, Mademoiselle?«

»Ich bin Miribelle Cheney.«

»Cheney? Ihr … Ihr seid eine Schwester von Mademoiselle Gabrielle?«

»Richtig. Aber wir haben jetzt keine Zeit für müßiges Geplauder. Helft mir, Bayonne dieses Samtzeug abzunehmen. Dann kann ich ihn bestimmt überreden, Remy wacker und folgsam durch den Zweikampf zu tragen.«

Aber der Knappe folgte ihrem Vorschlag nicht, sondern starrte sie nur weiter durch seine wirren Haarsträhnen hindurch an. Sein schmutziges Gesicht wirkte plötzlich ganz benommen. Vielleicht war der arme Kerl ja ein wenig schwachsinnig?

Miri wartete nicht auf seine Hilfe, sondern schickte sich alleine an, dem Pferd den Putz abzunehmen. Als sie ihm die Maske vom Kopf streifte, lief ein Zittern durch seinen Leib und es scharrte unruhig mit den Hufen. Miri legte ihm die Hände an die Nüstern und sang ihm etwas in einer uralten Sprache vor, erdacht von weisen Frauen, lange bevor der erste Ritter seinen Fuß auf diese Erde setzte.

Martin Le Loup blinzelte. Er wusste, dass er dem Mädchen das Pferd des Hauptmanns abnehmen sollte, aber er konnte sich kaum rühren. Er konnte auch nicht mehr denken. Er fühlte sich völlig benebelt, während er Miri Cheney mit großen Augen anstarrte. Woher war sie so plötzlich gekommen? Es war, als sei sie vom Himmel gefallen, direkt vom Mond. Ihre Augen waren so blau wie – nein, sie waren grau. Nein, sie waren so silbern wie ihr Lied.

Ein Lied, das merkwürdig und gleichzeitig wunderschön klang, in einer Sprache, die er nicht verstand. Aber die Melodie hallte in ihm wider und rührte sein Herz. Die Musik beruhigte nicht nur den riesigen, störrischen Gaul, sie bezähmte auf eigenartige Weise auch ihn.

Wenn Miri Gabrielles Schwester war, dann war auch sie

eine Hexe. Wolf überlegte, dass er sich wohl besser die Ohren zuhalten sollte. Aber als ihn die wunderbare Melodie weiter durchrieselte, hätte er am liebsten geweint und gleichzeitig laut aufgeschrien vor Freude.

Auf einmal verstand Wolf, warum der Hauptmann Gabrielle verfallen war. Während er Miri gebannt anstarrte, begriff Wolf endlich, was es bedeutete, verzaubert zu sein. Und er verspürte nicht den leisesten Wunsch, gerettet zu werden.

»René de Chinon – Pierre de Foix.« Mit lauter Stimme verkündete der Herold die Namen der Ritter, die sich auf dem Turnierplatz zum Zweikampf aufstellten. Der König von Frankreich trat an den Rand der Tribüne und strahlte, denn soeben machten sich zwei seiner Favoriten bereit. Visiere wurden heruntergeklappt, Schilde erhoben, Lanzen fest umklammert. Der König hielt einen Schal hoch, dann ließ er los. Die rote Seide flatterte zu Boden.

Unter lauten Anfeuerungsrufen stürmten die beiden Ritter aufeinander los, die Lanzen zum Stoß gesenkt. Doch sie verpassten sich und galoppierten aneinander vorbei. Enttäuschte Rufe wurden laut. Die Ritter wendeten und versuchten es erneut. Diesmal streifte René de Chinons Lanze den Schild seines Gegners.

»Gut gemacht, René!«, applaudierte der König lauthals, als habe sein Favorit eine fantastische Heldentat vollbracht. Das restliche Publikum schwang sich zu halbherziger Begeisterung auf.

Doch Gabrielle nahm den Zweikampf und die Geräusche nur völlig verschwommen wahr. Sie kauerte auf ihrem gepolsterten Hocker. Ihre Verzweiflung wuchs, während sie mit Schrecken daran dachte, dass Remy wohl gleich herbeireiten und seinen Platz am Rand des Turnierfelds einnehmen würde. Ihre Augen brannten. Elende Flennerei, dachte sie verbittert; sie betrachtete Weinen als alberne Schwäche. Als ob ihre Tränen Remy helfen konnten. Nichts konnte ihm helfen.

Sie warf der Frau, der sie die Schuld an dem drohenden Verhängnis gab, einen hasserfüllten Blick zu. Katharina stand hinter dem Thron des Königs und betrachtete heiter das Geschehen. Gabrielle hätte sie erwürgen können. Als die nächsten beiden Gegner aufeinander lospreschten, konnte Gabrielle die Spannung nicht mehr ertragen. Sie drängte sich zu Katharina durch.

»Ihr müsst dem Ganzen ein Ende setzen!«, zischte sie ihr ins Ohr.

Katharina wandte den Blick nicht vom Feld. »Dem Turnier? Mein Sohn hat für dieses Amüsement weder Kosten noch Mühen gescheut. Ich glaube nicht, dass …«

»Ihr wisst genau, wovon ich spreche«, fiel ihr Gabrielle wütend ins Wort. »Ich meine den Zweikampf zwischen Remy und Danton.«

»Ach, den. Remy hat Danton herausgefordert. Unser guter Hauptmann ist ja ein richtiger Heißsporn. Und dabei hatte ich ihn immer für eher gleichmütig gehalten. Wer hätte gedacht, dass er so aufbrausen kann?«

»Ihr habt ihn dazu getrieben. Ihr habt ihm Gift ins Ohr geträufelt.«

»Eher in die Augen«, erwiderte Katharina mit einem verschlagenen Lächeln. Dann zuckte sie die Schultern. »Der Hauptmann hat mich gefragt, wer Danton ist. Und ich habe ihm seine Frage beantwortet.«

»Weil Ihr erpicht darauf wart, dass es zum Zweikampf kommt. Ihr trachtet danach, Remy zu vernichten.« Gabrielle musterte die unerbittliche Alte mit einer Mischung aus Wut und Verzweiflung. »Aber warum? Ich dachte, wir hätten eine Vereinbarung getroffen. Ihr habt eingewilligt, Remy in Ruhe zu lassen, wenn ich ihn verführe und davon abhalte, bei Heinrich von Navarra Unruhe zu stiften.«

»Und Ihr hattet bestimmt vor, Euer Versprechen zu halten«, meinte Katharina trocken. »Aber offen gesagt bezweifle ich, dass Ihr dazu fähig seid.«

»Ihr habt mir ja noch kaum Gelegenheit gegeben. Ich könnte Remy durchaus unter Kontrolle halten, wenn Ihr nur …«

»Ihn unter Kontrolle halten?« Katharinas Blick schweifte verächtlich über sie. »Meine liebe Gabrielle, ich fürchte, Eure Reize schwinden bereits. Ihr besitzt ja nicht einmal genug Einfluss auf diesen Mann, um ihn vom Kämpfen abzuhalten.«

Gabrielle zuckte zusammen. Katharinas Hieb hatte gesessen. Gabrielle hatte tatsächlich nichts sagen oder tun können, um Remy von seinem selbstzerstörerischen Weg abzubringen. Er war entschlossen zu kämpfen, sein Leben aufs Spiel zu setzen. Und wofür? Für sie, eine entehrte Frau, eine Metze, eine Hure. Doch bevor Gabrielle der Königin antworten konnte, verkündete der Herold den Zweikampf, vor dem ihr so grauste.

»Der Chevalier Etienne Danton – Hauptmann Nicolas Remy.«

»Setzt Euch lieber wieder auf Euren Platz, meine Liebe«, riet Katharina höhnisch. »Sonst verpasst Ihr noch den besten Zweikampf dieses Turniers.«

Gabrielle wirbelte herum. Ihr blieb nichts anderes übrig, als zuzusehen, wie die beiden Reiter ihre Plätze auf den gegenüberliegenden Seiten der Turnierbahn einnahmen. Danton funkelte in seiner teuren Rüstung, die ihm vom Kopf bis zu den Füßen reichte. Ein scharlachroter Federbusch tanzte auf seinem Helm, passend zur scharlachroten Decke, in die sein weißer Hengst gehüllt war. Remys brauner Wallach wirkte dagegen sehr schlicht, er war nur mit Zügeln und einem wuchtigen Turniersattel mit weit aufragendem Rückensteg ausgerüstet. Remy hatte sich nicht einmal die Mühe gemacht, eine vollständige Rüstung anzulegen. Außer dem Brustpanzer und einem groben Eisenhelm trug er kaum einen Schutz. Er wirkte wie ein einfacher Soldat, der in die Schlacht reitet, und nicht ein Ritter. Aus der Menge erklangen vereinzelte Spott- und Buhrufe.

Doch die meisten Zuschauer starrten stumm und erwartungsvoll auf den Platz. Selbst die dümmsten Höflinge spürten, dass dieser Zweikampf anders war und dass die Kontrahenten tödliche Absichten hinter ihren Visieren verbargen. Der König beugte sich mit einem selbstgefälligen Lächeln über den Rand der Brüstung und hielt den Schal hoch. Gabrielle überkam der verrückte Drang, zu ihm zu stürmen und ihm den Schal zu entreißen. Doch es war zu spät. Die rote Seide flatterte zu Boden, Remy und Danton preschten aufeinander los.

Gabrielle taumelte zum Rand der Tribüne und hielt sich an der Brüstung fest. Ihr Herz hämmerte im Takt der Hufe, die den Boden aufwühlten. Danton hatte oft geprahlt, welch geschickter Turnierkämpfer er sei. Mit Leichtigkeit hielt er Zügel und Schild in der Linken, während er mit der Rechten die Lanze justierte, die auf einem Rüsthaken auflag.

Remy aber war in solchen Kämpfen ganz offenkundig nicht geübt. Sein Pferd lenkte er zwar ganz ordentlich, doch die Lanze war durch nichts gestützt, er hielt sie frei in der Hand. Als die Kontrahenten aufeinandertrafen, hätte Gabrielle am liebsten die Augen geschlossen. Remys Lanze streifte Dantons Schild, Danton hatte es auf Remys Helm abgesehen, verfehlte ihn jedoch. Die Pferde donnerten aneinander vorbei.

Gabrielles Hände waren schweißnass. Sie umklammerte die Brüstung so fest, dass ihre Knöchel weiß hervortraten. Doch es gab keine Atempause. Remy und Danton preschten ans Ende der Bahn. Danton wendete sein Pferd mit kurzgehaltenen Zügeln, Remy ließ seinem Wallach freieren Lauf, er schien mit ihm eins zu sein. Mit gestreckten Lanzen galoppierten die zwei Männer erneut aufeinander zu. Die Spitze von Remys Lanze traf Dantons Schild. Doch zu Gabrielles Entsetzen konnte Remy seine Waffe nicht halten, sie fiel zu Boden. Er schaffte es nur mit knapper Not, Dantons Hieb mit seinem Schild abzuwehren. Dantons Lanze splitterte und brach entzwei.

Die Menge applaudierte begeistert. Gabrielle presste die

Hände vor den Mund, um nicht laut aufzustöhnen. Oh bitte, lieber Gott, flehte sie, lass es zu Ende sein. Doch schweren Herzens musste sie mit ansehen, wie die beiden Männer zum Ende der Bahn galoppierten, und ihre Knappen davonstoben, um neue Lanzen herbeizuschaffen. Dantons Pferd wirkte störrisch. Vielleicht würde es sich weigern, die Bahn noch einmal hinunterzugaloppieren? Doch Danton hatte es rasch wieder unter Kontrolle, und Gabrielles Hoffnung erstarb. Remy lenkte sein Pferd zum Ausgangpunkt, eine neue Lanze in der Hand.

Wieder senkte sich gebanntes Schweigen über die Menge, während die beiden Männer erneut aufeinander zu stürmten und immer schneller wurden, als ob sich all ihre Feindseligkeit und Wut in einem letzten Angriff entladen sollte. Lanzen und Schilder prallten heftig aufeinander. Dantons Pferd bäumte sich auf. Er wurde aus dem Sattel geschleudert und landete so unsanft auf dem Boden, dass ihm sein Helm vom Kopf flog. Remy zügelte sein Pferd und blieb stehen, während Dantons Hengst reiterlos zum Ende der Bahn galoppierte.

Doch Gabrielles Freude darüber, dass Remy unverletzt war, schwand sofort beim Anblick Dantons. Er lag reglos auf der Seite. Ein Aufschrei ging durch die Menge, viele Höflinge sprangen auf.

Oh Gott, dachte Gabrielle. Bitte lass diesen Mistkerl Remy zuliebe nicht tot sein. Remy darf ihn nicht töten. Die Zeit schien stillzustehen, qualvoll langsam verrannen die Sekunden, bis sich Danton endlich ächzend aufrichtete. Die Menge brach in donnernden Beifall aus. Gabrielle zitterte. Ihre Erleichterung war so groß, dass sie sich kaum noch auf den Beinen halten konnte.

Sie schloss die Augen. Gott sei Dank, es war vorbei! Remy konnte nichts mehr geschehen. Die Ränke der dunklen Königin waren gescheitert. Gabrielle war versucht, Katharina einen trotzigen und triumphierenden Blick zuzuwerfen. Aber als sie die Augen aufmachte, blieb ihr fast das Herz stehen:

Danton war mühsam aufgestanden und rief nach seinem Schwert!

Remy stieg aus dem Sattel. Er nahm den Helm ab und rief ebenfalls nach einer Waffe. Wolf schien darüber nicht glücklich zu sein, doch er eilte herbei und reichte Remy sein Schwert, während ein anderer Page den Wallach wegführte. Dantons Knappe hatte seinem Herrn ebenfalls eine Waffe gebracht. Remy und Danton marschierten aufeinander zu. Ihre Schwerter krachten klirrend gegeneinander.

»Nein!« Gabrielles Schrei ging in den aufgeregten Rufen des Publikums unter.

Dieses Duell war eine offenkundige Verletzung der Regeln, die einen *combat à outrance* verboten. Der König musste es unterbinden! Selbst Heinrich Valois konnte nicht müßig danebenstehen und zusehen, wie seine Gesetze missachtet wurden!

Aber als Gabrielle verzweifelt zum König blickte, beugte der sich gerade vor und fütterte sein Hündchen mit Leckerbissen. Er tat einfach, als würde er den tödlichen Zweikampf nicht mitbekommen. Die dunkle Königin stand neben ihm. Sie hatte die Hände züchtig gefaltet und beobachtete das Geschehen leicht gelangweilt, als hätte sie keinen Zweifel am Ausgang.

Gabrielle wurde angerempelt, als andere Höflinge ihre Plätze verließen und eifrig zur Brüstung drängten. Beim Anblick dieser Gesichter wurde ihr schlecht. Sie sahen aus wie Schakale, die Blut gewittert hatten. Es gab niemanden, der jetzt noch eingreifen und den tödlichen Zweikampf unterbinden würde … niemanden außer ihr.

Sie bahnte sich einen Weg durch die Menge und stürzte zu den Stufen, die von der Tribüne hinabführten.

Remy drosch mit dem Schwert so wuchtig auf Dantons Klinge ein, dass sein Arm unter den Schlägen erbebte. Doch er spürte kaum etwas, und ebenso wenig nahm er das ferne Grölen der

Menge wahr. Das Blut dröhnte ihm in den Ohren, der vertraute, dunkle Rausch, den er bei zahllosen Schlachten verspürt hatte, bemächtigte sich seiner und raste durch seine Adern.

Seine Lippen zogen sich zurück, er fletschte die Zähne. Diese Grimasse hatte schon zahllose Feinde in Angst und Schrecken versetzt. Immer wieder schlug er auf Danton ein und zwang ihn zum Rückzug. Danton hatte den Mund konzentriert zusammengepresst und parierte die Schläge. Mit einer Finte nach links schaffte er es, Remys Deckung zu umgehen. Seine Schwertspitze durchbohrte Remys wattierten Ärmel. Remy spürte einen brennenden Schmerz, der Stahl war wohl auch in sein Fleisch gedrungen. Fauchend stürzte er sich noch verbissener auf Danton und teilte Hieb um Hieb aus.

Danton taumelte zurück und wäre fast gestrauchelt. Remy war vielleicht verwundbarer, weil er nur dürftig gerüstet war, doch Dantons Rüstung erschwerte ihm das Kämpfen. Seine Bewegungen wurden immer schwerfälliger, der Schweiß strömte ihm über die Stirn. Remys Arm war unermüdlich, seine Muskeln waren stundenlanges Kämpfen gewöhnt, sie waren so gestählt, dass sie fast zu einer Verlängerung seines Schwertes geworden waren.

Dantons Arroganz verflog zusehends. In seinen Augen flackerte die erste Ahnung auf, dass er verlieren könnte, dass er vielleicht bald sterben würde. Keuchend kämpfte er weiter, doch seine Verzweiflung wuchs. Remy konnte seine Angst riechen, er kostete sie richtig aus. Mit einem mächtigen Schlag ließ er sein Schwert auf seinen Gegner herabsausen und hätte ihm dabei fast ein Ohr abgehauen. Danton kreischte auf, Blut rann ihm über die Wange.

Er wich vor Remy zurück und keuchte: »G-gut, es reicht.«

»Oh nein, beileibe nicht«, erwiderte Remy und schlug weiter auf ihn ein. Danton schaffte es nur mit Mühe, den Hieb rechtzeitig abzufangen.

»Verflucht! Es reicht, habe ich gesagt.« Danton riss schmerz- und angsterfüllt die Augen auf. »Ich gebe auf. Ich bitte Euch, aufzuhören.«

»So, wie Gabrielle Euch gebeten hat, aufzuhören?«

»Ja. Nein … ich meine, sie hat es nicht getan, sie wollte, dass ich …«

Remy schlug abermals zu, sein Schwert hätte beinahe Dantons Wange aufgerissen. »Sie wollte, dass Ihr sie schändet? Mistkerl, ich werde Euch Stück für Stück auseinandernehmen.«

Dantons Atem ging keuchend, panisch parierte er Remys Hiebe. Ihre Schwerter verkanteten sich, Remy starrte seinem Kontrahenten wutentbrannt in die Augen. Dantons Gesicht war blut- und schweißverschmiert, trotzdem bemühte er sich um ein einnehmendes Lächeln.

»Um Himmels willen, Mann, wozu das alles? Sie – sie ist doch nur eine Hure.«

Der kalte, dunkle Fluss, der durch Remys Adern strömte, wurde zu glühend heißem Feuer, und vor seinen Augen bildete sich roter Nebel. Er schubste Danton zurück und schlug ihm so kräftig auf die Hand, dass seinem Gegner das Schwert entglitt. Danton stolperte und fiel auf den Rücken. Aber Remy sah keinen Mann mehr, der ihn um Gnade anflehte. In seinem Kopf schwirrten Bilder von Gabrielles gehetztem Blick, Erinnerungen an ihre herzzerreißenden Schluchzer. Er stand über Danton und hob das Schwert.

»Remy! Nein!«

Nur von fern merkte er, dass jemand zu ihm gestürzt war und seinen Schwertarm umklammerte. Er hätte die Person fast schon von sich gestoßen, als er erkannte, um wen es sich handelte. Selbst dann bemühte er sich noch, sie abzuschütteln. »Gabrielle! Geht mir aus dem Weg!«, knurrte er.

Gabrielles Gesicht war bleich vor Angst. Sie klammerte sich mit einer aus reiner Verzweiflung geborenen Stärke an ihn. »Nein! Ihr dürft ihn nicht töten. Remy, bitte! Tut es nicht!«

»Wollt Ihr diesen Schweinehund beschützen? Nach allem, was er Euch angetan hat?«

»Nein, Ihr verdammter Narr, Euch will ich beschützen!«

Remy schien sie nicht verstanden zu haben, seine Miene wirkte düster, Angst einflößend. Seine Pupillen hatten sich verengt, in seinem Blick standen nur noch Blutdurst und Rache. Die Augen der Geißel …

Gabrielle legte die Hände an sein Gesicht. »Begreift Ihr denn gar nichts? Nur Ihr seid mir wichtig. Ich will nicht, dass Euch etwas zustößt.« Sie schluchzte schon fast. *»Ihr Narr! Ich liebe Euch!«*

Die Worte schienen nicht auszureichen, um solch einer mörderischen Raserei Einhalt gebieten zu können. Sie rechnete damit, dass er sie wegstieß. Aber er erstarrte und blinzelte zu ihr hinunter.

»Was? Was habt Ihr gesagt?«

»Ich – ich habe gesagt, dass ich Euch liebe«, wisperte sie.

Remy starrte sie an.

Es schien ihr wie eine Ewigkeit, bis sein Angst einflößender Blick verblasste. Die Augen der Geißel wurden wieder zu Remys warmen braunen Augen, die vor Staunen weit aufgerissen waren. Sein Schwertarm erschlaffte, die Waffe glitt ihm aus der Hand.

Mithilfe seines Knappen war Danton wieder auf die Füße gekommen. Er presste sich die Hand ans Ohr und taumelte vom Feld. Remy bemerkte es kaum, vielleicht war es ihm auch gleichgültig. In diesem Augenblick zählte nur noch eines: Gabrielle hatte Worte gesprochen, die er nie von ihr erwartet hätte – wundervolle Worte, die er noch immer kaum fassen konnte.

Er nahm seine Lederhandschuhe ab und griff nach ihrer Hand. »Sagt es noch einmal!«

Sie sah ihn an, das Kinn trotzig emporgereckt, aber ihre Augen waren sanft und tränenfeucht. »Ich liebe Euch, ich habe Euch immer geliebt.«

Er packte ihre Hände. Das Gefühl, das ihn dabei durchzuckte, war anders als der Donnerschlag, den er früher vielleicht erwartet hätte. Die reine Freude durchflutete ihn, es war, als würden Wärme und Sonnenlicht durch seine Adern fließen und den letzten Rest an Kälte und Finsternis vertreiben, die ihn bis vor Kurzem zur Gänze erfüllt hatten.

Die ganze Welt verblasste, die Zeit schien stillzustehen und erlaubte ihnen, diesen kostbaren Augenblick auszukosten. Einen Augenblick, der viel zu rasch vorbei war. Gabrielle kam als Erste zur Besinnung, sie entzog Remy ihre Hände. Sie wurde sich der Schreie und des Stimmengewirrs aus den Zuschauerrängen bewusst, sie wurde sich bewusst, welchen Aufstand ihre Einmischung verursacht hatte. Aber es war ihr gleichgültig. Später würde noch genug Zeit bleiben, um zu überlegen, wie klug oder unklug es gewesen war, Remy ihre Liebe zu gestehen. In diesem Moment zählte nur eines: Remy war in Sicherheit.

Gabrielle wandte sich trotzig um. Sie wappnete sich gegen das Missfallen der dunklen Königin und all die neugierigen Blicke und Finger, die auf sie gerichtet waren. Doch zu ihrer Überraschung waren weder sie noch Remy das Ziel von Blicken und Gesten. Alle Köpfe hatten sich einem Reitertrupp zugewandt, der vom Hof des Louvre heranpreschte.

Sogleich beschlich Gabrielle wieder die schreckliche Furcht, dass es ihr nicht gelungen war, Remy zu retten. Sie hatte ihn zwar davon abgehalten, Danton zu töten, aber der König hatte bestimmt seine Wachen gerufen, um Remy festzunehmen. Sie sah zu Remy, der dem heranreitenden Trupp finster entgegenblickte. Sie hätte ihn geschüttelt und angefleht wegzurennen, wenn sie gedacht hätte, dass das einen Sinn hätte. Aber ihr blieb nichts weiter übrig, als sich schützend vor ihn zu stellen. Remy vereitelte ihre Absicht jedoch, indem er sie wegschob.

Er hob sein Schwert auf, und der zärtliche Liebhaber, der er noch vor wenigen Augenblicken gewesen war, verwandelte sich in einen strengen Befehlshaber. »Gabrielle, sucht nach Miri und Wolf, und dann geht ihr drei …«

»Ich gehe nirgendwohin«, fauchte Gabrielle.

Remy starrte sie zornig an, doch jedes weitere Wort war zwecklos, denn die Reiter rückten rasch näher. Er fluchte halblaut, dann schob er sie hinter sich und fasste sein Schwert fester. Gabrielle reckte den Hals, um an ihm vorbei einen Blick auf den ankommenden Trupp zu erhaschen.

Falls es sich um die Palastwache handelte, dann um eine Abteilung, die sie noch nie gesehen hatte. Die Männer trugen grob geschmiedete Helme und Kettenhemden, darüber schwarze Tuniken, auf denen ein weißes Kreuz prangte. Sie sahen aus wie ein Trupp von Rittern aus längst vergangenen Zeiten auf einem Kreuzzug.

Am Turniergelände angekommen, hob der Anführer die Hand. Sein Tross kam gegenüber der Zuschauertribüne zum Stehen. Gabrielle sah nicht viel von den Gesichtern unter den hochgeklappten Visieren, doch was sie sah, reichte. Die Männer wirkten wie eine Bande rücksichtsloser Söldner.

»Was zum Teufel soll das?« Auf Remys Stirn bildeten sich tiefe Falten der Verwirrung und bösen Vorahnung.

»Ich weiß es nicht. Vielleicht gehören sie zum Turnier.« Gabrielle trat neben ihn. Remy schlang sofort den Arm um ihre Taille und zog sie an sich, als ob er befürchtete, einer dieser Kerle könnte versuchen, sie ihm zu entreißen. Die meisten sahen aus, als wäre ihnen so etwas durchaus zuzutrauen.

Auch die Zuschauer wirkten verblüfft. Nur der König von Frankreich zeigte sich nicht erstaunt, als er vorne an die Tribüne trat und die Menge mit einer herrischen Geste zum Schweigen brachte.

»Meine lieben Freunde«, rief er mit dröhnender Stimme, die ganz anders klang als sein üblicher verdrossener Tonfall. »Ich hatte eine kleine Überraschung für das Abendbankett geplant, doch nun ist sie früher als erwartet eingetroffen.«

Eine Überraschung? Gabrielle und Remy tauschten beunruhigte Blicke. Sie drängte sich näher an Remy. Eigentlich hatte sie an diesem Tag bereits so viele Überraschungen erlebt, dass sie keine weiteren gebrauchen konnte.

Der König strich sich das lange Haar zurück. Seine Ringe funkelten. Er gab sich Mühe, möglichst ernst und gemessen zu wirken. »Es gibt in unserem Königreich eine wachsende Bedrohung des Friedens, um die wir uns schon längst hätten kümmern müssen. Es gibt Kräfte der Finsternis, die viel zu mächtig sind, um sie unserer kirchlichen oder weltlichen Gerichtsbarkeit zu überlassen. Ich war schon beinahe an der Aufgabe verzweifelt, dieses Unheil zu bekämpfen, bis ich von der Arbeit dieser Männer hörte, die ihr nun vor euch seht, Soldaten, die ihr Leben einer einzigen Sache gewidmet haben: der Vernichtung einer Plage, die sich in ganz Europa ausgebreitet hat.«

Der König machte eine dramatische Pause, dann zischte er: »Der üblen Praktiken der Hexerei.«

Hexenjäger! Diese grimmigen Reiter waren Hexenjäger!

Das war doch bestimmt wieder Katharinas Werk, dachte Gabrielle aufgebracht. Es wäre nicht das erste Mal, dass die dunkle Königin Hexenjäger benutzte, um ihre Feinde zu vernichten. So etwas war das Schlimmste, was eine weise Frau einer anderen antun konnte. Gabrielles Lippen wurden schmal. Sie suchte die Tribünen nach Katharina ab. Doch als ihr Blick auf sie fiel, beschlich sie ein noch größeres Unbehagen: Das Gesicht der dunklen Königin war kreidebleich, ihre sonst so starre Miene zeigte Überraschung und etwas, was Gabrielle noch nie bei ihr gesehen hatte: Angst.

Katharina hatte mit den Hexenjägern offenbar nichts zu tun. Um welche Intrige es sich auch immer handelte, diesmal hatte sie ihre Hand nicht im Spiel, sie war nicht Herrin der Lage. Diese Erkenntnis ließ Gabrielle frösteln. Seltsamerweise wuchs ihre Furcht.

Katharinas Sohn stolzierte vorne an der Tribüne auf und ab,

ein leichtes Grinsen im Gesicht. Offenbar hatte er großen Spaß an dem, was er da inszeniert hatte. »Mein Volk hat sich viel zu lange dem Terror und der Einschüchterung dieser gottlosen Frauen gebeugt, die sich den dunklen Künsten verschrieben haben«, erklärte er salbungsvoll. »Ich möchte euch einen Mann vorstellen, der den Teufel austreiben und Frankreich ein für alle Mal von den Hexen befreien wird.«

Der König hob theatralisch die Hand. *»Monsieur Le Balafre!«*

Einer der Reiter scherte aus und ritt näher heran, bis er direkt unter dem König stand. Er nahm den Helm ab. Bei seinem Anblick keuchte die Menge entsetzt auf.

Gabrielle konnte das gut verstehen. Er war hässlich wie die Nacht. Sein Schädel war fast kahl geschoren, eine grässliche Narbe zog sich quer über seine rechte Gesichtshälfte. Als er sich steif vor dem König verbeugte, fiel Gabrielle jedoch auf, wie überraschend jung dieser Kerl wirkte. Viel zu jung, um Anführer dieser hartgesottenen Gruppe zu sein.

Auf einmal stockte ihr der Atem. Sie entwand sich Remy, trat ein wenig vor und kniff die Augen zusammen, um den Hexenjäger genauer zu betrachten – um hinter diese Narbe zu blicken und Spuren eines Gesichts zu entdecken, das ihr verstörend bekannt vorkam.

»Oh mein Gott!«, stöhnte sie.

Remy war sofort bei ihr und zog sie zurück. »Gabrielle, was ist mit Euch? Kennt Ihr diesen Mann? Wer ist das?«, fragte er.

»Das ist Simon«, erklärte Miris leise Stimme.

Gabrielle wirbelte herum. Ihre Schwester stand direkt hinter ihnen. Miris Gesicht wirkte bleich und unglücklich, und in ihren Augen stand tiefes Leid.

»Simon Aristide«, flüsterte sie.

18

Hinter den Dächern von Paris ging die Sonne unter, das Licht verblasste an einem Tag, über dessen Ende Gabrielle gottfroh war. Sie stand an den Fenstern des Schlafzimmers, das sie ihrer Schwester zugewiesen hatte, und sah zu, wie sich die Schatten auf die Stadt legten. Doch in der wachsenden Dunkelheit lauerte neue Gefahr.

Simon Aristide – der elende Junge, dessen Verrat einst Arianes geliebtem Renard fast das Leben gekostet und Miri beinahe das Herz gebrochen hätte … Gabrielle fragte sich, welch tückisches Schicksal an einem Tag gleich zwei finstere Geister aus der Vergangenheit heraufbeschworen hatte: zuerst Etienne und dann Simon.

Sorgenvoll wandte sie sich vom Fenster ab und betrachtete ihre Schwester. Miri hatte das grüne Gewand auf einen Stuhl gelegt und kauerte nun in ihrem Nachthemd auf dem Bett. Sie hatte die Knie angezogen und den Kopf daraufgelegt. Ihr schimmernder Haarvorhang verhüllte ihr Gesicht. Miri schien sich in ein Kind zurückverwandelt zu haben, obendrein in ein sehr verletztes Kind.

Sie hatte kaum zwei Worte gesprochen, seit Remy die beiden Schwestern eilends vom Turniergelände fort in die Sicherheit von Gabrielles Stadthaus gebracht hatte. Zumindest war es Gabrielle bislang sicher erschienen. Jetzt kamen ihr diese Wände nur noch wie ein schwacher Schutz gegen die dunklen Kräfte vor, die sich womöglich in diesem Augenblick gegen sie verschworen.

Gabrielle trat ans Bett und setzte sich neben Miri. Nekromant rieb den Kopf an Miris Beinen und schnurrte leise. Aber Miri ignorierte ihn, was sie sonst fast nie tat. Gabrielle ließ die Finger durch Miris seidiges Haar gleiten und strich es ihr über die Schulter zurück.

»Miri?«

Ihre Schwester hob den Kopf und rang sich ein gequältes Lächeln ab. »Mach dir keine Sorgen um mich, Gabrielle. Mir geht es gut.«

»So siehst du aber nicht aus, mein Schatz. Du bist sehr blass. Nekromants Pfoten haben ja mehr Farbe als dein Gesicht«, neckte Gabrielle sanft.

Wie um ihre Aussage zu bekräftigen, richtete sich der Kater auf und stupste Miris Wangen mit den Vorderpfoten. Miri seufzte und nahm ihn in den Arm.

»Ich bin nur ein wenig erschrocken. Ich muss ständig an das erste Mal denken, als ich Simon traf, in jener Nacht beim Kreis der steinernen Riesen, dort wo die bösen Mädchen Nekromant opfern wollten. Sie flohen, als die Hexenjäger kamen, und Vachel Le Vis …« Miri schauderte bei der Erinnerung an den grässlichen Großmeister des Ordens Malleus Maleficarum. »Er dachte, ich sei an allem schuld, aber Simon wusste, dass das nicht stimmte. Er hat versucht, mich zu verteidigen, und ich fand, dass er der schönste Junge war, den ich je gesehen hatte. Sein Haar war leuchtend schwarz, seine Haut milchweiß, seine dunklen Augen so freundlich …«

»Jetzt passt sein Äußeres immerhin zu seinem hässlichen Herz«, bemerkte Gabrielle bissig.

»Wenn du mich nur zu ihm gelassen hättest! Ich hätte mit ihm reden können.«

Gabrielle schüttelte heftig den Kopf. Sie war Remy für vieles dankbar, aber am dankbarsten war sie ihm dafür, dass er an diesem Tag so rasch gehandelt hatte. Er hatte sie und Miri weggeschafft, bevor der hinterhältige Aristide ihre Schwester bemerken konnte.

»Wem hat es je etwas genützt, mit einem Hexenjäger zu reden?«, fragte sie schroff.

»Aber Simon war anders, in ihm war viel Gutes. Zumindest

war ich früher davon überzeugt.« Miri schmiegte die Wange an Nekromants Kopf. »Vielleicht steckt ja nur der König hinter dem Plan, alle weisen Frauen Frankreichs zu vernichten, und nicht Simon.«

»Es spielt keine Rolle, wer dahintersteckt. Wir bleiben nicht so lange hier, bis wir das herausgefunden haben.«

Zumindest du nicht, kleine Schwester, dachte Gabrielle.

Als Miri den Kopf hob, entdeckte Gabrielle Widerspruch in ihrem Blick. Sie fügte hinzu: »Bestimmt siehst auch du ein, dass wir zur Faire Isle zurückkehren müssen. Es sei denn, du möchtest noch einmal der Hexerei angeklagt werden.«

Gabrielle kam sich grausam vor, in ihrer Schwester eine solch schmerzhafte Erinnerung zu wecken. Aber ihr war jedes Mittel recht, um Miri zu bewegen, Paris zu verlassen.

Miri seufzte, und ihre Schultern sackten nach vorne. »Vielleicht hast du recht. Es war einfach ein Schock, Simon wiederzusehen und zu erkennen, was aus ihm geworden ist. Ich kann gar nicht mehr klar denken.«

»Das ist doch ganz natürlich«, versuchte Gabrielle sie zu beruhigen. »Es war ein langer, anstrengender Tag für uns alle. Morgen früh wirst du wieder klarer sehen. Ich sage Bette, dass sie dir noch eine Kleinigkeit zum Abendessen bringt, und dann schlage ich vor, dass du heute früh ins Bett gehst.«

»Mach dir keine Mühe mit dem Abendessen. Ich habe keinen Hunger.«

Gabrielle wollte Einspruch erheben, doch Miri zog sich schon die Decke über die Schultern, also schluckte Gabrielle ihre Widerworte. Vielleicht war ein erholsamer, langer Schlaf das beste Heilmittel für Miris Kummer. Fürsorglich strich sie die Decke glatt und drückte ihrer kleinen Schwester einen Kuss auf die Stirn. Miri hatte die Augen bereits geschlossen, als Gabrielle leise aus dem Zimmer schlich.

Doch sobald sich die Tür hinter Gabrielle geschlossen hatte, schlug Miri die Augen wieder auf. Sie schnitt eine Grimasse, als sie direkt in Nekromants bernsteingelbe Augen blickte. Der

Kater hatte die Vorderpfoten auf das Kopfkissen gestemmt und sah sie vorwurfsvoll an.

Ich weiß, was in dir vorgeht, Tochter der Erde. Tu es nicht!

»Ich habe keinen Schimmer, was du meinst«, murrte Miri.

Mit deiner scheinbaren Nachgiebigkeit magst du ja deine Schwester hinters Licht führen, aber nicht mich. Du willst diesen elenden Aristide sehen. Aber du musst dich von ihm fernhalten. Er ist ein Jäger.

»Du musst gerade reden. Egal wie gut ich dich füttere, du lauerst noch immer den armen, schwachen Mäusen auf.«

Nekromant setzte sich hin und schleckte sich selbstgefällig die Pfoten. *Es liegt in meiner Natur, zu jagen, genau wie in seiner.*

»Offenbar liegt es auch in deiner Natur, meinen Schlaf zu stören«, murrte Miri. »Gute Nacht!«

Sie zog sich die Decke über den Kopf, damit Nekromant ihr Gesicht nicht mehr sehen konnte. Möglicherweise hatten Gabrielle und der Kater mit ihrem Urteil über Simon recht; und vielleicht war das, was Miri vorhatte, tollkühn und töricht. Aber Menschen, die sie liebte, so leicht aufzugeben, lag nicht in *ihrer* Natur.

Als Gabrielle ihr Schlafzimmer betrat, brannten die Kerzen. Sie erstarrte auf der Schwelle, überrascht von Remys Anblick, der sich, nur noch mit seiner Hose bekleidet, über den Waschtisch beugte. Das Kerzenlicht tanzte über die gewölbten Muskeln seines nackten Rückens und seiner breiten Schultern. Bei Gabrielles leisem Aufschrei richtete er sich auf.

»Es tut mir leid, ich wollte Euch nicht erschrecken. Bette meinte, Ihr hättet sicher nichts dagegen, wenn ich mich ein wenig säubere und mich um das hier kümmere.« Er winkelte den rechten Arm ab und deutete auf einen hässlichen roten Schnitt an seinem Unterarm.

»N-nein, n-natürlich nicht«, stammelte Gabrielle. Die Hexenjäger und ihre Sorge um Miri hatten sie Remys Wunde ganz vergessen lassen. Reumütig eilte sie zu ihm und nahm ihm das feuchte Tuch ab.

»Ich kümmere mich darum.«

Sie umfasste sein Handgelenk, um den Arm ruhig zu halten, und tupfte sanft den Schnitt ab. Zu ihrer Erleichterung hatte er schon aufgehört zu bluten. Die Wunde war zwar gut fünfzehn Zentimeter lang, aber nicht so tief, um genäht werden zu müssen. Trotzdem biss sie sich beunruhigt auf die Unterlippe. Remy war ihre Sorge nicht entgangen. Er strich ihr sanft eine Haarsträhne aus dem Gesicht.

»Es ist nur ein Kratzer, Gabrielle.«

Das wusste sie, aber allein der Gedanke daran, was heute hätte passieren können, ließ sie schwach werden und trieb ihr fast die Tränen in die Augen. Sie konzentrierte sich auf den Schnitt. Obwohl Remy protestierte, beharrte sie darauf, die Hexenhaseltinktur aufzutragen, die Bette ihr gebracht hatte. Remy atmete scharf ein, denn es brannte, aber ansonsten ertrug er es geduldig, als sie die Wunde verband.

Ihre Hände waren nicht so ruhig, wie sie es gern gehabt hätte, und sie konnte ihm kaum in die Augen schauen. Bislang hatte sie noch keinem Mann so offen erklärt, dass sie ihn liebte. Ihr Geständnis machte sie verlegen, aber auch verletzlich. Und auch die Tatsache, dass Remy halb nackt war, half nicht gerade, ihr Unbehagen zu beseitigen.

Ihr Blick wanderte zu den kraftvollen Konturen seiner narbenbedeckten Brust. Cass' Medaillon ruhte auf den dunkelblonden Brusthaaren. Das Amulett hatte sich als völlig nutzlos erwiesen. Doch was konnte ein Amulett, das vor Gefahren warnte, auch nutzen, wenn der Träger zu stur war, um darauf zu hören?

Sie war versucht, ihm den Talisman abzunehmen und wegzuwerfen. Aber der Kontrast des glitzernden Metalls auf Remys nackter Haut wirkte seltsam männlich und verführerisch. Auch dieser Gedanke ließ ihre Hände nicht ruhiger werden; der Verband um seinen Unterarm geriet ziemlich unordentlich. Doch Remy beschwerte sich nicht, er zuckte nur leicht zusammen, als sie ihn zu fest wickelte.

»Tut mir leid«, murmelte sie. »Ich war in solchen Sachen nie so gut wie Ariane.«

»Ihr macht das ganz ausgezeichnet.«

Sie wagte einen Blick nach oben und stellte fest, dass er sie zärtlich betrachtete. Der Ausdruck in seinen Augen war so liebevoll und leidenschaftlich, dass jede Frau schwach geworden wäre. Als sie ihm auf dem Turnierplatz ihre Liebe gestanden hatte, schien kurzzeitig alles möglich zu sein, alles Glück der Welt schien greifbar. Aber inzwischen war Gabrielle wieder zur Vernunft gekommen.

Sie liebte Remy. Das hatte sie ihm endlich gestanden, aber es war belanglos. Es änderte nichts an der Gefahr, die von der dunklen Königin und den Hexenjägern ausging, es änderte nichts an der heiklen Beziehung zu Heinrich von Navarra. Und es änderte vor allem nichts an dem, was Gabrielle war, es machte sie keineswegs würdiger für Remys Liebe.

Als sie mit dem Verband fertig war, beauftragte sie eine Dienerin, das blutige Wasser in der Schüssel wegzukippen und einen Krug mit frischem Wasser zu bringen, damit Remy sich weiter waschen konnte. Als sie das Wasser in die Schüssel goss, bemerkte sie, dass Remy jede ihrer Bewegungen beobachtete. Die Hitze seines Blicks ließ ihr Herz schneller schlagen und ihre Haut prickeln. Sie hatte gar nicht gewusst, dass ein Mann allein durch seinen Blick in einer Frau solche Gefühle wecken konnte.

Die Stille zwischen ihnen war unbehaglich, sie war viel zu befrachtet mit unausgesprochenem Verlangen. Als Gabrielle ein Leinenhandtuch bereitlegte, versuchte sie, die Spannung etwas zu mildern, indem sie mit gespielter Munterkeit fragte: »Ich nehme an, Ihr legt keinen Wert darauf, eine meiner parfümierten Seifen zu nehmen, oder?«

»Damit ich rieche wie die kleinen Freunde des Königs?«, entgegnete Remy trocken. »Nein danke. Hebt die Seife lieber für Miri auf. Vielleicht möchte die sie gern ausprobieren.«

Nach einer kurzen Pause fragte er: »Wie geht es ihr überhaupt?«

»Den Umständen entsprechend ganz gut. Sie wird sich bestimmt besser fühlen, wenn sie sich von dem Schreck erholt hat. Aber ich werde erst beruhigt sein, wenn sie wieder auf der Heimreise nach Faire Isle ist.«

»Sie und Ihr«, meinte Remy entschlossen.

Gabrielle faltete das Handtuch neu. Der unvermeidbare Augenblick war gekommen. Sie sah Remy nicht an, als sie erklärte: »Es gibt nur einen Ort, an den ich gehe: zurück in den Palast – und zwar noch heute Abend.«

»Wie bitte? Seid Ihr von Sinnen?«

Sie knüllte das Tuch zusammen, das sie gerade so sorgfältig gefaltet hatte. »Ich muss mit Heinrich sprechen und ihm einiges erklären. Ihr habt ihn doch sicher auch gesehen, als wir das Turnier so überstürzt verließen. Er wirkte völlig entgeistert.«

»Ja, ja. Aber es ist meine Pflicht, ihm das zwischen uns zu erklären, nicht Eure.«

»Remy, es gibt kein *uns.* Ich möchte nicht, dass Heinrich mein heutiges Tun falsch deutet und auf Euch wütend wird. Zum Glück war er weit genug entfernt und hat nicht gehört, was ich zu Euch gesagt habe. Es sollte mir also gelingen, diese Scharte auszuwetzen.«

»Was soll das heißen?«

Gabrielle schaffte es nicht, ihm eine Antwort zu geben. Sie kehrte ihm den Rücken zu und widmete sich wieder dem Handtuch. Remy entriss es ihr und warf es zu Boden. Er packte sie unsanft an den Schultern und drehte sie zu sich herum.

»Ihr plant also noch immer, seine Geliebte zu werden?«, rief er aufgebracht. »Sein Bett zu teilen, nach allem, was Ihr mir heute gesagt habt? Verflucht, Gabrielle, Ihr habt mir erklärt, dass Ihr mich liebt. War das denn nicht Euer Ernst?«

Es wäre besser gewesen, wenn sie es hätte leugnen können, wenn sie so hätte tun können, als hätte sie es nur gesagt, um den Zweikampf zu beenden. Aber in Remys Augen standen so viel Verletztheit und Selbstzweifel, dass sie es nicht aushielt.

»Ja, es war mein Ernst«, sagte sie. »Ich liebe Euch wirklich. Aber ich darf Euch das nicht noch einmal sagen.«

»Und warum nicht?«

»Weil … weil … Begreift Ihr denn nicht? Weil es keine Rolle spielt.«

»Für mich schon.« Er zog sie näher und beugte sich vor, um ihre Lippen einzufordern. Gabrielle wandte den Kopf ab, sodass sein Mund nur ihre Wange streifte.

»Remy, egal was ich für Euch empfinde …«

»Was wir füreinander empfinden«, beharrte er und berührte mit seinen Lippen sanft ihre Haare. Sein warmer Atem streifte ihr Ohr. »Ich liebe Euch, Gabrielle, das habt Ihr doch sicher schon lange gewusst.«

Er küsste die empfindliche Kuhle hinter ihrem Ohr, dann wanderte sein Mund ihren Nacken hinab. Seine warmen rauen Lippen ließen sie erbeben, seine Küsse waren abwechselnd weich und heftig, zart und leidenschaftlich. Gabrielle musste ihre gesamte Willenskraft aufbieten, um ihm zu widerstehen.

»Remy, bitte!«, flehte sie und entzog sich ihm. »Begreift Ihr denn nicht, dass die Liebe zwischen uns so hoffnungslos ist wie eh und je?«

Remys Züge verdüsterten sich in einer Mischung aus Verlangen und Enttäuschung. »Warum? Weil eine verfluchte Hexe irgendeine schwachsinnige Vision heraufbeschworen hat? Der zufolge Heinrich von Navarra König von Frankreich werden soll und Ihr seine Mätresse? Wollt Ihr das wirklich? Ist Euch das wirklich wichtig?«

Gabrielle wich weiter vor ihm zurück. Sie legte die Hand auf den Nacken, wo ihre Haut von Remys Küssen erhitzt war. »Ich habe mir vor langer Zeit geschworen, nie so hilflos zu werden wie die meisten anderen Frauen, die machtlos sind in einer von Männern beherrschten Welt.«

»Und was wollt Ihr mit all der Macht anfangen, wenn Ihr sie habt? Ich glaube nicht, dass Macht die Menschen nachts wärmt, sie glücklicher oder weniger einsam macht.«

»Mir geht es nicht um Wärme oder Glück«, erklärte Gabrielle mit brüchiger Stimme. »Aber wenn ich in Frankreich etwas zu sagen hätte, kann ich Euch eines versichern: Kein Hexenjäger würde je wieder einen Fuß in unser Land setzen.«

Ihre Stimme wurde kräftiger, als sie hinzufügte: »Und ich würde allen Kämpfen ein Ende machen. Keine Frau würde je wieder um ihren Gemahl oder ihren Sohn trauern müssen, den sie in irgendeiner dummen, sinnlosen Schlacht verloren hat.«

»Glaubt Ihr wirklich, das ist so leicht, Gabrielle? Das Böse durch einen königlichen Erlass zu verbieten? Mit einem einfachen Befehl Schwerter in Pflugscharen zu verwandeln? Wenn Ihr das wirklich glaubt, dann wisst Ihr wenig von der dunklen Natur der Männer, meine Liebe. Aber ich glaube nicht, dass Eure Bemühungen, mich wegzustoßen, etwas mit Eurem Bestreben nach Macht zu tun haben oder danach, die Mätresse eines Königs zu werden. Hier geht es um diesen Bastard Danton. Seit ich weiß, was er Euch angetan hat, habt Ihr es kaum mehr gewagt, mir in die Augen zu sehen.«

Gabrielle wollte diese Behauptung widerlegen, indem sie ihn kühn anzustarren versuchte, aber es gelang ihr nicht. Remy trat zu ihr, legte die Hand unter ihr Kinn und zwang sie, ihn anzusehen.

»Gabrielle, wenn ein Mann sich wie ein Tier aufführt, dann ist das beschämend für ihn, nicht für die Frau.«

Gabrielle sah ihn ungläubig an. Wenn eine Frau mit Gewalt genommen wurde, war das ihr Ruin, es war eine Schande für sie, sie war wertlos. Aber Remy betrachtete sie noch immer so zärtlich und verständnisvoll, so … so liebevoll, dass Gabrielle es nicht ertrug. Sie wich zurück.

»Wenn … wenn Ihr nur wüsstet«, stammelte sie. »Ihr habt mich nie so gesehen, wie ich bin. Ihr versucht, mich als Engel hinzustellen, dem Unrecht geschehen ist. Aber an dem, was damals in der Scheune passierte, war ich selbst schuld.«

Ihre Kehle schnürte sich so schmerzhaft zusammen, dass sie eine Weile brauchte, bis sie weitersprechen konnte. »Ich war verliebt in Danton. Als er mich in die Scheune führte, versuchte ich nicht einmal, mich zu widersetzen. Ich war noch nie geküsst worden, und ich wollte zu gern wissen, wie sich das anfühlt. Als Danton mich in die Arme nahm, fand ich das sehr aufregend – zumindest am Anfang.

Ich hatte noch nie einen so seltsamen, heißen Rausch erlebt. Ich habe nicht protestiert, bis … bis er mehr wollte.« Gabrielle senkte den Kopf. Ihre Wangen brannten. »Ich versuchte, ihm zu entkommen, aber er wurde nur noch grober. Ich hatte schreckliche Angst, und ich flehte ihn an, aufzuhören. Aber es war zu spät.

Ich hatte ihn so erregt, dass er es nicht mehr ertragen konnte. Er … er … er hat mir sehr wehgetan.« Gabrielle atmete tief ein. »Ich war so töricht zu glauben, dass er mich liebte und heiraten wollte. Aber als er mit mir fertig war, sagte er, dass ich nur zur Hure tauge.«

»Dieser elende Schuft!«, knurrte Remy. »Ihr hättet mich nicht daran hindern sollen, ihn zu töten.«

Gabrielle schüttelte niedergeschlagen den Kopf. »So sehr ich Danton für das, was er mir angetan hat, hasste – mich selbst hasste ich noch mehr. Ich erkannte nämlich, dass er recht hatte.«

»Oh Gabrielle«, ächzte Remy. Bevor sie etwas dagegen tun konnte, hatte er sie schon in die Arme genommen und sein Kinn sachte an ihren Kopf geschmiegt. »Es ist doch ganz natürlich, dass Euch Euer erster Kuss erregt hat. Ihr wart ein leidenschaftliches junges Mädchen, aber völlig unerfahren. Jeder Mann mit nur einem Funken Anstand im Leib hätte sich als Erster zurückgezogen. Anstatt Eure Unschuld zu respektieren, hat Danton sie ausgenützt, um seine eigene selbstsüchtige Lust zu befriedigen.«

»Das mag schon sein«, meinte sie traurig. »Aber ich habe mich freiwillig entschieden, den Pfad, auf den er mich gebracht hat, weiterzugehen. Ich bin genau das geworden, was er mir vorgeworfen hat.«

»Weil er Euch Eurer Selbstachtung beraubt hat.«

»Er hat gesagt, dass er einfach nicht anders konnte – dass ich ihn verhext hätte.«

Remy stieß einen wüsten Fluch aus, der deutlich zeigte, was er davon hielt. »Liebste, Ihr habt mich jahrelang verhext. Nie war ein Mann erregter als ich neulich nachmittags in meiner Schlafkammer. Doch als Ihr mich gebeten habt, aufzuhören, habe ich es getan.«

»Aber Ihr seid etwas Besonderes. In meinem ganzen Leben habe ich noch keinen so ehrbaren, ritterlichen und freundlichen Mann erlebt wie Euch.«

»Oh ja.« Die Bitterkeit in Remys Lachen überraschte Gabrielle. Sie trat einen Schritt zurück und musterte ihn fragend. Zu ihrer Bestürzung bemerkte sie, dass sein Gesicht von düsterem Selbsthass verzerrt war.

»Ihr behauptet, dass ich Euch nie so gesehen habe, wie Ihr wirklich seid. Dasselbe könnte ich auch von Euch sagen. Ihr habt mich zu einem unmöglichen Helden aufgebaut. Die *Geißel* …«, stieß Remy verächtlich aus. »Was habt Ihr heute von mir gedacht, als ich kurz davor stand, Danton zu köpfen?«

»Nun ja, ich …«, stammelte Gabrielle. Sie war tatsächlich beunruhigt, wenn sie an den erschreckenden Ausdruck in Remys Gesicht dachte. »Ihr wolltet meine Ehre verteidigen. Ihr wart wütend …«

»Ich war mehr als nur wütend. In mir sammelt sich manchmal eine Düsternis, die wie Gift durch meine Adern strömt. Auf jedem Schlachtfeld geht es mir so. Beim ersten Blick auf das Meer der tapferen Gesichter graust es mir bei dem Gedanken an die bevorstehende Schlacht und an den Verlust von Leben. Viele der Soldaten sind noch so jung, dass ihnen kaum ein Bart sprießt.

Doch sobald der Kampf beginnt, verwandle ich mich in ein Tier, genauso wie mein Nebenmann. Ich giere nach Blut und bin von einem dunklen Trachten erfüllt, meinen Feind zu vernichten. Und ich verstehe mein Handwerk gut, Gabrielle. Viel zu gut. Warum, glaubt Ihr, habe ich diese verfluchten Albträume?«

»Wegen … wegen der Bartholomäusnacht. All die Freunde, die Ihr verloren habt …«

»Ja, auch diese Gesichter verfolgen mich, all die Menschen, die ich nicht retten konnte. Doch es gibt noch andere Geister: die Geister der Männer, die ich getötet habe; die Leben, denen ich mit meinem Schwert ein vorzeitiges Ende bereitet habe.«

Remy wandte sich schroff ab und stützte sich auf den Waschtisch. »Ihr habt mir Euer schlimmstes Geheimnis gebeichtet – jetzt beichte ich Euch meines. Ihr habt mich gefragt, wer der Mann in meinen Albträumen ist, der Dämon, dessen Gesicht hinter einem Visier verborgen ist. Wenn ich Glück habe, wache ich auf, bevor ich ihn sehen muss. Aber in den Nächten, in denen ich nicht so viel Glück habe, reiße ich das Visier hoch, und der grässliche Dämon bin ich selbst. Ich blicke in mein eigenes brutales Gesicht, und meine Hände und mein Schwert sind mit Blut besudelt. Meine Seele hat viel mehr Flecken als Eure.«

Remy verstummte. Gabrielle erkannte, dass ihm sein Geständnis ebenso schwergefallen war wie ihr das ihre. Sie hätte ihn zu gern in die Arme genommen und getröstet, doch Erinnerungen und Ängste, die sie so lange belastet hatten, hielten sie davon ab.

Wenn man der Liebe und dem Verlangen nachgibt, geht man ein großes Wagnis ein: Man öffnet sich dem Schmerz, der Enttäuschung, dem tiefsten Leid. Es war viel einfacher, nichts zu fühlen und an die Prophezeiungen eines längst verstorbenen Astrologen zu glauben. Wenn die Sterne das Schicksal bestimmten, wurden Entscheidungen leicht und man konnte nicht irren.

Gabrielle blickte aus dem Fenster auf den Mond, der fast rund war, umgeben von kleinen, geheimnisvollen Sternen. Wieder einmal kamen ihr die Worte ihrer Mutter in den Sinn:

»Dein Schicksal steht nicht in irgendwelchen Sternen, mein Schatz, es beruht allein auf deinen Entscheidungen.«

Wenn sie auf ihre Entscheidungen der letzten Jahre zurückblickte, gab es nur wenige, die sie nicht bereute.

Plötzlich merkte sie, dass Remy sie so eindringlich musterte, als wollte er ihre Gedanken lesen. Doch als sie sich ihm zuwandte, lächelte er sie nur müde an.

»Vielleicht habt Ihr ja recht, und es ist wirklich hoffnungslos. Vielleicht sind unsere Dämonen zu stark für uns, um sie zu bezwingen.«

»Aber Sir Nicolas, Ihr wart doch immer ein ausgezeichneter Drachenbezwinger.« Obwohl ihr das Herz bis zum Halse schlug, nahm sie all ihren Mut zusammen und trat zu ihm. »Wir sind beide nicht ohne Makel, wir bereuen so manches. Aber vielleicht ist es ja möglich, dass wir … dass wir einander reinwaschen.«

Sie nahm ein sauberes Tuch, tauchte es ins Wasser und wrang es aus. Mit zitternden Fingern begann sie, Remy damit abzurubbeln. Sie fing mit den Schultern an und rieb weiter über seine breite Brust. Remy erbebte bei ihrer Berührung, und sein Atem ging schneller. Aber er hielt still, als befürchtete er, dass schon die kleinste Bewegung sie verscheuchen könnte.

Und vielleicht wäre es auch wirklich so gekommen. An Gabrielle war nichts mehr von der kühnen Kurtisane. Sie war ängstlich und zögerlich wie eine Braut in der Hochzeitsnacht. Behutsam schob sie das Medaillon zur Seite und fuhr zärtlich mit dem Tuch über seine goldenen Brusthaare. Bei jeder Narbe rieb sie nur ganz sachte, als ob ihm diese grausamen Male noch immer Schmerzen bereiteten.

Es tat ihr weh, all diese Narben zu sehen, die grausamen Erinnerungen an das, was er durchlitten hatte. Nicolas Remy war ein tapferer Soldat und hatte stets nur so gekämpft, wie man es ihm beigebracht hatte. Andere Männer waren vielleicht in der Lage, die Schrecken des Schlachtfeldes hinter sich zu lassen, aber Remy trug diese düsteren Erinnerungen in seinem müden Blick und in seinen Träumen. Er war viel zu empfindsam, dieser Mann, den sie zu Unrecht die Geißel nannten.

Bei der schlimmsten Narbe, einem gezackten, erhobenen Wulst direkt unter seiner Schulter, verweilte sie etwas länger. Sie fuhr erst vorsichtig mit ihrem Tuch darüber, dann beugte sie sich vor und drückte die Lippen auf die feuchte Haut.

Remy atmete scharf ein, packte sie an den Schultern und schob sie sanft weg. »Ach bitte, tut das nicht, Gabrielle. Meine Narben sind viel zu hässlich.«

»Meine Narben sind genauso hässlich, sie sind nur nicht so gut zu sehen«, entgegnete sie. »Doch vor mir schreckt Ihr nicht zurück.«

»Ich liebe Euch. Wie könnte ich …«

Gabrielle brachte ihn mit einem Kuss zum Schweigen. »Dann müsst Ihr mir erlauben, auch Euch zu lieben. Alles an Euch.«

Sie bedeckte seine Narben eine nach der anderen mit sachten Küssen und nahm sich viel Zeit, als wolle sie ihm mit ihrem Mund all die schmerzlichen Erinnerungen nehmen. Wie gerne sie das getan hätte! Ihr Blick verschwamm, das Salz ihrer Tränen mischte sich mit dem Salz auf Remys Haut. Bei jedem ihrer Küsse hob und senkte sich seine Brust rascher. Er streichelte zärtlich über ihr Haar, drückte ihr einen sachten Kuss auf den Scheitel, zog die Haarnadeln heraus, bis ihr die Haare lose auf die Schulter fielen. Dann schickte er sich an, die Bänder an ihrer Kleidung aufzuschnüren. Seine Hände waren genauso unruhig wie ihre.

Er arbeitete sich durch die verschiedenen Schichten ihrer Gewänder, bis er sie ihr von den Schultern streifte. Sie stand nun bis zur Taille entblößt vor ihm. Er nahm ihr das Tuch ab und tunkte es ins Wasser. Dann rieb er sie damit ab. Er fing bei ihrem Gesicht an, wo er die Tränen abwischte, dann fuhr er damit weiter zu ihrem Nacken in einem sinnlichen Pfad, unter dem Gabrielle erbebte. Sachte weiter, immer weiter, in langsamen Kreisen um ihre Brüste.

Die Kreise wurden kleiner, bis Gabrielle spürte, wie ihr Körper reagierte. Bei der sanften Berührung des Tuches richteten sich ihre Brustwarzen auf. Ein wenig Wasser tröpfelte herab, und Remy beugte sich vor, um es mit den Lippen aufzufangen. Sein Mund und seine Zunge fuhren über ihre nackte Haut, glitten hoch zu einer ihrer runden Brüste.

Schließlich schloss sich sein Mund über eine Brustwarze und verwöhnte sie mit der sanften Hitze seiner Zunge. Gabrielle keuchte und klammerte sich an seine Schultern. Ihr war, als hätte sie sich in einer kalten Winterlandschaft verlaufen und ihr vor Kälte tauber Körper würde jetzt fast schmerzhaft wieder zum Leben erweckt.

Seufzend fuhr sie durch seine Haare, während er weiter zärtlich an ihrer Brust saugte. Ihre Finger glitten über seinen Rücken, ihr Verlangen wuchs. Remy ließ das Tuch fallen. Er richtete sich auf und nahm sie in die Arme. Ihre weichen, empfindlichen Brüste wurden an seinen harten Oberkörper gepresst. Cass' Medaillon lag zwischen ihnen, das kalte Metall ließ sie ein wenig erzittern.

Remy streifte die Kette über den Kopf und legte das Amulett weg, bevor er Gabrielle erneut an sich zog. Nun presste sich nur mehr Haut an Haut, ein Herz pochte gegen das andere. Sein Mund forderte ihre Lippen zu einem Kuss, der ungestüm und zärtlich zugleich war. Seine Zunge neckte und liebkoste ihre in einer hitzigen Begegnung. Gabrielle klammerte sich an ihn und erwiderte seinen Kuss mit derselben Leidenschaft. Sie spürte gar nicht, wie Remy ihr die restlichen Kleider abstreifte.

Nackt und verletzlich stand sie da in seiner Umarmung.

Sein Mund umwarb ihre Lippen, er streichelte ihr zärtlich über den Rücken, seine großen, schwieligen Hände legten sich um ihr Hinterteil. Er zog sie näher an sich. Obwohl er noch seine Hose anhatte, bestand kein Zweifel an seiner Erregung und seinem Verlangen. Auf einmal überkam Gabrielle wieder die allzu bekannte Panik, auch wenn sie dagegen ankämpfte.

An diesem Punkt hatte sie immer den Rückzug angetreten, sie war mit ihren Gedanken in eine sichere Ferne geflohen. Aber Remy hielt sie fest, seine Küsse, seine Berührungen, seine bewundernden Augen woben ein unzerreißbares Netz um sie, das keine Flucht zuließ.

Sie rückte ein wenig ab und drehte sich zitternd um. Vielleicht würde sie sich etwas sicherer fühlen, wenn sie die Kerzen ausmachte und es dunkel wurde? Sie holte den Dochtlöscher und trat zu dem Leuchter auf dem Kaminsims.

Remy folgte ihr und hielt ihre Hand fest. »Nein, Gabrielle, tu es nicht. Ich habe zu lange darauf gewartet, ich muss dich sehen.«

Zögernd gab sie nach und legte den Dochtlöscher auf den Tisch. Sich Remy wieder zuzuwenden, sich ihm entblößt zu zeigen war das Schwerste, was sie je getan hatte. Instinktiv wollte sie ihre Brüste bedecken, doch Remy nahm sie an den Händen. Er hielt sie ganz sanft fest und betrachtete sie von oben bis unten. Noch nie hatte Gabrielle in den Blicken eines Mannes so viel Zärtlichkeit, gepaart mit Verlangen, gesehen.

»Du bist wunderschön!«, sagte er mit rauer Stimme.

Ihr war schon oft gesagt worden, wie schön sie sei. Sie war sich der Vollkommenheit ihres Körpers bewusst, doch stets hatte sie sie distanziert wahrgenommen wie ein Soldat, der seine Waffen prüft. Bis zu diesem Moment hatte sie sich nie schön gefühlt; nicht, bis Remy sie mit seinen Blicken anbetete. Sie errötete und zitterte. Auf einmal verspürte sie das dringende Bedürfnis, auch seinen Körper von oben bis unten zu betrachten.

Mit Fingern, die sich ungeschickt und hölzern anfühlten, machte sie sich an den Bändern seiner Hose zu schaffen. Mit seiner Hilfe schaffte sie es schließlich, ihn zu entkleiden. Schüchtern schweifte ihr Blick über ihn, über die kühnen Umrisse seines Oberkörpers, seine schmale Taille, seine schlanken Hüften, die harten Muskeln seiner Schenkel. Nur flüchtig glitt ihr Blick über sein erregtes Glied. Sie erbebte unwillkürlich.

Remy war ihre Reaktion nicht entgangen. Er legte die Hände um ihr Gesicht und küsste sie zärtlich. »Keine Sorge, Gabrielle. Ich werde dir nicht wehtun.«

»Das – das weiß ich schon«, sagte sie. Trotzdem zitterte sie, auch wenn sie keine vernünftige Erklärung für ihre Angst hatte. Das war Danton zu verdanken.

»Wir machen es ganz langsam. Du kannst mich jederzeit aufhalten, wenn du willst«, versprach Remy und küsste sie wieder. Er führte sie zum Bett, behutsam wie ein Bräutigam, der seine jungfräuliche Braut beschwichtigt. Nachdem er die Decke zurückgeschlagen hatte, legte er sich hin und zog sie zu sich hinunter.

Sie lagen nebeneinander. Ihre Stirn schmiegte sich an seine Schulter. Er hauchte sanfte Küsse auf ihr Haar. Remy war kein Mann der großen Worte, er gehörte nicht zu den Liebhabern, die einer Frau hübsche Dinge oder Koseworte ins Ohr flüstern. Bei ihm sprachen die Augen, die Wärme seiner Berührungen, die Hitze seiner Küsse.

Sanft zog er ihr Gesicht näher, küsste ihre Stirn, ihre Augenlider, ihre Nasenspitze und endlich ihren Mund, lange, tief und langsam. Obwohl sie schrecklich aufgeregt war, öffnete Gabrielle die Lippen und gewährte seiner kühnen Zunge freie Bahn. Wärme durchflutete ihren ganzen Körper.

Geduldig … Remy war unendlich geduldig. Sie staunte über seine Duldsamkeit, denn sein Verlangen war nur zu offenkundig. Sein hartes Glied pochte gegen ihren Oberschenkel, was gleichzeitig ihr eigenes Verlangen weckte.

Remy küsste sie weiter unablässig. Seine Hände wanderten über ihren ganzen Körper, liebkosten ihre Brüste, neckten ihre Brustwarzen, bis Wellen der Hitze durch ihren ganzen Körper strömten. Doch als Remys Finger tiefer glitten, über ihren flachen Bauch hin zu den Locken zwischen ihren Beinen, verspannte sie sich wieder.

Sie presste die Knie zusammen und schob seine Hand weg. Während sie ihn weiter innig küsste, begann sie, ihn fast fieberhaft zu liebkosen. Sie kannte jede List, einen Mann zu befriedigen, ohne sich ihm ausliefern zu müssen. Sie verstand es, einen Mann zu einem Höhepunkt zu verhelfen, ohne dass er je in sie eindrang.

Fast verzweifelt schickte sie sich an, ihre Fertigkeiten einzusetzen. Sie fuhr mit den Fingern und dem Mund über Remys Brust. Ihre Hand schloss sich um sein Glied, sie liebkoste ihn mit den Fingerspitzen. Remy ächzte laut auf und packte ihr Handgelenk. »Nein, Gabrielle. Nicht so schnell. Nicht, bis ich deine Lust gestillt habe.«

Sie drehte sich auf den Rücken und starrte auf den Betthimmel. Sie wollte nicht, dass er ihre Zweifel bemerkte, ihre Furcht, dass sie die Lust wohl nie würde auskosten können, egal wie sehr sie ihn liebte.

Er atmete tief durch, um seine Erregung zu dämpfen. Dann richtete er sich über ihr auf und fing erneut an, zärtlich ihre Leidenschaft zu entfachen. Ihr Körper drängte danach, auf Remys Liebkosungen zu reagieren und das Verlangen zuzulassen, doch die alte Angst ließ Gabrielle nicht los. Die dunkle Erinnerung an Danton schien sich in alle Fasern ihres Körpers eingenistet zu haben.

Remys Bartstoppeln kratzten ein wenig auf der zarten Haut ihres Bauches, als er sie dort küsste und sein Mund gefährlich tiefer wanderte. Als er mit der Hand ihre Beine öffnen wollte, stockte Gabrielle der Atem; trotz ihres Vorsatzes hätte sie am liebsten das Weite gesucht. Keiner ihrer Liebhaber hatte das je bemerkt.

Aber Remy hielt inne. Das Bett knarrte ein wenig, als er von ihr abrückte. Er legte ihr die Hand auf die Wange und sagte mit rauer Stimme: »Ach, Gabrielle, tu es nicht! Bitte tu nicht so, als ob ich nicht da wäre!«

»Es – es tut mir leid«, wisperte sie. »Aber vielleicht könntest du mich bei unserem ersten Mal ganz schnell nehmen, und dann – und dann …«

»Ich werde dich gar nicht nehmen.« Remy strich ihr das Haar aus der Stirn und lächelte sie zärtlich an. »Du wirst *mich* nehmen.«

Bevor sie fragen konnte, was er meinte, drehte er sich auf den Rücken und zog sie mit sich, bis sie auf ihm lag. Gabrielles Augen wurden groß, als sie erkannte, was er sie tun lassen wollte. Als Kurtisane hätte sie mit allen möglichen Stellungen des Liebesspiels vertraut sein sollen, aber nie hatte einer ihrer Partner auf die dominante Position verzichtet, bei der die Frau willfährig unter ihm lag.

Verlegen gestand sie: »Remy, ich habe nie – ich weiß nicht, ob ich es schaffe, auf diese Weise deine Lust zu befriedigen.«

»Es geht nicht nur um meine Lust, sondern auch um deine. Vertraust du mir nicht, Gabrielle?«

»Ich vertraue dir mit meinem Leben.«

»Dann tu es auch mit deinem Herzen.« Remy küsste sie und ermunterte sie, sich rittlings auf seinen kraftvollen Körper zu setzen. Die Hitze, die er verströmte, erregte sie trotz all ihrer Angst.

Wie ein Bildhauer, der liebevoll jeden Zentimeter eines Körpers gestaltet, glitt er mit den Händen über ihre Arme, ihre Brüste, die Kurven ihrer Taille. Als sich seine Finger behutsam zwischen ihre Beine schlichen und ihre intimsten Stellen liebkosten, bäumte sie sich auf vor Lust und spürte, wie sie immer heißer und feuchter wurde. Das Verlangen drohte sie wie eine dunkle Welle zu verschlingen. Remy strich ihr das Haar über die Schultern, weil er ihr Gesicht sehen wollte.

»Kämpf nicht dagegen an, Gabrielle. Hab keine Angst, dein Verlangen ist bei mir sicher.«

Sein Atem ging rasch und heftig, sein Körper bebte, aber er hielt sich noch immer davon ab, in sie einzudringen. Seine Finger erregten und streichelten sie weiter sanft, bis ihr Verlangen nach ihm alle Angst verdrängt hatte.

»Remy, bitte«, stöhnte sie. »Ich möchte dich in mir spüren.«

»Dann führ mich dorthin«, keuchte er.

Gabrielle tastete nach seinem harten Glied, richtete sich ein wenig auf und ließ sich dann langsam auf ihn nieder, bis ihr Körper sich wie ein Mantel um ihn schloss. Sie atmete scharf ein, als sie ihn in sich spürte. Sie staunte über die Kraft seines Körpers, die Kraft eines Mannes, der so auf seine Stärke vertraute, dass er ihr völlig die Kontrolle überlassen konnte.

Er legte die Hände auf ihre Hüften und unterstützte sie, als sie anfing, sich sanft zu bewegen, aber er ließ ihr die Freiheit, das Tempo zu bestimmen. Allmählich wurde auch ihr Verlangen immer stärker, sie bewegte sich immer härter und schneller. Als ihr das Haar über die Augen fiel, warf sie den Kopf zurück, denn nun wollte auch sie alles sehen. Sie wollte den Anblick des Mannes genießen, der unter ihr lag, seine harten, mit einer dünnen Schweißschicht bedeckten, glänzenden Muskeln, sein markantes Gesicht, überzogen von Leidenschaft. Die dunkle Wärme seiner Augen sog sie förmlich auf, ihre stoßförmigen Atemzüge kamen allmählich in völligem Gleichklang.

Die Spannung baute sich auf, bis sie es nicht mehr aushielt. Leise schrie sie auf, als ihr Körper in einer Explosion der Lust erbebte, die stärker, heißer und süßer war als alles, was sie sich je erträumt hatte. Auch Remys Beherrschung brach zusammen, ächzend bäumte er sich auf und entlud seinen Samen tief in ihr.

Nach diesem intensiven Höhepunkt fühlte sich Gabrielle richtig schwach. Zitternd beugte sie sich vor, dankbar für Remys starke Hände, die ihre Arme unterstützten, zögernd, die Vereinigung ihrer Körper zu beenden. Ihre Brüste hoben und senkten sich, während ihr rasendes Herz sich allmählich wieder beruhigte. Sie schloss die Augen und stieß einen langen, tiefen Seufzer aus.

Als sie die Augen wieder öffnete, stellte sie fest, dass Remy sie liebevoll betrachte, den Mund zu dem jungenhaften Schmunzeln verzogen, das sie so an ihm liebte. Seine Miene war zärtlich, doch es spiegelte sich auch etwas wie männlicher Triumph darin. Er wusste, dass er sie zutiefst befriedigt hatte, doch sein Wissen beschämte sie nicht. Mit einem zittrigen Lachen warf sie ihr Haar zurück, ließ sich von ihm heruntergleiten und suchte nach Worten, um ihm mitzuteilen, wie sie sich fühlte: nicht wie ein Preis, den es zu erringen galt, wie ein Körper, den man benutzte oder besaß, sondern wie eine Tochter der Erde – stark und schön, eine Spenderin von Leben und Liebe. Ihre Lippen öffneten sich hilflos in dem Versuch, ihm zu sagen, was er alles in ihr geheilt hatte.

Doch schließlich schmiegte sie sich nur in seine Arme und wisperte ganz leise: »Danke!«

19

Die Kerzen erloschen eine nach der anderen, nur die Wandfackel neben dem Bett brannte noch. Das Licht flackerte über Remy und Gabrielle, die eng umschlungen unter der Decke lagen, und hüllte sie in einen sanften Glanz, der die Dunkelheit fernzuhalten schien. Remy lag auf dem Rücken, er wagte sich kaum zu rühren, um die Frau, die an seiner Seite schlief, nicht zu stören. Gabrielle war endlich von ihrer tiefen Erschöpfung eingeholt worden. Sie ruhte mit dem Kopf auf seiner Schulter, ihr goldenes Haar ergoss sich über seine Brust. Er spürte das weiche, warme Gewicht ihrer Brüste, ihren sachten Atem, ihre Haut, die noch feucht war vom Liebesspiel.

Sein Körper verzehrte sich nach ihr. Er hätte sich wieder und wieder tief in sie vergraben können, aber dafür war Gabrielle wahrscheinlich noch nicht bereit. Sie hatte sich bei ihm bedankt, weil er sie so zärtlich geliebt hatte. Das sprach Bände darüber, wie brutal Danton mit ihr umgegangen war und wie leer ihr Leben als Kurtisane gewesen war; wie viele Kompromisse sie eingegangen war, was sie alles getan hatte, um zu überleben. Der Kampf ums Überleben – das war etwas, was er nur allzu gut kannte; denn auch er hatte in den letzten Jahren viele Kompromisse eingehen müssen, als er sein Schwert an den Meistbietenden verkauft hatte.

Er drückte Gabrielle einen sachten Kuss aufs Haar. Im Augenblick sorgte er sich vor allem um die Zukunft, eine Zukunft voller Gefahren: Es drohten Hexenjäger, die Ränke der dunklen Königin und vielleicht auch der Zorn seines Königs. Remy überlegte, was Heinrich wohl tun würde, wenn er merkte, dass sein treuer Hauptmann Gabrielle zwar heiraten, jedoch nicht mit einem anderen Mann teilen wollte, nicht einmal mit seinem König. Heinrich war zwar langmütig und verträglich, aber Könige waren es bekanntlich nicht gewohnt, dass ihre Wünsche missachtet wurden.

Auf alle Fälle winkten keine königlichen Belohnungen, keine Ländereien und keine Titel. Remy war an solchen Dingen nie viel gelegen, aber Gabrielle hatte sich an kostbare Kleider, teuren Schmuck und die Eleganz ihres Stadthauses gewöhnt. Es verletzte seinen Stolz, sich einzugestehen, dass er ihr solche Dinge nie würde bieten können.

Und schon bevor sie nach Paris gekommen war, hatte sie ein angenehmes Leben geführt, erst auf dem Anwesen ihrer Familie auf Faire Isle, dann im Schloss ihres Schwagers. Remy fiel es schwer, sich vorzustellen, dass diese wunderschöne Frau mit ihm in einem schlichten Bauernhaus leben oder die Entbehrungen des Lagerlebens auf sich nehmen sollte, all den Schmutz, die Kälte, die kargen Essensrationen, wenn sie ihm bei einem Feldzug folgte.

Die bittere Wahrheit war, dass er ihr nicht mehr bieten konnte als das Wenige, was er besaß. Aber bei all den Gefahren, die ihnen drohten, sollte ein angemessenes Heim für Gabrielle eigentlich zu seinen geringsten Sorgen gehören. Er zog sie näher zu sich und schmiegte das Kinn an ihren Kopf. Eigentlich sollte er für diesen Augenblick einfach nur dankbar sein und sich darüber freuen, dass er endlich das hatte, was er sich so lange ersehnt hatte: Gabrielle war hier bei ihm, sicher und geborgen in seinen Armen.

Er wollte gar nicht einschlafen, weil er fürchtete, beim Aufwachen könnte sich alles nur als ein Traum erweisen. Doch schließlich forderten die Strapazen des heutigen Tages auch bei ihm ihren Tribut. Seine Augenlider flatterten, dann schlossen sie sich.

Aber sorgenvolle Gedanken führen zu sorgenvollen Träumen. Diesmal stolperte er allerdings nicht wie so oft in der Bartholomäusnacht durch die dunklen Straßen von Paris auf der Suche nach seinem verlorenen Schwert. Er streifte verzweifelt durch die Gänge des Louvre, und Gabrielle war es, die er nicht finden konnte, egal wie viele Türen er auch aufstieß.

Ächzend warf er sich hin und her und zwang sich schließlich aufzuwachen. Sein erster Impuls ließ ihn nach Gabrielle greifen, um sie an sich zu ziehen. Aber als er nach ihr tastete, stellte er fest, dass der Platz neben ihm leer war. Panik ergriff ihn, und sein Herz begann zu hämmern. Er fuhr hoch und sah sich um: »Gabrielle?«

»Ich bin hier drüben«, erwiderte sie.

Zu seiner größten Erleichterung sah er sie vor dem Fenster stehen, die Nase an die Scheibe gepresst. Sie trug einen ihrer teuren Morgenmäntel, der sie wie eine blaue Seidenwolke umhüllte und sie weich und zugänglich erscheinen ließ.

Remy schlug die Decke beiseite und stand auf. Während er seine Hosen anzog, fragte er besorgt: »Was ist los? Stimmt etwas nicht?«

»Keine Sorge. Ich bin aufgewacht und konnte nicht mehr einschlafen, aber ich wollte dich nicht stören. Komm her und sieh dir das an!« Sie streckte die Hand nach ihm aus und zog ihn ans Fenster. Er spähte mit zusammengekniffenen Augen in die Dunkelheit. In der Ferne flackerte ein Licht, das ihn an Geschützfeuer in weiter Distanz denken ließ.

»Was zum Teufel ist das?«, fragte er beunruhigt. Er verspürte den Drang, sein Schwert zu holen.

»Eine Sternschnuppe? Vielleicht fallen Sterne vom Himmel, wenn man seinem Schicksal trotzt?«

Als er sie wegen dieser seltsamen Bemerkung verwundert anstarrte, lachte sie und drückte seine Hand. »Das war doch nur ein Scherz. Es ist ein Feuerwerk, zweifellos über dem Park des Palastes.«

Als Remy genauer hinsah, merkte er, dass sie recht hatte. Am nächtlichen Himmel explodierte wieder ein Licht, diesmal löste es sich in einer Kaskade roter und goldener Funken auf, die nach unten rieselten und hinter den Dächern der benachbarten Häuser verschwanden.

»Was, glaubst du, feiern sie dort? Die Ankunft der Hexenjäger?«

Gabrielle musste über seine Ironie lächeln. »Im Louvre gibt es oft Feuerwerke. Wahrscheinlich dient es der Unterhaltung auf dem Fest nach dem Turnier.«

Eine teure Unterhaltung, fand Remy, und obendrein eine törichte Verschwendung von Schwarzpulver. Aber Gabrielle presste die Hände an die Fensterscheiben und genoss das Spektakel. Remy musste daran denken, dass Gabrielle bestimmt an diesem Fest teilgenommen hätte, wenn er nicht nach Paris zurückgekehrt wäre. Sie hätte in einem ihrer schönsten Gewänder gestrahlt, wäre Arm in Arm mit Heinrich flaniert und hätte mit ihm das Feuerwerk bewundert. Welche Königin wäre Gabrielle geworden, hätte sie Heinrich heiraten können! Diese Rolle hätte jedenfalls weitaus besser zu ihr gepasst als die einer Soldatenfrau.

Dieser Gedanke war ein Wermutstropfen für Remy. »Gabrielle, du – du bereust doch nicht etwa, was wir heute Abend getan haben?«

Sie sah ihn an, die feinen Brauen vor Überraschung gewölbt. »Nein, natürlich nicht! Wie kommst du denn darauf?«

»Ich will dich nämlich wirklich heiraten …«

»Das hoffe ich doch. Du hast mit mir das Bett geteilt. Es wäre ja wohl das Letzte, wenn du mir jetzt den Laufpass geben würdest.« Sie schlang die Arme um seinen Nacken und lächelte ihn liebevoll an. Ihre Lippen waren noch aufreizend rot und prall von all den Küssen.

Er umfasste ihre Taille. »Das ist es, was ich meine. Ich will dich wirklich heiraten, ich möchte dein Gemahl sein, und zwar im vollen Sinn des Wortes.«

»Der Anfang war ganz ausgezeichnet.« Gabrielle schmiegte sich verführerisch an ihn, nur der dünne Seidenstoff trennte ihn von ihren warmen, üppigen Kurven. Als sie mit den Lippen sein Kinn entlangfuhr, spannte sich sein Körper sofort an. Aber seine Sorgen wogen zu schwer, um sie einfach zu vergessen.

Er rückte ein wenig von ihr ab und meinte: »Ich bin kein König, Gabrielle; zur Hölle, ich bin nicht einmal ein Ritter.«

»Ich will keinen König«, beharrte sie und wollte sich wieder an ihn schmiegen.

Aber sie hatte einen König gewollt, und zwar noch vor wenigen Stunden. Gabrielle hatte diesen Gedanken wohl in Remys Augen gelesen, denn sie trat zurück und ließ die Hände sinken.

»Na gut, ich gestehe, ich habe an Heinrich gedacht.«

Remy verzog das Gesicht. Das hatte er nicht hören wollen.

Sie beeilte sich weiterzusprechen. »Aber nur deshalb, weil mich ein schlechtes Gewissen plagt. Ich habe alles getan, um ihn zu betören und dazu zu bringen, sich in mich zu verlieben. So unbekümmert und sorglos er sich auch immer geben mag – er ist ein guter Mensch. Ich möchte ihm nicht wehtun.«

»Ich auch nicht.« Beklommen erinnerte sich Remy an Heinrichs strahlendes Gesicht, als er über seine Liebe zu Gabrielle gesprochen hatte. Natürlich hatte Remy seinen jungen König schon öfter verliebt gesehen, und er war davon überzeugt, dass Heinrich den Schmerz rasch verwinden und sich anderweitig trösten würde. Trotzdem … wenn eine Frau es schaffte, einen Mann, selbst wenn er so unstet war wie Heinrich, dauerhaft verliebt zu machen, dann Gabrielle.

Als er darüber nachdachte, schüttelte Remy den Kopf. »Heinrichs Liebe zu dir kann nicht besonders tief gehen, sonst hätte er nie das wenig ehrenhafte Arrangement vorgeschlagen, dass ich dich heirate, damit für dich gesorgt ist, wenn er deiner überdrüssig wird.«

»Für Könige gelten andere Regeln als für uns normale Sterbliche.«

Remy schob stur das Kinn vor. »Ein König sollte edler handeln als seine Untertanen.«

Gabrielle streichelte seine Wange und lächelte ihn zärtlich

an. »Du verlangst zu viel von den Menschen, vor allem von dir selbst. Aber ich glaube, deshalb liebe ich dich so sehr.«

Ihre Worte ließen ihn vor Freude erglühen und vertrieben einen Teil seiner Sorgen und Zweifel. Sie liebte ihn. Er würde wohl nie genug davon bekommen, sie das sagen zu hören. Zärtlich zog er sie an sich, und ihre Lippen trafen sich in einem tiefen, langen Kuss.

Eng umschlungen standen sie eine Weile da. Schließlich schmiegte Remy seine Stirn an die ihre. Er spürte, wie sie leicht erzitterte.

»Ich bin so glücklich, dass es mir fast Angst macht«, wisperte sie.

Remys Arme schlossen sich fester um sie. Er verstand sie nur zu gut. Er fürchtete, dass ein eifersüchtiger Gott ihm Gabrielle jederzeit wieder entreißen könnte. Oder vielleicht ein eifersüchtiger König …

»Ich will nicht an morgen denken, aber ich glaube, wir kommen nicht umhin.« Sie seufzte und hob den Kopf. »Was werden wir tun, Remy?«

»Na ja, zum einen muss ich weiter versuchen, Heinrich zu retten, weil …«

»Weil es deine Pflicht ist«, beendete Gabrielle den Satz und verzog das Gesicht.

Remy setzte zu einer Entschuldigung an, aber sie schüttelte nur den Kopf. »Schon gut, ich verstehe es ja. Hast du denn schon einen Plan, wie du diese Pflicht erfüllen kannst?«

»Ich glaube schon. Aber als Allererstes werde ich wohl einen Trupp Bewaffneter anheuern, die dich und Miri zur Faire Isle begleiten, möglichst weit weg von den Hexenjägern.«

»Für Miri ist das sicher das Beste, aber ich gehe unter keinen Umständen mit.«

»Gabrielle …«, fing er an.

Sie legte ihm die Hand auf den Mund. »Nein. Und schau mich nicht mit deinem Kommandoblick an, Nicolas Remy, als ob du von mir erwartest, dass ich gleich in Habachtstellung gehe. Ich werde keinesfalls zur Faire Isle fliehen und dich hier zurücklassen, wenn so viele Gefahren drohen.«

Er küsste ihre Hand zärtlich, dann schob er sie weg. »Es ist weitaus ungefährlicher, wenn ich mich auf meine Mission konzentrieren kann, ohne mir über deine Sicherheit Sorgen zu machen.«

Gabrielle trat einen Schritt zurück und verdrehte die Augen. »Oh mein Gott, auf so ein Argument kann auch nur ein Mann kommen. Ohne meine Hilfe wirst du es nie schaffen, Heinrich zu retten. Du weißt, er hat nur eingewilligt, Paris zu verlassen, weil er dachte, dass er mich bekommt.«

»Schön und gut, aber er bekommt dich nicht, und damit Schluss«, fauchte Remy.

Gabrielle wirkte, als hätte sie ihn gar nicht gehört. Sie legte die Finger unters Kinn und sinnierte laut: »Es war selbstsüchtig von mir, zu versuchen, Heinrich hier bei mir in Paris zu halten. Das sehe ich jetzt ganz deutlich. Vielleicht wird er eines Tages über Frankreich herrschen, aber vorläufig wäre er in seinem Königreich weitaus besser aufgehoben. Leider scheint er nicht zu verstehen, was gut für ihn ist, vor allem, wenn er auf mich und auf dich böse wird, weil wir ihn hintergehen.«

»Wir *hintergehen* ihn?«, fragte Remy verständnislos.

»Na ja, wir werden so tun müssen, als ob ich weiterhin seine Mätresse werden möchte.«

»Nein! Auf gar keinen Fall!«

»Doch nur für kurze Zeit. Sobald wir ihn über die Grenze geschafft haben, können wir ihm alles erklären.«

»Verflixt und zugenäht, Gabrielle, hörst du mir überhaupt zu?« Remy packte sie am Ellbogen und zog sie unsanft zu sich. »Ich habe *Nein* gesagt. Ich habe die Nase voll von all der Heuchelei und den Täuschungen. Ich möchte nicht, dass du dich Heinrich auch nur noch ein Mal näherst.«

»Warum nicht? Wovor hast du Angst? Dass ich doch noch in seinem Bett lande?«

»Offen gestanden, ja.«

»Ich habe es ziemlich lange geschafft, das zu vermeiden. Hast du so wenig Vertrauen in meine Liebe zu dir? Vertraust du mir so wenig?«

»Ich vertraue Heinrich nicht.« Remy scharrte unruhig mit den Füßen und gestand grummelnd: »Und mir selbst auch nicht – meiner Fähigkeit, dein Herz festzuhalten.«

»Ach Remy!« Gabrielle presste sich fest an ihn. »Mein Herz gehört dir, und das wird immer so sein. Ich greife genauso ungern zu solchen Täuschungsmanövern wie du, vielleicht sogar noch weniger gern. Aber Katharina hat bereits einen Versuch unternommen, dich zu vernichten. Sie hegt ganz offenkundig den Verdacht, dass du den König befreien willst. Die Ankunft der Hexenjäger lenkt sie womöglich eine Weile ab, denn damit hat sie, glaube ich, ebenso wenig gerechnet wie wir. Aber dir läuft die Zeit davon. Du kannst es dir nicht leisten, dich wegen mir mit Heinrich zu streiten. Wenn du deinen König wirklich retten willst, dann nur so.«

Remy verstand zwar ihre Argumente, doch sie behagten ihm nicht. Dennoch konnte er sich letztlich ebenso wenig dagegen sträuben wie gegen den Kuss, den sie ihm nun auf den Mund drückte.

»Na gut«, gab er schließlich mit einem bitteren Seufzer nach. »Aber wenn wir Heinrich von Paris weggebracht haben, musst du mir versprechen, dass das die letzte Täuschung war. Von da an wird nur noch mit offenen Karten gespielt, vor allem zwischen uns.«

»Aber dann musst du mir auch etwas versprechen: Sag mir, dass du mich nie mehr so erschrecken wirst wie heute Vormittag. Ich bin tausend Tode gestorben, als ich dabei zusehen musste, wie du auf dem Turnierfeld dein Leben aufs Spiel gesetzt hast.«

»Ich bin Soldat, Gabrielle. Ich kann dir schwerlich versprechen, nie wieder zu kämpfen. Besonders, wenn ich einen König retten muss und nun auch noch neue Gefahr von den Hexenjägern droht.«

»Dann schwöre mir zumindest, dass du dein Leben nicht mehr bei so einem törichten Anlass wie dem Zweikampf mit Danton aufs Spiel setzen wirst.«

Remy verspannte sich. »In meinen Augen war das kein törichter Anlass. Offen gestanden bereue ich es, diesen Mistkerl nicht vernichtet zu haben.«

Sie legte die Hände an seine Wangen und zwang ihn, sie anzusehen. »Aber begreifst du denn nicht? Du *hast* ihn vernichtet. Sein Tod hätte mich nicht erlöst. Das, was wir heute Abend getan haben, dein zärtliches Liebesspiel, das hat ihn besiegt.«

Wenn das stimmte, sollte Remy wahrhaftig froh sein. Aber sein Hass gegen Danton schwelte weiter. »Solche Siege bin ich nicht gewohnt. Soll das etwa heißen, dass ich heute Nachmittag die falsche Waffe gezogen habe?«

»Nicolas Remy!«

Er musste über ihre gespielte Empörung lachen. Als sie ihm noch einen spielerischen Klaps auf die Schulter gab, rächte er sich, indem er sie kitzelte. Gabrielle kitzelte zurück, und im Nu war Danton vergessen. Remy ließ sich aufs Bett fallen und zog Gabrielle mit sich. Sie balgten sich und rauften, bis sie beide vor Lachen kaum noch Luft bekamen. Schließlich legte sich Remy auf sie. Er stützte sich ab, um sie nicht mit seinem Gewicht zu erdrücken. Ihm war so leicht ums Herz wie schon lange nicht mehr. Ihr goldenes Haar war auf dem Kissen ausgebreitet, ihr Gesicht rot vom Gelächter, aber in ihren Augen schimmerte eine Weichheit, die er noch kaum kannte.

»Es ist so schön, dich lachen zu hören, Remy. Du trägst eine viel zu große Last auf deinen Schultern. Wenn du lachst, wirkst du um Jahre jünger.«

»Bin ich denn schon so alt geworden?«

Sie fuhr mit den Fingern durch das Haar an seinen Schläfen und funkelte ihn spitzbübisch an. »Ich glaube, ich habe ein paar silberne Strähnen entdeckt, Monsieur.«

Remy grinste und konterte: »Wenn ich graue Haare habe,

dann dank dir, Mademoiselle. Ausgerechnet du machst mir Vorhaltungen, dass ich zu waghalsig bin und zu viel aufs Spiel setze. Und wenn ich hundert Jahre alt werde – nie werde ich vergessen, wie du mir mein Schwert gestohlen hast, um gegen die Hexenjäger anzutreten. Wenn wir verheiratet sind, dann schwöre ich dir …«

Gabrielle fiel ihm ins Wort. »Ach du meine Güte! Das hätte ich ja beinahe vergessen.«

Sie wand sich unter ihm hervor und warf die Decke auf den Boden, um aufzustehen. Remy schlang den Arm um ihre Taille und hielt sie zurück. »Was immer du vergessen hast, kann es nicht bis morgen warten?«

»Nein, ich habe etwas, was ich dir geben möchte.«

Er wollte ihr schon versichern, dass er sich nur eines von ihr wünschte, doch als sie weiter von ihm fortstrebte, ließ er sie zögernd gehen. Gabrielle strich ihre lange goldene Mähne zurück und trat an das Fußende des Bettes. Sie bückte sich und stemmte den schweren Deckel einer Truhe hoch. Ungeduldig wühlte sie durch Leinen, Unterröcke und andere Kleidungsstücke.«

Remy setzte sich auf. Nun war seine Neugierde geweckt. »Was um Himmels willen suchst du eigentlich?«

»Das wirst du gleich sehen.« Sie richtete sich auf und hielt einen langen, in Samt gehüllten Gegenstand hoch. Damit trat sie ans Bett und wickelte ihn aus – es war ein Schwert. Remy stockte der Atem, allerdings weniger der Waffe als Gabrielles wegen. Das Licht der Kerze erhellte die goldenen Strähnen in ihrem Haar, warf einen warmen Schimmer auf ihre sahnefarbene Haut und ließ ihre Augen wie Juwelen funkeln.

Beide Hände um das Heft gelegt, die Klinge nach unten gerichtet, wirkte sie wie ein Geschöpf aus den Legenden, eine Zauberin, aus den mythischen Tiefen eines Sees aufgetaucht, um König Arthur sein Schwert zu reichen. Nur hatte sie ihm nicht Excalibur gebracht, denn das Heft war so schlicht und unverziert wie die stählerne Klinge. Es war sein altes Schwert, das Schwert, von dem er geglaubt hatte, er hätte es in der Bartholomäusnacht verloren, und das er seither in zahllosen Albträumen verzweifelt gesucht hatte.

Gabrielle legte die schwere Klinge auf einen Arm und bot ihm das Heft an. Er zögerte, es in die Hand zu nehmen, denn er fürchtete, dass in diesem Schwert zu viele düstere Erinnerungen steckten, Erinnerungen an das letzte Mal, als er es geführt hatte, in der Nacht des Blutbads. Doch als sich seine Finger um das abgegriffene Heft schlossen, das ihm bis zur kleinsten Scharte im Fingerschutz vertraut war, stieg eine ganz andere Erinnerung in ihm auf, an den Tag, als er das Schwert erhalten hatte.

Er war damals wohl kaum älter als zehn gewesen. Obwohl er für sein Alter recht groß war, hatte ihn sein Vater um einiges überragt. Es fiel ihm schwer, sich noch an Jean Remys wettergegerbtes Gesicht und seinen grau melierten Bart zu erinnern. Aber an die Hände seines Vaters konnte er sich gut erinnern: große, schwielige Hände, die Knöchel wulstig von zahllosen Verletzungen.

»Glaubst du, dass du stark genug bist, mit einer solchen Waffe umzugehen, Junge?«

»Oh ja, Monsieur«, hatte Remy erwidert, obwohl er die Anstrengung in seinen Schultermuskeln spürte, als er die Klinge aufrichtete.

»Pass gut darauf auf. Behandle dieses Schwert mit Respekt, lerne, es geschickt zu führen, dann wird es dir gute Dienste leisten. Möge es mit Gottes Hilfe deine Feinde stets in sicherer Entfernung halten.« Jean Remys Mund verzog sich zu einem seltenen kleinen Lächeln, als er seinem Jungen über den Kopf strich.

Sein Vater war ein bärbeißiger, einsilbiger Mann gewesen, einer, der mit Worten des Lobs und der Zuneigung geizte. Doch an dem Tag, als er ihm das Schwert überreichte, hatte Remy deutlich gespürt, wie sehr Jean Remy seinen einzigen Sohn liebte und wie stolz er auf ihn war.

»Mein altes Schwert! Du hast es die ganze Zeit aufbewahrt?«, staunte Remy. Er hielt die Waffe vor die Kerze, um sie zu prüfen. Gabrielle hatte sie ganz offenkundig gepflegt, die Klinge war scharf und poliert.

»Was sonst hätte ich damit machen sollen? Es in die Seine werfen?«, fragte sie und setzte sich neben ihn auf die Bettkante.

»Ich hätte es dir kaum verübeln können, wenn ich daran denke, wie ich dich bei unserer ersten Begegnung in Paris behandelt habe, und was ich dir alles an den Kopf geworfen habe …«

»Auch ich habe so einiges gesagt und getan, was mir jetzt leidtut.« Sie legte die Hand auf die seine, die noch immer das Schwert hielt. »Lange war dieses Schwert das Einzige, was ich von dir hatte. Wahrscheinlich wirst du lachen, wenn ich dir erzähle, dass es mir immer vorkam, als hätten deine Stärke und dein Mut diese Waffe verzaubert. Wann immer ich einsam und ängstlich war, fühlte ich mich sicher und beschützt, wenn ich dein Schwert in Händen hielt.«

Remy war nicht zum Lachen zumute. Er legte die Waffe auf den Boden und nahm Gabrielle in die Arme.

»Ich wünschte, ich hätte einen Zauber, mit dem ich dich beschützen könnte«, sagte er mit rauer Stimme. »Aber in der Bartholomäusnacht habe ich erfahren, wie vergeblich es sein kann, jemandem zu versprechen, ihn stets zu beschützen.«

»Niemand kann so etwas versprechen. Ich wäre vollauf zufrieden, wenn du mir versprechen würdest, mich zu lieben.«

»Das schwöre ich, jetzt und bis ans Ende meiner Tage.« Remy besiegelte seinen Schwur mit einem Kuss.

Gabrielles Lippen öffneten sich, und all ihre zärtlichen Gefühle weckten neues Verlangen. Remy nestelte an den Knöpfen ihres Morgenmantels, seine Hände tauchten unter den Stoff, erforschten Gabrielles verlockende Kurven, ihre glatte warme Haut. Seine gierigen Küsse entlockten ihr sanfte Seufzer und leises, genussvolles Stöhnen. Gabrielle machte sich an seinen Hosen zu schaffen, und es dauerte nicht lange, da lagen sie sich wieder nackt in den Armen.

Remy versuchte, ebenso sanft und geduldig zu sein wie beim ersten Mal, doch Gabrielle ließ es nicht zu. Sie schlang die Arme um seinen Nacken, zog ihn auf sich, küsste und liebkoste ihn. Remy freute sich, dass sie immer kühner wurde und offenbar so begierig auf ihn war wie er auf sie. Sie öffnete sich für ihn und lud ihn mit einem sinnlichen Lächeln und vor Verlangen dunklen Augen ein – so leidenschaftlich und unerschrocken, wie es die Natur schon immer für sie vorgesehen hatte. Remy verlor sich in ihrem Liebesspiel und ließ sich von ihr an einen Ort führen, an dem nichts mehr wichtig war – weder das Leid der Vergangenheit noch die Gefahren der Zukunft.

Die Kerze neben dem Bett verlöschte, der Raum versank in Dunkelheit bis auf das flackernde Licht am Fenster, wo das ferne Feuerwerk den nächtlichen Himmel erleuchtete.

Die letzte Rakete flog zischend in den Himmel hinauf und spie einen dichten Funkenregen aus. Die Höflinge an den Tafeln unter den Bäumen klatschten begeistert Beifall. Viele der Turnierteilnehmer waren trunken von dem starken Wein, der auf dem Fest gereicht wurde. Lautes Gelächter mischte sich in die entzückten Ausrufe über das wunderbare Feuerwerk.

Katharina wurde von der Dunkelheit ihrer Gemächer verschluckt. Sie stand am Fenster und beobachtete das ferne Schauspiel mit grimmiger Miene. Die flackernden Fackeln, die gelegentlichen lauten Rufe und heiseren Stimmen weckten in ihr eine unangenehme Erinnerung. Damals war sie kaum mehr als zwölf Jahre alt gewesen, verwaist, aber sehr reich, die junge Herzogin von Florenz, einer Stadt, die sich gegen die Herrschaft der Medici auflehnte. Das aufgebrachte Volk hatte sich vor dem Kloster versammelt, in dessen schützende Mauern man sie gebracht hatte, und pochte fordernd an die Tore.

»Rückt das Mädchen raus. Liefert uns die junge Hexe aus. Wir haben die Nase voll von den Medici, die sich als unsere Herren aufspielen. Wir hängen sie an der Stadtmauer auf.«

»Nein, überlasst sie erst den Soldaten, die sollen ihren Spaß mit ihr haben, und dann richten wir sie hin.«

Selbst nach all den Jahren erbebte Katharina, wenn sie an all die gemeinen Drohungen und den Hass dachte. Wie durch ein Wunder hatte sie diese Nacht heil überstanden, und letztlich wurde der Aufstand niedergeschlagen. Aber damals hatte sie gelernt, dass weder auf einen hohen Stand noch auf einen Adelstitel oder die heiligen Mauern eines Klosters Verlass war. Sie war auf sich allein gestellt, auf ihre schwarze Magie und ihren scharfen Verstand.

Aber an diesem Abend fühlte sich ihr Verstand unerklärlich stumpf an. Sie konnte die Erkenntnis kaum verwinden, dass sich der Sohn, dem sie am meisten gewogen war, gegen sie gewandt und so etwas wie einen Aufstand inszeniert hatte. Er hatte sogar die Unverschämtheit besessen, sie nach ihrer anfänglichen Bestürzung über die Hexenjäger anzugrinsen.

»War das nicht eine köstliche Überraschung, Maman? Seid Ihr nicht stolz auf mich, dass ich das in die Wege geleitet habe? Le Balafre und seine Männer werden bestimmt dafür sorgen, dass es sich jede Hexe gut überlegt, ob sie sich in meine Herrschaft einmischt, egal, für wie mächtig sie sich hält.«

Katharina war viel zu wütend und beunruhigt gewesen, um ihm die verdiente scharfe Antwort zu geben. Sie hatte nur einen steifen Knicks zustande gebracht und war in den Palast gerauscht. Dort hatte sie ihre Hofdamen weggeschickt und sich in ihre düsteren Gemächer zurückgezogen. Wie ein erschrecktes Kaninchen, das sich in seinem Erdloch verkriecht, dachte sie mit einem Anflug von Selbstverachtung.

Und warum? Nur weil dieser Le Balafre aufgetaucht war. Sie hatte ihn fast auf den ersten Blick erkannt. Dieser erschreckende Monsieur Narbengesicht war kein anderer als der junge Kerl, der dem Großmeister der Hexenjäger, Vachel

Le Vis, zur Seite gestanden hatte. Simon Soundso. Er hatte ziemlich unscheinbar gewirkt, doch Katharina hatte schon damals etwas in seinem Blick entdeckt, das ihr ein gewisses Unbehagen bereitet hatte. Le Vis war verrückt gewesen, ein Narr, der sofort auf Katharina hereingefallen war und ihr gedient hatte, ohne zu merken, dass er einer viel größeren Hexe aufsaß als der, die er in ihrem Auftrag aufstöbern sollte. Simon hingegen hatte sie angestarrt, als wisse er genau, wer sie war. Er schien eine Intuition zu besitzen, die weit über das hinausging, was seine Jahre hätten vermuten lassen.

Als Le Vis ihr nichts mehr nützte, hatte sie sich seiner entledigt. Dasselbe hätte sie mit dem Jungen tun sollen, aber sie hatte ihn laufen lassen. Dieser Fehler könnte sie jetzt teuer zu stehen kommen, vielleicht musste sie sogar mit dem Leben dafür bezahlen.

»Hör auf mit diesen närrischen Gedanken!«, mahnte sie sich. Letztlich war dieser Le Balafre ja noch immer kaum mehr als ein junges Bürschlein, genau wie ihr Sohn.

Sie würde ihn vernichten wie Ungeziefer. Hasserfüllt schnippte Katharina mit den Fingern. Aber Simon war nicht so töricht wie sein ehemaliger Herr. Er hatte Heinrichs Angebot, ihn und seinen Trupp im Palast unterzubringen, dankend abgelehnt. Katharina hatte erfahren, dass er ein Gasthaus bezogen und es in eine kleine Festung verwandelt hatte. Das machte es natürlich schwerer, an ihn heranzukommen. Aber nichts war unmöglich.

Sie musste nur geduldig sein, auch wenn sie nicht wusste, ob sie sich diesen Luxus leisten konnte. Sie versuchte, sich einzureden, dass Heinrich die Hexenjäger nur geholt hatte, um sie einzuschüchtern und dazu zu bringen, ihre Machtposition hinter seinem Thron aufzugeben.

Ihr Sohn würde es doch wohl kaum wagen, diesen Fanatikern zu gestatten, seine eigene Mutter der Hexerei anzuklagen – oder etwa doch? Doch selbst wenn, welche Beweise gäbe es? Bis auf die vergifteten Handschuhe war Katharina stets äußerst vorsichtig gewesen. Sie hatte niemanden in die Geheimnisse ihrer Magie eingeweiht, nicht einmal ihre Töchter, wie es andere weise Frauen zu tun pflegten.

Nur wenige kannten die Kammer hinter der Kapelle, in der Katharina all ihre dunklen Geheimnisse verbarg. Sie dachte daran, die Kammer auszuräumen, die Zaubertränke und uralten Schriften zu zerstören, doch dann verwarf sie den Plan wieder. Nein, sie weigerte sich, in Panik auszubrechen; schließlich war sie keine verängstigte Zwölfjährige mehr, sie war die Königinwitwe von Frankreich! Dennoch musste sie unwillkürlich daran denken, dass dieser erhabene Titel eine andere Königin nicht hatte retten können. Und das war noch nicht lange her.

Die englische Königin, Anne Boleyn, war von ihrem Gemahl, Heinrich VIII., vor Gericht gezerrt und des Ehebruchs, des Hochverrats und der Hexerei angeklagt worden. Und man hatte Anne Boleyn geköpft, Königin hin oder her.

Katharinas Hand schlich sich unfreiwillig zu ihrem Hals. Sie erbebte und ließ einen Moment lang ihre dunkle, heimliche Angst zu, die Angst vor dem Tod.

»Eure Majestät?«

Sie zuckte erschrocken zusammen und wirbelte herum. Wer wagte es, sich unangekündigt zu ihr zu schleichen? Zum Glück fiel genügend Mondlicht durch die Fenster, um Bartholomäus Verduccis hagere Gestalt erkennen zu können.

»Verducci!« Katharina umklammerte das Kreuz vor ihrem Busen. Ihre Angst wich der Wut. »Was hast du dir dabei gedacht, ungefragt hier aufzutauchen? Hatte ich nicht ausdrücklich befohlen, nicht gestört zu werden?«

Der kleine Mann verbeugte sich tief und schlich ein paar Schritte zurück wie ein geprügelter Hund. »V-Verzeihung, Euer Gnaden. Ich hätte Euch nicht gestört, wenn ich es nicht für wichtig gehalten hätte. Jemand bittet um Audienz …«

»Wenn es dieser Schwachkopf Danton ist, möchte ich ihn nicht sehen. Das habe ich ihm bereits mitteilen lassen. Versager kann ich nicht brauchen. Außerdem gehört das Treiben von Mademoiselle Cheney und ihrer Geißel momentan zu meinen geringsten Sorgen.«

Katharina rauschte zurück zu den Fenstern. Verducci machte keine Anstalten, sich erneut zu nähern, erklärte jedoch mit zaghafter Stimme: »Es – es ist nicht der Chevalier Danton, der Euch zu sprechen wünscht, Herrin …«

»Es ist mir egal, wer es ist. Schick ihn fort.«

»Es ist Eure Abgesandte, Majestät, von – von der Faire Isle.«

Katharina wollte ihn schon erneut tadeln, doch sie unterließ es. Ihre Abgesandte? Typisch Bartholomäus, die Angelegenheit so diskret zu behandeln. Endlich war ihre Spionin aufgetaucht, um ihr über die Herrin von Faire Isle und das Ratstreffen zu berichten. Das könnte die aufmunterndste Botschaft dieses Tages sein.

»Na gut, führ sie herein, aber zünde erst ein paar Kerzen an.«

Während Bartholomäus eilig ihren Befehl ausführte, trommelte Katharina mit den Fingern auf die Fensterscheibe. Sobald ihr das bewusst wurde, hörte sie damit auf. Normalerweise untersagte sie sich solche nervösen Gesten, die womöglich auf eine Schwäche hätten schließen lassen. Als Bartholomäus mit ihrer Besucherin zurückkehrte, hatte sich Katharina wieder völlig im Griff.

Bartholomäus trat vor, um die Dame vorzustellen, doch Katharina unterbrach ihn barsch.

»Lass uns allein«, befahl sie.

Der dürre kleine Kerl verbeugte sich und schlich davon. Katharina war allein mit ihrer Spionin. Sie winkte die Frau zu sich. Trotz der lauen Nacht trug ihr Gast einen langen braunen Umhang und hatte die Kapuze tief ins Gesicht gezogen. Als die Frau sich vor sie kniete, reichte ihr Katharina huldvoll die Hand zum Kuss. Doch als ihre Besucherin keine Anstalten machte, die Kapuze zurückzustreifen, zog sie sie wieder zurück.

»Ich pflege keine Gäste zu empfangen, die ihre Augen vor mir verbergen, Madame«, erklärte sie kühl.

Zögernd streifte die Frau die Kapuze zurück, und die bleichen, verkniffenen Züge Hermoine Pechards kamen zum Vorschein. Katharina ließ sich herab, ihr noch einmal die Hand zu bieten, und Madame Pechard erwies ihr die gebotene Ehre. Die Berührung der Frau fühlte sich unangenehm feucht und kalt an.

Angewidert zog Katharina die Hand zurück. »Na gut, Madame Pechard, Ihr seid also endlich nach Paris zurückgekehrt. Ich hatte Euch schon fast aufgegeben, weil Ihr so lange gebraucht habt.«

»Das … das ist nicht meine Schuld, Euer Gnaden«, winselte Hermoine. Aber Katharina brachte sie mit einer herrischen Geste zum Schweigen. Sie konnte Frauen nicht ausstehen, die herumwinselten und wie erschrockene Mäuse quietschten. Solch erbarmungswürdige Geschöpfe sollten in einen Sack genäht und in die Seine geworfen werden. Dieses Schicksal hatte Katharina ursprünglich für Madame Pechard vorgesehen, nachdem sie herausgefunden hatte, dass die Frau zusammen mit der Kurtisane Louise Lavalle im Auftrag der Herrin von Faire Isle hinter ihr herschnüffelte.

Mit Spionen anderer Leute hatte Katharina wenig Geduld, doch wenn sich Hermoine jetzt als nützlich erwies, hatte es sich wenigstens gelohnt, dieses Weib verschont zu haben. Wenn nicht – es gab ja genügend Säcke.

Katharina erkannte, dass sie mehr aus dem törichten Weib herausbekam, wenn sie sie nicht vor Schreck um ihr bisschen Verstand brachte. Deshalb gebot sie ihr nun hoheitsvoll, sich zu erheben, und unterdrückte ihren Zorn, als Madame Pechard wieder in ihrem grauenhaften Jammerton Erklärungen für ihre Verspätung vorbrachte.

»Die Reise von Faire Isle nach Paris ist lang. Und hier angekommen, hätte ich beinahe auf dem Absatz kehrtgemacht und mein Heil in der Flucht gesucht. Er ist hier!« Hermoine schlang die Arme um sich und erbebte. »Oh lieber Gott, er ist hier, in Paris. Dieser böse Mann!«

»Ich dachte, Ihr würdet Euch freuen, Euren Gemahl wiederzusehen«, entgegnete Katharina süffisant.

»Ich rede doch nicht von meinem Maurice«, erwiderte Madame Pechard empört. »Sondern von – von diesem Teufel.« Sie blickte sich nervös um, dann senkte sie die Stimme zu einem Flüstern: *»Le Balafre.«*

»Ihr wisst von diesem Hexenjäger?«

»Auf dem Ratstreffen wurde viel von ihm gesprochen.«

»Berichtet!«

Zu Katharinas Verdruss ließ Hermoine den Kopf hängen und biss sich auf die bleichen, schmalen Lippen. Am liebsten hätte Katharina das Weib an den knochigen Schultern gepackt und an die Wand gedrückt, um ihren Augen erbarmungslos alles zu entreißen, was sie wusste. Hermoines Blicke huschten hierhin und dorthin, wie bei einer zu Tode erschrockenen Maus, die nach einem Versteck sucht. Katharina zügelte ihre Ungeduld und versuchte, Hermoine erst einmal zu beruhigen. Sie bot ihr ein Glas Wein an und fragte, ob sie sich nicht setzen wolle. Aber Madame Pechard lehnte die Erfrischung ab und beäugte den Polsterstuhl, als wäre er eine eiserne Jungfrau, auf der Katharina sie foltern wolle.

»Bevor ich Euch weiter berichte, müsst Ihr eines wissen: Ich möchte die Herrin von Faire Isle nicht hintergehen. Sie war sehr gut zu mir, als Ihr mich verhaften ließt und ich aus Paris fliehen musste.« Hermoine brachte sogar ein wenig Würde zustande, und in ihrer Stimme schwang ein kleiner Vorwurf mit.

Katharina konnte nicht umhin, Bewunderung zu empfinden – wenn auch nicht für Hermoine, sondern für Ariane. Da hatte es die Herrin von Faire Isle doch tatsächlich geschafft, selbst in dem erbärmlichen Weib, das jetzt vor ihr stand, so etwas wie Loyalität und Mut zu wecken.

»Dass ich Euch verhaften ließ, geht auf ein unseliges Missverständnis zurück, das habe ich Euch ja schon in meinem

Schreiben erklärt, als ich Euch bat, für mich zu arbeiten. Die Schuld trägt allein die liederliche Louise Lavalle, die eine tugendhafte Frau wie Euch in ihre Schandtaten hineingezogen hat.«

Katharina merkte, dass sie nichts Wirkungsvolleres hätte anführen können. Hermoine nickte, und auf ihrer Miene spiegelte sich selbstgerechte Empörung.

»Mademoiselle Lavalle ist in der Tat ein böses, liederliches Geschöpf, genau wie viele der anderen jüngeren weisen Frauen heutzutage. Aber die Herrin von Faire Isle ist überaus klug und tugendhaft.«

»Ja, ja, das ist sie, unsere gute Ariane, und auch ich würde mich gern als ihre Freundin bezeichnen«, erklärte Katharina besänftigend. »Aber bis es soweit ist, dass sie mir vertraut, muss ich mich auf Eure Auskünfte verlassen, meine liebe Madame Pechard. Ich versichere Euch, ich kann sehr großzügig sein, wenn man mir dient.«

Das dumme Weib faltete die Hände, und Tränen stiegen ihr in die Augen. »Ich möchte nur wieder in mein behagliches Häuschen und meinen guten Namen als geachtete Gemahlin eines Universitätsprofessors zurückerhalten. Ich möchte wieder das Leben führen, das ich hatte, bevor ich mich auf diese elende Lavalle und ihre Ränke einließ, Euch auszuspionieren.«

Welch kümmerliches, erbärmliches kleines Leben das gewesen war! Katharina konnte sich nicht vorstellen, dass eine Frau sich nichts sehnlicher wünschte als das, aber sie tätschelte Hermoines Hand.

»Ich werde dafür sorgen, dass Euch alles wiedergegeben wird, meine Liebe. Und jetzt berichtet mir von dem Ratstreffen und was dort über Le Balafre gesagt wurde.«

»Nun, da war eine völlig verrückte Rothaarige aus Irland, Catriona O'Hanlon. Ein ausgesprochen unhöfliches Weib, das mir ins Wort fiel, als ich vor dem Rat sprechen wollte. Sie berichtete uns von diesem Le Balafre und einem Buch, das verloren gegangen ist und ihn nach Frankreich geführt hat ...«

Katharina merkte rasch, dass die Frau nur schwer zum Schweigen gebracht werden konnte, hatte sie erst einmal zu reden begonnen. Hermoines Klagen über das Verhalten der anderen Frauen auf der Versammlung waren allerdings weitaus beredter als ihre Ausführungen zu Le Balafre. Nach zehn Minuten hörte Katharina ihr kaum noch zu. Sie hatte bereits alles erfahren, was sie wissen wollte.

Ein verloren gegangenes Buch; das legendäre *Buch der Schatten,* das für eine Tochter der Erde die dunkelsten Geheimnisse barg. Katharina trat ans Fenster. Es fiel ihr schwer, ihre Erregung zu zügeln. Wenn ihr dieses Buch in die Hände fiel, bräuchte sie sich vor nichts mehr zu fürchten, weder vor der Geißel noch vor hugenottischen Rebellen noch vor Hexenjägern, ja nicht einmal vor dem Tod. Sie würde ihre dunklen Künste so vervollkommnen, dass sich ihr nichts und niemand mehr in den Weg stellen konnte.

Dieses Buch musste sie haben.

20

Die dunkle Nacht wich dem ersten Grau des frühen Morgens, das sich langsam auf die Dächer senkte. Miri zog die Kapuze ihres Umhangs tiefer in die Stirn, um nicht erkannt zu werden, während sie über den dunstverhangenen Hof eilte. Feuchtigkeit drang durch ihre Schuhsohlen, und sie zitterte, als sie sich verstohlen umblickte.

Das Stadthaus war in Stille gehüllt; nichts regte sich, niemand spähte besorgt aus dem Fenster, niemand stürmte durch die Tür auf der panischen Suche nach ihr. Sie hatte es geschafft, alle zu umgehen – Gabrielle, Remy, Bette, sogar den wachsamen Nekromant.

Mit etwas Glück würde sie es schaffen, ihr Vorhaben auszuführen und zurückzukehren, bevor man sie vermisste. Wenn nicht … Sie seufzte leise. Sie wollte die Menschen, die sich um sie sorgten, nicht ängstigen. Aber sie verstanden sie nicht. Sie wusste ja selbst, dass ihr Unterfangen gefährlich war. Sie hatte schon einmal alles aufs Spiel gesetzt, um Simon Aristide vor dem finsteren Einfluss des gefürchteten Hexenjägers Le Vis zu bewahren, aber es war ihr nicht gelungen. Der schöne Junge war zu Le Balafre geworden, dem Mann mit dem Narbengesicht und den seelenlosen Augen. Und trotzdem konnte Miri ihn nicht aufgeben.

Sie bewegte sich rasch und lautlos durch den Garten. Nur noch wenige Schritte, dann war sie an dem schmiedeeisernen Tor. Aber was dann? Paris war ein endloses Gewirr aus Gassen und Straßen und ein Meer von Häusern. Ohne Nekromant, der sie mit seinem untrüglichen Instinkt stets geleitet hatte, wusste Miri nicht, wohin sie sich wenden sollte, um das Gasthaus zu finden, in dem Simon abgestiegen war.

Sie würde sich wohl durchfragen müssen. Aber die Stadt hinter der Gartenmauer schien noch fest zu schlafen. Es war kaum etwas zu hören, nur das ferne Quietschen von Karrenrädern und das Klappern von Pferdehufen. Und … und ein zerbrechender Zweig.

Das Geräusch war aus dem Garten hinter ihr gekommen. Miri erstarrte. Sie lauschte noch einmal. Jetzt hörte sie ein paar Lerchen in den Ästen einer Ulme zwitschern, doch unter ihrem fröhlichen Lied waren sachte Schritte auf dem weichen Gras zu vernehmen. Anderen wäre dieses Geräusch vielleicht entgangen, aber Miris Sinne waren so scharf wie die eines Fuchses oder eines Dachses.

Ihr Nacken prickelte. Ihr war bewusst, dass sie nicht allein im Garten war. Sie wurde verfolgt, und sie fürchtete, sie wüsste schon, von wem. Sie wirbelte herum und versuchte, durch die Nebelschleier zu blicken, die über den Wegen lagen.

»Nekromant?«, flüsterte sie.

»Nein, Mademoiselle, ich bin's.« Eine schattenhafte Gestalt trat aus den Büschen.

Miris Herz machte einen wilden Purzelbaum. Sie taumelte zurück und legte die Hand auf den Mund, um einen Schreckensschrei zu unterdrücken. Ein junger Mann tauchte vor ihr auf, das scharf geschnittene, kantige Gesicht von einer dichten schwarzen Mähne umrahmt. Dicke Brauen und dichte dunkle Wimpern betonten die grünen Augen, die sie begierig anstarrten.

»Keine Angst, Mademoiselle, ich wollte Euch nicht erschrecken. Es ist nur so, dass ich fast die ganze Nacht unter Eurem Schlafzimmerfenster gestanden und hochgeblickt habe.«

Diese Nachricht fand Miri nicht gerade beruhigend. Sie fragte sich, was sie tun sollte: in das sichere Haus zurückeilen, das allerdings schon ziemlich weit hinter ihr lag, oder vorwärts durch das Tor schreiten in der Hoffnung, dort draußen eine Zuflucht zu finden.

Der junge Mann schien ihre Gedanken gelesen zu haben,

denn er trat näher. »Rennt bitte nicht weg. Ich habe auf Euch gewartet.«

»Auf – auf mich?« Miri wich ein paar Schritte zurück.

»Jawohl. Mein ganzes Leben lang.«

Miri bezweifelte, dass das sehr lange gewesen war. Allerdings war das Alter dieses Störenfrieds schwer zu schätzen. Seine glatte Haut deutete darauf hin, dass er kaum älter war als sie, die harten, hageren Züge seines Gesichts aber ließen auf eine wesentlich größere Lebenserfahrung schließen. Seine Kleidung war recht ordentlich, er trug ein ärmelloses Brokatwams über einem strahlend weißen Hemd. Seine Hosen waren unter den Knien zusammengebunden. Solche Hosen trugen oft Leute, die in einem wohlhabenden Haushalt Dienst taten; aber der kurze, mitternachtsblaue Umhang, der sich schwungvoll um seine rechte Schulter legte, hätte eher zu einem Edelmann gepasst.

Doch trotz seiner eleganten Erscheinung hatte er viel zu viel von einem Spitzbuben, und sein blitzendes Lächeln war viel zu aufdringlich. Als er sich ihr erneut zu nähern versuchte, hob Miri die Hand.

»Bleibt stehen. Wenn Ihr näher kommt, schreie ich.«

Das war natürlich eine leere Drohung. Den Haushalt auf ihr Verschwinden aufmerksam zu machen war das Letzte, was Miri wollte. Aber das wusste der Eindringling ja nicht.

»Wenn Ihr ein Dieb seid«, fuhr sie fort, »dann seid Ihr in den falschen Garten geschlichen. Ich habe keinen einzigen Sou bei mir.«

Auf ihre Worte hin blieb er tatsächlich abrupt stehen. Er sah aus wie vom Donner gerührt und gleichzeitig zutiefst verletzt. Die Hände hochwerfend, als wolle er den Himmel anflehen, rief er: »*Mon Dieu!* Sie hält mich für einen Dieb, und dabei hat doch sie mir etwas geraubt!«

»Nie im Leben.«

»Doch, doch, Mademoiselle.« Theatralisch presste er die Hände auf die Brust. »Ihr habt mir mein Herz gestohlen.«

Ach du meine Güte, dachte Miri. Der Bursche war ja noch schlimmer als ein Dieb, er war verrückt. Sie floh hinter eine große Eiche, in der Hoffnung, der dicke Stamm würde sie beschützen. Doch er folgte ihr und spähte um den Stamm herum, mit großen, verletzt blickenden Augen. »Wie konntet Ihr gestern bei diesem riesigen, brutalen Gaul so tapfer sein und heute so viel Angst vor mir haben? Erinnert Ihr Euch denn gar nicht mehr an mich?«

Wie sollte sie sich an jemanden erinnern, den sie noch nie gesehen hatte? Dennoch – irgendwie kam er ihr bekannt vor. Aber Miri hatte ein Problem: So gut sie jeden Vogel und jedes andere Tier auf Faire Isle wiedererkannte, sie hatte es nie recht geschafft, die Gesichter von Männern auseinanderzuhalten.

Doch die Erwähnung des riesigen, brutalen Gauls weckte eine Erinnerung in ihr. Als sie den Fremden noch einmal ganz genau betrachtete, fand sie es verzeihlich, dass sie ihn nicht gleich erkannt hatte. Bei ihrer ersten Begegnung war sein Gesicht schmutzig gewesen und seine Kleidung voller Staub und Pferdemist.

Miri trat wachsam hinter dem Baum hervor. »Ich weiß, wer Ihr seid. Ihr seid der Knappe, der sich gestern abgemüht hat, Bayonne zu satteln.«

»Dann habt Ihr mich also doch bemerkt und erinnert Euch an mich?«

Sie nickte. Zu Miris Verblüffung reckte er die Faust und stieß einen Freudenschrei aus. »Die wundervolle Göttin des Mondes erinnert sich an mich! Sie hat mich bemerkt. Ich muss sofort ganz Paris aufwecken, dass es an meiner Freude teilhaben kann.«

Ganz Paris aufwecken? Miri machte sich größere Sorgen, dass er das Haus hinter ihnen wecken würde. Er hüpfte zum Tor, kletterte ein Stück den Zaun hoch und holte tief Luft. Miri stürzte ihm nach und erwischte ihn an einem Zipfel seines Umhangs. Sie zog heftig daran. Die Bänder, mit denen er um seinen Hals geknotet war, zogen sich zusammen, und sein Schrei wurde zu einem Gurgeln. Er verlor den Halt, kippte rückwärts und landete auf seinem Hintern. Miri warf einen besorgten Blick auf das Haus.

»Es tut mir leid«, zischte sie. »Aber bitte nicht schreien! Ihr müsst still sein!«

Er strahlte sie an. »Für Euch, Mademoiselle, schweige ich wie ein Grab.«

Miri bezweifelte, dass er seinen Mund länger als eine Sekunde halten konnte. »Ihr steht im Dienst von Hauptmann Remy, nicht wahr? Ihr seid sein Knappe.«

»Sein Knappe, sein Leutnant, sein Waffenbruder, sein Freund. Aber für Euch, Mademoiselle, bin ich Euer Sklave.«

»Danke, aber ich brauche keinen Sklaven.«

»Trotzdem habt Ihr einen.« Er sprang auf, richtete seinen Umhang und machte eine tiefe Verbeugung, alles in einer erstaunlich fließenden Bewegung. »Martin Le Loup, Mademoiselle. Für immer zu Euren Diensten.«

»Martin der Wolf? Ja, der Name passt zu Euch.«

»In der Tat. Ich besitze den Mut, die Klugheit, die Schläue und …«

»Und die Bescheidenheit«, unterbrach ihn Miri trocken.

Er bedachte sie mit einem vorwurfsvollen Blick. »Ich wollte sagen: das Herz eines Wolfs. Wusstet Ihr, dass Wölfe sich lebenslang binden, wenn sie das richtige Weibchen gefunden haben?«

»Dann wünsche ich Euch viel Glück bei der Suche, Monsieur.«

»Ich brauche nicht weiter zu suchen. Ich habe meine Gefährtin bereits gefunden.« Er trat ein wenig näher. »Das wusste ich in dem Moment, als ich Euch sah – Eure Augen, die heller strahlen als der Vollmond, Euer Haar, das weicher ist als sein Licht.«

»Und mein Gesicht, so rund wie der Mond. Kein Wunder, dass Ihr Euch als Wolf so zu mir hingezogen fühlt.«

Er wirkte zutiefst gekränkt. »Ihr macht Euch lustig über mich, Mademoiselle.«

»Verzeiht mir, Monsieur. Aber ich bin ein einfaches Mädchen und komme von einer sehr kleinen Insel. Ich werde bei Komplimenten nicht schwach und schäkere auch nicht wie die Damen hier in Paris.«

»Schäkern!«, rief er. »Vielleicht drücke ich mich ein wenig zu – ein wenig zu überschwänglich aus, aber meine Liebe ist echt. Ich liebe Euch so sehr, dass es mir sogar gleichgültig ist, was Ihr seid.«

Miri runzelte verwirrt die Stirn. »Was bin ich denn?«

Er beugte sich zu ihr und senkte verschwörerisch die Stimme. »Ihr seid eine Hexe, oder etwa nicht? Aber wie gesagt, das macht mir nichts aus. Auch ich habe den einen oder anderen Fehler.«

Miri bemühte sich, ihre Empörung zu zügeln. »Ich bin keine Hexe, ich hasse dieses Wort. Ich bin eine Tochter der Erde!«

»Verzeiht mir, Mademoiselle«, erwiderte er zerknirscht. »Ich wollte Euch nicht beleidigen. Natürlich seid Ihr eine Tochter der Erde, und dazu noch eine Tochter des Himmels.« Er nahm ihre Hände und bedeckte die Fingerspitzen mit heißen Küssen.

Miri schnappte nach Luft und zog ihre Hände weg. »Hört sofort damit auf!«

»Ich bin zu kühn. Es tut mir leid, aber ich kann nicht anders. Ihr – Ihr habt mich verzaubert. Ich bin völlig benommen. Ich bin verhext.«

»Und obendrein noch völlig verrückt. Ich habe keine Zeit, um weiter mit Euch zu plaudern. Ich schlage vor, Ihr geht jetzt einfach zu dem Ort, den Ihr als Euer Heim bezeichnet, legt Euch ein kühles Tuch auf die Stirn und ruht ein wenig.«

»Was sollte mir das nützen, wenn mein Herz brennt?«

»Dann legt auch darauf ein kühles Tuch.« Miris Lippen zuckten belustigt. Sie zog den Kopf ein, um es zu verbergen;

aber Martin war zu schnell, er trippelte geschwind um sie herum, um ihr besser ins Gesicht sehen zu können.

»Aha!«, frohlockte er. »Sie nimmt mich nicht ernst, aber wenigstens habe ich sie zum Lachen gebracht. Das ist immerhin ein Anfang.«

Miri bemühte sich um eine unbewegte Miene. »Monsieur …«

»Nennt mich einfach Wolf. Euren persönlichen Wolf, von nun an für alle Zeiten.«

Miri seufzte. Der Himmel wurde zusehends heller, der Haushalt konnte jeden Moment erwachen. »Na gut, Wolf. Es war sehr interessant, unsere Bekanntschaft zu erneuern, aber jetzt muss ich wirklich gehen.«

Sie nickte ihm zum Abschied zu und eilte zum Tor. Aber Wolf sprang ihr nach. »Wohin wollt Ihr denn zu so früher Stunde, meine Liebste? So allein und so verstohlen? Paris kann sehr gefährlich sein. Ihr wärt gut beraten, Euch auf Eurem heimlichen Gang von mir begleiten zu lassen.«

Miri wurde ein wenig langsamer. Trotz seines theatralischen Auftretens war Wolf offenbar schlauer, als es zunächst den Anschein hatte. Er hatte erraten, dass sie in einer geheimen Mission unterwegs war. Sie betrachtete ihn unter gesenkten Wimpern. Eigentlich brauchte sie einen Führer, aber ein weniger sprunghafter wäre ihr lieber gewesen.

»Wolf, kann ich Euch vertrauen?«

»Wie könnt Ihr nur fragen? Ich schwöre bei meinem letzten Blutstropfen …«

Miri legte ihm rasch die Hand auf den Mund »Nein, bitte antwortet nur mit ja oder nein!«

»Ja«, murmelte er unter ihren Fingern, nützte die Lage jedoch sogleich aus, um einen Kuss auf ihre Handfläche zu drücken.

»Und Ihr kennt Euch aus in Paris?«

Wolf zog ihre Hand ein wenig weg und streifte ihr Handgelenk mit den Lippen. »Oh, so gut wie in meiner Westentasche. Ich werde Euch führen, wohin Ihr wollt, und Euch die schönsten Läden zeigen, wo man am meisten für sein Geld bekommt. Oder wie wäre es mit Notre Dame? Niemand sollte Paris besuchen, ohne diese herrliche Kathedrale zu besichtigen.«

»Nun ja, ich …« Miri konnte sich nicht recht konzentrieren, denn Wolf küsste inzwischen ihre Fingerspitzen, eine nach der anderen, und das Gefühl war gar nicht so unangenehm. »Ich würde gern zum Gasthaus zur Eiche gehen.«

Wolf setzte gerade zum nächsten Küsschen an, doch nun hielt er mitten in der Bewegung inne und riss die Augen auf. »Wie bitte?«

»Das Gasthaus zur Eiche«, wiederholte Miri etwas lauter. »Ich habe gehört, dass Le Balafre und seine Männer dort abgestiegen sind.«

Wolf ließ ihre Hand los und krächzte nur: »Nein.«

»Nein?«, wiederholte Miri.

Wolf versperrte ihr den Weg und schüttelte den Kopf. Miri betrachtete ihn zunehmend verärgert. »Und was ist nun mit ›Oh, Mademoiselle, ich bin Euer Wolf, Euer Sklave. Ich führe Euch, wohin Ihr wollt‹?«

Wolf lehnte sich ans Tor und verschränkte die Arme. Er seufzte tief. »Ich fürchte, das junge Liebespaar steht kurz vor seinem ersten Streit.«

»Wir sind kein Liebespaar. Ich kenne Euch erst seit gestern.«

»Ich würde gern dafür sorgen, dass Ihr am Leben bleibt, damit wir unsere Bekanntschaft vertiefen können.« Wolf nahm ihre Hände und drückte sie. »Miri, dieser narbenbedeckte Teufel ist ein Hexenjäger. Und Ihr wollt jetzt zu dem Gasthaus, in dem er sich aufhält? Was wollt Ihr denn dort? Wollt Ihr ihm seine Arbeit leichter machen?«

»Ich glaube nicht, dass er mir wehtut. Ich kannte ihn, bevor er zu dem narbenbedeckten Teufel wurde, als den Ihr ihn bezeichnet. Und eigentlich heißt er auch nicht Le Balafre, sein richtiger Name lautet Simon Aristide.«

Wolf betrachtete sie mit einem scheelen Blick. »Ihr habt ihn gekannt? Wie gut denn?«

Miri spürte, wie ihr die Röte in die Wangen schoss. »Sehr gut. Zumindest dachte ich das. Er kam vor drei Jahren zur Faire Isle, aber mir kommt es vor, als sei es viel länger her. Ich war damals noch viel jünger, aber er natürlich auch. Wir – wir wurden Freunde.«

»Welche Freunde lassen Euch so erröten? Sagt mir bitte nicht, dass Ihr diesen Mann liebt!« Wolf ächzte gequält. Er warf seinen Umhang zurück und griff nach dem Dolch an seiner Seite. »Es ist wohl besser, ich stoße mir den hier direkt ins Herz, und zwar sogleich, dann ist alles vorbei.«

»Nein, unterlasst das gefälligst!« Miri ergriff seine Hand, um ihn zu hindern, die Waffe zu zücken. »Wolf, bitte seid vernünftig und hört mir zu. Als ich Simon kennenlernte, war ich knapp dreizehn, fast noch ein Kind. Wir waren kein Liebespaar – und ich bezweifle, dass wir je eines werden«, fügte sie traurig hinzu. »Aber ich habe mit eigenen Augen gesehen, wie viel Leid Hexenjäger über die Menschen bringen können. Wenn ich noch Einfluss auf Simon habe, dann muss ich versuchen, ihn auszuüben, bevor viele unschuldige Frauen gequält werden. Wollt Ihr mir helfen?«

Wolf schüttelte den Kopf. »Ihr versteht mich nicht recht. Wenn ich euch zu diesem Hexenjäger begleite und Euch etwas zustößt, dann müsste ich mir den Hals gar nicht selber aufschlitzen. Mein Hauptmann würde das für mich erledigen.«

»Nichts wird mir zustoßen. Wenn wir jetzt gehen und uns beeilen, können wir wieder zurück sein, bevor Remy oder ein anderer überhaupt merkt, dass wir weg waren. Aber falls Ihr Angst habt, mich zu begleiten, …«

»Angst?« Wolf warf seinen Umhang auf den Rücken und stemmte die Hände in einer aggressiv männlichen Pose in die Hüften. »Für Euer Lächeln, Mademoiselle, würde ich gegen hundert Tiger kämpfen, es mit einer ganzen Horde Räuber aufnehmen oder gegen Luzifer persönlich antreten.«

»Ich will nur etwas ganz Einfaches – Simon sehen. Wollt Ihr mich führen?«

Wolf funkelte sie düster an und murrte: »Wie töricht muss ein Mann sein, der die Frau, die er liebt, zu seinem Rivalen bringt, und noch dazu zu einem solch gefährlichen.«

Miri legte die Hand sanft auf seinen Arm und sah ihn mit großen Augen flehentlich an. »Oh Wolf, bitte! Ihr habt keine Ahnung, wie wichtig mir das ist.«

Wolf starrte sie lange an, dann stieß er einen Laut aus, halb Seufzer, halb Stöhnen. »Nun denn, offenbar bin ich ein Tor, wenn es um Euch geht.«

Er strich seinen Umhang glatt und bot ihr galant den Arm.

Das Gasthaus zur Eiche lag in der Nähe der Stadttore. Es bestand aus drei Flügeln, die einen großen Hof einfassten. Le Balafre und seine Männer hatten die ganze Herberge übernommen und in eine Festung verwandelt. Schon der Eingang war von zwei Wachposten flankiert.

So sehr Miri Wolfs Begleitung geschätzt hatte, so erleichtert war sie doch, als ihm der Einlass verwehrt und nur sie vorgelassen wurde. Wolf hätte mit seiner Entschlossenheit, sie zu beschützen, und seinem theatralischen Gehabe bestimmt nur Ärger gemacht, und das Treffen mit Simon würde ohnehin schwierig werden. So blieb Wolf nichts anderes übrig, als fluchend im Hof zu bleiben und ihr zu schwören, dass er sie herausholen würde, wenn sie nicht innerhalb einer Stunde zurück wäre.

Miri folgte einem grauhaarigen alten Wächter nach drinnen. Sie blinzelte, denn der Hof war licht und hell gewesen, während es im Inneren sehr düster war. Im größten Gastraum drängten sich Simons Männer. Manche spielten Karten, andere würfelten, einer hatte eine Dienstmagd auf dem Schoß.

Offenkundig war das hier eine ganz andere Art von Hexenjägern als die, welche Vachel Le Vis um sich geschart hatte. Nirgends waren ein Rosenkranz oder eine Bibel zu sehen. Wer erfolgreich an einer Hexenjagd teilnahm, hatte Anspruch auf einen Teil der weltlichen Güter der Verurteilten, das war allseits bekannt. Simons Männer waren Abenteurer, denen es um den Gewinn ging und nicht um den Glauben, auf einen göttlichen Befehl hin zu handeln. Miri erbebte, sie vermochte nicht zu sagen, welchen Grund für die Vernichtung unschuldiger Frauen sie schlimmer fand.

Viele kalte Blicke taxierten sie, während der Alte sie in den ersten Stock des Gasthauses führte. Miri hielt den Kopf hoch, doch ihre Gelassenheit stand im Gegensatz zu ihrem heftig pochenden Herzen. Nach all den Jahren trennten sie jetzt nur noch ein paar Schritte und eine Tür von Simon!

Mit dreizehn hatte sie anders als die meisten Mädchen ihres Alters noch kaum auf das andere Geschlecht geachtet. Aber man hätte blind sein müssen, um von Simon nicht bezaubert zu sein. Er war atemberaubend schön gewesen mit seinen dunklen, strahlenden Augen und den dichten, ebenholzschwarzen Locken. Sein Lächeln war viel zu freundlich gewesen für einen Hexenjäger, und in seinen Augen war oft ein jungenhafter Schalk aufgeblitzt. Und seine Hände … Miri erinnerte sich noch deutlich an die langen, schlanken Finger, mit denen er Nekromant hinter den Ohren gekrault und den Kater zum Schnurren gebracht hatte – damals, als Nekromant Simon noch ebenso vertraut hatte wie sie selbst.

Miris Führer blieb vor einer Tür am Ende des Flures stehen. Dort versperrten zwei weitere Wachen den Eingang. Der Alte wechselte ein paar leise Worte mit den beiden, dann winkte er Miri. Er hielt ihr die Tür auf und gab ihr mit einem Nicken zu verstehen, dass sie vor ihm eintreten solle.

In Miris Magengrube hatte sich in Simons Nähe stets ein seltsames Gefühl geregt. Sie dachte, dass sie für solche Albernheiten inzwischen zu klug sei, doch als sie über die Schwelle trat, spürte sie, dass die Schmetterlinge in ihrem Bauch völlig verrückt spielten.

Der Wächter folgte ihr nicht, er schloss nur leise die Tür. Die Kammer war einer der bescheideneren Räume des Gasthauses. Die Einrichtung bestand aus einem schmalen Bett und einer Waschgelegenheit sowie einem großen Tisch. Darauf lagen etliche Papiere, umgeben von Federn und Tintenfässern.

Miri verschränkte die Hände, um zu verbergen, dass sie zitterten. Sie blickte sich um, in der Hoffnung, noch irgendetwas von dem Jungen von früher zu finden, dem Simon, der ihr so zärtlich ihren ersten Kuss gegeben hatte. Aber der Mann, den sie am Fenster erblickte, war ihr völlig fremd. Er war früher schon groß, aber recht schmal gewesen. Nun waren seine Schultern breiter, und seine Brust wirkte wie eine Wand aus Stahl. Er trug schlichte dunkle Beinlinge und ein Leinenhemd, dessen Ärmel hochgekrempelt waren. Der Ausschnitt stand offen und gab den Blick auf das Kettenhemd frei, das er darunter trug.

Seine schwarze Lockenpracht war verschwunden, sein Haar war so kurz geschnitten, dass man es fast nur noch als Schatten auf seinem Schädel wahrnahm. Eine böse Narbe teilte seine Wange und verschwand unter einer Augenklappe. Sein gesundes Auge war dunkel und kalt auf Miri gerichtet. Es war kaum zu glauben, dass der Altersunterschied zwischen den beiden nur knapp vier Jahre betrug. Simon konnte kaum älter als zwanzig sein, doch er wirkte wesentlich reifer.

Die Stille, die sich im Raum ausbreitete, war so tief, dass Miri ihren Herzschlag und das leise Geräusch ihres Atems hören konnte. Plötzlich fühlte sie sich so schwach, dass sie sich an die Tür lehnen musste. Sie brachte kein Wort heraus. Simon winkte sie zu sich. Zumindest etwas hatte sich nicht geändert: seine anmutigen Handbewegungen.

»Mademoiselle, ich fürchte, ich kann Euch nur einige wenige Augenblicke widmen. Also sagt mir bitte, was Ihr von mir wollt.«

»Mademoiselle?«, fragte Miri ungläubig. »Simon, tut Ihr so, als würdet Ihr Euch nicht mehr an mich erinnern?«

»Aber natürlich erinnere ich mich an Euch, Mademoiselle Cheney.«

»Miri!«, beharrte sie.

»Miri.« In seinem Auge flackerte etwas auf, das ihr ein wenig Hoffnung gab, doch es verschwand gleich wieder hinter seiner harten Fassade. Als sie zögernd auf ihn zu trat, betrachtete er sie eingehend und meinte: »Ihr habt Euch sehr verändert.«

»Ihr auch«, erwiderte sie traurig.

»Vielleicht entsinnt Ihr Euch noch, dass ich ein wenig Hilfe hatte.« Simon fuhr mit dem Handrücken über seine Narbe, und in seiner Stimme schwang ein finsterer Vorwurf mit.

Ein Vorwurf, der nicht notwendig gewesen wäre, denn Miri fühlte sich bereits schuldig genug. Dennoch erwiderte sie verhalten: »Es tut mir leid, aber Ihr habt Renard angegriffen. Als ich Euch am Arm packte, wollte ich Euch nur dazu bringen, dass Ihr mit dem Kämpfen aufhört. Ich wollte verhindern, dass einer von euch verletzt wird, und Renard wollte Euch auch nicht wehtun. Er verlor die Kontrolle über sein Schwert.«

Sie berührte sanft Simons Wange. »Es hat mir das Herz gebrochen, als Ihr nach Eurer schweren Verwundung einfach weggerannt und in den Straßen von Paris verschwunden seid. Ihr hättet bleiben sollen, Simon. Ariane ist eine großartige Heilerin, sie hätte Euch helfen können.«

»Ich wollte keine Hilfe von einer Hexe. Und was Euren Schwager Renard angeht – ich habe ihn angegriffen, weil ich ihn für einen Teufel hielt.«

»Und mich, Simon? Für was habt Ihr mich gehalten?«

In seiner Wange zuckte ein Muskel. »Das ist lange her. Was ich von Euch gehalten habe, ist heute ebenso unwichtig wie meine Narbe.«

Miri forschte vorsichtig weiter und streichelte ihm nun über den Kopf. Überraschenderweise machte Simon keine Anstalten, sie aufzuhalten. Sie fuhr mit den Fingerspitzen über seinen Schädel, ganz verstört, dort kurze Stoppeln zu spüren, wo früher einmal herrliche Locken gewesen waren.

»Euer wundervolles Haar«, murmelte sie. »Warum habt Ihr es abrasiert?«

Er zuckte mit den Schultern. »Es hat mich gestört, es fiel mir ständig ins Gesicht. Wenn man nur ein Auge hat, muss man besonders auf gute Sicht achten.«

»Aber vielleicht wollt Ihr ja auch nur möglichst grimmig aussehen?«

Vielleicht lag sie mit dieser Vermutung gar nicht so falsch. Unwirsch schob Simon ihre Hand beiseite. »Mein Haar hat meinen Dünkel gesteigert. Meister Le Vis meinte immer, ich sei viel zu eitel.«

»So hätte ich das nicht gesagt. Aber ich denke, Ihr wart Euch Eures guten Aussehens bewusst; Euch war klar, wie sehr Euer Anblick die Damen erfreute.«

»Nun, darum muss ich mir jetzt keine Sorgen mehr machen, nicht wahr?« Er schob seine Augenklappe hoch. Die wulstige Narbe setzte sich bis zur Stirn fort. Unter dem Wulst war das Augenlid geschlossen. Miri erkannte, dass er sie schockieren wollte.

Doch offenbar hatte er nicht mit dem gerechnet, was sie nun tat: Sie stellte sich auf die Zehenspitzen und fuhr mit den Lippen sanft über sein vernarbtes Augenlid. Simon wich zurück. In seinem gesunden Auge zeigte sich eine Mischung aus Sehnsucht und Verzweiflung. Rasch zog er die Klappe wieder herunter. Aber Miri hatte in diesem kurzen Augenblick genug gesehen, um wieder Hoffnung zu schöpfen, dass es den echten Simon Aristide doch noch gab; er war nur hinter Le Balafres harter Fassade gefangen. Davon ließ sie sich auch nicht abbringen, als er schroff meinte: »Wie ich bereits sagte, habe ich nicht viel Zeit. Würdet Ihr Euch bitte setzen und mir Euer Anliegen vortragen?«

Bevor Miri etwas darauf erwidern konnte, wurden sie von einem leisen Klopfen unterbrochen.

»Herein!«, meinte Simon.

Die Tür ging auf, und der grauhaarige Wächter, der Miri

begleitet hatte, brachte ein Tablett mit einem Brötchen, einer Schüssel Hafergrütze und einem Glas Wein. »Euer Frühstück, Monsieur. Und keine Sorge – ich habe darauf geachtet, dass alles vorgekostet wurde.«

»Danke, Braxton. Stell das Tablett dort drüben hin.« Simon deutete auf ein Tischchen neben dem Bett.

Der Mann folgte der Aufforderung. Sobald die Tür hinter ihm zugegangen war, wandte sich Miri an Simon und rief fassungslos: »Ihr – Ihr lasst Euer Essen vorkosten?«

»Eine kluge Vorsichtsmaßnahme für einen Mann, der Hexen jagen soll in einer Stadt, beherrscht von einer dunklen Königin, der ein besonderes Geschick als Giftmischerin nachgesagt wird, findet Ihr nicht auch?« Simon musterte sie kühl. »Und wie Ihr bestimmt wisst, habe ich außerdem noch andere Feinde.«

Miri reckte das Kinn. »Ich gehöre nicht dazu, Simon.«

»Das habe ich auch nie behauptet.« Er zog einen Stuhl an den Tisch, der ihm als Schreibtisch diente, und bedeutete ihr abermals, sich zu setzen, wenn auch ein wenig ungeduldiger.

Miri folgte seiner Aufforderung. Sie schüttelte traurig den Kopf. »Das Essen vorkosten lassen, ein Kettenhemd unter der Kleidung tragen, die Tür bewachen lassen – ist das nicht ein schreckliches Leben?«

»Ich habe es nicht so gewollt.« Seine Hände lagen noch auf der Stuhllehne, in seiner Stimme schwang wieder ein Vorwurf mit.

Diesmal nahm es Miri nicht mehr hin. Sie drehte sich um und verzog das Gesicht. »Doch, das habt Ihr, zumindest zum Teil. Ich habe Euch Gelegenheit gegeben, einen anderen Weg einzuschlagen. Ich habe Euch meine Freundschaft angeboten, mein Vertrauen. Und Ihr habt es ausgenützt, um Eurem Meister Le Vis zu helfen, meinen Schwager in die Falle zu locken.«

»Der Comte de Renard ist einer der schlimmsten Zauberer, denen ich je begegnet bin. Ich hatte gehofft, Euch und Eure

Schwestern von seinem üblen Einfluss zu befreien. Wenn ich Euer Vertrauen missbraucht und Euch verletzt habe, dann war das notwendig. Ich entschuldige mich nicht dafür.«

Trotz seiner Heftigkeit entdeckte Miri noch etwas anderes in seinem Blick – Scham und Reue. Es linderte ein wenig den Schmerz, den ihr sein Verrat zugefügt hatte.

»Es ist schon gut, Simon. Ich vergebe Euch.« Sie lächelte ihn sanft an. Doch er zuckte zurück, als hätte sie ihn geschlagen.

»Ich will keine Vergebung von Euch. Seid Ihr deshalb zu mir gekommen?«, fragte er höhnisch. »Um in Erinnerungen zu schwelgen?«

»Nein.« Miri seufzte tief. »Ich war gestern auf dem Turnier, als der König verkündete, dass Ihr nach Paris gekommen seid, um die Stadt von Hexen zu säubern. Ich weiß, dass es wahrscheinlich vergeblich ist, aber ich hoffte, Euch von Eurem Vorhaben abzubringen, bevor eine Reihe unschuldiger Frauen darunter leidet. Es sei denn, Ihr seid wahrhaftig wie Euer verstorbener Meister geworden und glaubt, dass keine Frau unschuldig ist.«

»Monsieur Le Vis war gut zu mir. Er hat mich bei sich aufgenommen, nachdem mein Dorf zerstört worden war. Aber ich gebe zu, er litt gelegentlich unter einem traurigen Wahn. Ich hasse nicht alle Frauen, und ich glaube auch nicht, dass sie alle böse sind. Außerdem bin ich nicht gänzlich gegen die Reize Eures Geschlechts gefeit …« Simon brach ab und betrachtete sie fast unverschämt, ganz anders als früher, als er sie mit süßen Blicken geneckt und ihr Herz zum Flattern gebracht hatte. Aber jetzt weckte sein Blick etwas anderes in ihr, etwas Elementareres, Primitiveres. Eine Hitze durchflutete sie, die sie gleichzeitig erregte und beunruhigte.

Sie errötete und verschränkte die Arme schützend vor der Brust. Diese Geste schien Simon wieder zur Vernunft zu bringen. »Ihr Damen könnt einen Mann wirklich von wichtigen Dingen ablenken.«

»Etwa, unschuldige Frauen der Hexerei zu bezichtigen?«

»Und Zauberer wie den Comte de Renard. Bei der Jagd mache ich keinen Unterschied zwischen den Geschlechtern, und ich kann Euch versichern, ich habe noch keinen Unschuldigen verfolgt.«

Miri versuchte, ruhiger zu werden, und sie hätte es wahrscheinlich auch geschafft, wenn er nicht auf eine Art im Zimmer hin- und hergelaufen wäre, die sie an Martin Le Loup erinnerte. Warum können Männer nie still sitzen?, fragte sie sich gereizt.

»Man kann jeden foltern, bis er sich schuldig bekennt, Simon«, sagte sie. »Damals, als Euer Meister mir mit der Wasserprobe gedroht hat, war ich so verängstigt, dass ich beinahe etwas gestanden hätte, was ich nie getan habe.«

»Ich greife nicht zur Folter. Ich ziehe es vor, für Auskünfte eine Belohnung zu versprechen.«

»Ihr meint, Ihr besticht brave Bürger, Anklagen vorzubringen. Ist Ehrlichkeit mit dieser Methode eher gewährleistet als mit Folter?«

Simon blieb lange genug stehen, um sie finster anzufunkeln. »Die Menschen haben oft so große Angst vor den Hexen, dass sie einen Anreiz brauchen. Aber ich untersuche jede Anklage stets sorgfältig.«

»Und wie macht Ihr das, wenn einer behauptet: Ach, diese Frau hat mich böse angeblickt, und jetzt legen meine Hennen keine Eier mehr und meine uralte Kuh gibt keine Milch mehr?«

»Nicht alle Behauptungen sind so albern. Erst heute Morgen ist mir ein Fall zugetragen worden.« Simon trat an den Schreibtisch und nahm ein Papier zur Hand. »Es geht um einen gewissen Anton Deleon, einen armen Küchenjungen, der den Fehler begangen hat, sich mit einer dunkelhaarigen Hexe einzulassen. Daraufhin hat sie ihn verflucht.«

Simon hielt ihr das Papier unter die Nase. Miri schüttelte den Kopf, sie wollte keinen Blick darauf werfen. »Das ist doch lächerlich.«

»Das würdet Ihr nicht sagen, wenn Ihr den Jungen gesehen hättet. Er ist so übel erkrankt, wie ich es noch bei keinem gesehen habe. Er verwest bei lebendigem Leibe.«

»Wenn das so ist, tut mir der arme Kerl leid. Aber für Krankheiten gibt es meist eine ganz vernünftige Erklärung. Monsieur Deleon täte besser daran, sich an eine Heilerin zu wenden, als grundlose Beschuldigungen wegen Hexerei vorzubringen.«

Simon warf das Papier verärgert auf den Schreibtisch. »Ihr habt nun zwar die Reize einer jungen Frau, Miri Cheney, aber Ihr seid noch immer naiv wie ein Kind. Ihr habt es nie vermocht, das Böse in dieser Welt zu sehen.«

»Ihr täuscht Euch«, erwiderte Miri traurig. »Ich habe schon viel zu viel Unheil gesehen, das Männer angerichtet haben. Ich habe nur nie verstanden, wie sie zu all dieser Gewalt fähig sein können.«

»Das kommt wahrscheinlich daher, dass Euer Herz bislang von der Finsternis verschont geblieben ist. Ihr habt es nie gelernt, Wut oder Hass zu empfinden.«

Miri schauderte, als sie Simons verhärtete Züge betrachtete. »Ich hoffe nur, dass es nie dazu kommen wird.«

»Das hoffe ich auch.« Seine sanfte Erwiderung verblüffte sie. »Ich habe in den letzten Jahren vieles gesehen, was Eure rosafarbene Weltsicht erschüttern würde«, fuhr er fort. »Männer und Frauen, die ihre Seele tausendfach dem Teufel verkauft haben, und viele nur wegen eines Buches.«

»Wegen eines Buches?«

»Die Hexenjagd ist nicht der einzige Grund, der mich nach Paris geführt hat. Ich suche auch ein böses Buch, das seinen Weg zu Euren Gestaden gefunden hat: Das *Buch der Schatten.*«

Miri versuchte, ein Lächeln zu unterdrücken, aber es gelang ihr nicht recht.

»Ihr findet das amüsant?«, fragte Simon.

»Ich fürchte, ja. Märchen über irgendein übles Meisterwerk gibt es so lange, wie es die Töchter der Erde gibt. Das

Buch der Schatten ist eine Legende, und wenn Ihr Eure Zeit damit vergeudet, diesem Werk hinterherzujagen, dann seid *Ihr* naiv.«

»Ich bin nicht der Einzige, der danach sucht.«

»Dann sind die anderen ebenso töricht wie …« Miri zügelte ihre Zunge. Sie war hier, um Simon zur Vernunft zu bringen, und nicht, um mit ihm zu streiten.

Er ging um den Tisch herum und setzte sich auf die Tischkante, sodass er sie überragte und ihr doch so nahe war, dass sie ihre Röcke wegziehen musste, um nicht von ihm berührt zu werden. Mit dem Fuß wippend, beugte er sich ein wenig vor, um einen Arm aufs Knie zu stützen. Miri wurde sich bewusst, welche Kraft in seinen Fingern und den gewölbten Muskeln seines Handgelenks und Unterarms steckte. Seine Haltung war verstörend männlich und einschüchternd, umso mehr, als sie sicher war, dass Simon genau das beabsichtigte.

»Leider denke ich, dass Ihr womöglich mehr von diesen Dingen wisst, als Ihr vorgebt. Auf Eurer Insel fand vor Kurzem ein Hexenrat statt.«

Bei der Erwähnung von Arianes Ratstreffen zuckte Miri zusammen, sagte jedoch nichts und steckte die Hände in die Falten ihres Rockes.

»Ich habe eine der Hexen gefangen, die daran teilgenommen hatten. Eine verstörte junge Portugiesin, die ich mühelos überreden konnte, mir zu sagen, was auf diesem Treffen vor sich ging.«

»Habt Ihr sie überredet oder sie eingeschüchtert?«

Simon achtete nicht weiter auf ihren Vorwurf. Er fuhr fort: »Um dieses Buch, von dem Ihr behauptet, es sei eine Legende, kreiste fast das ganze Treffen. Und gleich darauf hat der Hexenzirkel Eurer Schwester eine groß angelegte Suche organisiert.«

»Ariane hat keinen Hexenzirkel.«

»Und am eifrigsten soll der dämonische Comte de Renard suchen.« Simon beugte sich vor, sodass Miri gezwungen war, sich an die Stuhllehne zu pressen, um ihm auszuweichen. »Und was, glaubt Ihr wohl, hat Euer Schwager mit einem solch üblen Buch vor?«

»Ich weiß es nicht. Nichts – ich meine, es gibt dieses Buch gar nicht.« Verwirrt von Simons Befragung und auch von den Dingen, die er ihr erzählt hatte, wand sich Miri aus dem Stuhl. Sie hatte Faire Isle vor Arianes Ratstreffen verlassen, und sie war so besorgt um Gabrielle gewesen, dass sie ihrer großen Schwester gar nichts von ihrem Vorhaben erzählt hatte. Gleich nach ihrer Ankunft hatte sie ihr eine Nachricht geschickt, dass sie Paris unversehrt erreicht hatte, aber dabei war ihr gar nicht in den Sinn gekommen, dass sich zu Hause vielleicht Unheil zusammenbraute.

Noch immer wollte sie Simons Behauptung keinen rechten Glauben schenken. Wer konnte schon sagen, was die arme junge Portugiesin in ihrer Angst geplappert hatte, nachdem sie einer Bande gnadenloser Hexenjäger in die Finger geraten war? Bei dem Gedanken, dass der einst so freundliche Simon jemanden in Angst und Schrecken versetzen konnte, wurde ihr richtig übel.

Sie trat hinter den Stuhl und hielt sich an der Lehne fest. Dass Ariane regelmäßig einen Rat einberief, wollte sie jetzt lieber nicht zugeben, doch sie meinte vorsichtig: »Falls Ariane und Renard Gerüchte über dieses Buch gehört hätten, würden sie bestimmt Nachforschungen anstellen, nur um alle zu beruhigen. Aber keiner der beiden hätte das geringste Interesse daran, ein solches Werk zu erwerben, das kann ich Euch versichern.«

»Tatsächlich?« Simon glitt von der Tischkante und landete sacht wie Nekromant auf den Füßen. »Meine Männer und ich fanden denjenigen, der das Buch aus Irland hierher gebracht hat. Leider zog sich Monsieur O'Donal bei dem Versuch, uns zu entkommen, eine tödliche Verletzung zu. Er bedachte uns noch mit einem gälischen Fluch, dann starb er. Ich erfuhr also nichts von ihm. Bis auf eine Satteltasche voller Goldmünzen und kostbarem Schmuck hatte er nichts bei sich. Woher, glaubt Ihr, hat ein zerlumpter Torfstecher solche Reichtümer?«

»Ich weiß es nicht. Vielleicht war er ein Räuber?«

»Oder vielleicht auch ein Zauberer, so wie Euer Schwager, und sie haben ein Geschäft gemacht, bei dem beide zufrieden waren?«

»Das ist himmelschreiender Unsinn!«

Simon entriss ihr die Stuhllehne und stieß den Stuhl beiseite. Miri taumelte rückwärts, während er ihr mit langsamen Bewegungen wie ein Raubtier folgte. Miri musste daran denken, was ihr Kater oft von Simon behauptet hatte.

»Hüte dich vor ihm, Tochter der Erde. Er ist ein Jäger.«

Sie wich bis an die Wand vor ihm zurück. Simon baute sich vor ihr auf, stemmte die Hände rechts und links von ihr an die Wand und beugte sich so nah zu ihr, dass seine harte, muskulöse Brust ihr Mieder streifte. Sein Auge war weich, dunkel und gnadenlos.

»Wenn Ihr wisst, wer dieses Buch gekauft hat, Miri, wärt Ihr gut beraten, es mir zu sagen.«

Ihr Herz hämmerte wie wild gegen ihre Rippen, doch sie hob das Kinn und weigerte sich, vor Le Balafre in die Knie zu gehen. Egal wie er sich nannte, er war und blieb Simon.

»Wie kann ich Euch sagen, wer etwas gekauft hat, von dem man nicht einmal weiß, ob es tatsächlich existiert?«

»Ihr habt doch sonst immer bereitwillig alles geglaubt. Wenn Ihr glaubt, dass es Einhörner gibt, dann müsst Ihr dasselbe auch von Drachen glauben.«

»Drachen sind gar nicht so schlimm. Sie speien nur Feuer, wenn sie in eine Falle geraten sind und sich gegen schwachsinnige Ritter oder Jäger verteidigen müssen.«

Simons Zähne blitzten in einem kurzen Lächeln auf, aber es war kein angenehmes Lächeln. Er packte eine Strähne ihres Haares und schlang sich das mondgoldene Band um den Finger. »Warum seid Ihr wirklich hier, Miri?«

»Weil ich so töricht war, zu glauben, dass ich etwas Gutes

tun könnte, und … Gott steh mir bei, ich wollte Euch wiedersehen.«

»Gott steh Euch bei, das wünsche ich Euch auch. Ihr habt das Pech, aus einer Familie zu stammen, in der alle mit der Hexerei zu tun haben – erst Eure eigene Mutter und jetzt Eure Schwester, die mit einem wahren Teufel verheiratet ist. Ich warne Euch: Ich werde dieses Buch finden, und ich werde das Böse in Frankreich ein für alle Mal ausrotten. Es wäre besser für Euch, Euch möglichst fern von mir zu halten.«

»Und was passiert, wenn ich es nicht tue? Werdet Ihr mich der Hexerei bezichtigen und mich auf den Scheiterhaufen werfen?«

»Ich verbrenne keine Hexen, Miri, ich knüpfe sie auf oder durchbohre sie mit meinem Schwert. Das geht rascher und ist viel wirkungsvoller.« Simons Hand steckte noch immer in ihrem Haar, doch mit der anderen Hand zückte er einen Dolch.

Miri stockte der Atem. Als Simon die Klinge hob, fürchtete sie einen grässlichen Augenblick lang, sie gleich an ihrem Hals zu fühlen. Doch stattdessen spürte sie nur den kurzen Ruck, mit dem Simon eine Locke abschnitt. Sie konnte es nicht als romantische Geste missdeuten, es war ganz offenkundig eine Warnung, denn er schloss die Hand um die Locke und erklärte mit einer Sanftheit, bei der es Miri eiskalt über den Rücken lief: »Und jetzt … solltet Ihr besser gehen. Geht nach Hause, Miri. Kehrt zurück zur Faire Isle.«

Mit zitternden Fingern hob sie die Hand an die Stelle, an der er die Strähne abgeschnitten hatte, und sah ihn an. Sein dunkles Auge war leer und kalt. Sie musste die Wahrheit akzeptieren: Wenn von Simon Aristide noch etwas vorhanden war, dann war es viel zu tief vergraben. Nie mehr würde sie daran rühren können.

Wortlos wandte sie sich ab, riss die Tür auf und stürmte hinaus. Die Wachposten, die Treppe, die Männer in der Schenke – all das nahm sie nur verschwommen wahr.

Erst auf dem Hof hielt sie inne. Erst dort bemerkte sie, wie schlimm sie zitterte. Sie schlang die Arme um den Oberkörper, um sich wieder unter Kontrolle zu bringen. So lange Zeit hatte sie sich Sorgen um Simon gemacht und sich gefragt, was wohl aus ihm geworden sei. Doch nun erkannte sie, dass es ihr besser gegangen war, solange sie es nicht gewusst hatte. Nekromant und Gabrielle hatten recht gehabt: Sie hätte nie hierherkommen dürfen.

Jetzt wollte sie nur so rasch wie möglich zurück zu Gabrielles Haus, sich im Bett zusammenrollen und wie ein verletztes Geschöpf des Waldes die Wunden lecken. Doch auf der gegenüberliegenden Hofseite entdeckte sie Wolf, kurz davor, sich mit einer der Wachen ein Handgemenge zu liefern. Offenbar wollte er ins Haus, um sie zu suchen.

Miris Verzagtheit wuchs. So freundlich Wolfs Begleitung gewesen war, jetzt wäre sie ihm am liebsten aus dem Weg gegangen. Sie glaubte nicht, dass sie ihm alle Fragen beantworten konnte, mit denen er sie bestimmt sogleich bestürmen würde. Und auch seine dramatischen Liebesschwüre würde sie nur schwer ertragen können.

Als sie mit schweren Schritten zu ihm ging, ließ Wolf sofort von seinem Streit mit dem Wächter ab. Seine Augen leuchteten auf, und munter redete er auf sie ein: »Da seid Ihr ja endlich, meine Liebste. Ich wollte gerade …«

Doch dann verstummte er und musterte sie scharf. Etwas in ihrem Gesicht hatte ihn zum Schweigen gebracht. In seinen grünen Augen leuchtete plötzlich ein so tiefes Mitgefühl auf, dass Miri ganz schwach wurde. Wolf stellte keine Fragen, sondern nahm wortlos ihre Hand, führte sie sanft vom Gasthaus fort und ersparte ihr damit die Peinlichkeit, vor all diesen grobschlächtigen Kerlen in Tränen auszubrechen.

Simon drückte sich am Fenster herum, auch wenn er darauf achtete, dass ihn vom Hof aus niemand sehen konnte. Er sah zu, wie Miri ihre Hand einem dunkelhaarigen Burschen anvertraute, so arglos, wie sie einst seine Hand gehalten hatte. Dieser Anblick bewirkte etwas Seltsames: Er erfüllte Simon mit Neid und Sehnsucht.

Sogleich bemühte er sich, diese Regungen zu unterdrücken, wie er es bei allen Gefühlen tat, die nichts zu seiner rücksichtslosen Pflichterfüllung beitrugen. Er senkte den Blick auf seine Faust und öffnete langsam die Finger, um Miris Haarlocke zu betrachten. Sie lag wie ein seidener Mondstrahl in seiner Hand.

Natürlich hätte er die Haare einfach aus dem Fenster werfen und sie gemeinsam mit sämtlichen Erinnerungen an Miri loswerden sollen. Doch stattdessen hielt er sie sich unter die Nase. Die Strähne verströmte einen schwachen, unbeschreiblichen Duft, sie roch nach dem süßen, wilden Wesen von Miris Seele, sie führte ihn zurück zu den kurzen Tagen, die sie gemeinsam auf Faire Isle verbracht hatten. Trotz ihrer Beziehung zu den anderen Hexen war er damals von ihrer Unschuld überzeugt gewesen und hatte den Drang verspürt, sie zu beschützen. Er hatte sogar eine gewisse Zuneigung zu ihr empfunden, fast wie ein Bruder. Sie hatte ihn immer an seine kleine Schwester erinnert. Als eine alte Hexe ihren Brunnen vergiftet hatte, war Marie zugrunde gegangen so wie der Rest seiner Familie und fast sein ganzes Dorf.

Doch jetzt erinnerte ihn Miri Cheney wahrhaftig nicht mehr an seine kleine Schwester. Sie war gewachsen, sie hatte Rundungen bekommen, und sie bewegte sich voller Anmut und Geschmeidigkeit. Trotzdem hatte sie ihr unschuldiges Wesen bewahrt, und auch diese sonderbaren silberblauen Augen hatten sich nicht verändert. Mit ihrem magischen Blick konnte sie scheinbar alle Winkel der Seele eines Mannes ausleuchten, die besser im Dunkel belassen werden sollten; mit ihrem Blick bahnte sie sich einen Zugang zu seinem Herzen, den er keinem mehr gestatten wollte.

Warum zum Teufel musste sie sich ausgerechnet jetzt in Paris aufhalten? Warum war sie gekommen, um ihn zu sehen?

Miri hatte es immer geschafft, dass er weich, gefühlsduselig und zärtlich wurde, obendrein noch zu Zeiten, in denen er sich so etwas wahrhaftig nicht leisten konnte. Nach seinem Zweikampf mit dem Zauberer Renard hatte sich Simon wie ein verletztes Tier verkrochen. Sein Meister war tot, seine ganze Welt war in Aufruhr gewesen. Wieder einmal hatte sich Simon von allen verlassen gefühlt. Aber mit einer Truhe voller Münzen, die er aus Le Vis' Haus geholt hatte, hatte er überlebt.

Nein, er hatte nicht nur überlebt, er war stärker und härter geworden. Früher war er voller Zweifel gewesen, ob er das Zeug zum Hexenjäger hätte, doch dann hatte er in sich das außergewöhnliche Talent entdeckt, das Böse aufzustöbern und Männer zu befehligen. Als er sich mit Leib und Seele seinem dunklen Handwerk verschrieb, hatte er sich auch in die Gefahren gefügt, die es mit sich brachte, und auch in die Einsamkeit, die damit einherging. Und er hatte sich nie erlaubt, es zu bereuen … bis heute.

Aber als er sah, wie Miri und ihr Begleiter in den dicht bevölkerten Straßen jenseits des Gasthauses verschwanden, ging Simon unwillkürlich etwas Sonderbares auf: Er war in Paris, einer der größten Städte Europas – und hatte sich noch nie so allein gefühlt.

21

Ein leichter morgendlicher Wind strich durch Gabrielles Haar, während sie mit angezogenen Beinen auf dem Fenstersitz kauerte. Sie hatte viel zu tun, sie musste Vorkehrungen treffen, um das Haus zu schließen und die Dienstboten zu entlassen, und es gab vor ihrer Flucht aus Paris auch noch ein paar Rechnungen zu begleichen. Dennoch fiel es ihr schwer, sich ans Werk zu machen. Sie gähnte und reckte sich mit der trägen Zufriedenheit einer Katze. Ihr Körper glühte noch, erfüllt vom letzten Mal, als sie und Remy sich geliebt hatten. Obwohl noch immer die Hexenjäger und die dunkle Königin am Horizont drohten, hatte Gabrielle in den letzten zwei Tagen ein Gefühl von Frieden erlebt, das sie mit ihrem rastlosen Wesen bislang kaum gekannt hatte.

Sie lehnte sich an den Fensterflügel und blickte verträumt auf eine Welt, die ihr wie neugeboren vorkam: das frische, satte Grün ihres Gartens, der Himmel, der so intensiv blau leuchtete, dass es fast wehtat, ihn anzuschauen. Ihr schien, als hätte sie in den letzten Jahren das Leben wie durch einen Schleier wahrgenommen, der nun plötzlich weggezogen worden war. Auf einmal konnte sie wieder all die kraftvollen Farben sehen, jede noch so winzige Kleinigkeit bis zu den Tautropfen auf den samtenen Blütenblättern der kleinsten Rose.

In ihren Fingern regte sich das vertraute Kribbeln, sie hatte Lust, nach einem Pinsel zu greifen. Der Gedanke, dass ihr verlorener Zauber zurückgekehrt sein könnte, erfüllte sie mit Hoffnung, aber auch mit der Angst, es wäre womöglich doch nicht so und sie würde abermals vor einer leeren Leinwand stehen und es zu ihrer tiefen Enttäuschung doch nicht schaffen, sie mit Leben zu erfüllen.

Doch jetzt war nicht der richtige Zeitpunkt, den Versuch zu wagen; nicht wenn sie und Remy noch so viele Schwierigkeiten zu meistern hatten, vor allem Heinrichs Rettung. Remy hatte sogleich damit begonnen, loyale Hugenotten ausfindig zu machen und vertrauenswürdige Bewaffnete anzuheuern. Gabrielle war die Aufgabe zugefallen, zwischen Heinrich und Remy zu vermitteln und Botschaften hin und her zu tragen.

Es hatte sie zwar viel Kraft gekostet, aber schließlich war es ihr gelungen, Remy davon abzubringen, in den Louvre zurückzukehren. Es wäre viel zu gefährlich gewesen, nicht nur für ihn. Remy konnte sich so schlecht verstellen, dass Gabrielle befürchtete, Heinrich würde mit einem einzigen Blick auf den Hauptmann erkennen, wie es zwischen ihr und Remy stand.

Selbst ihr war es schwergefallen, Fassung zu wahren, als sie Heinrich am Vortag am Hofe getroffen hatte. Ihr plötzliches Verschwinden vom Turnier hatte sie damit entschuldigt, dass ihre Schwester sich unwohl gefühlt habe. Ihr Eingreifen bei Remys Zweikampf zu erklären war natürlich wesentlich schwieriger gewesen.

Sie verzog das Gesicht, als sie sich an das Gespräch erinnerte. Ob Heinrich ihr die Geschichte gänzlich geglaubt hatte, wusste sie noch immer nicht.

»… und ich erkannte, dass dieser Zweikampf eine Falle für den Hauptmann war. Deshalb beeilte ich mich, die Sache zu beenden; denn ich weiß ja, wie viel Euch Hauptmann Remy bedeutet.«

»Mir?«, hatte der König leise gefragt. Seiner trägen Haltung zum Trotz schienen seine Augen zu viel zu wissen.

Es hatte Gabrielle große Mühe gekostet, nicht zu erröten. »Aber natürlich. Er ist doch Eure Geißel, Euer loyalster Anhänger, Eure größte Hoffnung, die Freiheit zurückzuerlangen.«

»Das mag sein«, murmelte Heinrich. »Der Hauptmann

ist in der Tat ein redlicher, vertrauenswürdiger Mann. Aber vielleicht fügt er mir einen Schlag zu, den er mir gar nicht zufügen will.«

»Wie – wie meint Ihr das?«

»Nun, anfangs hielt ich die Rückkehr von Nicolas Remy für einen wahren Segen. Jetzt bin ich mir nicht mehr so sicher. Ich war bemüht, an diesem Hofe gute Miene zum bösen Spiel zu machen und Königin Katharina zu überzeugen, dass ich mich mit meiner Gefangenschaft abgefunden habe. Doch ich fürchte, Remys Anwesenheit hat wieder Argwohn auf mich gelenkt. Nun werde ich strenger überwacht denn je.«

Der König hatte ihre Hand genommen, und auf sein Antlitz war ein ungewöhnlich ernster Ausdruck getreten. »Einen weiteren erfolglosen Fluchtversuch könnte ich nicht ertragen, Gabrielle. Ich glaube, es wäre am besten, unsere Geißel wegzuschicken. Vielleicht kann er meine Interessen in Béarn wahren, während Ihr und ich hier in Paris bleiben, abwarten und der dunklen Königin Sand in die Augen streuen. Was denkt Ihr, *ma mie?*«

Nur mit größter Mühe hatte Gabrielle ihre Bestürzung verbergen können, als Heinrich ihre Hand an die Lippen führte und sein fester Blick nicht von ihrem Gesicht wich …

Bei der Erinnerung an diesen unangenehmen Augenblick zuckte Gabrielle zusammen. Wie viel von dem Wunsch des Königs, Remy nach Béarn zu schicken, war seinem Unbehagen wegen ihres Fluchtplans geschuldet, wie viel seinem Bestreben, sich eines Rivalen zu entledigen? Sie war sich noch immer nicht sicher. Sie hatte all ihren Charme und all ihre Klugheit aufbringen müssen, um Heinrichs Glauben an Remy zu erhalten und ihn zu überreden, Remys Pläne weiter zu verfolgen. Und so, wie in Paris geklatscht wurde, konnte Gabrielle nur beten, dass der König nicht herausfand, dass Remy inzwischen das Bett mit ihr teilte.

Sie mochte und achtete Heinrich aufrichtig. Ihn zu hintergehen fiel ihr schwer, fast so schwer, wie vor Remy zu verbergen, dass sein König an ihm zweifelte. Doch Remy hatte wahrhaftig schon genug Sorgen mit der praktischen Umsetzung ihrer Flucht.

Gerade hatte er sich auf den Weg gemacht, um seine Habseligkeiten aus seinem Quartier zu holen. Gabrielle hatte ihn überredet, in ihr Stadthaus umzuziehen. Das sei doch am sinnvollsten, hatte sie gemeint, auch wenn die praktische Seite wenig damit zu tun hatte. Bei all den Gefahren, die sie umgaben, konnte Gabrielle es einfach nicht ertragen, Remy zu lange aus den Augen zu verlieren.

Als Remy in Richtung der Eingangspforte ging, fiel sein Blick auf die flachsblonden Kinder des Gärtners. Philippe hatte vor Kurzem dafür gesorgt, dass sein Sohn und seine Tochter bei einer Tante auf dem Land unterkommen konnten. Jacques und Elise wirkten recht niedergeschlagen, wie sie da auf der Steinbank saßen und ihre dürren Beinchen baumeln ließen. Jeder andere hätte sie einfach übersehen, doch Remy beugte sich zu den Kindern hinunter und verwickelte sie in ein ernsthaftes Gespräch.

Elise drückte das Gesicht schüchtern an die Schulter ihres großen Bruders. Zu Gabrielles Überraschung richtete sich Remy plötzlich auf, reckte bedrohlich die Fäuste und stieß ein lautes Brüllen aus. Kreischend sprangen die Kinder davon, und Remy verfolgte sie fauchend um die Rosenbüsche. Gabrielle starrte mit offenem Mund auf die Szene. Sie beugte sich so weit aus dem Fenster, dass sie fast hinuntergepurzelt wäre.

Remy hatte die Kinder in der Nähe des Weißdorns erwischt. Er kniete sich hin und bog die Finger, bis sie wie Klauen wirkten. Jacques kreischte und schwang einen Stock, um Remy in Schach zu halten. Elise verkroch sich hinter ihrem Bruder, die Augen weit aufgerissen und vor Aufregung zitternd. Remy warf den Kopf zurück und brüllte wie ein Drache.

Dabei entdeckte er Gabrielle am Fenster. Er winkte ihr zu

und grinste liebenswert wie ein kleiner Junge. Sie erkannte, dass nicht nur sie sich verändert hatte. Remy wirkte auf einmal viel jünger, als wären Jahre von ihm abgefallen. Die Sonne schien auf sein zerzaustes Haar und auf die Kette, die unter seinem halb offen stehenden Wams zu sehen war.

Er beharrte noch immer darauf, Cassandras nutzloses Amulett zu tragen, auch wenn es Gabrielle lieber gewesen wäre, er hätte es abgelegt. Schließlich trug er es nur, weil sie es ihm geschenkt hatte und es für ihn ein Zeichen ihrer Liebe und ein Ausdruck ihres Wunsches war, ihn zu beschützen – und in gewisser Weise war es das ja auch. Aber wenn er gewusst hätte, woher dieses Medaillon stammte, wäre er sicher ganz anders damit umgegangen.

Keine Geheimnisse mehr, hatte sie Remy versprochen. Sie sollte ihm die Wahrheit sagen, aber sie fand nicht den Mut dazu. Die Liebe, die zwischen ihnen erblüht war, war einfach zu neu, um sie durch einen Streit zu gefährden. Sie hatte sich vorgenommen, das Medaillon in einer der nächsten Nächte, während er schlief, einfach verschwinden zu lassen und ihm als Zeichen ihrer Liebe selbst etwas herzustellen. Doch vorläufig wollte sie, dass nichts die Eintracht zwischen ihnen störte. Sie lächelte zärtlich auf ihren Drachen hinab und winkte in dem Augenblick zurück, als Jacques ihn mit seinem Stock in die Rippen stach.

Remy tat, als hätte ihn der Schlag überrumpelt. Er stieß einen überraschten Schrei aus und taumelte zurück. Seine Rolle spielte er so bravourös, dass jeder fahrende Spielmann stolz gewesen wäre. Nun fiel er auf den Rücken, fauchte und strampelte mit den Beinen wie ein sterbender Drache. Schließlich breitete er die Arme aus und blieb reglos liegen. Jacques und Elise schlichen näher. Als die Kinder in seiner Reichweite waren, erwachte der Drache plötzlich zu neuem Leben. Brüllend packte er die beiden und zog sie zu sich herab. Doch welch ein sanfter Drache ihre Geißel war! Er war zwar furchterregend genug, um den kräftigen Jacques zu erfreuen, achtete jedoch darauf, mit der kleinen Elise nicht zu grob umzugehen.

Remy wäre ein guter Vater. Gabrielle wunderte sich, wie sie plötzlich auf einen solchen Gedanken kam. Instinktiv legte sie die Hand auf ihren Bauch. Bei ihren anderen Liebhabern hatte sie stets zu jeder erdenklichen List gegriffen, um eine Schwangerschaft zu verhüten, bei Remy aber hatte sie keine derartigen Vorkehrungen getroffen. Es hätte gut sein können, dass sie in der letzten Nacht ein Kind empfangen hatte.

Die Vorstellung, ein Kind von Remy zur Welt zu bringen, beunruhigte sie nicht, nein, sie ließ Gabrielle geradezu andächtig werden. Sie fühlte sich auf einmal ganz weich, als würde sie innerlich schmelzen. Vielleicht würde sie Remy einen Sohn schenken, einen kleinen Jungen mit stämmigen Gliedern, strubbeligem blonden Haar und Remys braunen Augen …

Ein Klopfen an der Tür holte sie aus ihren Tagträumen. Gabrielle wandte den Blick zögernd von Remy ab. »Herein.«

Bette stand auf der Schwelle. Die sonst so kecke Zofe wirkte beunruhigt. »Verzeihung, Herrin, aber jemand will Euch sprechen.«

Gabrielle gähnte und streckte sich. »Sag diesem jemand, er soll es später noch einmal versuchen. Zu dieser Stunde werden gewöhnlich keine Gäste empfangen.«

»Aber – aber es handelt sich um diese Lascelles.«

Gabrielle starrte Bette überrascht an. »Cass? Sie ist *hier?*«

»Jawohl. Und sie besteht darauf, Euch zu sehen. Sie ist unten, begleitet von ihrer Zofe und einem riesengroßen Hund, der aussieht, als würde er jedem an die Gurgel gehen, der sich zu nah heranwagt. Keiner traut sich, sich ihnen nähern. Aber ich glaube, ich habe Hauptmann Remy im Garten gehört. Er kann doch bestimmt dafür sorgen, dass …«

»Nein!« Hastig erhob sich Gabrielle von ihrem Fensterplatz. »Mir wäre es lieber, wenn Remy nichts von Mademoiselle

Lascelles' Besuch erfährt. Er würde unsere Freundschaft nicht billigen.«

»Das glaube ich gerne, Herrin. Sie ist ein gefährliches Geschöpf, wenn das stimmt, was ich von ihr gehört habe. Offensichtlich führt sie nichts Gutes im Schilde.«

»Und offensichtlich hast du zu viel Zeit damit verbracht, dich mit Miris Katze zu unterhalten«, konterte Gabrielle. »Führe Mademoiselle Lascelles in den kleinen Salon. Ich komme gleich.«

»Na gut, Herrin.« Aber Bettes missbilligendes Schnauben gab zu verstehen, dass sie es überhaupt nicht gut fand.

Sobald Bette gegangen war, zog sich Gabrielle hastig an. Sie schlüpfte in ein schlichtes Kleid und wand ihr Haar zu einem Knoten, den sie mit einem feinen Netz feststeckte. Bevor sie das Schlafzimmer verließ, warf sie noch einen verstohlenen Blick in den Garten. Remy war noch immer mit den Kindern beschäftigt. Wenn sie Glück hatte, würde er sich bald auf den Weg zu seiner Unterkunft machen und sie konnte herausfinden, was Cass von ihr wollte, bevor er zurückkam.

Cass hatte wahrhaftig keinen günstigen Zeitpunkt gewählt, um aus ihrer Abgeschiedenheit zu treten, jetzt, da Aristide und seine Hexenjäger Paris unsicher machten. Wenn Cass' Familiengeschichte und ihre Verbindung zum Maison d'Esprit aufgedeckt wurden, könnte das für ihre Freundin üble Folgen haben, dachte Gabrielle schaudernd.

Sie eilte nach unten zum kleinen Salon. Zu ihrem Verdruss stand Finette vor der Tür, die dürren Arme ausgebreitet, als wollte sie den Eingang bewachen. Gabrielle zuckte zusammen, als ihr der saure Geruch des ungepflegten Weibes in die Nase stieg.

»Meine Herrin wartet drinnen auf Euch«, verkündete die Zofe, als befände sie sich in Cass' Haus und nicht in Gabrielles.

»Das weiß ich«, erwiderte Gabrielle kühl.

Finette zupfte an den Falten ihres schmutzigen Kleides und machte einen kleinen Knicks. Sie musterte Gabrielle mit dem verschlagenen Grinsen, für das Gabrielle sie jedes Mal am liebsten geohrfeigt hätte. Mit unverhohlener Abneigung drängte sie sich an der Dienstmagd vorbei und schlug ihr die Tür vor der Nase zu.

Der kleine Salon wurde hauptsächlich als Nähzimmer genutzt. Es war ein schlichter, doch recht behaglich eingerichteter Raum mit einem Arbeitstisch, ein paar Stühlen und einer Ruhebank, auf der einige hübsch bestickte Kissen lagen. Da die Fenster nach Westen gingen, gab es hier spätnachmittags noch ausgezeichnetes Licht für Näharbeiten.

Cass stand an einem der Fenster, ihr Hund lag neben ihr. Als Gabrielle eintrat, machte Cerberus Anstalten aufzuspringen, doch Cass hielt ihn an einer dicken Lederleine zurück. Gabrielle blieb stehen und blinzelte, überrascht über Cassandra Lascelles' Verwandlung. Von der Einsiedlerin mit der ungesunden Gesichtsfarbe, den oft blutunterlaufenen Augen und der wirren Mähne war nichts mehr zu sehen. Cass' Haare wellten sich in weichen dunklen Locken auf ihre Schultern, ein schlichter Goldreif zierte ihre Stirn. Statt eines der ausgeblichenen Kleider, die ihr gewöhnlich um die mageren Schultern schlotterten, trug Cass ein nagelneues Gewand. Es war zwar schlicht geschnitten – die Röcke bauschten sich nicht über einer Krinoline –, doch die weinfarbene Seide brachte ihren blassen Teint und ihr ebenholzschwarzes Haar bestens zur Geltung. Um den schlanken Hals trug sie keine Krause, sondern eine schwere Silberkette, die unter dem bestickten Mieder verschwand.

Sie stand kerzengerade da, hoch erhobenen Hauptes und mit einem seltsamen Leuchten in den sonst so glanzlosen Augen. Gabrielle musste an das herrschaftliche Auftreten ihrer Freundin denken, als sie die Séance abgehalten hatte. Auch damals hatte sie unerwartet stark und mächtig gewirkt.

Cass, die sonst immer alles hörte, schien nicht bemerkt

zu haben, dass Gabrielle hereingekommen war. Sie hatte den Kopf zur Seite geneigt und konzentrierte sich auf die Geräusche, die durch das offene Fenster drangen: Remys Lachen, das sich mit dem fröhlichen Kindergeschrei mischte.

Gabrielle war so darauf bedacht gewesen, sich mit Cass in einem abgelegenen Teil des Hauses zu treffen, dass sie völlig vergessen hatte, dass die Fenster des Nähzimmers zum Garten hinausgingen. Bei dieser Erkenntnis war ihr nun ebenso unbehaglich zumute wie bei dem entrückten Ausdruck auf Cass' Gesicht.

»Cass?« Als Gabrielle näher trat, bellte Cerberus, wedelte jedoch gleichzeitig freundlich mit dem Schwanz.

Cass lächelte herzlich und streckte die Hand in Gabrielles Richtung. Sobald Gabrielle in ihrer Reichweite war, packte Cass sie und umarmte sie fest. Selbst Cerberus schleckte ihr die Hand, als freue er sich, sie zu sehen.

Gabrielle erwiderte die Umarmung und murmelte: »Was für eine Überraschung!«

»Hoffentlich keine unangenehme.«

»N-nein.« Gabrielle spähte über ihre Freundin hinweg in den Garten, wo Remy die kleine Elise gerade auf den Schultern reiten ließ. Zum Glück schien er den Weg zum Tor einzuschlagen. Sie nahm Cass am Ellbogen und zog sie vom Fenster weg. »Setz dich doch. Ich sage meiner Haushälterin, dass sie uns eine Flasche Wein bringen soll.«

»Nein!«, entgegnete Cass unerwartet schroff. Sie benetzte die Lippen und fuhr etwas freundlicher fort: »Ich meinte, nein danke. Ich versuche, meinen alten Dämon zu besiegen und starken Getränken aus dem Weg zu gehen. Ich muss einen klaren Kopf bewahren. Aber der Kampf ist nicht leicht.«

Sie hob die Hand, die merklich zitterte. Erfreut rief Gabrielle: »Das ist ja wundervoll! Offenbar hast du Erfolg. Ich habe dich noch nie so wohlauf gesehen, so stark und schön!«

»Ich muss dich wohl beim Wort nehmen«, erwiderte Cass trocken, als Gabrielle sie zur Bank führte. Cass setzte sich,

Cerberus ließ sich zu ihren Füßen nieder. Als Gabrielle sich entfernen wollte, packte Cass sie bei der Hand.

»Ich muss dich gar nicht fragen, wie es dir geht. Ich kann es fühlen, du glühst ja richtig. Offenbar kommst du mit Hauptmann Remy gut aus, sehr gut sogar.«

Beunruhigt, weil Cass allein durch eine Berührung erkennen konnte, was in ihr vorging, entzog ihr Gabrielle die Hand und lief rot an.

»Ja, es läuft bestens. Ich habe dir viel zu erzählen.« Gabrielle setzte sich auf einen Stuhl nahe den Fenstern in der Hoffnung, Remy im Auge behalten zu können. So knapp wie möglich berichtete sie, was auf dem Turnier vorgefallen war, und erzählte Cass auch, wie sie sich danach entschieden hatte.

Cass hörte zu, ohne sie ein einziges Mal zu unterbrechen. Cerberus hatte seinen riesigen Schädel auf den Schoß seiner Herrin gelegt. Sie lehnte sich zurück und kraulte dem Hund gedankenverloren die Ohren. Als Gabrielle geendet hatte, schüttelte Cass den Kopf. In ihre Stimme schlich sich eine liebevolle Belustigung.

»Dann hast du also vor, deinem fantastischen Schicksal zu trotzen und es der Liebe wegen aufzugeben? Ach, meine törichte Gabrielle!«

»Man mag es töricht nennen, aber vielleicht bin ich auch zum ersten Mal in meinem Leben weise.«

»Und du wolltest Paris verlassen, ohne dich von mir zu verabschieden?«

»Natürlich nicht. Wenn du nicht gekommen wärst, hätte ich dich im Maison d'Esprit aufgesucht, um dich vor den Hexenjägern zu warnen und mich zu vergewissern, dass es dir gut geht.«

»Hättest du wirklich daran gedacht?« Cass' Hand ruhte noch immer auf dem Kopf ihres Hundes.

»Aber natürlich«, entgegnete Gabrielle, überrascht über den nachdenklichen Ausdruck, der Cass' Miene verdunkelte. »Wir sind doch Freundinnen, oder etwa nicht?«

»Ja … wie Schwestern. Vielleicht hast du ja sogar erraten, warum ich gekommen bin.«

»Nein, ich muss gestehen, dass ich mir das nicht erklären kann. Du setzt doch sonst kaum einen Schritt über die Schwelle des Maison d'Esprit, und jetzt, wo die Hexenjäger in Paris sind …«

»Pah!« Cass wedelte abschätzig mit der Hand. »Ich habe dir doch gesagt, Hexenjäger machen mir keine Angst. Ich habe sie schon einmal erlebt.«

Diese Erfahrung war allerdings schlimm genug gewesen, um einer Frau ein Leben lang Angst einzujagen. Cass hatte ihre ganze Familie verloren.

Es war Gabrielle ein Rätsel, wie Cass so unbeeindruckt von einem solch düsteren Ereignis reden konnte. Aber vielleicht gelang es ihr ja auch nur dadurch, mit all ihrem Leid fertig zu werden.

Cass streichelte wieder ihren Hund. »Ich bin hier, um dein Versprechen einzufordern; das Versprechen, das du mir im Gegenzug dafür gegeben hast, dass ich für dich meine Gabe, die Toten heraufzubeschwören, eingesetzt habe. Erinnerst du dich noch?«

»Selbstverständlich. Ich wollte dir schon längst etwas geben, besonders, wenn ich dir dabei helfen kann, aus dieser schrecklichen Höhle herauszukommen, in der du dich verkrochen hast. Sag mir, was du brauchst.«

»Nichts Besonderes. Nur Nicolas Remy.«

»W-wie bitte?«

»Bevor du dich zu sehr aufregst, lass mich erklären: Ich möchte ihn nur für eine einzige Nacht ausleihen.«

Im ersten Moment war Gabrielle zu verblüfft, um etwas zu erwidern. Sie lachte unsicher. »Meine Güte, Cass«, sagte sie schließlich. »Warum um alles in der Welt willst du Remy ausleihen?«

»Aber meine liebe Gabrielle«, entgegnete Cass gedehnt. »Welchen Grund könnte eine Frau wohl haben, ein solch stattliches Exemplar wie deinen Hauptmann für eine Nacht auszuleihen?«

»Du – du willst mit ihm ins Bett gehen?«

»Sei bloß nicht so schockiert, du bist doch sonst nicht so prüde. Du hattest viele Liebhaber, es kostet dich wahrhaftig nicht viel, mir den da eine Nacht lang zu überlassen.«

Gabrielle sprang auf. Die plötzliche Bewegung führte dazu, dass Cerberus den Kopf hob und sie wachsam musterte. Doch Gabrielle konnte sich nicht zurückhalten. Sie war über Cass' beiläufige Bitte wie vom Donner gerührt.

»Wir reden hier nicht von irgendwelchen Liebhabern, sondern von dem Mann, den ich liebe«, meinte sie empört. »Und du bittest mich, ihn dir zu leihen, als wäre er … als wäre er ein Pferd.«

»Ich hoffe, er erweist sich als guter Hengst.« Cass kräuselte lasziv die Lippen. Als Gabrielle nach Luft schnappte, fügte sie ungeduldig hinzu: »Herr im Himmel! Ich will ihn doch nur für eine einzige Nacht!«

Gabrielle lief vor den Fenstern auf und ab, bis ihr einfiel, dass sie Cerberus damit nervös machte – und das war nicht ratsam. In ihrem Kopf drehte sich alles. Nicht in ihren kühnsten Träumen hätte sie je daran gedacht, dass Cass so etwas von ihr verlangen könnte.

»Ich verstehe es nicht ganz«, sagte sie schließlich. »Wenn du unbedingt einen Liebhaber brauchst, dann suche ich dir einen, das ist ein Kinderspiel für mich. Aber warum ausgerechnet Remy? Einen Mann, den du nicht kennst, den du noch nie gesehen hast?«

»Ich habe noch nie einen Mann gesehen«, gab Cass trocken zu bedenken. »Aber in der Nacht, als du mir das Heft seines Schwertes in die Hand gelegt hast, habe ich etwas gespürt. Ich habe schon damals vermutet, dass er der Richtige für meine Zwecke ist.«

»Welche Zwecke?«

»Mich zu schwängern.«

Gabrielle starrte sie ungläubig an. »Du willst von Remy schwanger werden? Aber du hast mir doch gesagt, dass dich Kinder nicht interessieren, ja, dass du sie eigentlich gar nicht magst.«

»Es wäre mein Kind, meine Tochter. Du bist nicht die Einzige, auf die ein großes Schicksal wartet. Vielleicht hast du ja beschlossen, deinem Schicksal den Rücken zu kehren, aber ich habe das nicht.«

»Welches Schicksal wartet denn auf dich?«

»Nostradamus hat mir prophezeit, dass ich die Mutter einer Frau werde, die die Geschichte verändern wird, einer Königin unter Königinnen. Du hast gedacht, du bekämst Macht, wenn du die Geliebte eines Königs wirst. Aber deine Macht wäre nichts im Vergleich zu der Macht, die mein Kind haben wird.«

Cass richtete sich auf, und ihre Miene verzog sich leidenschaftlich. »Und zwar eine Macht, die nicht von einem Mann kommt, sondern die sie sich nehmen wird, durch eine Revolution.«

»Eine Revolution?«

»Eine Revolution der weisen Frauen. Du kennst die Legenden doch genauso gut wie ich, Gabrielle. Es gab einmal eine Zeit, in der die Töchter der Erde keine Sklavinnen oder Spielzeug von Männern waren, eine Zeit, in der sie ihre Magie ausüben konnten und dafür verehrt wurden, nicht verbrannt. Nostradamus hat eine Zeit gesehen, in der die Frauen wieder ihren rechtmäßigen Platz an der Seite der Männer einnehmen. Ich gedenke nicht zu warten, dass Jahrhunderte verstreichen, während ich längst in meinem Grab vermodere. Nein, diese Veränderungen werden sich zu meinen Lebzeiten abspielen. Die Töchter der Erde werden Throne stürzen und den Männern die Rechte nehmen. Dann werden die Männer *unsere* Sklaven. Wir sind alle in der Dunkelheit herumgeirrt, aber mein Kind wird uns zurück ans Licht bringen. Sie wird unsere Anführerin. Lass dir das durch den Kopf gehen!«

Gabrielle ging nur ein einziger Gedanke durch den Kopf: Cassandra hatte zu lange allein in ihrem Keller gelebt, sie war offenkundig verrückt geworden. Gabrielle biss sich auf die Lippe, um ihr das nicht zu sagen. Cassandras leidenschaftliche Miene beunruhigte sie zutiefst.

»Selbst wenn das, was du da sagst, in Erfüllung geht«, meinte sie, »warum willst du Remy als Vater deines Kindes? Warum ausgerechnet ihn?«

»Als ich sein Schwert berührte, spürte ich wertvolle Eigenschaften, die in ihm stecken: Wut, Unbarmherzigkeit, die Fähigkeit, gnadenlos zu töten.«

»Das sind Teile von Remy, die er verabscheut.«

»Dann kann er diese dunklen Teile an unsere Tochter weiterreichen und seinen Frieden finden.«

»Nein!«

»Nein?«, wiederholte Cass und verzog das Gesicht.

Gabrielle benetzte die Lippen, dann erklärte sie so sanft, jedoch auch so bestimmt wie möglich: »Es tut mir leid, Cass, aber du verlangst von mir das Einzige, das ich dir nicht geben kann. Bitte mich um alles sonst, und ich werde mein Versprechen mit Freuden halten, aber …«

Gabrielle verstummte und rechnete mit einem Wutausbruch. Doch Cass nahm ihre Weigerung erstaunlich gelassen auf, sie seufzte nur leise. Dann stemmte sie sich mit einer Hand von der Bank hoch und stellte sich hin. Ihr Hund stand mit ihr auf.

»Du bist so töricht in diesen Mann verliebt, dass ich schon gefürchtet habe, du würdest keine Vernunft zeigen. Aber im Gegensatz zu dir habe ich gelernt, mein Schicksal selbst in die Hand zu nehmen. Sag mir: Wo steckt der gute Hauptmann eigentlich?«

»Remy ist nicht hier«, erwiderte Gabrielle und hoffte von ganzem Herzen, es möge stimmen und Remy wäre mittlerweile aufgebrochen. »Er – er ist vor Kurzem gegangen und wird erst spät zurückkehren.«

Cass spielte mit der Silberkette unter ihrem Mieder und legte den Kopf schief. Offenkundig konzentrierte sie sich auf etwas. »Ich glaube, der Hauptmann ist noch da. Wirf einen Blick aus dem Fenster, ich bin sicher, du wirst ihn am anderen Ende des Gartens entdecken.«

Beunruhigt spähte Gabrielle hinaus und stellte fest, dass Cass recht gehabt hatte. Remy war noch im Garten, wenn auch nicht mehr in Hörweite. Er stand im Schatten einer Eiche und beugte sich gerade hinab, um dem jungen Jacques sein Schwert zu zeigen, das der ehrfürchtig bestaunte.

»Habe ich recht?«, fragte Cass. »Ist er dort?«

»Ja«, erwiderte Gabrielle und wandte sich mit einer Mischung aus Verwirrung und Argwohn wieder an Cass. »Aber woher hast du das gewusst?«

»Weil er das Amulett trägt, das ich gemacht habe, das Gegenstück zu meinem.« Cass zog die Halskette aus ihrem Ausschnitt und zeigte ein Medaillon, das bis zum letzten Detail Remys glich. Gabrielle durchlief ein Angstschauder.

»Die beiden Amulette stammen aus derselben Form, sie sind aus dem gleichen Metall hergestellt und besitzen den gleichen Zauber. Sie sind miteinander verbunden, so wie ich mit deinem Hauptmann verbunden bin, wenn er sein Amulett trägt. Entsinnst du dich noch, was ich dir über die Wirkung gesagt habe?«

»Du hast mir gesagt, dass es Remy helfen würde, Gefahren zu spüren. Doch offenkundig tut es das nicht.«

Cass lachte rau. »Das entspricht nicht ganz meinen Worten. Ich sagte, dieses Amulett würde den Hauptmann in die Lage versetzen, Böses zu spüren. Sieh gut zu, was ich jetzt tue, und behalte auch deine Geißel im Auge.«

Cass presste das Amulett an ihre Schulter. Ihre Augen wurden glasig, während sie ein paar kehlige Laute murmelte. Gabrielle warf einen besorgten Blick aus dem Fenster. Trotz der Entfernung konnte sie sehen, wie Remy blass wurde und sein Schwert fallen ließ. Er taumelte nach hinten an den

Baumstamm, drückte die Hand auf die Schulter und krümmte sich vor Schmerzen. Die erschrockenen Kinder wichen vor ihm zurück.

Gabrielle erstarrte, sie konnte kaum fassen, dass Cass tatsächlich ... Schließlich stürzte sie sich auf sie und kreischte: »Was tust du ihm an? Hör sofort damit auf!«

Sie wollte Cass das Amulett aus der Hand reißen, doch Cerberus knurrte und schnappte nach ihr, sodass sie von ihrem Vorhaben abließ. Während sie sich hektisch nach einer Waffe umsah, ließ Cass den Anhänger los. Gabrielle presste wieder die Nase an die Scheibe und hielt besorgt nach Remy Ausschau. Zu ihrer Erleichterung richtete er sich wieder auf, und sein Gesicht entspannte sich. Mit einem verwirrten Blick auf seine Schulter rieb er sie ein letztes Mal, bevor er sich nach seinem Schwert bückte.

»Gib mir dieses Ding! Auf der Stelle!« Gabrielle trat wieder zu Cass und streckte fordernd die Hand aus. Sie achtete nicht auf Cerberus, der bei ihrem scharfen Ton wild zu bellen begonnen hatte.

»Beruhige dich, Gabrielle, und du auch, Monsieur!« Cass legte die Hand auf den Kopf des Hundes und brachte ihn mit einem leisen Befehl zum Schweigen. Die Dogge ließ sich wieder neben ihrer Herrin nieder, doch sie starrte Gabrielle weiter drohend an.

»Das war nur eine kleine Kostprobe meiner Macht, Gabrielle. Ich habe das Medaillon nur an meine Schulter gelegt. Was, glaubst du wohl, wird Remy passieren, wenn ich es auf mein Herz lege? Ich kann es dir sagen: Ich könnte Remys Herz dazu bringen, dass es zu schlagen aufhört, bevor du überhaupt Atem geholt hast, um ihn zu warnen.«

»Nein, bitte! Um Himmels willen, Cass, tu das nicht!«

»Ich habe nicht die Absicht, deiner Geißel wehzutun. Nicht, solange du vernünftig bist und dich nicht gegen meine Pläne stellst. Aber bilde dir nicht ein, du könntest mich überwältigen, nur weil du mich für blind und hilflos hältst.

Ich kann viel schneller handeln als du. Ich muss nur eine einzige Bewegung ausführen, nur ein einziges Wort äußern. Wenn du versuchst, mir das Medaillon wegzunehmen, ist Remy tot. Und ab sofort ist er auch tot, wenn er versucht, sein Medaillon abzulegen. Und jetzt weiche von mir!«

Cerberus unterstrich den Befehl seiner Herrin mit einem Knurren. Zögernd folgte Gabrielle. Der Hund, der noch vor wenigen Augenblicken ihre Hand geleckt hatte, schien nun bereit, ihr das Herz aus der Brust zu reißen. Und die Frau, die sie törichterweise für eine Freundin gehalten hatte, schien gleichfalls dazu fähig.

Zwischen Verletzung und Wut hin- und hergerissen schrie sie: »Warum tust du das? Du hast doch behauptet, ich sei fast so etwas wie eine Schwester für dich.«

»Eine selbstsüchtige Schwester«, erwiderte Cass verbittert. »Du hast alles: Schönheit, Klugheit, eine liebevolle Familie und dein Augenlicht. Außerdem hast du einen wunderbaren Mann, der dich liebt und dich auch dann noch lieben wird, wenn ich mit ihm fertig bin. Da kannst du wahrlich so großzügig sein, ihn mir eine Nacht zu überlassen!«

»Selbst wenn ich auf deinen verrückten Plan eingehen würde, so ist Remy doch nicht mein Sklave, der alles tut, was ich will. Er wird nie mit dir schlafen, selbst wenn du ihm mit dem Tod drohst. Er ist kein Mann, der sorglos mit einer Frau ins Bett steigt, die er gar nicht kennt, und mit ihr ein Kind zeugt.«

»Ich weiß, dass der Hauptmann ein ausgeprägtes Ehrgefühl besitzt, das ihm oft genug im Wege steht. Du musst dir eben etwas ausdenken, um ihn dazu zu bringen, dass er mich besucht. Du bist doch ein schlaues Mädchen, dir wird schon etwas einfallen. Sobald er bei mir ist, werde ich alles Weitere in die Hand nehmen.« Cass kräuselte höhnisch die Lippen. »Ich kann Düfte und Liebestränke herstellen, die selbst die edlen Skrupel dieses Mannes überwinden. Wenn man einen Mann nur genügend aufreizt, vergisst er jegliche

Skrupel. Ich könnte selbst den Papst verführen, wenn ich wollte.«

»Warum hast du dich dann nicht einfach an Remy herangemacht und ihn verführt?«, wollte Gabrielle wissen. »Warum hast du dir die Mühe gemacht, mich einzuweihen?«

»Weil er genau in der Nacht verfügbar sein muss, in der ich ihn brauche. Außerdem bedeutet es mir mehr, wenn es ein Geschenk von dir ist. Es wird die Bande unserer Freundschaft stärken.«

»Wenn das deine Vorstellung von Freundschaft ist, will ich lieber nicht deine Feindin sein.«

»Da hast du ganz recht«, erwiderte Cass mit einem grausamen Lächeln.

»Du – du bist ja noch schlimmer als Katharina.«

Cass zuckte mit den Schultern. »Ich betrachte das als Kompliment. Es tut mir leid, dass unser Geschäft sich so unangenehm entwickelt hat. Nach meiner Nacht mit deinem Hauptmann kannst du mein Medaillon haben, das verspreche ich dir. Vertraue mir – keine Frau hat eine wirksamere Methode, ihren Liebhaber zu kontrollieren.«

»Miris Katze hatte recht. Du – du bist böse!«

»Nein, ich bin nur eine praktisch denkende Frau, die ihr Schicksal selbst bestimmt – nicht anders als du, bevor du der Liebe erlegen bist. Du hast dich sehr erschrocken, deshalb gebe ich dir ein wenig Bedenkzeit. In zwei Nächten ist der Mond reif und voll. Nach meinen Berechnungen ist es dann um meinen Bauch genauso bestellt. Gib mir noch heute vor Sonnenuntergang Bescheid. Natürlich wissen wir beide schon jetzt, wie deine Antwort lauten wird.«

Nachdem Cass gegangen war, stand Gabrielle lange wie gelähmt im Salon. Die Sonne schien noch immer hell durch die Fenster, die Vögel zwitscherten im Garten, die Blätter rauschten beruhigend in einer kleinen Brise, doch Gabrielle nahm nichts davon wahr. Schließlich sank sie auf die Bank und vergrub das Gesicht in den Händen. Cassandra Lascelles' Besuch nahm die Ausmaße eines Albtraums an – ein Albtraum, den Gabrielle selbst verursacht hatte. Hätte sie Remy doch nur nicht wegen des Medaillons angelogen! Wenn sie ihm die Wahrheit gesagt hätte, hätte er es sofort weggeworfen und würde jetzt nicht in Gefahr schweben.

Doch später blieb ihr sicher noch genug Zeit, um sich wegen ihrer Torheit zu schelten. All ihre Reue half Remy jetzt überhaupt nichts. Sie musste wieder einen klaren Kopf bekommen und einen Weg finden, um Cass' Pläne zu durchkreuzen. Wenn sie doch nur hätte verhindern können, dass Cass das Haus mit dem elenden Medaillon um ihren Hals verließ. Hilflos beiseitezutreten und Cass mit der Macht über Remys Leben weggehen zu lassen war für Gabrielle das Schwerste gewesen, was sie je getan hatte.

Aber was hätte sie tun sollen? Cass hatte das Medaillon festgehalten, bereit, ihre Drohung wahr zu machen. Cass' außergewöhnliche Sinne wurden von Finettes scharfen Augen und ihrem wachsamen Hund verstärkt. Jeder Versuch, ihr das Amulett mit Gewalt wegzunehmen, wäre viel zu gefährlich für Remy gewesen.

Gabrielle musste eine Möglichkeit finden, Cass durch eine List dazu zu bringen, ihr das Medaillon auszuhändigen. Aber wie nur? Die Frist, die Cass ihr gesetzt hatte, und schreckliche Bilder von Remy, der sich ans Herz fasste, versetzten Gabrielle in Angst und Schrecken und ließen sie keinen klaren Gedanken mehr fassen. Hinter ihren Augen kündigten sich bohrende Kopfschmerzen an. Sie massierte sich die Schläfen.

In dem Augenblick wurde die Tür zum Salon aufgerissen, und Wolf stürmte herein. Doch als er Gabrielle sah, blieb er wie angewurzelt stehen.

»Verzeihung, Mademoiselle. Ich wusste nicht, dass Ihr Euch hier aufhaltet. Ich habe nur nach Mademoiselle Miris Katze gesucht. Das verdammte Biest hat sich irgendwo verkrochen.

Mademoiselle Miri glaubt, dass Nekromant auf sie böse ist, weil sie – weil sie … Na ja, egal, es ist nicht weiter wichtig. Es tut mir leid, dass ich Euch gestört habe.«

Wolf verbeugte sich und stolperte rückwärts. Offenbar wollte er sich schleunigst aus dem Staub machen. Gabrielle nahm ihn nur mit einem matten Nicken zur Kenntnis. Sie hatte keine Ahnung, welches Bild sie dem jungen Mann bot. Aber seine scharfen grünen Augen richteten sich auf ihr Gesicht, und offenbar bemerkte er dort etwas, das ihn auf der Schwelle innehalten ließ.

»Mon Dieu!«, rief er leise. »Geht es Euch gut, Mademoiselle? Ihr seht aus, als habe Euch der Teufel persönlich besucht.«

»Eine Teufelin«, flüsterte Gabrielle.

»Wie bitte?« Wolf wirkte verwirrt.

»Offenbar ist der Teufel eine Frau.« Gabrielle rang sich ein schwaches Lächeln ab. Zu ihrem Entsetzen spürte sie, wie sich in ihrer Kehle ein Kloß bildete. Es gab nur wenige Menschen in Paris, denen sie vertraute, und nur eine Person, die sie als Freundin betrachtet hatte – Cass. Nun war sie ebenso verstört über ihr mangelndes Urteilsvermögen wie über Cass' Verrat.

Wolf trat zaghaft einen Schritt näher. »Ihr wirkt aufgebracht, Mademoiselle. Kann ich irgendetwas für Euch tun?«

»Nein danke, Martin. Eigentlich kann niemand etwas für mich tun. Bitte, wenn du jetzt einfach …« Sie machte eine hilflose Geste, um ihn wegzuschicken. Doch Wolf ging vor ihr in die Knie, nahm ihre Hand und tätschelte sie verlegen.

»Nichts ist je völlig hoffnungslos. Glaubt mir, Mademoiselle, auch ich bin schon oft in der Patsche gesessen, und Ihr würdet Euch über meine Fähigkeit wundern, mich selbst aus der schlimmsten Klemme zu befreien. Seit meinem dritten Lebensjahr stehe ich auf eigenen Beinen. Ich bin ganz erstaunlich schlau. Sagt einfach, was los ist, und ich werde es für Euch richten.«

Er wirkte sehr überzeugend, doch sie schüttelte nur verzagt den Kopf.

»Machen Euch die Hexenjäger Sorgen?«, fragte er beharrlich. »Oder schwebt Mademoiselle Miri in Gefahr?«

»Nein«, entgegnete Gabrielle. »Wie kommst du denn darauf?«

Über Wolfs Gesicht huschte ein schuldbewusster Ausdruck. »Einfach so. Wenn Eure Sorgen nichts mit Eurer Schwester zu tun haben, mit wem dann? Mit dem Hauptmann?«

So, wie Gabrielle zusammenzuckte, musste sie ihm keine Antwort geben.

»Alles, was den Hauptmann bedroht, geht auch Martin Le Loup etwas an«, erklärte Wolf aufgebracht. »Sagt mir, worum es geht!«

Gabrielle versuchte, ihm die Hand zu entziehen, doch sein Griff wurde fester. Sie hätte ihre Last nur zu gern mit jemandem geteilt, doch sie hätte nie daran gedacht, Martin ins Vertrauen zu ziehen. In ihren Augen war er fast noch ein Kind, und außerdem hatte er schreckliche Angst vor allem, was womöglich mit Hexerei oder dem Übernatürlichen zu tun hatte. Wie sollte ihr so jemand helfen können? Dennoch hatte Martin etwas an sich, eine Weltgewandtheit, die man ihm in seinem Alter kaum zugetraut hätte; und er war der Einzige, der Remy ebenso sehr liebte wie sie.

»Heraus mit der Sprache!«, beharrte Wolf, wenn auch etwas sanfter.

Gabrielle schluckte, dann folgte sie zögernd seiner Aufforderung. Während sie ihm alles erzählte, wich Wolf ein wenig von ihr ab, und sein Gesicht wurde kreidebleich vor Entsetzen. Er bekreuzigte sich ein Mal, zwei Mal, drei Mal und murmelte: »Bei allen Heiligen und der heiligen Muttergottes! Beschützt uns! Ich dachte, dass ich alles wüsste, was es über die Übel der Hexerei zu wissen gibt, aber selbst ich … Niemals hätte ich so etwas für möglich gehalten …« Es verschlug ihm die Sprache.

»Ich auch nicht«, erwiderte Gabrielle. »Vielleicht bereust du es jetzt, von der Sache erfahren zu haben?«

»N-nein, Mademoiselle. Ihr tatet recht, Euch mir anzuvertrauen.« Er begann herumzulaufen und verfiel in ein für ihn untypisches Schweigen. Gabrielle hatte mit weiteren Schreckensrufen und wütenden Beschimpfungen wegen ihrer Torheit gerechnet. Sie wünschte sich fast, Wolf würde sie ausschelten. Sie hätte es wahrhaftig verdient.

Sie ertrug sein Schweigen, so lange sie konnte, doch schließlich meinte sie aufgebracht: »Nun, hast du nichts dazu zu sagen? Keine verärgerten Vorwürfe? Nichts darüber, wie närrisch ich bin, Remy solchen Gefahren auszusetzen?«

Ihre barschen Worte schreckten Wolf aus seinen tiefen Grübeleien auf. »Ich bin nicht so rasch bei der Hand mit Vorwürfen, Mademoiselle. Dafür mache ich selbst viel zu viele Fehler.«

Diese großzügige Reaktion trieb Gabrielle fast die Tränen in die Augen. Sie rang sich ein mattes Lächeln ab. »Ich hoffe nur, dass Remy ebenso wenig nachtragend ist. Natürlich bleibt mir nichts anderes übrig, als ihm alles zu erzählen.«

»Nein!« Wolf hielt jäh inne und fuchtelte warnend mit der Hand. »Das dürft Ihr nicht. Der Hauptmann ist nicht so zurückhaltend, er würde direkt zu dieser Hexe gehen und sie zur Rede stellen. Und dann würde er entweder sterben oder …«

»In Cassandras Bett landen«, sagte Gabrielle düster. »Ein anderer Mann hätte vielleicht nicht so viel dagegen, verführt und auf diese Weise benutzt zu werden, aber …«

»Der Hauptmann ist ein Mann mit Stolz und Ehre, und …«

»Und er hat schon genug gelitten. Er braucht keine …«

»Neuen Albträume«, endeten sie gemeinsam.

Ihre Blicke trafen sich in einem stillen Verstehen des Mannes, den sie beide so liebten. Gabrielle fand, dass das, was Cass mit ihm vorhatte, für Remy sicher genauso schlimm sein würde wie das, was Danton ihr angetan hatte.

»Aber was kann ich tun, um ihn zu retten?«

»Nun, die Lösung liegt doch auf der Hand, Mademoiselle: Ihr müsst diese schreckliche Hexe Eurerseits verhexen.«

»Wie soll ich sie denn verhexen?«

»Na ja, Ihr müsst sie mit irgendeinem bösen Fluch belegen. Oder Ihr braut einen giftigen Trank, der sie in grauenhafte Krämpfe verfallen lässt, bis ihr die Augen aus dem Kopf treten und sie aus dem Mund schäumt, bis sie schreit und sich qualvoll windet und schließlich tot umfällt.«

»Martin!«, rief Gabrielle empört über seine wüsten Fantasien. Wolf reckte kämpferisch das Kinn.

»Warum nicht? Diese böse Zauberin bedroht unseren Hauptmann. Sie verdient den Tod.«

»Das mag sein, aber ich weiß nicht, wie man giftige Tränke braut, und selbst wenn ich es wüsste …« Gabrielle fehlten die Worte, um Wolf das Durcheinander ihrer Gefühle zu erklären, die Mischung aus Wut, Entsetzen und Mitleid, die sie für Cass empfand.

»Cassandra ist eine gefährliche Frau, aber irgendwie tut sie mir auch leid. Es ist zwar verrückt, aber ich glaube, sie betrachtet mich wirklich als Freundin. Sie hat nur so wenig Liebe erfahren, dass sie gar nicht versteht, was an ihrer Forderung falsch sein soll.«

Wolf verdrehte skeptisch die Augen, gab jedoch zu: »Na gut, dann tötet sie eben nicht. Braut etwas, was sie in einen todesähnlichen Schlaf versetzt.«

»Auch so etwas vermag ich nicht zu brauen.«

Wolf sah sie vorwurfsvoll an. *»Ma foi!* Was für eine Hexe seid Ihr überhaupt?«

»Eine offenbar recht unfähige«, erwiderte Gabrielle verzagt.

Wolf schnaubte enttäuscht, doch er trat zu ihr und legte ihr die Hand auf die Schulter. »Schon gut, Mademoiselle. Ihr seid eine der klügsten Frauen am französischen Hof, und ich bin schlau wie ein Wolf. Gemeinsam werden wir schon einen Weg finden, um diese böse Frau auch ohne Hexerei zu schlagen.«

Gabrielle nahm Wolfs Hand. Seiner Unterstützung war so tröstlich, dass sie nur nicken konnte. Er drückte ihre Schulter sanft, dann trat er einen Schritt zurück und meinte munter: »Denkt doch einmal nach, Mademoiselle. Was wisst Ihr von diesem Geschöpf? Selbst eine schreckliche Zauberin muss ein paar Schwächen haben. Zum einen wäre da ihre Blindheit, das verschafft uns einen gewissen Vorteil.«

»Nur einen sehr kleinen, denn Cassandras übrige Sinne sind ungewöhnlich scharf. Außerdem hat sie diesen grässlichen Hund und diese elende Zofe, die für sie sehen. Sie hatte eine große Schwäche, aber ...«

»Ja? Welche denn?«, bohrte Wolf, als Gabrielle zögerte.

»Cass hatte eine Vorliebe für starke Getränke. Das ging sogar so weit, dass sie oft gar nicht mehr wusste, was sie tat.« Gabrielle runzelte die Stirn, als sie sich an die Geschichte erinnerte, die Finette ihr hämisch erzählt hatte. »Ihre Zofe meinte, wenn Cass betrunken ist, kann sie die Männer überhaupt nicht mehr auseinanderhalten.«

»Das wär's doch: Wir machen sie betrunken, bis sie in einen tiefen Rausch verfällt, und dann können wir das Amulett stehlen.«

»Du hast nicht richtig zugehört. Ich sagte, sie *hatte* diese Vorliebe. Sie hat allen starken Getränken abgeschworen.«

»Pah!« Wolf schnaufte verächtlich. »Ich kenne viele Frauen und Männer, die an der Flasche hängen. Dieser Dämon lässt sich nicht so leicht besiegen. Wenn man dieser Hexe ein Glas Schnaps unter die Nase hält, wird man schon sehen, wie rasch sie der Versuchung erliegt.«

»Vielleicht würde sie das, aber wenn ich jetzt mit einer Flasche Weinbrand bei ihr auftauche, würde sie wohl argwöhnisch werden«, erwiderte Gabrielle trocken.

»Deshalb müssen wir sie aus ihrer Höhle locken, in irgendeine Schenke, und ich muss ...« Wolf hielt inne und schluckte. »Ich muss die Hexe überlisten und ihr das Medaillon wegnehmen.«

»Nein! Ich bin dir zwar dankbar für dieses Angebot, Martin, aber ich kann es unmöglich zulassen, dass du dich in solche Gefahr begibst.«

»Euch bleibt nichts anderes übrig, das habt Ihr selbst gesagt. Euch gegenüber wird sie sehr wachsam sein, mich aber kennt sie nicht.«

Gabrielle schüttelte entschieden den Kopf, aber er fuhr hartnäckig fort: »Ihr schickt der Zauberin eine Nachricht, dass der Hauptmann sich zu dem Stelldichein bereit erklärt hat, aber nicht in das verfluchte Maison d'Esprit kommen will. Sagt Ihr, dass er ein Zimmer im *Cheval Noir* an der Rue de Morte gemietet hat. Ich kenne Leute dort, es wird für mich ein Leichtes sein …«

»Das kommt nicht infrage«, fauchte Gabrielle. »Du hast ja keine Ahnung, wie gefährlich das werden kann, sowohl für dich wie für Remy. Wer weiß, was Cass demjenigen antut, der versucht, ihre wahnwitzigen Pläne zu vereiteln. Aber ich kann dir versprechen, es wird nichts Angenehmes sein.«

»Das ist mir egal. Sie kann ruhig ihren finstersten Fluch aussprechen, ich bin kein Feigling.«

»Das bin ich auch nicht. Aber ich habe dieses Unheil angerichtet, und ich kann es nicht zulassen, dass ein junger Bursche …«

»So jung bin ich auch nicht mehr«, knurrte Wolf.

»Aber du bist auch keine weise Frau.«

»Ihr offenbar auch nicht«, schnaubte er und schüttelte seine wilde dunkle Mähne. »Wer hat denn den Hauptmann in den Louvre geschmuggelt? Wer hat ihm in der Bartholomäusnacht das Leben gerettet? Und wer von uns beiden ist der geschicktere Dieb? Ha! Was glaubt Ihr wohl?«

Sie standen sich kämpferisch gegenüber. Es fehlte nicht viel, und sie hätten sich angeschrien. Gabrielle versuchte als Erste, sich wieder zu fangen. Sie verschränkte die Arme vor der Brust und stolzierte zur gegenüberliegenden Seite des Raums. Martins abschätziges Urteil über ihre Fähigkeiten als weise Frau war ihr unter die Haut gegangen, umso mehr, als er recht hatte, wie Gabrielle zugeben musste. Aber sie schämte sich schon genug über das, was sie mit ihrer Lüge und ihrer Torheit angerichtet hatte. Deshalb fiel es ihr schwer, das Feld zu räumen und es Martin zu überlassen, sich mit Cass auseinanderzusetzen.

Nach einem langen, angespannten Schweigen schlich Wolf wieder zu ihr. Sein übliches Herumpoltern war völlig verflogen, als er sie vorsichtig am Ärmel zupfte.

»Es tut mir leid, wenn ich Euch beleidigt habe, Mademoiselle. Aber wie kann ich Euch nur überzeugen? Bevor ich den Hauptmann traf, war ich ein Niemand, ein Nichts – ein Raufbold, ein Beutelschneider, ein Gossenjunge, Abschaum. Wenn er nicht gewesen wäre, dann wäre ich wahrscheinlich schon längst irgendwo aufgeknüpft worden.«

»Martin, ich verstehe ja, wie sehr du dem Hauptmann ergeben bist.«

»Nicht nur dem Hauptmann, Euch ebenfalls und … und Miri.«

Der junge Kerl lief tiefrot an. Er senkte den Kopf. »Bestimmt haltet Ihr mich für einen frechen Emporkömmling, einen Habenichts, der nicht einmal einen Namen hat bis auf den, den er sich selbst gegeben hat.« Wolf scharrte mit den Füßen. »Aber … aber ihr alle seid inzwischen eine richtige Familie für mich, die Familie, die ich nie gehabt habe.«

»Ach, Martin!« Gabrielle drückte ihn an sich. Wolf erwiderte die Umarmung ungestüm, dann schob er sie sanft weg.

»Deshalb müsst Ihr es mir überlassen, mit dieser Hexe fertig zu werden. Ich bitte Euch, Mademoiselle!« Seine dunklen Augen wirkten so sehnsüchtig, dass Gabrielle weich wurde, obwohl sie es wirklich nicht wollte.

»Aber hast du denn gar keine Angst vor Hexen?«, fragte sie.

Er warf sich in die Brust und erklärte: »Ihr vergesst, wer ich bin, Mademoiselle. Ich bin Martin der Wolf, und der hat vor nichts und niemandem Angst. Ich würde gegen ein Dutzend, ach, was sage ich, hundert, wenn nicht sogar tausend …«

»Schon gut, schon gut. Ich glaube dir«, fiel ihm Gabrielle ins Wort, bevor er sich zu einer Million hocharbeiten konnte.

Sie stellte zwar einen letzten Versuch an, ihm seinen Plan auszureden, aber Wolf hatte für jedes ihrer Argumente ein Gegenargument, bis er ihre Abwehr überwunden hatte, nicht zuletzt deshalb, weil ihr nichts Besseres einfiel.

Schließlich machte sie sich widerstrebend daran, eine Nachricht zu verfassen, um Cass in die Falle zu locken. Sie betete nur inständig, dass es die Hexe sein möge, die in die Falle tappte, und nicht der Wolf.

22

Regen peitschte gegen das Schild des *Cheval Noir*, das im Wind knarrte. Ein Blitz erleuchtete das schwarze Pferd darauf, das auf den Hinterläufen stand wie ein dämonisches Geschöpf, bereit, seinen Reiter in die Hölle zu tragen. Die meisten Gäste des *Cheval Noir* sahen aus, als sei ihnen die Hölle nicht unbekannt. Das Gasthaus war der Treffpunkt für eine raue Schar von Deserteuren, Schmugglern, Dieben, Beutelschneidern und Huren.

Und heute Abend auch für eine Hexe, dachte Wolf grimmig, als er sich einen Weg durch die Schenke bahnte. Sie war voller als üblich, wohl wegen des Sturms, und in der Luft hing ein Gestank nach ungewaschenen Körpern, feuchten Kleidern und abgestandenen Getränken. Das Dröhnen heiserer Stimmen und betrunkenen Gelächters wetteiferte mit dem tosenden Sturm und dem Regen, der gegen die schmutzigen Fenster prasselte.

Wolf trug nur ein schlichtes Hemd und hatte sich eine Schürze umgebunden, sodass er sich nicht von den anderen Bediensteten unterschied. Aber er ignorierte die vielen Fäuste, die nach mehr Wein verlangend auf die Tische hieben, und marschierte entschlossen zur Treppe ins Obergeschoss, bemüht, auch seinen unruhigen Herzschlag zu ignorieren.

Als er auf der ersten Stufe stand, donnerte es so laut, dass die Grundmauern des Wirtshauses zu erbeben schienen. Vor Schreck hätte er beinahe das Tablett fallen lassen. Eine Flasche, gefüllt mit dem stärksten Branntwein des Wirtshauses, schwankte und drohte, auf den Stufen zu zerschellen. Er erwischte sie gerade noch rechtzeitig.

Leise fluchend, balancierte er das Tablett wieder aus, wohl

wissend, dass es nicht nur der heftige Sturm war, der an seinen Nerven zerrte, sondern vor allem die Aussicht, der oben wartenden Frau gegenüberzutreten. Trotz all der Tapferkeit, die er vor Gabrielle an den Tag gelegt hatte, konnte Wolf es nicht länger leugnen: Er hatte eine Heidenangst vor Cassandra Lascelles. Gabrielle hätte ihn gar nicht warnen müssen, wie gefährlich es sein konnte, wenn man eine Hexe verärgerte, und wie grausam sich Cass womöglich rächen würde.

Wolfs lebhafte Fantasie lieferte die Details und wurde von all den schrecklichen Geschichten, die er als Kind gehört hatte, noch verstärkt. Geschichten von Verwünschungen, die einem Mann die Geschlechtsteile schrumpfen oder ihn bei lebendigem Leibe verwesen ließen oder ihn gar in den blanken Wahnsinn trieben. Das Einzige, was Wolf auf seinem Weg hielt, waren die Menschen, die ihm inzwischen so sehr ans Herz gewachsen waren: sein tapferer Hauptmann, Gabrielle, die dem aufgewühlten Herzen des Hauptmanns endlich Frieden geschenkt hatte, und vor allem Miri mit ihrem schimmernden mondgoldenen Haar und ihren unvergesslichen Augen.

Indem sie dem Hauptmann nachstellte, bedrohte diese verfluchte Hexe das Glück der anderen, und Miri wirkte ohnehin schon betrübt genug. Wolf hatte keine Ahnung, was zwischen ihr und dem elenden Aristide vorgefallen war, doch sie war völlig niedergeschlagen zurückgekehrt, und ihre goldene Ausstrahlung hatte an Glanz verloren. Martin hoffte, dass seine Zuneigung reichen würde, sie diesen erbärmlichen Hexenjäger vergessen zu lassen, wenn er sie erst einmal weit genug von Paris fortgeschafft hatte.

Doch bevor es so weit war, musste er erst noch eine Hexe besiegen. Wolf straffte die Schultern, packte das Tablett fester und setzte seinen Weg nach oben fort. Für Hauptmann Remy und seine Dame hätte er bereitwillig sein Leben gegeben; und für Miri, dieses wunderbare Geschöpf des Mondes, sogar seine Seele.

Auf dem oberen Treppenabsatz fiel Wolfs Blick auf zwei Gestalten, einen Mann und eine Frau, die in einer derart hitzigen Umarmung verschlungen waren, dass sie drohten, über die Balustrade zu kippen. Trotz seiner Anspannung zuckten Wolfs Lippen, als er merkte, dass Pierre Tournelles sich schon voll ins Zeug gelegt hatte. Pierre war ein Freund aus den Tagen, als sie als abgerissene Gossenbengel erbosten Bäckern das Brot geklaut hatten. Mittlerweile war er zu einem großen strammen Burschen herangewachsen.

Gerade streifte er Finette das schmuddelige Gewand von den Schultern und entlockte ihr ein lustvolles Kreischen, indem er ihr über die magere Brust strich. Das Weib presste sich wie eine rollige Katze an Pierre. In ihrer Begeisterung merkte sie gar nicht, dass Pierre sich angeekelt krümmte und Wolf über ihre Schulter einen missmutigen Blick zuwarf. Zweifellos würde er für seine Dienste das Doppelte verlangen, aber das hatte er sich wahrhaftig verdient.

Nun schlich Wolf an Finette vorbei zum Ende des Korridors. Ein Blitz erhellte die letzte Tür. Wolf schöpfte Mut, indem er tief Luft holte, dann klopfte er leise an. Sofort erklang ein bedrohliches Bellen, und eine sinnliche Stimme gurrte: »Wer ist da?«

Wolf warf noch rasch einen Blick zurück, weil er Angst hatte, die Geräusche hätten die Zofe alarmiert, doch Pierre hatte sich das Mädchen über die Schulter gelegt und trug das kichernde Geschöpf nach unten, um ihr etwas zu trinken zu spendieren. Wolf drehte den Türknauf. Das Tablett sorgfältig mit einer Hand balancierend, trat er leise in den Raum und zog die Tür hinter sich zu.

Sofort begann der Hund furchterregend zu knurren – zumindest hoffte Wolf, dass es der Hund war. Er erstarrte mit dem Rücken zur Tür, die Flasche und das Glas auf dem Tablett klirrten in seinen zitternden Händen. Der Raum war nur von den Scheiten in der Feuerstelle erhellt. Wolf erspähte die Silhouette des Höllenhundes nur wenige Meter entfernt, das

Biest hatte sich hingekauert, offenbar bereit, sich in die Kehle des Eindringlings zu verbeißen. Die Hexe hatte er bislang noch nicht gesehen, doch aus der Nähe des Vierpfostenbettes, dort wo die Schatten am tiefsten waren, erklang ihre Stimme.

»Wer ist da?«, rief sie. »Was wollt Ihr?«

»N-niemand, Mademoiselle, nur äh – Guillaume, Euer demütiger Diener, der Euch die besten Erfrischungen bringt, die das *Cheval Noir* zu bieten hat.«

»Ich habe nichts bestellt.«

»Das nicht, aber Eure Zofe dachte …«

»Das törichte Weib«, murrte die Hexe, dann rief sie laut: »Finette!«

»Sie ist nach unten gegangen, um zu sehen, ob Euer Galan schon angekommen ist.«

Diese Auskunft wurde mit einem wütenden Zischen quittiert. »Dummes Ding! Ich habe ihr doch befohlen, vor der Tür zu warten und die Augen offen zu halten. Sag ihr, dass sie sofort zurückkehren soll, und nimm mit, was du hergebracht hast.«

Dieser barsche Befehl wurde von dem großen schwarzen Hund bekräftigt, der ein weiteres Mal heftig bellte. Wolf hatte das Gefühl, dass der Erfolg seiner Mission an einem seidenen Faden hing. Er legte all seine Überzeugungskraft in seine Worte: »Aber ich habe Käse und Brot dabei, Mademoiselle, und einen Branntwein, so köstlich, dass Ihr glauben werdet, Ihr trinkt einen Nektar der Götter. In einer solch stürmischen Nacht …«

»Raus mit dir!«, bellte die Frau fast lauter als ihr Hund. Die Dogge kroch ein Stück näher. Obwohl Wolf das gehässige Glitzern in ihren Augen und die schimmernden Reißzähne sah, blieb er beharrlich stehen.

»Denkt doch nur an Euren Galan, Mademoiselle. Das Wetter ist wirklich grauenhaft. Er wird sich bestimmt über einen Tropfen freuen. Es wäre schäbig, dem Geliebten nicht wenigstens einen kleinen Trunk anzubieten.«

Die Stille, die Wolf entgegenschlug, war so kalt, dass er schon fürchtete, zu weit gegangen zu sein. Doch schließlich meinte sie ungeduldig: »Na gut, stell das verdammte Tablett ab und verschwinde.«

Wolf trat behutsam einen Schritt vor, doch die knurrende Dogge versperrte ihm den Weg. »Äh – Euer Hund, Mademoiselle … Er ist ein prachtvolles Tier, aber ich bin so drahtig und zäh, dass er sich an mir nur die Zähne ausbeißen würde.«

Ein Schnauben, das entfernt an ein Lachen erinnerte, entfuhr der Hexe. »Cerberus, komm her!«

Nach einem letzten warnenden Bellen trottete der Hund zu seiner Herrin. Wolf atmete tief durch, dann trug er das Tablett zu einem kleinen Tisch neben dem Fenster. Der Sturm tobte noch immer unbarmherzig, der Wind heulte, der Regen hämmerte an die Scheiben wie die Finger einer Einlass begehrenden Todesfee. Der Geruch eines seltsamen, ziemlich starken Parfüms stieg ihm in die Nase, ihm wurde fast schwindelig. Auf seine Stirn traten Schweißperlen, die er mit dem Handrücken wegwischte.

Je schneller er seinen Auftrag erledigen und sich aus dem Staub machen konnte, desto besser. Als er das Tablett abstellte, trat die Hexe aus den Schatten, eine Hand am Halsband des Hundes. Das Vieh führte sie zum Kamin. Ihre Bewegungen waren geschmeidig, nur die Vorsicht ihrer Schritte gab zu erkennen, dass sie blind war.

Aus den Augenwinkeln betrachtete Wolf Cassandra Lascelles zum ersten Mal so gründlich wie möglich. Sie war jünger und hübscher, als er erwartet hatte. Gab es eigentlich noch Hexen, die so aussahen, wie man sich Hexen vorstellte – alt, verschrumpelt, hässlich wie die Nacht? Ihr karneolfarbenes Seidengewand brachte ihre schlanke Figur ausgezeichnet zur Geltung, der tiefe Ausschnitt zeigte ein Schlüsselbein, das so zart war, dass man es sicher mühelos hätte zerbrechen können. Doch der Anschein der Zerbrechlichkeit verflog, als sie die schwere ebenholzschwarze Mähne zurückwarf und man ihr Gesicht sehen konnte, das in seiner verführerischen Schönheit stark und schrecklich zugleich wirkte. Ihre schlanken Finger spielten mit der Kette um ihren Nacken, sie drehte das Medaillon hin und her, sodass es im Feuerschein funkelte.

Wolf schnürte sich vor Furcht der Magen zusammen, als er sah, wie sie mit dem tödlichen Amulett spielte. Am liebsten hätte er ihr den verfluchten Talisman vom Hals gerissen, aber die Gefahr für seinen Hauptmann war einfach zu groß.

Bleib ruhig, Wolf, gedulde dich, mahnte er sich innerlich. Er bewegte sich langsam und ließ sich Zeit, um die Teller und Flaschen auf dem Tisch zu arrangieren.

Die Hexe trommelte mit den Nägeln gegen das Medaillon und klopfte mit dem Fuß ungeduldig auf den Boden. »Warum zum Teufel brauchst du so lang?«

»Ich bin fast fertig, Mademoiselle.« Das Kratzen ihrer Nägel auf dem metallenen Amulett schürte seine Unruhe, bis ihm aufging, dass die Hexe genauso nervös war wie er. Und dazu hatte sie schließlich allen Grund. All ihre verrückten Pläne kreisten um die heutige Nacht. Vielleicht brachte ihre Anspannung sie dazu, der Versuchung leichter zu erliegen.

Doch vielleicht machte sie sie auch gefährlicher. Wenn Tigerinnen nervös sind, zeigen sie die Krallen viel eher. Er musste höchst behutsam vorgehen, zuallererst aber musste er den verdammten Hund aus dem Weg schaffen. Die Dogge hatte sich neben ihrer Herrin niedergelassen und beobachtete den Eindringling weiterhin wachsam. Wolf trocknete seine schweißnassen Hände an der Schürze, dann hob er die Serviette von einem der Teller, von dessen Inhalt er der Hexe nichts erzählt hatte.

Eine Handvoll schimmernder blauer Trauben. Wolf beäugte sie zweifelnd. Es schien ihm eine ziemlich erbärmliche Opfergabe für so ein großes schwarzes Scheusal zu sein. Dieses Höllengeschöpf sah aus, als wäre ihm ein blutiges Stück Fleisch weitaus lieber. Wolf konnte nur beten, dass Gabrielle recht gehabt hatte, als sie ihm geraten hatte, sich mit den Früchten zu bewaffnen.

Er nahm ein paar Trauben und legte heimlich einen Weg zum Bett aus. Zu seiner Verwunderung richtete sich die Dogge sofort auf, schnüffelte, schlich zur ersten Traube und stürzte sich darauf. Sogleich machte sich der Hund an die nächste Frucht und bewegte sich immer weiter von der Hexe fort.

Wolf hatte schon Angst, dass die Geräusche, mit denen der Hund die Früchte verschlang, seine Herrin alarmieren würden, doch Cassandra schien nichts mitzubekommen. Nur als Wolf die Weinbrandflasche entkorkte und ein Glas einschenkte, erstarrte sie.

»Was ist das? Was geht hier vor?«, fragte sie. »Was tust du da?«

»Nichts, Mademoiselle. Die Nacht ist nur so schrecklich stürmisch …«

»Hör endlich damit auf«, kreischte sie.

»Und da fiel mir auf, wie unruhig Ihr seid«, fuhr Wolf eilig fort. »Es ist eine Schande, eine so schöne Frau wie Euch warten zu lassen. Kein Mann, der seine fünf Sinne beisammenhat, würde es ertragen, so lange von Euch getrennt zu sein. Euer Liebhaber ist wahrscheinlich von diesem grässlichen Sturm aufgehalten worden. Kann ich Euch nicht überreden, inzwischen unseren hervorragenden Weinbrand zu kosten? Nur ein winziges Schlückchen, zur Entspannung?«

»Nein! Ich habe dir doch schon gesagt, dass ich keinen will.« Sie umklammerte das Amulett so fest, dass ihre Knöchel weiß wurden.

Der Hund hatte eine der Trauben auf der anderen Seite des Bettes aufgestöbert. Wolf zitterte, als er das Glas mit dem Weinbrand hochhob, aber er mahnte sich zur Ruhe, als er sich Cassandra näherte. Der Geruch ihres seltsamen Parfüms wurde überwältigend stark. Berauschend, schrecklich süß stieg es Wolf in die Nase und trübte seine Sinne. Er starrte dumpf auf die Brüste der Hexe. Unter dem engen, rubinroten Seidengewand zeichneten sich ihre Brustwarzen ab.

Wolf schüttelte den Kopf, um das Bild zu vertreiben. Er räusperte sich und meinte: »Wenn Ihr wollt, Mademoiselle? Ein kleiner Schluck tut Euch bestimmt gut, und so einen köstlichen Weinbrand sollte man wirklich nicht ausschlagen. So sanft auf der Zunge, so weich, er wird wie feuriges Gold durch Eure Kehle rinnen.«

Wolf hielt ihr das Glas direkt unter die Nase, sie konnte nicht umhin, daran zu riechen. Cass atmete heftig ein, und über ihr Gesicht huschte der Ausdruck nackten Verlangens.

»Nein! Fort damit!« Sie schlug unwirsch um sich und traf das Glas, dessen Inhalt sich über ihren Ärmel ergoss.

»Du ungeschickter Tölpel!« Sie hob die Hand, Weinbrand tropfte von ihren Fingerspitzen. »Hol mir eine Serviette! Rasch!«

»Jawohl, Mademoiselle«, murmelte Wolf. Während er sich zum Tisch zurückzog, hätte er sich am liebsten laut ausgeschimpft. Jetzt hatte er es geschafft, sie wütend zu machen, und die Verärgerung in ihrer Stimme hatte den Hund dazu gebracht, pflichtbewusst an ihre Seite zu eilen.

Wolf legte die Hände auf den Tisch, eine Welle der Verzweiflung brach über ihm zusammen. Hätte er doch nur nicht so mit seiner Schläue geprahlt und Gabrielle davon überzeugt, dass sie ihm vertrauen und das Leben des Hauptmanns in seine Hände legen konnte. Sein listiger Plan, die Hexe betrunken zu machen, würde niemals gelingen. Es wäre weitaus klüger gewesen, wenn er mit einer Pistole gekommen wäre und sie einfach erschossen hätte. Die Gefahr, ertappt und gehängt zu werden, hätte er auf sich nehmen müssen. Nur leider wusste Wolf, dass er keine Frau kaltblütig ermorden konnte, nicht einmal eine Hexe, auch wenn er Gabrielle gesagt hatte, Cassandra habe nichts Besseres als den Tod verdient. Außerdem hätte er den Hund dann wohl auch erschießen müssen, und das hätte ihm Miri bestimmt nie verziehen.

Was zum Teufel sollte er jetzt tun? Ihr eine Serviette bringen, bevor sie den Hund auf ihn hetzte, weil er ihr Kleid ruiniert hatte. Wolf nahm das Tuch und drehte sich um, doch dann blieb er reglos stehen: Cass zitterte von Kopf bis Fuß, doch nicht aus Wut. Sie hielt sich die mit Branntwein begossenen Finger unter die Nase und roch gierig daran.

Dann führte sie die Hand an den Mund. Sie zögerte kurz, doch bald schoss ihre Zunge heraus und leckte begierig die Branntweintropfen ab. Sie seufzte tief.

Wolf hielt den Atem an und wartete. Er spürte, dass in der Hexe ein Kampf tobte, ebenso gewaltig wie der Kampf der Elemente draußen. Er murmelte eine Entschuldigung und schlich nah genug heran, um ihr die Serviette in die Hand zu drücken. Cass benetzte die Lippen.

»Es … es ist schon in Ordnung«, krächzte sie. »Die Nacht ist wirklich schrecklich. Vielleicht solltest du mir doch ein Gläschen einschenken, nur ein einziges.«

Gabrielle ging vor den Fenstern ihres Schlafzimmers auf und ab, ihr Morgenmantel raschelte um ihre Fesseln. Fast den ganzen Abend war sie in ihrem Zimmer herumgehastet wie eine Motte, die in einem Glas festsitzt und panisch einen Fluchtweg sucht. Nun spähte sie zu den Ställen in der Hoffnung, eine Laterne aufleuchten zu sehen, die Wolfs siegreiche Rückkehr verkündete. Doch draußen erhellte nur ab und zu ein Blitz die tiefe Finsternis, man konnte fast nichts erkennen. Die Fensterscheiben waren geschwärzt von der Nacht und dem unablässigen Regen.

Das Unwetter war wie ein unheilvolles Omen. Gabrielle versuchte, diesen abergläubischen Gedanken loszuwerden, aber der Sturm dort draußen war nichts im Vergleich zu dem Aufruhr, der in ihr tobte. Wie hatte sie es nur zulassen können, Wolf alleine gehen zu lassen, um mit Cassandra fertig zu werden? Warum um alles in der Welt hatte sie seinem Plan zugestimmt? War sie denn völlig von Sinnen?

Aber wie Wolf gesagt hatte, war ihr nichts anderes übrig geblieben. Wenn Gabrielle versucht hätte einzugreifen, hätte das für Remy die schlimmsten Folgen haben können. Außerdem hatte sie ja vielleicht noch die Chance, Remy das Medaillon rechtzeitig abzunehmen, falls Wolf scheiterte; aber daran wollte sie lieber erst gar nicht denken.

Wolf würde nicht scheitern. Er war schlau und einfallsreich. Er hatte Remy schon einmal das Leben gerettet, und zwar unter weitaus schlimmeren Umständen. Im Vergleich zur Bartholomäusnacht war Wolfs Aufgabe heute viel leichter: die Zofe ablenken, den Hund bestechen, Cass betrunken machen, das Amulett stehlen. Was konnte dabei schon schiefgehen? Viel zu viel …

Ein besonders lauter Donnerschlag ließ Gabrielle erschrocken zusammenfahren. Sie presste die Hand auf ihr rasendes Herz und warf einen verstohlenen Blick zu Remy, um zu sehen, ob er etwas gemerkt hatte. Er lag seitlich auf einen Ellbogen gestützt im Bett und betrachtete eine Landkarte. Der erste Regenguss hatte ihn voll erwischt, nun trockneten seine Kleider am Feuer. Er trug nur eine Unterhose und war völlig darin vertieft, einen Fluchtweg für seinen König zu finden. Von dem Sturm bekam er ebenso wenig mit wie von der Gefahr, in der er heute Nacht schwebte – Gefahr in Form des unschuldig wirkenden Amuletts an seinem Hals.

Er spielte geistesabwesend mit der Kette, ohne den Blick von der Karte zu nehmen. Der Feuerschein fiel auf die gewölbten Muskeln seiner Schultern und Arme, auf seinen kraftvollen, mit Narben übersäten Brustkorb. Feuchte Haarsträhnen hingen ihm in die Stirn, er streifte sie ungeduldig beiseite. Wenn Remy sich in etwas vertiefte, schien das dunkle Braun seiner Augen noch intensiver zu leuchten. Seine langen Wimpern warfen Schatten auf die rauen Wangen.

Wie gern hätte Gabrielle ihn umarmt und sich ihm wie beim ersten Mal hingegeben, als er Empfindungen in ihr geweckt hatte, zu denen sie sich gar nicht für fähig gehalten hatte. Aber nach Cassandras Besuch konnte sie einfach nicht mehr entspannen und sich in seiner Liebe verlieren. Das grässliche Medaillon stand zwischen ihnen und auch der Schatten ihrer Lüge.

Wie sehr sie sich danach sehnte, ihm alles zu gestehen und ihm die Wahrheit zu sagen! Keine Intrigen mehr, hatte sie Remy versprochen, und sie hatte ihr Versprechen bereits gebrochen. Sie hätte ihn vor der Gefahr warnen müssen. Darüber hatte sie mit Wolf heftig gestritten.

»Ich weiß, dass Remy zornig werden wird, wenn er die Sache mit Cass erfährt«, hatte sie gesagt. »Aber hier geht es um sein Leben. Er muss gefragt werden, bevor wir den Plan in die Tat umsetzen, und sobald alles erklärt ist, sieht er bestimmt ein, wie vernünftig …«

»Der Herr Hauptmann? Vernünftig?«, war ihr Wolf ins Wort gefallen und hatte abfällig geschnaubt. »Mademoiselle, reden wir von dem Mann, der darauf beharrte, sich mit Danton zu duellieren, obwohl er ganz genau wusste, dass es eine List war, ersonnen, um ihn zu vernichten?«

»Remy hat es für mich getan, er wollte meine Ehre rächen.«

»Oui, und das ist es, was unseren Hauptmann stets beherrscht, auch wenn es zu seinem Schaden ist. Er würde es unehrenhaft finden, eine blinde Frau mit Schnaps abzufüllen und ihr mit ihrer eigenen Schwäche eine Falle zu stellen, selbst wenn sie eine Hexe ist. Er würde bestimmt nach einem Weg suchen, um ehrlich und gerecht mit ihr umzugehen – und wir beide wissen, dass das unmöglich ist. Der Hauptmann ist ein Held, und so benehmen sich Helden eben. Deshalb dürfen wir ihm nichts sagen. Zu dieser Aufgabe taugt kein Held, dazu taugt nur ein Dieb, jemand, der etwas von einem Schurken in sich hat.« Die Zähne des Jungen blitzten in dem für ihn so typischen schelmischen Grinsen. »Diese Aufgabe passt nur zu einem Wolf.«

Gabrielle hatte ihm beipflichten müssen, aber sie war ehrlich genug, sich einzugestehen, dass es nicht nur die Angst vor Remys Heldentum war, die sie schweigen ließ. Es war auch die reine Feigheit. Sie konnte sich lebhaft vorstellen, wie wütend Remy sein und wie betrogen er sich fühlen würde, wenn er alles herausfände – nicht nur die Sache mit dem Medaillon, sondern auch, dass sie Wolf nicht daran gehindert hatte, sich anstelle von Remy dieser Gefahr auszusetzen. Doch wenn Wolf etwas zustieß, würde sie selbst sich die heftigsten Vorwürfe machen. Sie hatte Geheimnisse immer gut hüten können, aber noch nie hatte ihr eines so schwer auf der Seele gelastet.

Als sie merkte, dass Remy sie eingehend betrachtete, zuckte sie schuldbewusst zusammen. Trotz des langsamen, süßen Lächelns, mit dem er sie bedachte, lag auf seiner Miene ein fragender Ausdruck. Sie konnte sein Lächeln nicht erwidern. Sie wandte sich ab und eilte ans Feuer, um nach seinen feuchten Kleidern zu sehen, die über einer Stuhllehne hingen. Sie legte das feuchte Hemd über einen anderen Stuhl.

Das Bett knarrte, als Remy sich aufsetzte. »Liebste, du hast meine Kleider mindestens ein Dutzend Mal geprüft. Ich glaube nicht, dass sie schneller trocknen, wenn du sie ständig umhängst.«

»V-vielleicht doch«, erwiderte sie und glättete einen Ärmel.

»Gabrielle.« Remys Stimme war leise, doch so eindringlich, dass sie es nicht mehr vermeiden konnte, ihn anzusehen. Die Sorge auf seinem Antlitz und die schwelende Hitze in seinen Augen wären ihr fast zum Verhängnis geworden. Ihre Knie wurden schwach, als er mit rauer Stimme sagte: »Komm her.«

Sie hatte nicht gewusst, dass es möglich war, allein vom Klang einer männlichen Stimme beherrscht zu werden. Remys Stimme schlich sich durch ihren ganzen Körper, warm wie Weinbrand brachte sie jeden Knochen in ihr zum Schmelzen. Am liebsten hätte sie sich auf der Stelle in seine Arme geworfen. Allein ihr schlechtes Gewissen brachte sie dazu, sich ihm nur zögernd zu nähern. Sobald sie in seiner Nähe war, streckte sich ein sehniger Arm nach ihr aus, und eine warme, starke Hand umfasste ihre.

Er zog sie neben sich aufs Bett und drückte sie sanft nieder, bevor sie Einspruch erheben konnte. Und eigentlich wollte sie auch gar nicht widersprechen. Als er sich über ihr aufrichtete, schien die harte Fläche seiner nackten Brust Hitze zu verströmen. Erst küsste er sie unendlich zart, dann schmeichelte er ihr, bis sie die Lippen öffnete. Seine Zunge berührte die ihre, vorsichtig, neckend. Doch dann wurde sein Kuss so intensiv, dass er ihr die Sinne zu rauben drohte. Sie konnte an nichts anderes mehr denken, nur noch an ihn.

Aber das Medaillon drängte sich zwischen sie wie die kalte Spitze eines Dolches, der auf Remys Herz gerichtet war. Nur mit Mühe konnte sie sich zügeln, ihm den bösen Talisman nicht abzureißen. Vielleicht hatte Cass sie ja nur getäuscht? Vielleicht konnte sie gar nicht spüren, ob Remy das Medaillon trug oder nicht? Vielleicht war die Verbindung zwischen den beiden Medaillons aufgrund der großen Entfernung gar nicht so stark? Doch Gabrielle wagte es nicht, das Risiko einzugehen; sie erinnerte sich noch allzu gut an die schmerzhafte Weise, mit der Cass die Macht des Amuletts demonstriert hatte.

Remys Mund bewegte sich voller Verlangen über ihren. Aber so sehr sie sich danach sehnte, sich seiner Umarmung hinzugeben, es war ihr nicht möglich. Das Gefühl, ihn verraten zu haben, machte ihr zu schwer zu schaffen. Keuchend drehte sie den Kopf zur Seite. Remy blieb über ihr liegen. Sie spürte, wie er sie musterte.

»Was ist los, Liebste?«, fragte er sanft.

Oh Gott. Gabrielle musste sich auf die Lippen beißen, um nicht laut aufzustöhnen. Zum Glück hatte sich Nicolas Remy nie als Hexenjäger versucht. Der Mann hätte nicht zur Folter greifen müssen; seine Küsse, sein zärtlicher Ton, seine unbeirrten braunen Augen hätten gereicht, um jeder Frau jedes Geständnis zu entlocken.

Ihn weiter anzulügen war das Schwerste, was Gabrielle je getan hatte.

»N-nichts«, stammelte sie.

»Nichts?« Er lächelte schief. »Gelassenheit gehört wohl nicht zu deinen Stärken, aber so rastlos habe ich dich noch nie erlebt. Ich habe junge Pferde gesehen, die zum ersten Mal in die Schlacht traben sollten und weniger nervös waren als du.«

»Es – es ist bestimmt der Sturm. Stürme machen mich immer nervös.«

»Ach so?« Er fuhr mit den Fingerknöcheln zärtlich über ihre Wange. »Ich hatte schon Angst, ich wäre schuld.«

»Du?«

»Mir ist bewusst, dass ich in den letzten Tagen kein besonders aufmerksamer Liebhaber war. Ich war so mit meinen Plänen beschäftigt, dass ich dich zweifellos tödlich gelangweilt habe.«

Gabrielle warf ihm einen gequälten Blick zu. Remy gab sich die Schuld an ihrer Anspannung und Rastlosigkeit? Sie legte die Hand auf sein Kinn, spürte die Bartstoppeln unter der Haut. »Oh Remy«, ächzte sie. »Wie kannst du nur so etwas denken? Natürlich interessieren mich deine Pläne für Heinrichs Rettung.«

»Wirklich? Vorhin habe ich dir erzählt, dass ich einen Trupp Elfen zur Unterstützung eingestellt habe, und du hast nicht einmal mit der Wimper gezuckt.«

Gabrielle spürte, wie ihr eine verräterische Röte in die Wangen schoss. »Nun ja, Elfen … Elfen können nützliche Wesen sein, wenn … wenn man sie findet.«

Remy lachte, aber er musterte sie weiter forschend. In seinen dunklen Augen standen viele ungestellte Fragen und ein Anflug von Verletztheit. Gabrielle konnte es nicht länger ertragen. Sie wand sich unter ihm hervor, sprang aus dem Bett und nahm ihre Wache am Fenster wieder auf. Oh, wo blieb Wolf nur? Würde diese schreckliche Nacht je zu Ende gehen?

Remy setzte sich langsam hin und sah besorgt zu, wie Gabrielle vor ihm floh. Ein Blitz erhellte ihre angespannten Züge und ihre schlanken, gegen die Fensterscheibe gepressten Finger. Wonach hielt sie Ausschau in dieser stürmischen Nacht? Offenkundig nach etwas, das sie bei ihm nicht fand.

Angeblich gaben sich manche Männer damit zufrieden, wenn sie eine Frau erobert hatten, und zogen gleich darauf weiter. War es möglich, dass auch eine Frau nach einer einzigen Nacht ihres Geliebten überdrüssig wurde? Gabrielle hatte andere Liebhaber gehabt, mindestens zwei von ihnen waren weitaus reicher und besser gestellt als er. Bereute sie es, ihre ehrgeizigen Ziele aufgegeben zu haben? Hatte sie deshalb so wenig Interesse an seinem Plan, Heinrich aus Paris zu entführen? Eigentlich war sie von Anfang an dagegen gewesen.

Hör auf!, ermahnte sich Remy aufgebracht. Diese Zweifel waren lächerlich. Sie hatte gesagt, dass sie nie einen Mann außer ihm geliebt hatte, und sie hatte es in ihrer ersten gemeinsamen Nacht auch bewiesen. Durch Dantons Brutalität völlig eingeschüchtert, hatte Gabrielle sich ihm ganz und gar geöffnet und ihm vertraut. Und seitdem hatten sie sich mehrmals geliebt. Remy war noch keiner Frau begegnet, die so großzügig und frei mit den Freuden ihres Körpers umging wie Gabrielle. Warum plagte ihn trotzdem das Gefühl, dass sie ihm etwas verheimlichte?

War es zu viel verlangt, dass er nicht nur ihren Körper besitzen wollte, sondern auch jeden Winkel ihres Herzens, ihres Denkens und ihrer Seele? Würde ihn immer der Gedanke quälen, dass es einen Teil von Gabrielle gab, an den er nie herankommen konnte? Er stand auf und trat zu ihr. Als er sie in die Arme nahm, widerstand sie nur den Bruchteil einer Sekunde.

Dann gab sie sich ihm hin, und er liebkoste ihre Schläfen mit den Lippen. Die seidigen Strähnen ihres goldenen Haares legten sich flüsternd auf sein Kinn, die üppige Wärme ihres Körpers unter dem seidenen Morgenmantel fühlte sich weich und einladend an. Und trotzdem kam sie ihm immer noch so fern vor, dass es ihn schier in den Wahnsinn trieb.

Er sollte wirklich nicht weiter in sie dringen wie ein Richter, der einen widerspenstigen Zeugen verhört, aber er konnte einfach nicht aufhören. Er hauchte ihr einen Kuss aufs Ohr.

»Gabrielle, bist du sicher, dass dich nichts beunruhigt?«

»Nein, es ist nur so, dass ...«

»Dass was?«, fragte er.

»Ich – ich mache mir Sorgen um Martin. Er ist noch nicht zurück, und er ist ganz allein unterwegs in diesem – in diesem grässlichen Sturm.«

»Wolf?« Remy riss erstaunt die Augen auf. Dass sie sich ausgerechnet um Wolf Sorgen machte, hätte er nie erwartet. »Er ist schlau, und er kennt die Stadt besser als du oder ich. Sicher hockt er in irgendeiner Spelunke, trinkt einen Becher Wein mit einem seiner alten Freunde und schäkert mit einem hübschen Mädchen. Ich war fast erleichtert, als er mich fragte, ob er heute Abend ausgehen könne. Der Junge hat mich in letzter Zeit ja fast wie mein Schatten verfolgt. Ich konnte kaum auf den Abort, ohne dass er mir nachkam.«

Gabrielle zog den Kopf ein, ihr Gesicht verschwand hinter ihrem Haarvorhang. »Wir haben beide Angst um dich, Remy. Du hast mehr Feinde, als du denkst.«

»Ganz bestimmt. Aber glaube mir, ich passe gut auf mich auf.«

Er strich ihr Haar zurück und blickte wieder prüfend in ihr Gesicht. »Ist es das, was dich beunruhigt? Machst du dir Sorgen um meine Sicherheit?«

Sie nickte unglücklich.

Er kniff sie spielerisch ins Kinn und befahl mit vorgetäuscht strenger Stimme: »Hör auf damit! Ich kann wirklich alleine auf mich aufpassen. Außerdem habe ich dein Amulett, das mich schützt. Du hast mir das Versprechen abgerungen, es nicht abzulegen, und das habe ich auch nicht getan, nicht einmal beim Baden.«

Er hob das Medaillon hoch und ließ es vor ihren Augen tanzen in der Hoffnung, ihr damit ein Lächeln zu entlocken. Doch stattdessen erbleichte sie. »Ja, *du* hältst deine Versprechen.«

Was sollte das nun wieder heißen? Dass sie ihre nicht hielt?

Er legte die Hände um ihr Gesicht. »Gabrielle, ich weiß, dass wir von Gefahren und Intrigen umgeben sind – von der dunklen Königin, den Hexenjägern, von jedem katholischen Edelmann, der mich hasst. Und trotzdem, du kannst mich ruhig als Narren bezeichnen, aber ich bin fest davon überzeugt: Solange wir beide zueinanderstehen, kann uns nichts passieren. Bist du *sicher,* dass du mir nichts erzählen willst?« Er musterte sie noch einmal besorgt. Bildete er sich ihren gequälten Blick nur ein? Bildete er sich nur ein, dass sich ihre Lippen öffneten, als läge ihr ein Geheimnis auf der Zunge, das sie bedrückte und das unbedingt herauswollte?

Remy hielt den Atem an und wartete.

»Nein, ich habe dir nichts zu erzählen.« Sie vergrub das Gesicht an seiner Schulter. Selbst als er sie an sich zog, fühlte Remy sich elend, denn der Gedanke, dass sie ihn anlog, ließ ihn nicht los. Aber er schob die Angst beiseite.

Sie hatte ihm ihr Wort gegeben, das sollte reichen. Wenn er die Frau liebte, musste er ihr ebenso vertrauen wie sie ihm. Er streichelte ihren Nackenansatz und hob ihr Gesicht an. Ihre Lippen trafen sich zu einem heftigen Kuss. Er öffnete ihren Morgenmantel und streichelte all ihre warmen Kurven, während ihre Hände fieberhaft über seinen Körper glitten. Die Hitze zwischen ihnen wurde immer größer, sein Körper immer härter vor Verlangen nach ihr. Hatten Gabrielles Küsse etwas Verzweifeltes an sich? Remy wollte lieber nicht weiter darüber nachdenken.

Sie klammerte sich an ihn und flüsterte ihm ins Ohr: »Oh, Remy! Liebe mich. Liebe mich, als ob es kein Morgen mehr gäbe.«

* * *

Cassandra Lascelles hatte die Schuhe ausgezogen und lag auf dem Bett. Ihr Gewand war hochgerutscht, sodass ihre wohlgeformten weißen Fesseln und Waden zu sehen waren. Wolf hatte Mühe, den Blick abzuwenden, als er ihr Glas nachfüllte. Falls er noch Zweifel gehegt hatte, dass diese Frau eine Hexe war, inzwischen war er felsenfest davon überzeugt. Keine normale Frau konnte so viel Weinbrand trinken, ohne das Bewusstsein zu verlieren. Sie hatte inzwischen schon fast die zweite Flasche geleert und fing zwar an zu nuscheln, schien jedoch noch immer Herrin ihrer Sinne zu sein.

Ihm ging es weitaus schlechter. Von all der Anspannung und der erdrückenden Hitze in dieser Kammer hatten sich unter seinen Achseln Schweißflecken gebildet, das Haar hing ihm in die feuchte Stirn, seine Lippen waren gequält verzogen.

Der wütende Sturm hatte sich gelegt, nun regnete es nur noch stetig. Wolf goss den letzten Rest Weinbrand in das Glas. Der Hund der Hexe hatte sich vor den Kamin gelegt und beobachtete ihn mit einem vorwurfsvollen Blick, als ob er wüsste, was Wolf seiner Herrin antat.

»Es ist nicht meine Schuld, mein Freund«, murrte Wolf. »Dein Frauchen lässt mir keine andere Wahl.«

»Mit wem redst du da?«, rief Cass. »Isses die Geißel? Isser endlich da?«

»Nein, Mademoiselle. Ich habe mich nur mit Cerberus unterhalten.«

Vom Bett erklang ein wüstes Gelächter. »Blödmann! Mein Hund kann nich reden.«

Wolf brachte das Glas ans Bett. Cass richtete sich mühsam auf, stützte sich auf dem Ellbogen ab und wackelte mit den nackten Zehen. Es war offenkundig, dass ihr das eine gewisse Mühe bereitete. Wolf betrachtete sie mit zusammengekniffenen Augen. Sollte er es wagen, sie auf die Matratze zu werfen und ein Kissen auf ihr Gesicht zu pressen? Nur so lange, bis sie ohnmächtig war, und dann …?

Nein, beim ersten Zeichen, dass seine Herrin in Nöten war,

würde dieser verfluchte Köter ihm den Kopf abreißen. Wolf knirschte mit den Zähnen, dann meinte er gespielt munter: »Euer Branntwein, Herrin.«

Statt sich eifrig danach zu strecken, wie sie es bei den ersten acht oder neun Gläsern getan hatte, saß sie nur da, das langes Haar hing ihr in das mürrische Gesicht.

»Wo is meine Geißel? Warum isser nich hier? Ich glaub nich, dasser noch kommt.«

»Ach, Mademoiselle, er ist bestimmt nur aufgehalten worden.«

»Nein.« Cass schaffte es, sich halbwegs gerade aufzurichten, und schüttelte langsam den Kopf, als sei er ihr zu schwer geworden. »Der Mann kommt nich. Hat mich betrogen. Gabbyelle auch. Das hättse nich tun sollen. Ich bin 'ne Hexe. Hab sie gewarnt, was passiern würd, wenn sie nich teilen will wie 'ne gute Freundin. Jetzt muss ihr Hauptmann dafür büßen …«

Wolfs Herz schnürte sich zusammen, als Cass nach dem Medaillon griff. Er packte sie am Handgelenk und drückte ihr das Glas in die Hand.

»Hier. Trinkt noch einen Schluck und vergesst den Hauptmann. Wenn er es nicht schafft, herzukommen, ist er es einfach nicht wert. So eine schöne Frau wie Euch zu versetzen, dieser Schuft!«

Cass' Lippen zuckten, als ob sie zwischen der Rache und dem Branntwein in ihrer Hand schwankte. Der Branntwein siegte. Sie nahm einen Schluck, dann fragte sie: »Du findst mich schön?«

»Selbstverständlich. Ihr seid so schön wie – wie eine Sommernacht, die von funkelnden Sternen erleuchtet wird.«

»Es regnet«, entgegnete Cass verdrossen.

»Niemals dort, wo Ihr weilt.« Wolf setzte sich neben sie aufs Bett. Er war gottfroh, dass ihr seltsames Parfüm nicht mehr so stark war. Nur so schaffte er es, einen klaren Kopf zu behalten. Sein Blick heftete sich auf das Medaillon, das verlockend nah vor ihm baumelte. Er zwang sich, nichts Unüberlegtes zu tun.

Kühl legte er ihr einen Arm um die Taille, ermunterte sie, das Glas zu leeren, und meinte: »Andere Männer würden sich scharenweise um Euch drängen, nur um den Saum Eures Gewandes küssen zu dürfen. Ihr solltet diesen Hauptmann vergessen!«

Cass leerte das Glas bis zur Neige. »Richtig. Soll der Schuft sich's doch s-selber besorgen, auch wenn ich das gern für ihn getan hätt'.«

Sie brach wieder in lautes Gelächter aus, in das Wolf zögernd einstimmte. Sein Blick war noch immer auf das Amulett geheftet. Es juckte ihn in den Fingern. Mit einem für Betrunkene nicht untypischen Stimmungsumschwung hörte Cass plötzlich auf zu lachen, und Tränen stiegen ihr in die Augen. »Nich gern getan, gemusst. Um 'n Kind zu bekommen, mein kleines Mädchen.«

Wolf wollte ihr schon die Hand tätscheln, doch er hielt sich zurück, denn ihm fiel Gabrielles Warnung ein: *»Pass gut auf, lass sie nie deine Hand berühren. Cass kann in den Händen lesen wie andere weise Frauen in den Augen. Sie wird dir all deine Geheimnisse und all deine Gedanken entlocken.«*

Stattdessen streichelte er tröstlich über ihren Arm. »Der Hauptmann ist nicht der einzige Mann auf der Welt. Ihr seid eine junge Frau, Ihr habt doch noch viel Zeit, jemanden zu finden, mit dem Ihr ein Kind haben könnt.«

»Nein.« Cass schniefte. »Zeit wird knapp. 'S muss heut' Nacht passier'n.«

Wolf hörte sie kaum. Sein Herz schlug angstvoll. Behutsam schloss er die Finger um die Kette. Ein heftiger Ruck, das müsste reichen.

Doch Cass war zwar betrunken, aber noch immer Herrin ihrer Sinne. Offenbar hatte sie den Zug an der Kette gespürt, denn ihre Hand fuhr hoch und umklammerte die seine. Ihre Finger schlossen sich wie eine Eisenfessel um sein Handgelenk.

Noch vor Kurzem hatte sie ziemlich schlaff gewirkt, doch jetzt klärte sich ihre Miene plötzlich, und ihr Blick wirkte seltsam scharf.

»Was is eigentlich mit dir?«

»W-was soll mit mir sein«, stammelte Wolf und versuchte, sich aus ihrem Griff zu befreien.

»Wie bist du? Jung, kräftig?«

Die Hexe tastete nach seiner Brust und tätschelte sie. Als Wolf aufging, in welche Richtung ihre Gedanken schweiften, sträubten sich ihm die Nackenhaare.

»Bist du ungestüm? S-skrupellos? Hübsch? Du hast doch vorhin was gesagt von wegen drahtig und zäh?«

Wolf schluckte und versuchte, von ihr abzurücken. »Ich prahle gern ein bisschen.«

Cass rutschte ihm nach und befummelte seinen Bauch. »Du fühlst dich hart genug an, um … um der Vater eines ungestümen Kindes zu werden.«

»Ich bin eher ein einsamer Wolf. Besonders väterlich bin ich wahrhaftig nicht.«

»Das is nich wichtig, solang du andere Vorzüge hast.«

Bevor er sie aufhalten konnte, hatte sich ihre Hand schon zwischen seine Beine gedrängt. Wolf keuchte. Ob diese Hexe wohl Geschlechtsteile ebenso gut lesen konnte wie Hände? Freilich steckte dort kein Geheimnis – sein Schaft reagierte unverzüglich.

Wolf schubste ihre Hand weg und sprang hoch. »Mademoiselle, die … die Flasche ist leer. Ich gehe jetzt wohl besser und hol eine neue.«

»Brauch keine neue, mir reicht's.« Mit einem tiefen Stöhnen ließ sie sich aufs Bett fallen, drehte sich zur Seite und kroch zu ihrem Kissen.

Bitte, werd doch einfach bewusstlos!, betete Wolf. *Bitte, bitte, damit ich dir das verfluchte Amulett abnehmen und mich aus dem Staub machen kann!*

Inzwischen hatte sich Cass auf den Rücken gedreht und die

Beine lüstern gespreizt. »Komm her!«, sagte sie und tätschelte die Matratze.

Wolf wäre lieber aus dem Fenster gesprungen, aber er hatte Angst, ihre wirren Gedanken würden sich wieder Remy und ihrer Rache zuwenden, wenn er nicht gehorchte. Er fasste sich ein Herz. Schließlich konnte sich diese Frau nicht einfach auf ihn stürzen und ihn mit Gewalt nehmen. Hexe hin oder her, sie war blau wie eine Haubitze und außerdem nicht besonders kräftig. Eine Grimasse schneidend setzte er sich auf die Bettkante, die Knie fest zusammengepresst, nur für den Fall, dass ihre Finger wieder auf Wanderschaft gehen sollten.

Doch Cass hielt etwas in der Hand: ein kleines Fläschchen, das sie offenbar unter dem Kissen hervorgezogen hatte. Als sie es entkorkte, stieg der schwülstige Duft ihres Parfüms daraus hervor wie ein Flaschengeist.

Der machtvolle Geruch stieg ihm sofort in die Nase. Er bekam eine ganze Menge davon ab, bevor er den Kopf wegdrehen konnte. Das Parfüm benebelte seine Sinne. Cass betupfte sich an allen möglichen Stellen damit, sie badete fast darin. Sie rieb sich sogar ein wenig davon auf die Lippen. Mit einem sinnlichen Seufzer tropfte sie sich den Rest auf den Busen und massierte ihn unter ihrem Mieder ein. Wolf sah ihr gebannt dabei zu.

Es waren bestimmt wundervolle Brüste, milchig weiß mit hoch aufragenden Warzen. Ein wildes Verlangen stieg in Wolf auf. Wenn er ihr jetzt einfach das Mieder vom Körper reißen würde, um diese Brüste in aller Ruhe zu betrachten und dann … Aber was zum Teufel tat er da eigentlich? Er schickte sich tatsächlich an, sie zu besteigen. Doch dann schreckte er wieder zurück. Dieses verfluchte Parfüm war schuld, ein verdammt merkwürdiges Gebräu, das alles Mögliche in seinem Kopf anstellte. Nein, eher bei anderen Körperteilen.

Er versuchte, den Atem anzuhalten und sich auf das Medaillon zu konzentrieren und nicht auf diese vollen, runden Brüste, nicht auf die geöffneten, feuchten roten Lippen.

Cass warf das leere Parfümfläschchen weg und murmelte mit rauer Stimme: »Bist du da, mein einsamer Wolf? Bist du bereit?«

Sie tastete nach ihm. Ihre Hand legte sich auf seinen Oberschenkel. Sie war so blass, diese Hexe, ihre Berührung sollte doch eigentlich kalt sein wie Eis. Stattdessen fühlten sie sich heiß an, pochend heiß. Oder war es sein Blut, das durch die Adern rauschte und seinen Schaft dazu brachte, sich auszudehnen und fast schmerzhaft zu verhärten?

Wolfs Atem ging rascher. Von diesen neckenden Fingern und dem Parfüm bis zum Äußerstem gereizt, richtete er sich über ihr auf. Bei allen Heiligen, diese Hexe verführte ihn, erregte ihn so sehr, dass er es nicht mehr aushielt, auch wenn eine kleine Stimme in ihm versuchte, Widerstand zu leisten: *Denk daran, warum du hier bist! Das Medaillon. Denk an eiskalte Regengüsse, denk an Nonnen. Denk … denk an den Hauptmann. Denk an Miri.*

Die letzte Mahnung war ein schwerer Fehler. Cass' Gesichtszüge verschwammen vor seinen Augen, plötzlich sah er Miri unter sich liegen, das mondgoldene Haar auf dem Kissen ausgebreitet, die silberblauen Augen nach ihm rufend wie Feenlichter. Wolf presste die Lippen auf ihren Mund. Sobald sich ihre Lippen berührten, verschwand Miris Bild, und er merkte, dass er die Hexe küsste und sich ihre Zunge in seinen Mund schlich. Aber jetzt war es ihm egal. Das honigsüße Gift auf ihren Lippen zerstörte den Rest seiner klaren Gedanken, ließ nur noch Raum für einen rohen, animalischen Trieb.

Mit einem heiseren Knurren stürzte er sich auf sie und riss ihr das Mieder vom Leib.

Gabrielle rührte sich nicht, um den schlummernden Mann an ihrer Seite nicht zu stören. Seine Haut war noch feucht von der hitzigen Leidenschaft ihres Liebesspiels. Remy war, einen Arm besitzergreifend um ihre Taille geschlungen, in einen tiefen, ungestörten Schlaf gefallen, um den Gabrielle ihn beneidete.

Obwohl auch sie müde war, wollte sie der Versuchung nicht nachgeben. Ihre Augen brannten von der Anstrengung, nicht einzuschlafen und über Remy zu wachen – das Einzige, was sie tun konnte, um ihn zu beschützen. Sie umfasste das Medaillon wie einen Schild und betete, dass sie die böse Kraft des Talismans auffangen würde und nicht Remy, falls Cass tatsächlich zum Äußersten griff.

Der Sturm hatte sich gelegt, sogar der Regen hatte nachgelassen, aber Gabrielle fand die Stille noch bedrückender. Wie spät war es überhaupt? Sie konnte die Zeiger der Uhr auf dem Kaminsims nicht ausmachen, ohne von Remy abzurücken. Aber es war sicherlich schon nach Mitternacht. Wenn etwas schiefgegangen war, wäre inzwischen bestimmt schon etwas geschehen. Offenbar hatte Wolf Erfolg gehabt.

Gabrielles Griff um das Amulett verstärkte sich. Sie konnte Remy das heimtückische Ding jetzt wahrscheinlich abnehmen, aber trotzdem zögerte sie. Sie wagte es noch immer nicht. Sie hatte mit Wolf vereinbart, seine Rückkehr abzuwarten. Aber warum war er noch nicht da? Wenn alles gut gegangen war, sollte er längst zurück sein.

Ein leises Klopfen an der Tür ließ sie hochfahren. Es war eher ein leises Kratzen, dann ein eindringliches Flüstern: »Mademoiselle?«

Gabrielles Herz machte einen solch heftigen Freudensprung, dass es ihr fast wehtat. Remy regte sich ein wenig, als sie von ihm abrückte. Sie wand sich behutsam aus seiner Umarmung und stand auf. Remy verzog das Gesicht, murmelte etwas und sank wieder in tiefen Schlaf. Gabrielle warf sich rasch den Morgenmantel über, dann schlich sie zur Tür und zog sie vorsichtig einen Spalt weit auf. Wolf stand davor, das Gesicht hinter seiner wilden Mähne verborgen.

Stumm hielt er Cass' Medaillon hoch. Gabrielle presste

die Hand auf den Mund, um nicht vor Erleichterung zu schluchzen. Instinktiv wollte sie Wolf das verhexte Ding aus der Hand reißen, aber da sie nicht wusste, wie weit die Kräfte des Medaillons reichten, nahm sie es lieber sehr behutsam an sich.

»Oh Martin«, flüsterte sie. »Du hast es geschafft. Du bist wundervoll!«

»Oui, Mademoiselle«, war alles, was er erwiderte.

Sie erwartete, dass er mit einem unbekümmerten Grinsen mit seiner Großtat prahlen würde, doch er wirkte seltsam zurückhaltend. Um Remy nicht aufzuwecken, trat Gabrielle leise zu ihm auf den Korridor.

»Dann ist also alles gut gegangen? Und Cass? Was …«

»Die ist sturzbesoffen und liegt erst mal flach. Es wird wahrscheinlich eine Weile dauern, bis sie wieder aufwacht und merkt, dass das Amulett verschwunden ist.«

»Und sie hat nicht den geringsten Verdacht geschöpft? Sie hatte keine Ahnung, wer du bist?«

»Nein.«

Schwach vor Erleichterung lehnte sich Gabrielle an die Tür. Zweifellos würde die Hölle losbrechen, wenn Cass aus ihrem Rausch aufwachte und merkte, dass sie überlistet worden war. Aber wenn sie wirklich keine Ahnung hatte, wer Martin war, konnte sie auch keine Rache an ihm üben. Und sie hatte keine Waffe mehr, die sie gegen Remy oder Gabrielle richten konnte. Bis sie sich so weit erholt hatte, um neues Unheil auszubrüten, würden sie längst über alle Berge sein.

Die Gefahr war ausgestanden. In Gabrielles Augen stiegen Tränen der Dankbarkeit.

»Oh, Martin! Wie kann ich dir jemals dafür danken? Ich stehe tief in deiner Schuld.« Impulsiv trat sie auf ihn zu, um ihn fest zu umarmen.

»Nein, Mademoiselle.« Wolf zog sich weiter in die Schatten zurück und hielt sich von ihr fern. »Ihr schuldet mir nichts. Ihr solltet jetzt lieber zum Hauptmann zurück und diese verfluchten Amulette zerstören. Ich muss ins Bett. Ich – ich bin hundemüde.«

»Ja, natürlich. Es war eine lange Nacht – für uns beide.« Gabrielle brachte ein zitterndes Lächeln zustande. So gern sie Martin mit ihrem Dank überhäuft hätte, so konnte sie es doch kaum erwarten, zu Remy zurückzukehren. Wirklich sicher würde sie sich erst dann fühlen, wenn sie ihm das böse Amulett abgenommen hatte. So meinte sie: »Wir unterhalten uns morgen früh, dann musst du mir haarklein berichten, wie es zugegangen ist.«

Wolf nickte nur matt. Bevor Gabrielle ins Schlafzimmer verschwand, flüsterte sie noch etwas, was wie »Gott segne dich« klang.

War das möglich?, fragte er sich dumpf. Einen Mann zu segnen, der der Verdammung anheimgefallen war? Gabrielle und er würden morgen bestimmt viel zu besprechen haben, aber er würde ihr sicher nicht alles erzählen. Einige Geheimnisse dieser Nacht würde er mit in sein Grab nehmen.

Er taumelte die Stufen hinunter und durch eine seitliche Pforte hinaus in den Garten. Seit der Hauptmann das Bett mit seiner Dame zu teilen pflegte, hatte Wolf sich bei dem Pferdeknecht über den Ställen einquartiert.

Ohne es recht mitzubekommen, trottete er auf einem schlammigen Pfad und streifte gegen Blätter, die noch feucht vom Regen waren. Der Himmel über ihm hatte sich gelichtet, die Wolken trieben nun wie ein Schleier vor dem wunderschönen Antlitz der Nacht, der Mond war voll und schien hell. Aber Wolf zitterte und scheute sich vor seinem Licht. Er rieb sich die Schulter. Seine Muskeln pochten, wo ihn die Hexe auf dem Höhepunkt ihrer Leidenschaft gebissen hatte, und sein Rücken war wund, wo sie ihn mit ihren scharfen Nägeln gekratzt hatte.

Doch schlimmer noch war ihr Geruch, der schale, üble Gestank ihres Parfüms, der an ihm haftete. Egal wie oft er auch baden würde, diesen Gestank würde er wohl nie mehr loswerden. Von diesem Parfüm, das ihn in den Wahnsinn getrieben hatte, wurde ihm jetzt freilich nur noch übel. Ihm drehte sich der Magen um, er schlug sich in die Büsche und übergab sich. Die Krämpfe hörten nicht auf, bis er völlig erschöpft war und sich am liebsten nur noch zusammengerollt hätte, um zu sterben, mitten in all dem Schlamm.

Er rieb sich mit der Hand über die Lippen. Er konnte die Hexe noch schmecken. Es reichte, um ihm erneut den Magen umzudrehen. Doch er atmete tief durch und schaffte es, sich zu beherrschen. Er versuchte aufzustehen, doch dazu fehlte ihm die Kraft.

Oh Gott, was hatte er getan? Vor wenigen Tagen hatte er Miri seine Liebe erklärt, und jetzt hatte er sie bereits betrogen. Und nicht mit irgendeiner Frau, nein, mit einer Hexe. Das ließ sich auch nicht damit entschuldigen, dass Cass ihn verführt hatte. Er hätte ihr widerstehen sollen. Er hätte stärker sein sollen. Selbst wenn er je das Glück gehabt hätte, Miris Herz zu erobern – jetzt war er ihrer nicht mehr wert.

Er hatte es mit einer Hexe getrieben, vielleicht hatte er sogar ein Teufelskind mit ihr gezeugt. Er war zwar froh und stolz, dass er seinen Hauptmann gerettet hatte, aber er wusste, dass ihn die Folgen dieser Nacht nie mehr loslassen würden. Er war für alle Zeit von der Hexe gezeichnet. Wie konnte er sich je wieder erdreisten, die Hand einer so reinen und unschuldigen Person wie Miri zu berühren?

Er hob den Kopf, wagte es jedoch kaum, auf die glänzende Scheibe zu blicken, die dort oben am Himmel stand, so weit entfernt, so unerreichbar. Tränen strömten ihm über die Wangen, und er stieß ein gequältes Heulen aus.

Seine wunderschöne Göttin des Mondes war verloren für ihn. Sie war unwiederbringlich verloren.

Wie ein Tier, das sich in seinem Bau verkrochen hat, kauerte Cassandra Lascelles in ihrer Kellerkammer. Sie wusste nicht, ob es Tag war oder Nacht, und sie wusste auch nicht, wie viel

Zeit seit diesem schicksalhaften Abend im *Cheval Noir* verstrichen war. In ihren Schläfen pochte es, sie litt noch immer unter den Nachwirkungen des schlimmsten Katers, den sie je gehabt hatte. Aber schlimmer als alles andere war der Hass in ihrem Herzen.

Cerberus drängte sich an sie und versuchte wohl schon zum hundertsten Mal, ihr den Kopf auf den Schoß zu legen. Er kratze an ihren Röcken und winselte, offenbar unfähig, die Kälte seiner Herrin zu begreifen.

Cass stieß ihn gegen die Brust. »Hau ab und mach Platz!«

Der Hund kroch wimmernd davon. Es war natürlich der Gipfel der Torheit, ihren Missmut an dem dummen Vieh auszulassen, das keine Ahnung hatte, was es wohl falsch gemacht hatte. Aber sie hatte ihren Zorn schon zur Genüge an dem einzigen anderen Objekt ausgelassen, das ihr zur Verfügung stand.

Sie konnte hören, wo Finette sich verkrochen hatte, denn die Zofe schniefte leise, als hätte sie Angst, Cass an ihre Existenz zu erinnern. Und das war auch besser so. Cass hatte dem Mädchen fast die Haare ausgerissen, als sie sie festgehalten und mit dem Schürhaken verdroschen hatte.

Es war ein Wunder, dass sie das törichte Weib nicht umgebracht hatte. Cass konnte nicht einmal sagen, warum, aber vielleicht hatte sie doch eine schwache Stimme der Vernunft daran erinnert, dass sie Finette noch brauchte. Obwohl diese unzuverlässige Göre bislang wahrhaftig nicht von großem Nutzen gewesen war. Sie hatte Cass im Stich gelassen, als die sie am dringendsten gebraucht hätte. Aber das ärgerte Cass weniger als die Erkenntnis, dass sie selbst ihren Vorsätzen untreu geworden war.

Bei diesem Gedanken hätte sie sich am liebsten ihre nutzlosen Augen ausgekratzt. Schlimm genug, dass sie nicht sehen konnte, aber was hatte sie getan? Sie hatte sich wieder an die Flasche gehängt, war erneut dem alten Dämon verfallen und hatte damit ihren Verstand getrübt. Und das in der wichtigsten Nacht ihres Lebens, in der sie endlich den ersten Schritt hin zu ihrem großen Schicksal hatte unternehmen wollen, die Empfängnis des Kindes, von dem sie schon so lange träumte.

Wie hatte sie nur so schwach sein können? Wie hatte sie dieser Versuchung erliegen können? Aber natürlich hatte sie eine gewisse Unterstützung gehabt, gab sie sich verbittert zu bedenken. Dieser Kellner mit seiner Überredungsgabe, so bemüht, so schmeichelnd, der sie mit Komplimenten überhäuft und ihr das Branntweinglas unter die Nase gehalten, ja, es ihr fast schon an die Lippen gepresst hatte. Cass hatte keine Ahnung, wer der Bursche war, aber ein Bediensteter des *Cheval Noir* war er bestimmt nicht.

Sie konnte sich gut vorstellen, wem er diente: Gabrielle Cheney, diesem selbstsüchtigen, hinterhältigen Weib mit ihrem doppelten Spiel. Zweifellos amüsierte sie sich jetzt prächtig mit diesem elenden Kerl, und die beiden beglückwünschten sich, wie sie die arme, schwache, blinde Frau übers Ohr gehauen hatten. Cass biss sich so fest auf die Lippen, dass sie Blut schmeckte. Na gut, sie würde ihnen schon zeigen, wie schwach und hilflos sie war. Aber die Schärfe von Cass' Hass wurde durch Verzweiflung gedämpft. Am liebsten hätte sie wie Finette gewimmert und wie Cerberus gewinselt.

Gabrielle, wie konntest du mir das antun? Cass hatte Nicolas Remy ja gar nicht wehtun wollen. Sie hätte ihr Wort gehalten. Sie hätte Gabrielle das Medaillon gegeben. Sie hatte Remy doch nur für eine Nacht gebraucht, eine einzige Nacht.

Jetzt war der Vater ihres Kindes kein Held wie die Geißel, sondern irgendein namenloser Niemand. Cass presste die Hand auf ihren Bauch. Ihr unfehlbarer sechster Sinn ließ keine Zweifel: Sie war schwanger. In ihr wuchs ein Kind, und sie überlegte, was sie tun sollte, um es loszuwerden. Aber es würde ihr nicht gelingen. Nostradamus' Vorhersage war eindeutig gewesen. Letzte Nacht war ihre einzige Chance gewesen. Nun würde ihr nichts anderes übrig bleiben, als ihrer Tochter so viel von ihrer eigenen Kraft und Willensstärke mitzugeben, dass der Vater belanglos sein würde.

Aber er würde dafür bezahlen, dieser schlaue Bursche, dieser einsame Wolf! Cass würde schon herausfinden, wer er war, sie würde ihn aufstöbern, selbst wenn sie sonst in ihrem Leben nichts mehr zustande bringen sollte. Und wenn sie ihn erwischt hatte, würde er sie anflehen, sterben zu dürfen. Der Tod würde ein Segen sein verglichen mit dem, was ihn erwartete.

Doch bis dahin gab es noch jemanden, an dem sie sich rächen konnte und den sie nicht lange suchen musste: ihre einstige Freundin, die Frau, der sie alles angeboten hatte – ihre schwesterliche Zuneigung und ihre schwarze Magie.

Gabrielle hatte eine gerechte Strafe für ihren Verrat verdient, und zum Glück musste sich Cass nicht lange den Kopf zerbrechen, um etwas Passendes zu finden.

23

Die Fenster des Stadthauses waren verriegelt, die meisten Bediensteten waren gegangen und die teuren Möbel mit Tüchern verhängt. Es war, als hätte sich das Haus schlafen gelegt, als laste ein Bann auf ihm wie bei einem Märchenschloss, das darauf wartet, dass eine Prinzessin kommt und es erlöst. Gabrielles Schritte verursachten ein einsames Echo, als sie einen letzten Blick auf den Ort warf, der in den vergangenen Jahren ihre Heimat gewesen war. Nein, niemals Heimat, verbesserte sie sich, lediglich eine glitzernde Hülle für ihre gleichermaßen leeren ehrgeizigen Ziele.

Sie wusste, dass Remy noch immer fürchtete, ein Teil von ihr würde all dies vermissen – die Gewänder, den Schmuck, das elegante Haus, die Vergnügungen am französischen Königshof. Doch Gabrielle bedauerte nicht, dass sie das alles hinter sich ließ. Nichts erschien ihr so wirklich wie der starke, stille Mann, der ihr Herz erobert hatte.

Sie konnte sich kaum noch daran erinnern, wie heftig sie um dieses Anwesen gekämpft hatte. Sie war sogar so weit gegangen, die Verbindung zu Ariane abreißen zu lassen. Dieses Haus, das sie so teuer zu stehen gekommen war, bedeutete Gabrielle nun gar nichts mehr. Sie ging davon aus, dass es die Krone beschlagnahmen würde. Das passierte meistens mit den Anwesen jener, die Mitglieder des königlichen Haushalts verärgert hatten.

Und zweifellos würde die dunkle Königin mächtig verärgert sein.

Remys Rettungspläne waren endlich so weit gediehen, dass sie in die Tat umgesetzt werden konnten. Der französische König war nach dem aufregenden Turnier offenbar zunehmend rastlos und gelangweilt. Er hatte beschlossen, mit dem gesamten Hof nach Blois umzuziehen. Der königliche Tross der Höflinge, Dienstboten und Pferde würde riesig sein, und der Trupp würde nur langsam und mühsam vorankommen. Unterwegs gab es viele Gelegenheiten für eine Ablenkung, die Heinrich von Navarra ermöglichen würde, sich mit seinem Pferd von den Wachen zu entfernen, davonzupreschen und sich irgendwo zu verstecken.

Die dunkle Königin war in letzter Zeit nicht mehr die alte, ihr sonst so wachsamer Blick wirkte unstet und trüb. Vielleicht waren die Hexenjäger daran schuld, obwohl Simon Aristide bislang noch keine einzige Verhaftung vorgenommen hatte. Allen Berichten zufolge war der Mann ausschließlich damit beschäftigt, Beweismaterial zu sammeln und Zeugen zu befragen.

Die Bürger von Paris, die schon gespannt auf Hexenprozesse und Verbrennungen warteten, waren enttäuscht. Der gefürchtete Le Balafre führt sich auf wie der Sekretär eines Anwalts und nicht wie ein Hexenjäger, grummelten sie. Doch Gabrielle musste eher an eine Katze denken, die geduldig vor einem Mauseloch wartet, bis sie sich ihrer Beute sicher ist. Simons Tatenlosigkeit machte sie nervös, und zweifellos übte Le Balafre dieselbe Wirkung auf Katharina aus. Allerdings achtete die dunkle Königin deshalb auch nicht mehr so sorgfältig auf Heinrich von Navarra.

Niemals würde Remy einen günstigeren Zeitpunkt für die Rettung seines Königs finden. Er war losgezogen, um noch zwei Wallache zu besorgen, sodass er und der König rasch die Pferde wechseln konnten. Gabrielle und Miri sollten Paris auf getrennten Wegen verlassen und an einem bestimmten Treffpunkt auf Remy, Wolf und Heinrich stoßen. Gabrielle gefiel dieser Teil des Plans – die Vorstellung, von Remy getrennt zu sein, während er sich solch großer Gefahr aussetzte – überhaupt nicht. Doch Remy hatte darauf bestanden. Ihm würde die Rettung leichter fallen, wenn er wüsste, dass Gabrielle und

Miri in Sicherheit waren. Gabrielle war nichts anderes übrig geblieben, als sich zu fügen.

Vielleicht auch deshalb, weil sie noch immer ein schlechtes Gewissen plagte, die wahre Herkunft des Medaillons verschwiegen zu haben. Remy war zwar etwas verwirrt gewesen, als Gabrielle ihn eifrig bedrängt hatte, das Amulett, das er stets tragen sollte, wieder abzunehmen. Doch schließlich hatte er es ihr lachend überreicht, ihr einen Kuss auf die Wange gedrückt und leise gemurrt: »Frauen …«

Gabrielle hatte bislang einfach nicht den Mut gehabt, ihm die Wahrheit zu sagen. Beschämt musste sie sich eingestehen, dass sie sogar so feige war zu hoffen, es ihm nie beichten zu müssen. Seit der schrecklichen Nacht hatte sie nichts mehr von Cass gehört. Vielleicht hatte Cass Vernunft angenommen und ihren verrückten Plan aufgegeben, oder sie hatte ihre Niederlage akzeptiert. Aber das wagte Gabrielle kaum zu hoffen. Umso besser, dass sie Paris heute verlassen würden.

Nach einem abschließenden Blick auf ihr Schlafgemach holte Gabrielle den letzten Gegenstand, den sie mitzunehmen gedachte – die kleine, verschlossene Truhe, in der sie ihre schlimmsten Geheimnisse versteckt hatte: den Siegelring der dunklen Königin und die beiden Medaillons. Mit der Truhe unter dem Arm ging Gabrielle nach unten. Ihr Mitverschwörer wartete in der Halle auf sie. Gabrielle fiel wieder einmal auf, wie verändert Wolf seit der Nacht war, als er Cassandra das Medaillon gestohlen hatte.

Er schien älter und ziemlich bedrückt, als hätten die Ereignisse jener Nacht eine unauslöschliche Spur hinterlassen. Dieser Gedanke beunruhigte Gabrielle, doch sie versuchte, sich einzureden, dass sie sich das nur einbildete. Sie waren alle angespannt, solange der König noch nicht gerettet war. Sobald die Gefahr vorüber war und sie Paris weit genug hinter sich gelassen hatten, würde Wolf bestimmt wieder zu seiner früheren Unbeschwertheit zurückfinden.

»Die Kutsche steht bereit, Mademoiselle«, erklärte er, als sie die Stufen herunterkam. Er verzog das Gesicht, als sein Blick auf die Holztruhe unter ihrem Arm fiel. »Wozu nehmt Ihr *die* denn mit?«

»Es wäre viel zu unsicher, sie zurückzulassen«, erwiderte sie. Martin blieb nichts anderes übrig, als ihr beizupflichten, auch wenn er beunruhigt wirkte. Sich der Medaillons zu entledigen hatte sich als unerwartete Schwierigkeit erwiesen. Am liebsten hätte Gabrielle sie einfach weggeworfen, aber dazu waren sie viel zu gefährlich. Da sie immer noch nicht genau wusste, welch geheimnisvolle Kräfte in ihnen steckten, schreckte sie auch davor zurück, sie einzuschmelzen.

»Vielleicht könnten wir die Truhe mit Steinen beschweren und in der Seine versenken«, schlug Martin vor.

»Daran habe ich auch schon gedacht, aber ich glaube, wir sollten sie lieber bei Faire Isle ins Meer werfen.«

Wolf nickte, wenn auch widerwillig. »Mademoiselle, findet Ihr es nicht merkwürdig, dass wir nichts mehr von ihr gehört haben? Dass sie einfach nur in ihr verfluchtes Haus zurückgekehrt ist und uns nicht weiter behelligt?«

Gabrielle brauchte nicht zu fragen, wen er meinte. Seit jener Nacht hatten Gabrielle und Martin Cass' Namen nie mehr laut ausgesprochen, nicht einmal, wenn sie allein waren.

Gabrielle seufzte. »Ja, ich fürchte, das ist tatsächlich merkwürdig. Obwohl es wohl nicht merkwürdiger ist als Hexenjäger, die sich viel Zeit lassen, oder die dunkle Königin, die sich auffällig zurückhält.« Sie lächelte verzagt. »Ich fürchte, du und ich, wir sind zu unruhig, Martin. Wenn wir mal einen ruhigen Moment geschenkt bekommen, scheinen wir uns über unser Glück nicht recht freuen zu können.«

Martin lächelte, aber es war nur ein schwaches Abbild seines alten wölfischen Grinsens. »Ich traue der Ruhe nicht, Mademoiselle. Mir sind Stürme lieber, zumindest solche, bei denen es blitzt und donnert und man gewarnt ist, sich einen Unterschlupf zu suchen. Doch jetzt sollten wir lieber zusehen, dass wir verschwinden – je eher, desto besser.«

Er schritt voran, um ihr die Tür aufzuhalten, und Gabrielle verließ das Haus, ohne sich noch einmal umzusehen. Sie folgte Martin in den Hof vor dem Stall. Dort wartete bereits die Kutsche mit angespannten Pferden; Bette und Miri saßen schon darin.

Abgesehen von ihrer Zofe hatte Gabrielle nur noch den Kutscher und zwei Lakaien behalten, die als Vorreiter dienen sollten. Die kräftigen jungen Männer eilten herbei, um Gabrielle ihre Last abzunehmen.

Wolf winkte sie weg und übernahm die Holztruhe so behutsam wie eine schussbereite Pistole. Er verstaute sie in der Kutsche, dann half er Gabrielle beim Einsteigen.

Einer der Lakaien war zum Tor geeilt und wollte es gerade öffnen, als es ihm aus der Hand gerissen wurde. Bestürzt starrte Gabrielle auf die Reiter, die der Kutsche den Weg versperrten: Männer mit harten Gesichtern in Tuniken mit einem auffälligen weißen Kreuz. Wie in dem alten griechischen Mythos von dem aus Drachenzähnen gewachsenen, tödlichen Heer schienen sie aus dem Nichts aufgetaucht zu sein.

»*Nom de Dieu,* Mademoiselle«, flüsterte Wolf in Gabrielles Ohr. »Offenbar hat sich der Himmel gerade für uns verdüstert.«

Er wollte seinen Dolch zücken, doch Gabrielle packte ihn am Handgelenk und schüttelte warnend den Kopf. Sechs von Aristides brutalen Hexenjägern blockierten den Weg, viel zu viele, um zu kämpfen, vor allem, nachdem weder Wolf noch die Lakaien Remys Kampfkünste besaßen.

Miris blasses Gesicht tauchte am Kutschenfenster auf, als der Anführer vortrat. Gabrielle war froh, als sie erkannte, dass es nicht der verfluchte Aristide war. Mit einer Ruhe, die ihrem wild pochenden Herzen ganz und gar nicht entsprach, ging ihm Gabrielle entgegen, blickte ihn kühl an und meinte mit eisiger Höflichkeit: »Verzeiht, Monsieur, aber wir waren gerade im Aufbruch begriffen. Ihr steht uns im Weg.«

Der Hexenjäger, ein älterer Mann mit tiefen Furchen,

musterte sie mit steinerner Miene. Sein grauer Haarschopf verbarg nicht, dass ihm ein Ohr fehlte. »Mademoiselle Gabrielle Cheney?«

»Und was wäre, wenn?«, erwiderte Gabrielle und zog arrogant die Brauen hoch.

»Monsieur Le Balafre möchte sich mit Euch unterhalten, Mademoiselle.«

»Zu jeder anderen Zeit würde ich dieser Aufforderung gerne nachkommen, aber jetzt passt es mir leider überhaupt nicht. Sagt dem Monsieur, dass ich ihn empfangen werde, sobald ich wieder in Paris bin.«

Der Hexenjäger grinste nur hämisch, während seine Männer die Schwerter zückten. »Monsieur Le Balafre möchte sich mit Euch unterhalten, und zwar *sofort«,* fauchte er.

Wolf fluchte halblaut und versuchte erneut, sich auf den Mann zu stürzen. Gabrielle erwischte ihn gerade noch rechtzeitig. »Nein, lass das.«

»Aber Mademoiselle, ich werde es keinesfalls zulassen, dass diese … diese Teufel Euch mitnehmen.«

»Mir wird schon nichts geschehen«, beharrte Gabrielle und hoffte inständig, dass sie recht behalten würde. »Bitte, Martin, du kannst jetzt nur eines für mich tun: Geh und finde Remy.«

Die Schatten im Schankraum wurden länger. Zweifellos war das Gasthaus zur Eiche ein fröhlicher, belebter Ort gewesen, bevor die Hexenjäger es besetzt hatten. Jetzt sorgte das schwindende Licht für eine düstere Stimmung in dem Raum, dessen Tische alle leer waren bis auf einen, an dem Gabrielle saß und wartete. Zwei Hexenjäger hielten Wache an der Tür, während die anderen sich im Hof herumtrieben. Es schienen so viele zu sein, dass Gabrielle ihren Beschluss, Wolf nach Remy auszuschicken, bereits bereute. Aber er musste benachrichtigt werden. Sie betete nur, dass sich ihre Geißel nicht zu einer unüberlegten Tat hinreißen lassen würde.

Ihr drohte zwar keine unmittelbare Gefahr, doch die Mischung aus Anspannung und Langeweile machte ihr schwer zu schaffen. Sie lehnte sich zurück und widerstand der Versuchung, mit den Fingern auf dem Tisch zu trommeln. Für jemanden, der es so eilig gehabt hatte, sie festzunehmen, ließ sich Le Balafre nun ziemlich viel Zeit.

Natürlich verstand sie, was der Bursche damit bezweckte, sie hier warten zu lassen. Diese Verzögerung war nichts weiter als der erbärmliche Versuch, seine Bedeutung und seine Macht zu demonstrieren und ihre Angst zu steigern, indem er sie schmoren ließ. Eine Zeit lang hatte es gewirkt, aber mittlerweile wurde sie zunehmend wütend. Für wen zum Teufel hielt sich dieser Kerl eigentlich? Er war nichts als ein Emporkömmling, der vor gar nicht so langer Zeit einer von Vachel Le Vis' Lakaien gewesen war, ein heimtückischer Schuft, der Miri viel Leid zugefügt hatte.

Gabrielle hätte diese Prüfung besser ausgehalten, wenn es ihr gelungen wäre, Miri zu überreden, bei Bette und ihrem Kater zu bleiben. Doch Miri hätte sich wahrscheinlich nicht einmal von dem Trupp der Hexenjäger von ihrer Schwester trennen lassen. Der Anführer der Gruppe hatte es nicht besonders beharrlich versucht, er hatte nur die Schultern gezuckt und gemeint, ihm sei es egal; wenn das Mädchen unbedingt mitkommen wolle, dann solle sie das eben tun.

Miri saß Gabrielle gegenüber. Sie wirkte gefasst, aber auch sehr still und zurückgezogen. Gabrielle konnte sich denken, dass ihre Schwester eine Menge qualvoller Erinnerungen heimsuchten, Erinnerungen an die Zeit, als Miri selbst der Hexerei beschuldigt worden war und Simon Aristide ihr Vertrauen missbraucht hatte. Gabrielle wollte ihre kleine Schwester trösten. Sie streckte die Hand aus, doch es war Miri, die ihre Hand drückte und tapfer sagte: »Mach dir keine Sorgen, Gabby, alles wird sich aufklären. Simon ist nicht so wie sein alter Meister. Er greift nicht zur Folter, er … er versucht, gerecht und vernünftig zu sein.«

Es tat Gabrielle in der Seele weh, wie sehr sich Miri bemühte, an diesen miesen Kerl zu glauben und etwas Gutes in ihm zu finden. »Miri …«

Als ob sie spürte, was Gabrielle sagen wollte, zog Miri die Hand weg. »Simon wird dir nichts zuleide tun. Ich – ich werde es nicht zulassen«, fügte sie entschlossen hinzu.

Gabrielle wusste nicht, warum Aristide sie hatte herschaffen lassen, welche Auskünfte er von ihr wollte und welche Anklage er womöglich vorbereitete. Aber er war ein Hexenjäger, und sie wusste, dass man mit ihm bestimmt nicht vernünftig würde reden können. Das Letzte, was sie wollte, war, dass sich Miri für sie in die Bresche warf.

Doch bevor sie ihr das erklären konnte, schlurfte einer der Angestellten des Gasthauses die Treppe herunter und erregte ihre Aufmerksamkeit. Sie hätte ihn wohl gar nicht bemerkt, wenn er nicht auf der letzten Stufe gestolpert wäre. Er klammerte sich an das Geländer, um nicht zu fallen, und dabei bemerkte Gabrielle, dass seine Finger für jemanden, der sein Leben lang mindere Dienste verrichtet hatte, viel zu weiß und zu gepflegt waren.

Als er an ihrem Tisch vorbeischlich, zog er den Kopf ein und versteckte sein Gesicht hinter seinem strähnigen weißen Haar. Gabrielle betrachtete ihn eingehend, bevor sie die Erkenntnis wie ein Blitz traf: Bartholomäus Verducci.

Der Mann schlurfte eilig zur Küche und bemühte sich, Gabrielles Blick auszuweichen. Trotz der Perücke und seiner krummen Körperhaltung war Katharinas Lieblingsspitzel nicht zu verkennen. Aber was um alles in der Welt trieb Verducci hier?

Die Antwort lag auf der Hand: Er spionierte für Katharina. Natürlich wollte die dunkle Königin genauestens über das Treiben ihrer Feinde unterrichtet sein. Sie war weitaus klüger gewesen als Gabrielle, die sich völlig unvorbereitet hatte erwischen lassen. Vielleicht plante Katharina sogar, Simons Wein mit Gift zu versetzen.

Das würde Gabrielle nicht das Herz brechen, so sehr sie auch die Methoden der dunklen Königin verabscheute. Aber sie kannte jemand, dessen Herz tatsächlich brechen würde. Miri war so in ihre trüben Gedanken versunken, dass sie den Alten gar nicht bemerkt hatte; doch selbst wenn, hätte sie natürlich nicht erkannt, in welcher Gefahr Simon womöglich schwebte.

Gabrielle fragte sich, ob sie etwas sagen sollte. Doch bevor sie sich dazu entschließen konnte, nahmen die Wächter an der Tür Haltung an und blickten zur Galerie hinauf. Wie lange sich Aristide schon dort oben in den Schatten herumgedrückt und sie beobachtet hatte, konnte Gabrielle nicht sagen. Langsamen, gemessenen Schrittes stieg er die Treppe herab. Gabrielle erhob sich, obwohl sie kaum wusste, warum. Vielleicht, weil sie sich im Sitzen einem solchen Mann gegenüber im Nachteil gefühlt hätte. Aristide verstand sich wahrhaftig auf große Auftritte, das musste man diesem Teufel lassen.

Er war von Kopf bis Fuß in Schwarz gekleidet, und sein kurz geschorener Schädel steigerte noch seine bedrohliche Ausstrahlung. Seine Augenklappe verbarg gnädig den schlimmsten Schaden in seinem narbigen Gesicht. Als er unten angekommen war, schweifte sein Blick kurz zu Miri.

»Was hat sie hier zu suchen? Ich wollte nur Mademoiselle Gabrielle sehen. Warum habt ihr auch die Andere mitgebracht?«

Gabrielle wäre an ihrer Empörung fast erstickt. Ihre Schwester hatte sich von diesem elenden Schuft das Herz brechen lassen, und jetzt wagte er es kaltschnäuzig, sie als »die Andere« zu bezeichnen. Simons Männer stammelten ein paar Entschuldigungen, als Miri aufstand.

Gabrielle legte ihr den Arm um die Taille und versuchte, sie zurückzuhalten. Doch Miri riss sich von ihr los und stellte sich direkt vor Aristide, sodass er sie ansehen musste.

»Nehmt es Euren Männern nicht übel, Simon. Ich habe

darauf beharrt, mitzukommen. Ihr hättet Euch denken können, dass ich das tun würde.«

»Die Sache hat nichts mit Euch zu tun.«

»Das hat sie sehr wohl. Gabrielle ist meine Schwester.«

»Euch habe ich nichts vorzuwerfen, Miri. Ich habe Euch gewarnt, haltet Euch von mir fern.«

»Wenn Ihr meine Familie bedroht, könnt Ihr das kaum erwarten.«

Miri schob das Kinn vor, und sie funkelten sich böse an. Obwohl sie gut ein Meter trennte, umgab die beiden eine seltsame Anmutung von Vertrautheit, die kaum zu zwei Menschen zu passen schien, die sich seit drei Jahren nicht mehr gesehen hatten.

Gabrielle wusste nicht, wann oder wie sie es geschafft hatte, doch offenkundig hatte ihre kleine Schwester alle Warnungen in den Wind geschlagen und sich davongestohlen, um diesen gefährlichen Mistkerl zu sehen. Aber später würde noch genügend Zeit sein, Miri wegen dieser Torheit zu schelten – zumindest hoffte Gabrielle das.

Miri und Simon starrten sich noch immer feindselig an. Gabrielle befürchtete schon, Simon würde seinen Wächtern gleich befehlen, Miri hinauszuwerfen, doch dann gab er überraschenderweise nach.

»Ihr könnt bleiben, solange Ihr versprecht, Euch dort drüben hinzusetzen und Euch ruhig zu verhalten.«

Miri versprach nichts, doch sie stolzierte mit so viel Würde und Anmut zu der Bank, auf die er gedeutet hatte, dass Gabrielle richtig stolz auf ihre kleine Schwester war. Miri setzte sich und faltete die Hände ruhig auf dem Schoß. Simon betrachtete sie, und dabei flackerte fast so etwas wie Wärme in seinem Blick auf. Aber als er sich Gabrielle zuwandte, war alle Wärme verflogen.

In den letzten beiden Jahren hatte sich Gabrielle unter all den Vipern am Hof und gegen all die Niedertracht und Boshaftigkeit der dunklen Königin behauptet. Jetzt wollte sie sich nicht von einem Hexenjäger einschüchtern lassen, selbst wenn er einen Pakt mit dem Teufel geschlossen hatte.

Bevor Aristide den Mund aufmachen konnte, richtete sich Gabrielle hochmütig auf. »Erst einmal möchte *ich* etwas sagen, Monsieur: Dieser Ort sieht wahrhaftig nicht aus wie eine Kirche oder ein Gericht.« Sie deutete verächtlich auf ihre Umgebung. »Das hier ist die Schankstube eines Gasthauses.«

»Das weiß ich. Ich habe ja schließlich Augen im Kopf – zumindest eines«, fügte er trocken hinzu.

»Und außerdem sehe ich hier keine Männer der Kirche oder des Gesetzes. Woher nehmt Ihr das Recht, mich zu verhaften?«

»Mein Recht erwächst aus einer besonderen Verfügung des Königs, wie Ihr sehr wohl wisst. Und Ihr seid nicht verhaftet – *noch nicht.*«

»Warum bin ich dann hier?«

»Nur, um ein paar Fragen zu beantworten.«

»Ach ja?«, entgegnete Gabrielle und hob skeptisch die Brauen. »Das klingt fast, als meinte der Teufel, er wolle sich nur vorübergehend eine Seele ausleihen.«

Simons Lippen zuckten, offenbar besaß er einen Sinn für Humor, den Gabrielle nicht an ihm vermutet hätte. »Das erleichtert mich, Mademoiselle. Ich fürchtete schon, Ihr hättet Eure Seele bereits gänzlich dem Teufel verschrieben.«

Als Gabrielle ihm antworten wollte, hob er abwehrend die Hand. »Ich möchte nur ein paar Fragen klären, mehr nicht. Mir ist eine beunruhigende Angelegenheit zugetragen worden. Ich hoffe, Ihr seid in der Lage, sie zu erhellen.«

Er rückte einen Stuhl für sie zurecht. »Nehmt bitte Platz.«

Gabrielle traute weder seiner Höflichkeit noch seinen Versicherungen, aber es blieb ihr wohl nichts anderes übrig, als sich langsam auf den Stuhl zu setzen. Doch bevor sich Aristide ihr gegenüber niederlassen konnte, eilte einer seiner Männer herein, zog ihn beiseite und flüsterte ihm mit dringlicher Stimme etwas ins Ohr. Der Wächter wirkte ziemlich erregt, aber Aristide ließ sich nicht aus der Ruhe bringen.

»Selbstverständlich«, erwiderte er schließlich. »Bring ihn herein.«

Der Wächter hatte jedoch keine Gelegenheit, dem Befehl Folge zu leisten. Am Eingang kam es zu einem Handgemenge, und Gabrielle hörte eine vertraute, raue Stimme knurren: »Geht mir aus dem Weg, wenn Ihr Euch nicht auch noch von Eurem anderen Ohr trennen wollt!«

Remy!

Gabrielles Herz machte einen Sprung. In dem Moment kam er auch schon hereingestürmt, dicht gefolgt von Wolf. Einige Hexenjäger eilten ihnen nach und zogen ihre Schwerter, doch ein barscher Befehl von Simon ließ sie innehalten. Remy beachtete sie so wenig wie einen lästigen Mückenschwarm. Er war offenkundig scharf geritten, sein Gesicht war schweißnass, und feuchte Strähnen seines dunkelblonden Haares fielen ihm in die Stirn. Er sah sich angespannt um, bis sein Blick auf Gabrielle fiel und sich eine Spur von Erleichterung in seinen verkrampften Zügen zeigte.

»Was zum Teufel geht hier vor?«, fragte er barsch und trat zu ihr. »Gabrielle, geht es dir gut?«

Am liebsten wäre sie aufgesprungen und hätte sich in seine starken Arme geflüchtet. Aber sie war viel zu stolz, um vor den Hexenjägern Schwäche zu zeigen. So streckte sie nur eine Hand aus und meinte: »Ja, ich – es geht mir gut.«

Er nahm ihre Hand und drückte sie fest, wobei er sie eindringlich musterte, als ob er sich vergewissern wollte, dass ihre Behauptung stimmte. Wolf war zu Miri geeilt, offenbar wollte auch er sich überzeugen, dass ihr nichts fehlte. Mit Mühe nur konnte er sich davon abhalten, sie zu berühren. Stattdessen wirbelte er herum und fauchte Simon an: »Ihr elender Schuft! Lasst Eure widerlichen Finger von ihr, habt Ihr mich verstanden?«

»Ich war mir nicht bewusst, dass ich sie je angefasst hätte«, erwiderte Simon verächtlich. Die beiden starrten sich so feindselig an, dass es kaum zu erklären war.

Simon wandte als Erster den Blick ab und meinte zu Remy: »Ich kann Euch versichern, dass es für all diese heroischen Bemühungen keinen Grund gibt, Herr Hauptmann.«

»Ach nein?« Remy trat kämpferisch näher. »Ihr wisst, wer ich bin?«

»Wie Ihr meinen Wächtern erklärt habt, seid Ihr Mademoiselle Cheneys Verlobter. Meine Glückwünsche. Und außerdem seid Ihr Nicolas Remy, auch bekannt als die Geißel. Unsere Pfade haben sich schon einmal gekreuzt, auf Faire Isle, auch wenn wir uns nie förmlich vorgestellt wurden.«

»Wahrscheinlich deshalb, weil ich mich im Keller des Hauses aufhielt, das Ihr versucht habt niederzubrennen, während Ihr draußen in Sicherheit wart.«

Auf Simons Wangen zeigte sich ein Anflug von Farbe, und in seine Augen trat ein Blick, den man als Scham hätte deuten können; aber er erholte sich rasch und meinte nur: »Ein bedauernswerter Vorfall, den man besser der Vergangenheit überlassen sollte. Ich kümmere mich lieber um die Gegenwart.«

»Ich auch, und deshalb würde ich gern wissen, warum Ihr meine Verlobte verhaftet habt.«

Simon seufzte gequält. »Nicht verhaftet – wie ich Mademoiselle Cheney bereits erklärte, möchte ich ihr nur ein paar Fragen stellen.«

»So tut das doch endlich«, fauchte Remy. »Und dann gehen wir.«

»Selbstverständlich – solange Mademoiselle Cheneys Antworten zu meiner Zufriedenheit ausfallen.«

Antworten worauf?, fragte sich Gabrielle besorgt. Was zum Teufel führte er im Schilde? Was wollte Aristide von ihr, falls er wirklich keine Anklage erhob? Wollte er etwa eine Aussage gegen eine andere Tochter der Erde? Von ihr würde er nichts dergleichen bekommen, insbesondere wenn er Beweise gegen Katharina zu sammeln versuchte. Wenn der Mann töricht genug war, gegen die dunkle Königin anzutreten, war er auf sich allein gestellt.

Aristide befahl seinen Söldnern, eine Ledermappe zu holen, und lud Remy und Wolf ein, Platz zu nehmen. Wolf setzte sich schützend neben Miri auf die Bank, aber Remy lehnte die Einladung schroff ab. Er stellte sich hinter Gabrielle und legte eine Hand auf ihre Schulter. Sie griff danach, dankbar für das Gefühl, ihn und seine Kraft hinter sich zu wissen. Aristide saß ihnen gegenüber und löste die Schleife, die die Mappe zusammenhielt. Er schlug sie auf und blätterte durch ein paar Unterlagen. Eine las er besonders gründlich durch, obwohl Gabrielle sicher war, dass der Hexenjäger jede Zeile auswendig kannte.

Es war einfach eine weitere Verzögerungstaktik, ein weiterer Versuch, sie nervös zu machen. Vielleicht griff Simon nicht zu heißen Eisen, aber subtilere Formen der Folter beherrschte er meisterhaft. Sie war kurz davor, ihn anzuschreien, endlich weiterzumachen, als er den Blick auf sie richtete. Doch die Frage, die er stellte, war schlimmer als alles, was Gabrielle befürchtet hatte.

»Mademoiselle Cheney, kennt Ihr zufällig eine Frau namens Cassandra Lascelles?«

Gabrielles Hand verkrampfte sich um Remys Finger. Wolf zuckte zusammen, aber Gabrielle wagte es nicht, den jungen Mann anzuschauen. Sie starrte Aristide an und versuchte zu ergründen, wie viel der Hexenjäger wusste. Sein spöttischer Blick gab nichts preis. Gabrielle beschloss, dass es wohl nicht besonders klug war, alles zu leugnen. »Cassandra Lascelles, sagtet Ihr? Der Name klingt bekannt. Ich – vielleicht habe ich schon einmal von ihr gehört.«

»Sie hat auf alle Fälle von Euch gehört. Allen Berichten zufolge ist die junge Frau blind und lebt sehr zurückgezogen, aber sie hat ihre Zofe geschickt …« Aristide hielt inne und studierte wieder seine Aufzeichnungen. »Eine gewisse Finette Dupres, die einen recht beunruhigenden Vorwurf gegen Euch erhoben hat.«

So also rächte sich Cassandra? Gabrielle konnte es kaum

fassen, das hätte sie nicht einmal Cass zugetraut, zumal die Frau ja Mutter und Schwestern an Hexenjäger verloren hatte. Cass mochte wütend auf Gabrielle sein, aber sie hatte weitaus mehr Gründe, die Hexenjäger zu hassen.

Remy drückte Gabrielles Schulter beruhigend und fragte aufgebracht: »Wer zum Teufel ist diese Frau? Was soll Gabrielle ihr zufolge denn getan haben?«

»Mademoiselle Lascelles behauptet, dass Gabrielle Cheney mithilfe der schwarzen Magie Männer umgarnt und sie damit an sich bindet.« Simon lächelte Remy unverschämt an. »Vor allem Euch, Herr Hauptmann.«

»Ich gebe zu, dass Mademoiselle Cheney mich schon seit Längerem verzaubert hat, aber dazu bedurfte sie keiner schwarzen Magie. Ich versichere Euch, dass ich ihr meine Liebe höchst freiwillig geschenkt habe.« Bei der Zärtlichkeit in Remys Stimme und seinem blindem Vertrauen konnte sich Gabrielle vor Schuldgefühlen kaum noch gerade halten.

»Wie romantisch«, höhnte Aristide. »Dann hat Mademoiselle Cheney bestimmt auch eine ganz harmlose Erklärung für bestimmte Dinge, die man in ihrem Besitz gefunden hat.«

»Welche Dinge?«, fragte Gabrielle mit rauer Stimme, obwohl sie es wusste, bevor Simon mit den Fingern schnipste und einen seiner Wächter rief. Der Mann trat vor und stellte Gabrielles Holztruhe vor Simon auf den Tisch. Das Schloss war aufgebrochen.

Gabrielle drehte sich der Magen um. Jetzt begriff sie, warum er sie so lange hatte warten lassen. Der Schuft hatte ihr Haus und ihre Kutsche nach Beweisen durchsuchen lassen. Wahrscheinlich hatte es nicht sehr lange gedauert, bis man fündig geworden war; schließlich war sie so entgegenkommend gewesen, die Truhe für alle sichtbar in der Kutsche stehen zu lassen.

Wolf atmete scharf ein und rutschte auf die äußerste Kante seines Sitzes. Gabrielle tauschte einen angstvollen

Blick mit ihm. Sie war so dankbar gewesen, dass Remy hinter ihr stand, so stark und beschützend. Jetzt wünschte sie, er wäre meilenweit entfernt, irgendwo, nur nicht hier. Sie nahm ihre Hand von seiner und verschränkte die verkrampften Finger auf dem Schoß, während Aristide den Truhendeckel öffnete.

Er zog die Medaillons hervor und legte sie nebeneinander auf den Tisch.

»Mademoiselle Cheney, gehören die Euch?«, fragte er leise.

»Nun ja, ich – ich …«, stotterte sie.

»Sie wurden in dieser Truhe gefunden, in Eurer Kutsche«, fügte er hinzu, um jeden Versuch des Leugnens zu vereiteln.

Remy trat hinter Gabrielles Stuhl hervor, nahm eines der Amulette, betrachtete es und verglich es dann mit dem anderen. Er schien verwirrt, dass sie offenbar identisch waren. Doch schließlich zuckte er mit den Schultern und warf sie auf den Tisch zurück. »Und warum soll Mademoiselle Cheney so etwas nicht besitzen? Es ist harmloser Tand, nichts weiter.«

»Mademoiselle Lascelles ist da anderer Meinung«, erklärte Aristide. »Sie behauptet, in diesen Medaillons stecke ein sehr böser Zauber. Eine Hexe, die eines davon trägt, kann die Person beherrschen, die das andere trägt.«

»Das ist doch vollkommen lächerlich!«, fauchte Remy.

»Indem sie dem Träger schlimme Schmerzen zufügt, ohne jede Vorwarnung, an jedem Körperteil, am Arm, am Bein, an der Schulter. Offenbar steckt in diesen Amuletten sogar die Macht, zu töten.«

Remy verstummte und fasste sich unwillkürlich an die Schulter. In seinen Blick traten die ersten Zweifel.

Wolf konnte sich nicht mehr zurückhalten, er sprang auf und rief erregt: »Mademoiselle Lascelles scheint eine richtige Expertin zu sein, was diese tückischen Medaillons angeht. Und warum wohl? Weil *sie* die böse Hexe ist. Sie hat diese verfluchten Dinger geschmiedet und Mademoiselle Cheney eines für den Herrn Hauptmann gege…«

Er hielt abrupt inne. Ob es Simon Aristides triumphierendes Grinsen war, Miris entsetzter Blick oder die Tatsache, dass Remy erbleichte – Martin ging auf, dass er alles nur noch schlimmer gemacht hatte. Er presste die Lippen zusammen und sank bekümmert auf seinen Platz zurück.

Ein schreckliches Schweigen machte sich breit. Gabrielle schaffte es nicht, Remy anzusehen, der mittlerweile völlig versteinert war. Schließlich begann er mit leiser, furchterregender Stimme zu sprechen.

»Nichts davon ist wahr. Das Medaillon, das ich trug, wurde von Gabrielles Schwester Ariane hergestellt, der Herrin von Faire Isle, einer höchst tugendsamen Frau, einer Heilerin, die niemals etwas mit den dunklen Künsten zu tun hatte. Sag es ihm, Gabrielle!«

Doch ihre Kehle hatte sich zugeschnürt, sie brachte kein Wort mehr heraus.

»Gabrielle? *Sag es ihm!*«

Sie zuckte zusammen, als er sie am Kinn packte und sie zwang, ihm in die Augen zu sehen. Doch sein Blick war unerträglich. Hoffnung kämpfte gegen Verzweiflung, sein unbedingter Wunsch, ihr zu glauben, gegen das Gefühl, betrogen worden zu sein.

»Remy, ich … ich …«, stammelte sie. Es wäre ihr wesentlich leichter gefallen, Remy alles zu erklären, ihm alles zu gestehen, wenn sie allein gewesen wären. Wenn nicht Simon Aristide sie so leidenschaftslos beobachtet hätte wie Schauspieler in irgendeiner Posse, die ihre innersten Gefühle nur zu seiner Unterhaltung offenbarten.

Remy erforschte ihr Gesicht. Was er darin las, brachte ihn dazu, sie loszulassen. Er wich einen Schritt zurück, als hätte man ihm einen schweren Schlag versetzt. Doch Aristide, dieser elende Schuft, gab sich damit noch nicht zufrieden. Er zog einen weiteren Gegenstand aus der Truhe und legte ihn behutsam neben die Medaillons.

»Und was ist das, Mademoiselle Cheney? Es kommt mir vor

wie ein Siegelring. Stammt auch dieses Stück aus Cassandra Lascelles Werkstatt?«

Gabrielle schluckte mühsam. »Nein. Das – das war das Geschenk einer anderen Person.«

»Offenbar recht teuer. Man könnte schon fast sagen, ein wahrhaft *königliches* Geschenk.« Simons Lippen formten ein höhnisches Lächeln. Der Hexenjäger wusste wahrscheinlich ganz genau, wer ihr diesen Ring gegeben hatte, und Gabrielle fürchtete, dass auch Remy es wusste. Vor wenigen Augenblicken schien er einen Schlag in die Magengrube bekommen zu haben, doch jetzt wirkte er tödlich getroffen.

Aristide steckte seine Unterlagen wieder in die Ledermappe zurück. »Bedauerlicherweise muss ich Euch weiterhin festhalten, Mademoiselle Cheney. Ich fürchte, es liegen genügend Beweise vor, um Euch der Hexerei anzuklagen.«

»Simon, nein!«, schrie Miri aufgebracht.

Er achtete nicht auf sie und richtete seine Worte ausschließlich an Gabrielle. »Euer Prozess wird in … sagen wir zwei Wochen stattfinden. Das sollte Euch genügend Zeit geben, Eure Verteidigung vorzubereiten.«

Gabrielle hörte kaum, was er sagte. Ihr Blick haftete flehentlich auf Remy. Aber jetzt war er es, der es nicht ertrug, sie anzusehen. Bleich, stumm und völlig fassungslos starrte er auf den Ring der dunklen Königin und die verdammten Medaillons.

Aber Cassandras tückische Amulette hatten jetzt nicht mehr die Macht, Remy zu verletzen. Sie, Gabrielle, sie selbst hatte es getan, mit ihren törichten Lügen.

Aristide war gnädiger, als Gabrielle erwartet hatte: Er ließ sie nicht sofort in Fesseln legen und ins Gefängnis werfen, und er gewährte ihr sogar ein paar Minuten allein mit Remy in einem kleinen Nebenraum des Gasthauses, auch wenn er ihr deutlich zu verstehen gegeben hatte, dass jeder Fluchtversuch zwecklos sei.

Wächter standen vor den Türen und auch vor den Fenstern. Gabrielle fürchtete schon, dass Remy trotzdem einen unüberlegten Versuch anstellen könnte, sie zu befreien. Doch aus ihrer Geißel schien jeder Kampfgeist gewichen. Er wirkte wie jemand, der nach einem schweren Sturz kaum noch Luft bekommt. Er erhob nicht einmal Einspruch, als ihm Simon als Bedingung für diesen Augenblick allein mit Gabrielle sein Schwert abnahm.

Gabrielle lief vor den Fenstern auf und ab und rieb sich die Arme, als könne sie damit ihre Verzweiflung in Schach halten. Sie wusste genau, dass ihr nur sehr wenig Zeit blieb, um Remy alles zu erklären und zu versuchen, den Schaden wiedergutzumachen, den sie mit ihren Lügen angerichtet hatte. Doch als sie ihm die ganze Geschichte erzählte, klangen ihre Entschuldigungen selbst in ihren Ohren lahm.

Remy ließ sie ausreden und schwieg nur grimmig, die Arme vor der Brust verschränkt. Der Schmerz, den sie ihm zugefügt hatte, steckte nun hinter einer derart versteinerten, abweisenden Miene, dass es Gabrielle in der Seele wehtat. Doch sie konnte am Schluss nur stockend feststellen: »… und – und diese Anklage ist wohl die Cass' Vergeltung. Ich hätte damit rechnen müssen, dass sie etwas unternimmt, um sich an mir zu rächen. Aber als Martin und ich nichts mehr von ihr hörten, hofften wir, dass … dass …«

»Dass du ungeschoren davonkämst?«, fragte Remy mit eisiger Stimme.

»Ja. Ich meine, nein …«

Da sie Remys stürmisches Temperament kannte, wappnete sie sich gegen seinen Zorn. Doch anstatt sie wüst zu beschimpfen, schüttelte er nur angewidert den Kopf. »Wenn du schon mit den dunklen Künsten herummachen musst, hättest du wenigstens so schlau sein können, die Beweise zu vernichten oder zumindest besser zu verstecken.«

»Ich hatte keine Zeit, um zu überlegen, was mit den Medaillons zu tun sei. Ich dachte, wenn wir Paris erst einmal hinter uns gelassen hätten, könnte ich ja Renard fragen ...« Sie hielt inne, als ihr die Bedeutung von Remys Worten aufging. »Ich habe nicht mit den dunklen Künsten *herumgemacht.* Ich habe dir doch schon erklärt, dass ich gar nicht wusste, welch schlimmer Zauber in diesem Medaillon steckte. Du glaubst doch nicht etwa ...«

»Ich weiß nicht, was ich glauben soll.« Remy raufte sich die Haare und schritt erregt auf und ab. »Ich erfahre, dass meine Verlobte von Hexenjägern festgenommen wurde, und breche mir fast das Genick, um zu ihr zu eilen und ihre Unschuld zu verteidigen. Doch dann stellt sich heraus, dass ich nicht die geringste Ahnung habe, was eigentlich vorgefallen ist. Und schließlich tischst du mir noch irgendein wirres Märchen auf, dass du dieser Zauberin einen Gefallen schuldest und sie mich für eine Nacht haben wollte – um mit ihr ein Kind zu zeugen, eine kleine Teufelin, die eines Tages die Weltherrschaft antreten wird. Und wenn ich nicht mitspiele, würde sie mich töten, sie würde mich mit diesem Medaillon umbringen.«

»Ja, ich weiß, das klingt alles ziemlich verrückt«, entgegnete Gabrielle verzagt. »Aber würde es dir leichter fallen, zu glauben, dass ich es war, die dir wehtun wollte?«

Remys harter Blick bohrte sich in sie. »Du hast mir das Medaillon um den Hals gehängt und mich nie gewarnt, woher es stammt. Stattdessen hast du mich angelogen und mir erzählt, Ariane habe es gemacht.«

»Doch nur, weil ich wusste, dass du es sonst nie tragen würdest. Ich dachte doch, es würde dich schützen.«

»Auf so einen Schutz kann ich wahrhaftig verzichten«, fauchte Remy. »Wie oft hat Ariane dich vor den dunklen Künsten gewarnt? Wie oft habe ich dir dasselbe gesagt? Aber du setzt immer deinen Dickkopf durch, nie hörst du auf andere.«

Er stürzte auf sie zu, und einen Herzschlag lang dachte Gabrielle, er würde sie packen und schütteln. Das hätte sie schon fast gefreut; denn alles wäre ihr lieber gewesen als die Enttäuschung in seinen Augen und die Art, wie er sich von ihr fernhielt, als könne er den Gedanken, sie zu berühren, nicht ertragen. Doch kurz bevor er bei ihr anlangte, wandte er sich wieder ab, trat ans Fenster und starrte hinaus. Die Sonne schien auf seine markanten Gesichtszüge, die nun unendlich hart wirkten, als hätte er eine unglaubliche Niederlage einstecken müssen.

»Ich dachte, wir hätten endlich die Ebene völligen Vertrauens zwischen uns gefunden. Keine Lügen mehr und keine Geheimnisse. Aber anscheinend habe ich zu viel erwartet. Lug und Trug fallen dir so leicht wie das Atmen.«

Gabrielle wusste, dass sie diesen Vorwurf verdient hatte, dennoch schmerzten sie diese Worte zutiefst. »Remy, das ist nicht gerecht.«

»Ach nein? Ich habe den Eindruck, dass du wieder mal bis zum Hals in Intrigen steckst. Und obendrein hast du auch noch Wolf in den ganzen Schlamassel verwickelt und ihn der Rachsucht dieses Weibes ausliefert. Es ist ein Wunder, dass sie ihn nicht auch gleich verhaften ließ.«

»Cass weiß nicht, wer Wolf ist, und ich habe versucht, ihm die Sache auszureden. Aber er kann genauso stur sein wie du. Er beharrte aus Liebe zu dir darauf, die Gefahr auf sich zu nehmen.«

»Na gut, das erklärt das kleine Geheimnis um die Medaillons. Aber was hast du zu dem anderen Tand in deiner Truhe zu sagen, diesem Ring? Ich weiß, wem er gehört. Ich erinnere mich, ihn am Finger der dunklen Königin gesehen zu haben, damals beim Maskenball. Also gib dir nicht die Mühe, es zu leugnen.«

»Das hätte ich auch gar nicht getan«, entgegnete Gabrielle bekümmert.

»Wie kommt dieser Ring in deinen Besitz? Warum hat sie ihn dir gegeben?«

»Er sollte ein Geschäft zwischen uns besiegeln, einen Pakt,

den sie mir aufgezwungen hat. Ich – ich wollte immer mit dir darüber reden, aber ich – ich …«

»Du hast es vergessen? Es ist dir entfallen?«, fragte Remy so schneidend, dass sie zusammenzuckte.

Es war tatsächlich kaum zu glauben, aber bei all dem, was in den letzten Tagen passiert war, hatte Gabrielle Katharinas Ring wirklich beinahe vergessen. Die Hexenjäger, die Sache mit Cass und vor allem das Wunder, sich in Remys Armen wiederzufinden, hatten sie so beschäftigt, dass sie kaum noch an die dunkle Königin gedacht hatte. Aber ihr war bewusst, dass es nicht einfach sein würde, Remy das zu erklären.

»Was für ein Pakt?«, wollte er wissen.

Gabrielle stand auf und trat leise hinter ihn. Er wirkte noch immer starr und abweisend. Aber sie sehnte sich so sehr danach, ihn zu berühren und noch einmal ein wenig von der Nähe und Verbundenheit zu spüren, die es von nun an vielleicht nie mehr geben würde.

Vorsichtig legte sie ihm die Hand auf die Schulter. Er schob sie nicht weg, tat aber auch sonst nichts. Leise sagte sie: »Ich hatte Angst, Katharina würde dir schaden wollen. Sie hat mir versprochen, es nicht zu tun, wenn – wenn ich dich verführe und davon abhalte, Heinrich zu retten.«

»Dann kann ich dir nur gratulieren. Das scheint dir auf bewundernswerte Weise gelungen zu sein.«

»Remy, ich hatte nie vor, mich an diese Vereinbarung zu halten.«

»Dann hast du also auch sie angelogen? Ich würde sagen, die dunkle Königin beherrscht die Regeln all dieser Spiele doch um einiges besser als du.«

Gabrielle trat vor ihn. »Remy, ich weiß, dass ich Fehler gemacht habe, schreckliche Fehler. Ich werde alles tun, was ich kann, um die Sache zwischen uns wieder in Ordnung zu bringen. Aber du glaubst doch nicht allen Ernstes, dass ich nur auf Katharinas Befehl hin mit dir ins Bett gegangen bin?

Dass ich es nur getan habe, um mich zwischen dich und Heinrich zu drängen?«

Remy packte sie an den Handgelenken und stieß sie von sich. »Es ist doch völlig egal, was ich glaube. Das Ergebnis ist dasselbe. Du *hast* dich zwischen mich und meinen König gestellt.«

»Ich – ich … Ich weiß nicht, was das heißen soll.«

In Remys Blick lag die tiefste Enttäuschung, die bitterste Wut. »Ach nein? Ich habe meiner Königin an ihrem Sterbebett versprochen, mich um ihren Sohn zu kümmern. Das ist mir in der Bartholomäusnacht nicht gelungen. Drei Jahre lang habe ich auf den Tag gewartet, an dem ich meine Ehre retten und meinem König helfen könnte, seinen Feinden zu entkommen. Endlich habe ich die Gelegenheit, und jetzt muss ich sie fahren lassen, weil ich stattdessen dich retten muss.«

Gabrielle taumelte zurück. Die Erkenntnis traf sie schmerzhaft wie ein Faustschlag.

»Mein Gott! Deshalb bist du so wütend, stimmt's? Nicht weil ich dich angelogen habe, sondern weil ich dich daran hindere, deine dir ach so wichtige Pflicht zu erfüllen.«

»Du verstehst mich nicht. Du hast mich nie verstanden. Ich habe in der Bartholomäusnacht fast alles verloren. Mein Ehrgefühl und mein Pflichtbewusstsein sind alles, was mir geblieben ist.«

Nur mit größter Mühe gelang es ihr, das Zittern in ihrer Stimme zu unterdrücken. »Ich dachte, du hättest mich.«

»Das dachte ich auch. Aber offenbar habe ich mich getäuscht. Ich habe vielleicht deinen Körper besessen, Gabrielle, aber ich glaube nicht, dass ich auch nur in die Nähe deines Herzens gekommen bin. In der Nacht, als es so stürmte, ahnte ich, dass etwas nicht stimmt und dass du etwas vor mir verheimlichst. Ich habe dich inständig gebeten, mir die Wahrheit zu sagen, so oft, dass ich schon Schuldgefühle bekam, weil ich dich so bedrängte.« Sein Mund verzog sich zu einem bitteren Lächeln. »Dann habe ich mir gesagt: Wenn du eine Frau liebst, musst du ihr vertrauen. Ohne Vertrauen keine Liebe. Und du hast mir die ganze Zeit in die Augen gesehen und mich weiter angelogen. Du hast sogar mit mir geschlafen und so getan, als sei alles in bester Ordnung.«

Wahrscheinlich hätte Gabrielle ihm erklären können, dass sie gehofft hatte, Cass' böse Macht würde sie treffen und nicht ihn, wenn sie ihn in den Armen hielte. Aber was würde es ihr nützen? Remy war offenbar nicht mehr imstande, ihr zuzuhören. Außerdem war es weder das Medaillon noch Katharinas Ring, die sie auseinandertrieben. Der Bruch kam vor allem daher, dass sie zwischen Remy und seine Ehre getreten war, und nichts bedeutete ihm so viel, nicht einmal sie.

Sie nahm all ihren Stolz zusammen, der ihr so lange als Schutz gedient hatte, und meinte: »Um Heinrich brauchst du dir wahrhaftig keine Sorgen zu machen. Zieh los und rette ihn, meinen Segen hast du. Ich entbinde dich allen Verpflichtungen mir gegenüber. Ich kann für mich selbst sorgen, das habe ich schließlich lange genug getan.«

»Wir sind verlobt, Gabrielle. Oder hast du das etwa auch vergessen? Glaube mir, ich weiß, wem ich zuvorderst verpflichtet bin.«

»Nicht mir, Nicolas Remy. Und was unsere Verlobung angeht: Ich löse sie hiermit auf. Wir waren immer ein ziemlich hoffnungsloses Paar: eine Kurtisane ohne Ehre und ein Soldat, der viel zu viel davon besitzt.«

Mit hoch erhobenem Kopf stolzierte sie auf die andere Seite des Raums; doch ihre hochfahrende Art täuschte über ihren Schmerz hinweg, über die Hoffnung, dass er ihr nachkommen würde, um sie in die Arme zu schließen und ihr mit rauer Stimme zu befehlen, nicht mehr solch dummes Zeug zu reden.

Aber er tat es nicht. Er sagte nichts, bis einer der Wächter die Tür aufmachte und verkündete, die Zeit sei um. Auf dem Weg hinaus blieb Remy noch kurz vor Gabrielle stehen und murmelte: »Ich komme wieder. Sei wenigstens ein Mal in deinem Leben besonnen und mach nichts, was die Hexenjäger reizen könnte. Dann wird dir schon nichts geschehen, bis ich dich heraushole.«

»Hast du nicht gehört, was ich gesagt habe?«, fauchte Gabrielle. »Ich *brauche* deine Hilfe nicht. Ich *will* sie nicht!«

»Das habe ich sehr wohl gehört, aber das ist mir egal – ich habe versprochen, dich und Miri heil nach Faire Isle zu bringen, und das werde ich auch.«

»Und dann?«

Er blieb stumm, aber der harte Zug um seinen Mund sagte alles. Remy würde Faire Isle ein weiteres Mal verlassen, um seine Pflicht seinem König gegenüber zu erfüllen. Und diesmal würde er nicht zu ihr zurückkehren.

24

Simon nahm seine Mappe und die Truhe mit den Beweisen und ging nach oben in sein Privatgemach. Miri blieb ihm auf den Fersen. Er wusste nicht, warum er seinen Wächtern nicht befahl, sie aufzuhalten, und auch nicht, warum er sie am Verhör hatte teilnehmen lassen. Sein alter Meister Le Vis hatte sich oft mit einer Peitsche gegeißelt, um sein Fleisch zu reinigen. Damals hatte Simon das für verrückt gehalten, doch jetzt überlegte er, ob er sich nicht einer viel subtileren Folter unterzog. Es gab keinen Grund, sich Miris vorwurfsvollem Blick auszusetzen. Dennoch erhob er keinen Einspruch, als sie ihm in seine Kammer folgte, und schloss die Tür hinter ihnen.

Ohne weiter auf die junge Frau zu achten, schritt er zu der großen Holztruhe am Fußende des Bettes und kniete sich davor hin. Er ließ sich Zeit, seine Aufzeichnungen und Beweise wegzusperren. Dabei sammelte er jedoch auch Kraft für die bevorstehende Auseinandersetzung mit Miri. Er wusste ganz genau, dass es unangenehm werden würde. Hoffentlich würde sie nicht in Tränen ausbrechen. Aber als er kurz zu ihr aufblickte, stellte er verwundert fest, dass da kein flehendes junges Mädchen stand, sondern eine zornige Göttin. Miri beugte sich über ihn, die Hände in die Hüften gestemmt, die magischen Augen verdunkelt wie der Himmel in einem sommerlichen Sturm, das zarte Kinn kämpferisch vorgereckt.

»Simon, wie konntet Ihr das tun? Ihr habt Gabrielle erklärt, dass Ihr nur ein paar Fragen habt und sie danach gehen kann.«

Simon sperrte die Truhe sorgfältig zu, stand auf und wischte sich den Staub von den Händen. »Ich sagte, falls ihre Antworten zufriedenstellend sein würden. Doch selbst Ihr müsst zugeben, dass sie das nicht waren.«

Über Miris Gesicht huschte eine gewisse Unsicherheit. Simon war bewusst, dass sie der Inhalt der Truhe überrascht hatte und sie von dem Treiben ihrer Schwester nichts gewusst hatte. Aber Miri war natürlich nicht bereit zuzugeben, dass Gabrielle etwas Falsches getan hatte.

»Ihr habt Gabrielle keine Gelegenheit gegeben, die Sache zu erklären«, sagte sie.

»Dazu wird sie beim Prozess noch genügend Gelegenheit haben. Alles in allem habe ich durchaus anständig gehandelt. Ich hätte auch Euren Freund verhaften lassen können.«

»Martin?«

»Ja. *Ihn.«* Simon ärgerte sich, dass seine Stimme scharf klang. Er wusste nicht, was ihn an Miris Begleiter so reizte. Vielleicht war es die Art, wie er auf Miri aufpasste, so, als gehöre sie ihm; vielleicht auch nur das hübsche, unversehrte Gesicht des jungen Kerls. Aber Eifersucht war eine Regung, die zu nichts führte und die sich Simon außerdem nicht leisten konnte.

»Auch Monsieur Le Loup scheint in die Sache verwickelt zu sein«, fuhr er fort. »Der Bursche sieht aus wie ein richtiger Galgenvogel.«

»Seltsam«, meinte Miri. »Martin behauptet dasselbe von Euch.«

Simon nahm ihre Entgegnung mit einem angespannten Lächeln zur Kenntnis. Er trat zur Feuerstelle, verschränkte die Hände auf dem Rücken und nahm eine abweisende Haltung ein, um Miri zu zeigen, dass jede weitere Diskussion zwecklos wäre. »Es tut mir leid, wenn Euch die Verhaftung Eurer Schwester aufregt. Ich verspreche Euch, dass sie anständig behandelt wird, während sie auf ihren Prozess wartet. Ich werde dafür sorgen, dass Ihr sie besuchen könnt, wann immer Ihr wollt. Aber mehr habe ich nicht mehr zu sagen. Wenn Ihr mich jetzt entschuldigen würdet, ich habe noch andere Dinge zu erledigen.«

Miri tat, als habe sie den Hinweis nicht verstanden. Wie oft, wenn sie nachdachte, knabberte sie an den Fingernägeln. »Was wäre, wenn ich sagen würde, die Medaillons und der Ring gehören mir, nicht Gabrielle?«

»Dann würde ich sagen, Ihr seid eine Lügnerin, wenn auch eine hübsche. Doch es ändert nichts an den Tatsachen.«

Sie funkelte ihn zornig an. »Ihr seid ein seltsamer Hexenjäger, Simon Aristide. Im Allgemeinen greifen sich Männer Eurer Art so viele Frauen wie nur möglich, vor allem, wenn sie aus derselben Familie stammen. Verwandte gelten doch als gleichermaßen befleckt.« Miri trat auf ihn zu, sie kam ihm so nahe, dass er unwillkürlich ihren Geruch einatmete. Sie duftete süß und wild wie eine Wiesenblume.

»Warum also verhaftet Ihr mich nicht?«

Weil Simon nicht glaubte, dass er je die Hand gegen sie erheben könnte, egal welchen Zauber sie auch ausübte. Er wandte den Blick von ihrem hübschen Gesicht und murrte: »Ich habe alle Verhaftungen getätigt, die ich für heute geplant hatte.«

»Und was ist mit Cassandra Lascelles?«, fragte sie. »Ich sage nur ungern etwas Schlechtes über eine andere Tochter der Erde, aber sie ist wirklich eine Hexe. Warum verfolgt Ihr sie nicht?«

»Keine Angst, um Mademoiselle Lascelles werde ich mich noch kümmern. Eure Schwester war die erste, aber bestimmt nicht die letzte Verhaftung.«

»Und warum? Ihr sammelt jetzt seit Tagen Beweise. Mir kommt es seltsam vor, dass ausgerechnet meine Schwester die Erste ist, gegen die Ihr vorgeht.«

Miri war weitaus scharfsichtiger als früher.

»Wie, was ist das denn? Miri Cheney ist argwöhnisch?«, spottete er. »Ihr wart doch immer so vertrauensvoll.«

»Ich habe dazugelernt«, erwiderte sie kurz angebunden. »Warum habt Ihr Euch auf den ersten Vorwand gestürzt, um Gabrielle zu verhaften? Worum geht es Euch wirklich?«

Simon trat an den Tisch und suchte in ein paar Unterlagen herum, um sich Zeit zum Nachdenken zu verschaffen. Es gab nur einen Grund, Miri seine wahren Absichten zu offenbaren: Er könnte sie vielleicht für seine Zwecke einsetzen. Aber eigentlich wollte er das nicht. Etwas in ihm schreckte davor zurück, ihr argloses Herz ein weiteres Mal zu verletzen. Doch er wusste, was auf dem Spiel stand: Es galt, etwas wirklich Böses auszuschalten. Es kostete ihn noch einige Mühe, gegen seine Schwäche für dieses seltsame Mädchen mit den Feenaugen anzukämpfen, doch endlich gab er ihr eine Antwort.

»Na gut, ich gebe zu, Gabrielles Verhaftung war nicht mein oberstes Ziel. Ich hoffe, dass ich sie dazu einsetzen kann, eine weitaus größere Bedrohung zu bekämpfen.«

»Bedrohung? Was für eine Bedrohung?« Miri starrte ihn mit offenem Mund an. »Gütiger Gott, Simon! Falls Ihr daran denkt, Gabrielle zu benutzen, um die dunkle Königin zu überführen, müsst Ihr völlig verrückt sein.«

»Nicht die dunkle Königin, auch wenn ich zugeben muss, dass meine Ziele hochgesteckt sind. Ich hoffe sehr, die Herrschaft des Bösen, die diese Italienerin ausübt, eines Tages zu beenden. Aber es gibt jemanden, der in meinen Augen genauso niederträchtig ist wie sie: Euer Schwager, der Comte de Renard.«

»Renard? Aber Simon …«

»Falls Ihr mir sagen wollt, dass ich mich irre, könnt Ihr Euch die Mühe sparen. Der Comte ist ein Teufel, der schon längst der Gerechtigkeit hätte zugeführt werden müssen.«

»Gerechtigkeit oder Rache?«, fragte Miri. Ihre klaren grauen Augen schienen Simon zu durchbohren. Instinktiv wollte er an seine Narbe fassen, beherrschte sich jedoch gerade noch rechtzeitig.

»Ich versuche, meine persönlichen Feindschaften von meiner Arbeit zu trennen. Der Comte hat viel schlimmere Verbrechen begangen, als mir das Gesicht aufzuschlitzen. Ich habe das Ausmaß seines bösen Einflusses auf Eure Familie bemerkt, und ich habe gesehen, wie er meine alten Glaubensbrüder erschlagen hat.«

»Er hat nur mich und meine Schwestern vor Eurem wahnsinnigen Meister Le Vis geschützt«, protestierte Miri. »Oder habt Ihr das vergessen? Renard ist ein guter, aufrichtiger Mann …«

»Gute, aufrichtige Männer geben keine fürstliche Summe aus, um etwas so Böses wie das *Buch der Schatten* zu erwerben.«

Miri stieß einen erschöpften Seufzer aus. »Simon, darüber haben wir doch schon geredet.«

»Das Buch gibt es wirklich, Miri. Und es befindet sich im Besitz Eures Schwagers. Davon bin ich felsenfest überzeugt. Ich werde einen Gesandten zu ihm schicken und ihm Gabrielles Freiheit dafür anbieten, dass er allein zu mir kommt und mir das Buch aushändigt. Ihr könntet mir dabei helfen.«

»Ich?« Miri starrte ihn an, als ob er übergeschnappt wäre.

»Natürlich setze ich meine Männer einer Gefahr aus, wenn ich sie zum Comte schicke. Er bringt sie vielleicht um, bevor sie ihm überhaupt sagen können, um was es geht. Aber ich weiß, dass Ihr außergewöhnliche Mittel besitzt, um mit anderen Eurer Art in Verbindung zu treten. Einmal habe ich einen dieser Vögel erlegt, die Frauen wie Ihr verhexen, damit sie Botschaften für sie übermitteln.«

»Nicht verhexen, *ausbilden*«, entgegnete Miri empört. »Vögel sind sehr klug, weitaus klüger als einige Männer, die ich kenne.«

Ihr Pfeil traf ins Schwarze, doch Simon zog es vor, nicht weiter darauf einzugehen. »Gebt dem Comte Bescheid, teilt ihm meinen Vorschlag mit.«

Aber Miri schüttelte den Kopf.

»Ihr wollt doch etwas tun, um Eurer Schwester zu helfen, oder nicht?«

In Miris Blick stand ein bitterer Vorwurf. »Ihr erwartet von mir, dass ich eine Schwester rette, indem ich einer anderen das Herz breche? Renard ist Arianes Gemahl. Sie betet ihn an.«

Simon dachte, dass Ariane Cheney ohne einen solchen Schuft weitaus besser beraten wäre. Manchmal musste man eben jemandem das Herz brechen, um seine Seele zu retten. Aber er wusste, dass er Miri davon nie würde überzeugen können. Er beschäftigte sich wieder mit seinen Unterlagen und stapelte sie sorgfältig zu einem kleinen Haufen. Simon verabscheute Verschlagenheit und Betrug, aber er hatte lernen müssen, dass man den Teufel manchmal nur mit seinen eigenen Waffen besiegen konnte. Miris Blick vermeidend, erklärte er: »Ich will weder Gabrielle noch den Comte vernichten, ich will einzig und allein an dieses Buch kommen und dafür sorgen, dass es verbrannt wird.«

»Und Ihr erwartet, dass ich Euch das glaube?«

»Was bleibt Euch anderes übrig? Nichts, wenn Ihr Eure Schwester retten wollt. Ich glaube kaum, dass sich Gabrielle in ihrem Prozess angemessen verteidigen kann.«

»Weil Ihr gar nicht die Absicht habt, sie das tun zu lassen.«

Simon wich ihrem vorwurfsvollen Blick aus, indem er ans Fenster trat. Er sah auf den Hof, auf dem Miris Freund Martin Le Loup auf und ab lief. Ein zahmer Wolf, dachte Simon verächtlich. Er wartete auf sie, wie Miri ihm befohlen hatte. Simon würde es nie zulassen, dass die junge Frau eine solche Macht über ihn gewann.

Inzwischen war sie zu ihm ans Fenster getreten. Aller Ärger war aus ihrem Blick gewichen, nun zeigte ihre Miene nur tiefe Sorge.

»Ich bin vor Euch gewarnt worden, Simon, wieder und immer wieder. Meine Familie, Martin, ja sogar mein Kater haben mich vor Euch gewarnt. Mein Verstand sagt mir, dass es klüger wäre, Euch nicht zu trauen. Aber mein Herz sucht noch immer nach etwas, das ich vor langer Zeit in Euch entdeckt habe – nach einer Person, die freundlicher, sanfter und mitfühlender ist als der Mann, den ich heute vor mir sehe.«

Sie seufzte tief. »Ich glaube nicht eine Sekunde lang, dass mein Schwager das böse Buch hat, nach dem Ihr sucht. Aber ich werde ihn benachrichtigen und ihm Euren Vorschlag mitteilen. Doch eines sollt Ihr wissen, Simon Aristide: Wenn Ihr Renard oder Gabrielle etwas zuleide tut, dann werde ich Euch das nie verzeihen. Ihr habt mir einmal gesagt, dass ich wohl nie gelernt hätte zu hassen. Bitte erteilt nicht ausgerechnet Ihr mir meine erste Lektion!«

Simon starrte weiter aus dem Fenster. Als er sich zu ihr wenden und etwas erwidern wollte, war sie verschwunden. Nur ihr süßer Duft hing noch im Raum. Selbst nach so vielen Jahren schaffte es Miri Cheney immer wieder, ihn zu verblüffen. Sie war keineswegs töricht, und obwohl sie in einer Welt des Bösen und der Niedertracht lebte, bemühte sie sich trotzdem, in allen Menschen das Gute zu sehen, selbst in ihm.

»Ich habe nie gelernt zu hassen. Bitte erteilt nicht ausgerechnet Ihr mir meine erste Lektion.«

Simon senkte verzweifelt den Kopf. Er wusste, dass er ihre Bitte nicht erhören konnte. Er war ein Hexenjäger, und sie kam aus einer Familie von Hexen.

Er war dazu verdammt, ihr Lehrer zu werden.

Remy preschte durch die Tore der Stadt hinaus aufs Land. Er konnte den Lärm, den Schmutz und die Geschäftigkeit in Paris nicht mehr ertragen. Sein Herz und sein Kopf waren in Aufruhr, er musste einfach eine Weile hinaus und ein wenig frische Luft schnappen, um nachdenken und die nächsten Schritte planen zu können. Die Besonnenheit und legendäre Ruhe, die ihm vor so mancher Schlacht geholfen hatten, waren verschwunden. Er galoppierte auf der staubigen Straße, ohne recht zu wissen, wohin. Die Sonne brannte auf ihn herab, bis er und sein Ross in Schweiß gebadet waren. Nur seinem Pferd zuliebe hielt er an.

Ein kleiner Weiler lag vor ihm, kaum mehr als ein paar geduckte Bauernhäuser, ordentliche Gärten, ein Teich und ein paar Bäume. Remy stieg ab und führte seinen Wallach, bis er sich so weit erholt hatte, dass er ihn in der Nähe des Teiches anbinden konnte. Er spritzte sich Wasser ins Gesicht, dann ließ er sich unter einer großen Ulme nieder, bemüht, seine Wut aufrechtzuerhalten.

Er bedauerte es, dass sie zu weichen begann, denn er wusste, wenn sie erst fort war, würden nur noch Verzweiflung und Verbitterung übrigbleiben. Seit der Bartholomäusnacht hatte er sich nicht mehr so niedergeschlagen gefühlt. Er konnte kaum glauben, dass er noch vor wenigen Stunden voller Erregung und Zuversicht gewesen war. Er hatte sich so stark und seiner Sache so sicher gefühlt, es war ihm vorgekommen, als stünde er kurz davor, alles zu erreichen, was er je hatte erreichen wollen: seinen König retten, seine Ehre wiederherstellen und mit der Frau, die er liebte, weit weg von all den Gefahren und Intrigen ein neues Leben anfangen. Doch jetzt lag die erträumte Zukunft in Trümmern. Er hatte die Chance verpasst, Heinrich zur Flucht zu verhelfen, und Gabrielle befand sich in den Händen von Hexenjägern.

So wütend er auf sie gewesen war, es hatte ihn fast umgebracht, sie als Gefangene zurückzulassen. Allerdings hatte Gabrielle weder geweint noch sonst Zeichen von Angst gezeigt, wie es jede normale Frau getan hätte. Oh nein, nicht Gabrielle Cheney. Selbst angesichts eines Hexenprozesses war die Frau noch stolz, stur und trotzig. Remy wusste nicht, was er lieber mit ihr angestellt hätte – sie verprügeln oder sie küssen, bis sie um Gnade flehte.

Doch dann fiel ihm ein, dass ihm weder das eine noch das andere möglich war, denn sie gehörte ihm nicht mehr. Sie hatte die Verlobung gelöst. Quälende Zweifel befielen ihn. Vielleicht hatte Gabrielle nie vorgehabt, ihn zu heiraten? Vielleicht hatte sie die ganze Zeit mit der dunklen Königin unter einer Decke gesteckt?

Nein, das traute Remy ihr nicht zu. Die Stunden, die Gabrielle in seinen Armen verbracht hatte, die Nähe, die sie geteilt hatten – all das konnte sie ihm nicht vorgespielt haben.

Aber warum eigentlich nicht?, flüsterte ihm eine hässliche

Stimme ins Ohr. Schließlich war sie eine Kurtisane. Remy fuhr sich übers Kinn. Er wusste nicht mehr, was er glauben sollte. Nichts war mehr sicher.

Verflucht, Gabrielle, schimpfte er innerlich, *warum warst du nicht ehrlich? Warum musstest du weiter diese Spiele spielen?*

Vielleicht war es richtig von ihr gewesen, ihre Beziehung zu beenden. Vielleicht war es ja das Beste für sie beide. Aber warum wollte er sich dann am liebsten kopfüber in den Teich stürzen und ertränken?

Er schüttelte den Kopf, um diese Gedanken zu vertreiben. Auf einmal bemerkte er, dass sich ein Reiter näherte. Weil ihn die Sonne blendete, kniff er die Augen zusammen. Schließlich erkannte er Wolfs vertraute Gestalt.

Das Letzte, was er jetzt brauchen konnte, waren Martins theatralische Auftritte. Am liebsten wäre der Bursche ja gegen den gesamten Trupp der Hexenjäger angetreten, wobei er es besonders auf Aristide abgesehen zu haben schien. Remy hatte ihn mehr oder weniger wegzerren müssen, damit er sie nicht alle ins Verderben stürzte. Bevor Remy die Stadt verlassen hatte, hatte er Wolf befohlen, die Stellung zu halten, und ihm eine einzige leichte Aufgabe aufgetragen: Er sollte sich um Miri kümmern, sie in die Kutsche setzen und dafür sorgen, dass wenigstens sie nach Faire Isle aufbrach.

Wolf zügelte sein Pferd und glitt aus dem Sattel. Der Junge hatte den rechten Umgang mit Pferden nie gelernt, aber sein Reittier war eine gutmütige Stute. Sie schritt gefügig neben Wolf her, als der sie zu Remy führte. Remy schnitt eine Grimasse und stand auf. Wolfs dichte Haarmähne wirkte noch wilder als sonst. Er musterte Remy mit einer Mischung aus Vorwurf und Verwirrung.

»Herr Hauptmann …«

»Was zum Teufel hast du hier zu suchen? Ich habe dir doch gesagt, dass du dich um Miri kümmern und mich in Ruhe lassen sollst. Ist sie auf dem Weg nach Faire Isle?«

»Sie will nicht gehen. Das hätte ich Euch auch gleich sagen

können, wenn Ihr mir nur die Gelegenheit gegeben hättet. Sie will Paris nicht ohne ihre Schwester verlassen.«

»Zum Kuckuck mit all diesen Cheney-Frauen! Tut denn keine, was man ihr sagt?« Er funkelte Wolf böse an. »Und das Gleiche gilt auch für dich. Du hättest bei ihr bleiben sollen, dann müsste ich mir immerhin keine Sorgen um ihre Sicherheit machen.«

Wolf strotzte von Empörung. »Miri ist wieder in Gabrielles Stadthaus. Dort ist sie vorläufig sicher, sonst hätte ich sie nicht allein gelassen, wie Ihr das mit Eurer Verlobten getan habt.«

»Was hätte ich denn tun sollen? Eine Bresche durch ein Heer Bewaffneter schlagen? Und Gabrielles und Miris Leben dabei aufs Spiel setzen? Außerdem ist Gabrielle nicht mehr meine Verlobte.«

»Wie bitte?« Sein Pferd völlig vergessend, ließ Wolf die Zügel fahren und packte Remy am Ärmel. Während das Pferd zum Teich trottete, starrte Wolf Remy bestürzt an. »*Mon Dieu,* Herr Hauptmann! Ich weiß, dass Ihr Euch über Mademoiselle geärgert habt, und das nicht grundlos. Aber wollt Ihr denn wirklich die Frau, die Ihr liebt, verstoßen, nur weil sie einen kleinen Fehler gemacht hat?«

»Ich habe sie nicht verstoßen, sie war es, die unsere Verlobung gelöst hat.«

»Und Ihr habt es zugelassen.«

»Du begreifst überhaupt nichts, Junge. Sie …« Remy zog unwirsch seinen Arm weg. »Egal. Das geht dich nichts an.«

»Es geht mich sehr wohl etwas an, wenn Ihr vorhabt, Mademoiselle Gabrielle im Stich zu lassen.«

»Verdammt, Martin, ich lasse sie nicht im Stich. So gut solltest du mich inzwischen kennen.« In Remy stieg wieder Wut hoch, doch er zügelte sich, obwohl ihm Wolf genügend Anlass gegeben hatte, zornig zu sein. Remy wusste zwar, dass Gabrielle die Hauptverantwortliche für diesen Schlamassel war, aber Wolfs Anteil schmerzte ihn fast genauso.

»Du setzt dich jetzt lieber auf dein Pferd und reitest zu Miri zurück. Ich komme gleich nach. Ich will jetzt nicht auch noch mit dir streiten. Eigentlich mache ich dir auch keinen Vorwurf für das, was geschehen ist.«

Wolf starrte ihn an wie vom Donner gerührt. »Ihr macht mir keinen Vorwurf, dass ich Euch vor dem Fluch einer Hexe bewahrt habe? Wie verdammt großherzig!«

»Ich bin dir ja dankbar«, erwiderte Remy versöhnlich. »Aber du hättest dieses Wagnis nie eingehen dürfen. Du hättest zu mir kommen und mich warnen müssen, und dasselbe hätte auch Gabrielle tun sollen, statt dich auch noch in die Sache zu verwickeln. Sie versprach mir, dass es zwischen uns keine Geheimnisse und keine Intrigen mehr geben sollte.«

Martins Nacken färbte sich zornesrot, die Farbe stieg ihm bis in die Wangen. »Mademoiselle Cheney hat nichts Unrechtes getan, und ich auch nicht. Na gut, wir mussten Euch ein paar kleine Lügen auftischen, aber das ist ja wohl nicht besonders schlimm. Es war nur zu Eurem Besten.«

»Ich habe noch nie gehört, dass Lügen zu etwas Gutem geführt haben. Ich hätte mich natürlich nicht gefreut, wenn ich die Wahrheit über die Medaillons erfahren hätte, aber wenn ich gewarnt gewesen wäre, hätte ich …«

»Glaubt Ihr etwa, Ihr wärt mit dieser Hexe besser fertig geworden? Das war keine Aufgabe für einen Soldaten, für die große Geißel. Nein, das war eine Aufgabe für einen Halunken, einen Dieb, für jemanden, der weiß, dass man ab und zu die Wahrheit ein wenig verbiegen muss. Jemanden wie Martin Le Loup.« Wolf warf sich dramatisch in die Brust. »Ihr glaubt, Ihr seid der Einzige, der ein Held sein kann, nicht wahr? Ich habe vielleicht nicht Euer Ehrgefühl, aber sicher genauso viel Mut und Herz. Vielleicht sogar mehr. Jedenfalls hätte *ich* eine Frau wie Mademoiselle Gabrielle nie aufgegeben. Sie liebt Euch …«

»Offenbar nicht genug.«

»Nicht genug?« Wolf trat mit geballten Fäusten auf ihn zu. *»Mon Dieu!* Wenn Ihr noch einmal so etwas behauptet, dann – dann prügle ich mich mit Euch. Na ja, Ihr werdet mich zweifellos zu Kleinholz verarbeiten, aber zumindest hätte ich dann die Befriedigung, versucht zu haben, Euch etwas Sinn und Verstand einzubläuen.«

Remy trat einen Schritt zurück und knurrte warnend: »Martin …«

»Nein! Ihr – Ihr haltet jetzt den Mund und hört mir zu!« Wolf fuchtelte erzürnt vor Remys Gesicht herum. »Wollt Ihr wissen, warum Mademoiselle Gabrielle Angst hatte, Euch zu gestehen, woher das Medaillon stammte? Ich kann es Euch sagen: Nur deshalb, weil für Euch immer alles so klar ist, richtig und falsch, schwarz und weiß. Nun, wir anderen armen Sterblichen müssen manchmal auch mit ein paar Grautönen leben. Wir können nicht stets Euren hochgesteckten Idealen entsprechen.«

Remy wollte Wolfs Worte zornig widerlegen, doch dann fiel ihm ein, was ihm Gabrielle einmal gesagt hatte – etwas verstörend Ähnliches: *»Du verlangst zu viel von den Menschen, Remy.«* Ihre blauen Augen hatten ihn leidvoll angeblickt. *»Vor allem von dir selbst.«*

Remy versuchte, diese beunruhigende Erinnerung rasch loszuwerden, doch Wolf war noch nicht fertig. »Ihr habt behauptet, dass Ihr Gabrielle Cheney über alle Maßen liebt, diese wunderschöne, betörende Frau, so makellos, doch Euch so fern. Dann kommen wir nach Paris, und Ihr findet heraus, dass sie nicht ganz so makellos ist und den Weg einer Kurtisane eingeschlagen hat. Das bricht Euch das Herz.«

»Darüber bin ich längst hinweg«, behauptete Remy.

»Nein, das seid Ihr nicht. Ihr wollt noch immer, dass sie vollkommen für Euch ist.«

»Ich will nur, dass sie mir treu ist und mich liebt.«

»Und Ihr glaubt, das tut sie nicht?« Wolf verdrehte aufgebracht die Augen. »Seit Ihr wieder in Paris seid, hat sie nichts getan, als Euch zu lieben. Erinnert Ihr Euch noch an den Maskenball? Als sie Euch an jenem Abend heimlich zu

Eurem König führte, setzte Mademoiselle Gabrielle alles aufs Spiel, ihre Interessen, ihre Ziele, ja sogar ihr Leben. Erinnert Ihr Euch noch, wie sie mir im Korridor etwas ins Ohr flüsterte?«

»Ja, ich erinnere mich«, gab Remy zu.

»Wisst Ihr, was sie gesagt hat, M'sieur? Sie sagte: *Pass auf ihn auf, treuer Wolf. Pass gut auf unseren Hauptmann auf.* Mehr hat sie nie zu tun versucht. Warum hat sie wohl dieses Medaillon erworben und es Euch aufgedrängt? Weil sie nicht wusste, dass ihm eine böse Kraft innewohnt; weil sie dachte, es würde Euch beschützen. Und warum hat sie wohl den Ring von der dunklen Königin angenommen und ist mit einer Frau, deren Macht sie fürchtet, einen Pakt eingegangen? Doch nur, um Euch zu beschützen! Mademoiselle Gabrielle würde alles tun, sie würde alles aufs Spiel setzen, sogar ihr Leben, um Euch in Sicherheit zu wissen.«

»Auch ich wäre nur allzu bereit, mein Leben für sie aufs Spiel zu setzen, aber …«

»Na gut, aber wärt Ihr auch bereit, Eure Ehre für sie zu opfern?« Wolfs scharfsichtige grüne Augen bohrten sich in ihn, dass ihm ganz unbehaglich wurde. »Auch das würde sie nämlich für Euch tun. Es sei denn, Ihr glaubt, sie besitzt keine Ehre.«

»Nein, natürlich glaube ich das nicht.«

»Das freut mich, denn sonst hätte ich Euch wirklich schlagen müssen.« Wolfs Stimme wurde ein wenig versöhnlicher. Milder gestimmt, fuhr er fort: »Ich weiß, dass Ihr Mademoiselle Gabrielle retten werdet, weil Ihr ein Held seid und Euch auch so verhaltet. Aber was dann? Ihr werdet aus ihrem Leben reiten, weil sie Euch enttäuscht hat, weil sie Eure Bemühungen um die Rettung Eures Königs vereitelt hat. Ihr werdet weiter Eure Pflicht tun. Aber was mich angeht: Ich glaube, dass Könige, hehre Ziele, ja selbst Königreiche irgendwann zu Staub zerfallen. Nur die Liebe währt ewig, und Euch wurde eine Liebe angeboten, wie sie nur wenige

Männer je kennenlernen. Eine Liebe, die nie …« Seine Stimme versagte, und sein Blick verdüsterte sich.

Er räusperte sich, dann fuhr er fort: »Wenn Ihr zulasst, dass Euch diese Liebe entgleitet, dann muss ich leider sagen, dass ich die letzten drei Jahre meine Zeit vergeudet habe. Denn dann bin ich einem riesigen Hornochsen gefolgt.«

Wolf machte auf dem Absatz kehrt und stolzierte davon. Remy hätte es nicht weiter gewundert, wenn Wolf in den Sattel gestiegen und davongetrabt wäre, doch der Bursche trat nur ans Ufer des Teiches und starrte düster ins Wasser. Eine bedrückende Stille senkte sich auf sie. Remy hörte weder das Gras in der leichten Brise rascheln noch die Pferde wiehern. Er spürte, dass sein Gesicht brannte – doch diesmal nicht vor Zorn, sondern vor Scham.

Einer Scham, die so stark war, dass er beinahe daran erstickt wäre. Es war, als hätte ihm Wolf einen Spiegel vorgehalten, und der Mann, den er darin sah, gefiel Remy überhaupt nicht. Denn es war ein Mann, der von seinen Vorstellungen von Ehre und Pflicht so erfüllt war, dass er nichts anderes mehr sah; ein Mann, der dadurch hart und kompromisslos geworden war.

Es hatte ihn erzürnt, dass Gabrielle ihm vorgeworfen hatte, ihn hätte ihre Täuschung weniger geärgert als die Tatsache, dass sie seinen Plan zur Rettung Heinrichs zunichtegemacht hatte. Nun erkannte er bestürzt, dass sie recht gehabt hatte.

Seit der Bartholomäusnacht hatte ihn das Gefühl des Versagens bedrückt, und damit das brennende Verlangen, es wiedergutzumachen. Es war, als hätte selbst er an die Legende von der großen Geißel geglaubt, als hätte er das Gefühl gehabt, er allein hätte in jener Nacht den Lauf der Dinge aufhalten können. Gabrielle behauptete, sein Ehrgefühl sei zu stark, aber das war nicht seine eigentliche Sünde. Sein maßloser Stolz war es, der ihm zu schaffen machte.

Remy quälte sich mit der Erinnerung an die wenigen

kostbaren Momente, die Aristide ihm noch mit Gabrielle gewährt hatte; wie er diese Momente mit Zorn und Vorwürfen vergeudet hatte, statt sie in die Arme zu nehmen und zu trösten. Sie hatte mit ihrem Trotz seinen Zorn geschürt, aber er hätte ihr Auftreten als das sehen müssen, was es war: ein Schauspiel. Er hätte Gabrielle inzwischen gut genug kennen müssen. Wie oft hatte er erlebt, dass sie die Maske der Sturheit anlegte, um darunter ihre Verletztheit und ihre Angst zu verbergen?

All das Unrecht, das ihm widerfahren war, hatte ihn so beschäftigt, dass er nicht erkannt hatte, wie dringend sie seine Vergebung gebraucht hätte, seine Versicherung, dass alles wieder gut werden würde. Wenn das tatsächlich die letzten Momente gewesen waren, die ihnen miteinander vergönnt waren …

Nein, daran wollte er nicht denken. Er würde sie retten oder bei dem Versuch sein Leben lassen, und vielleicht würde es ihm doch noch gelingen, die Sache wieder ins Lot zu bringen. Aber zuerst musste er noch einer anderen Person Abbitte leisten. Martin stand am Teichufer und starrte düster auf die glatten Kiesel, die er auf der Oberfläche hüpfen lassen wollte. Doch er brachte nur ein lautes Platschen zustande, das die Pferde erschreckte.

Der Junge verspannte sich, als Remy näher kam. Er warf Remy einen verstohlenen Blick zu, der zeigte, dass Martin über seinen Ausbruch selbst ein wenig erschrocken war. Dennoch straffte er die Schultern und verkündete schroff: »Ich weiß, dass meine Rede reichlich unverschämt war, Herr Hauptmann. Außerdem habe ich bei der Sache mit den Medaillons gelogen und Euch getäuscht. Ich kann es verstehen, wenn Ihr mich aus Eurem Dienst entlassen wollt oder – oder mich zu einem Duell herausfordert.«

Nach den Vorkommnissen dieses Vormittags wunderte sich Remy, dass er ein Lächeln unterdrücken musste. Aber um Wolfs Würde zu retten, bemühte er sich um eine ernste Antwort. »Eigentlich will ich weder das eine noch das andere.« Er reichte Wolf die Hand. »Ich möchte dich nur um Verzeihung bitten, weil ich so ein – wie hast du mich genannt? – ein riesiger Hornochse bin.«

Wolf kratzte sich verlegen an der Nase, aber dann nahm er Remys Hand und schüttelte sie kräftig. »Danke, Herr Hauptmann. Doch ich glaube, ich bin nicht der Einzige, den Ihr um Verzeihung bitten solltet.«

»Ich weiß. Ich fürchte, ich habe mich, was Gabrielle betrifft, des Öfteren wie ein Narr aufgeführt. Sie treibt mich zwar häufig zur Verzweiflung, aber sie ist auch die außergewöhnlichste Frau, die ich kenne. Das macht die Sache so schwierig: Ich werde ständig von der Angst verfolgt, sie zu verlieren, von der Angst, dass ich es nie schaffen werde, sie für immer an mich zu binden. Vielleicht ist es mir deshalb so leicht gefallen, sie gehen zu lassen, als sie unsere Verlobung aufgekündigt hat.«

»Aber Herr Hauptmann, Ihr seid Schwierigkeiten doch nie aus dem Weg gegangen. Ich bin mir sicher, dass Euch etwas einfallen wird, um die Dame Eures Herzens wieder in Eure Arme zu locken.«

»Zuerst muss ich sie aus den Fängen der Hexenjäger befreien«, meinte Remy. Er seufzte grimmig. »Außerdem muss ich Heinrich Bescheid geben. Zu schade, dass er nur ein Schattenkönig ist. Sonst hätte ich vielleicht mit seinem Einfluss Gabrielles Freilassung bewirken können.«

Martin wurde bei der Erwähnung Heinrichs etwas ungeduldig, doch in seinem Blick lag auch Mitgefühl, als er meinte: »Herr Hauptmann, ich weiß, wie sehr es Euch quält, dass der König ein Gefangener ist, und dass Ihr bitter enttäuscht darüber seid, Euer Versprechen nicht einhalten und ihm zur Freiheit verhelfen zu können. Aber ich habe diesen Heinrich von Navarra genau beobachtet, und ich denke, wenn er wirklich vom französischen Hof fliehen wollte, würde er es tun, mit oder ohne Eure Hilfe. Er tut so, als wäre er träge und sorglos, aber dieser Mann weiß genau, wie man es anstellt, zu überleben. Er ist wirklich schlau und gerissen.«

»Ganz ähnlich wie du, mein treuer Wolf.«

Martin zuckte die Achseln und bemühte sich um Bescheidenheit, doch es wollte ihm nicht recht gelingen.

Remy boxte ihm liebevoll auf die Schulter. »Wenn wir schon bei deiner Schläue sind – ich habe dir noch gar nicht dafür gedankt, dass du mir erneut das Leben gerettet hast. Freilich weiß ich gar nicht so genau, warum du es beim ersten Mal getan hast.«

Wolfs Zähne blitzten in seinem vertrauten Grinsen auf. »Wegen der Stiefel.«

»Aber die hättest du doch haben können. Du hättest mich nur sterben lassen müssen.«

Wolf neigte den Kopf und musterte Remy neugierig. »Ihr erinnert Euch nicht mehr genau, nicht wahr, Monsieur? Ich hatte mich in der Gasse versteckt, in der Ihr so tapfer gegen Eure Feinde gekämpft habt, bis sie Euch schließlich überwältigten. Erst als die Soldaten weg waren und ich Euch für tot hielt, bin ich aus den Schatten gekrochen, um Euch auszurauben wie eine Straßenratte, die ich ja auch war.

Aber als ich mich an Euren Stiefeln zu schaffen machte, schlugt Ihr die Augen auf. Und anstatt mich zu verfluchen, habt Ihr mich nur angestarrt. Ihr hattet Schmerzen, das Leben wich aus Euch, und trotzdem habt Ihr bemerkt, dass ich keine Schuhe hatte, und Ihr habt geflüstert: ›Nimm die Stiefel, Junge. Du kannst sie jetzt sicher besser brauchen als ich.‹ Und Ihr habt mir auch noch gesagt, dass Ihr Geld in Eurem Gürtel versteckt habt.«

Wolfs Augen leuchteten. »Noch nie hatte mir jemand etwas angeboten. In dem Augenblick sagte ich mir: Martin Le Loup, der Mann vor dir ist ein Held. Und zwar nicht nur, weil Ihr so mutig, sondern auch, weil Ihr so großherzig wart.«

Er zuckte mit den Schultern. »Deshalb bemühte ich mich, Euch zu retten, und deshalb bin ich Euch seitdem bereitwillig gefolgt, selbst wenn ich mit Euch in die Tiefen der Hölle hätte hinabsteigen müssen.«

Wolfs Worte bewegten Remy zutiefst. Er drückte die Schultern des Jungen. »Danke, Martin. Leider muss ich jetzt dorthin.«

»M'sieur, was meint Ihr damit?« Wolf verzog verwirrt das Gesicht.

»Ob du's glaubst oder nicht, aber ich bin nicht so weit geritten, um die Wolken anzustarren. Ich habe nachgedacht. Es sind noch zwei Wochen bis zu Gabrielles Prozess. Es kann gut sein, dass ich sie gewaltsam befreien muss, aber ich würde gern ihre Unschuld beweisen.«

»Wie wollt Ihr das anstellen?«

»Indem ich die wahre Schuldige ausfindig mache und Cassandra Lascelles samt ihrer Zofe aus ihrem Versteck zerre. Indem ich sie zwinge, die Wahrheit zu sagen.«

Wolf erbleichte. »Das wird Euch nicht gelingen, Herr Hauptmann. Ihr habt ja keine Ahnung, wie gefährlich diese Frau ist, und außerdem – glaubt Ihr wirklich, dieser widerliche Aristide würde die Wahrheit erkennen, selbst wenn man sie ihm unter die Nase riebe, oder Euch überhaupt zuhören?«

Wahrscheinlich hatte Wolf recht, aber trotzdem hatte Simon Aristide etwas an sich, was in Remy eine Saite zum Klingen gebracht hatte. Der Mann schien nicht aus Boshaftigkeit oder aus wirrem Aberglauben zu handeln. Nein, er schien an seinen Auftrag zu glauben, er schien von einem Pflichtgefühl erfüllt, das Remy nur allzu gut kannte.

»Aristide kommt mir gar nicht so unvernünftig vor«, meinte Remy. »Er scheint jedenfalls aus einem anderen Holz geschnitzt als die Hexenjäger sonst.«

Wolf schnaubte. »Nein, das glaube ich nicht. Bringen wir ihn einfach um. Ich tue es«, fügte er munter hinzu.

»Nicht, bevor ich nicht wenigstens versucht habe, ihn dazu zu bewegen, Gabrielle freizulassen.«

Als Wolf widersprechen wollte, schnitt Remy ihm das

Wort ab. »Ich muss es versuchen, Martin. Ich war selbst auf der Flucht und konnte lange nicht in meine Heimat zurück. Ich weiß, wie das ist. Ich kann Gabrielle nicht sehr viel bieten, aber ich kann zumindest versuchen, ihr dieses Schicksal zu ersparen. Ich will nicht, dass sie den Rest ihres Lebens unter dem Schatten einer möglichen Hexenanklage steht und ständig vor Hexenjägern auf der Hut sein muss.«

»Na gut, Monsieur«, seufzte Wolf, auch wenn er noch immer beunruhigt wirkte.

Remy konnte sich schon denken, was den Jungen quälte; deshalb sagte er so zartfühlend wie möglich: »Äh – Martin, ich weiß, was du vom Maison d'Esprit und allgemein von Hexen hältst. Ich möchte dich nicht der Rache dieses Geschöpfes aussetzen. Du brauchst mich nicht zu begleiten.«

Remy stellte sich auf heftige Proteste und eine Welle der Empörung darüber ein, dass er womöglich Wolfs Mut anzweifelte. Aber zu seiner Verwunderung lachte Wolf nur leise und freudlos.

»Nein, Herr Hauptmann. Ich gehe mit Euch. Ich habe keine Angst vor dieser Frau.«

Zumindest nicht mehr, dachte Wolf verbittert. Cassandra Lascelles hatte ihm bereits das Schlimmste angetan: Sie hatte ihn befleckt, sie hatte ihm seinen Traum, Miri zu lieben, für immer geraubt. Etwas Schlimmeres konnte sie ihm nicht mehr antun.

25

Gabrielle drehte sich in ihrem schmalen Bett auf den Rücken, sodass sie die Muster sehen konnte, die das Mondlicht an die Decke warf. Längst hatte sie die Versuche aufgegeben, sich in den Schlaf zu flüchten, auch wenn sie wahrlich müde genug war. Wie viele Nächte war es nun her, seit sie friedlich in ihrem Bett geschlafen hatte, geborgen in Remys Armen? Sechs? Sieben?

Allmählich verlor sie jegliches Zeitgefühl. In diesen leeren Stunden hatte sie viel zu viel Zeit zum Grübeln, für Sorgen und Bedauern. Abgesehen davon konnte sie sich über ihre Gefangenschaft nicht beklagen. Aristide hatte bislang Wort gehalten. Sie wurde anständig behandelt, das Essen war genießbar, und gelegentlich gönnte man ihr sogar ein heißes Bad.

Man hatte sie nicht in die Bastille oder ein anderes düsteres, feuchtes Verlies gebracht, wie sie befürchtet hatte, sondern in einen der bescheideneren Räume des Gasthauses zur Eiche. Es war eine Bodenkammer, die freilich nur das Nötigste enthielt – ein Bett, einen Tisch und eine Kerze. Jedenfalls gab es nichts, was als Waffe hätte dienen können, um sich einen Fluchtweg freizukämpfen, abgesehen von einem Nachttopf, dem sie ihren Wächter auf den Kopf hätte schlagen können, wenn sie so tollkühn gewesen wäre.

Natürlich wusste sie, warum sie im Gasthaus festgehalten wurde. Aristide gedachte, sie als Geisel einzusetzen. Bei einem der kurzen Besuche, die der Hexenjäger ihnen gestattet hatte, hatte ihr Miri erklärt, worauf der Kerl in Wahrheit aus war.

Gabrielle war sich nicht ganz so sicher wie Miri, dass es das *Buch der Schatten* nicht gab. Allerdings bezweifelte sie, dass Renard das Buch hatte. Doch sie befürchtete, dass er trotzdem kommen und einen waghalsigen Versuch unternehmen würde, ihr Leben zu retten. Obwohl sie sich oft mit ihm gezankt hatte, hatte sie ihren Schwager inzwischen richtig gern und hasste den Gedanken, dass er durch sie in eine Falle gelockt werden sollte. Miri mochte ja überzeugt sein, dass es Aristide nur darum ging, das Buch zu zerstören, und er Renard nichts zuleide tun würde; doch Gabrielle traute dem Mistkerl nicht über den Weg.

Wenn Aristide vorhatte, Renard zu töten, musste er aufgehalten werden. Wieder einmal stellte sie sich die Frage, die sie in fast jedem wachen Moment quälte: Wo steckte Remy? Was tat er? Miri hatte ihr keine befriedigende Antwort geben können, sie hatte nur erwähnt, dass Remy und Wolf an einem Plan zu ihrer Befreiung arbeiteten. Aber Remy hatte sich seit dem Tag ihrer Festnahme und ihrem bösen Streit nicht mehr im Gasthaus zur Eiche blicken lassen.

Grollte er ihr noch immer, unfähig, ihr zu verzeihen? Hatte er sie beim Wort genommen, als sie stolz auf seine Hilfe verzichtet hatte? Hatte er an seinem Rettungsplan für Heinrich festgehalten und weilte gar nicht mehr in Paris? Nein, das glaubte Gabrielle nicht. Der sture Kerl betrachtete es bestimmt als seine Pflicht, sie zu retten. Aber sobald er sie nach Faire Isle gebracht hatte …

Gabrielle konnte es kaum ertragen, wenn sie daran dachte, was dann passieren würde – wie sie den Rest ihres Lebens ohne ihn leben sollte. Um nicht verrückt zu werden, konzentrierte sie sich jetzt einfach auf das Nächstliegende, auf ihre momentanen Schwierigkeiten. Sie kämpfte mit ihrer Bettdecke und suchte nach einer bequemeren Stellung, doch schließlich landete sie wieder auf dem Rücken. Sie seufzte tief. Am meisten hasste sie ihre Hilflosigkeit; schließlich trug sie die Schuld an ihrer verzwickten Lage, also sollte sie auch einen Weg finden, sich daraus zu befreien, ohne Renard oder Remy zu gefährden.

Hexenjäger verhafteten ständig arme Frauen und beschuldigten sie der Hexerei. Gabrielle fragte sich, wie viele unglückliche Gefangene es wohl gab, die genau wie sie festgehalten wurden und sich wünschten, sie hätten sich tatsächlich so eingehend mit der schwarzen Magie befasst, um sich nun damit retten zu können.

Sie befühlte das Laken. Der Stoff war recht dünn, es wäre ein Leichtes, ihn in Streifen zu reißen. Vielleicht könnte sie sich damit aus dem Fenster abseilen? Aber die Kammer lag im obersten Stock des Gasthauses, bis nach unten war der Weg lang. Falls sie sich nicht das Genick brach, müsste sie sich noch immer mit Simons Männer auseinandersetzen.

Sie überlegte, ob sie Bartholomäus Verducci dazu bringen könnte, ihr zu helfen, indem sie ihn bestach oder drohte, ihn zu enttarnen. Sie hatte Katharinas Spion einmal auf dem Gang herumschleichen sehen, als man ihr das Essen gebracht hatte. Warum hielt er sich noch hier auf? Er hätte reichlich Gelegenheit gehabt, Simon Aristide zu beseitigen, wenn es Katharina darum gegangen wäre. Offenbar verfolgte die dunkle Königin andere Ziele.

Es trieb Gabrielle schier in den Wahnsinn, von all den Ränken um sie herum nur zu ahnen, ohne etwas Genaueres zu wissen, also auch nichts tun zu können. Sie fürchtete, dass Remy mit seinem Vorwurf, sie neige dazu, Intrigen zu genießen, recht gehabt hatte. Ja, sie hatte lang genug dabei mitgewirkt. Umso quälender war es jetzt, nur die Rolle einer unbedeutenden Schachfigur zu spielen. Hatte sich Remy auch so gefühlt, als sie ihm die Wahrheit über das Medaillon und den Ring der dunklen Königin vorenthalten hatte? Wenn sie je heil hier herauskommen würde, wollte sie Remy unbedingt zeigen, wie leid ihr alles tat und wie sehr sie ihn liebte. Sie würde einen Weg finden, seine Liebe zurückzuerobern. *Falls* sie je heil herauskam …

Ein lautes Klopfen an der Tür schreckte sie aus ihren Grübeleien. Sie fuhr hoch.

»Mademoiselle?«

Gabrielle erkannte die mürrische Stimme ihres Oberaufsehers. Braxton war ein älterer Mann mit wenig einnehmendem Äußeren und einem fehlenden Ohr. Simons Befehl gehorchend, zollte der Alte Gabrielle widerwillig den Respekt, zu klopfen, bevor er die Tür öffnete. Allerdings wartete er nicht immer auf eine Antwort. Gabrielle hörte, wie sich der Schlüssel drehte. Obwohl sie noch voll bekleidet war, zog sie die Decke bis zum Kinn.

Braxton schubste die Tür auf. Er hielt eine Kerze hoch, deren Licht auf die freudlose Kammer und sein verdrossenes Gesicht fiel. »Ihr müsst aufstehen, Mademoiselle. Monsieur Le Balafre möchte mit Euch reden, und zwar …«

»Und zwar sofort«, beendete Gabrielle spöttisch den Satz. Der Alte funkelte sie böse an. Aber Gabrielle verbarg unter dem Spott wie so oft nur ihre Angst. Es konnte nichts Gutes bedeuten, wenn ein Hexenjäger eine Gefangene mitten in der Nacht aus dem Bett holen ließ. Vielleicht würde Simon Aristide nun seine höfliche Maske fallen lassen.

Was wartete auf sie? Wollte er sie foltern und ihr so ein Geständnis abringen? Oder hegte er gar schlimmere Absichten? Nein, falls Aristide zu einer solch menschlichen Regung wie Verlangen fähig war, würde es nicht Gabrielle in ihm wecken. Sie hatte bemerkt, wie der Schweinehund ihre Schwester ansah. Am liebsten hätte sie ihm sein verbliebenes Auge ausgekratzt.

Sie versuchte Zeit zu gewinnen, indem sie sich umständlich die Schuhe anzog und mit den Fingern die wirren Locken kämmte. Ihr elegantes Auftreten war lange ihre Rüstung gewesen, doch die war inzwischen ziemlich verschlissen. Sie wollte sich lieber nicht vorstellen, wie sie jetzt wohl aussah mit ihrem zerknitterten Kleid und den vom Schlafmangel entzündeten Augen.

Dennoch zwang sie sich, die Schultern zu straffen und Braxton mit hoch erhobenem Kopf zu folgen. Er leuchtete ihr den Weg hinunter in den Schankraum im Erdgeschoss. Das

Gasthaus wirkte still und verlassen, nur ein paar Wandfackeln hielten die Nacht in Schach. Aristide wartete in der düsteren Ecke am Fenster auf sie. Der Mann hatte die ärgerliche Angewohnheit, sich immer im Dunkel aufzuhalten, während seine Opfer gnadenlos ins Licht gezerrt wurden. Seine dunkle Kleidung ging in dem Schatten auf, und mit seiner Größe, seinem kahl rasierten Schädel und der Augenklappe sah er aus wie ein Nachtmahr.

Welche guten Seiten Miri in diesem Kerl sah, konnte sich Gabrielle beim besten Willen nicht vorstellen. Aber schließlich hatte Miri auch lange an Elfen und Einhörner geglaubt …

Braxton schubste Gabrielle in die Mitte des Raums, dann verbeugte er sich vor Aristide und ging.

»Guten Abend, Mademoiselle Cheney. Kann ich Euch etwas anbieten?«

Der Hexenjäger ging ihr mit seiner samtweichen, höflichen Stimme unendlich auf die Nerven. »Was denn?«, fauchte sie. »Heiße Eisen, Daumenschrauben, siedendes Öl?«

»Ich dachte eher an eine Flasche Wein.« Als Aristide ins Licht trat, zuckten seine Lippen in der Andeutung eines Lächelns. Dieser Anflug von Humor ließ sein grimmiges Antlitz weicher, ja fast anziehend wirken. Doch Gabrielle ärgerte es nur. Wenn der Kerl ein Hexenjäger war, sollte er sich gefälligst auch so benehmen und durch und durch abscheulich sein.

»Nein danke. Mir wäre es lieber, Ihr sagt einfach, was Ihr von mir wollt.«

Sie verschmähte den Stuhl, den Aristide ihr angeboten hatte, und versteckte ein vorgetäuschtes Gähnen hinter der Hand. »Es ist mitten in der Nacht, falls Euch das entgangen ist. Oder gehört Schlafentzug zu Euren bevorzugten Foltermethoden?«

»Ach, Ihr habt geschlafen?« Sein dunkles Auge durchdrang sie, als ob er nur zu gut wüsste, welche Nächte sie hinter sich hatte, gepeinigt von Ängsten und Zweifeln – und der unendlichen Sehnsucht nach Remy.

Gabrielle wandte sich ab. Elender Mistkerl. Sie war doch die weise Frau, wenn jemand in den Augen lesen konnte, dann sie. Aber als der Hexenjäger vor sie trat, die Hände hinter dem Rücken verschränkt, war sein verwüstetes Gesicht undurchschaubar.

»Ich bedauere die Unannehmlichkeiten Eurer Gefangenschaft, Mademoiselle. Doch Ihr habt diese Prüfung bald überstanden.«

Gabrielle versuchte, ihre Unruhe nicht zu zeigen. »Ihr sagtet doch, dass mein Prozess in etwa zwei Wochen stattfinden soll. Ich habe also mindestens noch eine Woche, um meine Verteidigung vorzubereiten.«

»Vielleicht ist ein Prozess gar nicht nötig. Wenn ich Euch begnadige, könnt Ihr Eurer Wege gehen – hoffentlich als weisere Frau. Und vielleicht vermeidet Ihr dann auch die Gesellschaft von Hexen wie Cassandra Lascelles.«

Gabrielle funkelte ihn finster an. »Ihr habt also die ganze Zeit gewusst, dass die Medaillons von Cass stammen.«

»Nicht die ganze Zeit«, erwiderte er kühl. »Aber ich gebe zu, als sie so bereitwillig gegen Euch Auskunft gab, brachte ihr Name etwas in meinem Gedächtnis zum Klingen. Ich blätterte in den Unterlagen meines ehemaligen Meisters Vachel Le Vis und stellte fest, dass ich schon früher von Mademoiselle Lascelles gehört hatte.

Damals war ich noch recht jung und hatte den Dienst bei meinem Meister gerade angetreten. Es ging um den Fall eines Mädchens, das verdächtigt wurde, die schlimmste Art schwarzer Magie auszuüben – Geisterbeschwörung und böse Verwünschungen. Weil sie noch so jung und obendrein blind war, verschonte mein Meister sie. Vor allem, als sie ihm ihre Mutter und ihre Schwestern anbot, falls er sie am Leben ließe. Sie verriet ihm das Versteck, in dem sich ihre Verwandten verkrochen hatten.«

»Herr im Himmel!« Gabrielle hatte sich fest vorgenommen, dem Hexenjäger ihre Gefühle zu verhehlen, doch sie spürte, wie sie vor Entsetzen erbleichte. Diese Version unterschied sich erheblich von der, die ihr Cass erzählt hatte. Ihr Schmerz und ihre Trauer über den Tod ihrer Mutter und der Schwestern waren Gabrielle immer echt vorgekommen, und vielleicht waren sie es auch. Aber wahrscheinlich stammte der Großteil aus Schuldgefühlen. Gabrielle hätte zu gern geglaubt, dass Cass zumindest so viel Gewissen besaß.

»Ihr seht also«, fuhr Aristide fort, »dass Ihr nicht die erste Verbündete seid, die Mademoiselle Lascelles verraten hat.«

»Ich war nicht ihre Verbündete. Eine Zeit lang dachte ich, ich wäre ihre Freundin.«

»Ihr solltet Eure Freunde sorgfältiger wählen.«

»Dasselbe gilt für meine Schwester«, konterte sie giftig.

In Aristides Wange zuckte ein Muskel, und sein Auge verdüsterte sich mit einer Regung, die an Reue erinnerte. Doch er unterdrückte sie rasch und fuhr fort: »Mademoiselle Lascelles und ihre Zofe sind verschwunden. Aber ich werde sie aufstöbern, und dann wird die Hexe mir für ihre Vergehen Rechenschaft ablegen.«

Cass war also aus dem Maison d'Esprit geflohen. Gabrielle nahm diese Nachricht mit gemischten Gefühlen auf. Einerseits war es beunruhigend, dass sich Cass nun irgendwo herumtrieb und keiner wusste, wo sie wieder auftauchen würde; andererseits verschaffte es Gabrielle auch einen gewissen Vorteil.

Sie lächelte Aristide siegessicher an. »Wenn Cass und ihre Zofe verschwunden sind, habt Ihr keine Zeugen mehr gegen mich.«

»Ich brauche keine, ich habe ja noch die Medaillons als Beweis.« Er deutete auf einen Tisch, auf dem ihre Truhe stand.

Gabrielles Lächeln verflog.

»Aber wie gesagt«, fuhr er fort, »ich hoffe, dass ein Prozess nicht nötig sein wird.«

»Ich weiß, worauf Ihr hofft«, entgegnete Gabrielle verächtlich. »Miri hat mir erzählt, welchen Handel Ihr Renard angeboten habt. Wusstet Ihr, dass meine kleine Schwester zu jeder Sommersonnwende eine Zeremonie in dem Steinkreis auf Faire Isle besucht?«

»Ja.« Auf Aristides Antlitz schlich sich eine gewisse Wehmut. »Dort habe ich sie zum ersten Mal gesehen.«

»Miri glaubte früher, dass die Menhire erstarrte Riesen seien, die in dieser magischen Nacht vielleicht zum Leben erwachen würden. Na ja, dass so etwas passiert, ist in etwa genauso wahrscheinlich wie, dass der Comte de Renard jemals …«

Gabrielle hielt abrupt inne, denn die Tür war aufgegangen und frische Nachtluft strömte herein. Auf der Schwelle stand die massige Gestalt eines Mannes.

»Ja? Renard wird jemals was?«, fragte ihr Schwager leutselig.

Gabrielle klappte die Kinnlade nach unten. Sie wusste, dass sie wie eine Schwachsinnige aussah, aber sie bekam den Mund nicht mehr zu, und ebenso wenig schaffte sie es, den Blick von der großen Gestalt zu nehmen, die den ganzen Türrahmen ausfüllte. Fast war es, als habe sie Renard heraufbeschworen, indem sie seinen Namen nannte. Aber der Comte hatte schon immer die beunruhigende Gewohnheit gehabt aufzutauchen, wenn man am wenigsten mit ihm rechnete.

Kein Wunder, dass Simon Aristide ihn für einen Dämon hielt. Obwohl der Hexenjäger offenkundig mit Renard gerechnet hatte, erbleichte er bei dessen Anblick, und seine Finger zuckten, als wolle er ein Kreuz in die Hand nehmen, um sich Renard vom Leibe zu halten. Der Comte wirkte jedoch völlig ungerührt von den Gefühlen, die er bei den Anwesenden hervorrief, und auch die beiden kräftigen Hexenjäger, die ihn hereingeführt hatten, störten ihn nicht weiter. Er schlenderte näher. Die Dielen knarzten unter seinen schweren Schritten. Gemächlich zog er sich die ledernen Reithandschuhe aus, während seine verhangenen grünen Augen durch den Schankraum schweiften. Seine Miene wirkte ausdruckslos, doch dahinter verbarg sich ein messerscharfer Verstand.

»Monsieur Le Balafre, der Comte ist da«, verkündete einer von Renards Begleitern.

»Das sehe ich«, fauchte Simon. Er entließ die Männer, nur Braxton blieb zurück, um die Tür zu bewachen. Der Comte ignorierte Aristide, er ging direkt zu Gabrielle.

Gabrielle reckte das Kinn und stellte sich auf den Zorn und die Verachtung ihres Schwagers ein. Renard zeigte im Allgemeinen wenig Nachsicht mit Leuten, die seiner geliebten Frau ein Leid zugefügt hatten, und Gabrielle hatte Ariane eigentlich immer nur Sorgen bereitet. Doch sehr zu ihrer Verblüffung nahm er nur ihre Hand und führte sie an seine Lippen.

»Meine liebe Schwägerin, ich bin wie immer entzückt, Euch zu sehen.« Unter seinem neckenden Tonfall entdeckte Gabrielle auch noch etwas anderes: Wärme, Freundlichkeit, Sorge. Forschend blickte er sie an. »Ich hoffe, es geht Euch gut?«

Ihre Kehle schnürte sich zu. Arianes Unhold wirkte so tröstlich groß und stark, dass Gabrielle den Drang unterdrücken musste, sich an seine Brust zu werfen und in Tränen auszubrechen.

»D-den Umständen entsprechend«, stammelte sie mit belegter Stimme und rang sich ein schwaches Lächeln ab.

Renard tätschelte ihre Wange noch einmal freundlich, dann wandte er sich an Aristide. Der Comte war wirklich beeindruckend groß. Selbst ein so furchterregender Mann wie der Hexenjäger Le Balafre schien vor ihm zu schrumpfen. Als Renard ihn verächtlich musterte, wirkte Simon auf einmal viel jünger und verletzlicher.

»Aha, und hier haben wir wohl unseren jungen Meister Aristide. Ihr seid so gewachsen, dass ich Euch kaum wiedererkannt habe.«

Simon errötete, und seine Hand flog zu seiner Narbe. »Ja, ich nehme an, ich habe mich sehr verändert.«

»Es tut mir leid, dass ich Euer hübsches Gesicht verwüstet

habe, mein Junge«, erwiderte Renard etwas versöhnlicher. »Ich wollte damals gar nicht mit Euch kämpfen, ich wollte nie Euer Feind sein.«

»Ihr wart von Anfang an mein Feind.« Der Hass, der von Aristide ausging, war so stark, dass es Gabrielle eiskalt überlief. Simon atmete scharf ein, als müsste er ein heftiges Gefühl zügeln. »Ich glaube, Ihr seid hier, um mit mir über die Freiheit von Gabrielle Cheney zu verhandeln, und nicht, um über alte Zeiten zu plaudern. Habt Ihr den gewünschten Gegenstand dabei?«

Renard zögerte kurz, dann nickte er und griff in den Beutel an seiner Schulter. Gabrielle beobachtete ihn. Die Spannung verschlug ihr fast den Atem, als Renard die Riemen löste und langsam ein schlichtes, in schwarzes Leder gebundenes Buch hervorzog. Es war weder besonders groß noch besonders dick und wirkte nicht gefährlicher als ein kleiner Gedichtband.

Gabrielle verließ der Mut. Aristide war kein Narr. Glaubte Renard allen Ernstes, er könne den Hexenjäger mit einem derart harmlos wirkenden Buch hinters Licht führen? Als der Comte Simon den Band überreichte, schnaubte der nur skeptisch.

»Das soll das berüchtigte *Buch der Schatten* sein?«

»Ich hoffe es. Ich habe genug dafür bezahlt.«

»Nein, das habt Ihr noch lange nicht«, knurrte Simon. Er riss Renard das Buch aus der Hand und trat damit an einen Tisch, auf dem ein großer Kerzenleuchter stand. Bedächtig schlug er es auf.

Gabrielle stellte sich auf die Zehenspitzen und reckte den Hals. Aus ihrem Blickwinkel konnte sie erkennen, dass die Seiten so alt und brüchig wirkten, als würden sie gleich zu Staub zerfallen. Doch als Simon umblätterte, knisterten sie nur. Offenbar war das Material überraschend widerstandsfähig.

Und sie waren bedeckt mit seltsamen, kühnen Zeichen in einer uralten Sprache, die weitgehend in Vergessenheit geraten war. Die Symbole wirkten düster und bedrohlich. Gabrielle hätte es nie für möglich gehalten, dass ein bloßes Buch etwas so Geheimnisvolles, Mächtiges, ja Böses ausstrahlen könnte.

Für sie bestand kein Zweifel, dass es sich tatsächlich um das *Buch der Schatten* handelte. Aber was um alles in der Welt hatte Renard dazu getrieben, dieses verfluchte Ding zu kaufen und – schlimmer noch – zu behalten? Wenn der Comte vorgehabt hätte, es zu zerstören, hätte er es doch bestimmt schon längst getan.

Sie warf einen beklommenen Blick auf ihren Schwager. So sehr Ariane ihren Gemahl liebte, so hatte sie doch immer Renards starkes Interesse an den dunklen Künsten gefürchtet. Es war eine richtige Faszination, die er wahrscheinlich von seiner verschlagenen alten Großmutter Melusine geerbt hatte. Während Aristide in das Buch vertieft war, trat Gabrielle zu Renard und murrte leise: »Ihr seid ein Narr. Das wisst Ihr doch, oder?«

Renard beugte sich zu ihr und flüsterte ihr ins Ohr: »Danke. Auch Ihr, meine liebe Schwester, seid mir immer sehr teuer gewesen.«

»Ariane wird Euch umbringen«, flüsterte Gabrielle zurück. »Ihr wisst doch ganz genau, was sie von schwarzer Magie hält. Was ist in Euch gefahren, dass Ihr Euch mit diesem Buch abgegeben habt?«

»Die Liebe«, lautete seine traurige Antwort. Damit hatte Gabrielle am wenigsten gerechnet. »Eure Schwester will unbedingt ein Kind«, fuhr er fort. »Sie ist sogar bereit, dafür zu sterben. Aber ich kann sie nicht verlieren. Lieber würde ich mich von meiner Seele trennen. Ich dachte, ich würde in diesem Buch eine Antwort finden, einen Weg, dass sie ihr Kind bekommen kann und ich sie trotzdem für alle Zeit sicher weiß. Dafür würde ich selbst zur schwärzesten Magie greifen.«

Gabrielle verstand seine Verzweiflung nur allzu gut. Schließlich hatten auch sie die Liebe, aber auch die Angst und das Bedürfnis zu beschützen dazu getrieben, Remy das gefährliche Medaillon um den Hals zu legen. Wenn Renard ein Narr war, dann galt das auch für sie. Sie nahm seine große, schwielige Hand und drückte sie verständnisvoll. Renard erwiderte den Druck und lächelte reumütig.

Die Zeit verstrich qualvoll langsam, während Aristide das Buch untersuchte. Würde der Mann so schlau sein zu erkennen, dass es das gesuchte Buch war? Im Augenblick sah es aus, als wolle er es auseinandernehmen. Er tastete den Einband ab und drückte den Daumennagel gegen den Buchrücken. Zu Gabrielles Verwunderung ließ sich das Leder teilweise zurückstreifen – eine verborgene Öffnung wurde sichtbar. Aristide drehte das Buch um und schüttelte es kräftig, als erwarte er, dass etwas herausfiele.

Als nichts dergleichen geschah, funkelte er Renard wütend an. »Wo ist sie?«

»Wo ist was?«, fragte der Comte sanft.

»Das wisst Ihr ganz genau: die Liste, die unter dem Einband versteckt war. Die Namen jeder Hexe und jedes Zauberers in England und Frankreich.«

Gabrielle keuchte empört auf. »Dahinter seid Ihr also her! Ihr mieser Kerl, Ihr habt Miri gesagt, Ihr wollt das *Buch der Schatten,* um es zu zerstören, aber in Wahrheit wolltet Ihr …«

»Das Böse an sich zerstören, und jeden Mann und jede Frau, die es praktizieren.« Simon baute sich vor Renard auf. »Wo ist die Liste, Monsieur?«

»Ach du meine Güte, wahrscheinlich habe ich sie verloren. Wie sorglos von mir.«

Simons Miene verdüsterte sich vor Wut und Enttäuschung, sodass sich Gabrielle schützend vor ihren Schwager stellte. Aber Simon machte auf dem Absatz kehrt, marschierte zu der Truhe, in der die Medaillons und der Ring der dunklen Königin lagen, und warf das *Buch der Schatten* dazu.

Eine Weile starrte er wortlos darauf, dann wandte er sich wieder an Renard. Sein Auge war stählern und kalt. »Ich bedauere, Euch mitteilen zu müssen, dass unsere Vereinbarung keinen Bestand mehr hat, Monsieur le Comte. Mademoiselle Gabrielle wird hierbleiben und ihren Prozess bekommen, und Ihr seid ebenfalls verhaftet.«

Renard verschränkte die Arme vor der Brust. Er wirkte völlig unbeeindruckt. »So etwas Ähnliches hatte ich schon befürchtet. Aber an Eurer Stelle würde ich mir das noch einmal gut überlegen, mein Junge.«

»Warum? Weil Ihr damit rechnet, dass die Bewaffneten, die Ihr mitgebracht und draußen im Dunkeln versteckt habt, hereinstürzen und Euch retten?«

Renard zuckte ein wenig zusammen, auch wenn er sich bemühte, es nicht zu zeigen.

Simons Mund verzog sich zu einem unangenehmen Grinsen. »Ich erinnere mich noch sehr gut an Eure Manöver, Monsieur. Ihr seid immer gern herangestürmt, gefolgt von einem kleinen Heer Eurer Gefolgsleute, und habt erbarmungslos alles niedergemetzelt, was sich Euch in den Weg stellte, darunter fast den gesamten Orden von Le Vis. Aber meine Hexenjäger sind keine Mönche, es sind Söldner. Ich bereite mich besser auf meine Feinde vor als mein alter Meister. Die meisten Eurer Leute sind tot oder gefangen. Durch diese Tür kommen nur meine eigenen Leute. Braxton!«

Als hätte er auf das Zeichen gewartet, riss Braxton die Tür auf, und drei Hexenjäger stürmten mit gezückten Schwertern herein. Renard schlang einen Arm um Gabrielle und zog sie an sich. Er blieb bemerkenswert ruhig, obwohl sie bezweifelte, dass er mit dieser Wendung gerechnet hatte. Sie sah, wie er den Ring an seiner Linken drehte, den sonderbaren Metallreif, der ihn mit Ariane in Verbindung treten ließ. Warnte er sie kraft seiner Gedanken, sagte er ihr vielleicht, wie sehr er sie liebte, und bat sie um Verzeihung?

Gabrielle wünschte, sie hätte dasselbe mit Remy tun können. Mutlos erkannte sie, dass Renard nicht einmal bewaffnet war. Er hatte sein Schwert wahrscheinlich abgeben müssen, bevor er in das Gasthaus vorgelassen worden war.

»Bringt Mademoiselle Cheney wieder in ihre Kammer«, befahl Aristide. »Und was den Comte angeht – ein Prozess wäre reine Zeitverschwendung. Seine Schuld wurde oft genug erwiesen. Führt ihn auf den Hof, er soll sofort hingerichtet werden.«

»Nein!«, kreischte Gabrielle. Sie klammerte sich verzweifelt an Renard, doch Braxton riss ihr die Hände grob hinter den Rücken. Vergeblich kämpfte sie darum, sich ihm zu entwinden und Renard zu helfen. Sie schluchzte verzweifelt auf, als Renard mit einem Dolch an seiner Kehle gezwungen wurde, zur Tür zu marschieren.

»Aufhören!«, ertönte plötzlich eine Stimme, so silbern und klar wie ein Waldbach. Alle erstarrten, alle Augen richteten sich auf die Gestalt in einem Umhang, die aus dem düsteren rückwärtigen Teil des Raums getreten war. Miri Cheney streifte die Kapuze zurück und trat ins Licht.

Wie es ihrer Schwester gelungen war, sich Zugang zu dem Gasthaus zu verschaffen und Simons Wächter zu umgehen, wusste Gabrielle nicht. Vielleicht lag die Antwort in der vertrauten schwarzen Gestalt, die zu Miris Füßen kauerte – Nekromant. Miris Kater hatte es immer schon vortrefflich verstanden, sich an verbotene Orte zu schleichen. Wahrscheinlich hatte er auch für Miri einen Zugang gefunden. Gabrielle musste zugeben, dass der Kater manchmal wirklich hilfreich war.

Doch dies hier war der letzte Ort auf Erden, an dem sich Gabrielle ihre kleine Schwester momentan wünschte, und Aristide ging es offenbar genauso, wie seiner Miene deutlich zu entnehmen war. Er trat vor Miri und knurrte: »Was zum Teufel habt Ihr …«

»Ihr habt mich angelogen, Simon. Ihr habt Euer Wort gebrochen.«

Miris Blick war so klar und direkt, dass Gabrielle nicht wusste, woher Aristide den Mut nahm, ihm standzuhalten. Doch er suchte gar nicht erst nach einer Entschuldigung. »Ich bin ein Hexenjäger, Miri. Das hättet Ihr wissen müssen. Ich tue, was ich tun muss.«

»Dann muss ich das leider auch.« Miri streifte den Umhang zur Seite, nahm eine Pistole aus ihrem Gürtel und richtete sie auf Aristide. »Sagt Euren Männern, dass sie meine Schwester und Renard freilassen sollen.«

»Und was passiert, wenn ich es nicht tue? Erschießt Ihr mich dann?«

»Wenn es sein muss.« Miris Gesichtszüge verhärteten sich, ihre Augen wirkten auf einmal kalt wie die fernen Sterne. »Lasst sie frei, und zwar *sofort!*« Miri zielte direkt auf Simons Herz.

Er starrte sie wortlos an. Auf seinem vernarbten Gesicht zeigte sich ein Sturm von Gefühlen: Unglauben, Bedauern, Verzweiflung. Gabrielles Häscher packte sie zwar fester, doch sie spürte, dass Braxton unsicher war. Die Männer, die Renard festhielten, waren in der Nähe der Tür stehen geblieben. Der Comte hätte den Augenblick zu einem Fluchtversuch nutzen können, doch wie alle anderen starrte auch er Miri fassungslos an.

»Nein! Nehmt die Pistole weg, Kind. *Das ist nicht nötig!«* Renard betonte die Worte auffällig, als ob in ihnen eine verborgene Botschaft steckte.

Braxton scharrte mit den Füßen. Nervös rief er: »Monsieur Le Balafre?«

Weder Simon noch Miri reagierten, die beiden waren so in ihre wortlose Auseinandersetzung versunken, dass sie ihre Umgebung offenbar völlig vergessen hatten.

»Na gut«, meinte Simon schließlich mit einem seltsam resignierten Lächeln. »Macht schon – tötet mich.«

Er trat näher. Miris Hand mit der Pistole zitterte. Sie biss die Zähne zusammen und bemühte sich um Festigkeit. Gabrielle hielt die Luft an, sie fragte sich, ob Miri tatsächlich …

In diesem Augenblick erschütterte ein Brüllen den Raum,

als hätte sich ein mächtiger Drache auf das Gasthaus gestürzt. Fenster zersprangen, die Dachbalken bebten, die Dielen unter Gabrielles Füßen hoben sich. Ein Lichtblitz blendete sie. Sie wurde zu Boden geschleudert, und die Luft blieb ihr weg. Dunkelheit umfing sie, ihre Augen schlossen sich.

Sie hatte offenbar das Bewusstsein verloren, aber wie lange, konnte sie nicht sagen. Als sie die Augen wieder aufschlug, war sie völlig benommen und orientierungslos. Etwas rann über ihre Wange. Sie berührte es und starrte verständnislos auf die rote, klebrige Flüssigkeit an ihren Fingern: Blut.

Sie schüttelte den Kopf, um wieder klar zu werden, hörte aber gleich wieder auf, weil ein stechender Schmerz ihre Schläfen durchbohrte. Allmählich kehrte die Erinnerung zurück: das Gasthaus zur Eiche, die Hexenjäger, Aristide, der Renards Hinrichtung befohlen hatte, Miri mit der Pistole in der Hand …

Aber Miris Pistole konnte unmöglich diese Zerstörung angerichtet haben. Gabrielle richtete sich mühsam auf. Um sie herum herrschte völliges Chaos, sie sah ein blendendes Licht, es herrschte unerträgliche Hitze und dichter Nebel. Nein, kein Nebel, Rauch brannte in ihren Augen und ließ sie husten. Das Gasthaus brannte, Flammen krochen die Wände empor. Sie musste Miri und Renard finden und … und raus aus dieser Hölle.

Gabrielle stützte sich auf eine Hand, zog sie jedoch sofort wieder zurück. Sie hatte damit den Arm eines Mannes berührt: Braxton lag neben ihr, ob tot oder bewusstlos, konnte sie nicht sagen. Ihre Aufmerksamkeit richtete sich auf den Eingang, dort übertönte ein anderes Geräusch die knisternden Flammen. Stahl prallte auf Stahl. Durch den immer dichter werdenden Rauch erkannte sie, dass Renard einem seiner Häscher das Schwert entwunden hatte. Ein Mann lag tot zu seinen Füßen, mit einem anderen Gegner kämpfte er erbittert.

Und Schulter an Schulter mit Renard stand ein anderer Mann, der mit funkelndem Schwert einen weiteren Hexenjäger in Schach hielt ... *Remy!* Gabrielles Herz machte einen Sprung, in ihr regte sich fast schmerzhaft eine Mischung aus Unglauben, Freude und Angst um ihn. Sie versuchte, nach ihm zu rufen, doch im Rauch brachte sie keinen Laut zustande. Aber Remy hatte sie schon entdeckt. Mit einem wilden Hieb fällte er seinen Gegner, und noch bevor der Hexenjäger zu Boden gegangen war, stürmte Remy schon zu Gabrielle.

Er kniete sich neben sie. Sein Gesicht war schweißnass, seine Wangen rußgeschwärzt, feuchte Strähnen seines dunkelblonden Haares hingen ihm in die Stirn. Trotzdem kam er Gabrielle wunderschön vor. Sie schlang die Arme um seinen Nacken und seufzte: »Du – du bist gekommen, um mich zu retten.«

»Natürlich, kleine Närrin«, entgegnete Remy mit rauer Stimme. Er drückte sie so fest an sich, dass sie Angst bekam, er würde ihr die Rippen brechen. »Wir müssen hier raus. Bist du schwer verletzt? Kannst du aufstehen?«

Gabrielle nickte, doch als er sie hochzog, zuckte sie zusammen, denn in einem Knöchel regte sich ein pochender Schmerz. Aber sie vergaß den Schmerz sofort wieder, als ihr Miri einfiel. Wo steckte sie? Mit tränenden Augen sah sich Gabrielle panisch um. Sie schickte ein Stoßgebet zum Himmel, dass Miri schon draußen war.

Doch zu ihrem Entsetzen entdeckte sie ihre kleine Schwester über eine reglose Gestalt gebeugt – Simon. Eine Seite seines Gesichts war blutüberströmt. Miri versuchte offenbar, ihn wach zu bekommen, und schenkte selbst Nekromant nicht die geringste Beachtung. Der Kater schlug mit den Tatzen an ihre Röcke, als wolle er sie dazu bewegen, zu fliehen, solange es noch möglich war.

»M-Miri!«, krächzte Gabrielle. Sie zerrte an Remys Arm und deutete auf ihre Schwester. Doch bevor er etwas tun konnte, war Renard schon zur Stelle. Er hielt sich einen Arm zum Schutz gegen den Rauch vors Gesicht und rief Remy zu:

»Ich hole sie. Nehmt Gabrielle mit und macht, dass Ihr wegkommt!«

Gabrielle wollte protestieren und versuchte, ihrer Schwester zu Hilfe zu eilen. Doch Remys Arm schloss sich fest um ihre Taille. Das Schwert noch immer gezückt, zerrte er sie zur Tür, wobei er sie nach unten drückte, wo der Rauch nicht so dicht war. Gabrielle hatte das Gefühl, dass ihre Lunge bereits brannte. Sie konnte kaum etwas sehen, sie konnte sich nur an Remy festklammern und nach draußen taumeln.

Halb zog er sie, halb trug er sie weg von dem lichterloh brennenden Gasthaus. Gabrielle hustete, während sie die frische Nachtluft in tiefen Zügen einzuatmen versuchte. Remy keuchte, auch seine Brust hob sich schwer. Schließlich konnte Gabrielle sich aus seinem Griff lösen. Sie rieb ihre brennenden Augen und starrte auf das Gasthaus. Ein erleichterter Schluchzer entrang sich ihrer Brust, als sie Renard mit Miri in den Armen herauskommen sah. Nekromant lief vor ihnen her. Sanft setzte der Comte Miri auf eine Steinbank unter den knorrigen Ästen einer alten Eiche.

Gabrielle rang noch immer nach Luft. Sie lehnte sich an Remy und blickte auf den Wahnsinn, der um sie herum ausgebrochen war. Das halbe Gasthaus stand in Flammen, das Feuer loderte hoch in den nächtlichen Himmel und sprang auf das Dach der Ställe über. Das angsterfüllte Wiehern der Pferde vermischte sich mit den Rufen von Simons Männern. Ihre dunklen Gestalten hoben sich gegen den roten Feuerschein ab. Hexenjäger, Stallknechte, Bedienstete aus dem Gasthaus stürmten panisch hin und her. Die einen versuchten, die Pferde zu retten, andere, sich vor dem Feuer in Sicherheit zu bringen und vor den tödlichen Funken, die aus dem Gasthaus sprühten.

Der Tumult wurde noch durch die Bewohner der benachbarten Häuser verstärkt, die in den Hof drängten, viele nur in Nachtgewändern. Manche wollten helfen, andere waren bloß gekommen, um zu gaffen. Das Licht der Flammen spiegelte sich in ihren Gesichtern. Inmitten des ganzen Durcheinanders entdeckte Gabrielle plötzlich Bartholomäus Verducci, der die Beine unter die Arme genommen hatte und schleunigst verschwand.

Doch Gabrielle hatte kaum Zeit, einen Gedanken an Katharinas Spürhund zu verschwenden. Ein Wutschrei erhob sich, und Gabrielle wurde klar, dass man ihre Flucht aus dem Gasthaus bemerkt hatte. Einige von Simons stämmigen Hexenjägern zogen die Schwerter und eilten auf sie zu.

Sie spürte, wie Remys Körper sich anspannte. Er murmelte ihr schroffe Anweisungen ins Ohr: »Kümmere dich um deine Schwester, schaff sie aus dem Hof. Ariane wartet auf der Straße mit den Pferden. Ich komme später nach.«

Gabrielle dachte, die Explosion habe wohl ihr Gehör beschädigt. Hatte Remy tatsächlich *Ariane* gesagt? Aber sie konnte ihn nicht mehr fragen, er drückte ihr einen ungestümen Kuss auf die Lippen, dann war er fort. Er stürzte sich auf die Hexenjäger, Renard eilte ihm nach. Sie bekamen noch Verstärkung von einem dritten Mann, einem schlaksigen Burschen mit wilden, wehenden Haaren – Wolf. Woher war er gekommen? Gabrielle stand einen Moment lang wie versteinert da und blickte auf das Handgemenge, das nun folgte – ein wahnwitziges Durcheinander von funkelnden Schwertern und sich rasch bewegenden Männern.

Gabrielle konnte ihren Leuten nicht helfen, ihr blieb nur, sich ihrer Schwester zuzuwenden. Miri saß noch immer auf der Bank, sie wirkte benommen, doch offenbar war sie kaum verletzt. Nur ihr Gesicht und ihre Hände zeigten ein paar Schnitte, die wohl von herumfliegenden Glasscherben verursacht worden waren. Nekromant schleckte ihr die Hände, als wolle er sie heilen, doch Miri beachtete ihn nicht.

Ihr Blick war auf das brennende Gasthaus gerichtet.

»S-Simon«, flüsterte sie entsetzt.

Nach allem, was passierte war, fürchtete sie offenbar noch immer um das Leben des Hexenjägers. Gabrielle konnte es nicht verstehen. Sie legte die Hand auf Miris Schulter und ermunterte sie sanft, aufzustehen.

»Komm, Liebes, wir müssen gehen«, drängte sie.

Miri versuchte, sich ihrem Griff zu entziehen.

»Simon«, wiederholte sie. Gabrielle packte sie fester, denn sie befürchtete, Miri würde versuchen, ins Gasthaus zurückzueilen, um ihn zu suchen. Doch dann verstand sie den Ausdruck in den Augen ihrer Schwester. Es war nicht die Angst um Simon Aristide, sondern die Angst *vor* ihm. Aristide und Braxton hatten es tatsächlich geschafft, aus dem brennenden Gebäude zu fliehen. Nun erhoben sich ihre Silhouetten drohend vor den Flammen.

Simon sah mehr denn je aus wie ein Lehrling des Teufels. Er hatte seine Augenklappe verloren, sein narbiges Gesicht war mit Asche und Blut beschmiert und wutverzerrt. Er taumelte, doch er knurrte Braxton einen Befehl zu und deutete auf Renard.

Der Comte war in einen erbitterten Schwertkampf verwickelt und merkte nichts von der Gefahr in seinem Rücken. Gabrielle schnürte es die Kehle zu, als sie die Waffe in Braxtons Hand sah. Der Hexenjäger legte gerade einen Bolzen auf die gespannte Sehne seiner Armbrust. Gabrielle stieß einen Warnschrei aus, doch er ging im Tosen des Feuers und des Kampfes unter. Bevor sie merkte, was los war, hatte Miri sich aus ihrem Griff befreit und war nach vorn gestürmt.

Mit pochendem Herzen hastete Gabrielle ihr nach, so schnell es ihr schmerzender Knöchel zuließ. Ihr war, als stecke sie in einem grässlichen Albtraum fest. Sie rannte, ohne je näher zu kommen, und sie wusste, dass sie nie rechtzeitig ankommen würde. Genau in dem Moment, als der Hexenjäger zielte, warf sich Miri zwischen Braxton und Renard. Gabrielle erstickte fast an ihrem Schrei und machte sich auf das Schlimmste gefasst.

Doch im letztmöglichen Augenblick sprang auch Aristide vor. Fluchend stieß er Braxton zur Seite. Der Bolzen schoss davon, weit ab von seinem geplanten Lauf. Miri und auch Renard blieben unverletzt. In nächsten Augenblick erschütterte eine zweite Explosion die Nacht, und das Dach des Gasthauses stürzte laut krachend ein. Die Menschen im Hof rannten schreiend auseinander. Funken und Glut stoben durch die Luft, die Welt ging unter in einem Wahnwitz aus Hitze, Rauch und Feuer. Neben Gabrielle tauchte der Einzige auf, der noch genügend Vernunft zu besitzen schien – Remy.

Den Rest ihrer Flucht nahm sie nur verschwommen wahr. Remys starker Arm um ihre Taille stützte sie, seine kräftige Gestalt beschützte sie in der panisch durcheinanderlaufenden Menge und verhinderte, dass sie über die Leichen gefallener Hexenjäger stolperte. Sie folgte ihm blindlings durch den Hof auf die Straße. Wie durch ein Wunder versammelten sie sich alle unverletzt – Remy, Gabrielle, Renard, Miri, Wolf, sogar Nekromant. Der Kater führte sie durch die Nacht in eine Gasse, in der Ariane und Bette mit den Pferden warteten.

Ihr Knöchel pochte noch immer schmerzhaft. Gabrielle stolperte und griff instinktiv nach Remys Arm. Als sie wieder losließ, entdeckte sie Blut an ihrer Hand. »Remy! Du bist verletzt!«

Entsetzt deutete sie auf den Pfeil, der in seinem Oberarm steckte. Remy starrte verständnislos darauf, dann grinste er sie breit an.

»Ach, zum Teufel«, rief er. »Nicht schon wieder.«

Simon sank auf die Bank und presste die Truhe an seine Brust, während er zusah, wie die Flammen das Gasthaus und die Ställe verschlangen. Es war, als hätte sich die Erde aufgetan und ein Tor zur Hölle geöffnet. Selbst aus der Ferne spürte Simon die Hitze, sein Gesicht war mit Ruß und Schweiß verschmiert. Er hustete, seine Lippen waren aufgesprungen, seine Lunge strengte sich an, frische Luft zu fassen. Doch er fürchtete, so etwas würde ihm nicht mehr vergönnt sein. Um ihn herum schrien die Menschen, sie formten eine Kette und reichten einander Eimer mit Brunnenwasser. Die Mühe hätten sie sich sparen können. Wie sollte man die Feuer der Hölle löschen?

Der Hof war übersät mit Körpern gefallener Hexenjäger. Manche waren nur dunkle, reglose Haufen, andere rührten sich und stöhnten leise. Simon wusste, dass er ihnen zu Hilfe eilen sollte, doch er schaffte es nicht, aufzustehen. Braxton kümmerte sich um einen seiner Genossen, der Alte warf Simon einen benommenen Blick zu. Offenbar wartete er auf Anweisungen.

Befehle, die Simon nicht geben konnte. Er konnte kaum noch einen klaren Gedanken fassen, er konnte sich nicht mehr rühren. Er konnte nur noch nachgrübeln über den Augenblick, als Miri die Pistole auf seine Brust gerichtet hatte – mit eiskalten Augen. Hatte sie gelernt, Simon so zu hassen? War er ein so guter Lehrer gewesen? Hätte sie tatsächlich geschossen?

Das würde er wohl nie erfahren. Und er konnte sie jetzt auch nicht mehr fragen, denn er hatte sie gehen lassen. Miri, Hauptmann Remy, Gabrielle, den Comte – er hatte sie alle gehen lassen, er hatte keinerlei Anstalten gemacht, sie aufzuhalten oder einen Trupp zur Verfolgung zusammenzustellen. Simon hatte das Gefühl, dass die Explosion ihm nicht nur die Luft geraubt hatte, sondern auch sein Vertrauen in seine Fähigkeit, das Böse zu bekämpfen und es zu schlagen. Und er wusste, wem er das zu verdanken hatte.

Diesem Teufel von Renard. Wie sein alter Meister hatte auch Simon den dämonischen Comte maßlos unterschätzt. Nur Renard mit seiner schwarzen Magie konnte solch eine Verwüstung hervorrufen. Natürlich hätte Simon den Comte noch zu Fall bringen können, aber wieder einmal hatte sich ihm Miri in den Weg gestellt. Simon hatte den Dämon entkommen lassen, einem Mädchen zuliebe, das ihn nun verachtete.

Erschöpft fuhr er mit der Hand über seinen kahlen Schädel. Zumindest eines hatte er geschafft: Er hatte dem Zauberer das teuflische Handbuch entrissen. Der Deckel von Gabrielles Truhe war von den Flammen versengt, doch abgesehen davon war sie unversehrt.

Simon öffnete den Deckel, dann starrte er fassungslos hinein. Er rieb sich die brennenden Augen und betastete panisch das Seidenfutter, um sich zu überzeugen, dass er sich nicht irrte. Nein, er irrte sich nicht. Die Truhe war vollkommen leer. Keine Medaillons, kein Ring.

Und auch kein *Buch der Schatten.*

Im Palast ging es drunter und drüber, die Vorbereitungen für den Umzug des Hofs nach Blois waren zum Erliegen gekommen. Die Truhen waren schon gepackt, die Karren zur Hälfte beladen; doch nun harrten die Pferdeknechte, Zofen und Höflinge, zur Untätigkeit verdammt, den Befehlen des Königs. Heinrich Valois war außer sich gewesen, als er erfahren hatte, dass seine Hexenjäger angegriffen worden waren. Mit ein paar seiner Favoriten hatte er sich in seine Gemächer zurückgezogen und die letzten zwei Tage keinen Fuß mehr vor die Tür gesetzt.

Wie ein launisches Kleinkind, das schmollt, weil ein paar seiner Lieblingssoldaten kaputtgegangen sind, dachte Katharina verächtlich. Jede gesteigerte Erregung schien ihren Sohn so zu erschöpfen, dass er sich nur noch ins Bett legen konnte. Doch Heinrichs schlechte Laune war momentan eine ihrer geringsten Sorgen, auch wenn er ihr die Schuld an dem Angriff in die Schuhe schob.

Sie war versucht gewesen, ihm zu sagen, dass er die falsche Hexe verdächtigte. Katharina hatte genügend über die seltsame Explosion und den Brand erfahren, um zu erraten, wer dahintersteckte – Arianes teuflisch schlauer Gemahl Renard. Zu schade, dass der Comte es nur geschafft hatte, das Gasthaus zur Eiche abzubrennen, und nicht, alle Hexenjäger zu vernichten, vor allem Monsieur Le Balafre. Doch wenn die Berichte stimmten, hatte dieser elende Kerl tatsächlich überlebt, ebenso wie Gabrielle und Nicolas Remy. Sie waren aus Paris geflohen, zusammen mit der jüngsten Cheney-Schwester, dem Comte und Ariane.

Der Hexenjäger am Leben, die Geißel frei ... Katharina schenkte diesen beunruhigenden Nachrichten jedoch nur ab und zu einen flüchtigen Gedanken. Während sie ihre Gemächer durchmaß, ging ihr hauptsächlich eine Frage durch den Kopf: Wo zum Teufel steckte Bartholomäus Verducci?

Seit der Nacht des Feuers hatte sie von dem verfluchten Burschen nichts mehr gehört. Kein Wort in den letzten zwei Tagen! Sie konnte nur hoffen, dass der alte Narr bei dem wichtigsten Auftrag seines Lebens nicht zerfetzt worden war – dem Auftrag, das *Buch der Schatten* an sich zu nehmen.

Ihr Späher hatte ihr regelmäßig Bericht erstattet, und sie hatte auch von dem geplanten Handel erfahren – das Buch für Gabrielles Leben. Verducci hatte seine Anweisungen gehabt. Falls das Buch tatsächlich auftauchte, sollte er es in seinen Besitz bringen, koste es, was es wolle. Aber sie hätte es besser wissen müssen und weder Verducci noch sonst einen Bediensteten mit einer solch wichtigen Aufgabe betrauen sollen. Trotz der Gefahr, entdeckt zu werden, hätte sie sich verkleiden und es selbst holen müssen.

Verduccis Verschwinden brachte Katharina in Verlegenheit. Sie konnte den Mann schlecht offiziell suchen lassen, denn dann hätte sich bestimmt mancher gefragt, was ihr Diener in der Unterkunft der Hexenjäger zu suchen gehabt hatte. Deshalb zerbrach sie sich nun den Kopf, wie sie heimlich nachforschen lassen könnte. Doch endlich erlöste sie eine Zofe aus ihren Grübeleien und brachte ihr die willkommene Nachricht über die Rückkehr des Signore.

Mit erwartungsvoll pochendem Herzen entließ Katharina ihre Bediensteten. Als Verducci in ihr Vorzimmer taumelte, war selbst sie entsetzt, wie schlecht er aussah. Er wirkte wie jemand, der soeben den Tiefen der Hölle entkommen war. Offensichtlich hatte er sich seit dem Brand noch nicht umziehen können. Seine Hose und sein Wams waren angesengt und rußverschmiert, Augenbrauen und Bartenden waren versengt, und auf seiner hageren Wange prangte eine riesige Blase. Sein Kopf war mit einem blutbefleckten Verband umwickelt, sodass er keine Kappe tragen konnte.

Verducci humpelte zu Katharina, er schaffte es kaum, sich zu verbeugen, ohne das Gleichgewicht zu verlieren. »E-Euer Gnaden«, stammelte er.

Zu jeder anderen Zeit hätte sie ihn getadelt, weil er so lange gebraucht hatte, Bericht zu erstatten, aber jetzt musste sie auf solch sinnlose Vorreden verzichten; sie fragte nicht einmal, wo er eigentlich gesteckt hatte. Nur eines wollte sie wissen.

»Nun, Signore? Hatte der Comte das *Buch der Schatten?«*, fragte sie unwirsch. »Hast du deinen Auftrag erledigt und es dir verschafft?«

Verducci hielt einen Beutel hoch, dann schwankte der dürre kleine Bursche und brach zu Katharinas Füßen zusammen. Sie schenkte dem Bewusstlosen keinerlei Beachtung, ja, fast wäre sie in ihrer Eile, an den Beutel zu kommen, auf ihn getreten.

Ihr Herz pochte, und ihre Hände zitterten, als sie die Bänder aufschnürte. Nur mit Mühe konnte sie einen Triumphschrei unterdrücken, als sie ein abgegriffenes, in Leder gebundenes Buch herauszog …

Die meisten Höflinge waren still und beklommen; die geheimnisvollen Vorfälle im Gasthaus zur Eiche wurden nur hinter vorgehaltener Hand erörtert, weil man Angst hatte, es könne dem König zu Ohren kommen und seinen Zorn steigern.

Heinrich von Navarra allerdings hatte sich vorgenommen, so zu tun, als gingen ihn die jüngsten Ereignisse nichts an. Er saß, die Beine lässig ausgestreckt, auf einer Bank in den Tuilerien, augenscheinlich in ein Buch vertieft.

Aber es fiel ihm schwer, seinen üblichen Gleichmut zu wahren. Gabrielle war zwar in Sicherheit, doch in Heinrichs

Erleichterung mischten sich Verletzung und Wut; Wut auf sie und Remy, weil sie ihn betrogen hatten.

Eigentlich sollte er inzwischen daran gewöhnt sein, niemandem trauen zu können. Aber Gabrielle, die Frau, die er so verehrt hatte … Ihre Flucht hatte ihn wahrlich tief getroffen. Doch wenn es einen gab, auf den sich Heinrich völlig verlassen hatte, dann auf seine Geißel …

Heinrich hatten die Ereignisse im Gasthaus ebenso verblüfft wie alle anderen am Hofe. Wahrscheinlich würde er nie erfahren, was Gabrielle getan hatte, um der Hexerei beschuldigt zu werden. Weitaus klarer war ihm, was zwischen Gabrielle und Remy vorgefallen war: Sie hatten sich verliebt. Das hatte Heinrich seit dem Turnier vermutet, obwohl er sich von Gabrielle hatte beschwichtigen lassen.

Remy war es zu verdanken, dass Heinrich nun ganz genau wusste, wie es zwischen den beiden stand. Der Hauptmann hatte seinem König in einem schlichten Schreiben erklärt, dass er es bedaure, ihn jetzt nicht retten zu können, aber Gabrielle würde ihn augenblicklich dringender brauchen. Das konnte Heinrich ihm verzeihen. Er wünschte nur, er selbst hätte den Helden spielen und sie retten können. Stattdessen hatte er wie immer nutzlos herumgesessen.

Nein, dass Remy die Fluchtpläne aufgegeben hatte, fand Heinrich verzeihlich. Wenn er ehrlich war, hatte er nie so recht an ihren Erfolg geglaubt. Etwas anderes machte Heinrich weitaus mehr zu schaffen, etwas, wofür sich Nicolas Remy nicht einmal entschuldigt hatte: dass er mit der Frau auf und davon war, die Heinrich begehrte wie keine sonst. Remy hatte ihm nur in seiner direkten Art geschrieben:

»Ich liebe Gabrielle aus ganzem Herzen, so, wie Ihr es nie vermocht hättet. Wenn ich sie befreit habe, werde ich sie aus Paris fortschaffen und zu meiner Braut machen. Ich werde später einen Weg finden, Euch zu befreien. Ich stehe Euch nach wie vor mit allem zu Diensten, was ich habe, mein Lehnsherr. Eines jedoch kann ich Euch nie anbieten – meine Gemahlin.«

Remy liebte Gabrielle aus ganzem Herzen? Das war eine ziemlich leidenschaftliche Aussage für jemanden, der so nüchtern war wie der Hauptmann. Heinrichs Lippen zuckten ein wenig. Es wäre bestimmt amüsant gewesen, zu sehen, wie die mächtige Geißel endlich den Reizen einer Dame erlag – wäre es nicht ausgerechnet Gabrielle gewesen …

Doch Remys Worte nagten an ihm, vielleicht auch deshalb, weil er zugeben musste, dass der Hauptmann mit seiner Behauptung, er würde Gabrielle so lieben, wie Heinrich es nie vermocht hätte, wohl recht hatte. Die ernste Geißel war ein Mann, der in seinem ganzen Leben nur eine Frau lieben und ihr auf immer treu bleiben würde. Heinrich hingegen hatte die freizügige Haltung seines Großvaters geerbt, wie er sich grimmig eingestehen musste. Er liebte die Abwechslung. Wäre es bei Gabrielle anders gewesen? Er hätte es gerne geglaubt, war sich jedoch nicht sicher. Jetzt würde er es nie erfahren.

Seufzend blätterte er eine Seite in seinem Buch um. Die Schrift verschwamm vor seinen Augen. Er sah ständig nur Gabrielles goldenes Haar, die strahlend blauen Augen und die vollen, roten Lippen. Vielleicht würde er ihr und Remy irgendwann einmal verzeihen können. An und für sich war er nicht nachtragend.

Doch im Augenblick nagte der Neid an ihm. Er beneidete Remy nicht nur um Gabrielle, sondern auch um etwas noch Wertvolleres – seine Freiheit. Heinrich hatte bislang nie gezeigt, wie sehr ihn seine Gefangenschaft quälte, wie sehr ihn die beschämende Rolle demütigte, die ihm auferlegt worden war – Heinrich, der ländliche Possenreißer, der feige Verräter, der Marionettenkönig. Es betrübte ihn zutiefst.

Mehr noch als sein Verlangen nach Gabrielle hatte die wachsende Verzweiflung dazu beigetragen, dass er in Remys Fluchtpläne eingewilligt hatte. Seine Sehnsucht nach den zerklüfteten Bergen seiner Heimat, sein Bedürfnis, all die Intrigen am französischen Hof hinter sich zu lassen, sein brennender Wunsch, der König zu werden, der er werden wollte – stark, weise, tapfer.

Doch nun war er fast erleichtert, dass Remy seine Pläne vorerst aufgegeben hatte. Er hatte schon zu oft erleben müssen, dass Pläne zu seiner Rettung vereitelt und seine treuen Anhänger hingerichtet worden waren. Inzwischen war er davon überzeugt, dass diese Versuche hauptsächlich deshalb gescheitert waren, weil sie zu kompliziert gewesen waren und zu viele Leute erfordert hatten. Er war zwar entschlossener denn je zu fliehen, doch wenn die Zeit reif war, würde er einem ausgesprochen schlichten Plan folgen. Und dieser Plan würde nur von einer einzigen Person abhängen, der Heinrich völlig vertraute – von ihm selbst.

Doch vorläufig musste er die Drachen, die ihn bewachten, besänftigen und jeden Argwohn zerstreuen, den Remys Rückkehr geweckt hatte. Zum Glück hatte diese Rolle auch ihr Gutes.

Heinrich hörte ein diskretes Hüsteln. Er blickte von seinem Buch auf und stellte fest, dass ihn eine üppige Brünette mit strahlenden Augen und einem kecken Lächeln beobachtete. Sie war eine von Katharinas Damen; sie war das jüngste Angebot der Königin, ihn zu beschäftigen und von unerwünschten Gedanken abzulenken. Na gut, was soll's, dachte Heinrich und zuckte zynisch die Achseln. Eine Hose ließ sich leicht abstreifen, doch an seiner Meinung würde er festhalten.

Die junge Frau wedelte mit ihrem Fächer und verschwand mit einem koketten Blick hinter den Büschen. Heinrich grinste, schlug sein Buch zu und folgte ihr.

26

Das bescheidene Bauernhaus lag versteckt in einem Tal mehrere Wegstunden von Paris entfernt. Nicht weit genug weg für Gabrielles Geschmack, doch Remy hatte nicht weiterreiten können. Auf der letzten Meile hatte ihn nur Renards starker Arm davon abgehalten, aus dem Sattel zu kippen. Gabrielle war froh über die vorläufige Zuflucht, die ihnen das steinerne Bauernhaus mit seinen Ställen bot, in denen Kühe und Hühner untergebracht waren.

Das Anwesen gehörte einer gewissen Madame Perrot, einer Witwe, die für ihr köstliches Apfelgelee, ihre Sahne und ihren zarten Weichkäse bekannt war. Daneben war sie jedoch auch für ihre Heiltränke bekannt, die die Schmerzen bei einer Geburt oder der monatlichen Blutung linderten, sowie für ihre Salben, die bei allem möglichen Verwendung fanden, von Gelenkschmerzen bis hin zu Warzen. Wer sie nicht näher kannte, hätte kaum vermutet, dass die rundliche Frau mit dem Grübchen im Kinn zu den weisen Frauen gehörte, die vor Kurzem das Ratstreffen auf Faire Isle besucht hatten. Wahrscheinlich stand auch ihr Name auf der Liste, die Simon Aristide entgangen war.

Die Witwe kümmerte sich um Gabrielle und Miri, während Ariane Remy versorgte. Madame Perrot sorgte wie eine Mutter für sie und behandelte die Schnitte, die herumfliegende Glassplitter verursacht hatten, mit ihrer Salbe. Um Gabrielles verletzten Knöchel wurde ein Umschlag gewickelt.

»Den bekommt auch mein Pony, wenn es lahmt«, erklärte die Witwe augenzwinkernd. »Ein störrischer alter Gaul. Aber wenn es bei ihm hilft, sollte es auch bei Euch helfen, meine Liebe.«

Gabrielle murmelte ein Dankeschön, doch sie dachte kaum an ihre Schmerzen und ihre Erschöpfung; all ihre Gedanken und Kräfte waren auf Remy gerichtet. Ihm waren die Sinne geschwunden, während Ariane seine Wunde säuberte. Als sie fertig war, legten sie ihn in das Bett der Witwe. Er hatte den Großteil des Tages geschlafen, doch in der Nacht hatte er sich unruhig hin und her gewälzt.

Gabrielle wich kaum von seiner Seite. Gerade legte sie ihm ein kühles Tuch auf die Stirn. Sie hatte Angst, er könne einem Fieber oder seinen Albträumen zum Opfer fallen. Ariane hatte sie zwar gedrängt, sich auszuruhen, und ihr angeboten, sich währenddessen um den Hauptmann zu kümmern, doch Gabrielle hatte nichts davon wissen wollen.

Sie kauerte auf einem Holzstuhl neben dem Bett und bot ihm immer wieder einen Schluck Wasser an, wenn er kurz aufwachte. Der Kräutertrank, den ihm Ariane gegen die Schmerzen verabreicht hatte, hatte ihn sehr benommen gemacht. Wahrscheinlich bemerkte er überhaupt nicht, dass sie neben ihm saß. Dieser Gedanke tat ihr in der Seele weh.

Schließlich schlummerte sie doch ein und wurde erst wieder durch ein paar Spatzen geweckt, die fröhlich im Apfelbaum vor dem Fenster zwitscherten. Sie richtete sich auf und streckte sich unter Schmerzen. Alles tat ihr weh, selbst ihre Nackenmuskeln protestierten, als sie den Kopf drehte, um nach dem Mann im Bett zu sehen.

Das Morgenlicht fiel in die kleine Kammer und huschte über Remys Gesicht. Auf seinem Kinn lag ein dunkler Bartschatten. Er wirkte besorgniserregend still, sein Atem war kaum zu hören. Gabrielle legte die Hand auf seine Stirn und stellte erleichtert fest, dass sie sich kühl anfühlte. Kein Fieber – das war immerhin ein gutes Zeichen. Dennoch wirkte er schrecklich bleich und erschöpft, er sah aus wie ein mächtiger Krieger, der einen Schlag zu viel hatte einstecken müssen und jetzt nicht mehr die Kraft fand, sich zu erheben.

Unwillkürlich musste sie daran denken, wie anders er noch

vor einer Woche gewesen war, als er die letzten Vorkehrungen zur Rettung seines Königs getroffen hatte – vor Lebensfreude und vor Begeisterung strotzend. Wie gerne wäre sie ihm durch sein wirres dunkelblondes Haar gefahren, wie gerne hätte sie sein Gesicht gestreichelt, doch sie wollte seinen Heilschlaf nicht stören.

Deshalb zog sie sich wieder zurück, wobei sie sorgfältig darauf achtete, seinen verbundenen Arm nicht zu berühren, der auf der Decke ruhte. Seine breiten Schultern und sein Oberkörper waren ebenfalls zu sehen, seine alten Narben wirkten im sanften Morgenlicht noch grausamer. So viele Wunden, so viele Schmerzen für einen einzigen Mann, und jetzt hatte er noch eine weitere erleiden müssen.

Doch diesmal trug sie die Schuld an der dummen, sinnlosen Verwundung Remys. Wäre sie nicht so tollkühn gewesen, hätte sie ihn nicht immer wieder belogen, dann wäre es nie zu der schrecklichen letzten Nacht gekommen.

So zermürbte sich Gabrielle mit Selbstvorwürfen und hörte erst auf, als leise knarrend die Tür aufging und Ariane hereinschlich. Die Augen ihrer großen Schwester wirkten sehr erschöpft, ihr weiches braunes Haar fiel ihr lose auf die Schultern, doch abgesehen davon war sie so gelassen wie immer.

»Wie geht es ihm?«, flüsterte sie und kam auf Zehenspitzen näher.

»Ich weiß es nicht«, gestand Gabrielle und rang sich ein müdes Lächeln ab. »Meine Geißel sieht ziemlich schwach und hilflos aus.«

Ariane beugte sich hinab, um Remy zu untersuchen. Als sie seine Stirn nach Fieber befühlte und seinen Puls prüfte, kamen Gabrielle Arianes Hände viel nützlicher und zuversichtlicher vor als ihre eigenen. Sie fühlte sich schrecklich nutzlos. Während Ariane den Verband löste, um die Wunde zu inspizieren, zog sie sich ans Fenster zurück. Remy rührte sich kaum.

Sie legte ermattet den Kopf an den Fensterrahmen und atmete die frische Morgenbrise und die erdigen Gerüche aus dem Hof ein. Dort verfolgte Nekromant gerade eine glücklose Feldmaus. Hätte Miri das mitbekommen, hätte sie es unterbunden. Doch Miri striegelte gerade die Mähne eines stämmigen grauen Ponys, während Wolf am Pferchtor lehnte und ihr zusah.

Der Frieden des frühen Morgens wurde nur vom dumpfen Schlag einer Axt gestört. Der Comte de Renard hatte die Hemdsärmel hochgekrempelt und hackte Brennholz. Er zeigte keine Spuren mehr von dem Kampf im Gasthaus und der ermüdenden Flucht aus Paris. Dieser Mann besaß wahrhaftig ein unglaubliches Durchhaltevermögen. Die Freude, die ihm eine solch schlichte Aufgabe wie das Holzhacken bereitete, hatte Gabrielle früher dazu verleitet, ihn einen Bauern zu nennen. Doch der Anblick ihres Schwagers, wie er seine Axt schwang und gleichzeitig den Weg zum Hof überwachte, um mögliche Gefahren sofort zu erkennen, hatte etwas unendlich Beruhigendes und Tröstliches.

Es war gut, wenn ein starker Mann die Burg bewachte, vor allem jetzt, da ihre Geißel so verletzlich war. Gerade verband Ariane die Wunde wieder, dann trat sie vom Bett und nickte zufrieden, was Gabrielle ein wenig beruhigte.

Sie gesellte sich zu Gabrielle ans Fenster und sagte leise, um Remy nicht aufzuwecken: »Dein Hauptmann wird bald wieder gesund sein. Er ist ein starker Mann, der schon viel Schlimmeres überstanden hat. Er hat zwar viel Blut verloren, aber es ist nichts entzündet, und er hat kein Fieber. Jetzt braucht er nur ein wenig Zeit, um auszuruhen und zu genesen. Möge Gott uns diese Zeit schenken.«

Ariane warf einen besorgten Blick aus dem Fenster. Der Anblick ihres kraftvollen Gemahls schenkte wohl auch ihr ein wenig Trost und lockerte die Spannung in ihren Schultern. Es kam nur selten vor, dass Ariane ihr glänzendes, dichtes braunes Haar offen trug. Meist wand sie es zu einem Knoten, den sie unter einer Haube versteckte. Mit offenen Haaren wirkte sie jünger. Dennoch entdeckte Gabrielle Spuren eines Leids in Arianes ernsten Augen, das sie noch nie bei ihr gesehen hatte, nicht einmal nach dem Tod ihrer Mutter.

Seit ihrem ungestümen und gefährlichen Wiedersehen in Paris hatten sie kaum Zeit füreinander gehabt; zu viele Sorgen und Gefahren waren ihnen im Weg gestanden. Nun war ihnen der erste ruhige Augenblick vergönnt, doch das Schweigen, das sich auf sie senkte, wirkte angestrengt. Zu schwer wogen die Erinnerungen an ihre Auseinandersetzungen, an die bitteren Meinungsverschiedenheiten, die dazu geführt hatten, dass sich ihre Wege getrennt hatten.

Gabrielle hatte ihrer Schwester so viel zu erzählen, dass sie gar nicht wusste, wo sie anfangen sollte. Es wunderte sie, dass Ariane sich so lange zurückgehalten hatte. Ihre ältere Schwester neigte nicht dazu, Dinge auf sich beruhen zu lassen; sie wollte immer alles richten, alles heilen, auch das, was manchmal noch nicht dazu bereit war. Gabrielle waren Arianes Fragen und ihre prüfenden Blicke, die Schicht um Schicht in ihr Herz vordrangen und Wunden aufdeckten, die Gabrielle am liebsten eifrig beschützt hätte, oft lästig gewesen.

Aber Ariane fragte nicht und drängte nicht. Sie wartete. Ihr Blick war gesenkt, die Hände gefaltet. Auf einmal begriff Gabrielle, dass es ihrer Schwester genauso schwer fiel wie ihr, die Kluft zwischen ihnen zu überbrücken.

Schließlich räusperte sich Gabrielle und meinte: »Es war meine Schuld.«

»Wie bitte?«, fragte Ariane verdutzt.

»Unser Streit. Der Bruch zwischen uns, und auch das, was Remy passiert ist.« Sie deutete bekümmert auf das Bett. »Ich bin an allem schuld.«

»Ach so? Du hast auf den Hauptmann geschossen? Na gut, das kann ich verstehen. Ich war selbst oft versucht, Renard so zu behandeln, vor allem, als ich herausfand, dass er dieses verfluchte Buch hatte.«

Der Versuch ihrer Schwester zu scherzen war ja etwas ganz Neues! Normalerweise war Ariane immer sehr ernst, fast quälend ernst. Jetzt wollte sie mit dieser kleine Neckerei wohl ein wenig die Stimmung auflockern. Aber ihr feiner Humor hatte eine unerwartete Wirkung auf Gabrielle. Sie gab ihre Zurückhaltung auf, und Tränen stiegen ihr in die Augen.

»Oh, Ari, ich – ich habe schrecklich viel dummes Zeug angestellt.« Ihre Stimme ging in einem heftigen Schluchzer unter.

Ariane nahm Gabrielle stumm in die Arme. Gabrielle hatte sich gegen den Trost ihrer großen Schwester häufig gewehrt, doch jetzt ließ sie sich bereitwillig an Arianes weiche Schulter sinken und weinte alles aus sich heraus – all ihr Liebesleid, ihre Ängste und ihre Sorgen, die sie seit ihrem Streit mit Remy fest unter Verschluss gehalten hatte.

Ariane wiegte sie und streichelte ihr übers Haar. Ihre sanften, heilenden Hände waren der ihrer verstorbenen Mutter sehr ähnlich. »Ist ja schon gut, mein Liebes. Es ist bestimmt nichts passiert, was nicht auch wieder gerichtet werden kann.«

»Du – du weißt ja noch gar nichts. Du hast ja nicht die geringste Ahnung, was ich alles getan habe.« Gabrielle trat einen Schritt zurück und holte tief Luft. Jetzt schüttelte sie auch noch ein Schluckauf. Sie rieb sich die Augen, bis Ariane ein Taschentuch hervorzog. Ariane hatte immer ein Taschentuch.

Ihre große Schwester umfasste ihr Kinn und tupfte ihre Wangen trocken. »Ich fürchte, ich weiß einiges von dem, was du so getrieben hast. Bette ist dir nicht zufällig nach Paris gefolgt, um bei dir zu arbeiten. Ich habe sie damit beauftragt.«

Gabrielle riss erstaunt die Augen auf. Rasch fuhr Ariane fort: »Es war mir unerträglich, nicht zu wissen, wie es dir geht, bei all den Gefahren in der Stadt und am Hof, und noch dazu in nächster Nähe der dunklen Königin. Ich habe Bette gebeten, mir regelmäßig zu berichten. Die Tauben, die sie hinter den Ställen gezüchtet hat, waren nicht für deine Kochtöpfe bestimmt.«

»Das hätte ich mir gleich denken können. Ich hasse Taubenpastete, und Bette weiß das ganz genau.«

»Sei bitte nicht böse auf sie. Es war meine Idee, ich habe sie gebeten, es zu tun.«

»Ich bin weder ihr noch dir böse«, erwiderte Gabrielle. »Vielleicht wäre ich früher töricht genug gewesen, mich darüber zu ärgern. Aber ich hatte wahnsinnige Angst, du würdest mich nicht mehr mögen, wenn du mich je wieder zu Gesicht bekommen oder von mir hören würdest. Ich dachte, ich … ich hätte dich schrecklich enttäuscht und beschämt, indem ich Kurtisane wurde und in das Haus zog, das Papas Mätresse gehört hatte. Ich dachte, du würdest mich hassen.«

»Ach Gabrielle, wie kommst du denn darauf? Du und ich, wir beide hatten immer wieder Meinungsverschiedenheiten …«

Gabrielle lächelte. »Das ist leicht untertrieben.«

Auch Ariane lächelte, aber ihr Lächeln war zittrig. »Ich war oft betrübt über deine Entscheidungen, ich hatte Angst um dich, und ich war traurig. Aber du bist meine Schwester. Ich werde dich immer lieben, egal was kommt.« Tränen stiegen ihr in die Augen. »Ich habe dich schrecklich vermisst.«

»Ich dich auch.«

Gabrielle drückte ihre Schwester fest an sich. Lachend und weinend lagen sie sich in den Armen. Als sie sich wieder voneinander lösten, spähten beide schuldbewusst zu Remy, doch der schlummerte weiter ungestört. Sie teilten das Taschentuch und trockneten sich gegenseitig die Tränen.

Gabrielle hatte es immer gehasst, zu weinen; sie hielt Weinen für eine weibliche Schwäche, die sie sich nicht leisten wollte. Am meisten hatte sie es gehasst, vor ihrer stets so gefassten großen Schwester zusammenzubrechen. Aber jetzt ging es ihr nach ihrem gemeinsamen Tränenausbruch erstaunlich gut.

Ariane schniefte noch einmal, dann meinte sie: »Wie mir zu Ohren kam, bist du mit Remy verlobt?«

Gabrielle schüttelte traurig den Kopf. »Das ist leider vorbei. Wahrscheinlich kennst du den Rest der Geschichte nicht, weil Bette ihn nicht kennt.«

»Ich habe die Geschichte nicht von Bette, Liebes, sondern von Remy.«

»Von Remy?«, fragte Gabrielle verblüfft.

»Nachdem Miri uns benachrichtigt hatte, was Simon Aristide plante, machten Renard und ich uns sofort auf den Weg nach Paris. Wir wollten als Erstes mit Remy sprechen, aber ihn zu finden war nicht so einfach. Der gute Hauptmann hat nämlich auf der Suche nach dieser Lascelles die ganze Stadt auf den Kopf gestellt.«

»Er suchte Cass? Warum das denn?«

»Er hatte sich in den Kopf gesetzt, sie zu zwingen, die Wahrheit zu sagen, um deine Unschuld zu beweisen. Er wollte verhindern, dass du dein Leben lang vor Hexenjägern auf der Flucht sein musst.«

Das also hatte Remy getan, als Gabrielle glaubte, er habe sie verlassen. Es rührte sie zwar, dass er ihretwegen so etwas versucht hatte, doch gleichzeitig war sie auch erschrocken.

»Ich bin froh, dass Remy sie nicht gefunden hat«, sagte sie. »Cass ist der gefährlichste Mensch, den ich kenne, einschließlich der dunklen Königin. Du hast mich immer vor Leuten gewarnt, die schwarze Magie praktizieren, aber natürlich habe ich nicht auf dich gehört. Du selbst wärst bestimmt nie versucht gewesen.«

Über Arianes sanfte Züge huschte leichter Unmut. »Ich bin keine Heilige, Gabrielle, auch wenn du mir oft unterstellt hast, ich würde mich dafür halten.«

»Es tut mir leid, Ari, ich wollte nicht …«

»Nein, nein, du hattest ganz recht. Ich habe mich nach Kräften bemüht, die Rolle der allwissenden, überaus weisen Herrin von Faire Isle zu spielen – vor allem, damit keiner erkennt, was für eine Hochstaplerin ich bin. Ich war bestimmt unerträglich.« Sie seufzte tief. »In Wahrheit bin ich nicht weise. Weit gefehlt! Kurz nach Mamans Tod war es besonders schwer für mich. Unser Vater war auf See verschollen, ich musste mich um dich und Miri kümmern, und dazu noch um die Schulden, die Papa uns hinterlassen hatte; und auf der Insel erwarteten alle, dass ich genauso weise wäre wie Maman.«

Ariane schluckte schwer, bevor sie gestand: »Ich war so verzweifelt, dass ich mich selbst der schwarzen Magie zugewandt habe. Ich – ich habe Mamans Geist heraufbeschworen.«

»Du hast dich in der Geisterbeschwörung versucht? Ich wusste gar nicht, dass du dich damit auskennst.«

»Mir fehlt die Begabung, die Cassandra ganz offenkundig besitzt. Aber es gelang mir mehrere Male, mit unserer Mutter in Verbindung zu treten. Und obgleich ich ihr versprach, es nicht noch einmal zu tun, war ich doch immer wieder versucht. Vor allem im letzten Jahr, als … als …« Ariane verstummte, und ihre Augen verdüsterten sich leidvoll.

»Miri hat mir erzählt, dass du … dass du Schwierigkeiten hattest; dass du ein Kind verloren hast.« Gabrielle drückte die Hand ihrer Schwester. »Es tut mir so leid!«

Ariane brachte ein schwaches Lächeln zustande. »Danke, aber ich fürchte, ich habe mich viel zu tief in mein Leid vergraben. Ich war unendlich wütend auf Justice, als ich begriff, dass er hinter meinem Rücken das *Buch der Schatten* erworben hatte und tatsächlich versuchte, darin zu lesen. Schließlich gestand er mir, dass er irgendein Gebräu nach dem Rezept seiner Großmutter zu sich nahm, um seinen Samen zeitweise unfruchtbar zu machen. Ich war am Boden zerstört. Aber er wollte mich doch nur schützen, bis er eine Möglichkeit fände, dass ich gefahrlos ein gesundes Kind zur Welt bringen könnte.«

Ariane schlang die Arme um sich und lehnte sich müde an die Wand. »Ich war so beschäftigt mit dem, was ich wollte, dass ich nicht auf die Gefühle meines Gemahls geachtet habe. Justice hat bei seiner Geburt seine Mutter verloren, und ich wusste genau, dass es seine größte Angst war, es würde mir genauso ergehen; ich aber zog es vor, nicht darauf zu achten. In meinem Bestreben, Mutter zu werden, habe ich vergessen, eine gute Gemahlin zu sein. Ich … ich hoffe, er verzeiht mir.«

»Dein Unhold wird dir bestimmt sagen, dass es nichts zu verzeihen gibt. Der Mann liebt dich über alles, Ariane.«

Ariane lächelte und zog die Brauen hoch. »Genau wie deine Geißel dich liebt. Auch wenn du so töricht warst, eure Verlobung zu lösen, glaube ich nicht, dass Remy dich so einfach gehen lässt.«

Wenn sich Gabrielle dessen doch nur sicher hätte sein können! Sie warf einen sehnsüchtigen Blick auf den Schlafenden. »Aber was sollen wir jetzt tun, Ariane? Glaubst du, Aristide und seine Hexenjäger werden uns bis nach Faire Isle verfolgen?«

»Ich fürchte, ja.«

»Ich wünschte, Renard hätte es geschafft, diesen Schweinehund in die Luft zu jagen«, erklärte Gabrielle verbittert.

»Äh … das war nicht Justice, das war ich.«

»Wie bitte?« Gabrielle starrte ihre Schwester fassungslos an.

Ariane wand sich ein wenig und wirkte schuldbewusster, als Gabrielle sie je gesehen hatte. »Es war dieses verfluchte Buch«, sprudelte es schließlich aus ihr hervor. »Selbst ich konnte der Versuchung nicht widerstehen, einen Blick hineinzuwerfen. Justice und Remy arbeiteten einen Plan für deine Rettung aus, aber es hätte eine ganze Menge dabei schiefgehen können. Nur eine einzige klitzekleine List, dachte ich, nur für alle Fälle.

Ich fand die Anleitung zur Herstellung eines Brandsatzes, der so klein war, dass man ihn mit einem Pfeil abschießen konnte. So einen Brandsatz habe ich hergestellt und mitgenommen – für den Fall, dass alles andere fehlschlagen sollte und Justices Männer in einen Hinterhalt geraten würden. Ich war immer so gut darin, die alte Sprache zu lesen, und ich dachte, ich hätte die Anleitung genau befolgt. Der Sprengsatz sollte nur wie ein riesiges Feuerwerk losgehen und uns eine Ablenkung verschaffen. Stattdessen ist es ein Wunder, dass ich uns nicht alle in die Luft gejagt und halb Paris in Brand gesteckt habe.«

Ariane ließ den Kopf hängen. Sie wirkte so erschüttert über das, was sie angerichtet hatte, dass Gabrielle sie eigentlich hätte trösten sollen. Doch es fiel ihr schwer, ein Lächeln zu unterdrücken. Ariane merkte, was in ihr vorging, und runzelte die Stirn. »Das ist alles andere als lustig, Gabrielle. Ich hätte eine Menge unschuldiger Menschen in den Tod schicken können.«

»Aber das hast du nicht«, stellte Gabrielle nüchtern fest.

»Aber es hätte passieren können. Du siehst also, wie schrecklich ich in Wahrheit bin. Wahrscheinlich hast du jetzt keine Achtung mehr vor mir.«

Gabrielle grinste nur und drückte ihre Schwester an sich. »Ganz im Gegenteil, meine Achtung ist immens gestiegen. Mit der Herrin von Faire Isle muss man tatsächlich rechnen. Und ein Gutes hatte das Feuer auf alle Fälle: Das böse Buch ist bestimmt verbrannt, und wir müssen uns deswegen keine Sorgen mehr machen.«

Als Ariane noch immer untröstlich wirkte, setzte Gabrielle hinzu: »Deine Explosion kam genau rechtzeitig.«

Ernst erzählte sie Ariane, was mit Miri passiert war. »Du kennst ja unsere kleine Schwester. Sie war immer so weichherzig, so fassungslos, wenn es um Gewalt ging. Früher hätte sie selbst eine Giftschlange von der Straße geholt, damit sie nicht überfahren wird. Aber ich habe noch nie einen so harten Ausdruck in ihrem Gesicht gesehen wie in dem Augenblick, als sie die Pistole auf Aristide richtete. Ich – ich glaube, sie wollte ihn wirklich töten, um mich und Renard zu retten.«

Gabrielle biss sich auf die Lippe. »Am liebsten würde ich

den Schweinehund persönlich dafür erschießen, was er Miri angetan hat, dieser unschuldigen, arglosen Seele. Wieder hat er sie hintergangen, und dann dreht er sich um und rettet sie, selbst um den Preis, dass Renard seiner Vergeltung entkommt. Kein Wunder, dass Miri vollkommen verwirrt ist. Warum kann der elende Kerl sich nicht endlich entschließen, wie ein richtiger Schurke zu handeln?«

»Weil niemand durch und durch böse ist. In uns allen mischt sich Licht mit Dunkel. Manche Herzen sind dunkler als andere«, gab Ariane reumütig zu. »Auch mir tut es leid, was Miri zugestoßen ist. Aber die Welt steckt voller Arglist und Betrug. Miri hätte nicht für immer an ihrer Unschuld und ihren Träumen festhalten können. Sie musste irgendwann erwachsen werden, so ungern wir beide das sehen.«

»Ja, mir fällt es ausgesprochen schwer«, sagte Gabrielle. »Keinen hat ihr Glaube an Feen und Einhörner und ihr Vertrauen in diesen heimtückischen Aristide so aufgeregt wie mich. Aber es tut mir weh, sie so ernüchtert zu sehen; miterleben zu müssen, wie ihr Herz gezwungen wird, sich zu verhärten. Ich wollte nie, dass sie sich so verändert.«

»Wenn es dich tröstet, kann ich dir sagen, dass es an unserer kleinen Schwester noch immer vieles gibt, was sich nicht verändert hat.« Ariane deutete auf Miri und Wolf, die auf der Koppel neben dem Pony standen. Sie hatten verschwörerisch die Köpfe zusammengesteckt – Martins dunkler Haarschopf dicht neben Miris blondem.

»Miri lässt nicht von ihrem festen Glauben an die Rechte der Tiere ab, und dass sie mit ihnen reden kann«, erklärte Ariane. »Offenbar hat das Pony ihr eine traurige Geschichte erzählt, wie einsam es sich fühlt und wie gern es auf einem Bauernhof mit anderen Pferden leben würde und vielleicht auch mit ein paar Kindern, die mit ihm spielen.«

»Oh nein!«, stöhnte Gabrielle. Sie wusste, was als Nächstes kommen würde. Miri hatte schon öfter arme Tiere aus den Fängen ihren rechtmäßigen Besitzer *befreit* – wie sie es nannte.

»Wir würden Madame Perrots Gastfreundschaft übel vergelten, wenn Miri ihr Pony stehlen würde«, meinte Ariane.

»Und Martin Le Loup wäre genau der Richtige, um ihr dabei zu helfen«, pflichtete Gabrielle ihr bei. »Wir sollten die beiden unbedingt im Auge behalten.«

Ariane wollte nicken, doch dann erstarrte sie, und auf ihr Gesicht schlich sich gespannte Erwartung. Sie neigte den Kopf, als würde sie einen Ruf vernehmen. Gabrielle hörte nichts, aber sie sah, dass Renard zu ihnen hinaufblickte. Er berührte seinen Ring mit den seltsamen Runen, und Ariane tat dasselbe mit dem Reif an ihrem Finger.

Gabrielle konnte nur ahnen, was die beiden sich mitgeteilt hatten, doch Arianes Augen wurden plötzlich ganz sanft und ihre Wangen röteten sich. »Ich glaube, ich – ich brauche ein wenig frische Luft.«

»Oh ja, ganz bestimmt«, meinte Gabrielle gedehnt.

Ariane errötete noch stärker unter Gabrielles wissendem Blick. Sie lächelte verlegen, dann ging sie hinaus. Auf der Schwelle drehte sie sich noch einmal um und rief: »Kümmere dich um deine Geißel. Remy wird sicher bald aufwachen, und dann wird er dich brauchen.«

Gabrielle blieb am Fenster stehen und sah, wie ihre Schwester auf den Hof trat. Sobald Renard seine Gemahlin erblickte, legte er die Axt beiseite. Die beiden sahen sich tief in die Augen, und dann stürzte sich Ariane auch schon in Renards Arme. Er hob sie hoch, und ihre Lippen trafen sich zu einem leidenschaftlichen Kuss.

Gabrielle beobachtete sie wehmütig. Sie beneidete ihre Schwester um die Liebe, die sie mit ihrem Gemahl teilte und die über das Bedürfnis nach Worten hinausging, eine Liebe, die alle Missverständnisse und Verletzungen heilen konnte und es ihnen erlaubte, immer wieder von Neuem zu beginnen. Würden sie und Remy je so weit kommen? Gabrielle schlich zurück an sein Bett. Er hatte die Augen geschlossen, offenkundig merkte er nicht, dass sie hier war.

»Remy wird bald aufwachen, und dann wird er dich brauchen.«

Gabrielle sank auf die Knie, vergrub das Gesicht in der Bettdecke und betete, dass Ariane recht hatte.

Sie wusste nicht, wie lange sie so kniete. Vielleicht hatte die Erschöpfung ihren Tribut gefordert, und sie war eingeschlafen. Doch als etwas ihre Haare streifte, war sie sogleich hellwach. Ihr Herz machte einen wilden Sprung, als sie bemerkte, was es war – Remys Hand. Der Hauptmann lächelte sie matt an. Er wirkte zwar noch sehr erschöpft, aber in seine Wangen war ein wenig Farbe zurückgekehrt, und seine Augen waren überraschend klar.

»Remy!« Sie sprang auf. »Du – du bist wach. Wie geht es dir? Hast du Schmerzen? Was kann ich dir bringen? Ein Glas Wasser oder vielleicht einen Branntwein? Oder willst du noch einen Schluck von Arianes Trank?«

In ihrem Eifer wollte sie schon aus der Kammer stürzen, doch Remy richtete sich auf und hielt sie zurück. Er zuckte zusammen, offenbar musste er für diese plötzliche Bewegung büßen. Gabrielle kauerte sich sofort wieder neben ihn.

»Was machst du denn da?«, schalt sie und drückte ihn sanft auf das Kissen zurück. »Bleib liegen!«

»Ja, das mache ich, solange … solange du nicht gehst«, ächzte er. »Ich brauche jetzt nichts bis auf …«

»Ja?«

Er atmete tief durch, dann beantwortete er die Frage, indem er auf die Matratze neben sich klopfte. Gabrielle setzte sich vorsichtig zu ihm. Sie sehnte sich danach, sein Gesicht mit Küssen zu bedecken und ihren Freudentränen freien Lauf zu lassen. Doch die Frau, die sich noch vor Kurzem als geschickte Verführerin betrachtet hatte, war nun scheu und verlegen. Sie hatte Angst, ihm wehzutun und noch mehr Schaden zuzufügen, als sie es ohnehin schon getan hatte.

Remy nahm ihre Hand. Sein Griff fühlte sich überraschend

stark an, als fürchte er, sie würde sich vor seinen Augen in Luft auflösen, wenn er sie nicht ganz fest hielt. Er musterte sie unter halb geschlossenen Lidern, bis sie sich schrecklich fühlte mit ihrem zerknitterten Gewand und ihren ungekämmten Haaren. Vielleicht war es töricht von ihr, sich ausgerechnet jetzt Sorgen über ihr Aussehen zu machen, aber sie hatte einfach zu lange geglaubt, ihre Schönheit sei das Einzige, was sie zu bieten hätte.

Sie lachte zittrig. »Ich sehe bestimmt schauderhaft aus.«

»Nein, nur sehr müde«, murmelte Remy. »Du hättest dich zurückziehen und ein wenig ruhen sollen. Aber ich bin selbstsüchtig, ich war froh, dass du bei mir geblieben bist.«

»Du hast gemerkt, dass ich da war? Ich dachte, vielleicht würdest du mich für Ariane halten.«

»Ich kenne deine Hände, Gabrielle.«

Bei dieser Versicherung durchströmte sie freudige Wärme. »Oh, ich war mir nicht sicher. Ich dachte, du stündest am Rand eines Deliriums, und außerdem hatte ich Angst, dass dich deine Albträume einholen könnten.«

»Das hätte geschehen können, aber du warst ja da. Ich habe dein Gesicht im Kerzenschein gesehen. Dir ist es immer gelungen, meine Albträume fernzuhalten.«

»Ich dachte schon, dass ich sie inzwischen auslöse«, erwiderte sie. »Oh, Remy, bitte glaub mir, es tut mir alles so schrecklich leid …«

»Sei still«, bat er und drückte ihr sanft die Hand. »Nichts mehr davon. Ich bin genauso schuld an unserem schrecklichen letzten Abschied. Ich weiß, wie aufbrausend ich sein kann, wenn ich wütend werde. Aber ich habe nicht gewusst, wie hart und unnachgiebig ich sein kann, bis Wolf mich freundlich darauf hingewiesen hat.«

»Ausgerechnet der!«, meinte Gabrielle empört. »Das ging ihn doch wahrhaftig nichts an.«

»Oh doch. Der Junge ist mir ein guter Freund. Vielleicht der beste, gleich nach dir.«

Gabrielle hatte in ihrem Leben schon viele Komplimente gehört, aber noch keines hatte sie so tief bewegt. Remy umschloss ihre Hand wieder ganz fest. »Erst als du im Gasthaus bei meinem Anblick geweint hast, ging mir auf, wie töricht ich all die Zeit gewesen bin.«

»Das war nur der Rauch, Remy, er hat mir in den Augen gebrannt.«

»Nein, nicht nur. Ich werde nie vergessen, wie du weinend gestammelt hast: *Du bist gekommen, um mich zu holen,* als hättest du geglaubt, das würde ich nicht tun. Als hättest du ernsthaft gedacht, ich würde dich wegen Heinrich im Stich lassen.«

»Oh nein, Remy.« Gabrielle beugte sich vor und wagte es endlich, ihn zu berühren. Sie versuchte, die Sorgenfalten auf seiner Stirn zu glätten. »Ich habe nie daran gezweifelt, dass du kommen würdest. Du hast mir doch geschworen, immer für mich da zu sein, und du hast deine Versprechen stets gehalten. Obwohl ich mit der Zeit anfing, mir ein wenig Sorgen zu machen, weil ich nicht wusste, wo du stecktest«, gestand sie verlegen.

»Ich habe versucht, diese böse Frau aufzustöbern.«

»Ich weiß. Ariane hat es mir erzählt.«

Remys Blick verfinsterte sich bedauernd. »Ich wollte dich zwar retten, aber darüber hinaus auch eine Möglichkeit finden, dich von allen Anklagen zu befreien. Du solltest nicht den Rest deines Lebens in Angst vor Hexenjägern verbringen müssen.«

»Wenn man bedenkt, was für eine Frau ich bin und aus welchem Haus ich stamme, ist das wahrscheinlich unausweichlich«, entgegnete Gabrielle mit einem müden Lachen. »Ich kann schon damit leben, aber ich finde es schrecklich, dass ich dich damit belaste.«

Sie atmete tief durch, dann stieß sie tapfer hervor: »Und wenn du dir diese Belastung nicht mehr antun willst, dann löse dich von mir!«

Als Remy die Stirn runzelte und widersprechen wollte, legte sie ihm den Finger auf den Mund. »Nein, Remy, hör mir zu: Ich verstehe, wie enttäuscht du warst, den Versuch zu Heinrichs Rettung abbrechen zu müssen. Ich fürchte, ich war immer eifersüchtig, weil du deine Mission so pflichtbewusst vorangetrieben hast. Aber dein Pflicht- und dein Ehrgefühl sind ein Teil von dir, sie machen dich zu dem Mann, den ich liebe. Ich möchte nicht, dass du dich veränderst.«

Remy küsste ihre Fingerspitzen, dann schob er ihre Hand beiseite. »Ich glaube, Heinrich würde mich sehr gut verstehen. Gelegentlich hat er ein paar Einsichten, die mich hoffen lassen, dass mein junger König nicht ganz untauglich ist. Einmal sagte er mir, ein Mann solle in erster Linie der Frau verpflichtet sein, die er liebt.«

Remy betrachtete sie mit dem tiefernsten Blick, mit dem er vor Langem ihr Herz erobert hatte. »Aber du bist mehr als nur eine Person, der ich mich verpflichtet fühle. Du bist die Frau, dich ich liebe, du bist mein Leben – meine Seele.«

Gabrielle traten Tränen der Rührung in die Augen. Sie beugte sich über ihn und wollte ihm einen sanften Kuss auf die Lippen drücken, doch er hielt sie auf und meinte: »Warte, ich muss erst noch etwas tun.«

Er verzog das Gesicht und machte Anstalten aufzustehen. Das konnte sie natürlich nicht zulassen. Sie befahl ihm streng, liegen zu bleiben, und er fügte sich, wenn auch widerwillig. »Na gut, aber dann musst du mir helfen. Weißt du, was aus meinen Sachen geworden ist? Aus meiner Satteltasche?«

»Alles liegt dort drüben in der Ecke.«

»Gut«, ächzte er erleichtert. »Dann mach bitte die Satteltasche auf und suche nach einem kleinen Lederbeutel.«

Gabrielle gehorchte und kehrte mit dem Beutel zurück. Er fühlte sich so leicht an, als wäre er leer. Da es Remy zu viele Schmerzen bereitete, den verletzten Arm zu bewegen, versuchte er mit einer Hand, den Beutel aufzuschnüren. Als ihm dies nicht gelang, musste er ihn schließlich wieder Gabrielle reichen. Sie schüttelte den Inhalt auf ihre Hand – ein goldener Ring.

»Ein Verlobungsring«, meinte er barsch. »Ich weiß, dass er nicht viel hermacht, doch bei all dem Durcheinander hatte ich nicht die Zeit, richtig zu suchen, und den hier konnte ich mir gerade noch leisten.«

Jetzt konnte Gabrielle die Tränen nicht mehr zurückhalten. »Ach, Remy«, stammelte sie schluchzend.

»Du hast mir vorgeworfen, dass ich dich nur auf Befehl des Königs hin heiraten wollte. Nun, ich wollte nicht, dass du den Rest unseres Lebens an dieser Vorstellung festhältst, und deshalb beschloss ich, in aller Form um deine Hand anzuhalten. Eigentlich sollte ich mich dafür hinknien.«

»Wage es bloß nicht!«, meinte Gabrielle nur.

»Na gut.« Remy lächelte bedauernd, dann nahm er ihre Hand. »Wahrscheinlich müssen wir uns jetzt damit zufriedengeben. Gabrielle Cheney, erweist du mir die Ehre …«

»Ja!«

»Lass mich wenigstens ausreden«, knurrte Remy. »Erweist du mir die Ehre, meine Frau zu werden? Erlaubst du mir, dich zu lieben, zu ehren und zu beschützen bis ans Ende unserer Tage?«

»Oh ja!«, flüsterte Gabrielle. »Und auch ich werde dich lieben und ehren.« Ihre Hand zitterte, als Remy den Ring nahm und ihn über ihren Finger streifte.

Ihr Haar bildete einen goldenen Vorhang, als sie sich über ihn beugte, um seine Lippen sanft mit ihren zu berühren. Doch das ließ die Geisel nicht zu. Ohne auf seine Wunde zu achten, umfasste er ihren Nacken und zog sie zu sich, um ihre Verlobung mit einem feurigen Kuss zu besiegeln.

Epilog

Die Sonne fiel durch das Laubdach und verteilte funkelnde Lichtdiamanten auf dem träge dahinfließenden Bach. Stille hatte sich auf den Wald hinter Belle Haven gesenkt, eine Stille, die nur vom Murmeln des Wassers und einem gelegentlichen Windhauch unterbrochen wurde, der durchs Laub strich, sodass es klang, als würden die uralten Bäume einen zufriedenen Seufzer über die Rückkehr einer lang verloren geglaubten Tochter ausstoßen.

Gabrielle hielt in ihrer Arbeit inne, um den frischen Duft der Nadelbäume zu genießen, der sich unter die süßen Aromen der Wildblumen und den schwereren Geruch der Erde mischte.

Noch nie hatte sie die ruhige Schönheit ihrer Heimat so genossen.

Vielleicht wurde ihre Freude auch durch das Wissen verstärkt, dass dieser Frieden gefährdet war. Simon Aristide und die Hexenjäger würden nicht lange auf sich warten lassen und bestimmt von Truppen des Königs verstärkt werden. Heinrich Valois war mit Sicherheit erbost über den Angriff auf den Mann, den er beauftragt hatte, Frankreich von Hexen zu säubern. Faire Isle war wahrscheinlich bald keine Zuflucht mehr für all die Frauen, die lange Zeit nichts anderes hatten tun wollen als zu lernen, zu unterrichten, zu heilen und zu hüten, was es an altem Wissen und Kenntnissen zu bewahren gab.

Gabrielle vertrieb die Angst aus ihrem Denken, sie wollte sich den schönen Tag nicht von düsteren Aussichten verderben lassen. Sie schüttelte ihr Haar zurück, vergrub die nackten Zehen in dem kühlen Gras und freute sich über den Zauber von Faire Isle, bis er direkt durch ihre Fußsohlen aufzusteigen und sie in den Fingerspitzen zu kitzeln schien.

Ihre Hände pulsierten von dem Zauber, den nur sie besaß, ihre Finger schienen wie von selbst den Pinsel zu bewegen und mit starken Strichen Farben auf die Leinwand aufzutragen. Das Bild, das sie soeben fertigstellte, war teils ihrer Eingebung zu verdanken, teils dem Mann, der unter der alten Platane ruhte.

Remy war wieder vollständig genesen. Vielleicht hatte er sich von der Trägheit eines schönen Sommertages übermannen lassen, vielleicht war er auch nur eingeschlummert, weil Gabrielle so völlig in ihre Arbeit vertieft war. Er lehnte am Stamm und war umfangen von den Ästen des alten Baumes, dem einstigen Drachen, der an einem solch trägen Sommernachmittag natürlich auch nur voller Wohlwollen sein konnte.

Remy rührte sich nicht, bis Gabrielle die letzten Pinselstriche gesetzt hatte. Er wurde vom Schnattern zweier Eichhörnchen geweckt, die sich über ihm um den Besitz eines bevorzugten Astes stritten; doch vielleicht war es ja auch das Vorspiel zu einer Paarung. Miri hätte das sicher gewusst.

Remy richtete sich auf, reckte sich und gähnte. Er bedachte Gabrielle mit einem entschuldigenden Lächeln. »Bin ich tatsächlich eingeschlafen? Es tut mir leid. Ich war wahrscheinlich kein besonders unterhaltsamer Gefährte. Aber vielleicht ist es dir ja auch gar nicht aufgefallen?«

»Natürlich ist es mir aufgefallen. Aber nach gestern Nacht …« Gabrielles Körper kribbelte in Erinnerung an ihr Liebesspiel. »Ich dachte, du könntest ein wenig Ruhe gebrauchen.«

»Na ja, ich glaube eher, du hast dich über die Gelegenheit gefreut, ungestört arbeiten zu können.«

Gabrielle vernahm den leichten Verdruss in Remys Stimme. Sie legte den Pinsel beiseite und trat zu ihm, um ihm die Hand zum Aufstehen zu reichen. Beim Anblick ihrer farbverschmierten Finger und ihrer kurz geschnittenen Nägel verzog sie das Gesicht.

Aber Remy führte ihre Hand an die Lippen, als sei sie noch immer so elegant und seidenweich wie zu ihrer Zeit am Hofe. »Ich fürchte, irgendwann werde ich eifersüchtig auf deinen Zauber, der dich so in seinen Bann zieht, dass du alles um dich herum vergisst.«

Trotz der neckend vorgetragenen Beschwerde entdeckte sie auch Stolz in seinen Augen, der sie mehr wärmte als die Sonne.

»Darf ich dein Meisterwerk endlich bestaunen?«, wollte er wissen.

»Nun ja, ich – ich ...« Gabrielle zögerte. Dass ihr Zauber zu ihr zurückgekehrt war, fühlte sich noch so neu an, sie war sich noch so unsicher. Das war ihr erstes Bild seit vielen Jahren, und sie hatte es bisher sorgfältig vor anderen Blicken und vor allem vor Remy verborgen.

Doch als er sich übermütig an ihr vorbeiduckte, hinderte sie ihn nicht. Während er vor die Leinwand trat, hielt sie den Atem an und wartete aufgeregt. Doch ihr Mut sank, als Remys Kinnlade nach unten klappte.

»Gabrielle!«, keuchte er.

»Du – du magst es nicht«, rief sie. »Du findest es schrecklich.«

»Nein, nein«, versicherte er rasch. »Es ist – es ist wirklich zauberhaft. Ich komme mir vor, als könnte ich direkt in die Leinwand hineinspazieren, aber ... aber ...« Er deutete hilflos auf die Staffelei. »Du hast mich gemalt!«

»Eigentlich sollst du es nicht sein. Ich habe nur dein Gesicht als Modell benutzt.«

»Du hast viel mehr von mir als Modell benutzt«, erwiderte Remy vorwurfsvoll. »Himmel noch mal, Gabrielle, du hast mich völlig nackt porträtiert.«

Gabrielle trat neben ihn und betrachtete ihr Werk kritisch. Die ganze Schönheit des Waldes schien darin lebendig zu werden. Am Bachufer graste ein Pferd, der Sattel und die

Ausrüstung des Reiters – sein Schwert, sein Harnisch und seine Kleidung – lagen in der Nähe. Aber im Vordergrund, dem Hauptteil des Bildes, lag ein Ritter unter einem Baum und schlief. Er lag auf der Seite, den Kopf auf den ausgestreckten Arm gebettet, das zerzauste Haar eine ungewöhnliche Mischung aus Licht und Schatten. Selbst in dieser ruhenden Stellung waren die Kraft und die Stärke des Mannes sichtbar, sie zeigten sich in seinen sehnigen Schultern und Gliedern, den gewölbten Brustmuskeln, den harten Muskeln des Gesäßes. Doch sowohl in den Narben, die seine glatte Haut verunstalteten, als auch in den müden Linien seines Gesichts und in seinem tiefen Schlaf wurde ebenso seine Verletzlichkeit offenbar. Jeder Zoll von Remy war von Gabrielles liebevoller Erinnerung auf die Leinwand gebannt worden.

Obwohl seine Reaktion nicht die erhoffte war, reckte sie trotzig das Kinn. »Ich finde, das ist das beste Bild, das ich je gemalt habe.«

»Na ja, es ist sehr schön, aber …« Remy wirkte höchst verwirrt. »Warum ist dein Ritter nackt? Ich würde nie – ich meine, ein Ritter würde sich doch nie ausziehen und einfach so schlafen. Er wäre viel zu verletzlich, viel zu angreifbar.«

»Der Ritter war erhitzt und erschöpft von all seinen Schlachten«, erklärte Gabrielle geduldig. »Er hat sich im Bach abgekühlt, und dann ist er unter dem Baum eingeschlummert. Es ist ein Zauberwald, in dem er sich sicher fühlt.«

»Wenn er so erschöpft ist, warum ist er dann so … so …?«, fragte Remy und deutete verlegen auf das ziemlich große Körperteil zwischen den Beinen des Ritters.

»Wahrscheinlich hat er einen angenehmen Traum von der Dame seines Herzens.«

»Aber hättest du denn nicht wenigstens einen Busch oder ein paar Blätter …«

»Nein, das hätte ich nicht. Es tut mir leid, wenn es dich beleidigt, aber ich finde nichts Beschämendes an der Herrlichkeit eines männlichen Körpers, vor allem an deinem.«

Remy legte ihr den Arm um die Schultern und meinte etwas sanfter: »Ich bin doch nicht beleidigt, Liebste. Ich bin sogar richtig geschmeichelt, dass du mich so siehst. Sehe ich denn wirklich so … so …?«

»So gut aus? Oh ja, das tust du!«, erwiderte Gabrielle erbebend und seufzte.

Remys Lippen verzogen sich zu seinem liebenswert verlegenen Lächeln. »Ich weiß nur nicht, wie ich deinen Schwestern je wieder in die Augen sehen kann, nachdem sie einen Blick auf dieses Bild geworfen haben.« Ihre mächtige Geisel errötete doch tatsächlich bis an die Haarwurzeln. »Ganz zu schweigen von dem Spott, den ich von Wolf und Renard werde einstecken müssen«, fügte er ächzend hinzu.

Gabrielle schlang die Arme um seinen Nacken. Tröstend meinte sie: »Ich wollte dich nicht in Verlegenheit bringen. Ich habe dieses Bild nur für mich gemalt, ich wollte damit meine Liebe zu dir feiern und auch die Rückkehr meines Zaubers. Ich dachte, ich hätte ihn für immer verloren durch das, was Danton mir angetan hat. Aber du hast ihn mir zurückgegeben.«

Remy betrachtete sie zärtlich und meinte ernst: »Kein Mann kann dir deinen Zauber rauben, Gabrielle, und ich konnte ihn dir auch nicht zurückgeben. Er war immer in dir, die ganze Zeit, er hat nur darauf gewartet, dass du den Mut findest, ihn wieder zu beschwören.«

»Einen Mut, den ich nie gehabt hätte, wenn du nicht gewesen wärst.« Sie legte zärtlich die Hände an sein Gesicht. »Und keine Sorge – niemand wird dieses Bild je zu Gesicht bekommen außer dir und mir.«

Remy küsste sie zärtlich, warm und leidenschaftlich. Doch als sich Gabrielle in seine Arme sinken ließ und den Kuss mit derselben Leidenschaft erwiderte, spürte sie plötzlich ein unbehagliches Prickeln. Sie hatte Remy geschworen, von nun an völlig aufrichtig zu sein, und das hatte sie sich auch fest vorgenommen. Sollte sie ihm von Miris letztem Traum erzählen?

Die quälenden Albträume, in denen Gabrielle Heinrichs Mätresse wurde, hatten aufgehört. Doch vor Kurzem hatte Miri einen anderen in die Zukunft weisenden Traum von Paris gehabt, auch wenn der Traum in eine sehr ferne Zukunft wies, in eine Zeit, in der die Stadt von geheimnisvollen Lichtern erhellt war, die nie erloschen. Ein Paris, in dem kein König und auch keine Königin mehr herrschten und in dem der riesige Louvre in einen Ort verwandelt worden war, in dem Kunst aus aller Herren Länder ausgestellt wurde. Und in einem der größten Säle, in denen Millionen von Besuchern sie sehen konnten, waren Gabrielles Gemälde ausgestellt, auch ihr berühmtestes Werk: *Der müde Ritter*.

Doch diese Vision erschien Gabrielle wahrhaftig zu weit hergeholt. Warum sollte sie Remy damit beunruhigen? Sie legte keinen Wert mehr auf Prophezeiungen oder darauf, ihr Schicksal in Träumen oder in den fernen Sternen zu suchen. Die Zukunft wird sich auch weisen, ohne dass man sie kennt, dachte Gabrielle und ließ sich in Remys Arme sinken. Für sie zählten nur noch Remy und seine Liebe.

Und sie lebten und liebten sich im Hier und Jetzt.

Nachwort

Auch wenn das Söldnerheer der Hexenjäger meiner Fantasie entsprungen ist, so fanden im Frankreich des sechzehnten Jahrhunderts doch viele Hexenprozesse und Verbrennungen statt. In manchen Dörfern mussten fast alle Frauen ihr Leben lassen.

Es gab auch tatsächlich einen Le Balafre, den Herzog von Guise, einen ebenso charismatischen wie ehrgeizigen Mann. Doch ich fand, dass sein Spitzname »Narbengesicht« besser zu meinem gequälten Hexenjäger Aristide passte, und deshalb habe ich ihn schamlos ausgeliehen.

Katharina von Medici wurde von vielen Franzosen für eine Giftmischerin und Hexe gehalten. Zu seinen Lebzeiten suchte sie häufig den französischen Arzt und Astrologen Michel de Nostredame auf.

Michel, besser bekannt als Nostradamus, hat angeblich den Tod von Katharinas Gemahl und das Erlöschen ihrer Linie vorhergesagt.

Seine Prophezeiungen werden noch heute mit regem Interesse studiert.

Wie weit Katharina seinen Vorhersagen glaubte, ist nicht überliefert, auf alle Fälle aber hatte sie ein Auge auf mögliche Anwärter auf den französischen Thron, vor allem auf Heinrich von Navarra.

Heinrich lebte als Gefangener am Hof. Er überlebte die Intrigen und Feindseligkeiten nur, weil er die Nerven behielt und seinen scharfen Verstand hinter einer Maske der Trägheit verbarg.

Nachdem mehrere komplizierte Fluchtpläne gescheitert waren, entging er seinen Geiselnehmern schließlich auf sehr einfache Art. Während eines Jagdausflugs in Senlis preschte er zusammen mit einigen ergebenen Bediensteten einfach davon. Sobald er die Loire überquert und seine französischen Verfolger abgeschüttelt hatte, soll er gesagt haben: »Gott sei gedankt, der mir zur Freiheit verholfen hat. Freiwillig kehre ich nie mehr zurück.«

Doch es sollte anders kommen für den Mann, dem bestimmt war, einer der beliebtesten Herrscher Frankreichs zu werden, bekannt als »der gute König« und der »immergrüne Galan«.

Weltbild Buchverlag – Originalausgaben –
Deutsche Erstausgabe 2009

Published by Arrangement with Susan Coppula
Dieses Werk wurde im Auftrag von Jane Rotrosen Agency LLC
vermittelt durch die Literarische Agentur
Thomas Schlück GmbH, 30827 Garbsen.

Projektleitung: Bettina Spangler
Übersetzung: Angela Schumitz
Redaktion: Sandra Lode
Umschlag: zeichenpool, München
Umschlagabbildung: Archiv zeichenpool
Satz: Lydia Kühn
Gesetzt aus der Garamond 11,3/12,5 pt
Druck und Bindung: CPI Moravia Books s.r.o., Pohorelice

Gedruckt auf chlorfrei gebleichtem Papier

Printed in the EU

ISBN 978-3-86800-164-8